ハヤカワ・ミステリ

LOTTE HAMMER JAKOBSEN & SØREN HAMMER JACOBSEN

死せる獣

—殺人捜査課シモンスン—

SVINEHUNDE

ロデ&セーアン・ハマ
松永りえ訳

TOKYO
HAYAKAWA
BOOKS

A HAYAKAWA
POCKET MYSTERY BOOK

SVINEHUNDE
by
LOTTE HAMMER JAKOBSEN AND SØREN HAMMER JACOBSEN

Translated by
RIE MATSUNAGA
First published 2012 in Japan by
HAYAKAWA PUBLISHING, INC.
This book is published in Japan by
arrangement with
THE GYLDENDAL GROUP AGENCY
through TUTTLE-MORI AGENCY, INC., TOKYO.

装幀／水戸部 功

死せる獣

―殺人捜査課シモンスン―

おもな登場人物

コンラズ・シモンスン…………コペンハーゲン警察本部殺人捜査課課長・警部補
アナ・ミーア………………………シモンスンの娘
ナテーリェ・ファン・ローセン（女伯爵）
アーネ・ピーダスン
ポウル・トローウルスン
パウリーネ・ベアウ
………同課の刑事
マーデ・ボールプ………………同課のコンピューター担当スタッフ
カスパ・プランク………………元殺人捜査課課長
アートゥア・エルヴァング…………………コペンハーゲン法医学研究所の監察医
クアト・メルシング……………鑑識課長
ヘルマ・ハマ……………………内務大臣官房長
ピア・クラウスン………………ランゲベク小中学校の校務員
ヒリーネ…………………………クラウスンの娘
イミーリェ・モスベア・フロイズ…………医師。ピアの友人
ジェレミー………………………フロイズの亡夫。性犯罪専門の精神科医
イーレク・マアク………………広告代理店を経営する若き実業家
キノボリ…………………………林業にたずさわる男
ヘレ・スミト・ヤアアンスン………………老人ホーム勤務の看護師
スティー・オーウ・トアスン……………農民
アニ・ストール…………………ダウブラデット紙の新聞記者
アニタ・デールグレーン…………………ダウブラデット紙の見習い記者。アニの部下

プロローグ

畑にいた男は、最後の薪《まき》を穴に投げ入れた。それから、体を起こし、腰に手を当てた。あまり経験したことのない、背中がしびれるような感覚を和らげようと、二、三回、後ろに体を反《そ》らしてみた。肉体労働で疲れ果てていたとはいえ、穴を埋めるのに二時間かかってしまった。しかしそのこと自体はたいしたことではない。日が高いうちにやり遂げられたことを考えれば、多少の筋肉痛など、ささいなことだった。男は、そんなふうに感じられる自分にただ、驚いていた。

少し手間どったが、最後のガソリン容器を持ってきて、地表すれすれまで薪を詰めた穴に中身を注ぐ。じゅうぶんに乾いたブナの薪が、ニレ、クリ、カバ、そしてスモモの枝木と混ざり合って、およそ一五ステール（一ステールは約一立方メートル。薪のかさを量る単位）ほどのかさになっている。茶色い樹皮の、日光にさらされている側は赤に近い色になっていたが、反対側は緑がかっている。物知りの目は、それを見逃さなかった。ガソリンのほかにも、石炭を三十一袋用意してあった。男はその数を正確に記憶していたが、単調な作業に少しでも変化をつけようと、袋を一つ運ぶごとに、数を数え直していった。

ふと腕時計に目をやると、乾いた血がべっとりとこびりついている。三本の針はどれもよく見えなかった。最後に見た時のまま、動いてもいない。男はいらだたしそうに、時計を外《はず》して薪の山の中へ放り込み、暗くなりつつある空に目を向ける。沈みかけた太陽の濁った赤い光が、西の空を覆いながら、低く漂う雲を照らしている。この畑の向こう側には、湖があるようだ。

灰色をしているので、空との見分けがつきにくい。天気は崩れようとしていた。

　男はバックパックから新しい服と、濡らした布巾《ふきん》を目いっぱい詰め込んだレジ袋を取り出した。そして、服を脱ぎ、筋肉質の体をあらわにすると、手際よく上半身を拭《ふ》き始めた。寒さにもかかわらず、布巾が肌に触れる感覚は心地よかった。すすの跡が残る顔と手は、人の目を引く恐れがあるので、特に念入りに拭かなければならない。鏡を持ってくるべきだったと思い至ると、男は夕焼けの中で引きつった笑みを浮かべた。普段ならば鏡に映った自分の姿など見たくもないが、今日は別だった。荒涼としたシェラン島に広がる刈り入れ後の麦畑にたたずむこの姿ならば、ほんの少し誇らしい気持ちで見ることができるかもしれない。きっと、下らないあだ名ともきっぱりとおさらばできるだろう。そう、男は〝キノボリ〟と呼ばれていた。本当の名前を知っている人など存在しないに等しかった。そのあだ名は、誰かが彼のことを心配してくれた時代、そして彼自身もその誰かを気にかけ……やがてもうそんなこともなくなった時代にさかのぼる。

　子ども時代の思い出はなかったことにはできなかった。背中の痛みは強く、腰や腿《もも》まで焼けつくように広がっていく。その痛みを無視しながら、清潔な服を着る作業に集中する。汚れたほうの服は積み上がった薪の山に捨てた。着替えを済ますと、復讐の心地よい甘さが体中に広がっていくのが感じられる。予想もしていなかった事態については、自分の心に留めておき、あとで自分のやり方で決着をつけなければならない。だが、それ以外のするべきことはすべて細心の注意を払ってやり遂げていた。さて、次は、同じ穴の狢《むじな》の番だ。

　男はライターを取り出すと、火をつけた。その瞬間、ガソリンに引火する。燃え上がる炎を避けるために、男は後ろに飛びすさった。炎を目の当たりにすると、決まって気分が悪くなる。しばらく火のそばで体を温め、それが収まるのを待った。

稲妻が夕焼けの空に光る。男は静かに振り返ると空をじっと眺めた。予想していたよりも天気が悪くなるのが早い。森は湖に近づくにつれて低くなっていき、その先にある左手の渓谷のほうから、黒い雨雲が二つ、ゆっくりとこちらに向かってやってくる。まるで、地球がぱっくりと口を開け、謎めいたその穴からなにやら暗く、得体のしれない地下世界の力が放出されているかのようだ。再び閃光《せんこう》がひらめき、渓谷から三つ目の雲が吹き出してきた。続いて雨が降り始めた。突き刺さる鋭いとげを思わせる大粒の雨が激しく降り、地面に当たって跳ね返る泥が藁《わら》に飛び散っていく。雨は、力強くまっすぐに、何もかも洗い流そうとするかのように降り注いだ……。

しばらくの間、男は静かに火を眺めていた。激しい雨でさえ、燃えさかる炎を消し止めることも、その勢いを弱めることもできなかった。男は火に背を向けると、意を決して森のほうへと力強く足を踏み出した。やがてその姿は闇に溶けていった。

1

月曜日の朝、村は白く毛羽《けば》立つような霧の膜に覆われた。一メートル先も見えない中で、子どもが二人、校庭を横切ろうとしていた。記憶を頼りに歩くその足取りにはためらいと用心深さが見え隠れしている。鞄《かばん》を背負って少女よりも少し後ろを歩いていた少年が、急に歩みを止めた。

「ぼくから離れないでよ」

少女が立ち止まる。霧が髪の毛の中まで濡らしていた。しずくがしたたる額を拭くと、ずり落ちる鞄を背負い直そうとしながらこちらに向かって歩いてくる弟を辛抱強く待った。少年は普段めったに使わない——ましてや姉と話す時にはまず使わないトルコ語を話していた。今度は、鞄のベルトに悪戦苦闘しているようだ。少女は弟に近づいたが、手を出すことはしなかった。少年はやっとベルトとの格闘を終えると、姉の手をしっかりと握った。姉は周囲をさっと見わたしたが、見えたのは霧と闇だけだった。

「なんてことしてくれたの」

「ぼくが何をしたっていうんだよ？」

か細い声だった。少年は姉の手を強く握り直した。

「気にしないで。どうせあんたにはわからないもの」

少女は、見通しの悪い中、適当にあたりをつけた方向に数歩進むと、再び立ち止まった。勢いあまった弟がぶつかってきた。

「もしかしてぼくたち〝ドツボにはまった〟？」

「バカ言わないでよ」

「ママの家は明るかったのに」

「ここだってすぐに明るくなるわよ」

「ところで〝ドツボにはまる〟ってなあに？」

少女はその質問には答えようとしなかった。代わりに、とにかく何も怖がることはない、校庭はそんなに広くないのだから、ただまっすぐ進んでいけばいいだけだ、と弟を説き伏せようとした。

「知らない人とは一緒に行っちゃいけないんだ。どんなことがあっても、知らない人とは行っちゃいけないんだ、そうでしょ？」

少年は涙声になっていた。その弟を姉は引っ張って歩き出した。ためらいがちに何歩か進んでは足を止めるというのを繰り返した末に、前方に光がうっすらと、まっすぐ差し込んでいるのを見つけて、その方向に歩いていった。

正面玄関にたどり着くと、少年は姉の手を離し、つい先程まで半べそをかいていたことなどすっかり忘れて、校舎の中へと駆け込んだ。数分後、二人は体育館の前の廊下で再び一緒になった。ベンチに腰掛けて読書する姉に、ボールを抱えた弟が走って近寄っていく。

「一緒にサッカーしない？　お姉ちゃん、サッカー強すぎだからさ」

「あんた、ちゃんと服と鞄をしまったの？」

少年は一瞬、きょとんとした表情を浮かべたが、すぐに自信ありげにうなずいた。

「早く片付けてきなよ」

少年はしょげた様子だったが、それでも嫌がるそぶりもなく走っていった。すぐに戻ってくると、先程のお願いを繰り返す。

「まず、これを読まなきゃいけないの。先に始めてて。すぐ行くから」

少年は疑わしげに本を眺めた。分厚い本である。

「本当にすぐ来てくれるの？」

「この章を読み終えたらね。しばらく一人で遊んでてよ。そんなに時間かからないから」

少年は体育館へ消えていった。ほどなくしてボールが跳ね返る音が聞こえてきた。少女は再び読書を始めた。時折目をつぶって、その物語の登場人物になりきろうとする。

それをまたしても弟に邪魔された。

「遊べる場所がないよう！」体育館の中から少年は大きな声で訴えてきた。

「どうして？」

「だって、男の人たちが吊り下がっているんだもん」

「だったら離れたところで遊べば」

いきなり弟が目の前に現れた。姉は近づいてくる足音に気づかなかったのだ。

「ぼく、あの人たち嫌い」

少女は一、二回、鼻でくんくんとにおいを嗅《か》ぐそぶりをした。

「おならした？」

「してないよ。でもあの死んだ男の人たちを見たくないんだ。体にたくさん切り傷があるんだよ」

いらいらしながら少女は立ち上がり、体育館の入り口から中へと入っていった。弟は姉のそばから離れようとしない。

五人の男たちが、天井に取りつけられた五本のひもで吊るされていた。

「気持ち悪い……でしょ？」

「そうね」少女はドアを閉めながら言った。

「ねえ、今から一緒にサッカーしない？」

「だめ。今はサッカーしちゃいけないの。誰か大人を見つけてこないと」

2

殺人捜査課課長のコンラズ・シモンスン警部補は、休暇を満喫中だった。絶好のロケーションにある夏の別荘で、ガラス張りの部屋に腰を落ち着け、朝の一杯と称してすでに四杯目のカクテルを口にしていた。とてつもなく大きな窓から、空に漂う薄い雲をぼんやりと眺める。

　部屋に入ってきたのは、スポーツが得意そうな若い娘だった。朝のランニングを終えたところで、靴と靴下は脱いでいる。物音に気がつかなかったコンラズは、話しかけられた瞬間びくっとした。一人でいるのが当たり前になっていたからだ。

「ねえ、パパ。ちょっと空気を入れ換えたほうがよくない？」

　重くたちこめるタバコの煙のせいで、部屋の空気がよどんでいた。娘がテラスの大窓を全開にすると、海からのさわやかなそよ風が部屋の中に流れこみ、金髪の巻き毛をなびかせる。吸えるような空気になったことを確認すると、娘は少しだけ隙間を残して窓を閉めた。それから、父親の向かいにある肘掛け椅子に体を沈めた。くしゃくしゃになった新聞が腰のあたりから顔を覗《のぞ》かせていることなどまるで気づいていないようだ。

「おはよう。ブロクフースまで行ってきたのかい？　まったくこんな朝早くからよく走るものだ」

「朝早く、朝早く……って言うけど、あと少しでお昼じゃない。そう、ブロクフースまで行ってきたの。そんなに遠くもないし」

　コンラズは興味しんしんといった表情で新聞を指さした。

「私に持ってきてくれたのかい？」

娘はやんわりとした皮肉で応酬する。

「その前に、『お嬢ちゃん、コーヒーを入れてくれてありがとう』でしょ？」

「かわいいアナ・ミーア、コーヒーを入れておいてくれてありがとう」

新聞を手渡そうとした瞬間に、灰皿が娘の目に入った。自分に向けられた冷たい視線から、父親は次の展開を予想することができた。娘は非難がましく吸い殻を指さした。

「朝ごはんの前にタバコを四本も！」ボーンホルム島訛《なま》りもあらわに娘が言う。

「でも、休暇中なんだぞ。それに普段とそうは変わらないじゃないか……」

父親がよく口にする言い訳だ。

「タバコも吸いすぎ、お酒も飲みすぎ、それなのに体に悪いものばかり食べている。そのうち、『少し太りすぎじゃない』っていうのが、パパへの挨拶になっちゃうんじゃない」

父親はおずおずと反論を試みた。

「勤務時間内は、ほとんどタバコは吸わないよ。夜もほどほどにしているんだから、休暇の時ぐらい大目に見てくれてもいいんじゃないか？」

「うーん、もしそれが嘘じゃないなら、もっともな言い分かもしれないけど」

父親には返す言葉もなかった。手が届かないところに置かれてしまった新聞に目を向ける。娘は大真面目な口調で言った。

「ねえ、パパはあたしを十五年間ほったらかしにしたのよ。忘れてないわよね？」

十五年間という数字があの身を切るようなつらさを思い出させた。自分は不幸で情けない父親だ。かつて抱いていたそんな思いが鮮やかによみがえる。娘が突然、玄関先に現れて、「一週間の予定でコペンハーゲンに滞在するの。ここに泊めてもらうほうが便利で安く上がるから」と切り出した五月のあの日から、三年もの間、忘れていた思いだった。長らく没交渉だった娘は、泊めてもらいたいという頼みを、じつにさらりと口にしたのである。こうして、彼女はコンラズのアパートメントと人生を侵略した。未知の十六歳。心根がやさしく、人生を満喫し、エネルギーに満ちあふれた若い女性……それが我が娘だった。

　ここまで来たら、休戦を願い、娘の激しい詰問をなんとか収めてもらうように努力するほかない。だが、言葉が出てこなかった。娘に謝るなどばかげているようにも思えた。もっと健全な生活を送ると約束するにしても、口で言うのはやさしく、実際に行動に移すのは難しい。相手が誰であろうと自分の心の状態を明かすことに対しては躊躇《ちゅうちょ》があった。そこで、娘が非難するのをやめ、話題を変えてくれるまで、約束ともつかない約束をして乗り切ろうとする。

「いいわ、タバコについては今度また話しましょ。ところで、パパ、ここにはもう慣れた？　ナテーリェが見つけてきてくれたこのバンガローって、ほんとに高級な感じよね」

　コンラズ本人に関わる話題ではないが、危険な状況であることに変わりはなかった。自分の堅いガードを上手《うま》くかわすために、この家の話題にかこつけて、先程よりも突っ込んだ話をしようとしているのかもしれないと思ったのだ。だが、彼の娘はそんな人間ではない。話し合いというものを勝者と敗者が決まる戦略ゲームとしてとらえているのは、むしろコンラズのほうだった。これは悪い癖だ。しかし、こんな癖をつけてしまったのはあまりにも多くの取り調べをしてきたせいで、いわば職業病なのだと自分に都合よく解釈してきたのである。

　コンラズは、娘の挑発には乗るまいと決めた。

「そう、非常にしゃれた場所だね」

「それなら、どうしておとといここに着いたとき、あんなに怒ってたの？」

「それは、女伯爵様が部下だからだ。この家は、ちょっと荷が重すぎると感じたからだよ」

「でも、この家があの人のものだって最初からわかってたのに」

「そうだね、それは確かにわかっていた。でも、こんなにいろいろなものが完備されているとは思ってもみなかったんだよ。このつつましやかな高級キャビンは、どんな家主が見ても札束にしか見えないような雰囲気だし、この別荘をただ同然で貸してもらっていることも、私の倫理観には反している。法的にも問題だと思う」

「彼女がお金持ちだから何だというの？」

「それに、冷蔵庫にはまるで核の冬にでも備えているかのように食べものが詰まってる」

「あたしたちは核の冬を避けてここに滞在しているわけじゃないわ。たった二週間、泊めてもらうだけでしょ。それに、食べたくなければ食べなきゃいいのよ。そうしたら、パパの余分な蓄えだって多少は削ることができるかもしれないし」

「食うな、飲むな、吸うな。まだほかにもやっちゃいけないことがあるのかい？」

　その問いには答えず、娘はさらに父親をいじめてやることにした。

「ねえ、あのテラスのタイルはイタリア製なんですって。すべて手作業で描かれているって知ってた？　それに、玄関の大理石はウーランズブルーズ産だそうよ」

「どうしてそんなことを知っているんだい？」

「もちろん、ナテーリェに教えてもらったのよ」

　アナ・ミーア以外の誰一人として、女伯爵を名前で呼ぶ者はいない。そのせいか、こうして口にされるのを聞くと奇妙に響いた。確かに、彼女にはナテーリェ

・ファン・ローセンというれっきとした名前があった。だが、誰もが彼女のことを〝女伯爵〟と呼んでいた。当の本人でさえも例外ではない。
「前にここに来たことがあるのか？」

「ええ、もちろんよ」

「それは結構なことだな」

「じゃあ、ちょうどいい機会だから、もっとショックかもしれない話をしておくわね。実は、パパ宛てのプレゼントを預かってるの」

「誰から？」

「ナテーリェよ。何日かおいてから渡したほうがいいと思って」

父親は動揺したようだった。動揺しているふりをしているわけではなさそうだった。

「まったく、パパはいつも、考えすぎなのよ。普通に考えれば、そんなにややこしいことでもないじゃない。あえて言うけど、彼女はパパのことが大好きなのよ。だからもし、パパが体重を一五キロでも二〇キロでも落とそうと頑張るつもりなら、それはもう申し分のないお相手になれるんじゃないかな」

コンラズがそのばかげた意見に対してコメントする前に、アナ・ミーアは部屋を出ていった。石灰で白く加工したポメラニア産の杉の床板の上を、アナ・ミーアは裸足《はだし》で歩いていく。その軽い足音が、部屋に響き渡った。

女伯爵のプレゼントは実に気が利《き》いていた。同じ止まり木に留まるオウムのつがいのように、アナ・ミーアは父親の椅子の肘掛けに腰を下ろし、彼が包装紙をはぎ取る様子を食い入るように見つめていた。それは、かのアロン・ニムツォヴィチが著《あらわ》した『マイ・システム』だった。一九二五年の初版本で、しかもこのチェスの達人の直筆の献辞までついている。コンラズをしばらく有頂天にさせるほどの、計り知れない価値のあるお宝だった。アナ・ミーアは肩越しに、添えてあったカードを盗み読もうとした。

「『手助けしていただいたお礼に』って、何のことなのかしら？」

コンラズはカードを裏返したが、すでに遅かった。

「あのな、最低限の教育も受けさせてもらえなかったのか？　他人の手紙を勝手に読むものじゃないよ」

「あたしは読むの。ねえ、何をしてあげたの？」

「関係ないだろう」

肘掛けの上の娘と、椅子の上の父親の間に短い沈黙が流れた。

「ところで、おまえたち二人はどれくらいお互いのことを知っているんだい？」

「誰？　ナテーリェとあたし？」

無関心なそぶりを装っているのが見え見えである。

「もちろんそうだ」

「パパには関係ないでしょ」

これでおあいこだ。

しばらくして、アナ・ミーアが口を開いた。

「ナテーリェのことはそれほど知らないのよ。でも、二人ともパパに対してやましいことはしていない。いずれにしても、たいした話じゃないでしょ。あたしたちがここに来ることになったのは、まったくの偶然だし。今年の夏に、あの人にスケーインでばったり会って、そのときにランチをごちそうになったのがきっかけなんだから。パパがいつナテーリェの手助けをしたかは知ってるけど。彼女が離婚したとき……でしょ？」

コンラズはためらいがちに言った。

「少し相談に乗っただけだよ」

アナ・ミーアはやさしく父親の額をなでた。

「でも、あたしはパパがこの本をもらっても当然のことをしたと信じてる。だから、お願い。いくらかかったかなんて話はもうしないこと。ナテーリェだって何かお返しをもらおうなんて、考えてもいないだろうし。

全然そんな人じゃないもの。パパだってよくわかっているはずよ」

「そうだ、彼女はそんな人じゃない。でも規範に反するから困るんだ」

「パパの信念には合わないのかもしれないわね」

そう言うと、娘は立ち上がり、窓のほうへ行った。

コンラズは肘掛け椅子に座ったまま、敬虔《けいけん》な信者のように丁寧にゆっくりとページを繰っている。

「お風呂に入ってくるから、パパはその間に今日二人でやることを考えておいてね」

「わかった、わかったよ。了解」

二回ほど呼びかけられてからやっと、コンラズは立ち上がり、娘のほうに来た。だが、娘の口調が再び変わったことには気づいていなかった。チェスの試合の描写を読むのにすっかり没頭していたからだ。

「パパの携帯電話の電源って入ってる？」

「いや。だって二人で水入らずで過ごすという取り決めじゃないか。忘れたのかい？　どうしてそんなことを聞く？」

コンラズは、最後にもう一度本の中のチェスの駒をじっと見つめると、窓に近づき、水平線を眺めた。畝《うね》のある砂丘が家の周りで円を描いているように見える。小さな丘が不規則に連なり、片側が太陽に照らされて黄金のようにきらきらと輝いている。それに対して反対側は濃い灰色でほとんど真っ暗だ。砂丘は風に呑み込まれ、砂でできた野バラや雑草に覆いつくされたかのようだった。その先には北海が見える。波の頂点がきらめく中、上空では南を目指す途中で浜辺に翼を休めにくる灰色の渡り鳥が飛んでいた。ふいに、アナ・ミーアが脇の下から腕を差し込み、抱きついてきた。彼女の額が触れた自分の背中がゆっくりと重くなっていくのを感じる。あたかも娘の若さがタブーであるかのように、気恥ずかしさとぎこちなさが混ざり合った感覚に襲われる。それでもコンラズはそのまま動かなかった。永遠とも思われた数秒ののち、アナ・ミーアはやさしい声で言った。

「パパ、お迎えが来たみたいよ」

そのとき初めて、コンラズは普段は見かけない物体がゆっくりと砂丘の畝の道を這うように進んでくるのを見た。パトロールカーだった。

3

それから四時間も経たずして、コンラズ・シモンスンは、バウスヴェーアにあるランゲベク小中学校に到着した。学校は、涙雨の中、途方にくれたようなたたずまいを見せていた。運動場の向こう側に広がる植え込みで、警察犬担当係官が忙しそうに立ち働いていた。連れてきた犬のうち一頭に、身振りを使い、大きな声でいろいろと指示を出している。要所要所でなでてやったりご褒美《ほうび》をやったりすることも忘れない。高級なスカーフの代わりにビニール袋で頭を覆った若い女性が、警察犬担当係官のもとにやってきた。コンラズはしばらく二人の巡査が身振り手振りを交えながら会話する様子を眺めていたが、いきなり強い風がガラス窓に雨のしぶきを吹きつけてきたせいで、視界がさえぎられてしまった。廊下に目を移すと、壁を彩《いろど》るさまざまな色が、塗装がはげてあらわになった黄色と共存していた。床のリノリウム材は穴が空き、地雷原を思い起こさせた。楽しそうな図画工作の作品が壁のあちこちにかかっている。一番近くにある作品は針金と埃をかぶったコカコーラの空き缶で作られていた。

コンラズは腕を広げ、参ったというそぶりを見せた。

「ああ、女伯爵、なんてこった」

自分の背後で電話をしているナテーリェに向かってそう言い、かといって彼女に腹を立てているふうでもなく腕を下ろした。ただ、このばかげた状況に対する怒りを表明したかっただけだった。気が滅入る十月の空模様を眺めるためだけに、大急ぎで国を横断するような無駄足を踏んだというのだろうか。事件の捜査の指揮を頼まれたのはいいが、何一つ情報がない。そもそもどこから手をつけてよいのかもわからなかった。

女伯爵は送話口を手でふさいだ。

「あら、コンラズ。休暇が台無しで残念ね。それでも何日かは休めたでしょう？　アナ・ミーアがあんまりがっかりしていなければいいけど。じきにアーネが来るわ。彼があなたにブリーフィングをするから」

そう言ってコンラズに向かって微笑むと、彼が言葉を返す間もなく、再び電話の相手と話し始めた。そこで、特にそうしたいというわけではなかったが、彼も笑みを返した。まったく、女伯爵はきれいな歯並びをしている。コンラズは空腹を抱えたまま、窓から外を眺めた。目に飛び込んでくるありとあらゆるものが気を滅入らせる。女伯爵の電話はまだまだ終わりそうにない。その様子に彼は面白くもない兆候を感じとった。いつの日か、この殺人捜査課は、課長の自分がいなくても完全に機能するようになる。いや、そうとも限らない。コンラズは耳をそばだてて、女伯爵の会話を聞きとろうとした。専門家の一人に電話している。コンラズはそのとき、彼女の調子が悪いらしいことに気がついた。少し興奮気味の声や、つじつまが合わない話を何度かしていることからも、それは明らかだった。女伯爵がすでに相手に聞いていた質問をまた一つひとつ繰り返し始めたので、コンラズは電話を持った彼女の手をつかみ、ゆっくりと下ろしていった。女伯爵は、相手に一言も言わず、そのまま電話を切った。

「最後に何か口に入れたのはいつだ？」

「さあ、よく覚えていないわ。ずいぶん経っていると思うけど。今、何時かしら？」

コンラズは女伯爵が今どんな状態にあるのかも、このような状態が一時的なものであることもじゅうぶんにわかっていた。捜査官なら誰であれ、執念めいた思いで取り組んでいるのに、上手《うま》く捜査が進まない、そんな類《たぐい》の事件に遭遇する。頭の片隅に、消し去ることのできない不愉快なイメージがこびりついて離れないのだ。おそらく、今彼女を悩ませているのもそうした残像なのだろう。コンラズをはじめ、たいていの警察官にとって最悪な事件とは、被害者が子どもの場合である。しかも、コンラズはまだ体育館に行ってもいなかった。こうした陰鬱《いんうつ》な思考をなんとかはねのけて、彼は目下の問題に集中することにした。

「街に行って何か食べてこい。一時間後に戻ってくればいいから」

「別に食べたくないわ」

「女伯爵、これは命令だ。携帯の電源も切っておけ」

彼女は納得したふうにうなずいた。だがコンラズは、彼女の瞳から決してそうではないことを見てとっていた。普段の女伯爵は、冷静沈着の化身のような女性である。彼女以外の誰もが泥沼にはまっていったとしても、絶対に巻き込まれることはない。しかしこのとき、振り返った彼女の顔は、くすんだ日の光に照らされ、いつもと違うように映った。彼は、女伯爵の染めた髪の生《は》え際《ぎわ》が銀白色になり、かなり目立っていることに気がついた。

「ひどいありさまなの、コンラズ。こんな現場は今まで見たことなかったと思う」

「我々の中では誰一人として、きっと見たことないよ うな代物なんだろう」

「アーネと私は、中の様子をちらっと見たの……とにかくひどくて」

「わかった、いいから外の空気を吸ってこい。こっちも君をかまってやれる状況じゃないからな」

コンラズは、この言葉から非難めいたニュアンスを取り除こうと、笑みを浮かべて言ってみたが、女伯爵はその努力にも気づいていない。そのまま、茫然と立ちつくしていたからだ。コンラズは彼女の肩に腕を回すか、手を置くかしようか迷ったが、結局どちらもしなかった。そういうのはあまり得意ではないのだ。女伯爵はようやく重い口を開いた。

「きっとなんとかなるわ」


「そうだな。じゃあ、またあとで」

女伯爵はその場を立ち去った。

とりあえずは図書館に捜査本部が置かれることになった。二段あった本棚の中身は、すべて窓際に移動した。図書館のちょうど真ん中に置かれたテーブルの上に、鉛筆が入った箱と一緒に紙の束が並んでいた。ミーティングがやりやすいように、もともとあった黒板の前にホワイトボードが置かれた。奥の壁には学校の見取り図が貼ってあった。大急ぎで貼られたせいか、悲しげに傾いている。コンラズ・シモンスンは軽く首をかしげながら、その図面を仔細《しさい》に眺めた。アーネ・ピーダスンはその間に自分の席をきれいに拭きあげた。すでにズボンに二ヵ所シミをつけており、これ以上、汚れをひどくしたくなかったのだ。

「飛行機はどうでした？」

「不愉快だったね」

「夏の別荘は？　料金は払い戻してもらえそうですか？」

「まあ、無理だろうね」

　よき時代を見てきたはずの椅子は、男二人が座ると、不吉な音を立ててきしんだ。コンラズはテーブルに肘をつくと、一言、こう尋ねた。

「どんな気分だ？」

　アーネはその質問に動じなかった。これはいい兆候だ。

「ましになりました。ですが、最初は容易ではなかったですね。二回も吐いてしまいましたし。こんなことはずいぶん長い間ありませんでした。いや、正直こんなこと初めてですよ」

「だが、今は心の準備ができた、と？」

「普段なら、被害者が子どもだというだけなので……その、つまりですね……」

「アーネ、質問に答えろ」

「はい、大丈夫です」

「よろしい。では時系列に沿って説明を頼む。現場の状況も話してくれ」

　本題への入り方が思っていた以上に唐突になってしまったが、コンラズはじらされるのが嫌いだった。今はとにかく事実が、確実な情報が欲しかった。だから態度や口調に気を遣うことなど、すぐにどうでもよくなってしまった。アーネは淡々と控えめな調子で、状況を正確に説明していった。彼は、トルコ人の母親が六時十五分ごろに校門の右側にある自転車置き場のそばで子どもたちと別れたところから話し始めた。

「今日は秋休み明けの最初の登校日でした。子どもたちはそれぞれ、自分の教室に行ってコートを置くと、ボール遊びをするために戻ってきました。そして体育館で五つの死体を発見したのです。姉のほうが大人を探そうとその場を離れましたが、誰も見つけることができず、職員室から一一二番（緊急通報番号）をかけました。

その通話はグラズサクセ署に回されました。通報は六時四十一分に行われています。そのとき当直だった警官は……。ええと、ちょっと待ってください……」

アーネは口ごもり、記憶を探った。コンラズが口を挟んだ。

「警官の名前は別にいい。だがこの二人の子どもは……学校に来るのが少し早すぎないか？　授業は八時になるまで始まらないものと思っていたのだが」

「ええ。僕も驚きましたので、校長に尋ねてみました。この学校では授業が始まるずっと前にやってくる子どもが何人かいるんです。今やどの学校も同じような問題を抱えているようですね。保護者の中には、公立の託児所の費用を払わずに済ませようとする者や、仕事のシフトが変わってしまった者などおりまして……」

コンラズがそこで話をさえぎった。

「わかった、わかった。続けてくれ」

「はい……どこまで話しましたっけ？　ともかく当直の警官は、その女の子に先生が来るまで待つようにと言いました。そこで、女の子はゲントフテで働く母親の職場に電話をかけました。母親は不在でしたが、雇い主がいました。レバノン出身の男性で女の子とはわずかに面識があった程度でしたが、その男性が女の子の様子を見に来てくれることになったのです。七時ちょっと前に学校に着いたと聞いています。それまでの間に登校していた八人の子どもたちを彼が体育館から引き離し、グラズサクセ署に電話しました。そして七時三十八分にパトロール隊が到着しまして……」

コンラズは冷ややかな口調で言った。

「七時三十八分とな！」

アーネは目を反らし、ネクタイの結び目を引っ張った。そのしぐさを上司であるコンラズはいやになるほど見てきていた。

「そいつの名前といったい署で何をしていたのかを話してくれ」

事実を否定するのは無駄なことだった。そこで、アーネは当直の警官の名前を明かし、事情を説明した。

「当直の警官は、その通報が重要だとは思わなかったようです……。『二人のアラブまるだしの野郎が電話してきたから』。はい、残念ながら、これは本人の弁のとおりですが……」

コンラズはあきれかえった。

「どうしてそいつをかばうんだ？　知り合いなのか？」

アーネはかなり若々しく見える。四十歳をすぎているが、今もなお、体が大きい子どものような雰囲気を持っていた。その彼が一瞬にしてまるでトマトのように真っ赤になった。

「警察学校で一緒だったんです。二人でよく賭け事をしていまして」

コンラズは、額にしわがよるほど眉をひそめたが、それ以上の追及はしなかった。アーネは才能ある捜査官だ。想像力も豊かで役に立つ。遅かれ早かれ、おそらく彼がコンラズのあとをつぐことになるだろう。だが、彼のギャンブル好きは周囲に知れ渡っており、その悪評は時を追うごとに多く耳にするようになっている。いつかはこの問題について二人で話し合わなければならない。だが、今はそのときではなかった。仮にアーネが同僚に借金をしていたとしても、今は知りたくない。

「もういい。続きを」

「警官たちは応援を要請しました。そして学校を閉鎖し、子どもたちを帰宅させました。教職員全員を職員室に集めたうえで殺人捜査課に出動要請をしたのです。僕自身はここに九時ごろに到着しました。その前に、警察本部長に連絡し、ポウル、パウリーネ、女伯爵に同行してもらうと同時に、あなたにも呼び出しをかけてもらいました。到着後すぐに、あらゆる捜査を開始しました。そのために必要な捜査官、専門家、法医学者、警察犬担当係官——エルヴァングも招集しました」

「犬まで呼んだのか？　何を探すつもりだ？」

「手を十個ほどです。そのほかにもいろいろと探すものがありまして」

「まったく、くそったれが」

「ごもっともです」

「体育館に行ってみたのか？」

「いえ、入り口のところで動けなくなりまして。二回ほど近づきましたが、先程申し上げたとおり、まっさきに気分が悪くなってしまいました。真ん中以外の死体は対《つい》になってぶら下げられていて、まるで、ＳＦ映画を見ているような感じでした。中はとても息などできないような状態でして……まあ、犯行現場の汚染状況についてはこれでじゅうぶんでしょう。僕が目にした光景についてはご想像におまかせします。まったく気がおかしくなりそうですよ」

「だが、少なくとも鑑識課長は、気がおかしくなりそうな現場に臨場するために給料をもらってるようなものなのじゃないか？　それで、エルヴァングは来たのか？」

「もちろん、彼も待機中です。ところで……」

アーネは言葉につまった。

「ところで何だ？」

「あの人は僕のことを……お坊ちゃん呼ばわりするんです。まあ、関係ないことですけど」

「関係ないな。だが、まだ彼には、頭の鋭さがわずかながら残ってるということは認めないといかんだろう」

「……まあ、せいぜい面白がっていてください。じきにあなたの番が来るんですから。エルヴァングは僕たちの打ち合わせが終わるのを待っているんです。現場の作業も終わっているはずです。エルヴァングに関していえば、どうしてまだ引退していないのかやっとわかりました。弟の新しい彼女が、実は教育省に勤めてまして、コペンハーゲン大学病院を統括しているんですよ。今度のネタは確実だと思います。噂のレベルではありません。今、お話ししてもいいですか？」

厳密で純粋なデータ以外にも情報を収集する余力が部下にあったことに対して、コンラズは満足を示した。

「時間が許せば、もちろん聞きたいね。ところで、どういうことなんだ？」

「確定できることはまだ何もないんですが、徐々にではあるものの確実に輪郭は見えてきています。どうも彼らは警察の組織改革でもやっているつもりのようです。組織全体がひっかき回されています」

「おい、『彼ら』って誰のことだ？」

「わかりません。とにかく当初はてんやわんやで、こんな状況は今まで経験したこともありませんでしたから。法務大臣が二回も電話をかけてきて、どんなことであっても逐一報告するようにと強く言われました」

「法務大臣だと？　なぜ大臣は本来の指揮系統を無視する？」

「まったく理由がわかりません。大臣にもその点については聞かなかったので」

「『逐一』と確かに言ったのか？」

「はい。命令だそうです」

「信じられない」

「そう言いたくもなりますよね。法務省でも状況を把握したいと伝えるためだけに、法務大臣が二回も電話をかけてくるだけでも驚きですし。大臣自らここに出向くとまで脅かしてくるんですよ。女伯爵がそれは思いとどまらせましたが。それから警察本部長ですが、まあこの人の場合は毎回のことなので。知事が市長を追っかけ回しているから、彼も忙しいといえば忙しいですね。検事補も電話してきましたが、かなり頭に来ていたようです」

「検事補だって？　なんでそんな奴が出てくるん

だ？」

「電話の口調で、少しそんな感じがしたんです。捜査には関わりたくないと、確かそう言っていました。この人はいつだって何を考えているのかよくわからないですよ。誰が検事補をこの話に巻き込んだのかを知るすべもありませんしね。女伯爵もえらい目に遭いましたよ。国会法務委員会の委員長と副委員長には特にひどくからまれまして」

「まったく、しっちゃかめっちゃかだな！」

「そうなんですよ。でも実はまだあるんです。内務大臣官房長から僕に電話がかかってきました。名前はヘルマ・ハマといって……ええ、間違いないです。法務大臣の電話のあとに話しました。こんな調子で仕事を中断されるのには正直、うんざりし始めていました。そのときは気がつかなかったんですが、今思えば、僕はすでにかなり動揺していたんでしょう。ですので、その、僕は内務大臣官房長に対して、やや冷静さを失ってしまい、ずいぶんぞんざいな対応をしてしまいました。『女王がご自身で電話をかける羽目に陥ったとしても、渡せる情報なんて一つもない』なんて言ってしまったんです。電話もかなり乱暴に切りました。まあ、携帯電話なのでたかが知れてますけどね」

「あまり適切な判断だったとは思えないが、まあいい。それからどうした？」

「もう一度電話がかかってきました」

「お見事。で、また堂々巡りになったわけか？」

「いえ、官房長は本当は非常に話のわかる人でした。警察の仕事についてはよく知らないが、我々の捜査の邪魔はしないと、明言してくれたんです。実際、その言葉どおりになりました。それからは上層部から一切電話はかかってこなくなりましたから」

そこまで話し終えたアーネはほっとした様子だった。コンラズは、じれったそうな様子を極力見せないようにしながら、話を本筋に戻そうとした。

「それはよかった。ただ、だからといって、さして我々の助けにはならないだろう」

「そんなことないですよ。あなたがこの事件の捜査を指揮することになると大臣官房長が言ったのですから」

「とっくに指揮しているじゃないか」

「そうです、それはそのとおりなのですが、最後まで話を聞いてください。この捜査を指揮するのはあなたでなければならず、誰かに意見を求める場合は、大臣官房長のみにしなければならないんです」

「通常の指揮系統は無視しろということなのか?」

「そうです。その代わりといってはなんですが、いいこともあります。捜査チームの人選はすべて思い通りになるんですよ。スタッフも予算も、捜査手法に関してもまったく制限はありません。時間外勤務手当についても同様です。あなたが捜査にすべての時間をつぎこめるように、お役所書類の類は大臣官房長がなんとかしてくれるそうです。この事件の捜査指揮に関しての任命書はまだできていないそうですが、任命書自体は形式的なものにすぎないと念を押されました。時間ができたらすぐに大臣官房長に連絡をとってください。これが電話番号です。つまり、捜査責任者として全権をゆだねられたんですよ」

「そう大臣官房長が言ったのか」

「いえ、それは僕の出した結論です」

「ふむ。通常の指揮系統が無視されたことは気に食わないが」

「でも、たくさんのお偉方の中で板挟みになるよりはいいでしょう」

「かもしれん。ま、そのうちわかるだろう。当面、集中しなきゃいけないことがほかにあるわけだからな」

突然、威圧的なチャイムが大音響で鳴り始めた。子どもたちを帰宅させた今、チャイムの音に邪魔されるとは思ってもみなかった。コンラズはびくっとして飛び上がりそうになり、座っていた椅子が大きく揺れた。一瞬ではあったが、教室机を支えにバランスをとろうとしたほどだ。アーネにとって、学校のチャイムはそれほどつらい思い出ではなかったようだ。彼はじっと鐘が鳴り終わるのを待ってから、長口舌をしめくくった。

「当面、捜査は次のように分担して進めることにしました。パウリーネは近所と学校の敷地内での聞き込みや証拠集め、女伯爵は校内の主な教室と廊下のチェック、ポウルは教職員の尋問、僕はあなたが来てくださったおかげで、フリーです。我々にとって当面の問題は、死体の身元がまだわからないことと、本校の校務員が休みがちだということです。彼の名前はピア・クラウスンというのですが、本来ならば今朝、学校の門を開けることになっていました。しかし彼を目撃した者は一人もいません。おそらく深酒が原因で具合が悪いのではないかと思われます。時折、そういうことがあるようなのです。身元確認を進めるべく、十数人のエキスパートを用意しました。今この瞬間も総力を挙げて失踪者の届け出が出ていないかどうか調べていますが、現時点ではまだ手がかりはありません」

コンラズはしばらく考えていたが、やがておもむろに立ち上がった。アーネもそれにならった。

「三十分後にまた話し合おう。ほかの奴らに知らせておいてくれ。のちほど体育館に来るようにと。まずはエルヴァングに会いたい。研修生も含め、誰一人として私の許可なしにここを立ち去らないよう、ポウルに伝えるように。それからパウリーネを中に入れるんだ。私のところによこしなさい。まったく、あれじゃあ、ずぶ濡れの哀れな猫みたいだ。そもそも彼女は外で何をしているんだ？　犬に蹴りでも入れているのかい？」

「とんでもない。経験不足でとてもそこまでできませんよ」

「ただびしょ濡れになっているだけじゃ、あまり進歩しそうにないな。レインコートを渡してやれ。必ず学校にはおいてあるはずだ。それからもう一つ。体育館には十人の児童が入ったとのことだが、危機対応チーム《CRT》は立ち上げたのか？　児童の両親には話が伝わっているのか？」

「ああ、まだです……」

アーネはドアを握り拳で叩いた。彼自身も二人の子どもの父親である。

「それなら、手配を頼む。だがその前にエルヴァングのところに案内しながら、さっきのエルヴァングについての話を聞かせてくれ。アーネ、この事態によく対応してくれた。申し分ない対処だった」

管理職研修で習ってきたかのような口調では、賛辞もむなしく聞こえた。

4

墓地は閑散としていた。傘を差した影が一つ、静けさを乱すまいとしているかのように、墓石の間を縫うようにゆっくりと、うやうやしく進んでいく。真珠のような砂利をきしませるその一歩一歩が、湿っぽい静寂にはそぐわない響きを立てていた。男は、墓地の隅にある地味な墓石のそばで立ち止まると、折りたたみ椅子を広げ、墓石の上に花束をそっと置いて腰を下ろした。自然が注ぐ寵愛《ちょうあい》の最後の証《あかし》であるかのような霧雨のおかげで、花々は生気を取り戻した。イーレク・マアクは、そんなことを考えて口元をほころばせた。

「パパ、花を持ってきたよ。今日は本当に特別な日なんだ。ずっと前からこの日を待ちのぞんでいた。きっと子どものころからだな。といっても別にたいしたことじゃないんだけど。ラジオが今さっき、処刑された者たちが発見されたと報じていた。世の中は間違いなく完全なるヒステリー状態になるだろうね」

　そう言うと彼は口をつぐみ、地面を見つめた。しばらく時が流れたのち、我に返って、笑みを浮かべた。今のような心からの笑みは、普段はなかなか見られない。彼は人里離れたこの墓地に腰を下ろし、やさしい静寂の中、一刻一刻が過ぎ去っていくに任せ、父の墓石の前でいろいろな話をするのが好きだった。職場では社交的に見せていたが、彼の内面はその反対だ。それがきっと仕事を上手くやる秘訣なのだろう。とはいえ、仕事での成功はさして重要ではなかった。もし子ども時代をやり直せるものなら、引き換えに躊躇なく差し出せる程度のものだった。

「もう、これ以上待てないと思った。我慢できなかったんだよ。土曜日にキノボリから手紙をもらってね。マイクロバスと体育館のビデオテープが同封されていたんだ。それでついに実行に移されたのだとわかった……」

　言いかけの言葉をそのままにして、急にほかのことを話し始める。

「今朝は事務所にいて、クライアントと見積もりを作っていたんだ。キャンペーンは完璧に進んだよ。みんなで健闘をたたえあった。面白くもない子ども服をたくさん売って、前回の成功に今回も続くことができたというわけさ。先方もこっちもとんでもない額をため込むことができた。街のすべての看板にキャンディーのように陳列された八人のおちびさんたちのことは誰一人として指摘しなかった。まったく、どの女の子にも慎《つつし》みというものがみられないんだ……うん、わかってる。確かにそんなこと言うなんて偽善に思えるかもしれない。僕にも責任の一端はあるわけだから……。でも、あれは耐えられなかった。だからあのあと、一日休みをとったんだ」

　雨はやんだ。彼は傘を閉じて水を切ると、それを椅子に立てかけ、再び話し始めた。

「職場のボスをしているメリットの一つだよね。自分の思うとおりにあちこち出かけることができるというのは。でも、今日はなぜそうしたいと思ったのかもよくわからないままに、出かけることにしたんだ。あの手のキャンペーンはいやというほどやってきた。今回のは全然ましなほうなんだよ。今どき、そんなことにやたらと神経質になっているのは、もしかしたら僕だけなのかもしれない」

　そのとき、教会の鐘が鳴った。イーレクは立ち上がり、脚を伸ばしてから、墓のそばにしゃがみ込み、墓石に貼りついた湿った落ち葉をはがした。それから《アーネ・クレスチャン・マアク、一九三四年生、一九七九年没》と刻まれた墓標の上を二、三回指でなぞる。墓を丹念に掃除し、管理人が抜き忘れた雑草を取り除きながら、死者に向かって話しつづける。

「昨日、ピアにさよならを言った。泣きそうになったよ。ほら、あのピア・クラウスン。いつか話した校務員。最高の奴だったから、きっと寂しくなるだろうな。まず、二人で昼ご飯を食べたあと、僕が作った動画を見たんだ。とってもほめてくれてね。自分で言うのもなんだけど、すごくできがよかった。特にマイクロバスでのシーンは……。あの悪魔のような作品は世論を揺さぶり、お人好しの心を鬼にするはずだ。今にわかるよ。あれはだめ押しになると僕は思う。すべての座席の上に一つひとつ隠しカメラを仕込むというのはピアのアイディアだった。七面倒《しちめんどう》くさい作業だったけど、それだけの価値はあった。そのほかにも、いろんなことを話した。そのうち、この先数週間の計画のために会っているのではなく、毎週日曜日に受けてきた恒例の訪問のような気がしていた。もう彼に二度と会うことはないんだと自分に言い聞かせるのが大変だった」

墓地の裏手の道路を一台の車が通った。ラジオの低音部を強調したスピーカーの音が、死の静寂を破った。イーレクは静けさが戻るまでしばらく待った。

「ピアが別れ際に言ったことを、ずっと考えていた。さよなら、ウレタン人形君——それが僕にかけてくれた最後の言葉だった。ウレタン人形君。彼らしい引きつった笑みを浮かべながら。僕は小さいころ、自分の内面の醜さを吸い込んでくれるかもしれないと思って、ウレタンを飲み込んだことがある。それを暗に言いたかったんじゃないかな。ピアにその話をしたことも忘れかけていた。どうやって僕がそこら中の、たとえば、クッションや座席、ボール、乗馬帽のつばなどに入っているウレタンのかけらを集めたか……。ママの肩パッドだって例外じゃなかった。こうして話していると、ウレタンの味を思い出すよ。味なんかないと思うかもしれないけど、あるんだ。まずい味、まずい罪の味」

イーレクは不愉快な考えを振り払おうと首を振った。


そして物思いにふけりながらこうつけ加える。

「こんなことばかり考えていると気分が悪くなる……それがピアの狙いだったのかもしれない。結局、僕はたぶんウレタン人形なんだ」

5

教授、医学博士、デンマーク法医学者にして監察医――アートゥア・エルヴァングは実に感じが悪い男だった。コンラズは、教授の嫌みな態度に気をとられることなく集中を保とうと、気を張り詰めていた。二人は体育館の前で落ち合った。エルヴァングは雑誌を熟読中だった。あのトルコ人の少女が約七時間前に座っていたのとほぼ同じ場所で、少女と同じように読書を中断させられる羽目に陥ったのだ。ゆっくりと時間をかけて雑誌を脇に置き、丸眼鏡の奥の気むずかしげな小さな目で、コンラズの体を上から下まで、容積を割り出すかのようにじっくり眺めた。

「冬を越すために脂肪を蓄えたらしいな、コンラズ坊や。休暇は残念だったね。どこにいたんだい？　グルメ旅行でもしてたのかな？」

エルヴァングは鉤針《かぎばり》のように曲がった手を差し出した。その証拠に、とでも言うように腹に指を突き刺そうとしているのかと思ったコンラズは一歩、後ずさりした。

「怒りなさんな。立ち上がるのに手を貸してほしいんだよ」

コンラズは、エルヴァングの両脚に注意を払いながら、体を支えてやった。

「怒ってませんよ。娘が定期的に私の容積についてのコメントをしてくれるので、その手の話には慣れてます。ただ、『コンラズ坊や』などと呼ぶ人がいなくなって久しかったもので。最後にそう呼ばれたのは、カスパ・プランクが退職した日でした」

カスパ・プランクは殺人捜査課を指揮していたコンラズの前任者である。

「そうだな。光陰矢のごとしだ。娘さんに、君の糖尿病の話はしたのかな?」

コンラズは顔をこわばらせた。

「なぜ、あなたはそのことを……」

コンラズは、言いかけの言葉を呑み込むと、冷静さを取り戻した。この教授の医学におけるエキスパートぶりは伝説の域に達している。だから当ててみせたのだろう。今し方のエルヴァングの反応を見てコンラズは確信した。そこで、話題を変えることにした。

「体育館には誰もいないんでしょうか?」

「そうだね。鑑識は十五分前に出ていったよ。だが、後ろのドアとシャワールームには近寄らないほうがいい。君はこういった事件には関わったことがないようだから」

「そう見えますか」

「もしそうなら、プランクを呼び戻したほうがいい。奴がもうろくしていなければの話だがね。君たち二人は互いのいいところを引き出すことができる。それに、プランクは君より持って生まれたセンスがあるからな」

「あの人はもうろくなんてしていませんよ。さあ、行きましょうか」

「もちろんだとも。さあ、連れていってくれ。一回で済ませよう、コンラズ坊や」

体育館のちょうど真ん中に、五人の男の全裸死体が青色の硬いナイロンひもで吊り下げられていた。首の周りを縛るようにして結び目が作られている。ひもはおよそ七メートル上の天井にねじ止めされたフックにくくりつけられていた。死体は床から足までが五十センチ程度の高さになるように吊り下げられており、死体の間には優に二メートルあまりの間隔が空けられている。中央の死体を囲むようにして残りの四つの死体が正方形を形作り、四体をつないでいるひもは壁と平行に渡されていた。どの死体にも手がないが、腕は肩から手首までしっかり残されている。顔はずたずたに切り刻まれて人間の原形を留めていない。性器は取り除かれているか、ひどく傷つけられた状態だった。姿形の特徴的な痕跡が一切見られない死体は、どれも同じように見えた。コンラズにはこれまでにも、損壊された死体を見る機会があった。死体を長いこと見つめていれば、やがては個人の特徴が浮かび上がってくるはずだ。

「チェーンソーですかね?」

エルヴァングは同意した。直截《ちょくせつ》なところが彼の長所の一つだった。彼は躊躇せずに自分の結論をすぐに口に出す。CTスキャンにかけるまでは被害者の性別すら明言するのを拒否する数多くの監察医とはまるで正反対だった。監察医長にいたっては、ほかの監察医たちよりもさらに腰が引けていた。

「生きたままやられたんでしょうか?」

「いや、違う」

その答えのおかげで気が軽くなる。それでもじゅうぶんに見苦しい光景だった。死体を目の当《ま》たりにしているのに、自分でも驚くほど生理的な反応は出なかった。体育館の空気を入れ換えておいたせいかもしれない。あるいはこの残虐な光景を見るための心の準備を整える、それなりの時間があったからだろう。彼自身が精神的に動じないタイプであり、過去に凄惨《せいさん》な事件をひととおり経験してきたからかもしれない。本当の理由など誰もわかりはしない。そもそも、誰がそんなことを気にするだろう。いずれにしてもコンラズにとって理由などどうでもいいことだった。じっくりと死体の観察を続けていく。本当ならもっとあったはずの流血の痕《あと》はさほど残っていない。死体にはそれぞれシミが付着していた。直径はテニスボールと同じくらいあった。首も上半身の上の部分も、臀部も同様に血みどろだ。髪の毛の一部も血に染まっていた。それ以外に血痕は見当たらない。だがコンラズは、便や体から出た分泌物が混ざり合ったむっとしたにおいを嗅ぎ分けていた。この気温と開け放たれた三つの窓のおかげで、この汚臭にも耐えることができた。ぱんぱんに膨らんだ屍《しかばね》の黄ばんだ白さは、加工された豚を思い起こさせる。この場違いな連想が彼の頭を離れない。ゆっくりと死体に歩み寄り、一体ずつ観察しながら、特に頭部に注目してみた。死体につけられた傷は一体一体違っていた。五体のうち三体は、顔が跡形もなかった。チェーンソーの刃が頭蓋骨のてっぺんから下あごまで入っており、脳みそ、口内、のどが外気にさらされている。残りの二体はありとあらゆる箇所に傷がつけられており、切り込みは直角に交わっていた。また、二体は舌と歯が一部残っていたが、片方だけでも目がほぼ無傷で残っている死体は一つだけだった。

同様の偏《かたよ》りが性器の損傷にも見受けられた。二体は、陰茎と睾丸が両方とも切除されていたが、ほかの二体は陰茎だけそぎ落とされていた。そのうちの一体は深くまで切り込まれたせいで、膀胱《ぼうこう》が下に落ちて股の下にぶら下がっているのに、その隣の死体は亀頭だけがなくなっていた。中央にぶら下がっていた死体は腸全体が体の外に出ており、流れ出した黒い便が尻と股の間で乾いていた。そこにキンバエの小さな集団が群がっている。

対照的に、手首は正確にばっさりと切断されていた。前腕の二本の骨の内部にある骨髄が見えた。コンラズは漠然と、前腕の骨の一つが尺骨、もう一つが橈骨《とうこつ》と呼ばれていることを記憶によみがえらせていた。しかしどちらが太いほうでどちらが細いほうであったかは思い出すことができなかった。

コンラズは再び一から死体全体の観察を始めた。今度は明らかな特徴があるかどうかを見極めようとする。五人の男性の年齢は四十歳から七十歳ぐらいまでだろう。その中の一人は、左耳に金のリングピアスをつけており、右肩には色あせた鷲のタトゥーがあった。ほかの二人には盲腸かヘルニアの手術の跡がある。もう一人はスキンヘッドで、不自然に肌が黒い。おそらく日焼けマシンで肌を焼いたのだろう。四体の屍が形作る正方形の、自分から見て左奥の角に位置する死体の足の爪は長く、水虫にやられていた。その死体はなんとなく豚の皮を思い起こさせた。右耳の中に、金の詰め物が施された歯が一つ入っていた。

最後にもう一度、コンラズはひもに注目して観察を行った。ひもはまるで計算して距離や角度を割り出したかのように壁にきちんと平行になるよう張られている。二本のひもが完全に重なる角度から片目をつぶって眺めてみても、奥にあるひもと手前にあるひもとを区別することができなかった。どの二本をとってもそれは同じだった。だが、天井にフックをねじ込むのにひどく苦労した様子はうかがえた。

ひととおり観察を終えると、コンラズはエルヴァングのほうを見た。エルヴァングは死体に対して非常に表面的にしか関心を示さず、今や退屈しきっているように見えた。

「第一印象としてはどんな結論ですか?」

エルヴァング教授はためらうことなく口を開いた。

「首を吊られたのはここだ。死体をここに移動して吊るしたのではない。おそらく水曜日か木曜日だな。デンマーク人だと思われる。どうしてこの高さに吊るされたのか、なぜ血が至るところに飛び散っていないのかは聞かないでくれ」

「確実な死亡推定時刻はいつ出ますかね?」

老医師はため息をついた。もう、若いオオカミではないのだ。夜も仕事をしなければならなくなりそうで、ぞっとしなかった。

「応援を頼まなきゃいけないな。時間外勤務手当を君の部署から出してもらわないと」

「もちろんです。呼びたい人全員呼び出してもらってかまいませんよ」

「夜中を過ぎたら電話をかけてくれないかな？」

「了解です。必ずかけます」

コンラズの頭の中にあった疑問は一つだけだった。

だが、それはかなりデリケートな問題で、しかもエルヴァング医師の専門分野とはまったく関係のないものだった。とはいえ、彼の豊富な経験とてつもない高い能力を考えれば、聞いてみる価値はあった。

「テロですかね？」

アートゥア・エルヴァングがその言葉の意味を理解するまでに一瞬の間があった。その後、ヒステリックなティーンエイジャーのように頭の上で手を振り回しながら、皮肉めいた言葉をつぶやく。

「おやおや、オオカミがいたというわけですか。森から来ていないならば、間違いなく川のほうから来たんでしょうなあ」

コンラズは教授が見せた奇妙な反応にはとりあわず、冷ややかにたたみかけた。

「九・一一、バリ、ベスラン、マドリッド、ロンドン……すべて偏執狂の仕業じゃないですか、教授？」

しばらく見つめ合ったあげく、耐えかねたようにエルヴァングが腕を広げた。

「三日月型のサーベルを携《たずさ》え、カリフになることを夢見る聖戦士が念頭にあるなら、その可能性があるとはとても思えないね。だが、私には正直、これらの死体が何を意味しているのかわからないんだ。だから君の質問は不適切だな」

「そうかもしれません。ですが、私はこの先一日中この質問をされつづけることになるんですよ」

アートゥア・エルヴァングはそれには答えずに、もう一度吊り下げられた死体を眺めていたが、やがてゆっくりと首を振った。彼の頭皮の肝斑《しみ》、もつれた細い髪の毛、くぼんだ胸板はひな鳥を思わせた。

「私はね、一九九五年にルワンダにいたんだよ」

「飛行機には乗らないのだと思っていました」

「大量虐殺《ジェノサイド》の話をしているんだ。四カ月もの間、私は文字通り次から次へと共同墓地を巡って歩いた。それはもうたくさんの人々が殺された。想像を絶していた。君がどんなに悲惨な悪夢を見たとしても絶対に出てこないような残虐行為をたくさん見てきたんだよ。あれは本当に説明のしようがない。徹底した残虐さとしか言いようがなかった。だが、そんな悲惨な状況ですら最悪の事態ではなかったんだ。本当に最悪だったのは、帰国したあと、これほどまでに悲惨な状況であっても誰も関心を示さないことを思い知らされたときだ。犠牲者たちの肌の色は新聞の売り上げを伸ばすのには理想的とはいえなかったんだろうな。あの惨劇を非難することと自体、悪趣味だとみなされた。テロについて私がどちらかというとシニカルな見方をしているとしても、『それは申し訳ないですね』としか私には言いようがない」


コンラズは返すべき言葉を思いつかなかった。

「何と言っていいのかわかりません」

「いずれにしても、言葉で表しようがないんだよ。君ももう忘れてくれ。誰もがそうしているのだから。それよりも、君はどうして私が飛行機嫌いだと知っている？」

「噂を耳にしました」

「もしかして、それは、コペンハーゲン市の観光推進課がでっち上げた伝説のことかな？　私が飛行機恐怖症であれば、コペンハーゲンで国際会議が開かれるようになるに違いないと、話を誇張して、私のキャリアを延命する策に出たとかいう？」

コンラズは頬が熱くなるのを感じた。

「確かにそんなふうな話でしたね」

そのとき、体育館のドアが開いた。アーネ・ピーダスン、女伯爵、パウリーネ・ベアウが入ってきた。一瞬遅れて、ポウル・トローウルスンが続いた。

「君は大馬鹿者だな。国が殺人捜査課のトップにこんな戯言《たわごと》を鵜呑みにする人間を据えるとは、まったく恐ろしいね。恥を知るべきだ。そしてバケツを持ってくるべきだ」

「バケツで何をどうしろというんですか？」

「どうもあの新入りの女の子は、まだ生理的な反応をコントロールすることを学んでいないようだからね」

その警告は遅すぎた。一秒と経たずに、パウリーネは体を折り曲げて、最後に食べた食事を、手に持っていたビニール袋を使うことなく床に吐きだしていた。アーネは自分の靴にはねた嘔吐物を見つめると、ハンカチを取り出した。それは純正の絹で、高価なものだった。アーネが汚れを拭こうと片足を上げたところで、女伯爵が彼の手からハンカチを取り、パウリーネに渡した。パウリーネはハンカチの持ち主を感謝のまなざしで見つめると、再び吐いた。

6

体育館の死体は運び出され、窓はすべて開け放たれていた。だからといって、パウリーネが足を踏み入れたとき、例の悪臭がすっかり消え去っていたわけではなかった。おそらく、ただの気のせいなのだろうが、いずれにせよ、コンラズ・シモンスンを動揺させるものなど何もなかった。彼は体育館の真ん中に腰を下ろし、天井を凝視していた。その様子はまるで寺院で修行にいそしむ仏教僧を連想させた。パウリーネには、コンラズが何をしようとしているのか、さっぱりわからなかった。

「アーネに言われてきました。私に話があるそうですね」

パウリーネは、自信のない女学生のような気分だった。自分のことを美人で頭がよいと思ってくれる男性であれば、ある程度は手玉にとることができる。だが、規則を遵守するこの上司は例外だった。彼女が少しくだけた服装をしているとき以外は、ほとんどの場合、まったく無視されているような気がしていた。少なくとも個人的な関心は持たれていないように思えた。パウリーネは、コンラズが手招きするままに、隣に座った。

「死体は見たのか？」

「はい。年配の医師がご丁寧にもあとから私に見せてくれました。その人の名前は忘れてしまったのですが、死体を見ている間いろいろと説明してくれたおかげで、そこまでひどくはないように思えてきました」

「そのご丁寧な年配の医師はアートゥア・エルヴァングという。それからあの気持ち悪さは我々誰もが経験したことがあるし、今日吐いてしまったのは君だけではない。時間をかけて耐性をつけていくしかないんだよ。もっともそれがいいことなのかどうかはわからないが」

「耐性をつけたほうが使いものにはなります」

パウリーネは笑みを浮かべたが、コンラズから特段の反応はなかった。この状況は奇妙に思えた。あまりに居心地が悪いので、姿勢を変えてみる。落ち着かない気分でいることも、何を考えているのかも見透かされているのかもしれない。コンラズは彼女にこんな言葉をかけた。

「ここに座っているのにはそれなりの理由がある。それについてはあとで話そう。まずは君が校務員を見つけたとき、彼がどのような態度だったかを話してくれ」

「正確には警察犬担当係官が……つまり、犬が見つけたんです。サッカー場の手前にあるスポーツ用具の倉庫の中にいました。彼は今起きたばかりだと言い張っていました。そうですね……特にお話ししておくことはないと思います。レインコートについては私の担任の先生に話しておくと言っていました。でもそれ以外は、私のことはほとんど気にとめていない様子だったので。アーネは彼に対してすごく理解を示していましたけど……」

「いいだろう。わかった。アーネはやさしい奴だからな。とにかく校務員の話を続けてくれ」

「レインコートについては、ただ私をからかいたかっただけだと思います。そのことを除けば、温厚なタイプのように見えました。彼のことは女伯爵に任せたんです。犬をひどく怖がっていたので、犬はその場から動かないよう命じられました。この雨の中……」

「彼はどんな感じだった？」

「第一印象は、すごく惨《みじ》めな感じでした。ビール臭かったですし、風呂に入ったほうがよさそうでした。その一方で、あの人は……なんと言ったらいいんでしょう……」

「あわてなくていい。私は辛抱強い人間だからね」

パウリーネが考えを整理する間、コンラズは屋根をじっと見ていた。

「必ずしもずれた人というわけではないんです。それは確信を持って言えます。まるで、いつでも何が起こっているかわかっているかのような様子なんです。質問に対する答えは完全にイカレていますが」

「彼の事情聴取に立ち会ったのか？」

「最初だけです。質問はポウルと女伯爵が担当しました。私は聞くことに徹するべきだという気がしていましたので。ですからあとで彼の供述を読んだだけです。録音テープが警本に送られてから一時間と経たないうちに、供述内容がプリントされて戻ってきました。今回はバックアップ体制がきちんと整っているみたいですね。こんなことは初めてです」

コンラズは、パウリーネがコペンハーゲン警察本部のことを初めて警本と呼んだことに気がついた。殺人捜査課では日常的にこう呼んでいる。

「私にとっても初めてだ。それで、君は事情聴取には最初だけしか立ち会わなかったんだな？」

「はい。どこかでテレビを見つけて、記者会見を見ておくようにと言われましたので」

「私が物笑いの種になるのを見るためにか？」

「私が言いだしたのではありません」

パウリーネはためらったあと、言葉に気を遣いながら話し始めた。

「二人は、あなたの鋭い持ち味が見えてこないと言うんです。記者会見では、という意味ですけど。ああいった類のことは……」

「ああ、そうか。彼らはそんなことをわざわざ君に言ったのか。それで、君自身はどう思った？　私は笑いものになっていたのか？　それとも、そこまでではなかったのか？」


コンラズが何を考えているのか計りかねてはいたが、パウリーネはできる限り正直にその質問に答えようとした。

「いえ、笑いものになっているとは思えませんでした。あなたはほとんど何も話しませんでしたし、話していたのはほかの人たちでしたから。ですが、見るからに、あのダウブラデット紙の、ちょっとふくよかなプラチナブロンドの女性記者のことが気に入らない様子ではありました」

「彼女の名前はアニ・ストールだ。人間の進化の過程でミスがあったんだろうな。だが個人的にはまったく彼女に含むところはないね。もちろん、彼女のことは寄せつけないようにしないといけないわけだが。テレビでもそこまであからさまな態度だったかな？」

「いえ、見え見えではなかったと思います。あなたのことを知っている人たちは別かもしれませんが」

「で、君は自分が例外だと思っているわけか？」

パウリーネは急に早口になったが、それも長くは続かなかった。コンラズが若手女性刑事の気持ちを楽にしようと、父親のように膝をとんと叩いてこう言ったからだ。

「ピア・クラウスンが君の年齢のことをからかったとき、どのように感じたのか話してくれないか？」

パウリーネはうろたえた。

「私がどう思ったか、ですか？」

「そうだ。君がどう思ったか、だ」

「それは重要なことなんですか？」

「重要かもしれないし、そうでないかもしれない。とにかく答えてくれないかな」

パウリーネは目を閉じ、そのときの様子を思い出そうとした。だが、結局、励ますようにうなずく上司の姿以外は何も目に映らなかった。

「意地悪な態度ではありませんでした。彼は私を、まるで友達のように見ていました。うざったい感じではありませんでした。私の言おうとしていること、おわかりになりますか？」

「わかるよ。ほかには？」

「彼が私に多少の注意を払ったのはこのときだけでした。確かにからかってはきましたけど、やさしい感じがしましたし、私のことを気に入っているようにも思えました」

「それで、君は、彼のことが気に入ったのか？」

パウリーネは目を丸くした。

「はい。そうだと思います。どの部分が気に入ったか説明したほうがいいですか？」

「あとでだ、あとで。ところで君は何歳かね？」

「二十八歳です」

「なるほど。ありがとう。さて、私が気にしていた天井のことについて話そうか。君は幾何《きか》には明るいかな？」

「少しならわかりますが、それほど知識があるわけではありません。幾何学の天才というわけではありませんので」

「まあ、それなら大丈夫だろう。ひもを支えていたフックの穴を見てくれ。穴が開けられた箇所は非常に緻《ち》密《みつ》な計算のもとに決められていた。それはわかるだろう？　体育館中央での位置取りも、それぞれの死体の間隔にも一寸の狂いもない。このことについてしばらく考えていたんだが、結論としては、天井のタイルの縦横の長さからこの位置を割り出したものと思われる。決して簡単ではなかったはずだが、かといって、コツがわかれば頭が痛くなるほどの難問でもない。何メートルものリボンは必要ない。ひもと鉛筆、そしてしっかり押さえられる親指があればできる。しかも位置は簡単に割り出すことが可能だ」

「何をおっしゃりたいのか、だいたいはわかります」

「詳細まで理解する必要はないから、それでいい。さて、二つの円と円の一部が重なる場合、交点を通る二本の線はどのように見えるかは知っているな？」

「はい。当然、それらの線は円の弧を描いています」

「そのとおりだ。それなら、交点がわかれば犯人が使ったそれぞれの円の中心がどこにあるかわかるはずだよな」

パウリーネは理解できたような気がした。

「親指……指紋のことでしょうか？」

「残念ながら違うね。現場検証班が確認したが、指紋は発見できなかった。私はただ、このフックを固定した人物が、自分の推論どおりにやってのけたのか、知りたいだけだ。ところで、君はがっちりはしていても、体は柔らかそうだな」

その質問に答えるために、パウリーネは肋木《ろくぼく》のそばに移動した。ズボンを引っ張りながら、難なくかかとを頭の高さに来るまで上げてみせる。

「非常に説得力ある回答だ。格闘技をやっているのか？　それとも体操？」

「バレエです。回ってみせましょうか？」

「それは今度でいい。君がバレエをやっていたとは知らなかった」

「母が私に大きな期待をかけていたんです。国立劇場でソロを踊れるようなバレリーナになりなさい、それ以下は認めません、と母は言っていました。ですが、おかげさまで、私は入団テストではじかれたんです。土踏まずがしっかりしていなかったからです。母の期待は私から妹に移りました。それで、好きに踊ることができるようになったんです。義務感からではなく楽しむために」

話が長くなっていた。パウリーネにとってバレエはかけがえのない情熱の対象であった。普段の彼女は、殺人捜査課で中心的な役割を担う存在ではない。コンラズ・シモンスンのチームに入れたのも純粋にその若さのおかげであり、彼女の能力とは無関係だった。チームの中ではまだひよっこだったのだ。それでもしばらくの間、パウリーネは上司に自分の話を聞かせるという体験を楽しんでいたが、それも上司の反応がうわべだけのものだと気づくまでのことだった。生い立ちを語るタイミングではなかったことを悟ったのである。それでも彼女にとってこうした会話は心地のよいものだった。

「ずっと私の話を聞いていませんでしたよね」

その指摘はじゅうぶんに的《まと》を射ていた。コンラズは肉体美や交響曲の振り付けとはかけ離れた自分の世界に没入していた。よりによって学校を選び、全裸で吊り下げてから、チェーンソーで五人の体を切断するような行動をとらせる動機とはいったい何なのだろうか。頭の中でさまざまに想像していたのだ。憎悪、精神疾患、人格障害、それとも理想主義だろうか？　どれもしっくりとは来ない。

パウリーネはコンラズの答えが聞きたくて、質問を繰り返した。

「話、聞いてないんですよね?」

「なんとなくは聞いてるよ。でも気を悪くしないでくれ。これらの問題がすべて解決したら、喜んで君が踊るのを見るし、話も聞こう。私の注意を君にすべて傾けることを約束する」

そしてコンラズは天井を指さした。

「さて、外側にある二つの穴を、誰かがもっと近くで観察しなくてはならないな」

当然、その「誰か」は彼女を指していた。

「つまり、それぞれの穴を通って円の弧が描かれているかどうか、知りたいということですね。そしてその弧がどの方向に延びているか」

「そうだ。だが学校で使っている脚立は実験室に運んでしまったし、残念ながら現場検証班は死体を外すときに使ったリフトを持ち帰ってしまった」

「いったい何を考えているんですか? 確かに私の体は柔らかいですけど、翼は少しさびついているんですよ」

コンラズは笑った。

「なるほど。たとえばそうだな……縄を使ってなんとかできないだろうか」

二人は縄を出した。パウリーネはざっと状況を見積もってみて、上司の言い分が正しいことを悟った。死ぬことさえ意に介さなければ、その計画は不可能ではなかった。

「落ちないようにしなければなりませんね」

「落ちてもかまわないさ。ただし、あれをめがけて落ちることだ」

コンラズは壁に立てかけてある大きな青いマットを指さした。

「これは、命令なんですよね」

コンラズが四苦八苦しながらマットを敷く間、パウリーネは靴と靴下を脱いだ。むしろ心強いと思うべき状況なのだと自分に必死に言い聞かせる。

「ズボンを脱がないと無理です。そうでないとすべりやすいですから」

「脱ぐなんてとんでもない。更衣室に行って運動用の短パンを見つけてくるんだ」

「でも、もし上に着ているものと色が合わなかったら？」

「いいから行け。丸一日これに費やすわけにはいかないんだから、急いでくれ。それに君はすでに私の貴重な時間を、バレエについての長話で無駄にしているんだ」

パウリーネは走り出した。心は弾《はず》んでいた。

7

スティー・オーウ・トアスンはショベルカーの運転席に座り、自分の思考を必死でコントロールしようとしていた。彼は二日前に休暇から帰ってきたばかりだった。エーゲ海の島々を二週間で巡るクルーズに参加していたのである。しかし休暇は悲惨なものだった。いくら忘れようとしても、頭から離れてくれないのだ。不愉快なフラッシュバックが頭の中でせめぎ合い、払いのけることができなかった。惨めな気分で、水辺まで続く丘に沿って広がる秋の森を眺める。木の葉は緑色や茶色、金色がかった赤い色をしており、それらが靄の中にぼんやりと見えた。灰色の空には厚い雨雲が垂れこめ、ちょうど湖の上で停滞している。風はないが、少し肌寒かった。憂鬱な気分のせいで、またもやクルーズの記憶が脳裏《のうり》に浮かんでくる。嫌な記憶を追い払おうとすること自体、すでにあきらめてしまっていた。ギリシャの秋は穏やかで、クルーズの最初の数日は平穏にすぎていった……。

スティー・オーウには気がかりなことがあった。規則正しくうなるような音を立てるエンジンの響きに耳を傾けながら、船の手すりに肘をつき、海岸沿いにぽつりぽつりと現れるパステルカラーの漁村を日がな眺める。食べものは異国風ではあったが、おいしかった。だが、名前を正しく呼んでもらうことができなかったのだ。スティー・オーウ・トアスンが、トーア・オーウ・スティースンになってしまったがために、レストランではさまざまな問題が起きた。そのたびに間違いを訂正するのだが、翌日になるとすっかり忘れられていて、訂正し直す羽目になった。クノッソスでの滞在は素晴らしい思い出になった。マイアという名の、よく笑う女性に出会ったからだ。赤毛を風になびかせ、デッキを散歩する彼女が、そばかすのある顔をほころばせてカモメに向かってパンくずを投げると、カモメが鳴き声の雨を降らせながら、彼女の周りを取り囲むように飛ぶ。マイアは彼に微笑みかけた。それがよくなかったのだ。のちに、スティー・オーウは彼女に、海の燐光現象について話し、星座を見せてやることになる。ラナス出身のマイアは、彼にもう一度笑みを投げかけると、離れていった。

船はサモス島に寄港した。ここでガイドはピタゴラス、エウクレイデス、アルキメデスといったギリシャの数学者について話を始めた。アルキメデスは、てこの原理を使って地面を持ち上げたという。ガイドが棒を使って砂利の上にその図を描くと、みな興味深そうに彼女の周りに集まってきた。だが、その原理をスティー・オーウは信じていなかった。昔、彼の小さな手からてこがすべって外れたせいで、父親の胸郭が車に押しつぶされてしまったからだ。彼はそれには触れずに、アルキメデスは地球が丸いことを知っていたのか、と尋ねた。ガイドはそそくさと図面を消してしまった。彼はほかの旅行客のひんしゅくを買ってしまったのだ。マイアでさえいらついているように見えた。

テサロニケに向かう海岸で、二人は泳いでから、砂浜の上に寝そべって太陽の日差しで体を乾かしていた。二人きりだった。初めてスティー・オーウは彼女に触れた。そっと頭をなでながら、湿った巻き毛の中に指を差し入れ、髪をとかすようにすべらせた。起きるべきことが起きた。マイアは快感にため息を漏らした。だが彼には、自分の母親のうめき声が聞こえたような気がした。母の髪の毛、白い腕、潮まみれの頰、肌のぬくもりを感じた。そしてあの股の間のにおいも。

スティー・オーウは無意識のうちに言ってはいけない言葉を吐いた。マイアは起き上がった。むなしく説明を試みる彼にとりあわず、服を着始めた。ぬいぐるみのクマの国ではクマのママが泣いていた。クマのパパが車につぶされて、この国を去ってしまったのだ。クマのママの涙は、クマの子どものせいだった。クマの子どもはクマのママを泣き止ませなければならなかったので、クマのママにキスしなければならなかった。クマの子どもはクマのママを慰めなければならなかった。夜は恐ろしいほど長く続いた。

マイアはその場を去った。

スティー・オーウもあとに続いた。ただし、彼は水着のままだった。できるだけ早く浜辺から離れたかったのだ。寂れた村の通りに沿って、当てもなくさまよった。田園風景の中、くねくねと続く埃っぽい道は太陽の日差しに照らされてきらきら輝いていた。これ以上歩けないというところまで歩きつづけた彼の足は、赤くなり、すっかり腫《は》れ上がっていた。茂みの低木からとげを引きぬくと、それで足のまめをつぶした。そのおかげで少し痛みが和らいだが、軽くなったのは肉体的な痛みにすぎなかった。心の中では相変わらず、毎晩、何千もの目が代わるがわる背後から彼をじっと見つめているのが見えた。スティー・オーウは、それらの目を一つずつつぶし、破壊してやりたいと思ったが、このとげは使えそうになかった。いや、何一つ自分の助けになるものなどないのだ。知らない国のどこかの道ばたで、足の親指を怪我《けが》したまま、座り込んでいる自分。そんなことになったのも、一瞬でも自分で運命を支配できると信じてしまったからだ。蟬《せみ》は歌い、遠くの山は彼のことを笑っていた。

森から聞こえてくる、のどの奥から絞り出したようなカラスの鳴き声で、スティー・オーウ・トアスンは今に引き戻された。不気味さに思わず身震いが出る。鳥占いをしたところで、結局はどんな不幸が起きるのか誰にも予知できない――そう思うことで、彼は自分の作業に集中しようと努めた。彼の当面の役割は、休暇の間、キノボリがこの畑につけた火を絶やさずにおくことだった。炎の中には、見なれないマイクロバスがあった。彼は巧みにショベルカーのショベルを後ろに引き、石炭の入った袋や、木材の束を直接放り込めるように、穴に平行に重機を止めた。

コンプレッサーを調節してからガソリンを再び入れ、エンジンをかける。穴の底に、仲間たちが空気の通り道を掘っておいてくれたので、火は勢いを取り戻した。炎がぱちぱちと風にあおられて立ちのぼっていく。スティー・オーウはショベルの中に残っていた燃料をその上から投げ入れた。温度がさらに上がり、彼は汗をかき始めた。ピア・クラウスンは約二二〇〇℃になると見積もっていた。鉄は一五〇〇℃、鋼は一八〇〇℃で溶け始める。警察がここに来るころには、見るべきものはたいして残っていないだろう。だが、理論と現実は別だ。この教訓ははるか昔からスティー・オーウを苦しめつづけていた。

8

コンラズ・シモンスンはくたびれ果てていた。仕事の日々が自らの意志を持ち始め、終わりたくないと言っているように感じられて絶望的な気分だった。年齢を重ねた今は、妥当な限界ラインを少しでも超えた時間帯に突入すると、集中力を保つのがますます難しくなっていた。チームの捜査によって事件の全体像が明らかになり、解決が近づくことを期待していたのだが、捜査開始以来、混沌としたままの状態が続いているように思えてならなかった。しかしその事実を自分ではなかなか認めることができず、そのせいで、精神力の大半は外面《そとづら》を取りつくろうために費やしていた。すべてが想定内で、計画どおりであるかのようなふりをしていたのだ。次の一時間に何が起こるのか正確に把握し、前の一時間に自分が何を言ったかを完璧に記憶しているかのように振る舞っていた。くだらないごっこ遊びを続けたせいで、コンラズはこらえ性がなくなり、すぐ怒るようにもなっていた。本当のところは、家の心地よい肘掛け椅子が恋しかったのだ。あの椅子に座って、寝る前に本をじっくりと読む。トマトのサンドイッチをつまみながら本が読めたら素晴らしいではないか。しかし自分は買い出しにも行っておらず、そんな時間もない。彼はあくびをこらえながら、自分の目の前にいる男に集中した。

ピア・クラウスンは一見すると、みすぼらしい格好をしていた。汚らしいセーターの上に洗っていないつなぎを着ており、肩ひもは針金で修繕してあった。短く切った髪の毛は、部分的に濃いブロンドに染められ、シャンプーのしすぎで張りが失われていた。顔はごつごつして、えらが張っている。肌の色は黄ばみ、疲れているように見えた。だが、パウリーネの見解が正しいと認めることができるだけの材料はあった。この男は確かに混乱していたが、それは相対的なものであるし、歯はきれいに磨かれており、アンダーシャツも清潔で、爪は最近切ったように見えた。加えて、あのまなざしだ。コンラズの目を直視する静かで落ち着いた視線。敵意も感じられなければ、おびえた様子もないのである。

「私はコンラズ・シモンスン。今朝、学校の体育館で首を吊られた状態で発見された五人について捜査を指揮している者です。すでにあなたはアシスタントのベアウに会っていらっしゃると思いますが」

コンラズは、テーブルの隅に座っているパウリーネを手で指し示した。二人のどちらも目線をそらさなかった。

「前向きな話から始めさせてください。まず、ここに来るためにお時間を割いてくださって感謝申し上げます。こうしてお話を聞かせていただくのはもう三度目になりますのに、ご協力ありがとうございます」

「ご親切にどうも。殺人捜査課課長さん」

「私が何者かはすでによくご存じのようですね、クラウスンさん……」

「ピアです。ピアと呼んでください。そのほうが自然です」

「了解しました。では、ピア。私はもう疲れ果ててしまいましたし、つまらない質問をする気力はありません。それでなくともあなたはじゅうぶんに難題を持ち込んでいます。まず、この話し合いはこれまでとは違う性質のものになります。たとえば、もうお気づきだと思いますが、今回はオフレコで話を進めます。それから、私が主に話すという形式をとります。私はあなたが私のチームと面談して供述した内容を綿密に検討しました。その結果、私が導き出した結論をあなたにお話ししたいのです。あなたには個人的にもお会いしたかったですし」

「どうぞお好きに。あなたの〝お祝い〟なんですから」

「なるほど、そうも言えますか。私たちがあなたを見つけてから、あなたがさんざん私たちに気まぐれな説明をしてきたことも、わざと事実と異なる答えをしてきたことも、そういう言い方をすればかなり都合がいいですしね。私はあなたの供述からいくつか……そうですね、いくつかのポイントを選び出しました。あなたが私の意図をきちんと理解していたことを改めて確認するためです。さあパウリーネ、始めてくれないか？」

待ち構えていたパウリーネがはっきりとした、だが個性の感じられない声で供述を読み上げ始めた。

「なぜ、あなたは警察が到着したというのに、倉庫に寝にいったのですか？」

「取り調べに備えて頭をすっきりさせておきたかったからですよ」

「なぜ、あなたは私たちに尋問されると思ったのですか？」

「倉庫で眠る習慣がありましてね」

「もしあなたが倉庫で眠っていなかったら、間違いなく取り調べの対象にはなっていなかったでしょうね」

「すんだことは言っても仕方がないでしょう」

パウリーネはページを素早くめくってその先を読み上げた。

「かれこれ一時間こうして話していますが、あなたは警察が学校にいる理由すら尋ねようとしなかった。どうしてですか？」

「質問するのは私ではありません。そちらですよ」

「知りたいとは思わないのですか？」

「そちらから教えてくださるものと思っていました。そのうちに」

「今朝、体育館に五つの死体がありました」

「ご冗談でしょう。そんなことがあったためしはない」

「体育館にはいらっしゃいましたか？」

「数え切れないほどしょっちゅう行っています」

「まったく、困った人だ。当然、死体が体育館に置かれてから、という意味ですよ！」

「いいや、行っていないだろうなあ。行けば死体に気づくはずでしょうしねえ」

供述を読み上げる間、ピア・クラウスンが唯一示した反応は、皮肉っぽさを漂わせた口元をぎゅっとすぼめたぐらいで、それも気づくか気づかないかといった程度だった。とはいえ、挑発的ではないとも言い切れなかった。コンラズは見て見ぬふりをして、感じよくこう言った。

「あなたのつかみどころのない受け答えは、わざと注意を引こうとしているのでもない限り、意味はないと思います。あなたは人々の注目を集めるのが好きなのかもしれないし、私たちが時間を無駄にするのを見て喜んでいるのかもしれない。これまであなたのようなタイプの人間にはたくさん会ってきました。あなたはこの殺人に関与してはいないのでしょう。関与しているのならば、実におめでたい人だ。うぶな人間だけが、自分を取り調べる警察官をただいらつかせたいがために、バカげた答えを並べ立てて、尋問を乗り切ってやろうなどと考えるのです。しかし、そんなことは不可能ですよ。両者の力関係はまったく対等ではありませんから。そのうちあなたのほうが劣勢になります。時間の問題といっていい」

「おそらくそのとおりなんでしょうね」

「まさしくそのとおりなのです。私の話は退屈ですか?」

「いや、非常に興味深いです。続けてください。是非お願いします」

「いいでしょう。まずはあなたの嘘について少し話しましょうか」

「ああ、それは困った」

「多くの人々が警察に嘘をつくのは法律違反だと承知しています。ですが、あなたは明らかにその意見には与《くみ》していない。たいていの人は、嘘八百を口にしたせいでにっちもさっちもいかなくなると自分を恥じるものです。ですが、ここでもあなたは上を行っている。パウリーネに今からその例を読み上げさせましょう」

パウリーネは再び供述を読み上げるようにうながされた。しかし今度は微妙に読み方が違った。二回の尋問を対比させる必要があったからだ。

「第一回事情聴取」

「あなたは奥さんを亡くされたとおっしゃっていますが、それはいつのことですか?」

「クラーラはある日車に轢《ひ》かれたんです。もう少しで十八年になる。酔っ払いが運転していた車が歩道であいつをはね、骨をこなごなにしてしまってね。ちょうど二人で買い出しに出かけていたときのことです。手をつないでいたのに私は無傷ですんでしまった。車を運転していた愚かな若者は執行猶予つきで四ヵ月の禁固刑に処されたが、しばらくしたらまた車でほかの人の命を奪った。今度は四歳の男の子で、そのときもやはり完全に酔っ払っていたんです。だが今や、そいつは巨大製薬会社の副社長ですよ」

「第二回事情聴取。冒頭の部分は省《はぶ》きます」

「……あなたの奥様、いえ、正確にはあなたの奥様だった女性は、死亡してはいないことがわかりました。クラーラ・ピアソンという名前で、現在マルメに住んでいます。元気に暮らしておられるようですが、このことをあなたはどう説明するおつもりですか?」

「誰かの前の奥さんというのは、間違いなくその人にとって、いつも半分死んだような存在なんです」

「なぜ、こんなでたらめを話したんですか?」

「その人の状況に心を揺さぶられたからなんでしょうねえ」

　コンラズはさらにたたみかけた。

「これはあなたが並べ立てた嘘八百の一つでしょう。脚の静脈炎のことや、一九六三年に学校の入学試験に受かったこと、タームの町まで定期的に妹さんに会いにいっていること、放火で三回有罪判決を受けていることについても、嘘をついていましたね。アルコール依存症だともおっしゃっていましたが、これについては疑わしきは罰せずということにしておきましょう。先週妹さんに会いにいったと話していましたが、それも同じように考えることにします。たとえそれが、この八年間で初めてのことであったとしても」

「冗談抜きで、なんて時は経つのが早いんでしょう」

コンラズはその皮肉にとりあおうとはしなかった。

「タームでの滞在の間に、あなたがとった行動は、当方にとって非常に興味深い内容でしたよ。これからすべての情報を詳細に検討しますので、ご承知おきください」

「中央駅から市内線に乗りました。火曜日の八時にね。利用した列車はH・C・アナスン号。そして金曜日の九時三十四分にターム・トリーンブレトから各駅停車に乗りました。そちらはドナルド・ダック号でしたよ」

「ありがとうございます。ですが、手伝いは無用です。あなたへの信頼は地に落ちていますからね。いきなり真面目に振る舞い出しても、何も変わりやしません。たいていの人間は、時折嘘をつくものなのです。たとえて言うなら、エゴの埃をわずかながらでも取り払い、冴えない生活をいっとき彩り、悲しい現実をなんとか乗り越えようとするためにめぐらす想像の一種です。そういったものは、許されるべきだし、実際ささいなことなんです。あなたの嘘にはもっと虚言症的な性質があります。そしてあなたはその病気をここぞというときだけ、利用している。学校の職員はあなたのことを日常的に嘘をつく人間だとは思っていません。むしろ、その逆です。そのことがまた私に疑問を抱かせます。なぜなのだろうと。嘘があなたにとってなんの得になるのだろう、と。まっとうな理由があったとしても、今の私にはわかりません。ですので、また明日あなたに会ってみたいと思います。この学校に十四時に来てください。あなたをコペンハーゲンまで連れていきます。明日までに、そんな振る舞いを説明する何かの鍵が私生活から見つからないものか、少し突っ込んで調べさせていただきます。ともかく、しらふで来てくださってありがとう。もしそうでなければ、独房にでも入れてアルコールを抜こうとしていたでしょうね」

「忘れないよう紙に書いてはくださらないんですか？」

「いえ、そんなことはしません。何かあなたのほうでつけ加えておくべきことがなければ、これで今日の話は終わりだと思います」

「これだけですか。ずいぶん早く終わりましたね」

「申し上げたとおり、今回の目的はあなたに会うことでしたので」

「なるほど。そうだ、ピザをごちそうになり、ありがとうございました」

「ほかの者が食事をお出ししたとは知りませんでしたが、どういたしまして」

コンラズは立ち上がったが、男から目をそらさなかった。

「ところで、ささいなことですが、一つだけいいですか？　幾何学にはお詳しいですか？」

ピア・クラウスンの返事にはなんの躊躇も感じられなかった。

「図面に関する古典幾何学についてですか、それとも解析幾何学のことかな？」

「その違いがよくわからないのですよ。あなたほどのエキスパートではないようですので」

「大きな違いがあるんですよ。たとえばあの、ガウスじいさんを例に挙げましょうか。彼は線や円を用いるよりも方程式と代数を用いることが多かった。私はいつもそれはインチキに近い、いや、少なくとも、あまりエレガントなやり方ではないと思っていましたが、そのような手法を使ったからこそ成功をおさめることができたという事実は認めざるをえませんね。彼はコンパスと定規を使って正十七角形を描けることを証明しました。正多角形の研究に関していえば、これは二千年ぶりの前進でした」

「それはすごい」

「まったくです。でもあまり実用性はないのです。彼の提案した方法を用いて正十七角形が実際に描かれた例はたった一回しかありませんでした。お聞きになりたいですか？」

「是非聞かせてください」

それは本心から出た言葉だったが、本当は話を聞いている場合ではなかった。この校務員本人の人となりを知りたいなら、ほかに聞き出すべきもっと重要なことがあるはずだった。だが、コンラズは幾何学の話を聞きたいと思ったのだ。この男が持つ一種独特の魅力に、心惹《ひ》かれずにはいられなかったのである。

ピア・クラウスンは話し始めた。

「一五二五年、ポーツマスの海事最高裁判所で十七名の船員が罪に問われました。英国旗艦メアリー・ローズ号で深酒をしたかどで裁かれたんですよ。この深刻な不法行為に対して、司法当局としてはただ一つの罰しか思いつかなかった。絞首台はガウスが見出した原理に基づいて、十七人の受刑者全員が対称をなして吊るされるように設置されました。その時の素描がロンドンの海事博物館に保管されていますよ」

「確かにそれは非常にイメージしやすいですね。数百年の誤差を別にすれば極めて説得力がありますな。あなたがこの例を出すことで何を言おうとしていたかはわかったつもりです。今日はもうお帰りになって結構です。明日会うという約束をお忘れなく」

校務員は手を振り、時代のささいな間違いなどたいした問題ではないと言いたげなしぐさをした。

「芸術の自由に少しだけ出番を与える権利ぐらいはあると思うんですが」

二人は握手を交わし、ピア・クラウスンは部屋を出ていった。彼がドアから出るか出ないかのうちに、コンラズはもうタバコに火をつけていた。パウリーネは近くにあった植木鉢の水受けを手に取り、上司の前に置いた。ひどく疲れた様子なのを見て、パウリーネは心配になった。

「女伯爵やポウルに尋問されたときよりもずっと真剣でしたね」

「そうだろうな」

「結局、どういうことになったんでしょう?」

「なんとも言えないな。彼の振る舞いはまったくつじつまが合わないように思える。もちろん、これから何日かかけて彼をきっちり絞り上げるつもりだが。そうしたらきっとわかるだろう」

「いえ、私が言いたいのは、あの絞首台の話です……あの話は、彼がなんらかの形でこの殺人に関わっていたことを示しているのでは?」

「そうかもしれない。彼が耐えられないほど傲慢《ごうまん》で挑発的だという以外には、はっきりと言えることは何もないが。まあ、それもこの先、違ってくるだろう」

「私たちの注意をそらそうとしているのでしょうか?」

「さあね。だが時間はこっちの味方だ。昔ながらの持久戦は、なぞなぞごっこや憶測よりはるかに結果を出してきたからね」

パウリーネはその言葉の意味を痛いほどかみしめていた。そして少し頬を赤らめながら話題を変える。

「今回、私が聴取に立ち会わなければならなかった理由を説明してくださると言っていましたよね」

コンラズは校務員への対応についてはかなり自信ありげに見えたが、本当はそうでもなかった。ピア・クラウスンを監視下に置かなかったことで、すでにミスを犯していたのかもしれない。クラウスンの行動は、日常のパターンから逸脱しており、それこそが、コンラズが彼を泳がせた理由であった。事件をもっと深く考察する時間をとるためにそうしたのである。ピア・クラウスンが帰ったあと、コンラズは自信を失いかけていたが、その思いを払いのけて、こう答えた。

「彼は娘を亡くしている。一人娘をね。生きていれば君くらいの年齢だ。だから、もしかしたら彼がある種のもろさを表すかもしれないと思っていたのだ。君が……彼に娘を思い出させる駒として使えるかもしれないと。だが結局、思いとどまった」

パウリーネは自分の顔が赤くなるのを感じた。いたたまれない思いだった。

「そうしなくて、よかったです」

コンラズには彼女の口調が気に入らなかったようだ。

「自転車を盗んだ程度の話じゃないんだぞ。神経過敏になっている場合じゃない」

「わかってます。ただ、もし駒として使われていたら不愉快だっただろうなと思っただけです。でも、どうしてそうしなかったのですか?」

「あの男は反応しないだろうと思ったからだ。それならば、わざわざそんなことをする理由もないだろう。さあ、ポウルと一緒に、張り込みがちゃんとできているか、行って確かめてきてくれ。もし、ピア・クラウスンが犬をなでてばかりいるなら、十分以内にその犬の血統書を持ってくるんだ」

「了解です。確かめてきます。もう四回目になりますけど。ですが、ピア・クラウスンは二十四時間監視下に置かれているんですよ。少し離れたところにはバックアップもいますし、人数も倍にしています。彼らはれっきとしたプロです。ポウルは神経質になる理由なんてこれっぽっちもないのにと言ってました」

「あいつがなんと言おうと、確かめてこい。通話傍受の令状はとれたのか?」

「はい。ですが、すんなりとはいきませんでした。令状が有効なのは三日間だけです」

コンラズはタバコの吸いさしを押しつぶした。ピア・クラウスンに対して抱いていたこの気持ちがなんなのか、ようやく輪郭が見えてきたような気がする。ず職員室に届けられたんです」

「君さえよければ」

「もちろんです。ほかに欲しいものはありますか？」

「そうだな。十五分だけ静かな時間が欲しい」

コンラズの希望はかなえられた。

っととらえようとしつづけていたその気持ちが何であるのか、今わかったのだ。この感覚はかつて、チェスの大会で対戦者と向き合ったときに感じたものと同じであった。敬意と仲間意識が一種の精神的な攻撃性と混ざり合い、人物とその知力を別個のものとしてとらえることができるかのような感覚である。それに加えて、相手が対戦に備えて綿密な準備をしてきたらしいことがわかったときに抱くあの不愉快な印象——自分のプレイスタイルを徹底的に研究し、ひょっとしたら普段の生活や性格まで調べあげてきたのではないかとさえ思わせるあの感覚だ。コンラズは引きつった笑みを浮かべながら、頭の中の屍のイメージが校務員の輪郭に重なるにまかせた。そしておもむろにパウリーネのほうを向いた。

「ところで、ピザなんだが……まだ残っているかな？」

「山ほどありますよ。一切れ持ってきましょうか？」

9

アーネ・ピーダスンは小型のルーレットを回していた。ルーレットはきちんとバランスがとれ、驚くほどいい動きをしていた。工学の授業を半年間受けた成果なのだろう。アーネはチップの代わりにしようと角砂糖を箱からテーブルの上にあけた。ホイールが細く差し込む日差しとちょうど重なると、彼は角砂糖を並べ直し、再びルーレットを回した。金属があたるカチカチという音が職員室に響き渡った。

「それやめてくれない？　癇《かん》に障るんだけど」

女伯爵は調子の悪いパソコンと格闘していた。パソコンに入っている画像が、プロジェクタースクリーンに映し出されていた。ポウル・トローウルスンは、理解できないながらも、彼女の闘いを興味深げに見守っていた。彼の膝の上にある分厚い紙の束が今晩はあまり眠る時間がとれないことを物語っていた。

アーネは何も答えなかった。やがてルーレットのホイールが新しい運命に向かって規則正しくカチカチと音を立て始めた。女伯爵に目配せされたパウリーネは、心得顔で席を立つ。しばらくするとアーネを引っ張り、口の中に角砂糖を放り込んで戻ってきた。そして、アーネをポウルの隣の肘掛け椅子に押し込むようにして座らせる。アーネはちょっと不満そうにしたが、隣に座る男が持っている紙束に目をやると、こう尋ねた。

「これ全部を網羅するつもりなんですか？」

ポウルは自分の仕事においても、報告書においても細かいことで知られていた。チームの中で一番年配であるにもかかわらず、とりわけ初々《ういうい》しい雰囲気を放っている。一度だけならよいだろうとばかりに、女伯爵はアーネの肩を持った。

「アーネに一票。ポウル、だらだらしないでよ。みんな家に帰りたいんだから」

「アーメン、アーメン、とにかくアーメン。もう疲れたよ。ここにいるのもうんざりだ。まったく、このしょうもない校務員をなぜ明日まで待たなきゃいけない？　理解できないですね。コンラズはどこに行ったんでしょう。ほかの人たちも」

「私はここにいるぞ、アーネ。おまえの言い分は確かに正しいかもしれない。校務員を待たなきゃならないこともな。だが、この捜査を指揮し、分担を決めるのは今も私の役目だろう。それに文句があるというのなら、ここから出ていけ」

　コンラズが奥のドアから入ってきたので、誰も彼が来ていたことに気がついていなかったのだ。彼が姿を現すと、たとえ何も言わなくてもたちまち注目を集めてしまう。このいまいましくも一目《いちもく》置かざるを得ない能力は、警察署の廊下で格好の話題を提供していた。


アーネはこの上司に対して敬意は抱いていたが、恐れてはいない。したがって、問答無用の命令口調は明らかに度を超していると感じていた。アーネはいらだたしそうに不平を言いながら肘掛け椅子に沈み込み、憤慨をあらわにした。コンラズはしばらく考えていたがやがて口を開いた。

「いいだろう、よくわかったよ。すまなかったな。だが、疲れているのはおまえだけじゃない。さあ、無駄話はやめて、早く家に帰れるようにしようじゃないか。まず、今日の総括から始めるぞ」

　そして、その言葉どおりに事は運ばれた。コンラズは捜査の暫定的な編成についても触れながら、ささいなことにとらわれていてはならないとチームに発破《はっぱ》をかけた。捜査の進展に大きな関心を寄せているマスコミへの対応も同様だ。これは、チームとして気を取られすぎないように注意しなければならなかった。パウリーネを除いては誰も真剣には聞いていなかったものの、全員が、捜査方針の大筋から逸脱する出来事が起こらないことを望んでいた。女伯爵の目には、コンラズは極めて威圧的であると同時に鷹揚《おうよう》な上司だと映っていた。私生活を管理する能力こそ欠けているが、人格があるかのようにチームを管理する能力に長《た》けていることは評価していた。

パウリーネには聞いておきたいことが一つだけあった。

「私たちが完全にマスコミを無視したら、もしかしたら、その……彼らがネガティブな報道に徹してしまう恐れはないでしょうか？　つまりですね、この事件についてのルポは記録的な視聴率をとっていますし、外国のテレビ局も……」

コンラズはその言葉をさえぎった。

「毎日、警本では定例記者会見をやっている。私たちの仕事は新聞を売ることでもなければテレビ映りをよくすることでもない」

反対意見は出なかった。この件に関しては一件落着だ。これで先に進むことができる。

女伯爵は特に不審な点が見られない近所の聞き込みをざっくり報告するにとどめたので、すぐにポウルの番が回ってきた。彼はおもむろに立ち上がった。彼の余計な動作はその場にいた数人の目線を上へと誘った。あとから振り返れば、その日一日のむなしい成果を一通り披露するのに十分間も必要なかったのだが、そのとき、彼が発表した調査結果はかなり膨大なものになった。報告は長くて死ぬほど退屈で、これといった成果は見受けられなかった。しかも、よくわからない部分もところどころあった。一部の教師は事件に対しても無反応で、どう見てもうやむやにしたがっていた。その中の一人に至っては、その日一日をぶちこわしにする権利は誰にでもあると主張して、いきなり窓から飛び降りて逃亡を図ったらしい。その教師は現在、グラズサクセの警察署で無為に過ごしている。公共財を破損したかど――正確には窓枠をブーツで汚した罪で留置されてしまったからだ。この教師の浅はかな行動のせいで、ほかの教師たちは直前の休日の行動をあらいざらい話さないと家には帰してもらえない状況に陥った。それでも、その週はパリに滞在していた不倫中の一組が、それぞれの配偶者と同様、警察も欺《あざむ》こうとした以外は、特に報告すべき事例はなかった。教師の中には誰一人として、不審な過去を持つ者はいなかった。実際、学校の教職員は驚くほど法令遵守意識が高く、その日の捜査ではまったく得るものがなかった。

ただし、例外が一つだけあった。ポウルの報告はようやくその件にたどりつこうとしていた。

「学校のカウンセラー長であるディデ・ルーバトは、難攻不落でした。彼女を二度にわたり事情聴取したんです……あれが聴取と呼べるものであれば、の話ですが。あの女性のことは……一言二言では上手く説明できません。彼女は何か隠していると思うんですけど、それがなんなのかまったく見当がつかなくて。ですから、事情聴取を代わってもらったほうがいいと思うんですよ。あるいは、私が聴取を続けるのであれば少し手荒くやりたいんです。もちろん、その両方でもかまいませんがね」

ポウルのことをよく知らない人間は、彼が漂わせる優等生のような雰囲気といかにも信用できそうな顔つきに騙されてしまう。ロマンスグレーのあごひげを蓄えたおじいさんのような親しみやすさがあるのだ。しかし実際のところは、ポウルもそこまで人をたらしこむのに長けているわけではない。それを十二分に認識していたコンラズは、荒っぽくいきたいという彼の提案に危機感を覚えた。

「女伯爵、君が……」

パウリーネがその言葉をさえぎった。

「私が明日の朝、ルーバト女史に話をします」

全員が驚いたように彼女を見つめた。新入りはよほど自分に自信があると見える。自信過剰ではないかと思いながらも、コンラズは一瞬の沈黙のあとに口ごもりながら同意を示した。コンラズがパウリーネに聴取を許可したということは、自分はルーバトから解放されたということだ。ポウルはそう理解した。

「心から礼を言うよ。これからどんな目に遭うか君はまったくわかってないと思うけど、幸運を祈る。それから何があっても、自分がリードすることを忘れずに。そうでないととんでもないことになるからね」

これで万事がおさまり、そしてもう一つの奇跡が起きた。ポウルがついに腰を下ろしたのだ。

次はコンラズが指示を出す番だった。彼は女伯爵とアーネを校務員にかかりきりにさせていた。二人は、その決定に対して不満を表すことはなかったが、自分たちがなぜ担当に選ばれたのかを理解していないこともコンラズは承知のうえだった。その空気を読んだかのように、ほかの人間でもいいのではないか、供述を取るのも翌日まで待つぐらいなのだから、とアーネが指摘した。だがコンラズは譲らなかった。

「ピア・クラウスンを留置しなかったことで、気がもめているんだ。あの決断はもしかしたら間違いだったかもしれない。彼を重要視しすぎているんじゃないかと思われているのは知っているが、それについては私が正しいと思う。そのうちはっきりするだろうがね。もちろん、一番の目標はやはり被害者の特定と、彼らがどうやって現場に来て、どういうわけであんな高い場所に吊るされることになったのかを解明することだ。それでもピア・クラウスンが現状、最も有力な手がかりであることには変わりない。アーネ、女伯爵、二人ともよくやってくれた。予想以上に速いペースで捜査をしてくれている」

アーネが答えて言った。

「それは、我々が要請したことに瞬時に対応するバックアップ体制を警本で敷いてくれているからでもありますが。でも、この調子で続けていたら、警本はめちゃくちゃになってしまうんじゃないですか？」

「そんなことを心配する必要はない。ほうっておけ。おまえたちのほうからもいくつか報告があるんじゃないのか？　そちらのほうをむしろ早く知りたいんだが」

女伯爵がすぐさま上司の指示に応えて報告を始めた。しかしコンラズの予想に反して、ピア・クラウスンの経歴に関する話は後回しにされた。

「明日、新しい研修生が一人来ます。マーデ・ボールプという情報処理のエキスパートです。どうぞよろしく」

あっけにとられているコンラズに、女伯爵は事もなげに言ってのけた。

「覚えていらっしゃると思いますけど、つい最近、彼をリクルートする許可が得られましたので、ようやく来てもらえることになりました。必ずや満足していただけると思います。正真正銘、コンピューターの天才なんですよ。きっとみんな気に入るわ。ここの仕事に慣れるにはしばらくかかるかもしれないけど」

自分の下で働いてくれる研修生を手に入れることができた女伯爵は、ミュージカルに出演する夢をかなえた少女のように浮かれていた。彼女はこのために長い間かけていろいろと根回しをしてきたのである。

コンラズは舞い上がっている同僚に水を差した。

「そいつがここに順応できなかったら、問答無用で飛行機に乗せて追い返すからな。さあ、ピア・クラウスンについて話してくれ」

「ピア・モンラズ・クラウスンは一九四一年、コペンハーゲンに生まれました。父親のハンス・クラウスンは指物師《さしものし》で、のちに工房の親方になっています。母親のアネットは専業主婦でした。一九四七年一家はビスペビェアからシャロデンロンに転居、そこでピア・クラウスンは成長します。一九四八年、妹のアルマ・クラウスンが生まれました。ほかに兄弟姉妹はいません。ピア・クラウスンは学校で極めて優秀な成績をおさめていたため、父親は彼に学業を続けさせるよう説得を受けました。高校卒業資格を得たのが一九五九年、その年に父親は親方になり、一家の経済状況もよくなりました。高校卒業試験ののち、ピア・クラウスンは工房で父親の手伝いをして一年間を過ごし、それから一九六〇年、コペンハーゲン大学の統計研究所に入学手続きをとりました。翌年、彼はコペンハーゲン中心部に位置するヴァルケンドーフ大学の奨学金を得ます。この奨学金は最も才能ある学生にしか与えられないものです。一九六五年、卒業試験で優秀な成績を収め、専門分野で頭角を現しました。素数空間とその性質についての統計理論の単位論文に対して大学から金賞を授与されたのです」

女伯爵の説明にあわせて、アーネはスクリーンに映し出す画像を変えていく。女伯爵は水を一口飲むと、報告を続けた。

「一九六五年から六九年まで、ピア・クラウスンはマサチューセッツ州のボストン大学で働いていましたが、六九年の秋に帰国しています。保険会社のユニオン社に就職し、一九七三年にスウェーデン人のクラーラ・ピアソンと結婚しています。彼女は結婚に伴いデンマーク国籍を得て、診療所の助手として働き始めました。二人はバウスヴェーアに居を定め、そこに今もピア・クラウスンは暮らしています。一九七七年、一人娘のヒリーネ・クラウスンが誕生しました。ピア・クラウスンの収入は右肩上がりに増え、デンマーク国内では高所得層の上位一五パーセントに入るぐらいの勢いでした。しかし一九八七年、夫婦は別れます。妻クラーラが若いころ知り合った男性と恋に落ちたからです。離婚の協議は順調には進まず、双方に大きな苦痛をもたらしました。結局、母親と娘はスウェーデンに旅立ち、ピア・クラウスンはバウスヴェーアに残りました。

一九八八年、彼の両親が亡くなったため、彼と妹が遺産をそれぞれ約九十万クローネ（約千三百万円）ずつ相続しました。その件で翌年、彼は税務署ともめることになります。五十万クローネあまりをいくつかの慈善団体に寄付したのですが、その善意に対して彼が全額控除を要求したからです。一九九二年、ヒレレズの高速道路でかなりの速度超過をして処分を受けています。一九九三年一月、ヒリーネ・クラウスンは帰国して父親の家で一緒に暮らし始め、ゲントフテのトラーネ小中学校の九年生（日本の中学三年生に相当）に編入し、半年後に同じくゲントフテのアウラゴー高校普通科に入学しました。しかし一九九四年夏、彼女はクランベンボーのベレヴュ海岸で溺死しています」

コンラズ・シモンスンが口を挟んだ。

「彼女はどこに埋葬されたんだ？」

女伯爵はアーネを見たが、彼は首を振った。彼女は申し訳なさそうに両腕を広げてから、報告を続けた。

「当時、ピア・クラウスンは五十三歳でした。娘が亡くなったのち、社会生活においても私生活においても自暴自棄になり、一九九六年に転職、ユニオン社の部長からグラズサクセのランゲベク小中学校の校務員になりました。この仕事はこの学校の校長と知り合いだったユニオン社の上司の紹介で得たものです。当時、彼は問題を抱えていました。理性の範囲を超えて飲酒するようになり、荒れた生活で風呂にも入らなくなりました。ですが、飲酒のせいで病気になるなど体調不良の期間が重なったとはいえ、彼は、完全に周りの予想を裏切る形で、この新しい仕事をそれなりにきちんとこなしたのです。したがって学校ではおおむね好意的に評価されていましたが、彼自身はほとんどの時間を一人で過ごし、決して私生活については語りませんでした。ここ数年間は、深酒になりがちな傾向をずいぶんコントロールできるようになったと周囲からはみられていました。そして一年半前に、教育委員会の視察官に大腸がんにかかっていると話し、ゲントフテ州立中央病院で治療を受けるために十六日間の有給休暇を取得する権利を得ました。以来、治療のたびに数日ずつ休んでいましたが、当の病院は、彼のことは聞いたこともないと証言しています」

コンラズは立ち上がり、プロジェクタースクリーンを長い間見つめていた。誰も一言もしゃべらず、パソコンのファンが回る音が聞こえるほど静まりかえっていた。そしてついに指揮官が口を開いた。

「我々だけに嘘をついているのだとばかり思っていたよ。今はどこにいる？」

「驚くなかれ、ビストロにいますよ」ポウルが答える。

「一人貼りついているんだろうな？」

「二人つけています。さらにもう二人が外で張り込んでいます。ご心配には及びませんよ、コンラズ」

コンラズは校務員のことはとりあえず脇に置いておくことにした。

「もう一つ、伝えておくことがある。カスパ・プランクに捜査協力を依頼し、了承してもらった」

彼は四人の部下に順番に視線を向けた。全員が快くそれを受け入れ、口を差し挟む者はなかった。

女伯爵はコンラズとポウルを車でそれぞれの自宅に送り届ける役を買って出た。ラジオで夜のニュースを聞いているうちに、上司は眠りこんでしまい、ポウルはピザについてひたすら話しつづけていた。女伯爵は彼の気のすむようにさせていた。ニュース番組が終わると、女伯爵はラジオを消し、助手席のコンラズを肘でつついた。

「どうして守衛を置いたの？　ちょっとやり過ぎなんじゃない？」

「学校の前に配置した警官のことを言っているなら、彼には勉強のためにいてもらっている」

「何を勉強しろというの？　十月の夜は寒いってこと

を学ばせるつもり？」


を学ばせるつもり？」

「子どもたちへの接し方を学ばせるんだ」

ポウルが前部座席の間に頭を突き出して言った。

「あの、最後まで話を聞いてくれない？　ここにいる誰もピザを頼んでおらず、学校も頼んでいなかったのなら、いったい誰が頼んだんだ？　誰かが注文したはずですよね。しかも支払いもきちんとされていた。優に二千クローネはかかってる。どう考えても変でしょうよ」

女伯爵はうなずき、話題を変えようとした。夜警につかされた警官の話を聞きたかったのだ。

「ピザはお祝いのために注文されたということなんだけど、チームの中には誰一人として、そんな気前のいいことをしそうな奴なんていないじゃないか。学校関係者に聞いても、なんのお祝いなのか、心当たりがある人はいなかった。事務員はこう断言していた。そもそも校内ではピザの宅配を頼むのは許可……」

コンラズが急に目を覚まして、怒鳴りつけられているのかと思うほど大きな声を出した。

「『お祝い』だと言ったな？　ピザの注文はいつだったんだ？」

「ええと、今日だと思ってたんですけど、配達員が言うには、店がパイナップルを切らしてしまったので、結果として三枚のピザは注文内容とは違う商品に差し替えられたそうです。ということは、もっと早く発注されたということですよね。そうでなければ、店は受注したときにパイナップルがないことを伝えられたでしょうから」

「ポウル、その件、詳しく調べて私に知らせてくれないか。おまえに個人的に頼みたい。そのピザ屋を探し出して、開店したらすぐに向かってくれ」

ポウルは夜じゅうずっと、ピザの話を聞いてほしくて頑張っていたのだが、やっと聞いてもらえたと思ったら、ずいぶん大ごとになってしまったので、ためらいいがちに返事をした。

「了解です。そうしときますよ」

女伯爵にも何がなんだかわからなかった。

「いったい何が問題なの、コンラズ？」

「私が思うに、これは計画的犯罪だ。明日になればはっきりするだろう」

何もかもがしっくり来なかった。

10

ヘレ・スミト・ヤアアンスンは叫び声をあげなかった。そんなことをしても無駄だからだ。その代わりに虐待された子犬のように、あのしっぽが黒く、穏やかなラブラドールの子犬のように、うめき声をあげる。彼女は隠れようとしてラブラドールの毛の中に頭を埋める。この犬はいつも彼女と一緒に寝てくれるのだ。目が覚めた夢を見る。汗が流れて寝間着が湿っぽくなってきた。掛け布団をはねのける。掛け布団なんていらない。そもそも今は夏じゃないか。庭で家族が食事をする。今日は日曜日。外に出したテーブルはすでにセッティングされている。いい天気だ。旗が掲げられている。みんな幸せだ。彼女以外は。そう、彼女と犬以外は。起き上がって外に出ないと。ベッドから出て、カプセルを探さないと。向精神薬を探さないと。不安というのはごく普通の感情的な反応だ。ベアンハートおじさんがテーブルの隅に座っている。子どもたちは芝生の上で遊んでいた。でも彼女は違う。彼女は大人だ。五十三歳だ。資格を持った看護師だ。「ヘレ・スミト・ヤアアンスン看護師」とバッジには書いてある。抗不安剤……不安というのは身体や行動に症状として現れる。彼女は身を縮こまらせて笑った。彼女はれっきとした大人だから。そう、大人の看護師だ。ベアンハートおじさんは副市長だ。大人の市長を補佐する副市長だ。犬は彼女の横で寝ている。この犬は彼女のもの。彼女はこの犬の毛の中に隠れることができる。ベンゾジアゼピン……不安というのは体の組織が危険にさらされたとき、生き延びようとして働くメカニズムである。だが彼女は危険にさらされていない。仲間たちがいるからだ。スティー・オーウ・トアスンとイーレク・マアクは彼女を守ってくれる。ピア・クラウスンは恐怖を殺してくれる。キノボリは夜に終止符を打ってくれる。おじいちゃんが歌おうと言い出した。おじいちゃんは太陽が輝く夏に歌うのが大好き。みんな歌うのが大好きだった。彼女はおじいちゃんに、あなたは死んだのよ、ベアンハートおじさんも犬も、彼女の横で眠っていた犬も死んだのよと話す。みんなが笑う。ベアンハートおじさんはバンジョーをとりに席を外す。レキソタン……不安に起因する行動上の問題は薬による治療で緩和できる。

彼らは歌う。ベアンハートおじさんが最初に歌う。バリトンの声が響く。みんなベアンハートおじさんが好き。ベアンハートおじさんは歌が上手。ベアンハートおじさんは市長になる人。ベアンハートおじさんはハンサムだ。みんなベアンハートおじさんがハンサムだと知っている。一日三回三ミリグラムずつ。起きないといけない。キッチンに行って、棚にしまってある錠剤を飲まなければ。三ミリグラム必要だ。三ミリグラムを三回。今や三ミリグラムを一日三回も飲むようになってしまった。すぐに、目が覚め次第飲まないと。歌が始まる前に。彼女は歌の前に起きていないといけない。みんな静かに待っている。みんな彼女を見る。ベアンハートおじさんは微笑む。ベアンハートおじさんの笑顔は素敵だ。ベアンハートおじさんが微笑むとかっこいい。ベアンハートおじさんは彼女に得意の歌を歌ってくれる。外国の歌。ベアンハートおじさんと彼女だけしかその歌詞の意味を知らない。ベアンハートおじさんは得意の外国の歌を歌ってくれる。その歌詞の意味がわかるのはベアンハートおじさんと彼女だけだ。

「私の人生の伴侶になってくれ、そうしたら君は決して年を取らない」

彼女は大人だ。もう五十三歳なのだ。

「君が決して歳を取らない限り、私は君を愛しつづけるだろう」

彼女は看護師だ。強い女性なのだ。

「生きることに喜びを感じられれば、君は決して歳を取らない」

彼女が怖がる理由なんかない。錠剤があるのだから。

「若いままでいなきゃいけないよ。君は決して歳を取らないんだから」

あの歌が彼女に腕を差し出し、抱きしめてくる。後ろ暗いことのある女の子たちはお天道様の下でうめき声をあげる。あの歌が夢を追い払う。太陽は消え、旗もテーブルも家もおじいちゃんもすべてが消える。歌は消え去り、看護師も去った。ここは暗い。恐ろしい。彼女は犬の毛の中に頭を埋める。足音が聞こえる。彼女はあまりにも無力で、足音はあまりにも重い。心を突き刺されるような不安は精神科で治療を受けるか心理療法で和らげることができる。

治療は不安を追い払う。ベアンハートおじさんは犬を追い払う。

彼女はうなじのあたりに彼の湿った吐息を感じる。ポマードのにおいを感じる。

彼女は彼のあえぎ声を聞く。そして彼の指が自分の中に入ってくるのを感じる。

ヘレ・スミト・ヤアアンスンは叫び声をあげない。そんなことをしても無駄だからだ。

11

少年の指はキーボードの上を飛ぶように動いていた。車輪のスポークにボール紙を挟んだまま子どもが自転車を漕いでいるときのように、キーボードがカタカタと鳴る。女伯爵は読むのをやめ、彼の様子をこっそり観察していた。少年は金髪の巻き毛と青い瞳の持ち主で、表情は明るい。だが、ルックスはとても冴えているとは言えなかった。まとまりのない感じのファッションは微妙としか言いようがない。彼の上唇は、いつかはそこにひげをたくわえるのだろうと予感させる。だが、彼が笑みを浮かべると、この無慈悲な世界から助けてやりたいと願い、髪の毛をなでてやりたくなる衝動を抑えるのは難しかった。彼が生き延びるためにこの世界はたいしたものを与えてやれてはいない。女伯爵はそう考えていた。

その少年――マーデ・ボールプは彼女に見つめられていることに気づいていたかのように目線を上げ、キーボードから手を離した。

「あのきれいなお姉さんだけど、あの人も警察なの?」

「パウリーネね。そう、彼女も警察の者よ。あなたにもそう話したんじゃないかしら?」

「ああ、そうだった。そう言ってたかもしれない。ごめんなさい。僕は耳よりも目のほうをよく使うから」

「そういう人はあなただけじゃないわ」

「それで、あとの一人は? ええと、なんだっけ、ほらあの人だよ」

「あの人は心理療法士さんよ。あの人に話をしにいかなきゃいけないわね」

「その人、どうかしたの?」

「どうもしないわ。あら、私の携帯、調子が悪いみたい」

「もう少しで元に戻るよ。感じのいいあごひげの人にショートメッセージを送っといた。あれ、ちょっと待って。ここにあるはずなんだけどな」

突然、女伯爵のアドレス帳が画面に現れた。パソコンは少年の思考プロセスの延長線上に存在しているかのようだ。

「ポウル・トローウルスン、か。みんなの名前を頭に叩き込まなきゃいけないな。マクドナルドに行ったんでしょ?」

「ピザ屋よ。彼にどんなメッセージを送ったの?」

「コーラを一本か二本買ってきてくれないかと頼んだんだ。まずかった? もちろん僕が払うよ」

「まずいことはないわ。大丈夫だと思うわよ。ただ、彼がちゃんとSMSをチェックしているかどうかはあやしいけど」

マーデはディスプレイの隅のほうに目をやった。おっと使いは期待できないと思ったらしく、肩をすくめてみせる。

「明日、みんなで警察本部に戻ることになっているの。食堂があるからコーラも買えるわよ」

「クールすぎる。ボスに会えるのかな。あのでかい人。昨日テレビで見たよ」

「彼には今日会うことになるわ。でも、彼のことを〝でかい〟と言うのはやめなさい」

「その意味での〝でかい〟じゃないよ。クールな意味での〝でかい〟だよ」

「とにかく〝でかい〟と言うのはやめなさい。たとえクールな意味での〝でかい〟でもね」

「はーい」

「あの人はコンラズ・シモンスンっていう名前なの。今はほかの人たちと体育館にいるわ。コペンハーゲンに戻ってしまう前にたぶんつかまえられると思う」

マーデの表情がこわばった。まるでフリーズしたパソコンの画面のようだ。

「僕、できれば死体は見たくないんだ。見ないですむものなら、全然見たくない」

「大丈夫、見なくてすむわ。死体はずっと前に運び出されているの」

「そりゃクールだ」

「ええ、そうでしょ」

実際には、死体が本当に現場から消えたのかどうかについての解釈は、尋ねる相手によって大きく違っているはずだ。たとえば、今し方タクシーで到着した女性は、その質問に対して興味深い示唆をしようとしているところだった。

車が到着するのを見たコンラズは、壁にタバコを押しつけ火を消した。壁には黒く長い跡が残った。彼は怒りっぽくなっていた。夜はあまりに短かかった。今や彼の頭の中はさまざまな情報であふれかえっている。そして自分が一刻も早くその情報を消化し、指示を出すのをチームのみなが待っていた。大小入り混じった情報が無秩序にもたらされ、脳みそが一つの情報を処理し始めると、新たに二つの情報が追加されるといった具合だった。事件捜査の初期段階はいつもこんな感じだ。今回のように各方面から注目を浴びている事件の場合は特に。もちろんその事実が何かの慰めになるわけもない。しかも昨晩、コンラズは、アナ・ミーアとの約束を二つとも忘れてしまった。彼女に電話を入れるのも、もらった本のお礼を女伯爵に言うこともすっかり頭から抜け落ちてしまっていた。さらに悪いことに、最近、ちょっとした出来心で食生活を変えようと決心したばかりだった。今朝の朝食はヨーグルト一つだけにしたので、今、直面している大きな心配事に加えて、空《す》きっ腹も抱える羽目に陥っている。それでも彼は笑みを浮かべながら、自ら来臨を要請した客人のほうに歩いていった。

客人はほっそりした小柄な女性で、自分の存在が必要以上に目立たないよう気を配っていた。二人は礼儀正しく挨拶を交わした。警棒を叩くような単調で乾いた声で、女性は自分の考えをいきなり口にした。まるで誰もがそう思っているかのような口ぶりだった。

「魚のフリットでも食べたい気分だわ」

コンラズはからかわれていることにもちろん気づいていた。彼女には意図的にこういう言動をして相手を試す癖がある。こういうことは過去にも経験ずみだった。

「フリットのことは頭の中で考えるだけにとどめておきます。そのほうが低カロリーですからね。さあ、こちらへどうぞ」

コンラズ・シモンスンは根っからの合理主義者だった。魔法使いも水晶玉も地球の結び目の力も信じなかったし、彼のプランターは妖精トロールから守ってくれる針金なしで冬を越していた。だが、それでも彼はこの小柄な女性を、論理が支配する自分の世界の中に招き入れる決断を下した。それは、彼女が百里四方を網羅した詳細で正確な答えを頻繁《ひんぱん》にもたらすからであり、勘のよい占い師が偶然に当てただけというのではどうにも説明がつかないからであった。とはいえ、むろん間違いはあるし、何も言えないときもある。コンラズは、もうずいぶん前に、彼女がどこで情報をつかんでくるのか理解しようとする努力を放棄していた。

いつもなら、二人はホイイ＝トストロプにある女性の家で会う。そこで彼女は夫とともにひっそりと、有料の相談所を経営していた。「声のスティーファン」と名乗る夫が宣伝担当をしており、インターネットに不思議な現象の話を紹介している。コンラズのところにもときどき彼からのボイスメールが来るが、たいていの場合は聞きもせずに削除してしまう。コンラズが女主人に相談を持ちかけるときは、必ず担当の事件に関連する物品などを持っていき、協力を頼む。これは不可欠な条件だった。捜索犬と同様、透視を始める際には、物的な資料が必要なのである。だが、今回のケースでは、彼女に渡せるような形ある資料は何もない。そこで、犯行現場に来てもらい、なんらかのインスピレーションが得られるかどうか見てみようと思ったのだ。

インスピレーションは現れるだけでは満足できなかったようで、列をなしてわれがちに捜査に参加しようとしているようだった。彼女は体育館に足を踏み入れるなり、進むべき道を探すかのように前に手を差し出し、天井と床を交互に眺める動作を何度か繰り返した。そのしぐさを見ていると、体育館の中で雨が降っているかのような気がしてくる。彼女はやがて上を見ると顔を引きつらせた。

「一人の男が息子に去勢されました。床に血がぽたぽた落ちています」

いきなり彼女が後ろに跳びすさったので、危うくコンラズにぶつかるところだった。

「誰のことを言っているのですか?」

なんの前触れもなく、悪魔が彼女に取り憑いたかのような表情に変わる。彼女は取り乱した様子になり、恐怖に満ちた目で体育館を眺めまわした。両手で強くこめかみを押したまま、黙りこんでいる。時折、驚いたような声をあげるだけだ。だがその身振り手振りを見ていれば、彼女の目の前には強烈で不愉快な光景が広がっているのであろうと察しがつく。その状態がしばらくの間続いた。あるときは目をふさぎ、あるときは耳をふさぎ、そしてあるときは両手の上にあごをのせて、何かを聞いているのか、あるいは懇願しているようなそぶりを見せる。一度だけ、身の毛がよだつかのように顔を背《そむ》けた。

そして突然、彼女は顔をこわばらせ、うつろな目つきになった。コンラズは待ちきれない思いだったが、何も言わずに黙っていた。時が固まり始めたかのように感じるほど長い時間が経過しても、彼女はぼんやりと突っ立ったままだ。それでもコンラズはあえて声をかけなかった。するとやがて彼女のほうから口を開いた。出てきた答えは驚きと同時に失望をもたらした。彼女は間違いなく偽物だった。だがコンラズにはどうすることもできなかった。闇の世界はそう簡単には問いかけに応じてくれないものなのだ。

「残念ながら、これ以上のものはキャッチできませんでした。もう家に帰らせてください」

12

汗で脂っぽくなった青ざめた顔に、テンのようにずる賢そうな小さな目と少女のような小さな口——その姿はあたかも絵の具で描かれた絵画のようだった。目線は下向きで、小さなしわがあちこちにあるのがわかる。多くの人々の場合、それは難しい決断を下すときの表情だ。まさしく魚を思わせる顔である。

頭部が画面の三分の二を、そしてデンマーク国旗で飾られたヘッドレストが残りを占めている。

一瞬ののち、その顔から勝ち誇ったような笑みがこぼれ、舌の先がなまめかしく動いて赤い唇を二、三回湿らせた。沈黙がしばらく続き、やがて動画はグロテスクな顔を映し出したまま止まった。

コンラズ・シモンスンをして悪魔に会うほうがましだと思わせる日刊ダウブラデット紙の女性記者、アニ・ストールはその動画を見終わり、げんなりした表情を浮かべていた。旗からも男からも汚らわしい感じしかしない。男が何者であるかも、何について話しているかもまったく心当たりがないにもかかわらずである。自分のヘッドホンを目で探したが、また誰かが勝手に拝借していったらしい。この動画が添付されてきた電子メールの本文には差出人の名前が記されていなかった。送信者の欄にあった「チェルシー」という名前にもさっぱり心当たりはない。匿名のメールはしょっちゅうだし、毎日山のように受信する。アニは、このメールにこれ以上時間を無駄に割《さ》くべきではないと自分に言い聞かせた。

そのとき電話が鳴った。受話器を取って、誰の声かわかると笑みが浮かぶ。相手の話を聞いて、すぐに彼女はこう言った。

「カスパ・プランクのことはよく覚えているわ。それはきっと大スクープよ。もし明日の一面に載せられるなら、二千クローネは出せるわね」

アニはしばらく受話器の向こうの声にじっと耳を傾けた。

「わかった。二千五百クローネ出してもいいわよ。これであなたは私の手のうちにあるってことね。まずは教えてもらえないかしら。アーネ・ピーダスンについて。知ってのとおり、シモンスンの右腕なんだけど、彼はギャンブルで問題を抱えているという噂があるの。そのことについて何か知らない？」

再びアニは、聞き手にまわる。

相手が何やら話し始めた。

「わかるわ、わかるわよ。カスパ・プランクについてだけど、私が行ったら、コンラズ・シモンスンか、プランク本人からコメントをもらえると思う？」

相手の答えを聞きながら、彼女は先程のメールを削除し、次のメールを読み始めた。通話を終えるまでの間に、さらにメールを二件チェックする。

「その仕事に適任の完璧なロリータちゃんがここにいると思うのよね。その子は、本当にくそ真面目だから、ジャーナリストごっこをやるよりも尼寺に行くべきだと思うくらい。つまり、あなたが挙げた二つの基準はクリアしているってこと。そういうわけだから、必ずもう一度私に電話をちょうだいね」

アニは受話器を置くと編集室で怒鳴り声をあげた。

「アニタ、出番よ！」

13

コペンハーゲン法医学研究所に、とりたてて興味を引くものは存在しない。一年を通じて数え切れないほど足を運んでいるにもかかわらず、そこをあとにするときは必ず解放感を覚えるのだった。それは、のどをとらえ、鼻をくすぐるホルマリンのにおいがいたるところでするからかもしれないし、最先端の機器と、昔懐かしい白黒スライドの人体写真とのミスマッチを見ているうちに、気分が落ち着かなくなるせいかもしれない。研究所は閉ざされた世界だ。選ばれたほんのわずかな人々にしか、ここには居場所はない。しかしコンラズ・シモンスンは選ばれし人々の一人ではなかった。

アートゥア・エルヴァングは予備解剖の結果にざっと目を通した。ぎっしりと文字が書き込まれた黒板を消そうとしている。黒板を消すのは、今日すでに四回目である。コンラズはそばに座っているアーネとパウリーネを横目で見た。出席者はみな、全神経をエルヴァング教授の講釈に集中している一方で、鑑識課長はテーブルの反対側でぐっすり眠りこけていた。クアト・メルシングの実力は誰もが認めるところだった。そのうえ、教授とは対照的にいたって感じもいい。時折、船を漕ぎながら、小さないびきをかき、ふっと目を覚ますのだが、すぐさままた寝入ってしまった。徹夜明けの彼の居眠りをとやかくいう理由などないというのが、出席者の一致した意見だった。

エルヴァングの発表はかれこれ一時間は続いていたが、それが終わりに近づいている兆候は何一つなかった。残念ながら、今のところ明らかにされた情報は、いずれも大きな発見をもたらすものではない。解説がここまで長くなったおもな理由は、被害者の数が多いからだが、それでも本当に捜査の役に立つような要素はほとんど見受けられなかった。とはいえ、被害者の死亡推定時刻が水曜日の十二時三十分から十四時の間であることと、死亡原因は明らかにされていた。四名は首吊りによる縊死《いっし》であり、残りの一人は絞殺である。「絞殺」と判断されたのは、おそらく首をひもでくくられた際に意識を失ったからであろう。一方で、死体の身元を確認しうる要素はほぼ皆無《かいむ》であった。被害者同士を結びつける共通の特徴も一切なかったのである。彼らの年齢はおよそ四十五歳から六十五歳までとみられ、筋肉隆々の二つの死体は、それ以外の三体とは対照的に、定期的に肉体的な活動を行っていたことを示していた。おそらく肉体労働に従事していたのだろう。

　前向きな要素が一つだけあった。エルヴァングは検案を行う際に、死体にそれぞれ名前をつけており、コンラズはその名前を拝借するつもりでいた。教授は、体育館の奥の壁を「北」、その反対側にある体育館の入り口を「南」として位置関係を確定した。そして、死者を「北東氏」「北西氏」「南西氏」「南東氏」と呼ぶことにしたのである。最後の一人は「中央氏」と命名された。

　うんざりするレクチャーが終わり、捜査官たちはずっと温めてきたさまざまな質問を投げかけることを許された。アーネ・ピーダスンが口火を切った。

「麻酔について触れていらっしゃいましたが、もう一度説明していただけますか？」

　教授は再び話し始めた。コンラズは教授が一回目と同じ言葉を用いて説明していることに気がついた。ただもっとゆっくり話しているだけだ。

「全員が死亡する約二時間前にステロイドを摂取させられ、半分眠らされているような状態だった。ステロイドは、量によっては鎮静剤の役目を果たし、眠りに導いたり、うとうとさせたりする効果がある。この薬剤は静脈注射によって与えられており、どの死体にも左右いずれかの前腕に注射の跡があった。また上腕部には斑状出血の跡もあった。おそらく圧迫帯によるものと思われる。血中ステロイド濃度は小数点以下のレベルでほぼ一致しており、これは彼らがそれぞれ体格に応じて異なる量を摂取したことを意味している。したがって、薬剤はプロによって投与されたものと考えられる。どの死体の場合も、注射針が一発で静脈に入っていることから、注射を担当したのは医師か看護師、あるいは彼らと同等の措置ができる人間であると、私ならば仮説を立てる」

アーネは続けて質問した。

「『半分眠らされていた』とおっしゃいましたね？」

「そうだ。濃度が薄めだったため、効果は限定されていた。目的は彼らを扱いやすくするためだったと思われる。細工しやすいように、といったほうがわかりやすければそう言い換えるがね」

「自分の意思では動けなくするため？」

「そんなイメージだな。厳密に言えば、数時間、体を麻痺させて、動きを鈍くしたということだ」

「被害者の体格を分析したとのことですが、体重計で計ったということですか？」

「そうは思えないね。身長から割り出したというのが最も可能性として高いのではないかな」

次はコンラズの番であった。いくつか質問を手帳に書きつけてあったのだが、いざ質問する段になって、自分の字を判読できず、最初の質問がなんであったかも思い出せないことに気がついた。間の悪い沈黙が続き、みなが不審そうにコンラズを見た。つかの間の静寂にクアト・メルシングが一瞬目を覚ました。コンラズは二つ目の質問から始めた。

「身元確認に関してですが、もし私の理解に間違いがなければ、歯形が一部残っているということですよね」

「北西氏の歯形のことを言っているならそのとおり。一部分だが、それでも多くのことがわかるはずだ。その情報に推定年齢を加えれば、身元を確認するのにはじゅうぶんではないかな。彼がかかった歯科医を君が見つけさえすればいいのだから」

「南西氏は約四十年前、彼が二十代の時に人工心臓弁膜を移植しているとのことでしたが、それは身元確認のヒントになりえますか？」

エルヴァングは答える前に一瞬躊躇《わずら》した。

「彼は急性関節性リウマチも患っていたかもしれない。確実に言えるのは、これは我が国の昔懐かしい手術技法だということだ。一九六〇年代、デンマークのある病院が、人工心臓弁膜を、十九歳から二十五歳ぐらいのある男性に移植している。その男性は抗凝固薬を摂取しなければならなかったはずだ。それがマルクマールだったのか、プレビスカンだったのかはそのうち明らかになるだろう。病院側は手術後、彼のＩＮＲ値を四ヵ月おきに測定する必要があったものと考えられる。この検査は必ず病院で行われるから、身元特定の助けになるだろうな。人工心臓弁膜移植は当時、そこまで一般的な手術ではなかったはずだ」

アーネが椅子を引いた。

「その件でお手伝いいただけませんか？」

この提案は一見すると理にかなったもののように思えた。しかし、たとえ教授がこの種の疑問の解明に興味を示すタイプであったとしても、そのために引き受けざるを得ない仕事量を考えると、応じるなどまずありえそうにない。しかも、教授の年齢を考慮すれば、このような要請を彼自身に対してすること自体ばかげていた。

コンラズはすぐさま言い直した。

「……つまり、我々と協力してこの線を調べてくれるような専門家を探す手助けをしていただけませんかね？」

アートゥア・エルヴァングは困惑している様子で二人を順番に見た。

「違う人間が小出しに次々質問するのはやめてくれ。今はいったい誰が何を訊いてるんだ?」

二人は協力要請の件についてはあきらめることにした。

そろそろクアト・メルシングに登場願う時間だった。体を軽く揺さぶられたメルシングは、すぐさま「血痕についての十のレッスン」、もっと厳密に言えば、「動脈を切断した場合の飛沫血痕」というテーマで熱のこもった発表を始めた。教授とは対照的に、彼のプレゼンは少々あやふやさを感じさせ、つじつまが合わないところも一部あった。コンラズが指摘したように、体育館の床はビニールシートか新聞紙で覆われていたとみられ、新たな発見の余地はあまりなさそうだった。しばらくは黙って聞いていたエルヴァングもついに耐えられなくなったらしく、遠慮なしに口を挟んできた。

「君は血痕にこだわっているらしいが、そんな話は誰も聞きたくなどないのだよ。さっさと結論を言いなさい。そのほうが退屈せずにすむ」

あっさりと、クアト・メルシングはすぐさま方向転換した。何も見ないで話す能力に限界を感じたらしくおもむろに紙を取り出すと、読み上げ始める。

「被害者の身体につけられた切り傷と血痕を分析したところ、チェーンソーの刃は右から左へ、床から六〇度の角度で入っていた。チェーンソーを使った人物は、切り刻もうとしていた死体の約一メートル上方にいたことになる。すなわち、被害者たちは、吊り上げられたのではなく足下をすくわれる形で吊るされたことが明白だ。しかも、身体に残る血痕の分布は、どの平面を見るかによって変化している。これらの要素を考慮に入れると、約一メートル五〇センチの高さがあり、落とし板がある絞首台を五つ作ったに違いない。死刑執行の儀式はいってみれば芸術的な形式に則《のっと》って行われたのだろう」

「まったく、くそったれが……」

ごく穏やかな調子で発せられたアーネのこの言葉は、みながそれぞれ心のうちで考えていたことを代弁していた。しばらく、その場が水を打ったように静まりかえった。被害者たちに与えられた残酷な死のイメージがおのおの脳裏に刻まれる間は、身体に残された傷もチェーンソーも、胃の中の残留物も歯形も、すべて二の次のように思えた。沈黙を破ったのはエルヴァングだった。

「そうだな。見るに堪えないものだったに違いない。被害者は多少なりとも薬でぼんやりとした状態で体育館に、そして絞首台の上に運ばれた。彼らの服はすでに脱がされていた。どこで、どのようにやったのかはわからないがね。それから彼らは台の上で全裸のまま後ろ手に縛られ、両脚もくくられ、首をひもでくくられた。彼らのくるぶしや前腕にも糊の痕跡が発見されているので、かなり高い確率で太いガムテープによるものだと推測できる。それから彼らは一人ずつ吊るされていった。吊るされたらすぐ、次の人間を殺す前に、死体の手は切断された。彼らの顔に加えられた損壊の度合いはさまざまだ。血痕と切り傷の角度は、すでに言及があったとおり、鑑定のキーポイントとなっている。少なくとも処刑がどの順番で行われたかはかなり確信を持って言える。南西氏、北西死、南東氏と続き、先に説明したとおり、北東氏は例外的な扱いを受け、中央氏が最後だったようだ。生殖器の切除は死刑台を撤去したあとに行われたとみられる」

全員がかたずをのんでコンラズの発言を待った。だが、彼は周囲の人間が発する無言の圧力などまったく意に介するふうもなく、好きなだけ時間をかけてじっくりと考えた。そしてついに静かに口を開く。

「床にビニールシートを敷き、血液を吸収させるためにその上に新聞紙を敷く。それから絞首台だ。処刑のために特別に台をしつらえ、解体し、撤去したということですか？」

それは非常に重要なポイントだった。パウリーネが発言した。

「校務員は父親の指物細工の工場で働いていたわけだし、つじつまは合うわね……」

コンラズが口を挟んだ。

「静かに、パウリーネ。それで、どうなんだ、クアト？」

クアト・メルシングはコンラズと同じくらい静かな口調で話し始めた。だが、その口ぶりに躊躇は一切見られない。

「そのとおりに事が運んだのさ、コンラズ。正気の沙汰じゃないのはわかっているけど、まさしくそのとおりのことが起こったんだよ」

「疑問の余地なしか？」

「まったくないね」

鑑識課では事件の経過を再現するシミュレーション映像を制作していた。先程エルヴァングが描写したばかりの光景が、棒人間によって再演される。その映像は数分間あり、興味深い部分についてはズームで拡大されて映し出された。３Ｄアニメーションが用いられており、それほど生々《なまなま》しくはないにもかかわらず、おぞましい状況がじゅうぶんに想像でき、その場の空気を重くしていた。

彼らは通しで二回その映像を見た。

クアト・メルシングが最後に一言つけ加えた。

「犯人を仮に二人に設定したが、実際には一人かもしれないし、五人かもしれない。それを知るすべはないね」

ミーティングが終わってもコンラズはまだ部屋に残っていた。まずはパウリーネを心理療法士のディデ・ルーバトから引き離す必要があった。彼女に聞き込みをしたところで、何も進まないからだ。女伯爵かアーネか、暇つぶしに割ける時間があるほうが、心理療法士に貼りつけばいい。

最後まで残っていたアーネとパウリーネが部屋を出たあと、コンラズはエルヴァングに尋ねた。

「復顔法について簡単に教えてもらえませんか？」

老人の顔が輝いた。ためらうことなく説明を始める。

「その方法は身元確認に用いられる。我が国ではまず行われることはないがね。歯科医師たちの協力のもと、きちんと整理された資料に基づいて行われる法歯学的な鑑定のほうが、ずっと迅速かつ確実で、さほど費用もかからず身元特定ができるからだ。だが、復顔法はたとえば、我が国ほどデータ登録が進んでいない英国や米国で多く用いられており、専門家も養成されている。米国では彼らを法人類学者と呼んでいるよ。考え方としては、身元が特定されていない頭蓋骨から、解剖結果とデータを組み合わせて、顔の模型を制作する。頭蓋骨の各部位に小さな棒状の部材を設置し、区分された部位ごとに筋肉を一つ一つ、あるいは筋群ごとに復元していく。これらの棒状の部材はそれぞれ復顔の基準となる点を構成しており、その長さは、対象となる区分に関してデータに基づいて算出された筋肉量の平均値によって決定される。復顔そのものには通常、粘土が用いられるため、法人類学者は指先にある種、芸術的な器用さを備えていなければならない。だが、それでも顔の正確な復元は不可能だ。たとえば、耳は復元することができない」

彼はそこで一息入れると、考え深げにつけ加えた。

「君はこの手法を今回の事件に応用できるかどうかを暗に問うているのだろうね」

「そうです。身元の特定が決定的な鍵になりますからね。ほかの方法で身元特定に至る可能性のほうが大きいですが、北西氏の歯であれ、南西氏の弁膜であれ、相応の時間がかかりますし、結果が出るかどうかも完全には確信が持てない。もしあなたのほうで、実物に近い顔写真を提供できるなら、今すぐその方向で作業に取りかかっていただけたらと思います。我々にとってはそれが唯一の手がかりなのですから。ご存じとは思いますが、念のため。予算はじゅうぶんにありますので」

「予算があることはもちろん知っている。いいことじゃないか。馬鹿にならないほど金がかかるからね」

エルヴァングは空《くう》を見つめながら、聞き取れないような声で何やらつぶやいていた。それから、気を取り直したように二人に言った。

「我々のケースについて検討してみよう」

クアト・メルシングとコンラズはエルヴァングのあとに従った。

彼らは清潔で日当たりのよい部屋に入った。壁は大きな白いタイルで覆われ、床は一九五〇年代の浴室風にテラゾのタイルが張られている。床は部屋の中央で少し高くなっており、部屋の周りを囲む樋《とい》のほうへ向かって傾斜がついている。水を噴射することで、床の表面が簡単に洗浄できる仕掛けになっていた。窓と窓の間には、ステンレスの大きな洗面台が二つあり、一つは手を洗うため、もう一つは臓器を洗うために使われている。部屋のちょうど真ん中に五つテーブルがあり、それぞれのテーブルの上に一体ずつ死体が載せられていた。この部屋で音を立てると不愉快なほど金属的に響いた。まるで市営プールにいるような錯覚を起こす。

エルヴァングは冷静な目で三つの遺体の顔——というより顔の付近で残されている部分を観察した。その間二人の同僚は一歩下がって沈黙を保っていた。エルヴァングが口を開いたが、それはコンラズの援護をするためというより、自分自身に言い聞かせるためのようだった。

「人類学者の助けなど必要ない。すでにたくさんの情報があるじゃないか。多様な顔ぶれのチームを持つことは重要だが、不器用者などいらないのだよ。確かに有能な美顔専門の整形外科医がいれば、面白くなりそうだがね。専門家同士、それぞれの知識を共有し合えるようなチームを作ればいい。米国から死化粧師《エンバーマー》を呼ぶのもいいかもしれないな。我が国では死者を棺桶に放り込み、両親にも棺の蓋を開けるなと注意する。我々の文化では、死者を不必要にいじくり回すのはいけないことなんだ」

鑑識課長は注意深く耳を傾けていた。エルヴァングの見解に興味を持ったらしい。

「知り合いに女性カメラマンがいましてね、まさしく芸術家ですよ。カメラの使い方についても、撮った画像の処理についても」

エルヴァングはうなずいた。

「確かにそれはいい考えだな。カメラマンは欲しい。そのカメラマンにしようじゃないか」

コンラズが昨夜、復顔術についてインターネットで調べたのが実を結んだ格好だった。彼はある種、誇りを感じていた。コンラズは知るよしもなかったが、もし同じことを何も知らないまま尋ねていたとしたら、結果はまったく違ったものになっていただろう。コンラズはさりげなく、いつごろまでにできそうか、教授の心づもりを聞き出そうとした。そして予想どおり、教授は見込みさえ明言することを拒否した。だが、それでも、この日初めて、コンラズは気分が高揚するのを感じた。

しかし高揚感は十分と続かなかった。ミーティングが終わり、コンラズがまだ建物から出もしないうちに携帯電話が鳴ったのだ。女伯爵は冷静かつ手短に用件を告げた。研究所全体に響き渡るようなコンラズの反応とは正反対だ。

「まさか。ちくしょう、そんなことありえない！」

だが、事実だったのである。

14

キノボリは目利《めき》きの眼で木を観察した。樹齢百五十年以上の赤ブナがオーゼンセ近郊の小さな町アラスリウの広場に植わっている。幹《みき》の直径は優に一メートルはあり、彼の頭上の木の葉は大きな緋色の釣り鐘を思わせた。数本の枝は剪定《せんてい》されているが、赤ブナはそんなことは承知だといわんばかりにあちこちに満遍《まんべん》なく伸びている。見るからに、この木はこんなに小さな広場では居心地が悪いのではないかと感じてしまう——木自体が大きすぎるのだ。この木はおそらく周辺のほとんどの店舗ができる前からここにあったのだろう。キノボリは気の向くまま自分の視線を漂わせる。この界隈には一切住居がないことを確認できたので、すっかり満足していた。この点が重要だったのだ。どんなに細心の注意を払っても、音を立てずに作業することは不可能だからだ。

彼は冷静に、すぐそばにあるホットドッグスタンドをチェックした。店の外観には改善の余地があるといえるだろう。使われている部材の品質は粗悪だった。床はコンクリート平板でできており、引き戸のドアと、店の右側の窓にはプレキシガラスがはめ込まれている。白く塗られたベニヤ板が窓の下の部分と外壁を覆い、白木の柱は一〇センチ×五センチ以下の太さしかない。断熱性などまず考慮されておらず、ロックウールが一層だけ何枚かのメゾナイトで固定されている状態だ。基本的には平らだがわずかに傾斜のついた屋根は、建物の裏側でプラスチックの雨樋とぶつかるところで途切れている。屋根の半分はスレート葺《ぶ》きのようにアスファルトルーフィングが施され、こちらも安いだろうと思われるコンクリートブロックに直接熱を加えて貼ってあった。客が立食する場所にあたる屋根のもう片側は、台形状の透明のプレートで覆われていた。店全体を大々的に掃除する必要がありそうだ。

キノボリは、ベンチに腰掛けたままで、店主が客に注文の品を渡す際に伸びてくる両手や、ステンレスの板に映る顔を見ることができた。青白い顔には、膿《う》みきった吹き出物が一つあった。どんよりとした目には、死体のように心そそられる何かが感じられた。残念だが、キノボリはまずこの男を殺すところから始めなければならない。この機会を逃すと、この男がこのまま生きつづける可能性が大きくなるからだ。

ブナの木もこの戦いにおいては無視できない存在になるだろう。キノボリはこの木を見た瞬間にそれを悟った。たとえ、そのために作業が少し難しくなろうとも。もしかしたら少し難しいどころではすまないかもしれないが、効果はさらに強まり、この店の客は幾夜も不安にさいなまれながら過ごすことになるはずだ。

ブナの木はそういった用途にふさわしかった……恐ろしいほどぴったりだった。

彼はふたたび目利きの眼で木を観察し、切り倒すところを想像した。例の店は新聞も売っており、夜が明けるか明けないうちに開店する。店ごと木でつぶすには好都合だし、おまけに木を切り倒すのに一晩かけられる。チェーンソーの刃を極力遅く回転するように調節すれば、音もじゅうぶんに抑えることができる。刃の回転数が減少するため、作業には時間を要するが、特に急がなければならない理由があるわけではなかった。まず、受け口を切り込む。チェーンソーの刃は幹の直径から考えると小さすぎるため、両側から切っていかなければならないだろう。木を切り倒すために必要な追い口も前後に切り込む。これは受け口と平行に入れていく。チェーンソーの刃が挟まって動かなくなってしまわないようにプラスチック製の堅いくさびを二つ打ち込み、最後にチェーンソーを引いて作業をしめくるという手順だが、まだすべてが終わっているわけではない。刃の回転速度を普通にして二十秒あまり切れ目にあてがっていると、木が倒れるのだ。

　キノボリは切り落とされている枝と店の建物のほうに最後の視線を向けた。そして何か毅然としたものを感じさせる笑みを浮かべ、風の中に向かって一言だけつぶやく。

「ドカン」

15

　ポウル・トローウルスンは颯爽《さっそう》とランゲベク小中学校の自習室に入った。上機嫌だ。女伯爵はこれ幸いと休憩に入ることにする。彼女は今朝、またも不調に終わったルーバト女史との対決の録音を聴いているところだった。対決はこれで二度目になる。今回ルーバト女史は、専属の弁護士を連れてきた。有能で、本来警察に協力的な男性である。だが、彼女の義弟でもあることから、無理矢理かり出された可能性が極めて高かった。女伯爵は彼のことをよく知っており、心の中で、妹はもっと感じのよい人物でありますようにと願っていた。彼にはそれだけの価値がある。ディデ・ルーバトと釣り合いがとれる相手など誰もいないだろう。パウリーネがめげずに努力し、弁護士が間接的に助けてくれたにもかかわらず、彼女と話しているとまるで、バランス競技の練習を自転車で延々と続けているような気がしてきた。心理療法士は一つの言葉をあれやこれやとこねくり回して、定義したかと思えば再定義するということを八回も繰り返す。そうこうするうちにもはや誰も質問が何であったか思い出せず、何か答えを得ようという希望もなくしてしまうのだ。一時間ほど堂々巡りをしたあげく、パウリーネはさじを投げたのだった。

「何をしているのかい?」ポウルは女伯爵に尋ねる。

「いろいろなことを山ほど。学校に六チーム、近所に二チームを配置してるの。みんな自力でなんとか頑張っているわ。進展があれば逐一、私に報告が来ることになっているけど、きっと何も知らせることがないのよね。ピア・クラウスンについての情報も集めてもらってる。尾行の担当が三十分おきに電話をくれるから、なんとかやってられる状態よ」

「奴はどこに?」

「今は、この界隈のスーパーマーケットで買い出し中」

「それで、あの件は? あのしょうもないルーバト女史の録音かい?」

ポウルは女伯爵の前に置かれた録音機を指さした。

「そうよ。パウリーネはとうとうキレてしまったわ。でもなかなかしぶとい子ね」

ポウルはふっと笑った。

「少し聞かせてもらってもいいかな」

女伯爵はカセットテープを巻き戻した。

「大いに笑えるだろうと思うわ。あなたはもう女史の担当を外れたわけだし」

彼女はスタートボタンを押し、ボリュームを上げた。カウンセラー長の間延びした声が部屋中に響き渡る。

「……おそらく仕事があったのだと思います」

「ですが、先週あなたは休暇をとっていたと確かにおっしゃいました。間違いありませんか？」

「その質問はもう前にしていますよ。情報を整理すべきじゃないんですか」

「ですから、間違いありませんか？」

「なんのことを言っているのかしら？私が休暇をとったかということ？　それとも私が休暇をとったと言ったこと？」

「あなたが休暇をとったのかどうかです」

「休暇をとったと言ったのなら、きっとそうに違いないわ」

「それなら、認めていただけますね？」

「そうしたら何か面倒なことが私の身にふりかかってくるのですか？」

「ディデさん、それは私にはわかりかねます」

女伯爵は一時停止ボタンを押し、早口で説明した。

「彼女は弁護士を連れてきたの。話のわかる弁護士なんだけどね、不幸にも彼女の妹と結婚してるのよ」

「休暇中は何をして過ごしましたか？」

「この質問には答えなければならないわけ？　警察になんの関係があるのよ。私が休暇中に何をしたかなんて」

「どんなことであろうと、あなたが回答を強制されることはありませんよ。ディデさん、その点はすでにご説明しましたよね」

「彼女には私に、私が何をしたか聞く権利はある。でもただそれだけなのよね？」

「そうです。彼女には聞く権利はあります。ですが、今し方お話ししたとおり、あなたは決して答えを強制されてはいないのです」

女伯爵はテープを適当なところまで早送りした。

「……思うに、こちらの警察の方にすべてきちんとお話ししたほうが、事がスムーズに進むんじゃないかな」

法律家の男性の声からはうんざりしている様子がにじみ出ていた。

「そうですよ」

パウリーネもそれに輪をかけて嫌そうな声を出した。

「『通常ではない』という言葉をどう解釈しているのか、その言葉を口にした本人であるこの警察の女性のほうが明確にすべきではないかしら」

ディデ・ルーバトの声は力強く、活力に満ちあふれていた。

女伯爵はため息をついて、テープレコーダーを止めた。

「こんな調子でずっと続くのよ。これでもか、これでもかと延々と。これまでだって手強い相手を取り調べたことはあるわ。奇妙きてれつな証言をする人の話だって聞いたことはある。でも、彼女はありとあらゆる記録を塗り替えたわね。あの校務員よりひどいもの」

「彼女のこと、どう思う？」

「どう思うかですって？　ディデ・ルーバトは本物の人生とやらを歩んでみたくて仕方がないんじゃないかしら。無味乾燥な毎日を送るシングルマザー、同僚の出世に嫉妬する、口やかましい形式主義者……。なんというか、イラッとくるのよね。でもあなたの意見に賛成よ。このばかばかしいやりとりをなんとか乗り切ったところで、彼女は何かしら隠したままなんでしょう。彼女には本当に我慢ならないわ。ところで、あなたのほうはどうなの？　ピザを差し入れてくれた私たちの寛大な友人は見つかったの？」

ポウルは彼女のそばに来て、テーブルに腰をおろし、話し始めようとした。

「ひどいにおいね」

「かなり長い間、ピザの残りに膝までつかっていたものでね。まあ、とにかく聞いてくれないか。今朝、開店時間に合わせて店に行ったんだ。ピザ屋のおばちゃんと長々と話をしたよ。でも話をするったって、こちらが話す言葉が一言もわからないときている。何か返事をしてくれても、八割方はイタリア語なわけ。そりゃあ、一筋縄じゃいかないよね。でも、そこへ偶然にも息子さんがやってきて、おばちゃんがほぼ完璧にデンマーク語を話すことができるとわかった。だけど、国家権力の圧力を少しでも感じると、本能的に言葉の壁の陰に隠れようとするらしい。息子さんのおかげで、彼女をまた日の当たる場所に引っ張り出してくることができたってわけ。さんざん無駄話をしたあとで、例のピザは先週の月曜日に注文されたことがわかった。男性からの注文だったらしい。注文が紙にメモしてあったそうだ」

「なるほど。じゃあ、あなたの言ってることは正しかったわけね」

「まあ、そういうことになるね。ともかく、それから一時間、ピザ屋のおばちゃんにその男がどんな奴なのか説明してもらおうとしたけど、上手くいかなかった。そんなもんで、五つの同じ質問を少しずつバリエーションをつけて聞いてみた。でも、その客は、年齢は二十歳から八十歳ぐらいの間で、極端に小柄でもなければ、車椅子に乗っているわけでもなく、間違いなく男性だったという結論しか引き出せなかった。そうこうしているうちに、おばちゃんは、頭蓋骨が突然鳴り出すとか、そんなふうな未知の職業病に苦しめられているのかもしれないと思い始めた。なんだって自分がこんな目に遭わなきゃいけないんだという気持ちにもなってね。そんなこんなで、残念だけどもう解決の糸口は一つしかないと思ったんだ」

「ゴミの中にメモの紙があるかもしれないって?」

「そのとおり。裏庭にあった三つのゴミコンテナをひっくり返して、探し始めた。息子さんも手伝ってくれた。おばちゃんはあれこれ指図をしだしてね。もう笑うしかない感じだった。そして、ついにメモを見つけたんだ。水色の小さな付箋紙に配達日、電話番号、ピザの枚数がとても特徴のある丸文字で書かれていた。天からの贈り物だと思ったよ。ほとんど数字しか書かれていなかったけど、これなら筆跡鑑定だってできる。みんながこの結果に大満足だった。店のおごりで、コーヒーを飲ませてくれたぐらいの喜びようだったんだ。とっても気分がよかったよ。偶然レジの上に目をやるまではね。そこには品書きが貼りつけられていた。その筆跡はなんと……いいから、ちょっと当ててみてよ」

「とても特徴のある丸文字」

「ビンゴ! というわけで振り出しに戻ったわけさ。息子さんもがっくりきてた。母親の記憶の衰えについてしきりと謝っていたよ。でも、それがおばちゃんには耐えられなかったらしい。キレてしまってね。これ以上ないほどひどい言葉でののしり出した。デンマーク語とイタリア語が入り混じった濃厚で味のあるピュレのようだったよ。そして、さんざん悪態をつきながら、おばちゃんはその男に直接、話しに行けばすむことじゃないかって怒鳴った。こちらは開いた口がふさがらなかった。息子さんが勇気を振り絞って、それはどういうことかと説明を求めたんだ。その男と知り合いなのかってね。とんでもない、とんでもない、誰も〝知り合い〟などいません。外に出るのは夫と息子だけで、彼らが人と〝知り合い〟になってくるんです。自分はピザを売るためにここにいるんだと言うんだな。自分が知っているのは、その男性が昔息子が通っていた学校の校務員さんだということだけだ、と」

「まさか、冗談でしょう?」

「とんでもない。あのおばちゃんはちゃんと、〝誰かと知り合いだ〟というのと〝それが誰だか知っている〟というのを区別して話していた。彼女は馬鹿なんかじゃない。彼女の説明が的を射ていなかったのは、話題になっているのがその男の人となりだと思ってたからなんだ。外見について話しているわけではないと思っていたらしい」

女伯爵は考え込みながら首を振った。

「ピア・クラウスンはこれをどう説明するのかしら。今日の午後はきっと面白いことになるわ。すぐにコンラズに電話してくれない？ 法医学研究所での用事はそろそろ終わっているはずだから」

「自分で電話すればいいじゃないか。とりあえず洗面所を探さないと。それから生ぬるくなってしまう前にこれを渡さなきゃ。君はこの小さな新人をいったいどうしようとしてるのかい？」

ポウルは誇らしげにコカコーラの小さなボトルを二本見せた。

「すごいじゃない。あなたがSMSを使いこなせるとは思わなかったわ」

「真実は必ず明らかになるものだから、自白したほうがよさそうだな。実は人に手伝ってもらってようやく読むことができたんだ」

「隣にいるこの子がマーデよ。プログラマーなの。彼の提案で、報告書のデータ照合システムを作ろうとしているところ。一つだけ忠告しておくけど、細かいことは質問しないでね」

マーデ・ボールプは礼を言ってコーラを受け取った。ポウルは、マーデが何枚かお札を引っ張り出そうとしている間に、彼が今し方までやっていた作業を一通り見た。そしていたく興味を示した。

「いったい何をしているんだ？」

「データ照合だよ。あなたたちが時間を節約できるようにね。ランダムなテキスト自動検索。再帰的アルゴリズム非同期メソッド。ネット上にイケてる一連のAIを見つけたよ。まず病院と電話会社に入れて、っと。大病院で残っているのはヘアレゥだけ。あそこのシステムはめちゃ破りにくい。でも今晩もう一回やってみる」

質問者はこの話題を深い意味で理解できるような人物にはみえなかった。そこで、マーデは助け船を出すことにした。

「AIっていうのは人工知能って意味なんだ」

ポウルはマーデの肩に手を置いて、静かに言った。

「文章で言いたいことを説明しようと努力してみるっていうのはどうかな。こっちがわからない単語を集めて羅列するだけじゃなくてさ。ところで、私企業の情報システムに無理矢理入ることは禁止されてるって知ってる?」

マーデ・ボールプはためらった。

「でも、僕たち警察じゃん」

そばにいる大きい人は、マーデに「君はそうではない」ことを示唆した。そして、その人が急に話題を変えたので、マーデはすっかり動転してしまった。

「マーデ、デンマークの首相は誰だい?」

彼は頭の中が破裂しそうになるほど考えた。彼の指はキーボードを叩きたい絶望的な欲求に駆られていた。グーグルで検索すれば〇・一秒で答えられただろう。でも、そうしたらカンニング扱いされる。

「確かユトランド出身の人だったと思うけど」

「今もユトランド出身の人だよ。ほかにつけ加えることはないのかい?」

マーデは指を交差して幸運を祈りながら当てずっぽうで言った。

「オーフス（ユトランド地方に極めて多い名字）さん?」

ポウルは洗面所に行くのを後回しにした。警察がハッキングをしていたという記事が新聞の一面に載るのは、チームにとって最も避けたい事態だった。女伯爵のそばに戻ると、ポウルは状況を説明し、彼女の大事な部下に「公民」の即席講義をするように強く勧めた。手始めは「憲法」についてだ。彼女はその意見に同意こそしたものの、ポウルからすると、やる気の感じられない反応にしか見えなかった。

「わかったわ。彼とはちゃんと話し合うから。その間に、あなたには地理の知識がまだ頭に入っているか確かめるチャンスをあげる。自信がなければ、すぐにデンマークの地図を取ってきてもらってもかまわないわよ」

「どういう意味かな？」

「コンラズが、私かあなたのどちらかにタームまで行って、校務員の妹と話してきてほしいと言っているの。私の記憶では、前回は私が……」

女伯爵は最後まで言わずにほのめかすだけにとどめたが、ポウルはすぐに彼女の意図を察した。

「わかった。君の車を貸してもらえるかな？」

女伯爵が承諾の返事をするのと同時に、彼女の携帯電話が鳴り出した。通話そのものは短かったが、明らかにただ事ではない。女伯爵は低い声で、だがはっきりと言った。

「ピア・クラウスンにまかれたって」

「まさか、冗談だって言ってくれよ」

「もしそうなら、本当にひどい冗談よね」

その瞬間からタームの町はとてつもない魔力を放ち始めた。

16

看護師ヘレ・スミト・ヤアアンスンがマイクロバスの男たちに薬を打ってから六日が経った。最悪の六日間だった。しかもベアンハートおじさんと二晩過ごすというおぞましいおまけつきだ。その日、彼女はとても緊張していた。通りに貼り出されたニュース記事や新聞の一面は虐殺について報じており、老人ホームでもその話題で持ちきりだった。ほかのことを考えるなんてほぼ不可能だった。先週の水曜日、休憩室で、彼女はほかのことを考えようとしたが、その努力は十分ともたなかった。あの出来事にまつわる情景がひっきりなしに網膜に映し出される。見も知らない人たちの恐怖におびえた顔、懇願するような目つき、不安をコントロールできずに震える手、手首を座席にくくりつけた手錠が鳴るカチカチという金属音……。彼女がたいまつのように注射器を高く掲げてマイクロバスに乗り込んだとき、半狂乱になった男たちがあげた叫び声、毒蛇のように首に巻かれた止血帯。彼らは闘牛のようにうなり声をあげ、死にかけた犬のようにキャンキャン泣き喚《わめ》く。カッターナイフを手にキノボリが脅しつけ、一人ずつ黙らせていくまでそれは続いた。黙れ、さもなければ片目がなくなるぞ、よい子のパレ君、よい子のフランク、よい子のトーア、よい子の……ピーダだったっけ？　名前など彼女は覚えていなかった。覚えているのはキノボリの心底ぞっとする静かな声だけだ。

「誰にも話さないというのは難しいわ。思っていたよりも難しい」

浴室の椅子に座っている老女は意味がわからないまま微笑んだ。ヘレ・スミト・ヤアアンスンはやさしく老女の髪の毛をなでる。愛情を示す動作が一瞬、うつろな老女の目を輝かせるが、すぐに彼女は自分の世界に戻ってしまう。

「今日は木曜日でしょ？　今日は娘が来るの」

老女はやせてしわが刻まれた身体を流れるお湯の感触を気持ちよさそうに堪能した。ヘレ・スミト・ヤアンスンは老女の肌をそっと石けんでこすってやる。彼女は湯冷めさせないようにお湯を流しっぱなしにし、こう言った。

「私、こんな歳なのに、悪さをしたの。悪さをしようとしたの」

彼女は老女を観察した。そして老いというのは相対的なものの見方だと思った。

「ええ、そうね。私はもう小さな無垢な少女とは言えないわ。でも、目出し帽をかぶってピストルを持ち、そのうえ仰々《ぎょうぎょう》しい儀式に参加しちゃったの。本物のピストル、もしかしたらリボルバーというのかもしれないけど、知ったこっちゃないわ。弾《たま》は入っていなかったけどね。それにポケットは手錠でいっぱいだった」

「今日は娘が来るの。今日は木曜日でしょ？」

保温器の中にタオルが準備されていた。心地よい温かさだ。彼女は老女をタオルでくるみ、たんねんに体を拭いた。

「私は何も言わずにキノボリにピストルを向けたわ。彼はあいつらを次々に手錠でつなぐ間、私に命乞いをしていたのよ。すべてが恐ろしく早く進んだ。もう手遅れになるまで誰も抵抗しなかったわ。彼らには強盗事件に巻き込まれたらしいという認識はあったようだけど、運転手のキノボリも被害者だとばかり思っていたのね。彼らがようやく状況を理解したときには五人とももうつながれていたってわけ」

老女は恐怖におののいた。もっと大きな声で言わなければ。

「娘は来なくちゃいけないわ。今来なくちゃいけないの」

「はいはい」

ヘレが抱きしめ、背中をさすってやると、老女は静かになった。

それからヘレはタオルを床に落とし、ゆっくりと円を描くように老女にクリームを塗ってやった。

老女は目をつぶり、小さな声でハミングを始めた。

ヘレはさらにゆっくりとした動きでクリームを塗った。必要以上に長い間塗りつづけた。

「歯を磨くのを忘れてはいけないわね。先週のようなことが起きないように注意しなきゃ」

慣れた手つきで、ヘレは上あごの入れ歯をつかむと手前へ引っ張った。前回入浴したとき、老女は入れ歯をなくしてしまい、ひどく混乱したからだ。そこまで必要なものではないというのに。老女が口をすすいでいる間に、ヘレは入れ歯を磨きあげた。

「私に会いに娘がくるの。今日は木曜日でしょ？」

「今日は火曜日よ。お嬢さんが来るのは週末。まだまだ先よ」

ヘレは知らず知らず不満げな口調になっていた。

老女がすぐさま反応する。

「私の娘に電話して。彼女は今来ないといけないの。今日は木曜日でしょ？」

「黙りなさい、もうろくばばあ」

老女は泣き出した。

自分は以前、入居者を叩いたことがあったのだろうか。ヘレは思い出せなかった。いや、そんなことは決してなかったはずだ。今し方のようにぱちんと叩いたことすらなかった。何か心を静めるものが必要だ。錠剤か一杯の酒か、その両方か。どう考えても今はストレスのかかる時期であった。

17

アーネとパウリーネはだらだらと歩道を歩いていた。互いに好感を抱いていた彼らは、二人きりで過ごす機会があると、わざとその時が長く続くようにしていた。たとえば今のようにどちらかといえば急がなければならないときも同様だった。パウリーネはむっつりしており、そのせいもあって二人は言葉少なだった。それでも一緒にぶらつくのは、それが習慣になっていたからかもしれない。

一方、アーネは上機嫌だった。劇的な突破口を見いだせなかったにもかかわらず、法医学研究所で行われた会議によって、事件に新たな広がりがもたらされたからだ。それに、彼はもともと陽気な人間だった。一歩前を歩く同僚を横目で見やると、まるでしかられた子どものような様子をしている。彼の女性に関する知識を総動員してみても、今は彼女に話しかけるべきではなかった。サンドバッグの役目を引き受けるよりも、やりたいようにさせる時間を与えたほうがいい。そのうち彼女も立ち直るはずだ。女性というのは、いつもそういうものなのだ。会話がないので、アーネは好きなだけ彼女の尻を眺めることができた。会話の代わりとしてはなかなかおつなものだったので、さらに前を彼女が歩いてくれるように意図的に歩調をゆるめた。

通りの曲がり角まで来ると、停めておいたパウリーネの車のワイパーに駐車違反の切符が挟まれていた。悪いことに、取り締まりの警官はまだその場を離れていなかった。何台か先の車の前で、切符を切ろうとしている。アーネはそばのコインランドリーの料金表を眺めることに集中し、違反の件に関わるまいと固く決意していたが、パウリーネの口調が変わり、話し合いというより罵倒という様相を呈し始めると、方針を変えざるをえなくなった。パウリーネの顔色からは、何一つよい予兆がうかがえなかった。アーネはこの年若い同僚を警官から引き離し、一言二言なだめるような言葉をかけた。そして彼女から車のキーを受け取ると、すぐさま彼女を乗せて車を発進させた。

しばらく無言の時間が過ぎた。沈黙を破ったのはパウリーネのほうだった。

「ありがとう」

「どういたしまして。運転するかい？」

「いえ、このままで」

それっきり二人は押し黙った。アーネはダウブラデット紙を手に取り、ハンドルの上に置いた。

「どれどれ、このストールとかいう記者はコンラズについて何を書いているのかな」

パウリーネはアーネに賛成しかねると言いたげな視線を投げかけた。運転しながら新聞を読むというのはどう考えても分別のある組み合わせとは思えなかった。

「早く着かないかしら」

パウリーネの思いを無視してアーネは新聞を読みつづけている。

「〝記者会見での殺人捜査課課長のコンラズ・シモンスンは、お飾り以外のなにものでもなかった。余計なことを言うなと釘をさされているのは明らかだ。この事件の捜査を任された指揮官は迷える子羊のように上層部の言いなりになっていた……〟」

パウリーネはぴしゃりと言った。

「アーネ、やめて。聞いてられないわ。まるでコンラズが安易な道に逃げてるみたいじゃない。まったく腹立たしいわ」

お手上げとでも言いたげに、アーネは新聞を後部座席に放り投げた。そしてパウリーネの腿に手を伸ばす。

「君には男が必要なだけなんじゃないかな？」

「どうしてあなたはバカじゃないのにそんな態度をと

るの？」

パウリーネは悲しそうな顔をしている。アーネは不用意な発言をしてしまったことを後悔しながら、手を引っ込めた。それでも、思い切って本心を打ち明けてみることにする。

「君が哀れだからさ、パウリーネ。コンラズが君をあの心理療法士の担当から外《はず》した唯一の理由は、君が上手く捜査を管理できなかったからだ。それだけのことだよ。君は殺人捜査課に所属しているのであって、女友達と週末を楽しんでいるわけじゃない。ポウルだって手こずっていたじゃないか。君はひどく自意識過剰に思えるし、被害者を演じているようにしか見えない。ご機嫌斜めなのか、なんなのか知らないけどね。いずれにせよ、コンラズには君の幼稚な気まぐれにつきあっている時間はない。たとえ彼が君のああいう振る舞いに気づいたとしても。でも彼は知らないだろうね。読心術をやってるわけじゃないし。君は同僚が救いの手をさしのべてくれないときはいつも、何も抗議せずにただ『了解しました』と言うだけだけど、そのあとずっとふくれっ面をするだろう。そのうえほんの十分前には、警察官の立場を利用して罰金逃れをしようとした。デンマークを汚職にまみれた三流国レベルに逆戻りさせようとしたんだ。君が暮らしたいのはいったいどんな社会なんだ？　今しがただって、君は十三歳の子どもが父親にするように泣き言を並べたてた。でも、僕は君の父親じゃない。結局のところ、僕は君の精神状態がどうこうよりも肉体のほうが気になるんだよ」

パウリーネはそれには答えず、寂しそうに車の流れを見つめながら、ささくれた気持ちをなだめようとした。別に世界の終わりが来たわけではないのだ。ようやく少し気を取り直したころには、車は何キロか先に進んでいた。パウリーネは罰金を割り勘にしようと持ちかけようかと考えた。提案自体は理にかなっているが、アーネは慢性的に金銭問題を抱えている。それを知っているだけに、迷った末にやめておくことにした。その代わり、パウリーネはかなり頑張って甘ったるい微笑を浮かべると、いつもより一オクターブ低い声で切り出した。

「私が昨晩どんな夢を見たか知りたくない？」

彼女が落ち着きを取り戻してくれたのはよかったが、その質問には閉口してしまった。アーネはいつも彼女とは努めて真摯《しんし》に向き合うようにしているが、この瞬間に限っていえば、女性が夢で見たお告げに耳を傾けるだけの余裕がある、健全な精神を持ち合わせた男性というのはそうそういないのだということを、あえて説明する気にはなれなかった。精神分析医は例外だが、彼らはそれを生業《なりわい》にして生活しているのだ。

「喜んで聞くよ。でももうすぐ目的地に着いてしまいそうだ」

「今年の夏にやったパーティーのこと、覚えてる？」

もちろん覚えていた。殺人捜査課はいつも麻薬捜査課と合同でパーティーをする。だが残念なことにこの宴会には総務課や上層部も参加するのが慣例になっていた。お偉方が多すぎて下っ端はあまり来ないということはともかく、面白い展開になることはめったにない。前回はコペンハーゲン市街にあるレセプションルームを貸し切りにしてもらった。そこは天井が驚くほど高い、美しい部屋だった。建築家は心ゆくまで設計にこだわったのだろう。壁面の使い方や暖房費などを度外視して、海に面した側に五階分の高さがある巨大なガラス窓をはめ込んだのだ。さらに上にはガラスの屋根があり、夜になると見渡す限り星空が広がる。しかし残念ながらアーネは早く帰宅しなければならなかった。双子が病気になり、早めに帰ると約束していたのだ。実に残念だった。あのときは来たばかりの新人だったパウリーネ・ベアウをもっときちんと殺人捜査課全員に紹介したかったのに。結局彼は、その立派な計画を家族への義務を果たすために犠牲にしなければならなかった。だがその後、スカナボーまで殺人捜査課で遠足に出かけたとき、ついに彼女のことをチームに紹介することができたのだった。それも、二度にわたって。

「もちろん、覚えているよ」

「夢の中で私はあなたと踊っていたわ。時計は十一時半を指していた。宴たけなわで、みんなにこにこして気分よさそうにしていた。飲みすぎた人もいたけど、私たちは違った。踊りながら、私はあなたを階段のほうへいざなった。あの階段のことも覚えてる?」

部屋の隅に大きな螺旋《らせん》階段があったのをアーネは思い出していた。屋根の下の内壁に沿って走る渡り廊下へとその階段は続いていたが、立ち入り禁止の鎖がかかっていた。

アーネは何も言わずにうなずいた。

「あなたは私についてくるの。私はインド製の絹の赤いドレスを着て……ううん、違うわ……私はワインレッドのベルベットのスーツを着ているの。ちょっと大胆なスタイルで、スカートは腿を見せすぎかもしれないと思うくらい短かったけど、踊っていても全然気にならなかったわ。でも、階段を上る途中、片方の靴が脱げてしまった。ヒールの高い靴には慣れていなかったのね。私は前屈みになって、靴をはいた。階段のてっぺんまで上って、手すりがついた頑丈なガラス板の渡り廊下を歩いていった。すごく高いところまで来てしまった。はるか下のほうに参加者が見える。同僚の何人かが私たちを指さし、面白がっているの」

パウリーネはさりげなくアーネを見て、彼がちゃんと話を聞いているか確認する。

「渡り廊下の端まで来ると、私は立ち止まった。廊下の床には大きなガラスの板がはめ込まれていたけど、私壁は違う。最後のガラス板の上を通り過ぎた先に、私たちがなんとか通れるような小さなスペースがあった。

靴を脱いでそこを通ると、足場を固定するために使われる小さな踊り場のような場所に着いた。一八メートルもの高さがあるのだから、危なくないとは言えないわね。一瞬、手すりから手を離していたら、滑り込んできたあなたが私の腰にたくましい腕を回してきた。もう片方の手は手すりをしっかり握っている。そして二人だけで天と地の間でじっとしていたの」

彼女は目をつぶって、頭を後ろに倒した。

「私たちの真下は、光と音楽と色と楽しさに彩られていた。真上には星空。どこまでも続く氷のような空が広がっている。あなたはオリオン座の三つ星を私に見せて、金星は星ではない、ただそう見えるだけだと説明する。私は髪の毛をかきあげながら、頭を反らし、あなたの顔に自分の顔を近づける。あなたは私の耳にやさしくキスをする。私は飲みかけのビールを置いてきた場所に残っているボウルにキスを投げる。そばに置きっぱなしの私のバッグをみてもらっているの。誰かがそれを開けたらとても困ったことになるわ。その可能性を想像しただけで私の頬は真っ赤になる。バッグを開けたときに何が最初に目に飛び込むか、わかっているから。階段で私の靴が脱げてしまったときから、あなたにもわかっているのよ。そう、ショーツが入っているの」

パウリーネはあえて尋ねなかったが、アーネは明らかにその展開を予期していた。

「私はゆっくりとあなたの股間にお尻をこすりつけた。前へ後ろへ、左へ右へ。二人ともあなたが硬くなっていくのを感じている。あなたは抵抗するけど、私は聞かない。私は自分の準備が整うようにやさしく手を使っていく。最初は指一本で、それから何本かを使って。あなたのベルトを外し、もう片方の手でズボンがずり落ちないように支えながら、ズボンのファスナーを下げる。階下の様子は変わらない。あなたが殺人捜査課の新人を誘惑して、渡り廊下の隅に連れ込んだことは、誰もが気がついているけれど。でも私の体が陰になってよく見えない。私はあなたのブリーフをゴムの力でぎりぎり落ちない高さにまで引き下ろす。そして自分の脚を開き、それからスカートの後ろを少し持ち上げてあなたを私の中へ押し込む。あなたは私に注意するふうを装って私の耳元でうめくような声をあげる。でも、同時に何かささやいている。言葉にならない言葉をささやいているの。あなたの腕の筋肉が硬くなって、さらに私を強く抱きしめる。でもそれも短い間だけ。なぜっておかしな状況になるから。

パウリーネは目をつぶったまま楽しそうに笑った。

「私はあなたに、ズボンから手を離すわねと言う。そこであなたは深刻なジレンマに陥る。あなたは片方の手で手すりをつかみ、もう一方の腕で私を抱えている。だから自分のズボンがくるぶしまで落ちないように支えようにも空いている手がないのよ。上司や同僚全員に注目され、この先ずっと話題にされることになる。あなたの評判、キャリア、羞恥心――すべてが問われる。私がズボンから手を離したときには、あなたはもう私から手を離していた。私は感じることに集中しながら、できるだけあなたの腰から離れないように両腕を後ろに伸ばす。私はバレエを習っていたころに何度も何度も教えてもらって自分のものにしてきた動作を思い出していた。『力を抜いて』、『力を入れて』、『背を伸ばして』、『動かない』。この四つの言葉が合図なの。私はあなたにのしかかるようにして、自分の体で小さな円を描き始める。こんなに近くにいるのにあなたは私の名前を叫ぶ。そして、二人は少し離れるの。二つの体が離れ……でもぎりぎりのところでまだくっついている。まさに真実の瞬間ね。円を描くような動きはどんどん力強さを増していく。力を抜いて、入れて、背を伸ばして、動かない。私は一センチごとに大胆になり、究極のバランスを保てるポジションを見つけ出す。そして勝ち誇ったように星空に向けて腕を上げ、同時につま先立ちをする。それからかかとを下ろす。それを繰り返す」

　彼女は早口になった。

「力を抜いて、今度はつま先で立つ。力を入れて、後ろに反る。はい、背筋を伸ばして、つま先で立つ。そのまま動かないで、後ろに反る」

　ふいに彼女は目を開き、普段の声に戻る。

「あら、着いてたのね」

　車はランゲベク小中学校の前の駐車場に止まっていた。もうずいぶん前に到着していたのだ。バッグを取ろうとするパウリーネをアーネが押しとどめる。

「ちょっと待てよ。それでその後どうなったわけ？」

「どうなったですって？　なんの話？」

「そりゃ、君の夢のことだよ」

「ああ、よく覚えていないわ。きっと私は天使になって飛んでいったのよ」

「天使だって？」

「ええ、天使よ。子どものころ、父に〝パパの天使ちゃん〟と呼ばれていたわ。私が横柄な態度をとると、このいまいましい天使の翼は動かなくなるの。なかなか詩的なイメージでしょ？　でもそのときに目が覚めたのかもしれないわね」

　パウリーネはシートベルトを外した。

「アーネさん、そんな苦々しい顔をしないでくださいな。ただの夢なんですから」

　恥じらいの色も見せず、彼女は同僚の脚の間に手を置いた。

「あなたには女が必要なだけなんじゃないかしら？」

18

女伯爵を前にした二人の男は、降格の危機に瀕《ひん》した恥ずべき大馬鹿者そのままといった風情《ふぜい》を醸《かも》し出していた。唯一、二人を擁護できる要素があるとするならば、その大失敗を言い繕おうとすらしなかったことだろう。彼らは嘘をつくこともなく、下らない言い訳をすることもなく、詳細にピア・クラウスンが消えた状況を説明した。的外れな見解を言おうものなら、女伯爵にしかりつけられていただろうから、それは賢明な態度だったといえる。二人は女伯爵に突っ込みを入れられる隙を与えなかったのだ。彼女は、とんでもないへまに点数をつけようとでもするように、二人を頭のてっぺんからつま先まで眺め回した。二人とも天のような高みから言葉が降ってくるまで、何も言わずに縮こまっていた。

「すぐにこの場から立ち去れば、ひどく腹を立てたがたいのいい男がやってくる前に逃げきれるかもしれないわね。決して会いたい相手じゃないはずよ」

それでも彼らが動こうとしないので、女伯爵は驚いた。何か質問でもあるのかとしばらく待ってみたが、そういうわけでもない。そこで、彼女は顔の前に両手の親指と人差し指で四角形を作り、ファインダーを覗くようなしぐさをして言った。

「私の水晶玉には、二人の同僚が遺失物を分別している姿が映しだされているわ。遠くへ離れる時間がなかったばかりに」

今度は話が通じた。

コンラズ・シモンスンの思考は、女伯爵の人道主義的な考え方とは基本的に相容れない。したがって、当事者である馬鹿者たちの口から直接、話を聞くのではなく、間接的な報告を聞くだけで納得しなければならないことを知ったとき、怒り心頭といった様子だった。だが、現実的な代案がない状況では気に入らなくても受け入れるしかない。コンラズは肘掛け椅子に身を沈めて、話を聞く態勢を整えた。

女伯爵はさりげなくメモを一瞥《いちべつ》すると、腹立たしい大失態の報告を始めた。

「正午ごろ、ピア・クラウスンは地元の小さなスーパーで買い物をしていました。カートは生活必需品とワインでいっぱいになっていました。レジで会計を済ませたのち、再び彼はカートに買ったものを積んで、バウスヴェーアの大通りを下っていきました。肉屋でサンドイッチを四個、ビールを二本買い、それらをカートに積み、さらにタバコ屋でタバコを一カートン買いました。それぞれの店に入る前に、通りがかりの人にかすめとられないように彼はカートの中の品物にレインコートをかぶせました。その次に立ち寄ったのは金物屋です。大通りの二六六A番地にある店です。その店は八つの階段室がある四階建ての建物の一階にありました。その時点で、彼は警官五名に尾行されており、しかもバックアップ要員が車から監視を行っていました」

アーネとパウリーネが部屋に入ってきた。コンラズは苦々しげな表情を向ける。二人は巧みに目をそらした。課長の虫の居所は見るからによくない。こういうときはとにかく目立たないようにすることだ。女伯爵は報告を読み進める前に、かいつまんで二人にこれまでの話を伝えた。

「金物屋で、彼は店の奥の棚をじっと見つめていたかと思うと、いきなり奥の部屋に入り、ドアをばたんと閉めました。その直前にどうやら、鍵穴を爪楊枝《つまようじ》でこじ開けて壊していたようです。この店舗には、建物の裏側にある駐車場へ通じる出入り口と、もう一つ、地下物置へ通じる階段口があります。地下物置への階段を下りていく前に、彼は外側から開かないように、ドアにつっかえ棒をしました。地下物置には、この建物の地下室に続く非常口があります。彼は八つの階段室へとつながっている地下室を横切っていきました。地下室の奥には自転車置き場があるのですが、彼は事前にそこにベビーカーを置き、着替えを入れておいたのです——それは、イスラム教徒が身につける、全身を覆うベールでした。あとは着ていた普段着の上に、それをかぶるだけでした」

「まさか」

コンラズはため息をついた。

「ええ、彼は実際そうしたのです。シンプルで効果的な変装ですよね。用意しておいた新しい装い——ニカブなのかチャドルなのか忘れてしまいましたけど——そのベールをかぶって、ベビーカーを押しながら、彼は建物の中を歩き、見張りの者たち全員の目と鼻の先をかすめていったのです。何人かは、ベール姿の人物が目の前を通っていったことを覚えていました。そして、ゆっくりとバウスヴェーア駅に向かって通りを歩き、ベビーカーを押したまま十二時三十九分のコペンハーゲン行きの電車に乗りました。彼はブズィンゲ駅で降り、エレベーターの中に衣装とベビーカーを置きっぱなしにして、タクシーを拾い、バラロプのショッピングセンター方面に向かったのです。そこで、彼の足取りは途絶えています」

コンラズは怒りにまかせて手の甲で壁を叩いた。

「昨日の時点で拘束するべきだった。あの男の振る舞いはどう見てもおかしかったわけだし。泳がせたのは間違いだった。しかも自分の仕事もろくにできない愚鈍な野郎どもに彼の監視を任せてしまったのだから、始末に負えない」

まだ最悪のニュースを伝えていなかった女伯爵が、コンラズを心配そうに見つめる。

一方、アーネは必死で建設的な態度をとろうとしてい空気が流れた。めまいでも起こしたような顔をして、コンラズは押し黙っていた。今度も最初に気を取り直したのはアーネだった。そしてなんとか事態を収拾しようと試みる。

「ならば、少なくとも放火容疑で指名手配できます」

パウリーネも彼にならって楽観的に物事をとらえようとした。

「これだけマスコミから注目を浴びているのですから、間違いなくニュース番組で彼の手配写真を流してもらえるでしょうし」

アーネがさらに言った。

「そうだ！　空港と主要な駅で張り込みをすれば、彼が我々の張った網をすり抜けるチャンスも減ります。彼はもう自宅には戻れないわけですし」

女伯爵が手を上げて皆を押しとどめた。

「ちょっと待って。残念ながら報告がもう一つあるの」

誰も見にいこうと言い出す者はいなかった。重苦しいた。

「自宅の家宅捜索令状をとることができるかもしれませんよ」

上司は一筋の光を見いだしたかのように、その意見に追随した。

「そのとおりだ。ピザの一件と、彼の失踪でじゅうぶんとれるだろう。すぐに取りかかってくれ、アーネ。今すぐだ！」

女伯爵はどうやらコンラズの熱い思いに水を差す役回りらしかった。

「残念ながらそれは不可能です。郊外の彼の家は今、火事になっているので。消防士たちが駆けつけましたが、もう手の施しようがないそうです。十分ほど前に連絡がありました。様子を見にいきたいのであれば、窓から噴き出し、燃えさかる炎ぐらいは見られるそうですが」

その場は水を打ったように静かになった。こういう場合はどうしても、不吉な予感のほうが先に立つ。

「彼はベビーカーに私たちへのメッセージを残していきました。厳密に言えば、あなたにです、コンラズ」

それは花柄の封筒で、表にはただ「コンラズへ」とだけ書いてあった。中に入っていたカードは真っ白で、何も模様はついていない。コンラズ・シモンスンは大きな声でカードを読み上げた。

「〝涙を流す、私たちの子どもたちに、光の希望と、喜びの歌を！〟どういう意味だ？」

女伯爵は悲しそうに答えた。

「もちろんこれが絶対正しいという確信は持てませんし、正直知りたくもないのですが……」

「続けてくれ」

「この一節はグロントヴィの詩集に収載されているもので、『夕暮れのため息、夜の涙』という題がついています」

コンラズはカードをテーブルの上に放り出した。それはトランプゲームの最中に、ほかの人が出した切り札を見せつけられ、持ち札をすべて捨てて降参したかのようなそぶりだった。まだ女伯爵が最後まで説明していないにもかかわらず、このようなしぐさで、彼女の漠然とした疑念に対して賛成の意を示したのだ。

「これは弔辞《ちょうじ》です。もう生きているピア・クラウスンには会えないのではないかと思います」

19

ピア・クラウスンは、クッションに体を沈み込ませた。自分の体をゆっくりと休ませながら、笑みを浮かべ、物憂げな様子で天井を見つめていた。今日はいい日だった。まず、彼は予定していなかった仕事をやりおおせることができた。コンラズ・シモンスンが取り調べに、強面《こわもて》の同僚ではなく、若い女性をあてがった理由を読み解くのはさして難しいことではなかった。ピアはあの男に同じやり方で仕返しがしたかった。彼は買っておいたカメラを使い、さほど待たされることなく目的を達するチャンスを得た。図書館で写真をプリントアウトし、指示を書いた紙と一緒にキノボリに送った。それが済めば、あとは一日中、自分のことに集中していればよかった。彼は帰郷し、最後にもう一度、自分が幼いころ過ごした場所を訪れたのである。

多くのものが変わってしまっていた。だが、彼は持ち前の観察眼でたとえ五十年経った今でも町の通りの記憶を呼び覚ますことができた。その通りの平らですべすべしたアスファルトは、世界のどこのアスファルトよりもきめが細かい。何十年も前から、ビー玉で遊ぶ子どもたちの格好の遊び場になっていた。あらゆる年齢の子どもたちが近くからも遠くからもここにやってくる。夏の夜はことに活気にあふれていた。子どもたちが群れをなし、大声で叫んでいる。ゲームに勝つ者、負ける者、笑う者、泣く者、ルールをめぐって口論する者、即席の同盟を結ぶ者……。半ズボンとチェックのハイソックスをはいた少年たちは、髪を短く刈り、汚れた耳を洗いもせず、いつも鼻水を垂らしていた。少女たちはタータンチェックで腰まわりがゴムのスカートをはいていた。スカートは簡単に引っぱられてしまうので、はずみでピンク色のショーツが見えてしまうこともあった。

　彼は膝をついていた。左膝を折り曲げ、右脚は後ろに伸ばしている。最後にもう一度、彼の指は地面をなぞった。

　そうしてしばらくの間、彼は目で猫を探した。ただ過去をよみがえらせたいがために小汚い子猫の姿を探していた。だが、一匹も見当たらなかった。当時、町は野良猫であふれていた。日中、猫たちはゴミ箱を漁《あさ》ろうとうろつく。子猫たちはその間、階段の上で辛抱強く母猫を待っていた。母猫は時計のように正確に、日に三回、甘いものや魚の食べ残しをくわえてやってくる。夜になると、縄張り争いや交尾にいそしむ猫たちが大きな鳴き声をあげ、静けさを乱していた。保健所の職員が町へやってくると、子どもたちは小競《こぜ》り合いをやめる。一人ひとりが果たすべき役割をちゃんとわきまえていた。少女たちは小さなグループを作り、猫たちを遠くへ逃がす。少年は吹き矢やパチンコで職員たちを攻撃する。年少の子どもたちは、家から家へと駆け回って応援を呼びかける。自転車のハンドルについているセルロイドのカバーを外し、ルーペを使って火をつけ、悪臭を放つカバーを侵略者の車の下に投げ込む者もいた。保健所の職員たちは、かんかんに怒って悪態をつくが、結局、頭にこぶを作った末に、一匹の猫も捕獲できずに逃げ帰るのが常だった。

　黄色の建物の三階の角部屋の窓は、彼の母親が占領していた。登校する息子を送り出すときに「いってらっしゃい！」と叫ぶのも、日が暮れて、外にいる彼に寝る時間だと声をかけるのもこの窓からだった。窓には筋がついていたが、その理由を知っていたのは彼と母親だけだ。彼はその日、窓の縁に座っていた。建物のコーニスの部分に凍結のせいで危険なひびが入ってしまったため、足場が組まれ、大柄で陽気な左官職人が作業をしていたからだ。職人は仕事をする間、ずっと歌っていた。そのときの気分次第で、悲しげな歌も明るい歌も歌う。この建物で暮らす主婦たちは、差し入れのコーヒーやビールを窓ごしに直接手渡していた。職人は、足場の上でモルタルとパレットナイフを扱いながら歌っていて、ふと窓際にいた母親に目をとめたのである。そして大胆にもパレットナイフを放り出し、この建物で一番見目麗《みめうるわ》しい女性にも休憩をとる権利があると宣言した。パレットナイフから飛び散ったモルタルがゆっくりと窓ガラスを垂れていった。母親は職人の子どもじみた振る舞いをたしなめてはいたが、この世を去るその日まで窓についたモルタルの筋を楽しそうに眺めていた。

ピア・クラウスンは長いこと、母親の窓に映る空を見つめていた。彼の心は過去へと向いていた。回り道をしたが、やっと出発点に戻ってきたのだ。

こうして彼は旅路の果てまでたどり着いた。

彼はベルトを外して、左腕に巻き付け、静脈を浮き上がらせた。内ポケットから注射器を出し、先端を固定して、二つのアンプル薬で満たしていく。ほとんど光は差し込まなかったが、注射針は簡単に親指と人差し指の間に挟まれた静脈に入った。彼はゆっくりとピストンを奥まで押すと、ベルトを外し、目を閉じた。

腕は少しひりひりした。そのとき、誰かが部屋の中に入ってくるのを感じた。不思議なことに、クッションに体を沈めているのにもかかわらず、ドアを識別することができたのだ。彼はその声を聞き、それ以外のことはすべて記憶の彼方に押しやった。その少女は彼が六歳の誕生日にプレゼントした、あの裾飾りのついたかわいらしいドレスを身につけていた。あれほど愛した彼女がそこにいる。健康そのもので、幸せそうな、晴れ晴れとした笑顔。少女は彼の前に来る。彼は自分の頬に涙が伝うのを感じた。彼は両腕を広げて、少女のほうへ走っていく。少女がいなくなってからの年月が、どれほど長かったことか。そして今、彼は再び固く抱きしめた。彼の小さなかわいい娘を。

20

アルマ・クラウスンのことをポウル・トローウルスンはこう類型化していた。五十代女性、農夫だった夫に先立たれた寡婦、信心深い、ターム出身――彼女を訪問する前、ポウルは、牛小屋のにおいを漂わせ、余計なおしゃべりの多い、教養に欠けた女性をイメージしていた。だが、実際に会ってみると、明らかに違うタイプであることがわかった。

面談を始めた当初から、ポウルの期待は高まっていた。アルマ・クラウスンは小柄で、感じのいい、少々遠慮がちな女性だった。とはいえ、彼女のグレー中心のスタイリングには感心しなかった。家の内装も地味で、いたって慎ましやかである。花柄模様の壁紙、ひものついた呼び鈴、アマー島でよくみられる飾り棚はザルツブルクの磁器人形やくすんだ色の安っぽいがらくたであふれていた。話し始めてかなり経ってから、ポウルはようやく、この女性が実に鋭い洞察力の持ち主であることに気がついた。彼は、ゆっくりとした力強い口調で、彼女のこれまでの生活について質問した。

「てっきり私についての調査報告書をお持ちなのだとばかり思っていましたわ。それを読むお時間はなかったのですか?」

〝お時間がなかった〟という表現を使って、失礼にならないように〝やる気がなかった〟のではないかとほのめかしているのだ。

「そもそもあなたについての調査報告書が存在すると思う根拠はなんですか?」

彼女の答えは、まったく嫌みを感じさせない。

「たとえば、私は夕べ電話でリングケビングの警察官と話しましたが、あれはなんだったのでしょう。彼は報告書を書くと言っていましたが」

「あなたから直接、こうして情報をいただくほうがはるかにいいと思ったんです」

ポウル自身も、筋のとおらない返事をしていることはわかっていた。アルマはポウルの鞄をちらっと見ると、彼の目をじっと見て、宿題をしてこなかった子どもを諭すような口ぶりで言った。

「昨日話したことも私からの直接情報ですよ。さて、何か食べるものを持ってきましょうか。コーヒーでも飲みながら、報告書をお読みいただけばいいわ」

アルマ・クラウスンは一九七二年にコペンハーゲン大学で理論物理学を修めたのち、ニールス・ボーア研究所に就職する。博士号を取得すべく勉学にいそしんでいたが、一九七七年に研究者の道を断念して、オードゥムで主婦になることを選ぶ。銀婚式まで祝った夫と死別すると、彼女は農場を売って、タームに居を構えた。ここで彼女は中断していた勉学を終え、現在はコペンハーゲン大学、ベルリン大学、ストックホルム大学などでインターネット講義を担当している。残念ながら子どもには恵まれなかった。

ポウルが報告書を読み終えたのとほぼ同時に、アルマが台所から声をかけた。

「サラダを作るのを手伝っていただけませんか？　私の仕事についてお話しいたしますので」

「私が聞いてわかるのかどうか自信がないのですが」

「何をおっしゃるの。誰でも理解できるのは少しだけなんですよ。すべてをわかる人などいません。そこが物理学の魅力なのです」

アルマの言うとおり、彼女の説明は本当に面白かった。ポウルは夢中で耳を傾けながらサラダを作った。

アルマの話が殺人捜査課課長の関心事――ピア・クラウスンの人柄――へと移ったころには、時計は九時をまわろうとしていた。ポウルはずいぶん前からテープレコーダーに証言を録音するのをやめてしまっていた。この機器が、相手を神経質にさせてばかりいるように思えたからだ。彼がレコーダーをしまうと、アルマは質問の一つ一つに誠実に、注意を払いながら答えようとした。聴取というより、互いに礼を尽くそうとしている二人のやりとりのように思えた。

「実際のところ、あなたはどれくらいよくお兄さんのことをご存じなのですか？」

「その質問に答えるのは難しいわね。そもそもあまり会うことはないし、会うと決めた場合もいつも私のほうから会いにいきますから。でも、先週はいつもと違いました。兄とは、ある程度定期的にメールをやりとりしていますし、時には電話をすることもあります。たいていは、仕事の話をしますね。数学について話し合うことが一番多いです」

「数学でお兄さんを助けて差し上げるのですか？」

「残念ながらそうではありません。いつもその逆です。兄が私を助けてくれるのです。ピアは一族の中では天才なので」

「あなた方が連絡を取り合うときは、仕事の話以外はしないということですか？」

「そうも言えるかもしれませんね。数学、物理学、統計学が、私たちの会話の大部分を占めていますから。ですが、ほかの分野についても話すんですよ。たとえば宗教とか」

「宗教ですか？　お兄さんには信仰心があるのですか？」

「いいえ、その反対です。私は信仰を持っていますが、兄は違います」

「たとえばもっと個人的な人間関係についてはどうでしょう？　何かお話しいただけることはありますか？」

アルマはその問いには答えず、途中になっていた説明を続けた。

「精神世界にピアが関心を持つようになったのはここ数年のことです。広い意味での精神世界についてですから、キリスト教に限られてはいませんでした。信仰とは、倫理とは、道徳とは何か、憎しみ、やさしさ、許し、罰……そういった類のテーマについて考えていました」

「そううかがうと、少し軽い感じがしますけどね。机上の空論のように聞こえる、といいますか」

「そんなことはないですよ。ピアはいつだって具体的で現実的でした。例を挙げてお話ししてみましょうか？」

「はい、是非お願いします」

「先週の木曜日、私たちは悪魔信仰や、人々の倫理観、人道主義について話しました。ピアはまず、第二次世界大戦が終わるころにデンマークに渡ってきた数多くのドイツ人難民の話をし始めました。最初に来たのは、東ヨーロッパにソ連軍が迫った際に逃げた人々です。その後、デンマークがドイツによる占領統治から解放されると、政府当局はこれらの人々に医療扶助を与えることを拒否しました。医者が足りなかったからでも、彼らには必要なかったからでもありません。単にこの人たちがドイツ人だったからです。その結果、多くの死者が出ました。子どもたちも例外ではありませんでした。簡単に救えたはずの命だったのに……」

彼女は暗記したかのような文章を口にし始めた。

「〝集団意識において、公共の利益と個人の利益との間にはっきりとした違いを設けるならば、大多数の人々は消極的な態度をとり、なんでも甘んじて受け入れようとするだろう。我々の時代は特にそうだ。共通の倫理観というものがまったく存在しない今は〟」

「今のはお兄さんが言った言葉ですか?」

「私の記憶では、間違いなく兄が口にした言葉だと思います。もちろん私は兄の見方には反対です。反対せざるをえません」

「そうですよね。お兄さんの言葉にはファシストのにおいがするように思います」

「ピアはファシストではありません。正直申し上げて、彼が政治に関して何か信条を持っているとも思えません。あるとするなら、冷笑主義ですね」

「お兄さんは、よく言えば冗談好きだと周りから思われていたようです。そういう見方についてはどう思われますか?」

「間違ってはいないと思います。ピアはいつでも冗談を言っていました。ですが、意地悪な言い方をすることはまれだったのです。もし、兄とあなたとの会話が堂々巡りになっていたのなら、それは自分のさじ加減ひとつでいかようにもできるところを見せたかっただけではないでしょうか」

「お兄さんにとってそれがなんの得になるのですか?」

「もちろん、なんの得にもなりません。いいことがあるとしたら、話し相手の口元にかすかな笑みが浮かぶことくらいかしら」アルマはふっと笑った。

「そうですか……なるほど。では個人的な話は？　あなた方は個人的な話をしますか？」

「直接的にはしません」

「なぜですか？」

「そうしたことを話すときは、いつももってまわった言い方をするんです」

「どういうことなのか、よくわからないのですが。もっと明確に説明していただけますか？」

アルマは答える前にしばらくじっと考えていた。

「おそらくご存じだと思いますが、ピアはある時期、かなりお酒を飲んでいました。アルコール依存症だったのです。でも、そのことについて私たちが話すことは決してありませんでした。それが数年経つと、兄はアルコールの摂取を減らして節制するようになったのです。したがいまして、『もっと健康的に生活するようになった』というような言い方を二人ですることはありました」

「お二人の間だけで使われる一種の暗号のようなものだったんですか？」

「そう思われるのならそれでも結構です。でも、私ならむしろ間接的なちょっとした指摘というかもしれません。もちろんコミュニケーションを図るという意味ではあまりいいやり方とは言えないでしょうね。両者がその言葉を同じ意味でとらえているかは、決してわからないのですから。ですが、結果的にそのようになってしまっていたのです。いずれにしても、個人的な話を突っ込んですることはまれでした」

「ということは、あなたはお兄さんとそれほど近しい関係ではなかったということですね」

「おそらく、兄には誰も近しい人なんていないのではないかしら。私も含めて」

「お兄さんはかなりお酒を飲んでいたとおっしゃいましたね。それは、姪御さんが溺死してしまってから、そうなったんでしょうか？」

「はい、そのとおりです。激しく自暴自棄な飲み方でした。ピアはそうすることで自分を罰していたのだと思います」

「お兄さんはお嬢さんの死に責任を感じておられたのですか？」

「おそらくそうでしょうね。それだけでなく、兄は娘の死をとても悲しんでいました」

「二人の関係はどんなものでしたか？」

「わかりません。兄が姪のことをそれはもう愛していたこと以外は。ヒリーネはチャーミングな子どもでした」

「彼女のことを話してください。どのようなお子さんでしたか？」

「繊細でした。繊細で天分に恵まれていました。父親からは知性を受け継ぎましたが、たくましさは受け継ぎませんでしたね。きれいな子でした。そちらは母親から受け継いだに違いありません。うちの家系ではあまり見ない長所なので」

その答えにポウルはピアの娘についてかなり立ち入った話を聞こうとしていた。ニュボーからオーゼンセまで移動する間に、コンラズが質問事項を用意し、電話で指示を与えていた。ヒリーネ・クラウスンの人生は、コンラズが詳細な情報を期待するポイントの一つだった。だが、ヒリーネの叔母であるこの女性は、その点においてはあまり助けにはならなかった。少女が情緒不安定だったことを除けば、興味を持つに値する情報は得られなかったからだ。そこで、ポウルは彼女の死に話題を絞ることにした。

「事故の正確な状況をご存じですか？」

「きちんとは知りません。姪は溺死したんです。ですが、それはもうご存じですよね。一九九四年の夏の夜、ベレヴュ海岸での出来事でした。溺れたとき、クラスメートと一緒でした。それ以外は何も知りません」

「お兄さんが姪御さんの死に責任を感じていたとおっしゃっていましたね。なぜですか？」

「どう説明したらいいのでしょう。兄は姪の面倒をじゅうぶんにみていなかったと感じたのかもしれません」

「事故はそのせいだと思いますか？」

アルマがあまりにも長い間考え込んでいるので、答えるつもりがあるのだろうかとポウルは自問し始めた。長すぎる沈黙のあと、ついに彼女は口を開いたが、その返事は彼が期待していたようなものではなかった。

「わかりませんわ」

「あなたが思うところを話していただけますか？」ポウルはあえて一歩、踏み込んだ。

再びアルマは口をつぐんだ。先程と同じくらいの間が空いた。

「ピアが先週ここにきたのは、私にさよならを言うためだったと思います。兄は自分の人生に終止符を打とうと考えていたのでしょう。ヒリーネがスウェーデンから戻ってきたとき、あの子は〝精神的〟には、抜け殻のようになっていました。ピアは学校で起きた恐ろしい出来事に巻き込まれているのだと思います」

その答えにポウルは呆然とした。

「それは容易ならざる事態ですよ」

「おそらくは。ですが、これ以上質問をしていただいても、お役には立てないのではないかしら。正確に話せることなど何もないのですから。今お話ししたことも漠然とした推論でしかないですし、間違っているかもしれません」

そのとおりだった。またしても彼女の言うとおりだった。ポウルは食い下がった。何度も食い下がった。二時間近くも食い下がったあげく、ついにあきらめることを余儀なくされた。そして力なく首を振り、固辞しつづけたにもかかわらず、アルマはその晩、ポウルを強引に客室に泊まらせたのだった。

21

コンラズ・シモンスンとカスパ・プランクは捜査についてぽつりぽつりと話をしながらチェスをしていた。しかし捜査以外の何かに言及すると、その発言は放置され、結局、答えを得られずじまいになった。チェスのメリットの一つは、会話の中で礼儀を尽くさなくてもすむことだ。二人の男は完璧な好敵手だった。能力の質が根本的に違うからかもしれない。カスパ・プランクの場合、さまざまな駆け引きを組み合わせてしかけていくことに長けており、コンラズは理詰めで戦略を立てるのに優れていた。長い一日を終えて疲れていたにもかかわらず、いつものとおりコンラズが最初から優勢だった。本音を言えば、今夜はチェスの対決を遠慮したいところだった。だが、かつての上司と一緒にいるときに、そこで何をするかを決定する権利がコンラズにあることはまれだ。コンラズは、それとなく事件のことを相談したいとほのめかしたが、元上司はそれを無視し、チェス盤と駒とコニャックを取りにいってしまった。大量殺人が起ころうと、物事はいつものとおりに運ばれなければならないのだった。

コンラズは駒を進めると対戦相手を観察した。すでに熟年のカスパ・プランクは、ひどくやせてはいたが、気品があった。白髪交じりの髪の毛は、日焼けした顔のまわりで扱いにくそうにあちこちはねている。カスパ・プランクは、きらりと光る緑色の瞳でチェス盤をすばやく見渡した。

指揮官としての彼は、非常に厳しく、古くさい手法をとる昔ながらの刑事という印象だった。だが、とても尊敬されており、退職前の最後の数年間は、誰からも愛されていたといってもよかった。とはいえ、彼が伝説的な人物と評されるようになったのは、リーダーとしての資質ゆえでも、解決した事件の数が多かったからでもない。生ける伝説といわれる彼のイメージは、マスコミを自分の味方につけるすべを知っていたことによって確固たるものになったといえる。マスコミが彼を偶像に仕立て上げたのだ。記者を一人の人間として扱ったという点で、彼のやり方はユニークだった。そのアプローチは、明らかに後任には引き継がれていない。

カスパ・プランクはじっくり考えようともせず、中央の駒ばかりを使おうとしていた。

「コンラズ、どうして今回の殺人事件に私を関わらせたいのかね？」

「引退されてからずっといろいろ手助けしてくださっているじゃないですか。何もこれが初めてではないでしょう？」

「何を言っている。おまえが助けを求めたことなどなかっただろう。ましてや正式に依頼したことなど一度もなかった」

「依頼するべきだと言いだしたのはエルヴァングです」

「ばかげたことを言いおって」

極めてシンプルに物事を説明できるというのが、カスパ・プランクの才能の一つである。非常に特異な今回の事件を解決するためには、彼のこの能力が絶対に必要だとコンラズは考えていた。カスパ・プランクは、居合わせた者たちの背筋が凍りつくほどの鋭い直感を、事件の捜査に発揮してきた。情報をほかの者とはまったく違うやり方で捕捉し、解釈するというだけのことなのだが、たいていの場合、誰よりも正確に情報を把握できた。もし、第六感というものが存在するならば、彼は疑いなくそれを備えた人物だった。そこまで超自然的なものでないにしても、彼の一筋縄ではいかない脳はつねにアンテナを張りめぐらし、想像すらつかなかったような手がかりを見つけ出してくる。彼の手法は、警察組織で伝統的にとられてきた独りよがりの硬直化した方法論と対極をなしていた。

二人がそれぞれ何手か指したあと、コンラズは静かに話し出した。

「死体が体育館から運び出されたとき、あなたが退職したあとの数ヵ月の間、ずっと抱いていたのと同じような感覚に襲われました。そして……」

コンラズがかけた待ったは長かった。長すぎるほどだ。

「どうぞごゆっくり。まだ日は暮れてもいないからね」カスパ・プランクは少々皮肉混じりに言った。

「私の言いたいことを理解していただけるかどうかわかりませんが、ともかく、何か建設的な材料が欲しいんです。何が起ころうと、いつかは犯人を見つけることにはなるでしょう。ですが、自分一人で空回りしているようにしか思えないんです。事態はなかなか好転しませんし」

「ふーん」

あまりにも長い間、二人は仕事という面において疎遠になってしまっていたことをコンラズは改めて実感した。元上司が感傷的な物言いを好まないことを、彼は今ようやく思い出したのである。しかも根本のところでは、コンラズも元上司と同じ感覚を共有していた。それでもなお、今は少しでもサポートが欲しいと望んでいたのだ。

「バカげていると思われますか？」彼は慎重に尋ねた。

「そうだな。最高に愚かだと思う」

「ですが、五人を素っ裸にして処刑するための台を、いったい誰が設置できたのでしょうか？　しかも学校にですよ！」

カスパ・プランクはゆっくりと頭を振った。

「おやおや。我々が解明しなければならないのはまさにそこじゃないか」

元上司が〝我々〟と複数形を用いたので、彼の助けを切実に必要としていたコンラズは心強く感じた。コンラズはコニャックを一口すすった。酒にも力づけられ、気合いを入れ直してチェスに集中する。

対局が半ばにさしかかっても、どちらも一歩も譲ろうとしない。

「ところで今日、新しいガールフレンドができた」カスパ・プランクは切り出した。

「それはそれは。で、誰ですか？」

「きっとおまえは彼女の職業に興味を持つだろうな」

「どんな仕事をされているんです？」

「ダウブラデット紙の記者だよ。今日の午後、彼女はここで三時間ほど過ごした。もしかしたら、私とおまえが明日の一面に登場するチャンスもわずかながらあるかもしれない」

コンラズは、思わず握っていた駒を取り落としてしまい、それを拾おうとして体をかがめる。対局がいったん中断したので、かろうじていらだちを抑えることができた。

「マスコミに何かお話しになる前に、こちらとのすりあわせをしておいていただきたかったですね」

「そんなこと、思いつきもしなかったよ」

「それはそうかもしれません。でも、そうされるべきだったんです。まあいいでしょう。それで、その女性は何者で、なぜ興味深い人物なのですか？」

「アニタ・デールグレーンという女性でね、見習い記者なんだが……誰についていると思う？」

「まさか。勘弁してくださいよ……」

「これを聞けば喜んでもらえるかもしれないな。彼女はアニ・ストールのことをおまえと同じように評価しているんだ。まあ、おまえほどではないにしても」

「ありえないですよ。それで、彼女はここに何をしに来たのですか？」

「彼女の上司は、おまえが私の退職を早めたことを知っていてね。その件で記事を書きたいんだよ」

コンラズはため息をついた。その記事の内容は容易に想像がついた。だが、それだけなら乗り切ることはできる。最悪なのは、カスパ・プランクがこの捜査に参加していることが公然の秘密だとはいえ、殺人捜査課から情報がだだ漏れになっているということだった。

コンラズは苦々しそうに吐き捨てた。

「このアニ・ストールという女記者は、情報源から話を聞き出すのがじつに上手いときているからやっかいだ」

「そうだな。しかも彼女は今、ほかの情報源も探しているらしい」

「どうしてまた?」

「彼女がピーダスンにも話を持ちかけようとしているとアニタが教えてくれたからね。一面に載せられるような情報をよこしてもらう代わりに、こっそり現ナマをくれてやるのさ」

「アーネ・ピーダスンのことですよね?」

「そうだよ。アーネ・ピーダスンだ。噂では彼が収入を……臨時収入をむげに断ることはないだろうと」

コンラズは首を振った。

「そんなことをしたって、彼女は何も得られないだろうに」

「そうかもしれないし、そうでないかもしれない」

「あなたは間違っています。アーネはそんな奴ではありませんから。ところで、そのガールフレンドとは、ほかにはどんなことを話したんですか?」

「すべてを話したともいえるし、何も話していないともいえるなあ。ともかく彼女はここで楽しんでいったようだよ」

「どうしてそんなふうに思えるんですか?」

「とてもはっきりとした感情だったからね」

コンラズはいぶかしげにカスパ・プランクを見た。元上司はしばらく黙りこくっていたが、やがてこう切り出した。「彼女自身が私にそう言っていたからだよ。何日かしたらまた私に会いにここに来る予定なんだ」

そして、耳まで届きそうなほど口の端を大きく持ち上げて笑う。コンラズは面白くなさそうにやり返した。

「いいから早く次を指してくださいよ。まったく、いい歳して見栄っ張りなんだから、困ったもんだ」

カスパ・プランクはルーク二つで王手をかけてきた。コンラズはポーンを一つ失ったが、守りを固めて、接戦に持ち込み、相手の攻撃を見事にかわしたあと、反撃に転じた。

カスパ・プランクはようやくゲームに集中していた神経を少しばかり別のところに向けてもいいという心境になったようだ。

「報告書も読んだし、写真も見たよ。アートゥア・エルヴァングとも話し合った。それでますます確信を強めたんだが、この処刑の背後にいる者たちは、新聞の一面に取り上げてもらいたいんだよ。彼らは自分の話を聞いてほしいと思っている。彼らの中には熱さと冷たさ、理屈と情熱が同居しているんだろうな」

「ところで、誰を操るのも得意な人形遣いのおじいさんは、かわいらしい女の子記者には満足しているんですね？」

「彼女のほうから近づいてきたんだ。私からアプローチしたわけじゃない。私はただそのチャンスを利用させてもらっただけさ。正直、おまえもそうすべきだと思うがね」

「どういうことでしょう？」

「ピーダスンに少しガードを緩めさせ、申し出に応じさせてみてもいいかもしれない」

「とてもいい考えとは思えませんが」コンラズは乗り気にはなれなかった。

「話を持ちかけているのは私ではないよ」

「ちょっと考えさせてください。あと、もう一つ何か

言いかけて途中になっていたことがありませんでした

っけ……？」

「彼らは話を聞いてもらいたいと思っているはずだと

言ったんだよ。コンラズ、おまえは至極当然なことを

見落としている」

カスパ・プランクが駒を指す。コンラズはしばらく

考えた。この元上司は謎かけを好む傾向がある。それ

が今はうっとうしかった。

「ヒントをあげよう。話を構成するものはなんだろう

か？」

コンラズはポーンを動かし、内心のいらだちを隠そ

うとする。

「単語です」

「そのとおり。単語というのは重要だ。ところで、お

まえがおや、と思った単語はないのかい？　その単語

は今日の記者会見でも使われていただろう。誰も反応

しなかったがね。二回どころじゃなく、マスコミはそ

の言葉をひっきりなしに使っている。その言葉こそ、

この事件の背景にいる人物が期待しているものだと思

う。それが鍵になるに違いない。被害者の特定や首吊

り台、犯人が現場をどう準備したのかといったことに

ついてはとりあえず考えなくていい。そんなことは遅

かれ早かれわかることだ。だが、単語には注意を払っ

ておくように。今晩だって私は何回かその単語を使っ

ているが、おまえはなんの反論もしなかった。それも

つい数分前のことだよ」

カスパ・プランクの目は輝いていた。動揺したまま

駒を指したコンラズはミスを犯してしまった。相手は

蛇のようにすぐさま食らいついてきた。ポーンを一つ

失ったことで、コンラズの戦略はすっかり崩れてしま

った。

ゲームの決着がつき、コンラズは降参した。

「意地の悪いお人ですね。その単語がなんなのか、教

えてくださいよ」

「自分で当てなさい。それでなくともおまえたち若い者はすべてを与えてもらって、それが当たり前と思っているんだから。どうだ、もう一局やるかい？」

「いえ、もうじゅうぶんです。あなたがおっしゃっている単語というのは〝処刑〟でしょうか？」

「よろしい、コンラズ。少し遅かったが上出来だ。チェスの勝利はふいにしてしまったが、まあ、よしとしようじゃないか」

22

ランゲベク小中学校の図工室には、ロマンチックな雰囲気を感じさせるものは一切なかった。パウリーネ・ベアウはきちんと配列された作業台を一つひとつ観察していった。部屋の奥に小型帯鋸盤《バンドソー》があるのが見えた。彼女は断固とした態度で首を振り、アーネ・ピーダスンの手を払いのけたが、そっとしておいてもらえるのはつかのまで、しばらくすると彼の手がまた伸びてきて、彼女をなで回そうとする。車の中で彼女が話した夢物語が、アーネの頭の中で渦巻いているらしい。パウリーネは彼を責めるに責められず、押し切られる格好になった。

「どうせなら、プレイルームに行きましょうよ」

アーネにとっては願ったりかなったりだった。

二人は互いの手を取り、廊下を渡っていった。その音にか終わりの夜風が激しく吹きすさんでいる。秋の き消されないように、少し大きな声で話さなければならなかった。

「山荘はどうだった?」アーネは聞いた。

パウリーネはむっとしながら首を振った。どうしてこんな質問しかできないのだろう? もう少しロマンチックな話題を選べないものなのかしら。記憶を呼びさまそうとすると、あのがれきばかりの荒涼とした光景が目に浮かび、ひどく気が滅入る。外壁だけが立っている状態で屋根は落ち、黒ずんだ梁がいろんな方向に倒れていた。あたりにすすや煙の刺すようなにおいが充満していて、彼女は激しく咳き込んでしまった。

パウリーネはいらだちをあらわにしながら答えた。

「ひどかったわ。ほとんど火は消えていたけど、壁が大砲のような轟音を立てながら、ひび割れていくのよ。見ていられなかったわ」

「消防士たちはどう言っていた?」

「間違いなく放火だけど、火事が起きたときには人はいなかったと言っていたわ。部屋という部屋にガソリンをぶちまけたうえで、プレート式電熱器の上にガソリン缶を置き、タイマーをセットして火事を起こしたそうよ。ピア・クラウスンは見つかると思う?」

「わからないな。さっき女伯爵と話したところによると、大々的に捜索が行われているようだよ。彼女は今、警本から捜索活動を指揮している。今日の夕方から夜にかけて出動するすべてのパトロールカーは、ピア・クラウスンの発見を最優先するよう指示を受けた。娘が埋葬されている墓地も、溺死した海岸も監視対象になっている。手配写真もニュース番組で公開された。まあ、こちらは正直、望み薄だけどね」

「コンラズは今どこに?」

「カスパ・プランクの家にいるよ」

「電話がかかってきたの？」

「そうだよ。君が来る前に話した」

「何か興味深い話はあった？」

アーネはためらった。電話ではほとんど、記者アニ・ストールに関することしか話さなかったからだ。そして、その電話で聞かされた話は、唖然《あぜん》とするしかない内容だった。コンラズはなるべく角が立たないように気を配って話してはくれたが、なんといっても自分の私生活に関わることなのである。彼は言葉少なに答えた。

「カスパ・プランクが僕によろしくと言ってたって。それで、君は三時間も山荘にいたのかい？」

「ううん、幸いにして、ほんの十五分だけよ。実は、目撃者が見つかったかもしれない。先週の水曜日、学校の近くに二人の男の子がいたことがわかったの。あたりをほっつき歩きながら、ビールや炭酸飲料の缶についているプルトップを集めてたらしいわ。一人はこの学校のプレスクールにいる子よ。ただ、残念ながら、発達がかなり遅れているから、あまり証言は得られないと思う。でも、一緒にいたいとこは健常児らしく、まだ五歳だけど、ロスキレに住んでいるというので、明日話を聞きにいく約束をしたわ」

「どうやら君のほうがずっと生産的な一日を過ごしたみたいだな。こっちはコンラズにスウェーデンまで行けと言われたよ」

「ピア・クラウスンの娘さんのことで？」

「そう。その件に注目するのは当然だと思うけど、なんで電話で話を聞くだけじゃいけないのか、どうしてもわからない。あえて言えば、きちんとした理由もなしに、部下を地の果てまで送り出す。そこがコンラズの欠点の一つじゃないかな」

「例の処刑台については何か新しい発見があった？」

パウリーネがアーネの手をとる。

「もともと学校はイベント用として、組み立て式の台を一つ備えていた。それがなくなっていたわけだから、間違いなく今回、処刑台として使われたんだろうな。まあ、これは少し前からわかっていたことだけど」

「じゃあ、結局今日は何をしてたの？」

「ひたすら時間を無駄にしてたのさ。少なくとも今の今まではね」

「時間の無駄はこの仕事にはつきものじゃない」

「まあね。この学校にはもううんざりさ。ピア・クラウスンがここに処刑台を設置したのなら、そのあとに現場をきっちり片づけていったんだろう。明日には警本に戻れると思うとせいせいするよ。四時間もかけて体育館や校務員室や図工室を見てまわり、ほかの人たちが気づかなかったことを感じとってこいだなんて、とんだ試練もいいところだ」

「それで、そのとおりになったわけ？」

「え、何が？」

「何か感じとれたの？」

「全然」

プレイルームに入ると、アーネは機械的に服を脱ぎ出した。脱いだ衣服を一枚一枚、靴下にいたるまできれいに畳んで、子ども用の低いテーブルの上に小さく積み重ねていく。パウリーネは並んでいるクッションに体を沈み込ませた。

「君は脱がないのかい？」

「その前にやること全部すっ飛ばしちゃうってことなの？」

パウリーネのそぶりは嫌みを通り越して、怒っているかのように見える。彼女は勢いよくセーターを頭から脱いだ。

「痛っ！　まったく、なんなのよ？」

彼女の肘に何かが刺さった。こんな季節にもかかわらず、蜂でもいるのかと思って、クッションの一つを持ち上げてみる。ピア・クラウスンとのご対面は、この二十四時間で二度目だった。

23

鑑識が作業を終えたとき、時計は夜中の一時をまわっていた。これでやっとピア・クラウスンの遺体を移動することができる。コンラズは現場に到着するとすぐ、アーネとパウリーネを帰宅させた。二人をここに残しておく必要はなかったし、彼らを引き留めることで余計な気を遣いたくないというのもあった。それに、アーネは遺体発見にかなり動揺していた。意外にもパウリーネのほうが落ち着いていたのである。鑑識作業に立ち会う必要はないことはわかっていたが、コンラズ自身はそこに残ることにした。本当は、夜のうちにきちんと睡眠をとっておいたほうが、捜査を進めるうえでは役に立っただろう。だが、そうする代わりに、コンラズはクッションが並んでいた場所からかなり離れたところにある教師用の机に陣取ることにした。そうすれば鑑識も彼を追い出そうとは思わないはずだ。こうしてコンラズはじっと校務員の遺体を運び出す準備が整うのを待っていたのである。時折、彼は頭をこっくりさせ、うつらうつらとしていた。目の前の机にはカメラのレシートがあった。型番はキヤノンsx100である。レシートは、死者の財布から見つかった証拠品の中でコンラズが唯一、興味を引かれたものだった。カメラは昨日、コペンハーゲンのショッピングセンターで二千四百五十クローネ（約三万六千円）で購入されていた。しかしカメラ本体は現場にはなく、それが何に使われたのかもさっぱりわからなかった。ただ一つ、かなりの確信を持って言えたのは、ピア・クラウスンはたまたまレシートを残していたのではないということだ。コンラズに見つけさせるべく、意図的に残しておいたのだろう。

コンラズはいつのまにか寝入ってしまっていた。鑑識の女性が彼の肩にそっと手をかけたとき、飛び上がるように目を覚ました。

「もう運び出していただいても大丈夫です。救急車を呼びましょうか？」

コンラズが我に返るまで数秒かかった。

「まだ待ってくれ。少し彼を見ておきたいんだ」

「ですが、担当班は非常に疲れています。みな、家に帰りたいのです」

コンラズは立ち上がると、彼女をしかりつけた。

「君が質問してきたから答えたまでだ。今は、とにかく彼と二人きりにしてほしい。十分と待たせないつもりだ」

「わかりました。対面が終わったら、すぐに部屋から出てください」

コンラズは「私がこの部屋で一夜を明かすつもりだと本気で思っているのか？」と問いただしたい気持ちに駆られたが、こう言うだけにとどめた。

「もちろんだ」

鑑識の女性は部屋を出ると、ドアを閉めた。コンラズは椅子を引っ張ってきて、ピア・クラウスンの死体の隣に置いた。そして、その椅子に腰掛け、長いこと死体を観察した。あたかも、そうすることで校務員が隠し持っていた秘密を発見することができるかのように。死体の目と口は開いたままで、虫歯になったまま放置された歯と生気のない瞳孔がコンラズのほうへ向けられている。グロテスクとしかいいようのないその顔には、あの世から人を小馬鹿にするような、引きつった最後の笑みが浮かんでいた。

しばらくして、コンラズは死体に向かって話し始めた。

「ピア、おまえは風変わりな人間だ。単純なこともすべて複雑にねじ曲げてしまう。たとえば昨日の朝、自分の家で静かに命を絶つこともできたはずだ。だが、おまえほどの力量がある男にとっては、それではなまやさしすぎたのだろう。だから、まず自分がどれほどのやり手なのか、私に見せつけなければならなかった。ピザ、火事、取り調べで見せたバカげた反応、綿密に準備された逃走劇、それから命を絶つために選んだクッションだらけのこの部屋――ほかに何か忘れていることがありはしないかと私は不安でしかたない」

コンラズは身を乗り出し、死体の目を閉じてやった。

24

“デンマークで小児性愛者五名が処刑される”

電子メールのタイトルは実に単刀直入だった。そして、メールに記された内容は、フィクションと現実を意図的に錯綜させたものであった。児童ポルノ輸出産業を守るため、国はリンチされた五人が小児性愛者であるという事実を隠している、とそこには書かれていた。そもそもデンマークは、小児性愛者ネットワークと彼らが運営するインターネットサイトを容認、支持しており、ほかのEU諸国の警察組織と持続的な捜査提携を結ぶことを拒否している。未成年者への性的虐待に科される刑罰はバカバカしくなるほど軽く、その裏にはこのような不正行為を容認している事実が隠されている、という。続いて、二つの具体例が簡潔に示され、最後に、このメッセージを知人に転送し、ワシントンDCのデンマーク大使館に抗議の自筆署名を送るよううながして、締めくくられていた。

水曜日の夜、この電子メールは、無作為に抽出された五十万件ものアメリカのメールアドレスに宛てて送付された。ピア・クラウスン自身が送信すべき相手国を選んでいたのである。彼の論拠は誰の反論も寄せつけなかった。五月のその日、五人は、イーレク・マアクの自宅テラスで日差しと白ワインを味わいながら、電子メールキャンペーンの計画を立てていた。ピア・クラウスンが言った。

「アメリカは陰謀理論の発祥の地だ。長い伝統を持っている。ロズウェルの地球外生命体、月面着陸、そして情報機関は言うに及ばない。みんなも知っているようにアメリカの情報機関は、これまでも大統領を手にかけたり、片手間にショービジネス界のスターをコカイン漬けにしてあの世に送ったりしている。このメッセージを他人に転送するような、ちょっと頭がおかしい人間や奇妙な団体がつねに存在しているのもこの国だ。否定しようのない真実という形になってしまえば、よほどの馬鹿者か、詐欺の手口に精通した専門家ぐらいしか疑うことはないだろうからな」

キノボリ、イーレク・マアク、スティー・オーウ・トアスン、ヘレ・スミト・ヤアアンスンは同意した。誰一人として、ピア・クラウスンに反論する必要性を感じている者はいなかった。ピアは先を続けた。

「それに、デンマーク人はアメリカに敬服している。多くの人間は認めようとしないが、アメリカで起きていることを、デンマークの報道機関はトップニュースとして世論に押しつけようとする。したがって歪曲された噂話をマスコミに浸透させるほうが、デンマーク国内に五万通のダイレクトメールを送りつけるよりもはるかに効果的だ。内容が真実であれ、根も葉もないことであれ、それはたいした問題ではない。我々のケースのように、少しずつ両方の要素がとりまぜてあったにしても同じことだ。もし、この件がアメリカで議論の対象になるのなら、デンマークにも飛び火することは避けられないだろう」

ピア・クラウスンの独白をさえぎったのは農夫のスティー・オーウ・トアスンだった。ためらいがちにこう切り出す。

「わかったよ、ピア。もちろんアメリカに電子メールを送るのは、おれとしては問題ないよ。でも……この間、月面着陸についてのテレビ番組を見たんだけど、そこでは……」

ピア・クラウスンは、口の端を持ち上げて笑みを浮かべた。イーレク・マアクは両腕を広げる。

「全員、あなたの言いたいことは理解できたと思う。僕が用意するメール送信先は何件だって？」

「五十万件だ。大きな国だからな」

キャンペーンの発信地となったのは、ボルチモアだった。欲求不満のITプログラマーが、批判的な先入観を持たないままメッセージを受け取ったところから事が動き出したのである。スウェーデンの通信機器メーカーであるエリクソンで、九年間恵まれた待遇を受けていたその男は、つい最近解雇されたばかりだった。人員削減の犠牲になったわけだが、彼は不当だと感じており、解雇を自分に対する個人的な攻撃だと受け取っていた。ただ、地理には強くなかったので、デンマークはスウェーデンの一地方だと思いこんでいた。彼にとって、そのメールの信憑性《しんぴょうせい》は疑いの余地がなかった。ストックホルムが倫理観に乏しい土地であることはよく知られている。地方がもっとひどい状態であったとしても驚くにはあたらない。そこで、義心に駆られたこの男は、自分の解雇に対する報復の意味合いもこめて、このメッセージを元職場の社員六万人に転送したのだ。しかも、そのメッセージを要約した簡略版の文案を自分で作成して、それをロンドンにある自分のSMSサーバーを介して二十五万名のボーダフォン・ユーザーに送ったのである。すでに解雇されている彼をもう一度解雇することは誰にもできなかった。

もちろん、そのメールの大多数はアンチスパムフィルターに引っかかって受信者には届かないか、届いても受信者本人の手で削除されてしまった。しかし、それでも何通かが網の目をかいくぐって目指す場所に届き、増殖していった。たとえば、木材で財を成した、テネシー州ノックスビルの大企業のオーナーのもとにも届いたのである。その男は九十三歳で、子どものころ両親とともに、デンマークのヒマラン地方オンスィルからアメリカに移住してきた。その後、彼は祖国に足を踏み入れることはなかったが、風に揺らめく黄金色の麦畑や、家々に斜めに設けられた窓、タチアオイの生い茂る野原などといった牧歌的で昔懐かしい風景は、今も鮮明に記憶していた。デンマークで眺めた夕焼けの色や、あのろうそくの炎の色も覚えていた。オオツメグサなどの雑草と格闘して一日を終えたのち、ろうそくに火をともして夜を過ごす習慣を忘れてはいなかったのだ。疲れ果てているとその余裕もなく、人々はナイトキャップをかぶったまま、干し草の中に倒れ込んで寝入ってしまう。だからこそ、そのメールを読んだとき、このデンマーク移民は怒りを抑えることができなかった。怒りという感情は彼の中に生きつづけており、年月を経てもそれが薄らぐことはなかった。

アメリカで彼は、見事に立身出世した。出来すぎだといってもいい。全米各地に展開する八十あまりの木材工場の、ただ一人のオーナーとなったのだから。これは全人生をかけて彼が築き上げ、鉄拳で導いてきた帝国だった。だが、数年前、経営から退かざるをえなくなって以来、取締役会に身を置きながら数々の市場を見守るだけに甘んじてきた。公私をないまぜにし、一握りの取締役たちとの日常に停滞感を覚えながら毎日を過ごしてきたのである。その一方で取締役たちは、この男の機嫌と思いつきに振り回されて、ひたすら右往左往していた。

この老人の弱り切った体は怒りに震えていた。幼児の愛好家たちに対する故郷の人々の寛容さを、誰かが告発しなければならなかったことを思えばこその怒りである。グループ企業に所属する優秀な中間管理職の二人が、彼の指揮のもと、この屈辱的な電子メールに対して適切な対応をするよう命令を受けた。三人は、デンマーク政府に対してこの種の倒錯趣味や児童買春を厳罰に処するようながす意見書を起草した。かの地の性犯罪者は、我が社がこつこつと数十年かけて積み重ねてきた輝かしい実績を揺るがしかねない。老人はこの件をそんなふうに受け止めていた。彼の指示で動いている二人の下っ端社員は、この意見書は実現性に乏しい主張としか受け止められないのがオチだと思っていた。悪くすれば世迷《よま》いごとにしか聞こえないかもしれない。しかし二人とも食べさせなければならない家族を抱えており、ヨーロッパのどこぞの小さい王国の法解釈などのせいで、仕事を失いたくなかった。

意見書は六十店舗ある木材販売店の掲示板に貼り出された。老いた愚か者のイカレた意見は一部の社員が興味本位で読んだぐらいで、あとは見向きもされなかった。枝分かれしていったこの噂もここで袋小路に入ってしまったかに思われた。だが、そのとき、ある販売店の受付に、合い鍵が出来上がるのを待っていた客がいた。彼女はチャタヌーガで最も人気のあるラジオ番組のパーソナリティーで、いつもありそうにないような奇妙で不道徳なにおいのするネタを探していた。そういう話は概して視聴者の受けがいいのである。興味をかきたてられた彼女は、店員二人に何がそんなにおかしいのかと尋ねてみた。

このキャンペーンはアメリカ西部へと広がるにつれ、

一定の関心を集めるようになった。数多くのバリエーションの中には、画像として発信されたものもあり、ピア・クラウスンやイーレク・マアクが選んだどんな言葉よりも、はるかに大きな効果を発揮した。

マディソンとインディアナポリスにそれぞれ拠点を置く比較的お堅い通信社二社は、五名のデンマーク人小児性愛者が首を吊るされたとの記事を配信した。そしてさらに一歩踏み込み、デンマーク警察は大衆から真実を隠しているとまでつけ加えたのである。二社とも情報源はインターネットであると明記していたので、これらの情報には信憑性があるとはいえないと白状しているのも同然だった。しかし、信憑性がないからといって腹を立てる人はわずかしかいなかった。アリゾナ州ツーソンに住む中年男性は、隣に住む女性からそのニュースを聞いた。この女性がこの話をあちこちに吹聴することを心から楽しんでいたのは傍目にも明らかだった。さっさと処刑して、しかも遺体を損壊するというやり方は、こうした化け物に対する正常な扱いとして彼女の目には映っていた。それどころか、アリゾナ州フェニックスの議会もそれにならうべきだと本心から思っていた。この垣根越しの短い世間話から、画家として生計を立てていた男性はある着想を得た。

彼は泣いている子どもの絵を専門に描いており、仕事は軌道に乗っていた。不幸な子どもたちを描いた肖像画はアメリカ中西部のさまざまな美術展で数多く展示されており、彼の作品は広く需要があった。彼は、偉大な画家ではなかったかもしれない。レパートリーは極めて限られ、才能も貧しすぎた。しかし、神には忘れられても神父には放っておいてもらえない子どもたちの絶望と無力感を彼よりもつかむことができる者はまれな存在だった。冷たくちくちくした感覚や、自分でコントロールできないチック症状が顔、首そして腹に現れる。創作活動をするときはいつもそうなるのだ。彼は祈りを唱えると、アトリエに向かい、作品を描き始める。クリーヴランド・カトリック・マーシー・スクールでの八年間は、彼の魂と肉体に神という存在に潜む世俗の恐ろしさを刻みこんだのである。

25

水曜日の日中に捜査はにわかに進展した。午前中はだらだらと過ぎ、収穫はほとんどなく終わったが、午後は一転、建設的な成果が上がったのである。コンラズ・シモンスンは、コペンハーゲン警察本部の自室でその日一日の出来事を総括していた。しかし自分からはたいして話すことがなかったので、早々に切り上げ、ポウル・トローウルスンの話を聞くことにした。

マーデ・ボープが作成したデータ照合システムは、威力を発揮していた。そのアプリケーションは、新たなデータが供給されるとそのつど、ほかのデータと照合し、一致する言葉を探す仕組みになっている。そのうえでその合致が注目に値するものなのか、さらに深く掘り下げて調べるべきなのかを、人間の脳で判断するという手法をとっていた。たとえば、二人の教師が偶然にも秋休みの間にオスロにいたとか、隣に住む人物がたまたまあの学校の副校長と同じ名字だった、というように、たいていの場合は空振りに終わる。だがその一方で、捜査で明るみに出た事実を裏づけてくれることもあった。その一つがバウスヴェーア材木店からある教師に送られた一枚の請求書であった。それがあの夜に校務員が使用したさまざまな工具や機材と結びついたのだ。

そこでポウルが材木店を訪問したところ、いくつかの成果が得られた。

「ピア・クラウスンは三月初めに処刑台の落下装置を作るための材料を購入していましてね」ポウルが話し始める。「彼自身が個人で購入手続きをし、学校の会員証を使っています。おそらく、割引の適用を受けるためにそうしたのでしょう。会員証を使用して私物を購入する行為自体は特に異例でもないし、別に規則に抵触するわけでもありません。しかし、彼が購入したという記録が残っていることが重要なんですよ」

ポウルは全員に見えるように緑色の請求書を掲げ、読み上げた。

「丸ボルト、ちょうつがい、掛けがね、フック、それからカバーのついたプラスチックのローラーが少なくとも三つ。このリンチ組織が明らかに殺人を計画していたことを証明する初めての手がかりといっていいでしょう。あるエキスパートが唱えた説とも完全に一致しているんです。そのエキスパートは……」

「よくやった、ポウル」コンラズはそこで話をさえぎった。「だが今は、おまえの見解を披露するのは遠慮してくれ。残念ながら、あまり時間がないんだ。経理課の坊やたちが私を待っているのでね」

「今回の事件に関しては、経理の問題であなたが手を煩わされることなどないと思ってましたよ」

「だからといって、経費を湯水のように使っていいということではないからな」

「まさかそれで呼び出されたんですか？」

コンラズ・シモンスンはあえて笑ってみせた。

「理由は見当もつかない。だが、私を呼び出した経理担当の三人にはわかっているに違いない。アーネ、おまえの報告を聞こう」

アーネ・ピーダスンはちょうどマルメから戻ってきたところだった。彼に与えられた任務は、一九八七年から九三年まで、ヒリーネ・クラウスンの家族がどのような生活を送っていたかを調べることだったが、そういう意味でいえばこの出張はまったくの無駄足に終わっていた。コンラズの依頼でもたれたデンマーク国家警察総局長とスウェーデン側の局長との電話会談で事足りていたからだ。スウェーデン警察はやり手ぶりを発揮し、この案件を優先して調べてくれた。ただし、アーネの手は借りずに。単に不要だったからだ。それで彼はその間、マルメ城内にある市立美術館で、三時間あまりも知的好奇心をおおいに刺激されるひとときを過ごした。そしてキルセベリ警察署に戻ると、すでに二つの報告書が出来上がっていた。一つはスウェーデン語版、もう一つは英語版である。スウェーデン警察がすべての調査を自分たちで受け持たなかったならば、五ページにわたり細々と事実が記されたこのレポートは、北欧諸国の警察間でいかに効果的な協力関係が築かれているかを示す見事な例といえたかもしれない。

アーネからの報告は短かった。

「この報告書からは、ヒリーネ・クラウスンがスウェーデンで過ごした子ども時代、義理の父親による性的虐待を受けていたことが読み取れます。彼女の母親も義父もそのことについて話そうとはしませんでしたが、家族に近しい複数の情報源がこの仮説を裏づけていま す。その信憑性をさらに強めているのが、ヒリーネ・

クラウスンが成長してしまうと、この義父がほかの獲物を探しにいったという事実です。一九九二年、彼は二件の未成年に対する性的暴行の容疑で告訴されました。ですが、この件は証拠不十分として処理されています」

アーネは報告書を手で叩いた。

「精神分析医からも具体的な証言が得られました。この件がもはや職業上の守秘義務の対象にはあたらないと判断してくれたからです。そもそも、ヒリーネ・クラウスンがデンマークに帰ることを勧めたのも彼女でした」

「ヒリーネ・クラウスン自身はどうだったの？」女伯爵が口を挟んだ。「誰にも打ち明けていなかったのかしら？」

「どうやらそうらしいです。少なくとも精神分析医に直接打ち明けたことはありませんでした。自分の殻に閉じこもり、忘れようとしたんでしょう。実際、こういうケースはよくあります。その一方で彼女がデンマークで過ごした一年間に何があったのかは何もわかっていません」

もう一度、コンラズは念を押した。

「この件についてはもっと詳しく調べなければならないだろう。担当者を二人割り当ててくれ。アーネ、ほかには？」

実を言えば、ほかにも気になることはあった。スウェーデン側の担当者は、デンマーク警察が被害者の性的嗜好を意図的に隠しているのか、ここだけの話にするから教えてくれないか、とアーネに二回も尋ねてきた。アーネはもちろん否定したが、担当者がその言葉を信じていないのは明らかだった。捜査の本筋から少し外れる内容でもコンラズに話し合うだけの時間があれば、この件についても報告しておきたいところだったが、明らかに今はそんな場合ではなさそうなので、アーネは「いいえ」と首を振るだけに留めた。それでも、その一件は心のどこかに引っかかっていた。

ロスキレまで出向いたパウリーネも、奇妙な出来事に遭遇したとはいえ、かなりの収穫を得ていた。ランゲベク小中学校に通ういとこと先週水曜日に遊んでいた少年は、見るからに聡明で真面目な印象だった。ぼさぼさの金髪に、つんと立った耳、鼻のまわりのそばかすがかわいらしい。気を散らすことなく素直に話ができる子だったので、母親に助けてもらいながら、パウリーネはこの子と遊び友達がプルトップを拾い集めた秋の午後の話を、予想以上の速さで聞き出すことができた。記憶を刺激するために、三人は応接間の床に座ってその遊びを再現したのだが、そのやり方が実を結んだのだ。少年はふと、ブラの父親に似た男性に追いかけられたことを思い出した。ブラというのは、いとことは別の遊び友達の名前である。明るみに出た新事実にパウリーネは驚いた。息子の証言の重要性を察した母親が、もっと詳しく説明させようとする。パウリーネは少しずつ、ほかの人と比較しながら、その男性の特徴を聞き出していった。三人でブラの父親に似た男性の姿を頭からつま先まで克明に描写してはみたものの、学校にいたその部外者の身元を特定できるような発見は何もなかった。

ちょうどそのとき、電話が鳴り、母親が席を外した。その間に少年はまるで内緒話をするような口調で、その男がブラのお父さんに似ているのは、バスを運転していたからだと言った。「バス運転手」という言葉をもう知っていたのだ。この情報は非常に重要だった。パウリーネははやる気持ちを抑え、母親が戻るまで、新たに頭に浮かんださまざまな質問をするのを待つことにした。だが、母親は応接間に戻るなり、冷ややかな口調でパウリーネに帰るように言った。理由も言わなかった。次の瞬間にはパウリーネは外に追い出されていた。その背後でドアに鍵がかけられる音がした。

「それは変だな。君のほうでは、彼女の態度が豹変した理由について何も心当たりがないのか」コンラズが尋ねた。

「まったくありません。わけもわからないうちに追い出されていました。どうすればよかったのでしょう?」

「そういう場合、できることは何もない。ほかにどうしようもなかったんだ。この手のことはよくある。手がかりだって、毎回、発見できる運に恵まれるわけじゃない」

パウリーネは顔を赤らめた。アーネは天井に視線をやる。コンラズは顔色一つ変えず続けた。

「ピア・クラウスンはカリウム溶液を注入して自殺を図ったそうだ。法医学者から電話があった。それで考えたんだが、これ以上、死因を特定する検査はしないことにした。時間も無駄だし、金もかかる。何十人も……」

「コンラズ、バスの件は私が確認しようと思うけど、興味ある?」

そこにいた全員がすぐさま、話に割り込んできた女伯爵に目を向けた。彼女のほかにボスの話をさえぎる度胸のある者などいない。

「ああ、もちろんだ。ともかく、これ以上の検査はやめさせたからな」

その日の午後まだ早い時間に、奇跡が起きた。各方面からの圧力もあり、かたくなに口を閉ざしていたカウンセラー長のディデ・ルーバトが、当局に協力する姿勢を見せ始めたのだ。女伯爵が報告した。

「グラズサクセ市役所に依頼していた件ですが、ランゲベク小中学校の帳簿を綿密にチェックしたそうです。すると南アフリカのプレトリアに三回も電話がかけられていたことがわかりました。驚いた職員は、それらに該当しそうな通話が秋休みの最中にあったのかどうか確認しようと電話会社に連絡をとりました。実際にあったことが確認できたので、その職員はわざわざ私のところまで報告しに出向いてくれたんです」

　ディデ・ルーバトの言動にひどく憤慨していたポウルが、その先の展開を予想する。

「あのイカレ女、ただで国際通話をしていたから、あんなむかつく態度をとってたのか！」

「ええ。その番号にかけてみたら、ちょうど留守電になっていて、『イングリズ・ルーバトはただいま留守にしております』というメッセージが流れたわ。そこで、ディデの義弟にあたる例の弁護士に連絡して、イングリズの近況について確認をとった。彼はこれ以上ないほど協力的でね。彼のもう一人の義姉はデンマーク国際開発援助庁の南アフリカ駐在員だと教えてくれた。それから、もう一度、ディデ・ルーバトにも話をすると約束してくれたの。でも、どうも電波の調子が今ひとつよくなくて」

　女伯爵は片方の耳に手を当て、持てる才能すべてを注いで電話回線の不具合を表現する。そしてふっと笑った。

「電波の調子が元に戻ったとき、彼は私の話を自分がきちんと理解しているか確認しようとした。公共の電話を不正に使用したことで、義姉がカウンセラー長の地位を追われ、一般のカウンセラーに降格される可能性をね。ただし、彼女が警察に協力すれば話は別で、その申し出を私は拒否しないだろうということも。二十分経ったころ、ディデ・ルーバトが現れたわ。弁護士抜きでね」

「そりゃ、いい気分だったろうな」ポウルがまたもや口を挟んだ。

「歯医者に行くような感じかもしれないわね。来たときはかんかんだったディデも、じきに冷静になった。そして先週の水曜日、妹に電話をかけたと白状した。節約したいがために、言語治療士のオフィスにある電話を使ったそうよ。通話は十三時二十一分から五十四分まで。これは請求書のおかげでわかったんだけどね。

電話を終えて学校を出るときに、裏門から白いマイクロバスが出ていくのを見たそうなの。十四時ごろだったらしいわ。彼女が見たのはそれが全部。プレッシャーをかけて記憶を引き出そうとしたけど、それ以上は何も出てこなかった。今回は、悪意があって話さなかったわけではなさそうだし」

「マイクロバスだったというのは確かなんですか?」アーネが尋ねた。

「断言できるそうよ。残念ながらマイクロバスといってもいろいろで、八人乗りから二十人乗りまであるわ。明日、車の専門家を彼女のところに行かせてみるけど、役に立つ話が聞き出せるかどうかはわからない」

コンラズが話を引き取った。

「少なくともこれで、被害者たちがどうやって学校に到着したかはわかった。しかし、彼らが何者なのか、なぜ殺されたのか、なぜ姿を消しても誰にも心配されていないのかは謎のままだ。もちろんたくさんの人々から問い合わせは来ているが、何一つ決定的な情報がない。休暇を取っていると思われているせいで、誰の注意も引いていないという線が一番有力だろう。女伯爵、君は捜索隊を組み、学校の周辺で白いマイクロバスの捜索や聞き込みを仕切ってくれないか? 申し訳ないが、できれば今夜がいい」

女伯爵は了承した。負い目を感じていたパウリーネも、巻き返さんとばかりに手伝いを買って出た。

さて、これで前段は終わった。コンラズは腰を上げ、部屋の真ん中で立ちつくしたまま、しばらく動こうとしなかった。左に右に体を揺らしながら、考えをまとめている様子を同僚たちが見守る。彼は何か重大なことを思いついたらしく、カスパ・プランクにならって、チームに質問を投げかけた。かつての彼は、生徒役をやらされるのを毛嫌いしていたが、気がつくと自分も同じことを部下にしている。

「処刑と殺人の違いはなんだと思う?」

誰も答えなかった。その質問がコンラズ自身に向けられたものであるように思えたからだ。

「処刑には正当性があるのに対して、殺人は違法である。国家には市民を殺す権利がある。しかし市民にはその権利をほかの市民に対して行使する権利はない。本質的には、その行為は両者とも同じだ。死に至らしめられた人にとっては、死刑執行人に首を切られようが、隣人に首を吊るされようが、さしたる違いはない。だが、もちろん、法的あるいは社会学的な視点から見れば、その二つの間には大きな隔たりがある。死刑執行人は社会の秩序を守る存在とみなされるが、隣人が同じことをすれば、秩序を破壊する者というレッテルを貼られる。秩序というのがこの場合のキーワードといえるだろう」

コンラズの話は多岐にわたっていた。それは彼が、正確に物事を推し量《はか》り、論理的な関連性を重視しようとするタイプだからなのかもしれない。彼が口をつぐんだときには、処刑という言葉に秘められた複雑さについて、誰一人として疑問を持たなくなっていた。女伯爵が穏やかな口調で話をまとめる。

「処刑の儀式には、単なる大量殺人と一線を画す役割があります。ですが……」

「そのとおりだ。だが」コンラズは続けた。「例外的な行動があったことは興味深い。たとえば、みんなにもう処刑という言葉を使わないように頼んだとしたらどうだろう。最も大きな疑問は、体の一部を切断した理由だ。処刑という行為の典型からは外れているし、私が今し方話したこととも矛盾する。ということは、私がこの事件に秩序や正当性を持ち出すことが的外れなのか。あるいは犯人にとっては、こうしたひどい所業自体に避けがたい必然性があったのかもしれない。発覚後に引き起こされるであろう社会の反応に対処するほうがまだましだと考え、そうすることを選ばざるをえなかった可能性もある」

女伯爵が先を引き取った。

「身元特定が困難になるようにそうしたのでは？」

「それが一番論理的な説明だろうな。だが、この事件の背後にいる者は、遺体にどれだけ損傷があったとしても、最終的には死者の身元が特定されることを予想していたはずだ」

今度はアーネがその議論に加わった。

「時間稼ぎをしたのではないでしょうか」

「おそらくそうだろう。いずれのケースを想定しても、非常に興味深い疑問がわく。たとえばアーネ、おまえが正しかったと仮定しよう。身元の特定を遅らせることで稼いだ時間は、彼らにとってなんの役に立つのだろうか？　被害者の顔を損壊し、彼らの服を脱がせたことに意味があるとするなら、なぜ、手まで切り取ったのだろうか？　被害者の指紋がすでに登録されているのでなければ、これはまったく意味のない行為だ。ということは、被害者にはおそらく前科があるのだろう。だが、生殖器はどうだ？　この部分を傷つけたところで、身元特定には関係ないではないか？　これについて考えてみてほしい。君たちで時間があるとき話し合ってみてくれないか。答えがわかったら――そしてこれも重要だが、よい質問がみつかったら報告に来てくれ」

コンラズは話しながらドアへと歩いていった。この内輪の会議が終わったらしばらくの間、そっとしておいてもらいたいものだと思っていたのだが、そのもくろみは無残にもつぶされた。マーデ・ボールプが一枚の紙を持ってドアの向こう側に立っていたからだ。会議の邪魔をすることがはばかられ、部屋の外でずっと待っていたらしい。そのうえアーネが走り寄ってきて、外まで一緒に行こうとしたので、コンラズの忍耐力はさらに試されることとなった。

「あとにしてくれないか、アーネ？」コンラズはいらいらしながら言った。

アーネはその言葉を無視した。そのこと自体が彼の出した答えだった。

「彼女が一時間前に電話をかけてきたんですよ。あなたが予告したとおりでした」

「誰が電話をかけてきたって？」

「アニ・ストールです。ダウブラデット紙の」

「彼女はなんと？」

「聞き出すのには時間がかかったんですよ。彼女は非常に慎重でしたし、僕のほうもすぐにはうんとは言えませんしね。まあ、消極的な態度を装っていたわけで……まったくもって難しい役どころでした……」

「結論は？」コンラズが話をさえぎる。

「新たな進展があったら、その情報をこちらが彼女に渡すんです。彼女は……そのなんというか……僕の努力に対する埋め合わせをしてくれるってことでした。まったく……これじゃあアメリカのB級映画みたいですよ。こんなやり方、あなたに似つかわしくないです。それにこのお金をどうすればいいのか……」

コンラズが再び口を挟んだ。身を守るかのように両手を胸の前まで上げる。

「おまえが最後に言ったことについては、私は聞かなかったことにする」

「わかりました。それでかまいません。これはカスパ・プランクの考えなんでしょう？」

「そうだ。大筋ではね」

「こんなの無茶苦茶ですよ。バカげてると言ってもいい」

「プランクには、もしかしたらこれが役に立つかもしれないという予感があるらしい」

「ですから、そんなの無茶苦茶だし、バカげた予感です」

「おまえの言っていることはもっともだ。だが、私はカスパ・プランクと二十年以上一緒に仕事をしてきたものでね。彼の無茶苦茶でバカげた予感が人命を救った例を、この場で少なくとも二つ挙げることができる。彼の無茶苦茶でバカげた予感が解決した数多くの事件は言うにおよばずだ。だが、この作戦から手を引くのは自由だぞ。おまえが望まないのなら……」

今度はアーネがコンラズをさえぎる番だった。なすすべがないと感じた彼は、この議論を打ち止めにすることにした。

「いえ、ただ報告しておきたかっただけです」

後ろに控えていたマーデ・ボールプは、アーネが立ち去るやいなや上司のもとに駆け寄った。

コンラズは折りたたまれたメモを開いて目を通し、こう尋ねた。

「いったいこれはなんだ？」

「どこにでもあるんだ。それに、どんどん増えてて。ブログ、ニュースグループ、サイト、大手のサイトにも。FOXテレビも、MTVもトップニュースとして扱ってる。それをみんなが自分の家でダウンロードして、好きに使い回しているだけなのかもしれないけど、まるでスーパーウィルスみたい。このTシャツだって、欲しかったらもう売ってるし……」

マーデはそこで躊躇した。新しい上司の胴回りを見て、その先を続けられなくなってしまったのだ。

コンラズは我慢、我慢と自分に言い聞かせながら耳を傾けた。大事件を担当しているとき、事を急ぎたがる悪い癖があることは自覚していた。少年は自分の話に夢中になっていた。面白いネタだと確信しているのだ。少年の話の重要性をじゅうぶんに理解しようにも、コンラズの頭はほかのことですでにパンクしそうになっている。彼は渡された紙をもう一度見た。

その絵は、黒いペンでスケッチのように描かれており、シンプルであるのと同時に魅力的であった。画家は遠近法を使い、自信に満ちた筆運びで、絶望をすばやく描き取っていた。手前にいる、首を吊られた男の一人が、落とし板が開いた直後に見た光景が映し出されている。したがって、この絵を見る者は、刑に処せられた人物の目線で絵を見ることになった。男の前方に視線を移すと、少し下のほうに、すでに処刑された仲間たちのうなじが見える。右側にさらりとした筆致で描かれた肋木は、この場面が体育館で繰り広げられていることを示唆している。だが、何よりも目を引くのは観客だった。上の方に、虫に食われたような服を着た長老のような裁判官がいる。神がかっているようにも、道化師のようにも見える。弱々しい手のそばに、象徴的なアイテムが描かれていた。古びてすすけた律法書、雷霆《らいてい》、正義を表す秤《はかり》だ。古代文明から着想を得た悲喜劇的な演出が視覚化されている。その視点は狂気に満ちているように思われた。裁判官のカツラから落ちる、死んだハエの姿。絵のさらに下の方に広がる床には、いろいろな年齢の子どもたちが座っていた。処刑台の前で、悲しげに死に処せられた男たちを見つめている。今この瞬間も、同じ着想からさまざまな異なる形で表現された何かが絶え間なく登場しているのだ。根気強く、正義にかなった、情け容赦ないやり方で。あの男の首を絞めていくひもの感触すら伝わってくるような絵。コンラズも縮み上がるほどのおぞましさだ。絵には“Too Late”（手遅れ）という題がつけられていた。

26

「あなた方の多くは僕のことをよくご存じだとおっしゃるかもしれません。しかし、僕の人生にはあなた方が知らないある重要な事実があります。その事実は残念ながら、朝から晩まで頭から離れることはありません。おそらく決して解放されることはないでしょう。仮に僕が百歳まで生きたとしても」

イーレク・マアクは落ち着かない気持ちだった。彼の言葉はためらいがちで、自信に欠けていた。普段感じないような無力感が彼の胸をえぐっていた。不器用でたどたどしい口調にもかかわらず、彼が口を開くやいなや、全員の注目を集めた。聴衆の大半は彼の会社の従業員で、個人的な友人も何人か混じっていた。残りはピア・クラウスンがどこからか探してきた見知らぬ人々であった。ピアがどこでどのようにその人たちを見つけてきたかは定かではない。ただ、彼らから百パーセントの後押しを受けられることだけは確かだった。面識のない一人の少女の視線をとらえた彼は、話し続ける勇気がわいてくるのを感じた。明るい色の長い巻き毛と青い瞳を持つ美少女の存在に元気づけられ、イーレクは少し声を大きくして再び話し始めた。

「僕が五歳のころ、父が亡くなり、家に継父《ままちち》がやって来ました。そのときから、十歳になって施設で暮らすことになるまで、週に三回、四回、五回とレイプされ続けたのです。夏も冬も、平日も週末も、朝も夕も。そんな生活が毎年続きました。レイプは子ども時代の思い出の大半を占めていたので、長い間、これはどの子も体験する当たり前のことなんだと信じていました。用便をする話をしないのと同じで、誰も人前では話さないだけなのだと思っていたのです。大人になって初めて、それが間違いでもあり、正しくもあったことがわかりました。誰も話さないものだと考えたことは正しかった。そして子どもがレイプされるのは普通だと思っていたことは間違っていたのです。ほとんどの人が考えているよりはよくあることですし、それ以上に、想像したくもないことなのでしょう。しかし幸いにも、これは正常なことではなかったのです」

イーレクは「タブー」や「罪悪感」といったありきたりの言葉を使うことを避けた。彼の話はシンプルで、誰にでもじゅうぶんに理解できるものであった。心理学的な分析に踏みこまなくて正解だった。

「十歳になるころ、僕は実の母を殺そうとしました。それは誰が見てもつじつまの合わない行動でした。子どもとして当時送っていた生活は、自分自身の目には正常に映っていたからです。なぜ継父ではなかったのかと驚かれるかもしれません。僕の悪魔はあくまで継父で、母ではないのですから。それどころか母は、継父が僕のところに向かおうとすると、見ていたテレビのボリュームを上げて僕に警告してくれたものです。でも僕は、母が中庭で洗濯物を干しているときに、自分の部屋から母の頭めがけて鉄鍋を投げたんです。僕たち一家は四階に住んでいたのですが、狙いは数メートルほど外れ、事なきをえました。とはいえ、意図は明白だったため、カイサストレーゼの福祉施設に入れられることになったのです。入所初日、タバコで激しく焼きを入れられました。新入りは誰もが同じように手荒い歓迎を受けるのです。交通事故にでもあったかのように体のあちこちは痛みましたが、夜になり、自分にあてがわれた青と黄色のベッドに横になった僕は、世界で一番幸せな子どもでした」

イーレクは聴衆に視線を向けた。集まった人々はみな彼の話に聞き入っていた。食べたり飲んだりしている者は誰一人おらず、すべてのまなざしが彼に注がれていた。全員が息をのみ、彼の話を真剣に聞いていた。

その場にいる一人ひとりが、個別に彼から打ち明け話を聞かされているような反応をしていた。イーレクは涙がこみ上げてくるのを感じた。それは子ども時代を思い出したからではない。彼らが耳を傾け、敬意と連帯感を示してくれていたからだ。だが、口を開いた彼の声は変わらず毅然としていた。

「ほかにもレイプされていた子どもたちはいました。ですから、あのような目に遭わされていたとはいっても、僕はまだ幸運な部類といえるのかもしれません。妹の例は、さらに悲劇的でした。僕が施設に入れられると、今度は妹の番でした。不幸なことに、妹は僕よりずっと繊細で、受けた傷から立ち直ることはなかったのです。ある朝、妹は頭にショールをかぶり、海岸沿いの線路でうずくまりました。もうすぐ二十二歳になるはずでした」

彼は二本の指で潤んだ目をぬぐってから、話を続けた。

「僕はよく自分に問いかけるのです。線路の上に座った妹は、急ブレーキの音を立てながら電車が近づいてきたとき、何を考えていたのだろうかと。継父のこと？　彼女自身のこと？　僕のこと？　それとも何も考えていなかった？　その答えを知ることはできません。それでも、自問しつづけるのです。妹が亡くなったとき、僕は墓前に約束しました。僕が書けるようになったら、そして来るべきときが来たら、妹の追悼文を書こうと。単に妹の人生を語っても、あまりに平凡ですし、すぐに忘れられてしまうでしょう。ですから、人々に疑問を投げかける手法をとろうと考えました。今日《こんにち》の僕には経済的な手段もありますし、それを自分の好きに使おうと思います。今こそ、そうすべきときなのです。バウスヴェーアで処刑された五人の男たちは、全員が現役の小児性愛者でした。その一人ひとりが、糾弾《きゅうだん》されるべきレイプ行為を何度も行ってきたのです。ご存じのとおり、しばらく前から噂が駆けめぐっていますし、殺人捜査課の中枢にいる情報提供者も、ここ数日のうちに警察がその事実を認める発表をするだろうと断言しています。現時点ではこうした情報は公表されていませんが、マスコミで近いうちに小児性愛者が話題の中心になるのは疑いの余地がありません。僕の問いかけはそうした流れに沿うものであり、さらに別の真実を示し、新たな視野を与えることになるでしょう」

イーレクは、殺された五人の話題に人々の関心が集中しすぎないよう、巧みにタイミングを計って、プロジェクターの電源を入れた。出席者の視線は自然にプロジェクタースクリーンに集中した。

「この広告は明朝、すべての大手新聞とフリーペーパーに掲載されます」

彼は、出席者が広告を読み終えられるよう、一分ほど待ってから口を開いた。誰もが驚いた様子をしている。

「もちろんこれは悲観的な数字です。しかし多くの研究者は、国内総人口の一～二パーセントが幼少期に性的虐待を受けた経験があると試算しています。つまり五歳から十歳までの約五千人の子どもたちが、今この瞬間にも虐待にさらされているということです。僕自身、おおよそ八百回近くレイプされています。そういう意味では、不幸な子どもたちの中でも、特に不幸な例外といえるのかもしれません。僕の計算によれば、この年齢層の子ども一人が経験する性的虐待は、平均約二百回です。計算機をお出しになってもいいですよ。計算の手間を省《はぶ》くために申し上げますが、僕の見立てでは、デンマークでは毎日、五百人の子どもたちがレイプされています。もし一理あると思われるならば、このデンマーク社会で一番大きな問題はなんであるかをおっしゃってみてください。老人福祉施設ですか？　それとも今日もまた学校ですか？　高速道路ですか？　それとも今日もまたレイプされるであろうこの五百人の子どもたちでしょうか?」

イーレクは口をつぐんだ。どの統計もそうであるように、この数値と実情とはある程度の隔たりがある。いよいよ締めくくりの瞬間がやってきた。張りつめた沈黙が破られた。

「広告に書かれているように、僕はデンマーク国民に、この問題について自分の意見を持つようになってもらいたいと思っています。そのためにもみなさんの助けが必要なのです。もちろん、手助けしてくださるか否かは、みなさん自身が決めることです。この会社の一員になっている方々も同様に、自由に選んでください。今から三週間、夏期休暇とは別に僕が差し上げる有給休暇を取るか、ここに残って手伝いをしてくださるか。どちらでもかまいません。心のどこかで、関わりたくないと感じている方は、有給休暇を取ることを選んだほうがいいかもしれません。さあ、外に出て、気分転換をしていらっしゃい。みなさんで話し合い、よく考えてから、どちらを選ぶか言いに来てくだされば結構です」

イーレクはプロジェクターを消した。

「それからもう一つ言わせてください。僕は聡明な男性と知り合いになりました。残念ながら彼はもう亡くなってしまいました。彼は僕に、一握りの人間が既存の秩序に対して反旗を翻すことで世界が変わると思うかと尋ねたことがあります。そして彼自身がその答えを教えてくれました。その答えはシンプルですが真実なのです。世界というのはいつもそのようにして変わってきました」

イーレクはどのような反応がまず起こるのか、それを見るのが待ちきれなかった。彼は前夜からさまざまな可能性を考え、想像を巡らせていた。だが、現実に起きたことは想像とはまったく違った。向かって右手にいた女性が、集まった人々を代表して自分に話しかけようとしているようにみえる。彼はこれまで彼女を、分析的で感情には左右されない人物に分類していた。

だが、その判断は明らかに間違っていたようだ。

「外に出る必要はありません。何をしたらいいのかどうぞおっしゃってください」

27

凍りつくような寒さの夜だった。キノボリはアラスリウ広場でぶるぶる震えていた。

時折、血の巡りをよくしようと腕をこすってはみたが、たいした効果はなかった。仕事柄、屋外の作業は慣れていたし、気候に応じて服を着る習慣は守っている。しかし今回ばかりは、夜の寒さを過小評価してしまったようだ。やせぎすの彼の体には、余分な脂肪は一切ない。広場を吹きぬける強い北風に対する自然の盾は存在しないも同然だった。

キノボリ好みの強すぎる突風が吹いた。彼の目は自分の上に広がるたくさんの葉のほうに向けられた。木のてっぺんは町の光と白く明るい月に照らされている。

切り倒されるのを待つだけのその木は、風にとても敏感だった。キノボリは目を細めると、プロとして、すぐに倒れる危険はないと結論づけた。彼の獲物はじきにここに来て仕事を始めようとするはずだ。かれこれ三十分、間に合わせの部材で建てられたホットドッグスタンドの前には新聞が投げ捨てられたままになっている。彼はもう一度腕をこすり、風をよけようと木の幹の後ろに下がった。

キノボリの目に突然、男性の姿が飛び込んできた。急いで木瓶を手に、ふらふらとこちらにやってくる。尿の蒸気が木の向の陰に身を隠し、しばらくすると、尿の蒸気が木の向こう側から立ちのぼってきた。男がなにやらよく聞きとれない言葉をつぶやいているのが聞こえる。キノボリは男に顔が見えないように、帽子のつばを下げた。そして夜闇に身を隠したまま、くぐもった声でささやいた。

「いや、まだだ。あんたほどついている男はいないな、アラン」

その言葉はホットドッグスタンドの店主に向けられていた。同時に店の電気がついた。風が吹きすさぶ闇夜の中、木の反対側にいる酔っ払いが立ち去る音が聞こえてくるまで、キノボリは数秒の間、神経を張りつめた状態で息を潜めていた。その後、そっと身を乗り出して、男がある家の角を曲がるまで目で追う。それから木の棒をつかむと小さな広場を横切ってスタンドに向かった。

店主はちょうどしゃがみこんで新聞を片づけようとしているところで、客が来たことにすぐには気がつかなかった。だがそこへ、聞き覚えのある、現実のものであるはずがないあの声が聞こえて、目を上げた。動揺しているようだ。

「おはよう、アラン。あんたの兄貴によろしくな」

キノボリの持っていた頑丈なブナ材の棒が、男の脳天に振り下ろされた。男の体はぐったりと倒れ、頭が新聞紙の山の上に落ちた。鼻から血がほとばしり、その日の記事の上に広がっていった。処刑人は左へ一歩踏み出し、ありったけの力を込めて二撃目を振り下ろした。斧を使い慣れている彼にとっては、獲物のうなじに直接、棍棒を振り下ろすことも難しくはなかった。

十秒後、キノボリは木のそばに戻り、騒音を気にする様子もなく自分のチェーンソーの電源を入れた。

耳をつんざくような轟音が夜明けの静寂を切り裂いた。うなるような音の波が通りに響き渡り、家々の壁に反響して地面を震わせ、まだ眠っていた町を目覚めさせた。

キノボリは闇の中で微笑むと、立ち去る前に数秒間、自分の作品をじっくり眺めた。

28

五時間前にキノボリが木を切り倒したアラスリウ広場では、警察の女性鑑識カメラマンが新聞を拾い上げていた。そこに掲載されていた広告に興味を引かれたのだ。風が強く、新聞紙が今にも飛ばされそうになる。彼女は広告がよく見えるように新聞を折り曲げた。内容を読むだけで、吐き気がしてくる。その広告の問いかけに気をとられてぼんやりしていると、後ろにいた消防士が、彼女の肩に手を置いた。

「もう少し向こうにいったほうがよろしいかと存じますが、若奥さま」

その言い回しにカチンときたカメラマンが、怒りもあらわに振り返ると、その消防士は前からの知り合いだった。

彼は吹き出した。

「ごめんごめん。でも君だとわかったから、どうしても声をかけたくなっちゃったんだ。近づきすぎなのは事実だしね。こういう状態で倒れている木にはまだ大きな応力が残っているんだ。つまり、予想もできない反発力を秘めていることがあるんだよ。君は幹が裂けた木は危険だって聞いたことはないのかい？　幹が根元から完全に切り離されていないと、いきなり跳ね上がる場合もある。運が悪ければ、君の体を貫通してしまうかもしれない。そんなことになったらやりきれないだろう。死者なんて一人出ればもうたくさんなんだから」

消防士は頭で幹のほうを指し示してみせた。カメラマンも彼の視線を追う。木は広場のほとんどを覆いつくしていた。五人の男が環状に広がった枝の周りで作業をしている。小さなチェーンソーを持ち、迷うことなく、だが慎重に、破壊されたホットドッグスタンドのそばで忙しそうに立ち働いていた。彼女は後ずさりした。その拍子に手にしていた新聞が風で飛ばされてしまった。あたり一帯がすでに、くるくると回りながら飛ぶ新聞で埋めつくされていた。もう一部増えたところでどうということはない。消防士は彼女についていった。

「疲れているように見えるけど」

「実際、疲れているのよ。本当はベッドの中にいるべきところを、夜を徹して働いたんだもの。仕事に取りかかれるまで、どれくらい必要かしら？」

「どんなに長くても十分ぐらいだと思うよ。ほとんど作業は終わっているし。昨夜はどこで仕事してたんだい？」

「コペンハーゲン法医学研究所。仕事はとてもハードだし、めちゃくちゃ不気味なところだけど、すごく面白いわ。復顔専門の美容外科医や、塑像制作者、法医学者、ITのエキスパートたちで作られたチームの一員として働いているの。外国人もいるのよ。全員が、キュートなおじいちゃんの指示で動いてる。残念ながらこの上司は、一般に言われているほど睡眠が不可欠だとは考えていないらしいのよ。だから十時にやっとオーゼンセに着いたと思ったら、今度はここに呼びつけられたってわけ」

「バウスヴェーアの小児性愛者の件？」

「ええ。ただ、彼らが小児性愛者だったなんて私は知らないけど。死体を見てそう判断するのはちょっと難しいわね」

科学捜査班の男性捜査官がカメラマンを呼び、木の根元に転がっていた、飲みかけのビール瓶を指し示した。女性カメラマンは消防士に「どうしよう？」と問いかけるような視線を送り、消防士が「大丈夫」とうなずくのを見てからそばに寄った。彼女はカメラを準備した。カールスバーグ・エレファントのビール瓶だ。かがみ込むと、強烈な尿のにおいが立ち上ってくる。しかし彼女は慣れたもので、においに気をとられることなく、瓶にズームを合わせていく。写真を撮り終わって初めて、彼女は鼻をこすり、深く息を吸った。そのとき、道が空いたぞと誰かが叫んだ。

先程ビール瓶を指し示した捜査官が、彼女を死体のところまで誘導していった。男が地面に叩きつけられていた。頭を彼女のほうに向けて、うつぶせに倒れている。その体は文字どおり、地面に釘づけにされていた。ブナの堅い枝が彼の脊柱の下に穴を開け、腹まで刺し貫いている。まるで、狂おしい怒りに満ちた神が、天罰として巨大な矢を放ったかのようだった。それを目にした彼女はあまりの驚きにしばらく口もきけなかった。捜査官はその様子を見て勘違いしたらしく、彼女を守ろうとするかのように体に腕を回した。だが彼女はその腕を振り払い、死んだばかりの男性の顔を、信じられないといったふうにのぞき込んだ。間違いない。
　前の日の夜、この男にそっくりの顔写真を撮っていたのだ。

29

　広告は紙面の半分を占めていた。カラーなので、きっと高くついたことだろう。

　上の方には八歳前後の少年の肖像写真が掲載されている。写真のきめの粗さや、明るい色の髪の毛が耳にかかるほどの長さであることから察するに、一九七〇年から八〇年の間に撮った写真をレタッチしたもののようだ。カメラに向かってはにかみながら微笑むこの少年に関して特筆すべきところは、それ以外はこれといってなかった。少年はこのとき、撮影を早く終わらせてサッカーの試合に戻りたいと思っていたのかもしれない。そんな想像もできた。この広告の下の方に、もう一つ肖像写真がある。三十代で、どこに出しても恥ずかしくないようなきちんとした雰囲気の男性がこちらの目をまっすぐ見返している。そのまなざしには揺るぎない威厳が漂っており、真剣な表情には微笑みも怒りもない。当然、見ている側としては、二つの顔を比較してしまうが、その関係を見抜くには鋭い目が必要だ。

その二枚の写真の間に挟み込むようにして、古いタイプライターで打ったような書体の広告文が載っている。生々しい、直接的なメッセージを強調する演出だ。四つの短い文章──一人称で、少年が性的虐待を受けていたことが記されている。続いて、この少年に対する保護責任を負っていた者たちがことごとく彼を裏切ったこと、成人したあとも恥の意識から、少年時代に受け、隠し通してきた虐待の事実を口外することはなかったことが綴られていく。だが、それも今日までだ、と。

広告の最後の部分は一連の問いかけで構成されていた。

〝私のような経験をしながら成長していく子どもたちがどれだけいるのでしょうか？　今夜デンマークでは何人の子どもたちがレイプされるのでしょう？　十人？　百人？　五百人？　千人？　あなたはどう思いますか？　それとも、あなたには関係ないと思っていますか？〟

ロスキルヴァイ州立高校では高校三年生のクラスがその広告を読んでいた。生徒の一人が発表をするにあたり、資料として広告のコピーを配布したからだ。発表を担当する女子生徒は、教卓のわきに立ち、クラスメートが広告を読み終えるのを辛抱強く待っていた。教師は、教室の隅の椅子に座っている。教え子の中でも優秀なこの女子生徒は、さして粘る必要もなく、授業時間の最初の十分を個人的に使わせてもらう許可を教師からとりつけることができた。この生徒は実はできがよいだけでなく、かなりの美人でもある。彼女のつま先から頭までこっそり眺めまわす教師の目つきからは、単なる教育的関心にとどまらない思い入れが感じられた。

クラス全員が読み終わるのを見計らって、女子生徒は淡々と自分の子ども時代の話を始めた。その口調からは憎しみも、病的な執念も感じられない。彼女の物語に誰もが心を動かされ、教室はいまだかつてないほど静かだった。彼女の発する言葉一つひとつが的確で、一つひとつの文章が心にしみた。彼女はまるで一対一で話しているかのようにそれぞれの心を打ち、その話術で石のように冷たく硬い心の持ち主にも涙を流させた。誰もが生まれて初めて心を揺さぶられたと感じ、彼女の話は他人事ではないと共感を覚えた。

ただ一つ、誰も知らないことがあった。この女子生徒が周到にそのスピーチを準備していたことである。広告が掲載されることも、それまでに練習しておかなければならないことも、事前に承知していた。すべてを完璧にできるように、鏡の前で長い時間、練習を積んだ。声の調子、節回し、のどの嗄《か》れ具合、赤面するときの自然な感じ——さらには前髪が絶妙のタイミングで目の上に降りてくるようにする練習までした。彼女は世論に火をつけるという自分の役目をまっとうしようと励んだ。焼けるようにのどが渇いたが、心の中では何も感じていなかった。今回のことは単なるリハーサルに過ぎず、もっと重要な舞台がこの先に待っていることがわかっていたからだ。

十分間で女子生徒は発表を終えた。目の縁に涙をきらめかせながら、彼女はクラスメートに、自分の体験談を広めるのに手を貸してほしいと呼びかけた。新聞の男性とは違い、このような広告を打つ手段がないからと切々と訴えかける。わずか数秒ののちに、彼女の願いはかなえられていた。何十ものせわしなく動く親指が太鼓でも叩くかのように携帯電話のタッチキーを勢いよく打っていく。そしてあっという間に彼女の話は広まっていった。物質主義に普段はどっぷりつかっている二人の少女もすぐに連絡を取り合い、先程の話をどうとらえたかに関して意見を交換した。二人の考えは同じだった。ショッピングは後回しだ。ディーゼルのジーンズは逃げやしない。二人はもったいぶらずに机の上にお金を出した。クラス全員がポケットをさぐった。金銭的な余裕があまりない者は、携帯電話のプリペイドカードを差し出した。

こうして火花が炎になった。藁《わら》の束に落ちた火の粉のように、この告白はデンマーク中の高校生の間で広がっていった。

30

コンラズ・シモンスンは内務大臣官房長ヘルマ・ハマ邸の応接室を注意深く観察した。その部屋はオリジナルの形状を維持しながらきれいにリフォームされていた。キューバ産マホガニーの高級な羽目板を使い、美しい天井はスタッコ仕上げが施されている。床は白く塗られていた。窓から外を見ると、自分と同じような背格好の男が湖岸をジョギングしているのが見え、運動不足の自分に気がとがめた。そこで、窓から離れて、部屋の反対側を眺めてみることにする。素朴な画風のゾウが描かれたハンス・シェルフィグのオリジナルリトグラフが四枚飾ってある。とてもきれいな絵で、応接間の装飾に完璧にマッチしていた。

「シェルフィグが共産主義者だったことを知ってましたか？」

コンラズが驚いて振り返ると、若い娘が後ろに立っていた。十六歳だという。濃い色の髪はもつれてくしゃくしゃしている。はき古したジーンズを身につけ、鼻にはノーズリングが光る。真っ赤なネイルカラーははげかけていた。毛糸のセーターは片側がほつれており、左右ちぐはぐのくたびれたコンバースをつっかけている。靴紐は片方にはなく、もう片方はほどけていた。明るい色の瞳は聡明さにあふれていた。

「ここにある本は父のものばかりなの。日刊紙の《国家と人々》も。すべて共産党に心酔していた時代に集めたものなんです」

コンラズはどう返せばいいのかわからず、愛想笑いを浮かべた。

「お父さんはあなたに一人で留守番させているんですか？」

「電話がかかってきたので、部屋を出たんです。重要な用事なのかも。まあ、いつも重要そうなんですけどね。だからこっちまでイラっとしちゃって。バウスヴェーアの五人を処刑した人たちを探し出す仕事を任されたのって、あなたなんですか？」

「ええ。私だけでなく、ほかにも大勢いますが」

「見つからなければいいなと思っているの」

少女の口調には非難がましいところは一切なく、会話の成り行き上、自分の見解を述べたにすぎないという印象を与えた。彼女は、たとえ食い違っていたとしても、互いの見解は尊重すべきだと考えているようだった。心ならずも、コンラズは年齢に似つかわしくない、堂々とした態度に感心した。

「なぜ見つからなければいいと思うんですか？」

「だって、小児性愛者が処刑されたんでしょ？　当然じゃない」

この前の日に、コンラズはこの噂を少なくとも十回以上は否定していた。今回のようにプレスリリースまで出したのは、彼が知る範囲では前例がない。被害者はまだ身元も特定されておらず、現段階では彼らの性的嗜好も推測の域を出ない。だが、警察が出した最新の結論を見ても、その噂は真実であると考えるのが妥当に思えた。コンラズは、前の日に解決できなかった問題を翌朝に持ち越すのが嫌いだった。しかもまだ朝食前ときている。それもあって、彼は少女の発言に対して反論しようとはしなかった。そもそも、たとえ事実をつきつけたとしても、少女がそう信じているものを、簡単に覆《くつがえ》せる可能性はないに等しい。ほかの誰も意見を変えようとしないのに、彼女だけが納得するはずもない。そこでコンラズは別の角度から攻めてみることにした。彼女の目をまっすぐ見つめて語りかける。

「つい最近も刑法にあたりましたが、小児性愛者であれば殺すことを認めると規定した文言《もんごん》は、どこにもありませんでしたよ」

少女は逃げることなく彼の視線を受け止めた。彼女の声は、心根《こころね》はいいが、あまり頭の回転のよくない弟を教え諭すかのように、やさしかった。とはいえ、コンラズは少しバカにされているような気がしていた。

「認められている事例を調べたいなら、刑法はあまりいい選択とはいえないんじゃないですか」

コンラズはむっとして、視線をはずした。

ようやく電話を終えて戻ってきた少女の父親に、彼は救われた思いだった。

「学生鞄と高校へ行く道が見つけられないなら、お小遣いをもらう生活をやめて、自分で仕事を探し始めたっていいんだぞ」

父親が本気で怒っているわけではないのは明らかだった。こんな聡明な娘がいたら、父親として自慢に思うのは当然だろう。

「やさしいのね、パパ」

少女は父親の頬にすばやくキスをすると、ドアに向かった。部屋から出ようとしたとき、彼女は振り返り、冷凍庫の霜もとかしてしまいそうな笑みを浮かべた。別れ際の言葉は明らかにコンラズに向けられたものだった。

「パパはいつもあなたのことを話しているわ。表には見せないかもしれないけれど、気に入っている。それを表せないのがパパの欠点の一つね。では、どうぞ召し上がれ」

少女は出ていった。ほどけた靴紐が、彼女の足に引きずられていく。

朝食はとてもおいしかったが、その後に続く打ち合わせは気が重いものになった。コンラズは法医学研究所からいい知らせと悪い知らせを持ち帰っていた。まず、よいほうから話を始める。

「本日、まずは二名の復顔写真を受け取りました。じゅうぶん実物に近い状態に仕上がっているので、マスコミに公開しても問題ないだろうということです。これがあれば身元特定にいたるに違いないと思います」

「わかった。昨日、エルヴァング教授に電話してみたんだよ。だがね……」

官房長はためらいがちに切り出した。

「……彼は私が幻影で、しかもそのことにまだ自分で気づいていないと主張するんだ」

「まあ、的外れなこともよく言ったりしますから」

「そうかもしれないが」

「次回はこちらを通していただいたほうがいいかもしれません。当方の言うことならまだ聞きますので」

それはまったくの嘘だった。監察医アートゥア・エルヴァングは誰の言うことも聞かない。それがコンラズ・シモンスンの言うことならなおさらだ。ただ、コンラズは邪険に扱われるのに慣れているというだけの話だ。

ヘルマ・ハマはうなずいた。

「私の仕事は、中途半端にすることは許されない。やるか、やらないかのどちらかしかないんだ。一日のスケジュールを決め、世論を納得させ、君が仕事に集中できるようにすることが自分に与えられた役割だと思っているのだが、それがどうも上手くいかなくてね。私が今言えることはそれだけしかない」

官房長はしばらく押し黙っていたが、再び口を開いた。

「政治家が最も嫌うのは、内容自体は妥当なのに、答えの出せない質問をされることだ。正直、政治家の気持ちもよくわかる」

「あなたは魔法使いじゃないんですよ」コンラズがすかさず言った。「世間に流布《るふ》している噂話をすべてコントロールできる道理はないじゃないですか。噂話にもいかにもありそうなものと、そうでないものがあります。でもたいていの場合、どんな噂話も根も葉もない、バカげたものばかりなんです」

官房長はコンラズの話を聞いていないようだった。相変わらず、あきらめたような口ぶりで話を続けた。

「外務省によると、各地のデンマーク大使館は今や電子メールの洪水だそうだ。皆がみな、五人の被害者が小児性愛者であることをデンマーク当局が隠しているといって非難し、マスコミもそれについての憶測を垂れ流しつづけている。そのうえ、子どもへの性暴力を、デンマークが野放しにしていると考える人々が、いたるところで抗議運動やキャンペーンを張っている。特に高校でその傾向が顕著だ。法務大臣はついに身を隠してしまった。それが事態の沈静化につながるのか、支障になるのかは不透明な状況だ」

「悪くなる一方なのではないかという嫌な予感がしています」

「バカなことを言ってもらっては困る」

「残念ですが、これは本当のことです」

そこでコンラズは、エルヴァングから昨夜、連絡があったことを話した。中央氏が二度殺されたと自分で説明しながらよほどおかしかったのか、エルヴァングは息ができなくなるほど笑い転げた。ホットドッグ屋の男性の特徴と、中央に配置されていた死体の特徴は、偶然と片づけるには似すぎているという。コンラズはエルヴァングの異常なまでの興奮ぶりについては、言わずにおくことにした。

ヘルマ・ハマは気分が悪そうだった。

「さらに一人、殺されたということか」

「すべての状況証拠がそれを物語っています。教授はめったに間違いを犯しませんからね。すでに申し上げたように、夕方までには確実な答えが出てくると思います。もちろん、結論が出たらすぐお電話します」

「どうも、ほかに何かあるんじゃないかという気がしてならないんだが」

「ええ、ほかにもご報告すべきことがあります。店主はアラン・ディトリウスン、四十九歳でした。彼は二回、有罪判決を受けています。一回目の罪状は、十二歳の少年に対する強制わいせつ、二回目は八歳の女の子に対する性的虐待でした。いたいけな娘をレイプしていた父親が、この店主にも娘をレンタルしていたのです。二回目は、禁固十八カ月の判決がくだされ、刑にも服しています」

「そろいもそろって、小児性愛者だったというわけか」

「ええ、そう断定してしまってもいいのかもしれません。ここ一日二日の展開もそれを裏づけているようですし。オーフスに住む一人の女性が昨日、地元の警察署に出向いてきました。自分の夫、イェンス・アラン・カールスンはバウスヴェーアで殺された被害者の一人に間違いないと言い張るのです。タイで休暇を過ごすといって出かけたのですが、あらかじめ妻も了解していたとおり、その後、連絡をしてこなかったので、すぐに気づかなかったそうです。分析した結果、南西氏の耳と、家族写真に写っているカールスン氏の耳の形が一致しました。専門家は間違いないと言っていますが、念のために弟さんのDNA検査を行って確認しています。今日中に最終的な答えが得られる見込みです」

「それで、イェンス・アラン・カールスンは小児性愛者だったと……」

「イェンス・アランは、奥さんの言葉を借りれば『子どもたちと一緒にベッドの中にいる』のが好きでした。奥さんは口を出すなと厳しく言われていたそうです。夫が亡くなった今は、警察にも協力できるとのことで、彼女の話は完全に信用できます。私自身、彼女と電話で話して、そういう感触を得ました」

ヒリーネ・クラウスンがスウェーデンで送った悲惨な子ども時代については触れなかった。想像の域を出ない余計なことを持ち出してもたいした役には立たない。

「つまり、小児性愛者についての噂は本物だということだな」

コンラズ・シモンスンはしばらく考えた。留保すべき事柄や詳細のわかっていない要素がいまだに多く残っている。本来は触れておくべきだったが、その手間は省き、きっぱりとした口調で答えた。

「はい」

ヘルマ・ハマは張り詰めた表情を浮かべていたが、その言葉でさらに深刻な打撃を受けたように見える。

「タバコ、持っているかな?」

「いいえ」

「嘘だろう?」

「ええ、嘘です。ですが、あなたには差し上げられません」

二人は笑った。そのおかげで少し気が晴れた。渦の中心に小さな逃げ場を見つけたような気分だった。官房長の声は少し明るくなった。

「君の見解が正しいのなら、人々の目にはやっと警察が白状したと映るだろう。まるで世間の手で真実が引きずり出されたようなものじゃないか。憂慮すべきだ。君にとってもね」

「私にとっても、ですか？」

コンラズは心から驚いた。

「なぜ、私にとっても憂慮すべきことなのでしょう？」

「さっき娘に会っただろう？　本人は極力そう見せないようにしているが、あれもごく普通の子だ。君も話していてわかっただろうが、今後の捜査の行方に関してはいろいろ思うところがあるらしい。あの子のそうした意見が周囲に広がっていくんだぞ。娘もクラスの同級生も、昼夜を分かたず、活動にいそしんでいる」

「健全な精神の持ち主ならば、小児性愛者を殺すことで小児性愛を撲滅することができるなどと本気では考えませんよ」

「そうだな。そこまで極端な考えを持つ者はいないかもしれない。だが、あの出来事に対して人々は暗黙の了解を与えているといっていい。そうだとしたら、君の仕事にはどんな影響が及ぶだろうか」

「まさに大打撃を受けるでしょうね」

「まさしくそうだろうな。君はこの事件をコントロールできていると思うか？」

コンラズは汗が噴き出してくるのを感じた。この会話のせいではない。体内のラジエーターが上手く作用しないことがままあるのだ。特に最近は調子が悪い。コンラズはネクタイを緩め、ハンカチで額をぬぐった。少しましになったので、こう尋ねた。

「どのようにコントロールできているかですか？」

「予測どおり、予定どおり、計画どおりにコントロールできているか、だ」

「誰にそんなことができるというのですか？」

「わからない。だが、メールにあったように被害者が本当に小児性愛者なら、ただの噂として片づけてはいけないだろう。誰かが事前に何が起こるか知っていた、ということなんだぞ。この類のことは自《おの》ずと予測できるものではない。君も当然、そのように考えたと思うが。

その瞬間、コンラズの頭にある考えが浮かんだ。しかし彼はすぐにそれを追い払った。遅かれ早かれ、確実な証拠は手に入る。それがわかっているのに、不確かな土台に基づいた推測をめぐらすのは時間の無駄でしかない。昨日の夜まで、コンラズはずっと自分のペースで仕事をしてきた。しかし、この新たな殺人事件と嘆かわしくも敵対的な世論のせいですべてが変わった。コンラズは今、ようやくそのことに気づいたのである。

コンラズ・シモンスンはポケットに手を突っ込み、タバコを取り出した。

31

秋の夕暮れの日差しが差し込む教会は神々《こうごう》しい雰囲気を漂わせていた。石灰石を使った白い壁は輝き、土台の御影石の石英は何千ものしずくのようにきらめいていた。帽子のひさしに手をやりながら、イーレク・マアクはその建物をじっと眺めていた。御堂の外陣も内陣も、丸天井のアーチやフレスコ画、細かく彫刻が施されたコーニスが特徴の典型的なロマネスク様式だ。鐘楼、ポーチ、聖具納室はそれから数世紀後に造られたもので、ネオゴシック式の花崗岩の大きなブロックが用いられている。墓地の壁は中世にさかのぼり、黒い漆《うるし》が塗られた錬鉄の大時計は十八世紀半ばの古典的な機械技術を駆使した作品だ。イーレクがこの教会について知っている知識はこれぐらいだ。

ただし彼は建築の専門家ではない。この教会を包み込む静寂に身を置き、果たして警察が来るかどうかを見定めようと、早めに足を運んだだけだ。したがって、教会の見学にはあまり時間をかけることなく、ほとんどの時間を、隣にある市立図書館の閲覧室で過ごした。この教会の歴史と教区について見つけることができた資料はすべて読んだ。それがこのひとときを過ごすのに一番よい方法だと思えたからだ。

そして今、イーレクはバスの屋根つき停留所のベンチに腰掛けていた。教会での儀式からは心地よい距離を保ちながらも、さえぎられることなくその様子を見られる絶好の場所だった。そしてここが、自分が教会に最も近寄れた場所だった。彼の隣にいるキノボリは、教会で今行われている儀式に参加が許されないことに対して腹を立てていた。イーレクは、偶然に彼の姿を見かけ、この停留所に呼び寄せていた。この男をここで見失ったらどうなるだろうかと想像するだけでぞっとする。とはいえ、二人には互いを責める気持ちはかけらもなかった。二人はともに葬式には来るなと言ったピア・クラウスンの命令に背いていた。

キノボリには、自分たちがなぜこの停留所にいなければならないのか、どうも納得がいかなかった。

「さよならを言うにしては変なやり方だぜ。遠目に教会を見るだけで満足しなりゃいけないなんて。警察のカメラマンがいるのは間違いないのか?」

「ああ。報道カメラマンも山のように来ている。こっちも警察と同じくらい問題だろう。そもそもメンバーがここにいてはいけなかったんだよ。僕たち二人はなおさらだ。だからここにいるしかない。これ以上近づくなんて、正気の沙汰じゃない」

キノボリは不本意ながらもその言葉を受け入れた。

「でも、なんか嫌な気分だよな」

ベンチに腰を下ろすと、薄笑いを浮かべながら言う。

「ピアがもし俺たちのやっていることを見てたら、きっとキレるだろうよ。あの人が生きていたら、俺たちもこんなことする度胸なかっただろうし」

キノボリはまるで度胸試しを楽しむ反抗的な生徒のようだった。イーレクはいらだちが頂点に達するのを感じた。キノボリがどこか遠いところに——願わくは外国にでもいると知らされるほうがはるかによかった。この男は自分の役割をきちんと果たした。だが、今の彼の振る舞いは明らかに行きすぎている。仲間たちの安全を脅かす歩くリスクと化していた。

「そうだな。正直、ピアの影響力はいなくなってからはかなり弱くなった」

言ったそばからイーレクは後悔した。どうしてそう感じたのか気のりしないまま理由を探してみる。彼にとって、キノボリがこの場にいることは不吉な兆しのようにしか思えなかった。本音を言うと彼と一緒になどいたくなかったのだ。偶然のめぐりあわせで二人は近づきになったが、波長はまったく合わなかった。だが、どんな犠牲を払ってでも、あとしばらくの間は協力しあわなければならない。何があっても不和になることは避けねばならなかった。

だが、イーレクには、はっきりさせておかなければならない微妙な問題があった。そのチャンスが今、思いがけずにめぐってきたのである。いくつか当たり障りのない話をしたあと、イーレクは思い切って聞いてみることにした。

「新聞で読んだんだけど……君は顔と手を切るだけじゃ満足できなかったらしいね。性器も損壊したと書いてあったけど、本当なのか？」

「ああ、そうだよ」

「取り決めにはなかったことじゃないか。なんでそんなことをしたんだ？」

「あの状況では、そうするのが正しいと思えたからさ」

イーレクは必死で気持ちを落ち着けようとした。

「もっと詳しく説明してくれないかな?」

「あんなの、小さな切り込みをいくつか入れただけだぜ」

「小さな切り込みをいくつか入れただけだって? チェーンソーを使ってたじゃないか!」

「ああ」

「一人ずつ、みんなやったのか」

「ああ」

「なんで?」

「そんなのわかんねえよ。チェーンソーが乗り移ったっていうか。チェーンソーでいったん切り出したら、止めるのが大変でさ。そのうち、死んだらどんな目に遭うのかフランクに見せつけてやりたくなったんだよ。俺が言いたいこと、わかるだろ?」

その説明はすべてが真実だったわけではない。最後に性器を傷つけたのは、死刑台を分解し、マイクロバスの中に運び入れたあと、床を掃除する前のことだったからだ。

イーレクはそれ以上深く追及することなく、その説明を受け入れることにした。だいたい想像どおりではあった。それに、もうやってしまったことはどうしようもない。宣伝とか広報といった視点から見れば、非常に喜ばしくない行為だった。この種のグロテスクな話題を売り込むのは難しい。だが、どちらにしてももう遅い。イーレクはうなずくだけですませることにした。

「本当は生きたまま股間を切りつけてやりたかったんだ」キノボリがぼそりとつけ加えた。

「でもそうはしなかったんだろう?」

「しなかった。自分でも不思議だけどさ」

「そうしないでくれて、うれしいよ」

二人は何も話すことがなくなってしまった。キノボリはマスコミで展開されているキャンペーンについて何も尋ねようとはしなかったし、イーレクも実際の殺害状況についてこれ以上詳しいことを聞きたくはなかった。

人々が続々と教会に到着していた。一人ずつ、あるいは、小さなグループを作ってやってくるのである。その多くが若者であった。花だけ持ってきてすぐに立ち去る者もいた。教会の階段に花束を置く人もいれば、持ってきた小さなろうそくに火をともす人もいる。葬式自体はすぐには始まりそうにみえなかった。

イーレクは時間つぶしにこんな話を始めた。

「四百年前、この教区では二人の魔女が火あぶりにされたんだ」

キノボリは答える代わりに教会の建物と、入り口に生えている木を見上げ、太陽の光を浴びながら目をつぶる。それはマロニエの木だった。いがの突き出た実が、冠《かんむり》のような形に伸びた枝の上で、地面に落ちるのを待っていた。

イーレクはおかまいなしに先を続けた。

「二人は農民の子どもを誘拐して、魔女集会に連れていったんだ。拷問の末、彼女たちは同じ自白をした。それで、彼女たちが罪を犯したことは疑いの余地がないということになった。でもそこへ司祭が割って入り、火あぶりじゃなく絞首刑を提案した。それに憤慨した教区民が暴動を起こし、そのせいで司祭はあやうく聖職も命も失うところだった。それで火あぶりの刑が確定したんだ。刑の執行は教会の前で行われた。一六一三年のことだ。この話、参考になると思わないか」

キノボリが振り向いて言った。

「なあイーレク、あんたって本当に変わってるな。でも、火あぶりにされた女たちにとっては悲しい話じゃないか」

「それはそうだな。だがその女の人たちのことは正直どうでもいい。僕が参考になると思ったのは、教区全員の同意にこぎつけた、その持っていき方なんだ。教区民は一丸となって悪に立ち向かった。僕は集団の恐怖と怒りが何をもたらすことができるのか、考えていたのさ」

議論は長くは続かなかった。ほどなくして教会の鐘が鳴り始めたからだ。周りの村にまでその音が響きわたり、大勢の人々が群れをなして中へ入っていった。

「五人の汚らわしい死者たちに、こんな立派な葬儀をしてもらう権利があるとは思えないな」イーレクが言った。

「六人だよ」

「六人だって？　いったいどういうことだ？」

「最終的に六人になったんだよ。もう一人増えたんだ」

イーレクがその言葉の意味を理解するまで一瞬の間があった。ようやく事態が呑み込めたとき、彼は飛び上がるほど驚き、思わず大きな声をあげてしまった。目立たないようにしなければという気づかいもどこかに吹き飛んでしまっていた。出遅れてしまい、早足で教会に入ろうとしていた人たちが、心配そうな視線を向けてくる。

「なんだって、気でもおかしくなったのか。完全にイカレてる！」

キノボリは冷静だった。

「少し落ち着けよ。ちゃんと理由があるんだからさ。もし、ここであんたに会わなかったら、この件のことはちゃんと話しにいくつもりだった。そもそも、だから教会に来たわけだし。ここで葬式をやるのは知っていたからさ。隅のほうにいれば……」

キノボリの言葉はイーレクの耳には入っていなかった。

「ちくしょう。ふらふら出歩いて人を殺してる場合じゃないだろう」

キノボリはにっこり笑って静かに言った。

「アラン・ディトリウスンだよ。知ってるだろ。あのホットドッグ屋さ。奴は作戦開始の前日に胆のう検査で入院したから、代わりに兄貴のフランクを殺《や》った。自分の兄貴がバカンスじゃなくて地獄に送られたと弟が知ったら、警察はきっと……なあ、あんただって予想ぐらいつくだろう？」

イーレクは懸命に冷静を装おうとした。頭を小刻みに振りながら、キノボリがとうとうとアラスリウの亡きホットドッグ売りの話をまくしたてるのに耳を傾ける。そしておもむろに尋ねた。

「それで、アラン・ディトリウスンには何か感づかれていなかったのか？」

「そこまでは知らねえよ。けど、特に頭が切れる奴だという評判は聞かなかったし、警察と懇意にしているわけでもなさそうだった。それだけは言えるな。俺は病院にいるあいつに二回電話して、早く治るように祈ってると言ったんだ。今日は雨が降ったとか天気がいいとか、そんな四方山《よもやま》話や、安酒や子どもの話をして、兄貴から電話をかけられないからよろしくって伝えた。誓ってこれが真実さ」

「なんで今まで話さなかった？」

「ピアに止められるのが怖くてさ」

「そうか……まあ、少なくとも君が正直な奴だということはよくわかった。それで、なぜ木を倒した？」

「俺の話を信じてくれよ。本当に、あいつにおあつらえむきの葬式用の花輪だと思ったんだよ」

「本当の答えを言うつもりはないのか？」

「誓って本当なんだ。俺もただ悪に立ち向かっただけなんだよ」

32

――インターンへの包囲網は、彼がついた嘘のせいで次第に狭まりつつあった。ベッドタウンに住む三人の女性は、正義を勝ちとるのにじゅうぶんな証拠をまもなく手に入れることができるだろう。彼がヒポクラテスの誓詞を唱えると、インチキ臭さが漂った。どんなにハンサムでも、情けをかけるに値する男ではない。

パウリーネ・ベアウは、連載小説の結末でインターンが追いつめられるさまをむさぼるように読んでいた。殺人捜査課では最年少の彼女はこっそり抜け出し、中央駅のお気に入りのカフェで昼休みを楽しんでいた。チームのほかのメンバーと同じように、パウリーネにも自分だけの隠れ家があり、三十分ほど一人でリラックスする時間を時折持つようにしていたのだ。そのひとときだけは、死体からも、人間の最も動物的な部分が犯した犯罪からも離れることができた。少なくとも彼女自身はそう信じていた。

女伯爵が同じテーブルに腰を下ろしていた。すでに三回も咳払いをしていたが、いっこうに気がついてもらえない。そこで今度は女性誌の上に手を置いてみた。

「もしもし、外界からの交信です。いらっしゃいますか?」

パウリーネはやっと目を上げた。体重を気にすべき人が、ケーキをほおばったところで不意をつかれたときにそうなるように、顔がみるみる真っ赤になる。頭にかっと血がのぼり、あわてて読んでいたものをバッグの中に突っ込んだ。女伯爵は、彼女の文学上の嗜好にも、赤面していることにも気がつかないふりをした。

「あなたにはこれからミゼルファートに行ってもらう

わ」

「一人でですか？」

「いいえ、私も一緒よ。ついさっき、被害者のうち二人が特定されたの。中央氏は、フランク・ディトリウスンというコンサルタントだった。五十二歳でミゼルファート出身。南西氏はイェンス・アラン・カールスン。オーフスのトロイボー出身の年金生活者で、六十三歳。アーネがカールスン氏を受け持つことになったわ。イェンス・アラン・カールスンはなんと二重に本人確認されたのよ。DNA検査の結果が出てから五分と経たないうちに、スカイビュー病院からも連絡をもらってね。アートゥア・エルヴァングが言っていたとおり、彼は年四回、心臓の検査を受けていた」

「でも、連絡は五分遅すぎたと」

「まあ、そうね。ところで、ボードでアラン・ディトリウスンに〝おまけ君〟というあだ名をつけたのはあなた？　もしそうなら、コンランズからモラルと敬意についてたっぷりお説教されるわね。覚悟しておきなさい」

「違います、やったのは……」

パウリーネは急いで言い直した。

「私じゃありません」

「それはよかった」

犯人はアーネだった。パウリーネは彼がそれを書いているところを目撃していた……思わず笑ってしまった。彼女は話題をさほどリスクがないテーマにあわてて変えた。

「ホットドッグ売りの兄が、フランク・ディトリウスンだったということですか？」

「そういうこと。体育館の中で発見されたのは兄のフランク。あの掘っ立て小屋のようなホットドッグスタンドの中で見つかったのは弟のアランだったってわけ」

「木に押しつぶされて死んだんですか？」

「そうではないようなの。木が頭を直撃する前に、枝を使って撲殺されたと鑑識はほぼ確信しているみたいよ。もうまもなく結論が出るでしょう。犯人はあの木を倒すのにだいぶ苦労した形跡がある。でも、伐採のやり方そのものはプロらしいんですって。それに、被害者はすでに死んでいたわけだから、殺害するために木を切ったわけでもないわね」

「じゃあなぜそんなことを?」

「見当もつかないわ」

「コンラズはどう言ってるんですか?」

「さっさとそのコーヒーを飲み終えて捜査を開始しろ、って言っているわ。フランクとアランはミゼルファートの同じ住所に住んでいる……いいえ、いたの。みんな少しでも多く情報を入手しようと必死に働いている。私たちがミゼルファートに向かう間も、最新の情報を随時、連絡してくれることになっているわ」

「いい知らせじゃないですか。ようやく運が向いてきましたね」

「そうみたいね。それと、北西氏と北東氏の復顔写真が出来上がったそうよ。かなりよく似ているらしいわ。夕方のニュースで流してもらうことになっている。その前にもっといいやり方で身元を特定できなければの話だけど」

「どういうことですか?」

「コンラズはこう言っているの。なんの予告もなしにテレビ画面に被害者の写真を出すなんて、遺族に対しては暴力行為に等しい。でも、それ以外にやりようがないってね。小児性愛者である市民を無慈悲に殺害する異常者が野放しになっている現状では、一分一秒も無駄にできない」

パウリーネには、今、耳にした言葉は正しいとは思えなかった。どちらかといえば、小児性愛者以外の市民を守りたかった。

「そうですね。一刻を争うというのはよくわかりま

「女伯爵は年若い同僚の声に若干のためらいを感じとり、厳しい口調でぴしゃりと言った。

「あなたが全面的に納得しない限り、出発はお預けね。納得できないなら家に帰ってもらってもいいのよ……ついでに異動願の出し方を教えてもらうことね」

上司が部下に命令するような高圧的な物言いではなかったが、どちらもこの発言の重さをじゅうぶんに承知していた。パウリーネは間髪を入れずに答えた。

「もちろん納得しています。百パーセント納得しています」

女伯爵は笑みを浮かべた。パウリーネも微笑み返して言った。

「それでは、フュン島に向かいましょうか?」

パウリーネも任務の内容には、さほど驚いてはいなかった。少し前から職場の雰囲気でなんとなく察していたからだ。身元が特定されたら自分たちはただちに、被害者の人生をたどるにふさわしい場所へと送られることになるだろう、と。どこまで行くことになるのかわからないので、パウリーネは一昨日の時点ですでに、猫を預かってくれる隣人を見つけ、留守中の手はずを整えていた。

「ええ、もう今からすぐ出発するわよ。さっきも言ったとおり、早すぎるということはないのだし。まずはあなたの家に寄りましょう。着替えを何枚か取っていらっしゃい。でも、すでに荷造りはしていたんでしょう?」

「はい。アーネが数日のうちにチーム全員が国中に散らばっていくことになるだろうと言っていたので。どうして予測できたのかはわかりませんけど」

「経験よ。もしかして彼とじゃなく私と行くことになったから、がっかりしてるのかしら?」

口調こそおどけていたが、冗談抜きの含みが感じとれた。パウリーネは本音で答えることにした。

「いえ、がっかりなんてしていません。彼と私の間のことは……よくわかりません。どうにでもなってしまいそうで。もしすでにそうなっていなければの話ですけど」

「あなたがそう言うなら、きっとそうなんでしょう」

「あの人は今のままがいいんでしょうね？　お子さんたちのことも、すべてひっくるめて」

「その質問は彼にすべきでしょう。愛をかわすことができるなら、話し合いだってできるんじゃない？」

「それでもあなたに聞きたいんです」

「率直にどう思っているのか、本当に知りたい？」

パウリーネはうなずいた。

「アーネは決して子どもを見捨てないでしょうね。そもそも見捨ててはいけないのよ。彼をたきつけてそんなことをさせないこと。何一ついいことなんてないわ。さあ、もう出かけないと。駐禁の場所に車を駐めてるの」


駐車違反の件で、女伯爵に思い切り軽蔑された経験のあるパウリーネはちょっとした仕返しとばかりに、コーヒーを飲み終わるまでは外に出まいと決めた。女伯爵が自分とアーネの関係をあらかた知っていることをあらためて確信した。そして、女伯爵は必要以上に親身になることはなかったとはいえ、自分の話自体は、快く聞いてくれたのである。パウリーネは話題をかえた。

「そもそも、どうして私がここにいるってわかったんですか？　それになぜ電話をくださらなかったんです？」

「電話したわよ。四回もね。携帯電話のバッテリーが切れていたか、電源を切っていたかのどちらかなんじゃないのかしら。でもコンラズが、あなたは間違いなくここにいるはずだと教えてくれたの。きっと甘ったるい本に読みふけっているに違いないって」

パウリーネの頬がまたもや真っ赤になった。

「どうしてコンラズは知っていたのかしら？」

女伯爵は笑った。同情はしていないらしい。

「どうしてそれを知ったかって？」

少し柔らかめの口調で彼女は続けた。

「警察内にはりめぐらしたコンラズの情報網は驚くほど広いのよ。しかもあなたはデンマークで最も警察官がたくさんいる場所に隠れていたわけ。きっと誰かに密告されたのね。男性のほうのお仲間さんじゃないかしら。あなたは男たちの目に留まりやすいタイプだし。それはそうと、ここにはよく来るの？」

パウリーネは話題を変えようと、必死でこのチャンスに飛びついた。

「誰かが私をチクったのね。まったく男がやりそうなことだわ」

「そうね」女伯爵は同意した。「さあ、向こうに着くまでの間、素敵な話をしてあげましょう。どうやって公務員が精神分析医を別の精神分析医のもとへと送り込んだかをね」

33

アニ・ストールはダウブラデット紙編集部にある自分のデスクで、指導している記者見習いが報告の準備をするのをじりじりしながら待っている。当のアニタ・デールグレーンは急ぐふうでもなく、持ってきた資料をぱらぱらめくっていた。自分ののんびりしたペースが上司をいらつかせていることは重々承知のうえだ。

ここ数日で二人の関係は相当悪化していた。心から互いを嫌っていることはもはや隠しようもない。だが二人は、相手がプロとして確かな力量の持ち主だということも認めざるをえなかった。アニは、バウスヴェーアの殺人が発覚した先週の月曜から注目の的だった。彼女がカバーする記事は今や紙面の大半を占めており、どう考えてもこの状態はしばらく続きそうだった。しかしその肩にのしかかるプレッシャーをものともせず、彼女は自分に与えられた役割をきちんとこなしていた。「下水道のどぶねずみみたい」とアニタは独りごちたが、このいたって感じの悪い指導教官から学ぶところは多いという認識は持っていた。この上司は、自分に関係ないことに関しては、とことん冷淡で、こちらが心配になるほど関心が低い。しかしそれさえのぞけば、非常に優秀なジャーナリストだった。

一方、アニも自分の下で働く女性見習いの才能や知力に気づいていないわけではなかった。まだ若いが、機転が利くし、勘も鋭く、そのうえ仕事熱心ときている。何より、素晴らしくクリエイティブな能力の持ち主であり、これも仕事をするうえでは同じく有益であった。こと性格に関して言えば、実社会に出て上手くやるには少しまっすぐすぎるようにも思えたが、この点についてアニはさほど問題にはしていなかった。この娘が時折ひどく横柄な態度をとったり、不愉快なほど説教じみたことを言ったりしても、彼女は受け入れることができた。アニは度量が広いのである。もっとひどい若者をこれまで大勢見てきたことも影響しているだろう。

したがって、特に仕事の面で言えば、二人の共同作業は非常に上手くいっていたといっていい。

アニタのタイミングは絶妙だった。アニの堪忍袋の緒が切れる瞬間に報告を始める。

「デンマーク国内の高校に漂う空気についてレポートを、ということでしたね。全般的に、数多くの学級で、子どもに対するレイプの問題に何らかの形で取り組むため、授業がボイコットされています。全体像をお伝えするのは難しいのですが、少なめに見積もっても、国内の高校の三分の一から半数がこの活動に関わっていますね。地理的に見ると、大きな違いがあります。この現象はコペンハーゲンやほかの地方の大都市で多くみられます。月曜日にはおそらくピークに達するでしょう。それから、中学生もほぼ確実にこの現象に巻き込まれていくものと思われます。すでにその傾向がみられますので」

「生徒たちは何を求めているのかしら？　背後にいるのは誰なの？」

「二番目の質問に対する答えは簡単です。誰も背後にはいません。これは学校から学校へと伝播していく自然発生的な現象です。とはいえ、昨日メディアで流れた性的虐待についての広告が引き金になったのは間違いないでしょう」

アニはうなずいた。

「もちろん、例の大量殺人についての噂もしかりです。ですが、生徒たちが行っている活動は多岐にわたります。ある地域では、生徒たちは広告が示唆していた数字、つまり、実際に何人の子どもが毎日、性暴力にさらされているのかを調べようとしています。この問題に関する自らの体験をシェアする活動を行っている地域もあります。また別の地域にある高校では、小児性愛の問題をごく一般的なレベルで、その日の議題として取り上げています。情報発信の方法もさまざまですね。ブログ、ポスター、地域の小さなスーパーの掲示板を用いることもありますし、パンフレット、即興劇、イベント、読者からの投書として発信するなど、個々がそれぞれ自分の使いたいメディアを使って展開しています。みんなよく工夫しています」

「でも、何かしら目標はあるはずでしょう？」

「そうですね。でもかなり漠然としているんですよ。私の印象ですが、総合すると、小児性愛者の存在に人々の注意を引きつけ、社会が性暴力の問題にもっと努力して対処していくよううながすといったようなものだと思います。私が聞き取りをした人たちが語る理由は、それぞれ違いましたし」

「でも、誰もが小児性愛者に反感を持っているのは当たり前でしょう？　そういう意味では特に目新しいことはないじゃない。もしそれが彼らの伝えたいメッセージなんだとしたら、ちょっと安易だわね」

アニタも今度ばかりはぐずぐずと無駄な時間を使わず、さっさと紙を繰っていく。あらかじめ記事として載せられるような文章を準備しておいたのだ。もし万が一、記事を書くようにと言われたときのために。彼女は読み上げた。

「多くの若い高校生は、共通の関心の的を見つけたと言っている。彼らは毎日、耳にたこができるほど、同じことを聞かされて暮らしている。過酷なグローバル化を生き抜くためには競争力を持ちなさいと言われ、凡庸であることを容赦なく批判される世界に生きているのだ。そんな彼らにとって、小児性愛者を非難するシンプルなメッセージは、理解しやすく、誰もが賛同できるものだった。高校生たちには、教育省よりはるか高いところ、すなわち天から与えられた贈り物であるかのように思えたのだ。何年もの間、無為無策のままだった大人の世界への反抗は、明らかに彼らの団結を促進する触媒の働きをする感情を醸成する役目を果たした。ただ一つの高尚な大義のため、高校生たちは腕を組んで結束しているのだ。たとえ、活動の目的がよく見えなくなっていても、である」

アニは頭を振りながらしばらく考えたのちに、こう言った。

「『若い高校生』は重複表現ね。『彼らの団結を促進する触媒の働きをする感情』ではなくて、『彼らの団結をうながす感情』に替えて。『高尚な』は削除。『たとえ』以降の仮定の文章も同じように削除。もっと一文を短くして。コメントもいくつかとってきたんじゃないの？」

「ええ。ヴィーロム高校の姉妹にもインタビューさせてもらいました。その話もします？」

「ええ」

それだけ言って、アニはメールチェックに取りかかる。アニタにはこのような人を見下しているかのような振る舞いを我慢する習慣はないのだが、これまでのつきあいから、上司は一度に複数のタスクがこなせる稀有《けう》な存在であることはわかっていた。ものは言いようというレベルの話ではなく、これが事実であった。アニタ自身は残念ながらまだそんな能力を使いこなすことはできなかった。そういうわけで、ごく当たり前のようにメモを読み上げつづけたが、ふと上司に視線を留めたとき初めて、相手が自分の話をまったく聞いていないことに気がついたのだ。アニはパソコンのモニターを凝視したまま、信じられないといった表情を浮かべている。

「すみません、私の話に興味あるんですか、ないんですか?」

アニ・ストールはほんの一瞬だけ、教え子に注意を向けた。しかし、返事をしたとき、半分、心ここにあらずといった様子をしていた。とはいえ、アニは嘘偽りを言う人間ではない。

「ごめんなさい、まったく興味ないわ。あなたイヤホン持ってる?」

「もしかしてヘッドホンのことですか?」アニタは心にもない笑みを浮かべた。

「そう。差し支えなければ貸してもらえない?」

アニタがわざととげのある物言いをしても、文句の一つも返ってこなかった。パソコンに特別な何かがあるに違いない。アニタの推測は上司の反応によって裏づけされた。

「ウソでしょ。こんなのありえない」

その言葉は特定の誰かに対して発せられたものではなかった。アニタが画面をのぞきこもうと身を乗り出すと、今度は文句が返ってきた。

アニ・ストールはそれから実にあわただしい一時間

を過ごした。だが、間違いなく生産的だった。

　彼女はつい先日知り合ったばかりの殺人捜査課の情報提供者に電話をした。相手が激怒することはじゅうぶんわかっていた。連絡は必ず彼のほうからとり、その逆は絶対にないと、彼女がありとあらゆる神聖なる存在にかけて誓ってから、二日と経っていなかったからだ。そして、情報提供者にとっては非常に重要そうなこのルールを、彼女はしょっぱなから破ったのだ。その埋め合わせに、相応の見返りを提供しなければならなかった。八千クローネ（約十一万六千円）という報酬は、これまで彼女が情報提供者に提示した中でも最高額である。表向き、ダウブラデット紙は情報提供に対して報酬は支払わないことになっているが、ほぼすべての記者が、折に触れて例外的な措置をとっていた。最もよくあるパターンは、百クローネ札を一、二枚、そっと渡してやり、あとで交通費として処理するというやり方だ。だが、今回、念頭にある額は交通費として処理できるレベルを大幅に超えており、とりあえずは自腹を切らなければならなかった。会社があとで精算してくれることを願うばかりだ。そのためにもこのネタがでたらめであってはならない。彼女はとんでもない賭けに出ようとしていた。情報源の男とは違い、ギャンブルに興味などないのにもかかわらずだ。

　アニとアーネ・ピーダスンは市庁前の広場に近いアーケードの下で待ち合わせをした。アーネが持ってきた茶色の封筒と、アニの白い封筒を交換する。礼を言ったのはアニだけだった。アーネは何も言わず、内ポケットに金をしまった。

「写真は三枚。うち二枚は今晩公開されます。したがいまして、数時間後にはただで手に入るというのに、あなたは金を払っていることになるんですよ」

　アーネは、アニに説き伏せられたあとも電話で同じことを言っていた。わざわざ教えてくれるなんて根が真面目な人だわ。この男は私をだまそうとはしないだろう。そうアニは思った。

「ええ、きっちりわかってるわ。もし、またほかの名前もわかったら、忘れずに電話をください。その分もこの金額に入っているんですからね」

「もちろんこちらから電話しますよ。でも、あなたは、もう二度と電話してこないでください」

アーネは、アニが答える前にきびすを返し、去っていった。

編集部に戻ると、アニが依頼したとおり情報システムのエキスパートたちが、先週の火曜日に削除された電子メールを復元しているところだった。あとは比べて見るだけだ。あまりの緊張感に、脈拍が危険なまでに速くなっている。それと比べると、結論は拍子抜けするほど簡単に出た。疑いを差し挟む余地はない。新たに届いたメールに添付されていた三人の男の画像は、封筒の中の写真と一致しており、同じく封筒に入っていた写真の一人は、復元された最初のメールの添付画像と同じ顔をしていた。アニは復元されたばかりの動画を、今度は音声つきで見た。

「気の毒だなんて全然思わないわよ」彼女は思わず声に出してつぶやいていた。「あんたたちの所業にふさわしい仕打ちを受けたのよ。こんなこと、大きな声では言えないけど」

アニの向かい側に座っている文化部の編集者が、読んでいた雑誌から目を上げて、にこやかに尋ねた。

「じゃあ、なぜ声に出して言うの?」

アニはパソコンにパスワードロックをかけた。編集長の予定がふさがっていませんようにと祈りながら、編集長室に向かう。だが、あいにくそんなツキには恵まれなかった。「ご主人様」のオフィスへの扉を忠実に堅守している秘書に止められたのだ。アニは頭で部屋の奥のドアを示した。

「いつごろ終わります?」

「まだしばらく続きますね。お金に関わる問題ですから」

「ねえ、あの部屋に入って、編集長に言ってきてくれない？　ヴィッゴ・ルームで十八時から私とのミーティングの予定が入ったって。それから、社長と、新しく入った法務担当課長を捕まえて、なんとかそのミーティングに来るようにしてほしいの。スピーカーつきのパソコンと、ネット回線も使えるようにしてくれる？　サンドイッチとお水、もちろんビールもよろしくね」

「あなた、自分が何を頼んでるのかわかってるの？　ミーティングが設定された理由は、どう説明すればいいわけ？」

「別に理由なんて言う必要ないわ。何があろうと全員が来るように手配して。その気になれば簡単なことでしょ」

「どうしてその気にならなきゃいけないわけ？」

「鉄壁の理由がなければ、こっちは干されたあげく、窮乏状態に膝まで浸かることになる。それをあえてやるわけだから、それなりの理由があるに違いない。あなたならそれくらいわかるはずだもの」

秘書は、金縁の眼鏡越しにただならぬ空気を読み取った。彼女は、物事が秩序だって予想できる範囲の中で進んでいくことを好む。しかし、そのように事が運んだことはこれまでに一度としてあった試しがない。彼女は日々、直属の上司のスケジュールに最低限の秩序を保とうと、激しい戦いを繰り広げてきた。最初から負け戦とわかっている戦いである。アニ・ストールからの完全に例外的な頼み事は、実にタイミングが悪かった。

「膝までじゃすまないわよ、アニ。耳から下までどっぷり浸かる羽目に陥るでしょうよ」

「わかってる。いいから全員を集めてちょうだい」

秘書は自信なさげにうなずいた。そしてぶっきらぼうにこうつけ加えた。

「飲み食いについては自分でなんとかしなさい。私はケータリング屋じゃないのよ。パソコンはもう部屋にあります。あなた、社内連絡を全然読んでないでしょう？」

アニ・ストールは大きな笑みをたたえながらその場を去った。あの秘書が雑用を引き受けてくれるなどとは、はなから思っていなかった。だが、デリケートな頼み事というのは、頼む相手に何かしら拒否できるものを与えたほうが上手くとおるものなのだ。

34

コンラズ・シモンスンはデスクに座っていた。ここ数日来、こちらが心配になるほどの速さで積み重なっていく報告書の山に目を通そうとする。自分以外の誰かが細かいことに注意を払ってくれていることを切に願いつつ、そもそも不可能な作業に対して最善を尽くそうとしていた。数時間、力の限り書類仕事を続けると、目は充血し始め、涙でうるんできた。老いを感じた。デスクライトの角度を直し、眼鏡なしで少しの間やってみる。だがこの努力はなんの役にも立たなかった。そこで、引き出しの奥にあったティッシュの箱を取り出して、こまめに目をぬぐいながら再び読み始める。同僚たちが物事を簡潔に述べる能力に欠けているという事実をつきつけられると、悪態をつかずにはいられない。そうこうしながらコンラズは、さらに五件の報告書に目を通した。六件目に取りかかろうとしたとき、ドアをノックする音が聞こえた。コンラズが目を上げるまもなく、アーネ・ピーダスンが部屋に入ってきた。

「お取り込み中ですか?」

「そうだ。見てのとおり」

コンラズはいわくありげに報告書の山をぽんと叩いた。すでに読んだ分も含まれている、問題のあるほうの山をあえて選んだ。すでにその山はもう一つの山より高くなっていた。アーネは関心なさそうにうなずいてみせ、こう尋ねた。

「なぜ泣いているんですか?」

「どうやら目がおかしくなってしまったらしい。それはそうと、ティッシュには消費期限があるのか? これはどうも吸収がよくない」

コンラズはデスクの上に丸められたまま散乱している使用済みティッシュをかき集めると、ゴミ箱に投げ入れた。

「品質はいろいろかもしれませんね」アーネが答える。

「本気でお知りになりたいのかはさておき、ティッシュに消費期限があるとは思えません。それより、もっと度の強い眼鏡が必要なだけなのかもしれませんよ。眼鏡店に行って調べてもらったほうがいいんじゃないですか?」

「忠告はありがたく受け取っておこう。で、なんの用だ? 大事な話なのか?」

「いえ、特別重要というわけではありません。フォローしておくように言われた、例の小児性愛者についてのメールで、ちょっと進展がありまして。でも報告書のほうがよければあとで送りますよ」

「いや、もう報告書は勘弁してほしい。そこにかけて、話してくれないか。私も一息入れないと」

アーネが腰を落ち着けるのを待つ間に、コンラズは立ち上がって足を伸ばす。しばらく窓のそばに立ち、外の町を眺めた。日が沈もうとしていた。風も吹いている。自分の肘掛け椅子に戻ると、部下に神経を集中して、張り詰めた表情で口を開いた。

「せっかくおまえとこうして一対一で話す機会ができたわけだし、今すぐにでも話し合っておきたいことがあってね。その話はすぐに終わる。今後、注意してほしいことなんだが」

実際に発せられた言葉以上の強さが、その口調には感じられた。コンラズ・シモンスンがチーフキャップをかぶり直し、手綱を引き締めようとしているのだ。

アーネは椅子の上で背筋を伸ばした。

「恋愛で羽目を外すのはまあいいとして、今後一切、職場ではやるな。特に私の現場ではな。管轄内どこであれ、それは守ってもらう」

「ですが……」

「被害者づらはやめろ。鑑識のクアト・メルシングを説得するのに、えらい手間がかかったんだからな……ピア・クラウスンの死体の周辺にあった残留物を調べようとしていたのを、なんとか思いとどまらせたんだ」

コンラズはアーネを押しとどめるかのように手を上げながら続けた。

「それが実際役に立ったのかどうか、こっちは知りたくもない。だが、一つはっきりしているのは、金輪際《こんりんざい》こんな状況に私を追い込んでほしくないということだ。わかったな？」

アーネのささやかな防御はもろくも崩れ去った。

「了解しました。二度とこのような面倒は起こしません」

二人ともしばらく沈黙した。コンラズが歩み寄りの姿勢を見せる。

「さて、例のメールだが、何があった？　何がわかったんだ？」

「ドイツのハンブルクにあるサーバーから送られたものでした。誰がレンタルしたのかは見当がおつきになるかと」

「ピア・クラウスンか？」

「ええ。優に一年は借りていたようです。レンタル料は彼自身のVISAカードでネット決済されています。夏の間に、学校の図書館に設置されたパソコンを介して、アメリカのメールアドレスが何回かアップロードされていました。ともかく、またもピア・クラウスンが登場してきたわけです。注目すべきは、送信が行われた方法です。携帯電話からサーバーにアクセスして、送信されていました。信号をさかのぼっていったところ、環状線とユリンゲヴァイ通りの分岐点、つまりレズオウアにある中継アンテナまで突き止めることができました。この件についての報告書を現在、何人かで作成しているところです。遅くとも月曜日にはお手元に届けられると思います」

「携帯電話、と言ったな？　電話番号はわかるのか？」

「SIMカード自体はガソリンスタンドで購入されていることがわかっています。ただしSIMのIDはまだ特定されていないので、鋭意調査中です。メールアドレスも購入されたものでした。一カ所から買ったのか、数カ所から買ったのかはまだわかりません。アドレスの数は五十二万件程度とみられていますが、まだ確定できていません。こちらの洗い出し作業も数人で進めています」

「なるほど。例のメール送信がピア・クラウスンを介して行われたことと、今回の犯罪に関連があるということはわかった。興味深いが、ある程度予測はできていたんじゃないか？　ピア・クラウスンはレズオウアに行き……おっと、違った、もちろん奴自身は足を運んでいない。当然じゃないか。私ももう歳だな。この仕事をやるにはくたびれすぎている」

アーネは曖昧な笑みを浮かべて報告を締めくくった。

「レズオウアについては引き続き調べを進めます。ほかの何かが浮上する可能性もあるので」

「了解だ。ほかには？　身元特定に関して進展はあったか？」

「まったくありませんね。少なくとも現時点では、この五人の男たちがいなくなっても誰も寂しいとは思っていないようですね。オーフスのイェンス・アラン・カールスンのケースを、あらゆる角度から見直しているところです。女伯爵とパウリーネはミゼルファートにいます。エルヴァングの写真は公開されました。すべて普通どおり順調に進めば、残りの三人の特定にはそれほど時間はかからないはずですよ」

「なぜ、普通どおり順調に進めば、などと言う？」

「つまりその……間違った情報がたくさん寄せられることも覚悟しなければならないので。がせネタから有力情報をより分けるのに、明日の午前中いっぱいかかったとしても、驚きませんね。この捜査が首尾よく終わるのを見たくない人は大勢いるんですから」

「私も日々それを実感している。だが、被害者の氏名を特定できそうな人をもっと確保する以外に、こちらとしても手の打ちようがない。ところで、あと数時間待てば全国に公開されるというのに、アニ・ストールは是が非でも写真を先に手に入れようとしていたようだが、なぜその写真がそこまで重要だったのかはわかったのか？」

「いいえ。ただし、今夜彼女に聞くことはできるかもしれません。誰の顔写真なのか、具体的な氏名がわかり次第、電話をする約束をしていますから」

「なんとか聞き出してみてくれ。ピア・クラウスンの葬儀はどうだった？」

「ご存じのとおり、すべて写真におさめてありますよ。ですが、出席者があまりに大勢で、ほとんどは誰だかわかりませんでした。顔を照合する手段がない以上、あまり収穫は期待できませんので、参列者の身元特定はやめてしまいました」

「その根拠は？」

「そこから得られるであろうと思われるものを考えても、手間暇がかかりすぎるからですよ。協力してくれそうな人などいないに等しいのですからなおさらです。この件については昨日、すでにメールでお伝えしたはずですが」

「いや……メールがなかなかチェックできなくてね。だが、おまえたちの判断はいたって妥当に思える。ほかには？」

「ありません。重要なことは何も」

これで話は一応終わったはずだった。アーネ・ピーダスンは本来なら静かに出ていくべきところだったが、その場から動こうとせず、肘掛け椅子の上で足をばたつかせていた。その様子は、水中に飛び込む気はないくせに、勢いをつけようとしているかのようだ。ばつが悪そうにしている。

何もしない時間が過ぎていくのがいよいよ耐えられなくなり、ついにコンラズが口を開いた。

「まだ何かあるのか？　さあ、言わなきゃいけないことがあるなら、さっさとすませろ。こっちはのんびりしてる時間なんてないんだ。おまえだってそうだろうがね」

「そうですよね、わかってるんです……ただ……あなたに一方的に叱られるのは、気分がいいものではありません」

「説教の目的はそこにあるんじゃないのか？　相手にこりごりだと思わせなきゃ意味ないだろう！　だが、それももうすんだことじゃないか。いったい何が問題なんだ？　愚痴を垂れ流されるのだけはごめんだぞ」

「いえ、めっそうもない。もちろんそんなことはしません。ただ、言っておきたかったのは、パウリーネとのことですが……あれは僕が悪いんです。ピア・クラウスンが発見された教室に彼女を連れ込んだのは僕なんです。それに……」

コンラズは再び話をさえぎった。

「だからなんだ?」

アーネの口からようやく言葉が出た。

「ですから、その、彼女がどやしつけられたりしなければいいなと思っていまして。僕をののしるだけで、今回はよしとしてもらいたいのです」

コンラズは眉をひそめた。アーネに対するように、自分の気管支を痛めつけてまで怒鳴りつけるだけの価値がはたしてパウリーネにあるのかすら、考えたこともなかった。彼は、うつむき、組んだ手を見つめながら考え込んだ。まるで、子どもには厳しくはあるが一理ある言葉をつねにかけるよう心がけている父親が、特別に何かを見逃してやろうとしているような風情だった。しかし、コンラズは目を上げてアーネを見た瞬間、思わず笑ってしまった。

「こっちは、おまえに説教を食らわせようと心に決めるまでに、何度も言おうとしてはやめてるんだ。男女が平等だとかそうじゃないとか……そんなくだらない話はもうたくさんだ。誰が誰といようとそんなことはどうでもいい。だが、彼女には誠実に接してほしい。これは命令だ。あの娘のことを私は買っているんだ。おまえがこれまで情事の相手として目をつけてきたほかの女性たちとは違ってな」

口調は少し和らぎ、上司という立場からも少し離れた印象だった。男同士の話し合いと言えた。アーネはほっとした。

「ひどい状態だってことはわかってますよ。家族との暮らし、子どもとの暮らし、その他もろもろがね。でも、パウリーネといるとすごく居心地がいいんです。まるで自分にはもったいないほどの贈り物をもらったような感じなんですよ」

「私の記憶が定かなら、おまえはクリスマスシーズン以外にもプレゼントを山ほど手に入れているはずだが……」

コンラズは最後まで言わずにそこで言葉を切った。ふとあることを思い出したからだ。自分も最近プレゼント――チェスの本をもらったではないか。この本の礼をまだきちんと伝えていなかった。彼は顔を赤らめながら、いらだたしげにデスクを手で叩いた。アーネが不思議そうに尋ねた。

「どうしたんですか？　よかったら話してくださいよ」

その言葉は無駄だった。上司がドアを指さしたからだ。

「絶対に話すものか！　プライベートなことだ。いいからもう出ていけ」

35

踊り場にいた女性は、冷ややかな怒りをにじませながら説明した。

「ドアは閉まらないわよ。見ればわかると思うけど、掛け金は壊れてるの。あいつに留守の間、見張っててほしいと頼まれたんだけどね。八階の部屋にまでわざわざ押し入る強盗犯がいるとでも思っているみたいな言い方だった。でも、私は『いいわよ』って言ったの。よき隣人でありたかったから。それは後悔してないわ。で、私はこの踊り場から二回チェックしたの。二度目に見たとき、音が聞こえたから中に入ると、テレビがついていたわけ。ビデオデッキの電源を落とすのを忘れてたみたいね。さあ、中に入って、あんたたちのお友達のケダモノが何を作っていたか見ればいいわ」

ドアのほうを指し示す指先は、有無を言わせない雰囲気だった。二人の男のうち、一人が自信なさげに抵抗した。

「そいつのことは俺たちもよく知らねえんだ。勝手に乗り込むのはいくらなんでもまずいんじゃねえか？」

「じゃあ、まずは、あの映画を見てよ。そしたらきっと気が変わるわ。あら、アンゲリーナは？」

女性の背後のドアが開いた瞬間、強い風が廊下に吹き込んだ。少女の黒髪がふわりと風になびく。何も言わず、右も左も見ずに、少女は男たちの前に滑り込み、一本指で隣人宅のドアを押し開けた。そして、相変わらず無言のまま、きびすを返すと、不思議な威厳を漂わせながら、母親を引き連れて自分の家に戻っていった。風が止んだ。双子の男たちは閉まったドアを見つめた。ドアには〝イーア・コルト・イェスン〟と記されている。いとこの名前だ。一度言ったら頑として譲らない横暴ないとこが、何がなんでも来いと彼らを呼び出したのだ。二人はすり足で中に入った。

いとこは正しかった。ビデオテープを見た瞬間、双子のためらいは消え去った。二人はソファーに腰かけて待った。気分は最低だった。

「アンゲリーナは俺たちのこと怖がってんのかなあ。『こんにちは』も言わなかったぞ」

二人は会う人会う人の神経に障るらしい。二人とも巨大で、ずんぐりとした武骨な体型をしている。しかもどちらも片方の目が垂れていた。こうした先天的な欠点のせいで、見た目の印象がひどく悪かった。そのうえ、ロックンローラー風の革ジャンを普段着にしている。羊の毛を刈るのを生業としている二人にとって、職場に出るのにこれ以上温かく便利な衣服はない。しかし、子どもには怖がられてもおかしくない格好ではあった。

「さあな、どうだろう。そんなふうにも見えなかったけどな」

　二人の間に沈黙が流れた。

「ちくしょう。我慢ならねえ」

　二人はビデオテープを一時停止にした。しかし静止画像にしても不快さはいっこうに変わらなかった。それから、神曲さながらの悲喜劇が続いた。双子の片割れが立ち上がり、テーブルクロスを引きはがす。その上にあった花瓶が落ちて、派手に割れた。はがしたテーブルクロスをテレビに投げつけた。背後の壁には二枚のポスターが額に入れて掛けられていた。にこやかなミッキーマウスの上には大きく楽しそうな文字で〝Welcome to Disneyland《ディズニーランドへようこそ》〟と書いてある。おそらく旅行の思い出に持ち帰ってきたポスターなのだろう。もう一枚はニーチェを描いたムンクの絵の複製だった。黒い手書きの文字で、神の死に関するこの哲学者の有名な一文が記されている。立っていた双子の片割れは椅子をつかむと、二枚のポスターのうちの一枚に向かって思い切り叩きつけた。ガラスは斜めにひびが入り、大きいほうの破片が床に落ちた。それでも、ポスターはまだはがれずに額に残っている。彼は割れたガラスの輪郭に沿ってポスターを破り、それを目の前で振りかざした。半分になったネズミの絵と〝neyland《ニーランド》〟という文字だけが残ったポスターは、もはやなんの意味もなしていなかった。男はそれをくしゃくしゃに丸め、次のポスターに移った。双子のもう片方は寝室に行き、そこで放尿した。

　そのアパートメントの住人はけっして貧相ではなく、いい体格をしていたが、いかんせんツキに見放されていた。双子は実に屈強だった。住人の怒りに満ちた抗議をものともせず、双子は彼を捕まえて、テレビの画面を無理矢理見せた。ビデオテープの箱が床に落ちている。レニングラード包囲戦という文字が偽のラベルに印字されていた。双子はテーブルクロスをテレビからひきはがした。それから借家人の赤毛をぎゅっとつかむ。そして、裸の子どもの映像を見せつけた。

「これはいったいなんだ？　答えてみろ、このクソ野郎が」

惨めな男はなんとかその質問に答えようと努力する。不幸なことに彼の言い訳にはほとんど説得力がなかった。それに、首のあたりにきつい絞め技を食らっているような感じで、思うように体が動かないのだ。

「僕のテープじゃないよ。警察官の友達から借りたんだ。こんなの見たこともない。僕を見ればわかるだろう！」

あとのほうの指摘は賢明なものとはいえなかった。双子はどちらもそんな交友関係について聞きたくなどないと思っていたからだ。

「警察官だと？　いつから警察が児童ポルノの配給をするようになったんだ？」

双子をどうにかしてなだめようにも、猜疑心のかたまりになっているのでは手のつけようがない。


「おまえ、子どもが好きなのか？　それなら俺たちと共通点があるじゃねえか。俺も子どもは好きだ。だが、こんなふうに好きなわけじゃねえんだよ」

木片のように硬くて強いパンチが住人の腰のあたりで炸裂した。彼は痛みのあまり叫び声をあげた。股間めがけたキックはかろうじて的を外し、腿に当たった。もう一発はもっと正確だった。階下の住民が警察を呼んだ。

36

ヴィッゴ・ルームでのミーティングは三回延期された。ダウブラデット紙の社長は多忙なのだ。いらだちはつのったが、さすがのアニ・ストールも延期を受け入れる以外に打つ手はなかった。次の予定こそは守られますようにと祈るしかない。そのときがついにやってくるまで、長い間待たなければならなかった。

会議室にはアニ自身のほか、編集長と法務担当課長がいた。テーブルの端に置かれたプロジェクタースクリーンはパソコン画面を映し出しており、右下隅の時計が二十二時四十一分を指していた。出席している三人の間に置かれたスチールプレートには乾燥しかけたサンドイッチが少しだけ用意されていたが、誰も手を出そうとはしない。編集長はライターを使い、小さくポンと音を立ててビールの栓を抜いた。アニが〝そうしたくなる気持ちもわかるわ〟と合図を送ったので、編集長はもう一本栓を抜いて、そっとアニに手渡した。

そのときドアが開いた。六十歳代も終わりに近い男性が早足で入ってきた。コートを椅子の上にばさっと置き、腰を下ろす。そしてやはりビール瓶を手に取り、その場にいた全員と挨拶を交わした。それから部下たちとは対照的に、プラスチックのコップを手に取り、明かりに透かして綿密にチェックすると、げんなりするほどゆっくり、コップにビールを満たしていった。

社長はコップがいっぱいになるとようやく口を開いた。

「遅くなってすまない。なかなか解放してもらえなくて。ところでアニ、君は鉄壁の理由を用意したうえで、私のことまで呼びつけたんだろうね。前回、議題を知らされないまま打ち合わせに参加したときのことは忘れてないぞ。あのときも確かこんな時間だったな」

何かに集中しているような表情と赤すぎる唇の顔が画面いっぱいに登場した。

「これは車両の中ですね」アニが解説する。「おそらくはバスの中でしょう。撮影されていることには気づいていないようです」

何かを尋ねるくぐもった声がスピーカーを通して聞こえてくる。

「どの商品もご主人のお気に召しませんか？」

男は数秒間、無表情のままだったが、やがてぱっと顔を輝かせる。そして舌なめずりをしてから、甘ったるい声で答えた。

「それなら、この三番の小さないたずらっ子にしようかな」

動画はそこで終わった。最後の言葉の余韻がしばらく部屋中を漂う。

社長のプラスチックカップがミシミシいい出した。無意識に握りつぶしていたのである。ビールが袖を伝

アニは時間を無駄にせず、すぐに本題に入った。

「ご自分でご判断ください。今日の午後、私はチェルシーと名乗る人物から匿名のメールを受け取りました。女性の名前を示唆しているのか、街の名前、あるいはサッカーのクラブチームにちなんでそう名乗っているのか、実際のところはわかりません。添付ファイルとして動画の一部が一緒に送られてきました。この動画は全部で約十分間ありますが、断片的なシーンを一つにつなげた構成になっています。これを見るのに専門的な知識は特に必要ありません。この前の火曜日にも、チェルシー氏から似たようなメールを受け取っています。こちらにも同様に動画のワンシーンが添付されていました。残念ながら、そのときはこのメールの重要性には気がつきませんでした。まずはこのシーンを見てください。数秒で終わります」

誰も一言も発しなかった。アニはクリックして動画を再生した。

ってズボンを濡らしていた。怒りに満ちた口調で、その場にいた全員が思っていたことを口にする。

「この汚らわしいクソったれが」

　法務担当課長が紙ナプキンをわしづかみにすると、それを打ち振りながら社長の傍らに駆け寄った。しかし社長は彼女の手をハエでも追い払うかのように払いのけた。ビールのことで悪態をついたわけではなかったからだ。服を拭こうとさえしなかった。ただ、座る椅子を替えただけだ。今の今まで誰一人として社長がこんなふうにののしるのを聞いたことがなかった。編集長はアニにそっと尋ねた。

「映像の男が何を見ているかわかるかい?」

「いいえ。でも予想はつきますよね」

「メニューだ。子どもが並んでいる」社長が歯ぎしりしながら言った。

　そして男の顔が静止画のまま映し出されたスクリーンを指差した。

「これを消してくれ、アニ。こいつを見ているのは耐えられない」

「では、次にこの男に何が起こったのか、見てください」

　再び画面にあの顔が現れた。だが、今回はカメラを誰かが手で持っているらしく、映像の質はあまりよくない。ピントがぼけることもあった。時折、なんなのかよくわからないが、白いものが画面いっぱいを埋めつくす。カメラは一度だけ下方に向けられた。裸の男が後ろ手に縛られている様子が映し出される。頬と肩は血で染まっており、硬い青いひもが首の周りにかけられていた。男はなにやらまとまりのない文章を唱えている。ただし、激しい感情をたたえた声そのものは、こちらにもはっきりと聞きとれた。

『いかなる児童も、その私生活、家族、住居、もしくは通信に対して、恣《し》意《い》的にもしくは不法に干渉され……』

アニはここで一時停止ボタンを押し、薄い紙の束を一つずつ三人に手渡した。一番上にはスクリーンに映し出されているのと同じ顔がある。

「この男はトーア・グランという名前で、オーフスで暮らしていました。今お渡しした写真は警察から提供されたものです。今日の午後、情報提供者を通して手に入れ、あとから氏名も知らせてもらいました。この写真は、被害者が遺体となって発見されたあとに撮影されたものです。専門家の手で顔の輪郭は修復されています。トーア・グランはバウスヴェーアのランゲベク小中学校で死んでいた五名のうちの一人でした。今、流れている動画は、彼がリンチされる様子を撮影したものです。ほかにもあと三名の処刑場面が含まれています。さらに、もう二つ見所がありますが、数分もすればそれも確認できるでしょう」

「おまえ、完全にいかれているのか？　ちくしょう、これは……だってこれは……」

編集長が口をはさんだ。息も絶え絶えで、耳障りな声を出していた。彼が怒っているのか、ショックを受けているのか、判断するのは難しかった。社長は一言で編集長を黙らせた。

「静かに！　彼女の話を最後まで聞くんだ」

アニは再び話し始めた。

「マスコミの同業者たちにも尋ねてみましたが、似たようなものを受け取った人は誰もいませんでした。警察も同様です」

彼女は動画を再生した。スクリーンの顔が再び何かを唱え始めた。

『……または名誉および信用を不法に攻撃されない』

突然、カメラのアングルが変わった。明らかに一部のシーンがカットされている。

『児童はこのような干渉または攻撃に対する法律の保護を受ける権利を有する』

「いったいこいつはなんのことを話しているんだ？」

社長はアニに尋ねた。

アニは再び映像を一時停止させ、説明を始めた。

「国連の子どもの権利条約の一節を読んでいるんです。撮影者が持っている紙に文章が書かれていて、それを読み上げるよう強制されているんだと思います。ときどき画面にもその紙が映るんですが、この箇所には出ていませんね。ところで、この情報を入手するのに、私は一万二千クローネ（約十七万五千円）を支払いました」

社長は一秒たりとも躊躇することなく言った。

「経費として認めよう。続けてくれ」

アニは社長の言葉に従った。もの悲しい読誦が再び始まる。

『……児童が、父母、法定保護者または児童を監護する他の者による監護を受けている間において、あらゆる形態の身体的もしくは精神的な暴力、傷害もしくは虐待、放置もしくは怠慢……』

男のあごは寒気を催しているかのように震えていた。目から涙がこぼれ落ちる。そこで映像が再びカットされた。

『……不当な取扱いまたは搾取（性的虐待を含む）から守られなければならない』

バタンというはっきりとした音がした。顔は画面から消え、その代わりに青いひもが映し出された。それからカメラは下方へ向いた。驚いたような顔をしたトーア・グランは、前後にゆらゆらとぶら下がっていた。その映像はものの一、二秒だった。アニは動画を停止し、プロジェクターを再起動した。

「まだあと三人分見なくてはなりませんよ」

37

酒場には四分の三ほど人が入っていた。そのせいか、空気が重く、息苦しい感じがした。客はみなビールを飲んでいたが、騒ぐ者はなく、ましてや酔っている者など一人もいない。タバコの煙が細い筋を作ってゆっくりと低い天井に向かって上っていった。舞台に立つ女性を照らすスポットライトの前で青い蛇が体をくねらせているかのようだ。女性はギターの伴奏で歌っていた。声は低く深みがあり、人を惹きつけるその響きがフロアを満たし、客の心をとらえていた。酒場にいたほとんどの人が耳を傾けていた。ピカピカ光るスチールカウンターの奥にいるバーテンダーでさえ、興味を示していたほどだ。彼女は映画《クライング・ゲーム》の主題歌を歌っていた。悲しい曲が声によくマッチしていた。曲を深く解釈し、絶妙な加減で切なさを演出したパフォーマンスだった。

パウリーネは目をこすった。煙がうっとうしかった。ビールをちびちびとすすりながら、隣に座り歌を聴いている女伯爵を観察する。これほどの大事件の捜査に、二人でチームを組んで取り組むのは初めてだった。これまで見たことのなかった女伯爵のさまざまな側面もつまびらかになった。女伯爵は必要とあらば、ひどく高圧的になることもできた。たとえば今日の午後、ミゼルファート近郊のディトリウスン兄弟の住居に到着したときもそうだった。

その山荘は趣向を凝らした二階家で、地下室、屋根裏部屋、庭の物置小屋、離れなどを備えていた。アラン・ディトリウスンは二階に、兄のフランクが一階に住んでいたという。到着したときは、警察官が七人がかりで家宅捜索を行っている最中だった。女伯爵の意見にしたがって、二人は何かがひらめくかもしれないと、まずはざっと屋内を見て回ることにした。まず二階から始め、次に一階に移る。最後にチェックした場所はフランク・ディトリウスンのキッチンだった。そこで捜査班長が二人を待っていた。五十代の口数の少ない男性だった。女伯爵が話を始めた。彼女はおもにパウリーネに向かって話をしていた。

「掃除が行き届き、趣味のよい生活の場が二つ。常識的な望みであればすべて満たすことができる資産を持っていたようね。居心地がいい家というよりは、思い切り見栄を張っている感じはするけど、それはあくまで私の意見」

「私もそう思います。この住まいは魅力的ですし、お金もかかっているようです。でも、古いものがありませんね。値打ちのあるオブジェは一つもない。マホガニーのサイドボードやガラス戸つきの洋服ダンス、アマー島原産の飾り棚、そういったものがないんです」


女伯爵は同意の印にうなずいた。パウリーネはこの静かな賞賛をうれしくかみしめた。小さな成功を次にもつなげていこうと、捜査班長に質問を始める。

「フランク・ディトリウスンはコンサルタントで、収入もよかったでしょうけど、アランはどうなのでしょうか？　ミゼルファートでホットドッグ売りをしていて同じだけ稼ぐことができるものなのかしら？」

「アラスリウです。ミゼルファートじゃありません。オーゼンセから六キロなんですよ。アランは新聞も売っていました。去年の確定申告の記録では、アラン・ディトリウスンは二十五万クローネ、フランクは百五十万クローネの年収だったようです。〝ナレッジ・マネージメント〟とかいう経営分野のエキスパートで、セミナーを見つけると、企業から報酬をもらってました。フレザレチャが拠点です。報告書が出来上がったら、お読みいただけるようにしますよ」

二人の女性はこっそり顔を見合わせた。この男が国語が得意でないのは明らかだった。話の内容も貧弱だ。にもかかわらず、男は自分の答えに満足げだった。

「七名の人員を用意したとのことですけど」女伯爵が切り出した。「それでは少なすぎます。ほかにも来る予定の人はいるのですか?」

「八名です。一人は子どもを迎えにいきました。奥さんが帰宅したら戻ってきます。ですが、部下たちは、週末には家に帰りたいんです。もちろん、週末に限りませんが。それにこの事件は……この事件から一刻も早く離れたいと言う者たちもおりまして……私が言おうとしていることは、おわかりになっていただけるかと思いますが」

週末だろうとそうでなかろうと、この人数は明らかに納得しがたい。だが、女伯爵はそれをおくびにも出さずに携帯電話をバッグから取り出す。捜査班長は賛成しかねるといった様子で彼女を見つめた。それから意外にも、捜査班長が自発的に話し始めた。

「フランク・ディトリウスンがこの家を所有していまして、弟は兄から借りる形をとっていました。家計は別々でした。請求書があります。郵便物はすべてキッチンテーブルの上に載せてありました。アランがまとめてここに置いたものと思われます。コペンハーゲン警察本部には旅行会社のカタログか銀行振替明細書を探すよう指示されましたが、見つかってません。これから見つかるかもしれませんが。フランク・ディトリウスンのパスポートもなかったです」

彼は息を吐きだし、呼吸を整えると話を続けた。相変わらずとりとめのない話し方である。

「アラン・ディトリウスンは二回有罪判決を受けています。そのうちの一つは悪質な小児性愛犯罪の容疑でした。これから兄のほうも重度の変質者だったのかどうか、調べる予定です。禁止されている写真とか、そういう類のものがあるかどうかを見るんです。ですが、二人とも大量のカセットテープやビデオテープ、DV

Dを所有しているので、同僚たちと手分けして確認しています。時間がある人たちと協力して、ということですが。誰が何を受け持っているかはリストにしてありますので、管理はできています。中身は戦争映画とアクション映画らしいです。まあ、箱にはそう書いてありますけど、本当のところはわかりません。ですので、これから見ていくことになりますね」

女伯爵は内ポケットに携帯電話を収めた。報告に少し一貫性が出てきたようだ。

「パソコンも見ました。アラン・ディトリウスンはパソコンを所有していません。私たちなりに注意してチェックしたつもりですが……まあ、もうじきその分野の専門家がやってくるはずです。パソコンからは何も禁止されているものは出てきませんでした。私たちにわかる範囲でしか言えませんが。メールとかその手のものだけで、写真はありませんでした。フランク・ディトリウスンの元妻への聴取は私が担当しました。小児性愛に関しても尋ねてはみましたが、何も収穫はありませんでした。元妻はまったく協力したくないようです。娘はその場にいませんでした」

捜査班長の報告は終わった。女伯爵は冷ややかに礼を言うと、部屋から出ていった。捜査班長と二人きりでとり残されたパウリーネは、重苦しい沈黙にいたたまれない思いだった。

二十分後、応接間にいた八人の警察官は、女伯爵の尻を凝視していた。張り詰めた空気がその場を支配している。首都からやってきた二人の女性は、人気投票ではとても最終決戦まで残れなかっただろう。とはいえ、別に彼女たちも人気とりに来たわけではない。同業者たちが発する反感に対して、二人の女性はまったく異なる対応をした。パウリーネは機会がありさえすれば、申し訳なさそうに微笑み、一刻も早く帰りたいものだとひたすら願った。女伯爵は仕事に没頭した。

女伯爵はドライバーを手に、床に膝をついていた。

その隣にはフランク・ディトリウスンの解体されたパソコンがあった。書斎から引っ張ってきた何本ものケーブルがぐちゃぐちゃになっている。パソコンはビデオデッキと外付CD‐Rドライブ、さらには部屋の中央に鎮座していた巨大な四十二インチ液晶ディスプレイに接続されていた。女伯爵は、デスクトップパソコンの本体側面をとんとんと叩き、本体カバーを外した。それから小さな懐中電灯をつけて、中にある電子パーツを一つ一つ点検していく。自分の携帯電話が鳴ると、何も言わずにそれを肩越しに捜査班長に手渡した。彼は携帯電話を受け取り、部屋を出ていった。

捜査班長が戻ると、女伯爵は立ち上がり、聞きとりやすい大きな声で指示を出した。

「オーフスの殺人捜査課の刑事が一時間以内にここに来ます。彼がこの捜査の指揮をとるわ。彼が来るまで何もしないこと。それからグローストロプとオーフスから、二十五名の仲間がやってきます。手の空いた者から少しずつ合流する予定よ」

若い警官が異議を唱えた。コーヒーを飲みながら、のんびりソファーに座っている。どうやら少々行動に問題がありそうだ。

「俺たちが何もしないでぼさっと座ってるとでもおっしゃるんですか、奥様?」

女伯爵は、威嚇《いかく》するかのように彼のほうにまっすぐ向かっていった。だが、未来の元捜査班長のほうがすばやかった。彼は弁も立たず、捜査においても特筆すべきセンスはないかもしれない。だが、部下を守ることは知っていた。彼が小声で何か言うと、若い警官は立ち上がり、心から申し訳なさそうに謝罪した。女伯爵は許してやることにした。そして、電子部品の寄せ集めにしか見えない代物をその場にいた警官たちに指し示して尋ねた。

「この一番大きいのはハードディスク、これはマザーボードというの。あなたたちの中に、こんなふうなものを捜索中に見かけた人はいない？」

男たちは女伯爵をまっすぐに見て首を振った。

「まあ、少なくとも何を探さなきゃいけないのかはわかったわね。どこかにハードディスクがあるはずよ。捜索が再開されたらこれを探してほしいの」

「すみません。でも、どうしてあるはずだと思われるんですか？」

またあの若い警官だ。しかし今回はきちんと教訓を学んだうえで質問をしている。

「埃よ。いえ、埃がないからといったほうが正確ね。フランク・ディトリウスンはおそらく、しょっちゅうハードディスクを入れ替えていたはず。パソコンの中のものを隠すには、それが一番効果的で簡単なやり方なのよ」

女伯爵は、ほかに質問はあるかと問いたげに全員の顔を見渡した。だが、それには及ばなかったようだ。

「では、私はいったん出かけます。夜にまた戻りますから、そのときに全員ここに集合していること。繰り返すわ。全員よ」

そして女伯爵は応接室をあとにした。ある種の傲慢さがその物腰から見え隠れする。彼女の捜査方針に小腹が立った男たちが口ぐちに不平を漏らし始めた。パウリーネは上司のあとに従う前に、居心地悪そうに微笑んでみせた。


女伯爵とパウリーネはその後の数時間をフランク・ディトリウスンの娘を探すのに費やした。その結果、今二人がいるバーを訪れることになったのだ。二人はここに来て、あの無愛想な警官たちなど目ではなかったと思い知らされた。警察の同僚が仕事の不平を言うのと、ここの住民の敵対意識とではまるで次元が別だ。

歌手が歌い終えると人々は拍手した。喝采の中、男は壇上に上がり、歌手にメモを手渡した。メモを読んだ彼女は、マイクで聴衆に中座の非礼を詫び、すぐにステージを降りた。精彩を欠いた味気ない音楽が、どこか見えないところにあるスピーカーを通してかすかに聞こえてくる。

女伯爵とパウリーネは、歌手が彼女たちのテーブルに座ると、まずはショーを褒めた。歌手は控えめに礼を言った。バーテンダーがやってきて、ジュースを彼女の前に置いた。

「フランク・ディトリウスンさんの娘さんですね」女伯爵が切り出した。

「そんなところね」

歌っているときは官能的だった声が、荒々しく聞こえる。がらがらとかすれていて耳障りだ。

「私はナテーリェといいます。こちらはパウリーネ。警察で殺人捜査を担当しています。警察バッジをお見せしましょうか?」

「いいえ、見たところで仕方ないわ」

「何が起きたか、ご存じですか?」

「父と叔父が亡くなったこと? ええ、知ってますよ。国中が知っているんじゃないですか?」

「お二人は殺されました」

「ええ。警察がそう発表してましたよね」

歌手は無関心を装おうとしていたが、声は震えていた。パウリーネが尋ねた。

「お母様はあなたが休暇で旅行に出ているとおっしゃっていました。どうしてですか?」

「そんなこと知らないわ」

「お母様は嘘をついたのですよ」

「私は母の言動に責任持てません。それなら、母と話せばいいじゃないですか」

パウリーネは歌手の言い分ももっともだと思った。ただ、警察が彼女の母親からはほんのわずかな言葉しか引き出すことができず、引き出すことのできた言葉もすべて嘘であったというだけのことだ。「娘はロンドンにいるわ。いえ、バーミンガム……それとも、リヴァプールだったかしら」などといった調子で、母親は自分が適当なことを言ってごまかしていることすら隠そうとはしなかった。

女伯爵は話題を変えることにした。

「お父様が亡くなられたというのに、あなたは動じてはおられないのですか？」

これは核心をついた質問だった。

「父には会っていませんでしたから」

「どうしてですか？」

「そういうものだったからです」

「ご両親が離婚されたとき、あなたは何歳でしたか？」

「九歳です」

「九歳だったのですか。それはきっとショックだったでしょうね」

細かい汗の粒が上唇と額で光っていた。舞台では美しかったが、近くに寄ると、もろくて今にも崩れてしまいそうな風情だった。こうして見ると、もはや美しさも感じられない。そのうえ、歌手の自制心にも亀裂が生じ始めていた。

「さあね。放っておいてもらえませんか？　私は何も知らないんです。父にも叔父にも会っていません。もういいですか？」

パウリーネはどこかで彼女に同情していた。

「お父様と叔父様が殺されたんですよ。だから放っておくわけにはいかないわ」

「私、誰も殺してなんかいないわ」その言葉は絞り出すようにしてようやく発せられた。

女伯爵は申し訳なさそうに首を振った。この場所は個人的な質問をするには恐ろしく不向きだった。明朝まで待とうかとも思ったが、すぐにその考えは捨て去った。ここに来る直前に、二人はアラスリウに足を運んでいた。ホットドッグ小屋の惨状を目の当たりにして、彼女はもう一刻も無駄にできないという気持ちになっていた。同情している場合ではない。責任能力があるかないかはともかく、犯人はいまだ自由の身なのだ。その気になれば、いつだってまた殺人を犯すことができる。

「ごめんなさいね。でも、この質問はどうしてもしなければならないの。お父様はあなたが小さいころ、あなたに乱暴していましたか？」

縁ぎりぎりまで水が入っていた花瓶に、一滴の水が落ちてきてあふれ出す。そんな質問だった。絶望的な泣き声とともに、質問の答えはのどの奥から絞り出された。

「なぜ私にそんなことを聞くの？」

聴衆が一斉に振り返った。警察の味方などいない。歌手はさめざめと泣いていた。

隣のテーブルに控えていた用心棒が立ち上がった。盛装している。彼は守ってやろうとするかのように歌手の肩に手を置くと、二人に向かって静かに言った。

「お引き取りいただいたほうがよろしいかと」

女伯爵は警察のＩＤカードを出し、鼻先に突きつけた。

「あなた、脅してるつもりなの？」

男は冷静だった。

「いえ、脅しではありません。警察を脅すほどバカじゃありませんから。でも、お引き取りいただいたほうがいいんじゃないですか。この人は話したくないんだ。あなた方がどうしてもと言っても、もう無理ですよ。それに、答えはすでにもらっているじゃないですか。彼女を見てください。あなた方の目は節穴《ふしあな》なんですか？」

二人の女性刑事は顔を見合わせてから、腰を上げた。

女伯爵は名刺をテーブルの上に置いた。まだ泣いている歌手のほうを頭で示しながら言う。

「彼女の気が変わったら、ご連絡ください。あるいは、誰かほかにも協力してくださる方がいたら……」

用心棒は先程と同様、静かに言葉を返した。

「さあ、どうでしょうねえ。この一帯の人たちは子どもを斡旋《あっせん》するような輩《やから》は好きじゃないもので」

二人が出口のほうへ向かうと全員から拍手がわき起こった。

38

アーアスー湖近くのクライメに住むスティー・オーウ・トアスンは、畑の中を蛇行しながら近づいてくるパトロールカーを目で追っていた。パトロールカーが火のそばで止まるのを見て、にやりとする。そしてルールを心の中でおさらいした。

——長々としゃべるな。質問されない限り自分から口を開かない。怪しいと思ったら黙れ。不安になったら黙れ。あらゆる形の脅しを無視しろ。沈黙こそが味方だ。暗唱こそが君をかくまう。

今にもピア・クラウスンの声が聞こえてきそうだった。スティー・オーウは顔をほころばせた。自分でも驚きだったが、ぴりぴりしてはいなかった。彼は招かれざる訪問客を出迎えるために庭に出た。秋の青白い太陽の光が分厚い雲のすき間から差し込んでいる。外は肌寒かった。彼は体をかすかに震わせた。

パトロールカーはスティー・オーウのすぐそばを通りすぎていった。スティー・オーウは運転していた警官にうなずいて合図を送り、家のわきに並列駐車する様子を眺めた。場所がないわけでもないのに、なぜか壁ぎりぎりに止めようとするのだ。まるで一直線もしくは直角でないものは、すべて礼を失しているかのような几帳面さである。警官の姿をあらためて確認したスティー・オーウは少なからず当惑を感じていた。昔、同じクラスにいた同級生だったからだ。いや、それともほかのクラスだったっけ？　正確には覚えていなかったが、この人でなければよかったのにと思った。そのほうがきっと簡単だったろう。警官は車から降りると、彼のほうに歩いてきた。制服姿だった。

「こんにちは、スティー・オーウ」

「やあ」

「君が畑で焚《た》いている火のことで、ちょっと話をしたかったんだよ。実は苦情が出ていてね」

質問ではなかったので、スティー・オーウは何も言わなかった。警官は返事が返ってこなさそうだとわかると、うろたえた表情になった。ほんの少しだけ後ろに下がって距離をおくと、もう一度チャレンジしてみた。

「あそこで燃えているのはなんだい？」

「知らない人が来て、おれの畑に穴を掘りたいからって二万クローネをくれた。マイクロバスを燃やしたかったんだ。おれは穴を掘って、ひたすら牽引した。燃料も運んだ。石炭の袋と、木材とガソリン。それから休暇に出かけた。帰ってきたあと、一日二回、火の具合を見て、火を絶やさないようにした。それが契約だったんだ」

彼ははきはきと大きな声で教わったことをそらんじ

た。あらかじめ暗記しておいた文章を言っていることは見え見えだった。

警官はもう一歩下がって、スティー・オーウを怪しむように見た。マイクロバスという言葉に眉をひそめている。混乱した頭で必死に考えをまとめようとしているのは傍目にも明らかだった。警官はそうすれば結論が出せるとでもいうように、激しく頭の後ろを掻いた。

「いったい君は何に巻き込まれたんだ」ついに警官は口を開いた。「あれはバウスヴェーア事件関連で警察が探しているマイクロバスなのかい？」

「知らない人が来て……」

スティー・オーウは同じ答えを繰り返した。スタッカートのような口調も最初と同じだった。

「一緒に署まで来てもらったほうがいいな」

「逮捕状でも出たのか？」

「いや、そうじゃない。でも、自分の意思で署まで来てくれるだろう？」

「とんでもない！」

警官はまるでシラミがわいているかのように激しく頭を掻いた。

「じゃあ、火についてさっき言ったことをもう一度、話してくれないか？」

スティー・オーウは微妙な言い回しこそ違うが、同じ長台詞をもう一度言ってみせた。警官はパトロールカーのシートに座った。スティー・オーウは辛抱強く待った。フロントガラス越しに、警官が無線で何やら話しているのが見える。しばらくして、警官が車のウインドーを下ろした。

「スティー・オーウ、君に逮捕状が出た。十月二十八日土曜日十四時五十三分。車に乗ってくれ」

警官は頭の後ろを掻いて、こうつけ加えた。

「前だ。助手席に座って」

スティー・オーウ・トアスンは何も言わずに従った。

39

女伯爵は土曜日の朝、五時十五分にフロント係からの電話で起こされた。彼女宛ての書類を携えた警官がフロントで待っていると冷ややかな口調で伝えられる。この時間が選ばれたのは、どう考えても昨夜、残業の過剰摂取《オーバードーズ》を強いられた者たちによるささやかな復讐だろう。しかし、仕事をするよう彼らに要求した手前、女伯爵は一言も文句を言わなかった。疲れ果てて引きこもっている人のように、部屋着のまま、バイクの警官が差し出す封筒を受け取った。書類は彼女宛ての親展になっている。パウリーネには眠る権利が与えられているというわけだ。

報告書は長く、非常に仔細であった。ディトリウスン兄弟の生活に六十ページ近くが割かれている。本来はきちんと情報を精査してから、報告すべき事項を選んで載せるべきだ。ゆっくりと時間をかけて風呂に浸かったおかげで疲れもとれ、小型冷蔵庫のそばに用意されていたピーナッツ二袋で空腹もほとんど気にならない。女伯爵は報告書を読み始めた。

数時間後、車中の人となった女伯爵は、事前準備という意味ではパウリーネにずいぶんと差をつけていた。パウリーネが車の座席に体を沈ませて報告書に目を通す間、女伯爵はハンドルを握りながら、この若い後輩をしきりとからかった。

「よくできた報告書よね？　もうすぐ読み終わるころかしら？」

「読み終わるですって？　冗談言わないでください。これを全部、たった十五分で読めというんですか？」

「言うほど難しくないわよ。重要な事柄に集中して、余計なことはスルーすればいいの」

パウリーネはあいまいに首を縦に振ると、あきらめたようにページを繰っていった。女伯爵は助け舟を出してやることにした。

「今から内容を要約しようと思うけど、聞きたい？　私の話を聞きながら報告書を読んでもらってもいいわよ」

「全部覚えているんですか？」

「全部覚えられるわけないじゃない。大事なポイントだけよ」

「どうやったらできるんですか？　どうしてもわからないんですけど」

「あなたが朝食に降りてくるまでの間に、静かで集中できる時間があったから。コツはそのうち身につけられるわ」

「ときには連載小説を読むのをやめて図書館に行きなさいとおっしゃりたいんですか？」

「それもいいかもしれないわね。でも、まずは仕事を片づけましょう。フランク・ディトリウスンは一九五二年にオスズヘアアズのウレルーセ村で生まれた。三年後に弟が生まれ、そのほかに兄弟姉妹はいない。母親は一九五六年夏に家を出て、英国のリーズに移住し、子ども時代からの女友達の家で新生活を始めた。二人の父親のもとから逃げ出したかったのかもしれないけど、断定は難しい」

パウリーネはそのとおりだとうなずいた。彼女は報告書を読みながら女伯爵の話に耳を傾けた。なんとはなしに劣等感を抱いてしまい、心が落ち着かない。

「一家の暮らしは慎ましかった。父親パレ・ディトリウスンは単純労働で生計を立てていた。日雇い労働者といったほうがわかりやすいかしら。あちこちでもぐりの仕事をやったり、闇商売をしたりしていたらしいの。季節労働としては、自分で農作業ができない村人の代わりに収穫時に刈り入れを請け負っていた。自転車修理や、ときには周辺地域の盗品販売に手を出すこともあった。警察に二件、調書が残っているけど、有罪判決も出ておらず罰金も請求されていないので、どちらも示談で解決したみたいね。子どもたちは放任状態、父親は暇さえあれば酒浸りという状況で、子どもたちに平手打ちをくらわすことなど日常茶飯事だった。村は家庭での親子関係について調査を行っている。ソーシャルワーカーの報告書には、初回が一九六二年、最終回が一九六七年の計五件の補足調査の記録がついているけれど、内容は実に手厳しいわ。息子たちは施設に入れられるべきだったのに、村役場は納税者のお金を別のことに使い、彼ら兄弟を放置した。そして、状況は何も改善されないまま、兄弟が大人になるまで同じ生活が続いた」

女伯爵はパウリーネにその情報が正しいかどうか確認する時間を与えた。ページをめくりながら読んでいたパウリーネはひととおり該当部分を読み終えるとこう言った。

「全部そのとおりです。続けてください」

「フランク・ディトリウスンは工員養成所に入り、一九七一年にリトグラフ印刷の資格を得た。彼の生活は安定しているように見えた。一九八六年には人を雇うまでになっていたが、この年に市場に新しい製品が登場したことによって破産に追い込まれ、夜逃げをした。その二年前、一九八四年に結婚している。相手はラアヴィーのクリーニング店で働いていた女性で、同じ年に一人娘を出産した。それが昨夜私たちが会った歌手ね。一方、アラン・ディトリウスンは父親の生き方を踏襲した。この表現が差し支えなければ、の話だけど。ただしアランは酒を飲まない。一九七一年から一九九三年までの記録を税務署に調べてもらったら、彼が四十六種類の仕事に就いていたことが確認できた。残念ながら、小中学校での教育助手や代用校務員の仕事もその中に含まれているけれどね」

「素晴らしいです。まったく間違いがありません。すごいですね」

「一九八五年、二人の父親が亡くなった。同年、フランク・ディトリウスンはいきなりデンマーク文学の学士になり、フリーランスでコーチング業を始めた。必要だったのは偽の証書を作るのにかかった時間だけなんだから、そりゃそうよね。彼は、手堅く小さな事業を立ち上げた。そしてコペンハーゲン州の大企業を装って、顧客を引きつけた。誰も彼のことを疑わなかった」

「私の思い違いでなければ、本筋からちょっと外れてきているような気がします。事件の捜査に関係する事実ではないという意味ですけど」

「そうね。顧客は彼のことを不審に思わなかった。仕事さえきちんとやってくれれば、ほかのことはどうでもいいと思っていたのかもしれないわね。じゃあ、報告書の内容に戻りましょうか。一九九四年、フランク・ディトリウスンはミゼルファートの山荘を購入し、その二年後に離婚した。母と娘は引っ越していった。アラン・ディトリウスンは刑期を終えたあと、アラスリウでホットドッグと新聞を売る商売を始め、仕事の面では少し安定した生活になった。報告書を読む限り、それ以降は別に特筆すべきことはないわね。ディトリウスン兄弟を知る人は皆、彼らが静かな暮らしをしていたと証言しているけれど、近しい友達にはまだ聞き込みをしていない模様。そもそも二人とも近しい友達などいなかったのかもしれない」

女伯爵は急ブレーキをかけた。飛び出してきたキツネは、茂みの中に消えていった。パウリーネもようやくわかった。疑わしそうに彼女は尋ねた。

「この報告書はいつもらったんですか？」

「五時よ。だから私には三時間、読み込む時間があったの。だからそんな、自分はだめだなんてコンプレックスは持たないでちょうだい」

「それでもやっぱりすごいです。読み込む時間があったとはいえ、日付だって全部覚えているし……」

「わかってないわね。とにかく驚きましたとか、報告書をもらった経緯とか、そんなことについて質問してる場合じゃないのよ」

「どうして私を起こさなかったんですか？」

「起こす必要があったの？　ともかく今は報告書の最後の部分を聞いてちょうだい。ぐずぐずしていると目的地に着いてしまうわ。アランの二つの有罪判決とフランクの見栄を張ろうとする不幸な傾向を除けば、この兄弟の人生は模範的なサクセスストーリーだった。二人とも人生への最初の一歩を踏み出したときは、将来は約束されていないも同じだったけど、少しずつ経済的にも職業的にもいい環境を作っていった。唯一の不審点は、二人の収入がどうもつじつまが合わないこと。経済分野の専門家三人が山荘の動産と彼らの収入がわかる口座の写しを比較してみた。デンマークでの税金の重さを考慮に入れると、彼らの財政状況を見る限り、申告していなかった副業で得た収入が存在していたと考えるのが妥当だという。けれどもこの件に関しては推測の域を出ず、具体的な証拠があるわけではない」


この兄弟の怪しげな収入に関する推測は、その日の午後に家宅捜査を行った際、十六万クローネもの現金が見つかったことを考えあわせると、にわかに信憑性が増した。多額の現金を発見したのは、殺人捜査班に所属する警官の一人だった。彼は自分でものにした収穫をパウリーネに誇らしげに見せびらかした。

「札束は冷凍庫の奥に隠されていました。冷凍食品の魚のすり身のパックが四箱あったし、その中に入ってたんです。このパックは冷凍庫の食品とは明らかに毛色が違ったので、目を引きましたね。ほかは全部、電子レンジでチンすれば食べられる冷凍食品でしたから。千クローネ札が四十枚ずつ束ねられ、箱の底に敷いてありました。その上から魚のすり身を詰め、元どおりに封をしていたんです。札の横幅に合う箱を選んだのだと思います」

パウリーネは警官を褒め称えるべきかどうか、迷っていた。警官の年齢は少なくとも自分の倍はあるだろう。それだけ経験もあり、年齢も上の相手を自分のような若輩者《じゃくはいもの》が褒め称えるなんて非常識に思えた。助けを求めて女伯爵に視線を送ってみたが無駄だった。

「本当によく気がつかれましたね」

そう言いながら、パウリーネは自分がとんでもない間抜けのような気がした。しかし当の本人は太陽に照らされたかのように顔を輝かせている。

「この現金の件と、ビデオテープの大部分が児童ポルノだったことを考えあわせると、事ははっきりしてきたでしょう?」

「確かにそうですね」パウリーネは答える。

「私の意見を言わせていただけば、彼らは当然の報いを受けたんです」

パウリーネはそれ以上何も尋ねなかった。紙幣を数え始め、彼がその場を離れるまで作業を続けた。紙幣は冷え切っていた。

その日の午後、捜査は二歩前進した。コペンハーゲンからやって来た二人の女性刑事が責任を持って捜査にあたることを運命は望んだ。しかし、仕事に忙殺される羽目に陥った捜査班にとってそれは心底不当なことだった。だが、天にましますなんでもお見通しの偉大なる探偵は、捜査班の働きにすぐに報いてくれるほどにはご機嫌がよろしくなかったようだ。

最も価値ある手柄を立てるチャンスは、女伯爵のところに巡ってきた。彼女の発見は一連の見事な演繹のたまものだったといえる。兄弟が児童ポルノを販売していた事実は疑いようもなかった。冷凍庫にあった現金、所持していたビデオテープ、フランクのPCハードウェア、アランの服役――すべてが同じ方向を指していた。販売網として最も可能性がありそうだったのはインターネットだ。しかし、フランク・ディトリウスンが利用していたプロバイダーに照会した結果、違法なソフトを送信していたという仮説は除外されることになった。兄弟はもっと古典的な手段を用いていたのかもしれない。スピードはずっと遅いかもしれないが、より確実な方法だ。そう考えると、ホットドッグスタンドがますます怪しく思えてきた。

女伯爵は警官四人とともに、アラスリウへ向かった。アラン・ディトリウスンの店の残骸がコンテナに放り込まれている。魚のすり身を使った手口を思い出し、女伯爵はスタンドの冷凍庫に保存されていた中身を探すよう警官たちに指示した。捜索の結果、二枚の頑丈なポリ袋が見つかった。口は開いたままになっている。女伯爵はご満悦だった。警官たちに激励の言葉をいくつかかけると、自分はさっさと悪臭漂う現場から離れた。三十枚近くのすさまじい臭気を放つＣＤ－ＲＯＭが発見された。皆のお手本になるような成果が上がったのである。

一方、パウリーネが今回の捜査であげた手柄はかゆみと偶然の産物だった。女伯爵がアラスリウに出かけてしまうと、パウリーネはのけ者にされていると感じるようになった。誰もが彼女が何かを見つけるのを期待していることは明らかだったが、何を見つけるべきかも、どうやって見つければよいのかもわからなかった。冴えたアイディアなど何も浮かばないまま、彼女は庭を一周した。唯一の刺激は、ブーツに包まれ、むずむずするふくらはぎぐらいだった。パウリーネはブーツのかかとを軽く打ちつけることで、かゆみを鎮めようとしたが、効果はなかった。やがてそのかゆみは彼女の注意をすべて独占し、にわかに耐えがたいレベルになった。玄関のドアに続く階段の上で彼女は足を止めた。玄関の左側の外壁に固定された郵便箱に体を預けて、ブーツのファスナーを下ろす。あまり美しくないポーズだが、濡れている敷石に腰を下ろすよりははるかにましだ。しばらく脚を掻いていると、郵便箱の下の部分が何やら見慣れない形をしていることに気がついた。郵便箱の側面が、底よりも下まで伸びている。彼女はかがみ込み、下の部分を見てみた。二つスペースが設けられていた。ハードディスク二枚を隠しておくことができる場所が、そこに用意されていたのだ。

40

土曜日はコンラズ・シモンスンにとっても、捜査班にとっても、ストレスの多い一日となった。重い現実を突きつけられることになったからだ。監察医エルヴァングの発案で作成されたバウスヴェーア事件の被害者たちの復顔写真が一般公開されると、アーネの悲観的な予言どおり、電話の洪水が押し寄せた。金曜の夜からすでに、デンマーク中の警察署で情報提供の電話が著しく増えていた。中でもコペンハーゲン警察本部にかかってくる電話の本数は抜きん出て多かった。その大半は被害者に関して意図的に不正確な情報を与えようとする人々から来たものであった。たいていの場合は見破ることが可能だったが、もちろんすべて看破できたわけではなかった。

死体の身元特定には時間がかかっていた。ただし北西氏だけは例外だった。オーフス在住の五十四歳、建築家のトーア・グランであることが確実な筋から特定されたのである。建築を学ぶ二人の学生がルングビュー警察署に、業界誌《建築》一九九九年四月号を持って出向いてきたことから、にわかに事が動き出した。その雑誌にはトーア・グランが執筆した古い建物の修復技術についての記事が掲載されていた。目が多少不自由な人でも、雑誌の顔写真とエルヴァングの復顔写真との関連性はきっと見いだすことができただろう。トーア・グランの身元が特定されたおかげで、残るは北東氏と南東氏のみになった。明日にはその二人の身元も確定するだろう。帰宅するコンラズはそう確信していた。実は例の二人の学生は、三回にわたり電話をしたにもかかわらず、まったく取り合ってもらえなかった。それでもなお情報提供をあきらめずに粘ってくれたからこそ、身元の特定に至ったのだ。その経緯をもしコンラズが知っていたなら、そこまで楽観的な見方はしなかったに違いない。

土曜日、コンラズが職場に到着したのは十一時だった。午前中は、仕事にかまけてまるまる一週間棚上げにしていた大事な私用をいくつかすませてきた。コーヒーとクロワッサンが入った袋を持ち込んでデスクにつくと、まずは娘に電話をする。この日の夜、アナ・ミーアと映画に行く約束をしていたので、今日一日、何をすべきか検討する前に、どこで何時に待ち合わせるか決めてしまいたかったのだ。しかしなぜか彼の固定電話は使えなくなっていた。コンラズは通話ボタンを何度も押してみたが変わらない。そこで、ポケットから携帯電話を出した。昨晩、自分の眠りを妨げたいだけとしか思えない電話が何本もかかってきたので、電源を切ってしまっていたのだ。そして今朝、電源を入れるのを忘れるという失態を犯したのである。電源を入れ、通話ができる状態になるのを待つ。電波を拾うやいなや、着信があった。若い女性、いや、おそらく十代の少女だろう。笑いをこらえながら、自分は被害者の一人を知っている、それは自分の兄だと話し始めた。遠くからきゃあきゃあ叫び声や笑い声も聞こえてくる。コンラズは何も言わずに電話を切ったが、すぐさま次の着信があった。今度の相手は男性で、身元が特定されていない二人のうち一人を一年前にブランビュースタジアムで見たと断言している。コンラズは再び携帯電話の電源を切ると、アーネの個室に行った。そしてドアに挟んであったメモを見て、ポウルの部屋へ向かう。

ポウルのデスクがある個室は、殺人捜査課では最も快適な空間といえた。彼は長いキャリアと明確な好みの持ち主であり、仕事をする場というよりも居間に近い形で家具を配置している。

居間には欠かせないアイテムである巨大なフラットスクリーンのテレビが部屋の壁に君臨していた。もともと、食堂で掲示板代わりに使われるはずだったのが、役人仕事にありがちな悲劇的な事故のおかげで、彼の個室の壁に落ち着くことになったのだ。誰だって上層部からの通達に食事を邪魔されたくはないので、この手違いにはチーム全員が感謝していた。絶対に見逃せないスポーツの試合が放映されているとき、どこに行けばいいのかもこれではっきりした。

コンラズがやってきたとき、ポウルはソファーに寝そべってアニメを見ていた。一方、アーネはだるそうに肘掛け椅子に座り、スポーツ雑誌を読んでいた。どちらもボスが現れたからといって今やっていることを急いで中断しようとする気配はない。

「ここで何が起きているのか教えてもらえないかね」

コンラズは尋ねた。

ポウルがテレビを消してその質問に答える。

「なんにも起きちゃいません。私が子どものころに比べると、今時のアニメの絵には味わいがないことに驚いたことを除けば、何も。まったく残念なことですね」

アーネは肘掛け椅子にさらに深く座り、つけ加えた。

「この国の人口の半分が警察に電話しよう、なんて思ってしまったものですから、回線が不通になったんです。通話がまったくできなくなりました。こちらからかけることも受けることも」

「どうしてそんなことになった？」コンラズは動揺を隠せなかった。

「そうですね……。現代社会は、見かけがしっかりしているようで、実際はもろいんですよ。もちろん、国の人口の半分というのは大げさかもしれません。ですが、数千件も電話がかかってくれれば、我々の電話回線をパンクさせるのにはじゅうぶんです。これは何もこ警本だけの話じゃなくて、国全体で起きていることなんです。ニュース番組にさっき電話通信の専門家が出ていたので、おそらくさらにたくさん電話がかかってくることになると思います」

「国中の警察署でも同じことが起こっているというのか？」

「程度の差こそあれそうでしょうね。全体像はつかめていませんが」

「それで、上層部は？　彼らは知らされているのか？」

ソファーのポウルは姿勢を正し、皮肉を込めて答えた。

「ちょうど今、手紙を送ったところなんですよね」

コンラズはいまいましそうにポウルを見た。

「国家警察総局長はロンドンで会議中です」アーネが言い添えた。「ここの警察本部長はファルスター島に金婚式を祝いに行ってしまいました」

「誰もこの狂乱状態を止めようとしていないというのか？」

「わかりません。ここ三十分ぐらいで一気に状況が悪化したんです。四十五分前はそれでも通話はできましたから。ただ、着信するのにばかみたいに長くかかったんですよ。交換台は……」

「コールセンターっていうんだよ」ポウルが口を挟んだ。「覚えておけ。今はコールセンターっていうんだ。交換台なんて百年前の言葉じゃないか。物事が機能していた時代の埃まみれの思い出だよ」

「やめてくれ、ポウル」コンラズがいらいらしながらさえぎった。「捜査の役に立ちたくないのなら、家に帰ればいい。アーネ、いいから話を続けろ」

「残念ながら、これ以上はご報告できるほどたいした情報がないんです。我々の同業者の一人、あるいは数人が、我々の個人の電話番号をインターネット上でばらまいて、火に油を注いだんでしょう。もうご存じだと思いますが、あなたと僕の電話番号はそのリストに載ってしまっていたんです。ポウルと女伯爵とパウリーネは幸い免れました。殺人捜査課刑事の個人の電話番号が掲載されているインターネットサイト、いろいろありますけど、一つ見てみます？」

コンラズは首を振った。ポウルが建設的な報告をする。

「携帯電話用にとプリペイドSIMカードを十二枚、買ってきました。アーネのデスクにあります。SIMカードを取り替えて、台紙に書いてある新しい電話番号を登録すれば使えますから」

「いい考えだが、しばらく様子をみよう。それ以外に交換台の問題について何か言われていることはあるか？　じかに会いにいけば何かの足しになるだろうか？」

「無駄足になるんじゃないかなあ。訳のわからない専門用語をああでもないこうでもないと並べて、てんやわんやになっていますから。実際には、いざ問題が起きると彼らも我々と同じくらい使えないんです。まあ、みんなが電話をかけてくるのをやめれば自然と収束していきますよ」

「ああ。だがそれはいつになるんだ？」

ポウルはお手上げといった表情で肩をすくめた。コンラズはアーネの目を見た。アーネも腕を広げながら、首を振っている。

「ほとぼりが冷めるまでただ待っていろというのか？」

意味のない修辞的な質問だったので、部下たちは返事はしなかった。二人ともボスの視線を巧みにかわしている。コンラズはしばらく無言で二人の間に立ちつくしていた。そして何も言わずにいきなり部屋を出ていった。

コンラズが戻ってきたのは一時間後だった。その間、状況は基本的に何も変わっていなかった。ポウルはぼんやりした頭で、まるで他人事のように淡々と、山のように積み上げられた報告書に目を通していた。アーネは再び雑誌を読むのに没頭していた。コンラズが話しかけると二人は顔を上げた。

「小さな心配事のほうはほぼ解決したぞ。向こう一、二時間のうちに回線は通常どおりに戻るはずだ。回線が復旧して、信憑性のある情報が入ってくるようになるまでの時間を利用して、北東氏と南東氏の現状をはっきりさせておけ。秩序が完全に回復するまで少なくともあと一日は必要だろうな。トーア・グランの件がどこまで進んでいるのかも知っておきたい。それから、二人とも携帯電話にいつものＳＩＭカードを入れ直してもう大丈夫だ」

驚いた表情でアーネが尋ねた。

「何があったんです？　事態がどうにかして沈静化したというんですか？」

「まだ完全には終息していないが、もうずいぶん落ち着いているはずだ。我々もそろそろ仕事を再開しないか？」

ポウルはその言葉を無視してテレビをつけた。ニュース番組にチャンネルを合わせると、今より少し若いコンラズの顔写真が画面の半分を占領していた。テレビの女性アナウンサーが少し舌足らずな口調で質問してきた。

「人々がこのようなことをやり始めたのは、そもそも警察の威信が問われるような事態になっているからでは？」

回線は断続的にブツッブツッと音を立てている。それでもコンラズのいらだちを完全に隠すことはできなかった。

「先程から申し上げていることを、おわかりになってはいただけないんですか？　威信云々なんていうことは我々のあずかり知らぬところで、ある意味どうでもいいことだ。しかし、たとえばあなたご自身が仕事を終えて帰宅されたあと、危険な目に遭うようなことになったらどうなさいます？」

「私が質問しているんですよ」

「今、あなたの家に強盗が押し入ってきたら。お子さんが行方不明になってしまったら。酔っ払った運転者によってあなたの車が破壊されたら。そうなったら、どうされるおつもりですか？」

二秒以上の沈黙が流れた。これはアナウンサーとして許されない沈黙であった。

二秒経った時点でコンラズは電話を切り、インタビューを打ち切った。

41

日曜日、地獄の責め苦のような出来事が起こった。

ダウブラデット紙の一面から、リンチされた五人の顔が読者を見上げていた。最期の瞬間を生きている彼らの写真だ。ただしその中の一人は、すでに息絶えていた。おのおのの首の周りに、太くて青いひもがまわしてあるのがはっきりと判別できる。彼らの視線からは不安を読み取ることができた。かの悪名高き王室スキャンダルのときよりもこの日の新聞はよく売れた。ダウブラデット紙の編集者からは哀れみのかけらも期待できなかった。大見出しは、不運な被害者たちに対して明らかに敵対的だった。〝最後の審判〟と大きな太い活字で印刷されていたのである。新聞は紙面を八ページ増やして、このニュースを報じていた。記事にはアニ・ストールが受信した動画から起こした合成写真も何枚か添えられていた。そのほぼすべてが、苦しみにゆがんだ顔をとらえている。事件の詳細がどれほどおぞましいものであっても、読者に何一つ隠さない姿勢を強く打ち出していた。

アニ・ストールと社長は職場の正面玄関前に立ち、何かを待っている。もうすぐ朝の九時になろうとしていた。だが、寒い朝の殺風景で靄がかかった通りは苦悶の表情を浮かべているようにみえた。アニが念を押すのはこれが三回目だった。

「私は参加すべきでないと、確信を持っておっしゃっているのですか？」

社長はあごが外れるのではないかと思うほどの大あくびをした。長い夜だった。彼も疲れ果てていたのである。

「そうだ。確信している。君は堂々と姿を現し、突き進んでいけばいい。逃げ隠れすると思わせてはならないからな。ただ、君が警察にマークされるようなリスクを冒したくないんだ。彼らがどんな下劣なことを考えているのかわからないがね。ところで、今はどんな空気になっているだろう。君の見立てを話してほしい」

「空気とはどういうことですか？」

「編集部内の空気、国民の間に漂う空気……そう、ほぼすべてに関してだな。君には草が生える音さえ聞こえるようだし」

アニはお世辞を無視した。

「我が社はずいぶん悪く言われているようです。とはいえ、我が社のホームページはパンク寸前ですよ。すでに十万クリックを超えましたが、こんなのはまだ序の口にすぎません。情報システム課は全員呼び出され、アクセスの集中を上手く分散させて乗り切るよう指示を受けています。すでに我が社の動画用サーバーを三度も構築し直して、動画の再生までにかかる時間を減らす努力を続けています」

社長は技術面の話にはあまり関心を持てないようだった。

「素晴らしい。それで、世間はどのように思っているのだろう？　あの写真を見たあと、ということだが。我々がつけた見出しに心を奪われただろうか？　我々の方向性は間違っていなかっただろうか？」

「トーア・グランという男が出てくるあのマイクロバスのシーンは読者に衝撃を与え、哀れみの情をすべてぬぐい去ったようです。例の関係を持つために小さな男の子を選ぶ、あのシーンですが……」

「それ以上言うな！　あの言葉はもう耳にしたくない」

「そうですよね。社長のように反応されるのが普通だと思います。世論も同じ反応を見せました」

「ほかのことを話さないか」社長はきっぱりとした口調で言った。

アニはその言葉を無視した。

「トーア・グランは社長から言葉を奪いました。彼は純粋なものを汚したんです。今や社長はあの言葉を口に出すことさえできません。考えることすらできないような状態になっているんです」

「今度は心理学者気取りか？」

「いいえ、そんなつもりは……。もっとも心理学者と話したことはありますが」

「わかった。きっと君が正しいのだろう。ともかく、胸くそが悪いんだよ」

「ですが、このこと自体が決定的ともいえるのです。世間が心から被害者に哀れみを感じることはもはやないでしょう。次に彼らが絞首刑を見るときは、今より冷酷な目で見るでしょうし、リンチに対しても暗黙のうちに同意するようになると思います。はっきりと同意を示すこともあるかもしれません。私のところにもそういった内容のメールがかなりの数、来ています」

「そうだな、表現の自由が何かに役立てばいいだろう……。憲法にも殺人には絶対に反対しなければならないとは書いていない」

「いえ、役立つなんて、もはやその程度ではすみませんよ。むしろ正反対かもしれませんね。もちろん、殺人に賛同するなどと書いてくるような人々は最も極端なタイプです。ですが、全般的にみても、今度の死者たちの運命に涙する人々はあまりいません。自分はどう思うのか、どんな態度をとることにするのかと自問するとき、大多数の人はどこか頭の片隅に、社長が思い出すあの言葉を留めているんです。口にもしたくない、忘れてしまいたい言葉であるにもかかわらず」

社長は小さな笑みを漏らした。時計を確認すると、自分のソファーが名残惜しい気分になる。そして通りの外れに視線をやったが、何も見るべきものはなかった。二人の間にしばしの沈黙が流れた。

「ニュースは事前に漏れずにすんだのだろうか？」

アニは答える前に一瞬躊躇した。

「そう思います。それはもう、細心の注意を払いました。コペンハーゲンの売店にも手配をして、夜のうちに売り出されないようにしましたし、地方向けには信用できる人たちに新聞を託して、夜行列車で運んでもらいました。従業員が自宅に持ち帰ることも禁じました。デンマーク中の人々にほぼ同時にショックを与えるためにとれる手段は、すべて実行しました。これだけやっても、誰かが新聞をどこかから持ち去ったかもしれないと思われます？」

「手配にぬかりはなかったんだろう。しかし、君はどこか確信を持てないようにみえる。ここまで努力したにもかかわらず、このニュースが予定の時間より前にリークした可能性はあるか？」

「そこまではわかりません。少なくとも警察は不意打ちを食らったようです。事件に多少なりとも関わった警官の多くが驚いていましたから。小児性愛者殺人事件の周辺で新たな事象が発覚するたび、警察組織はまったく対応できなくなるんです。コンラズ・シモンスン警部補が捜査を思うようにリードできていないのは明らかです。法務大臣も状況を把握していないと思われます。私はラジオニュースを聞きましたが、大臣はクリスチャンスボー（デンマーク首都の官庁街）で色めき立つ報道陣に取り囲まれ、それはもう怒っていたそうです。いくつか暴言を吐くだけにとどめたようですが」

「気の毒だな。踏みにじられたうえに、ミキサーにかけられるようなものだ」

「マスコミが年中政治家を追いまわすのは自由です。大臣が流す血というのは、庶民が勝ち取ることのできる最も高貴な液体なんですよ。こうした空気が箔《はく》をつけ、時には出世のきっかけとなります。経験がおありですか？」

「いや、私は下世話で生臭い話にはとんと興味がなくてね。とにかく、どうして君がためらったのか教えてくれないか」

「具体的な理由なんてありません。ただ、この会合が設定されたのがちょっと早すぎるんじゃないかなと思ったただけです。官房長のヘルマ・ハマを社長は過小評価しているのではないですか？　彼の周りには有力者の友人が大勢います。大きな力を持っている人たちに支えられているんですよ」

「そのことが、今の話にどう関係してくるのかわからないんだが」

「関係などないのかもしれません。ですが、信用しすぎるのはやめませんか。ここ数日来私たちが目の当たりにしている現象は……世論の動向とでもいいましょうか……過剰反応なのです。たとえば、観光客が地域の子どもたちに近づくのを防ぐために、観光業界が費用の負担と責任を負うべきだという声が上がります」

社長はぴんとこないようだった。

「なあに、観光業界なんて……」

「銀行も無傷ではいられませんよ。児童ポルノのコンテンツに関連するインターネット決済などはその一例にすぎません。読者をさらに獲得するためのまた別の切り口といってもいいでしょうね。あ、例のお客様が到着したようですけど」

アニは通りの角を曲がったばかりのタクシーを指さした。社長をぐいと引っ張って、視線がその方向を向くようにする。

内務大臣官房長ヘルマ・ハマは、ポウル・トローウルスンを少し強めに小突いた。自分たちの〝歓迎委員会〟はじつに怪しげだと、ポウルが文句を言ったからである。身を乗り出し、窓から外を眺めた官房長は、ポウルの言うことは間違っていないことを確認した。たった二人で「委員会」が結成できるとしてだが。彼は目をこすり、あくびをかみ殺した。日曜日はまだ始まったばかりだった。だが、彼が起床してからすでに五時間以上が経っていたのである。

午前三時半に電話が鳴った。よく知っている声ではあったが、その声の持ち主は、本来ならば決して彼の自宅に連絡してきてはならない人物だった。それもあって、彼は一瞬にして目が覚めた。電話をかけてきた女性は二つの名前を使い分けている。一つは、証券業界で非常に高く評価されているキャリア女性として仕事上使っているもので、もう一つは〝社交界での活動〟で使っているものだ。彼は両方の名前を知っている数少ない人間の一人だった。もし、もう少し資産があり、よい人脈があれば、あの女性のサービス——投資した金に見合う価値のある彼女のサービスを楽しむこともできただろう。話を聞きながら、ヘルマは全知の神にひたすら祈っていた。女性がこの電話をかけてきたことには、まっとうだといえる理由がありますようにと。その願いはかなえられた。女性は彼のためにとダウブラデット紙を一部、確保していたのだ。彼女はすぐ近くのアパートメントに住んでいるので、二人は中間地点で待ち合わせをした。ヘルマ・ハマは新聞を手に入れ、おまけに頬にキスまでもらった。やり手のこの女性は、彼に大きな貸しができたとほのめかして去っていった。

それからの数時間は、ダメージ・コントロールに追われることになった。わずかな気休めは、ほかの人々の睡眠を妨げることを正当化できるじゅうぶんな理由があることぐらいだった。電話を一本かけるたびに、彼は少しずつ事態の掌握に近づくことができた。

だからこそ、ポウルをタクシーで迎えにいったときも理性的でいられたし、自分に挨拶したポウルが延々と下らない話を続けても、正面から向き合うだけの気力があったのだ。

「まず、申し上げておきます。どんな権力をお持ちか知りませんが、コンラズを懲らしめようとするのは勝手ですけど、私を当てにするのは無駄です」

ポウル・トローウルスンは自分よりも立場が上で、権威のある人間が相手でも物怖じすることがなかった。

　ヘルマ・ハマは静かに答えた。

「コンラズを懲らしめたいわけではない。むしろ逆だ。電話でも話したとおりにね」

「彼に隠れて行動を起こすというのが気に食わないんですよ。どうしてこんなふうにこそこそしなければならないんです？」

「君の上司は素晴らしい捜査官だが、仲裁者としては情けないほど悲惨な能力しか持っていない。なにはともあれ、あの男をダウブラデット社に生贄《いけにえ》として差し出すことだけはしたくないんだ。それに、警察内の事務的な作業に関することは、もっと下の立場の者が担当してもいいはずだ。だから君に頼んだってかまわないだろう？」

　ポウルは率直な物言いを好ましく感じ、少し大人しくなった。


「コンラズは今何をしているんでしょう？　どこにいるんですか？」

「まだベッドの中で眠っているよ。彼はそうしてもいいだけのことをやってきたんじゃないか？　それに彼には睡眠が必要だ」

　ポウルはうなずいた。相手に改めて尊敬の念を感じずにはいられなかった。

「ですが、なぜこのような手はずを整えることができたんですか？」

「運がよかったんだよ」

　二人はしばらく口を閉ざした。やがてポウルが尋ねた。

「でも、よりによってどうして私を？　こんなスパイ工作みたいなことは、荷が重すぎますよ」

「君は吠えたとしても、決してかみつかない人間だろう。分もわきまえているし、会合では口を慎むことができる。君たちが〝女伯爵〟と呼んでいる優秀な刑事がオーゼンセに出張中だということもある」

ポウルは引きつった笑みを浮かべた。二人を乗せた車はさらにいくつか通りを横切った。今度はヘルマ・ハマが沈黙を破った。

「何を考えているんだ?」

「あまり率直すぎるのも角が立つものだなと思いまして。官房長はいつもそんなに単刀直入な物言いをされるんですか?」

官房長はその質問には答えずにすんだ。ラジオから流れたニュースに、二人とも思わず聞き入ってしまったからだ。メインニュースは、法務大臣への短いインタビューだった。だが、どれほど彼が美辞麗句を並べることに長けていても、何も知らされていないという事実を隠すことはできなかった。

「なんという茶番!」ポウルは言った。

ヘルマ・ハマはそこまで断定的な見方をしてはいなかった。法務大臣の選定は現政権の唯一の失敗であったが、それも大臣が政界から長期間離れていたことによるところが大きい。

「彼はいつだって生き延びてきた。誰よりも粘り強いといっていいかもしれない」

タクシーは目的地に着こうとしていた。挑発するようにポウルが言った。

「ほら、見てください。歓迎委員会はタブロイド紙の最低の人でなしで構成されていますよ」

そこで、ヘルマ・ハマがポウルを小突いたのである。効果はなかった。

「あのあばずれから乳房を引きちぎってやる」

「だめだ。大人しくしていなさい。黙ってるんだ。いやはや、どうやら外交は君の得意分野ではなさそうだな」

タクシーが止まった。ヘルマ・ハマは最後にだめ押しの一言を言った。

「君よりも上の立場にいる人間は、そういう言葉を呑み込んできたからその立場にいるんじゃないかな」

そして、感じのよい表情を浮かべて車を降りた。

二人はアニ・ストールが金曜日に上層部を呼んで動画を上映した部屋へと案内された。三十代の女性が、オードブルがたくさん用意されたテーブルの前で待ちかまえていた。ダウブラデット社の法務担当課長だ。彼女は立ち上がり、手を差し出して自己紹介をした。それから再び着席する。努めて慎重な言動をするように心がけているようにみえる。ポウルはすぐに一種の連帯感を覚えた。彼女も彼と同様、脇役しか約束されていないのが明らかだったからだ。二人の主役は飲食しながら、しばらく雑談した。法務の女性はフルーツジュース、ポウルはブラックコーヒーを口にしただけだった。小さなデニッシュ三つとクロワッサン一つをたいらげたあと、社長はおもむろに切り出した。

「この会合を提案されたのはあなた方のほうだったかと思いますが。我々に何ができるのか、まずはお話しいただけませんか」

ヘルマ・ハマは驚くほどきつい口調で返した。

「戯言《たわごと》は脇に置いておきましょう。あなた方のほうこそ、説明することがあるとは思わないんですか？」

ポウルが受けていた指示を無視して追従した。

「殺人捜査妨害の素晴らしい実例ですよ。あなた方は……」

しかし、それ以上は何も言えなかった。ヘルマ・ハマが手を上げて制止したからだ。自分でも驚いたことに、ポウルは宙ぶらりんになった話をそのままにして、おとなしくその指示に従った。彼らを迎えたホストのほうはそのタイミングを利用して、部下に視線で合図を送った。

「最初に、書類に関しての確認をしたほうがいいかと思います。よろしいですか？」

法務担当課長はうなずき、十数分かけて法務に関する説明をした。あいにく誰一人としてその話に注意を向けている者はいなかった。彼女は長広舌を勝ち誇ったような口調で締めくくった。

「我々は金曜から土曜へと日付の変わるころ、動画をすべて宅配便でお送りしています。コンテンツ一式はストーア・コンゲンスゲーゼ通りの警察署に午前二時ごろ届きました。同封の手紙には、小児性愛者殺人事件に関連する捜査に極めて有用なビデオであることがはっきりと明記されています。言っておきますが、我々には警察への通知義務はないんですよ」

「その手紙のコピーをお持ちですか？」

送り状をと社長が言うより先に、法務担当課長は手紙のコピーを一部ずつ客人に手渡した。ポウルとヘルマ・ハマは礼を言った。

その間、社長は満足げな様子でコーヒーをすすった。部下の法律家にも勧めたが、彼女は首を振って断った。客人たちはコピーに目を通していた。文章は長く、こねくり回されており、無意味に複雑に書かれていた。八行ですむ内容に三ページ半が割かれていたのである。二ページ目の真ん中あたりまで読まないと、読み手にメッセージの意図が伝わらないようになっていた。ヘルマ・ハマが先に読み終わった。

「なるほど。あなた方はこの手紙が膨大な書類の山に埋もれて終わることをほぼ確信していたんじゃないんですか？　それに、この手紙を書くのに、御社の便せんさえ使われなかったんですね」

法務担当課長は謝罪したが、その口調は自信なさげだった。

「急いで夜中に作ったものですから。しかし、おわかりいただけると思いますが、当方は正規の手続きにのっとって警察に通知させていただいております」

ヘルマ・ハマは社長から目を離さずに、法務担当課長に言った。

「必ずしもそうとは言い切れないかもしれないですがね。現時点で六名が殺されている。この悲劇はもう続かないと断言できる根拠は何もない。もし……たとえば捜査の遅れによって人命が失われる可能性が確実に出てくれば、あなた方のやり方を裁判で問うことをお約束しますよ。言うまでもなく、非常に長い裁判になることでしょうね」

社長にとっても、長い裁判の可能性はありがたいことではないらしく、椅子の上で居心地悪そうに体をもじもじさせている。大仕事を終えて安心したのか、まばゆいほどの歯並びを見せ、笑みくずれている女性法律家とは対照的だった。

ヘルマ・ハマは内ポケットから紙を取り出した。ポウルのいるところからはそれが手書きで、ごく短いものであるところまではわかったが、その内容までは見えなかった。社長はそれを読むと、一瞬凍りついた。そしてこう尋ねた。

「何をお望みでいらっしゃるんですか？」

ヘルマ・ハマはその紙をもう一度、手に取り、穏やかな口調で、単刀直入に話し始めた。

「昼までにアニ・ストールと読者との間で交わされたチャットの記録、この殺人に関して極めて重要な情報を握っている人たちの連絡先を提出すること。そしてアニ・ストールが今から数時間、ポウル・トローウルスンに対して全面的かつ積極的な協力を行うこと」

社長の顔は土気色になり、声は一オクターブうわずった。

「それはまったく論外です。我々は情報提供者の名前は一つとして……」

だが、ヘルマ・ハマが携帯電話を取り出し、番号をプッシュし始めると、社長は口をつぐんだ。全面降伏だった。そして法務担当課長のほうを向いた。

「ありがとう。君がいて大変助けになった」

部屋を退出するよう、うながされていることを彼女が理解するまでにしばし時間がかかった。彼女は怒りもあらわに勢いよく立ち上がると、書類を掻き集め、失礼しますの一言もなく退席した。男たちは彼女が出ていくのを待った。

ドアが閉まった瞬間にヘルマ・ハマは立ち上がった。

「私もおいとましたほうがよさそうですな。では、細かいことはみなさんにお任せします。必ずや妥当な取り決めを提示されるものと確信していますよ。ポウル、三十分後に電話をくれないか？　そのころには合意に達しているだろう」

その辛辣で傲慢な態度はじつに腹立たしかった。社長は実務レベルの細かいことを担当するような人間として扱われるのには慣れていなかった。だが、ほかになすすべもなく、屈辱に甘んじた。

42

日曜日の朝、殺人捜査課課長コンラズ・シモンスンはベッドで眠っていた。先週の仕事のペースを考えれば、誰にも非難することはできなかった。彼の年齢を考えればなおさらだ。娘のアナ・ミーアは父親の寝室にそっと入り、六時にセットしてあった目覚まし時計を止めた。月の光が窓から差し込み、父親の顔を照らしている。長い間、彼女は枕元に座り父親を見つめていた。いびきがひどく、聞いているだけで心配になってくる。時折、呼吸が止まっているようだ。彼女はひどく不安になった。できるだけ早く、父親の糖尿病の管理を引き受けようと心に誓う。タバコの本数も管理しなければ。しばらくすると、父親の眠りは少しおだやかになった。寝室を出る前に、彼女はやさしく父親の頬をなで、そっと掛け布団を直してやった。

さて、目が覚めたコンラズが半分寝ぼけながら、応接間に入っていくと、自分の娘とかつての上司が朝食をとりながら彼を待ちかまえていた。時刻はすでに十時をまわっていた。老人と娘はもうだいぶ長いこと、指示された役割を遂行していた。アナ・ミーアはコンラズの目がぱっちり開く前から話し始めていた。

「今朝はいろいろなことがあったの。でも、みんな、パパを寝かせておくことに決めた。みんな、というのは、あたしと、カスパさんと、ハマさんだけど」

アナ・ミーアはコンラズのカップにコーヒーを注ぎ、タバコに火までつけてやった。そんなことは今までになかったことだ。コンラズがむさぼるようにタバコの煙を吸い込む間、カスパ・プランクが話を続けた。

「被害者は全員特定されたよ。百パーセント確実だ。今さっき、記者会見があった。だが、まずはこれを読んでみなさい」

アナ・ミーアはコンラズの前にダウブラデット紙を置いた。コンラズは目を見開き、あっけにとられている。二人は彼に新聞を読む時間を与えた。コンラズからの最初の質問を聞く限り、まだちゃんと目が覚めていないようだった。

「どうして私には何も知らされていないんだ?」

「おまえは一時的に蚊帳《かや》の外に置かれていたんだよ」カスパ・プランクが答えた。「物笑いの種にならないようにな。一言で言えば隔離したんだ」

「どうもそのようですな。ほかには何が?」

「ヘルマ・ハマが今朝、いや、昨晩、電話をくれてね。おまえには少し睡眠をとってもらったほうがいいということで、全員が納得している。今日は長い一日になるぞ。話を戻すと、私はそれでアナ・ミーアに電話をしたんだ。二人で昨晩映画を見にいったそうじゃないか。いい作品だったことを願うよ」

「いい映画だったわ」返事をしたのはアナ・ミーアのほうだった。「あたしは泣いちゃったし、パパは寝てた」

コンラズは面白くなさそうに小声でぶつぶつ言い、立ち上がった。

「例のビデオを見たい」

「先に何か食べたほうがいいと思わない、パパ？　デニッシュを買ってきたの」

腹ごしらえのことなど思いつきもしなかった。

テーブルに戻ってきたコンラズは、今見てきたものについて何も話そうとはしなかったが、その表情は深刻なものになっていた。朝食をとる間、カスパ・プランクが、コンラズが起き出す前に何があったかを詳しく話した。コンラズは口を挟まず耳を傾けた。アナ・ミーアがどうやって目覚まし時計を止めたのかを聞いてコンラズがにんまり笑うと、その様子にカスパ・プランクとアナ・ミーアは胸をなでおろした。そんなほがらかな反応が返ってくるなんて、思ってもみなかったからだ。

そのあとすぐ、シャワーを浴びにいったコンラズが楽しそうに口笛を吹いているのが聞こえてきた。アナ・ミーアとカスパ・プランクは作戦の成功を確信した。アナ・ミーアがテーブルを片づける前に、二人はふざけてコーヒーカップをぶつけあい、乾杯した。

コンラズを待つ間、カスパ・プランクはパソコンの前に座り、もう一度あの動画を見た。それから、片づけを手伝おうとすると、突然脚に痛みが走った。

着替えて戻ってきたコンラズと入れ替わるようにして、アナ・ミーアは出かけることになった。父親とカスパ・プランクの頬に「いってきます」のキスをする。カスパ・プランクは、署の経理課からもらってきた新しいタクシー券の綴りから一枚をとり、これでタクシー代を払えとアナ・ミーアに強く勧めた。パトロールカーは乗り心地のよさでいえば、現代の水準にはとてにも及ばないらしい。」


二人だけになると、コンラズとカスパ・プランクはもう一度テーブルについた。

「よく辛抱してこの事態を受け止めたじゃないか」

コンラズはすぐには答えなかった。窓から目を凝らし、丸く広がる空のできるだけ遠くを見た。灰色の雲が青い空を飲み込んでいくように見えた。そのうち雨が降るだろう。自分にはやらなければならない仕事がある。そう思えることをうれしく感じる自分に、コンラズは久しぶりに気がついた。睡眠の効果はてきめんだった。ここにきてやっと彼は客人に全神経を集中させることができた。もっとも、自分が呼んだ客人ではなかったが。

「ヘルマ・ハマには感謝してますよ。それに、あなた方は選択の余地さえ残してくれなかったじゃないですか。さっきざっと計算してみましたが、彼はずいぶんと時間をくれたようですね」

「まあな。だが、そんなのはささいな問題じゃないか。おまえはあの動画をどう思った？」

「いろいろ考えましたよ。何よりもまず、あの動画は一般公開されるべきではなかったと思いました。あれは本当に醜悪です」

「そうだな。今回、私はもう何度もこの〝醜悪〟という言葉を見ている。同じようなテーマで、似たような言い方にまで対象を広げるなら、もはや数え切れないほどだ。悪魔的、邪悪な、汚らわしい、吐きそうな、むかつくような――これでも今あげたものは、いちばん穏当な表現ばかりだがね」

「『見ている』って、どこで見たんですか？」

「コメント欄さ。もう数百件にもなるんじゃないか」

「殺人が好きな人間なんて、あまりいないでしょう。驚くことじゃないんじゃないですか。どうしてそんなことを？」

「怒りが殺人者のほうではなく、トーア・グランのほううに向けられているからだよ。彼と……三番の子どもを選んだというシーンに、ほぼ集中している。おまえの娘だって同じ反応をした」

コンラズ・シモンスンはわからないと言いたげに首を振った。自分が無力だと感じられた。しかし、殺人捜査課のトップに過ぎない立場で、こうした世論の反応に対して責任を負えるわけもない。そもそも、こんな集団ヒステリー状態にどうすれば立ち向かえというのだろう。なんとか嵐をやり過ごし、自分の仕事に集中する以外にどうしようもないのではないか。あきらめたような口ぶりでコンラズは答えた。

「そうですね。ですが本音を言えば、その状況を受け入れて納得しろといっても難しいですね」

カスパ・プランクはその話題にそれ以上は踏み込まず、楽観的な調子で言った。

「さて、腹ごしらえができたことだし、警本に行こうか。おまえはな、これまで捜査指揮官として素晴らしい成績をあげてきた。心からそう思うよ。しかし、おそらくこれからの何日かは、自分の有能ぶりを証明しなければならなくなるだろう」

「証明しなければならないことなんて私にはありませんよ。午前中ずっと蚊帳の外に置かれていたわけですし、あと三十分ここにいようと大差ない。たとえば、今からその三十分を使って、バウスヴェーアの目抜き通りの外れにあるアラブ人の店でビールを飲んでいたら何がわかったのか、話していただくのはどうです？この件について、あまり教えてもらっていませんしね。何度かお電話したときは、半分酔っておられたし。それ相応の理由なしに、あなたがあれほどの時間を割くとは思えません。もうずいぶん前から、聞きたいと思っていたんです」

カスパ・プランクは感心してうなずいた。

「おまえは年々、人使いが荒くなるな。でも、メモを持ってきていないんだよ。記憶力はもう……」

「そういうあなたはますます扱いにくくなりますね。あなたのそういう戯言を真に受けるのは若造だけです。さあ、いいから話してください。あなた一人でこの事件を捜査しているわけではないんですから」

元上司は目を細めた。何かを企んでいるらしく、笑みがゆっくりと口元に広がった。突然、変な音が聞こえ始めた。ハミングのつもりらしいとコンラズが気づくのにはやや時間を要した。正直、それを延々と聞かされるのはきつかった。

「まったく、やめてくださいよ。いくらなんでもひどすぎる。いったい何ですか、その雑音は?」

「クリス・デ・バーの《レディ・イン・レッド》だよ。まったく、音楽の素養ってものを持ち合わせていないのか?」

「お言葉ですが、私も耳は持ち合わせていますから。聞いているだけで、気が変になりそうです。もっと普通のやり方で表現できないんですか? 歌わないで、言葉を使うとか」

カスパ・プランクは、淡々と話し始めた。

「その売店はバウスヴェーアの目抜き通りにあるんだが、オーナーはファルシャッド・バフティシューという名前でね。私は彼をただファルシャッドと呼んでいる。ファルシャッドは現在六十歳ぐらいで、イランのシラーズ生まれだ。宇宙物理学の学位と、博士号まで持っていて、一九八四年までテヘラン大学で教えていたんだが、ホメイニ師のイスラム革命による、難を逃れてデンマークに移住した。ところが、この国は彼の知識を活用しようとしなかったんだな。彼自身もここでは自分の能力を生かせないと数年後に悟った。ファルシャッドは一九八八年に結婚した。奥さんもイラン人だ。彼は善良で知的な人物で、ここ二十年はその知力を存分に発揮した。うまく国税局を丸め込んでね。おかげで、バウスヴェーアの住民は彼が販売する炭酸飲料を今も割引価格で飲みつづけられるし、家族一緒に身を寄せ合ってなんとか暮らしていくことができたってわけだ。一家には息子が三人、娘が二人いる。そしてともに子どもを持つ親ということで、ピア・クラウスンと友達づきあいをするようになった」

彼は考えをまとめようと、しばらく口をつぐんだ。コンラズは何も言わずに話の続きを待っていた。

「校務員と売店のオーナーは友達になった。数学という共通の趣味があったのも大きかった。ピア・クラウスンは週に二回、売店にやってきて、ファルシャッドと二人、店の奥の部屋で語り合った。夜のもうあまり客が来ない時間帯だった。ファルシャッドは店を夜中になるまで閉めなかったんだ。ピアは、酒を飲んでは酔っぱらうことが多かったが、ここ数年はそれほどでもなくなっていたし、ファルシャッドはそもそも酒を飲まない。こうして二人のつきあいは優に七年は続いた。彼らの話題の多くは、我々には関心が持てないものばかりだったが、今回の事件にも関連する興味深いテーマもあるにはあった。たとえば二人はよく復讐について語り合った。ピア・クラウスンの娘が自殺する原因を作った、あの性的虐待を加えていた男に対する復讐だ。ピアだけの問題ではあったが、その話を聞かされたファルシャッドもひどく心を痛めていた。彼の姉妹二人と弟もイスラム革命の犠牲になるという悲惨な運命をたどっていたからだ。このあたりの話は、事件にはまったく関係ないので、ここで詳細を話すのはやめておく。二人はともに泣き、彼らが愛し、懐かしむ者たちの誕生日と命日には、ろうそくの火をともした。そうした日には、店を閉めることすらあった」

話がずいぶんとそれてきたので、コンラズは口を挟もうとした。だが、何も言わないうちにカスパ・プランクは話を本筋に戻した。

「だが、ヒリーネ・クラウスンのことも、ファルシャッドの家族のことも、昨年の春を最後に二人の間で話題にされることはなくなったらしい。ファルシャッドが水を向けても、ピア・クラウスンははぐらかし、話題を変えるようになった。それがなぜなのかはファルシャッドにもわからなかったが、感受性豊かな繊細な男性なので、友人の態度の変化を感じとり、それを尊重していた。ピア・クラウスンが身体的にも驚くように変化したのもこのころだった。彼は劇的にアルコール摂取量を減らしたんだ。ある時期はほとんどしらふの状態を保っていた。それからまた少し飲むようにはなったが、以前に比べればはるかに酒の量が減っていた。その変化は徐々に起きたわけではなかった。ファルシャッドによれば、昨年の二月か三月に起きた出来事と何か関係があるのではないかということだった」

「赤い服の女《レディ・イン・レッド》ですか？」

「鋭いね、コンラズ。そのころ、件《くだん》の女性が登場したに違いない。実際のところ、彼女は文字通り登場しただけなんだよ……ある晩、夜の十時ごろ、店でこんなことが起きた。ファルシャッドによると、ピア・クラウスンはその日、いつもよりも深酔いして、店の奥で横になっていた。腹も一杯で、話すらできなかったそうだ。普段だったら、ファルシャッドが店を閉めてピアを家に送っていくまで、ピアは折りたたみベッドで寝ていたはずだった。そのとき、例の女性がやってきた。ファルシャッドが言うには、その女性は三十歳代で、美しく、裕福そうで、礼儀正しく、毅然とした、しかし感じのよい人物だった。彼女はピア・クラウスンを起こし、自分の車——メタリックグレーのポルシェに乗せた。ピアはなすがままだった。ひときわ目をひく赤いスーツを着こんだその女性は、自分の名前と住所、電話番号を書いたメモを店に残し、今度彼が酔っぱらったときには連絡してくれるよう頼んだ。残念なことに、その後、そのメモは捨てられてしまっているがね。ピア・クラウスンは一切彼女について話さなかったが、もう一度だけポルシェが彼を迎えに来たことがあった。そのとき彼は飲んでいなかった。どうも会う約束をしていたようだ。ファルシャッドの息子の一人であるファルーフ・バフティシューもまた、別のときにその女性とピア・クラウスンが車に乗っているところを目撃している。だが、残念なことにそれがいつだったかはわからない」

カスパ・プランクは最後のくだりをゆっくりと語りながら、ほかに言い忘れていることはないか、確認していた。どうやら言うべきことはすべて話したようである。

「私が調べあげた事実は以上だ。この話は非常に重要だと吹聴してまわりたいところだが、残念ながらそれはできないんだ。ファルシャッドは聡明だし、警察への協力もいとわないが、事実に基づいた情報しか口にしない。だから彼はこの殺人事件に自分の友人が関与している可能性について、一切の推論を拒否している」

「その女性は気になりますね。是非会って話したい。もしそのほうがいいとお考えなら、ファルシャッドとの接触を続けてください。この地域を走っているメタリックグレーのポルシェを洗い出す作業は誰かに任せましょう。車からその女性の身元を調べることが可能かどうかを判断してもらうんです。警官を何人か連れていって、車と女性に関して、近所と学校職員に聞き込みをさせてください」

「近所の聞き込みはもうやっているが、めぼしい成果はあがらなかった。だが、もう一度ファルシャッドと接触してみよう。運が向いてこないとも限らないからな。まあ、これ以上彼から何か新しい情報を引き出すことはできないとは思うのだが。さて、これから一緒に警本に行かないか。捜査の進捗状況も知りたいし。そのあと、私はバウスヴェーアにもう一度戻ろうと思う」

「では、行きましょうか」

コンラズ・シモンスンは立ち上がった。気分はじつに爽快だ。なんでも来いという心境だった。

43

女伯爵は、オーゼンセ・ミトビュー警察署の一室を使わせてもらっていた。

ドアをノックする音がして、警官が三十代の男性と中に入ってきた。びっくりするほど体格のいい男が、女伯爵の前に連れてこられたのだ。片方のまぶたは垂れ下がっていて、人相が悪い。あまりに気の毒で、少し滑稽に感じてしまうほど第一印象がよくなかった。

警官は部屋を出ていった。女伯爵は、なかなか質問を始めようとしなかった。しばらく何も言わず、男を待たせておく。

「私はナテーリェ・ファン・ローセンといいます。コペンハーゲン警察本部の殺人捜査課から派遣されてきました。あなたは首まで泥沼にはまってるのよ。それは弟さんも同じこと」

男は上唇を震わせながら、ぎこちなく言った。

「いろいろ考えたんすけどね、弁護士をつけてほしい」

「ええ、よくわかるわ。あなたには死ぬほど必要でしょうからね。私は今、病院から帰ってきたところなの。あなたたちから被害を受けた人と話してきました。〝話す〟という表現は正確じゃないわね。ボルトやらいろんな部品で固定されたあごでは、〝話す〟なんてたやすいことじゃなかったもの。私の言いたいこと、わかるかしら？」

「あれは事故だ！」

「ええ、もちろんそうでしょう。でも、小さな事故じゃなかったわね。手首の骨折、両脇の骨折、鼻の骨折。それからさっきも言ったとおり、あごの骨折に、体全体のあざ。もう一つの〝事故〟は言うまでもないと思うけど。被害者の住まいを廃墟に変えた事故よ」

大男は泣きそうになった。完全に弁護士のことなど忘れていた。

「あいつのビデオじゃなかったなんて、知らなかったんです」

「あいつのビデオだったら、あんなふうに殴るのは当たり前だったとでも？」

「ああいうタイプの人間には我慢がならないんだ」

「今のはやりなのかしら、あなたみたいな人って多いわね。でも法律に照らせば、あの悪名高きビデオテープの所有者を知っていたかどうかは、まったく関係ないのよ。まあ、現状をなんとか打開できるとしたら、こてんぱんにやられたお友達が、あなたたちを告訴したいという気持ちにならないようにすることぐらいね。まあ、被害者はあなたたちの気持ちはわかるって言いつづけてたけど。私の想像では、きっと人並み外れた忍耐力に恵まれた人に違いないわ」

大男の目に希望の光がともった。

「あいつは訴えたくないって言ってるんすか？」

「ええ。彼の希望は、住居の被害に対する妥当な額の損害賠償に、あなたたちが同意すること。でも、喜ぶのは早いわ。それでも何も変わらないの。彼が告訴しなくても私が起訴するから。理論上は、検察官がやるのだけど、実際にはその判断は私にゆだねられている。今回のようなケースだと、計画的な集団暴行罪で起訴されるわね。病院送りの原因になった、被害者の家での殴打や怪我が、事前に計画したものだったという意味。状況がどれだけ重大だったかによって変わるけど。私はこの手のことに詳しいのよ。あなた方は六年は刑務所に入ることになるわね。でも量刑を決めるのは裁判官だから、運がよければ五年の刑ですむかもしれない」

女伯爵は量刑の予想を実際よりかなり誇張して伝えた。男が法律に詳しくないほうに賭けたのである。その見立ては正しかった。

鉄槌《てっつい》が振り下ろされるかのように、いきなり六年の刑が降ってきたのだ。何がなんだかわからなくなった男は、懇願するような口調で、まくしたて始めた。

「訴えがないんなら、なんで俺たちを刑務所に入れるんすか？　事故だってわかってるでしょう？　それに、俺たちは凶暴な人間じゃねえし」

「あなたたちみたいな人が凶暴でないというなら、本当に凶暴な人間には絶対に会いたくないわね」

女伯爵は立ち上がり、彼の背後にまわった。会話の拷問を楽しんでいた。

「なぜ私があなたたちを起訴したいかですって？　本来ならば、そこで正義感、平等意識といったことを持ち出すべきなんでしょうね……。でも本当のところ、ただ私の虫の居所が悪いからってだけ」

「ご機嫌が悪いせいなんすか？」

「ええ、そうよ！　ご機嫌斜めなときは、感じまで悪くなっちゃうのよ。自分の調子がよくないときに、ほかの人たちがいい状態でいるなんて許せない。もちろん、そんな考えはフェアじゃないとは思うけど、人生なんてそんなものよ。ともかく、私は機嫌が悪いときはあんまりフェアじゃなくなるってこと。わかるでしょ?」

「もちろんわかりますけど……」

「あなた、なんで私の機嫌が悪いのか、それさえ聞こうとは思わないわけ?」

「あ、すみません。どうしてまた?」

「まあ、話を聞いてくれるなんてやさしいわね! じゃあ、なぜだか話してあげようかしら。昨日の夜、私は子どものころに自分の父親にレイプされてた女性にプレッシャーをかけなきゃいけなかったの。汚い仕事だけど、誰かがやらなきゃいけない。それが私のところにまわってきたわけ。ああ、それと、機嫌が悪いのは新聞のせいでもあるわね。書いてあることがまず気に入らない。私は大仕事を抱えていて、日夜、馬車馬のように働いている。でも、けりがつかないと家にも帰れないのよ。これでも気の毒じゃないとでもいうの?」

「いえいえ、とんでもございません」

不格好な大男はむしろ、女伯爵よりは自分のほうが哀れむべき人間だと思っている様子だった。女伯爵はデスクの向こう側に腰を下ろすと、先を続けた。

「それでもね、今朝になって、私ったら胸のつかえがとれるような、いいことを思いついたのよ。ちょうど、ある……男性についての情報を得たの。その人はフレザレチャに住んでいてね。かわいそうなあなたのお友達とは正反対で、性的関心がとにかく若い人に向いているの。機会さえあれば、年端のいかない子どもとやりたがるのよ。その人が捜査に協力する気にさえなれば、きっといろいろ話してくれるでしょうね。別のやり方をすれば、見つけるまでにものすごく時間がかかるようなことでも。だからその人に関する資料を集めてみたの。名前や写真といったものをね」

　そう言うと、二人の間にあるデスクの上の書類に手を置いた。

「本当のこと言うと、グズメ・スタジアムに行こうと思ってたのよ。そこでその人を見つけられるかもしれないと思って。今晩試合があるのよ。よく観戦しにいくらしいの。でも、行くのはやめにした。私が何を尋ねても、結局は捜査に協力してくれないってわかっているから。私に情報を提供すれば、彼にとっても得にはなるはずだけど、きっと貝のように口を閉ざすでしょうね。私があきらめて引き下がるのを待つつもりなのよ。ああ、彼に何かお告げみたいなものでも下ればいいのにって、心から思うわ。ある日突然、心を入れ替えたかのように、自分の市民としての務めは、私に自分の……自分を取り巻く環境に関しての情報を提供することだと思うようになってくれればいいのに、ってね。そうしたらどんなにうれしいか」

　男は、彼女がどこに話を持っていこうとしているのかをようやく理解し始めた。

「そうしたら、ご機嫌になるんすか？」

「ええ、もちろんよ。彼を説得して私のところに来るように言ってくれる人がいると思うだけで、がぜん元気になるわ」

「つまり刑事さんは、俺たちに……」

「誰が何を誰と話すかは、私のあずかり知らぬところよ」女伯爵は即座に口を挟んだ。「ただ、彼が私と話をするためにちょっと来てくれたら、とてもありがたいと言ってるだけ。もちろん、元気で、体調のいい状態でね。この言葉を繰り返してみてくれる？」

「元気で、体調のいい状態。了解しました！　子羊のようにおとなしくします。もう殴りませんよ。二度とそんなこたあしません」

「それはいいわね。あらまあ、もうこんな時間。悪いけど、あなたとずっとおしゃべりしているわけにはいかないの。ダウブラデット紙を読むことがあったら、きっと私がどの程度この事件に関わっているのかわかると思うわ。今夜は、GOGの女子チームがラナスとホームで対戦するのよね。この試合は絶対に見逃せないのに、今いるところはオーゼンセ。ハンドボールの試合を見たあと、カフェテリアでコーヒーを飲むから……。そう、十時十五分に」

女伯爵は立ち上がった。

「あなたの釈放の準備ができているか、守衛に確かめてくるわね。今こうして話をしてみて、あなたと弟さんを起訴するのは、ちょっと考え直すことにしたわ。でも、私が席を外している間に、ここにあるものを勝手に見たりしないでよ」

ドアを閉めると、女伯爵は疲れた様子でもう一言つぶやいた。

「あのバカ、ほんと悪運強いんだから……」

44

コペンハーゲン警察本部は台形をしていることで知られている。外壁はすすけて汚れ、灰色のモルタルで上塗りがされていることもあって、外から見ると冷たく人を寄せつけない雰囲気を漂わせている。あらゆる類の装飾が省かれているが、正面玄関に複数あるアーチ門のうちの両端二つにはめこまれた鉄格子は例外だ。それらの格子の上には星のような形をした大きな金色飾りがついており、ひときわ目を引いている。建物全体は長い直線を基調にしたデザインになっており、いかめしい外壁の印象を壊さないようにするためか、窓はすべて中庭側についていた。

カスパ・プランクは自分のペースでゆっくりと歩を

進め、中庭を通り抜けていく。あとに従うコンラズも、おかげでじっくりと建物を眺めることができた。彼はこれといった装飾のないこのシンプルな外壁が好きだった。この壁はこの場所にぴったりだと彼は思っている。逆に、内装に関しては、不細工で機能性のかけらもないような改修が施されていると感じていた。スペイン風の修道院のように、金ぴかの装飾が目立つ。トイレのアールデコ風の照明などは、その最たる例だ。どこかの有名な中庭の回廊には、まがい物臭が漂う古代ギリシャ・ローマ風の円柱があり、四階にはなんの役にも立たない欄干《らんかん》が巡らせてある。コンラズには、このごてごてした内装は醜悪だとしか思えなかった。カーブがかかった廊下は文字どおり迷路のようだ。長さもまちまちで、この建物に慣れていない人にとってはありとあらゆる方向感覚の障害となっていた。

コンラズ・シモンスンは、いつものように、自分の職場である警察本部を闊歩《かっぽ》していく。途中、元同僚と偶然会ったカスパ・プランクを見失ってしまった。そうこうするうちに殺人捜査課に着いてしまったので、アーネ・ピーダスンの個室のドアを叩き、返事を待つこともなく中に入った。

アーネは部屋の隅にいた。電話中だったが、上司が入ってくるのを見るとすぐに切った。コンラズは、部屋の隅にあるコートかけに向かってコートを投げた。

「私がいなかった間の出来事をまとめてくれないか、アーネ」

「被害者五名全員の身元が特定できました。情報が飛び交っています」

アーネは背後にあるボードを指さし、子どもっぽい笑みを浮かべた。

「で、あなたは？　ぐっすり眠れたようですね？」

コンラズはその指摘を無視し、ボードに視線をやった。中央に大きな図が貼ってあった。画鋲で留めてある紙が少し斜めになっている。彼は細心の注意を払ってまっすぐに直すと、一歩下がって、内容に集中した。

トーア・グラン
（北西氏）
独身
建築家
五十四歳
オーフス在住

パレ・フルゴー
（北東氏）
寡夫
事務所長
六十三歳
オーフス在住

フランク・ディトリウスン

（中央氏）
離婚
コンサルタント
五十二歳
ミゼルファート在住

イェンス・アラン・カールスン
（南西氏）
既婚
退職
六十九歳
オーフス在住

ピーザ・ヤコプスン
（南東氏）
離婚
靴修理屋

四十四歳
ヴァイレ在住
死者の名前の上に、顔写真が貼ってある。そのうちの二枚は、警察に登録されたときに撮られた写真のネガを焼いたもので、表情からも動揺しているのが手に取るようにわかる。残りの三枚は、にこやかな顔をした、ごく普通のスナップ写真だった。

「エルヴァングと専門家チームが昼も夜もなく働いて、この人たちの顔を復元してくれました。そして何時間か前に、我々に届けてくれたんです」アーネが言った。

コンラズは肩をすくめた。

「まあ、そんなものだろう。三人の名前は我々の手で特定したんだ、それを忘れるな」

「確実なのは一人だけですけど」

「そんなことは問題じゃない。そのほかの情報は?」

「山ほどありますよ。今も続々と届いているところです。死体一つあたり十数人体制でやってますからね。もちろんフランク・ディトリウスンは別扱いですが。警本では、指示を仰ぐべき担当者を各チームにつけました。地元警察がコーディネーターの役割を果たしてくれています。でも、もちろんまた編成し直してくださってもいいですよ」

「いや、今の体制で問題ない。彼らは、過去に小児性愛犯罪で有罪になっているのか? 今日中に確認してほしい。無罪判決が出ているケースがあれば、それもできれば知りたい。五人全員についてだ」

「ピーザ・ヤコプスンは十二年前に告訴されましたが、公訴棄却になっています。ほかの四人についてはまだはっきりした情報は手元にありませんが、そのうちわかると思います。全員総出で集中的に調べていますから」

コンラズはフェルトペンをつかむと、フランク・ディトリウスンの隣に大きな赤いチェックマークを入れた。

「イェンス・アラン・カールスンも忘れないでください。奥さんから彼の嗜好について話を聞いていますので。彼は子どもと一緒に寝るのが好きだったと彼女は証言しています」

「それだけじゃ不十分だ。配偶者の証言のほかにも、もっと何か欲しい。ピーザ・ヤコプスンについても同様だ。不起訴処分になったのはわかったが、それだけでは決め手に欠ける」

「わかりました。それで、僕がオーフスに行く必要はありますか？」

「いや、行かなくていい。むしろ行かないでくれたほうがありがたい。女伯爵にも、遅くとも明日にはミゼルファートを引き揚げて帰ってくるように言ってくれ。パウリーネは残りたければ残ってくれてもいい。もちろん、女伯爵が必要だと思えばの話だが。それから、やはり被害者は全員、旅行に出る予定だったのか？

もしそうなら、どこに行こうとしていた？」

「全員、旅行に出ようとしていたことはわかっています。三週間の予定で、行き先が外国だったということも。おそらくタイに行く予定だったと思われます。ですが、彼らの家からは旅行のパンフレットなどは一切見つかっていません。彼らは水曜の早朝にオーフスのどこかからマイクロバスに乗車し、カストロプ空港方面へ向かったと思われます。少なくとも我々が把握している範囲では、予約客が現れず空席のまま飛び立った飛行機はなかったそうです」

「推測したり推察したり、ここ一週間我々はずっとそればかりだな。それで、大ベルト橋は？　例の水曜の午前中はどうだったのか、チームを派遣して調べさせているのか？」

「はい、もちろんですよ。コスーアのベテランを二人送り込んでいます。ですが……はい、それが少し……」

アーネは言葉を探しあぐねていた。仕事ではあまり見せない姿だ。

「僕はほかの線から当たっていったほうがいいかもしれません。ダウブラデット紙のウェブサイトのアンケートを見ましたか？」

コンラズは、歯がゆさを上手く隠すことができなかった。確かに睡眠は必要だったが、今そのツケを払わされている気分だった。なにしろ今朝起きたことは何も知らないのである。

「知ってのとおり、私は寝ていたんだ。眠りながら何かを読むのは得意じゃないものでね」

アーネは取り合わずに先を続けた。

「ウェブアンケートで、新聞社は読者に、今回の小児性愛者殺人……確かにそう書かれているんですが……その捜査に関して、警察に協力したいか、と尋ねています。つまり、その設問は新聞社が重要な情報を持っていることが前提にあるわけです。六四パーセントが『いいえ』と答えています」

彼の声が大きくなった。

「まったく、六四パーセントとは。恐ろしいじゃないですか。ページには法学部学生の読者が作ったサイトのリンクまで張ってあるんです。そこにはどうすれば我々警察に情報を提供せずにすむのか、聴取の際の対処法が掲載されているんですよ。最もシンプルかつ効果的なのは、何も覚えていないと言い通すことだそうです。頭がやられているとか、ナンセンスだとか思われて、自分の信用に傷がつくような気がしても、そんなことはたいした問題ではないと書かれていますよ」

「それが大ベルト橋と何の関係があるんだ？　スキャンダルを書きたてる新聞雑誌の読者は、ジャングルの掟《おきて》への回帰願望があるということか？　いったい何が言いたい？」

「ダウブラデット紙の読者だけが密告者を演じることを拒否しているとは限らないですよ。動画のシーン……ほら、あの問題になった男の子……のこともありますし。状況はあまりよくはないと言いたかったんです。あの動画、見てないんですか?」

「いや見たさ。それで橋はどうなんだ?」

「ああ、そうでした。実は、我々が関心を寄せている時間帯に、あの橋を通行した車両を撮影した録画があるはずなんですが、不思議なことにデータがなくなっているんですよ。消去された可能性が高いです。録画に関わる担当部署の職員は、ほぼ全員が集団記憶喪失で苦しんでいます。どうやら誰も何も覚えていないようなんです」

コンラズは沈んだ面持ちになって考え込んだ。自分自身の思考すら追い切れない。考えるべき範囲があまりに広すぎて、なんの見通しも立てられなかった。

「とにかくやるべきことを一つずつこなしていこう。ポウルが言うには、アニ・ストールはマイクロバスで撮影された短い動画を二種類受け取っているらしいが、まだインターネットにはアップされていないようだ。この件については何かあるか?」

「ええ、おっしゃるとおりです。でも、あれは動画と呼べるようなものではないですね。複数の写真のスライドショーといったほうが適切かもしれません。どのシーンも一秒にも満たず、車両の中、あるいは窓の外から撮影されています。技術者たちはあの動画は本物だと断言しています。つまり、画像の加工といったトリックは一切用いていないというのです。動画の一つには、体育館の通用門が映っています。もう一つはどこで撮られたものなのかわかりません。見えるのは、休耕地と、その向こうに広がる森だけです」

「神のみぞ知るだな。何か思いついたことはあるか?」

「いいえ。ただただ驚いているだけで、はっきりとした考えは何も浮かびません。じっくり考える時間もまったくなかったんですよ。もっと時間が欲しいです。

蛇口が緩んだかのように報告書が続々とやってくるんですよ。事件に関するメモ書きの山はとんでもないペースでふくれあがっています。誰も目を通す時間がないんです。斜め読みすらできません。全体像をつかもうにも、断片的につかめればましなほうなんです」

「まったく情報がないよりいいだろう」

「それはそうですが」

「アーネ、ではそのマイクロバスを重点的にやってくれ。いつ、どのようにしてオーフスを出発したのか。車種とナンバー、それから二つ目の動画が撮影された場所、その他思いつくもの全部だ。ユトランド半島の捜査チームは私が担当しよう」

「アーネに頼みたい仕事があるんだが」

二人は振り向いた。

カスパ・プランクがいつの間にか部屋に入ってきていた。携帯電話を手にしている。

「コンラズ。おまえさんは間違いなく、今やデンマークで一番連絡をとるのが難しい男だな。交換台が特別にフィルターをかけているらしい。三つのフィルターをクリアしないと、おまえにはたどり着けない」

「バカと口やかましい輩を排除するためですよ。それがないと、電話口で人生を過ごすことになってしまう。電話対応だけでかなりの時間をロスしているんです」

「だがここにいる人間はバカでもなければ口やかましくもないぞ。にもかかわらず、九回も取り次ぎを拒否されたんだ」

コンラズは芝居じみたしぐさで腕を大きく広げた。

「そういうシステムになってしまったんですから、尊重してくださいよ。『たった一分ですむ、一分だけ』と言って取り次いでもらえばいいじゃないですか」

「さあ、刑事局長が電話口でお待ちかねだ。じっくり話してくれ」

そう言ってカスパ・プランクは電話を差し出した。

コンラズは電話を手に取り、小声で名乗ってから、話に耳を傾けた。一分ではなく五分だった。時折、彼は短い質問をした。アーネはいかにも重要そうなやりとりを理解しようと耳を澄ませたが、たいしたことはわからなかった。コンラズは電話を切らずに、デスクの上に置いた。

「マイクロバスがいたバスターミナルがわかったようだ」と携帯電話を指さしながら言う。

「電話に出ろ、アーネ。フレズリクスヴェアクに行くんだ。仕事が待っている」

45

被害者に小児性愛傾向があったのかどうかを至急確認せよとのコンラズ・シモンスンの指令は、導火線に火がついたようにデンマーク中の警察署に広がっていった。週末に働かされる数多くの警官のいらだちにもかかわらず、警察組織は効果的に機能し、着実に結果を出していた。その陰にはポウル・トローウルスンの功績もあった。ダウブラデット本社から死者全員の情報を持ち帰ってきたのだ。特にその一人に関しては、小児性愛の傾向を示すじゅうぶんな情報が得られたので、ポウルはさっそく上司に会いにいった。コンラズは、自室で待っていた。そこにはアーネから無理やりもらってきた例の図が掲げてあった。まず登場するのはイェンス・アラン・カールスンだ。オーフス在住、通称南西氏である。ポウルは話し始めた。

「家の床下の配水管があるスペースに、ビデオテープと、アラン・ディトリウスン……ミゼルファートの例のホットドッグ売りですね……彼の指紋がついたディスクがぎっしりつまった段ボール箱があったそうです。しかもカールスンは、kidsontheline.dk《キッズ・オン・ザ・ライン》というサイトで子どもを漁っていました。ネット上でやりとりして知り合いになったケースが少なくとも四回はありますね。しかも、残念ながら実際に会っている可能性が極めて高いんですよ。デンマーク・ボーイスカウト連盟にとってはじつに好ましからざる人物ですね。なぜそうなのか、詳しく知りたいですか？」

　コンラズは首を横に振り、写真に赤斜線を入れた。

　南東氏であるピーザ・ヤコプスンの小児性愛傾向の確証を得るのには、ずっと手間がかかった。一つには、こうした話題そのものを持ち出すにあたって、慎重を期さなければならなかったことがあるだろう。彼の周辺の人々は誰一人として、その話題を口にしたがらなかったからだ。小児性愛傾向を示唆するような遺品も何も見つからなかった。警察はずいぶん長い間、成果を上げられないまま捜査を続けることになった。だが、この件もついにブラーブランにあるハンバーガースタンドで解決をみることになる。

　十四歳ぐらいの少年が四十代の男性と一緒に窓際のテーブルに座っていた。私服警官二人がちょうどその店の前を通りかかり、一人が警察バッジをその男の鼻に突きつけた。

「うせろ」

　もう一人の警官は椅子の背もたれにかけてあった男のコートをつかみ、男の腕めがけて放り投げた。

「今すぐにだ！」

　男が自分の食べていたものも持たずに出ていくと、

二人の警官は腰を下ろした。

「いつから食べていないんだ、トミー?」

脅すような口調はすっかり影をひそめていた。

「昨日からだと思う」

「腹は減っているのか?」

「チーズバーガーを一個食べられたらいいな」

「ここを出るとき、二個買ってやろう」

少年の隣に座った警官は内ポケットから写真を一枚出した。円筒状に丸まっていたため、警官はテーブルの端にあてて形を整えた。

「知り合いか?」

少年はさっと目を走らせた。

「本当にこの人、切り刻まれた人たちの一人なの? 僕、新聞で見かけたよ。あそこに書いてあったことって本当?」

「うん、本当だ。それで、君の知り合いか?」

「何年か前まではね。もう僕は歳を食いすぎているんだよ。この人、もっと小さな子が好きなんだ。ヤアアンかカスパに聞いてみるといいよ。それと、たぶん、洟《はな》たれソフィーにも」

「変態だった? それとも暴力的だったか?」

「どっちでもない。ひどい奴じゃなかったよ。まず体をまっすぐにして、四つん這いになって、エビぞりをして、おしまい」

警官たちは顔を見合わせて首を振った。それだけ聞けばじゅうぶんだった。

年配のほうの警官は少年を悲しそうに見た。自分の息子と同い年なのだ。息子は、テレビゲームで遊び、サッカーではゴールキーパーをやり、女の子たちにからかわれると顔を真っ赤にするような、まだ無邪気な子どもなのに。

「今夜寝る場所はあるのか?」

「ないよ。だって、お客を取り上げられたばかりじゃん」

「たとえば、君のお母さんの家にこれから一緒に行くのはどうかな？　お母さんはきっと君に会えたら喜ぶと思うよ。何日かいるだけでもね」

少年はその選択肢を検討した。下心のない申し出には慣れていないのだ。

「行かない。でも、そんなふうに言ってくれてありがとう」

少年は拒否した理由を言わなかった。二人の警官は立ち上がり、チーズバーガー二個とオレンジジュースを買ってやってから店を出た。

十分後、コンラズは、ピーザ・ヤコプスンの名前の箇所に赤いチェックマークを書き込んだ。

北東氏のパレ・フルゴーのケースも同じくいくつか難問を抱えていた。風穴を開けたのは一人の女性警官だった。彼女は、クリニックを開業している心理学者の男性の家へ聞き込みにいくことになった。世の例に漏れず、彼も日曜日は仕事をしていない。そこで女性警官は、日曜日に彼に会いにいこうと考えた。普段なら日曜日に訪問などしないのだが、なぜかその時はそのほうがいいと思ったのだ。とはいえ、実際に訪ねていったときは、すでに自信がなくなっていた。心理学者は最初からこちらを疑ってかかっているような印象で、明らかにいらだっていた。警官がなぜ訪ねてきたのかもわかっているように思えた。

「私はパレ・フルゴーの件を捜査しています」彼女は切り出した。「彼はバウスヴェーアのランゲベク小中学校で十日前に殺されました。私たちの調べによると、彼の娘さん二人があなたのクリニックに通院していたそうですね。名前は、ピーア・フルゴーとイーヴァ・フルゴーです」

彼女はまっすぐ相手の目を見た。自分の中でふつふつとわいてくる怒りという名の反応にはそのときは気がつかなかった。建前《たてまえ》をかなぐり捨てた彼女の言葉はさらに鋭さを増した。

「今、この瞬間も、同僚二十人はありとあらゆる方向からパレ・フルゴーの人生をたどっています。特に、彼が小児性愛者だったかどうか、事実関係を確認する必要があるのです。何人かの証言によると、パレ・フルゴーはおそらく、自分の娘たちを、子どものころレイプしていたらしいんです。それも、何年にもわたって。証言者たちは、あなたのことも話していました」

「私自身は、その手の話はまったく聞いたことがありません。それが何か？」

「これ以上言うべきことなどあるでしょうか。私の言いたいことはよくおわかりになっているはずですから。選択肢は二つしかありません。あなたが可能な範囲でレイプの有無を認めるか、それとも警察が娘さんたちに直接会って認めさせるか」

女性警官は、当の娘たちの居所がもはやつかめないかもしれず、だから自分がここに来たことも、言わなかった。聞かねばならない以上、説得するまでだ。

「誰だってそんなことやりたくないんですけどね。私だってよくわかっているんです。そんな質問をされることがどれだけつらいのか、想像できますから」

「あなたに本当に想像できるのかは怪しいですな。それができるのは幸い、ごくわずかな人たちだけでしょう」

彼女はストレートには言い返さず、相手をともかく丸め込もうとした。

「あなたと私だけの話に留めます。どこにも記録は残りません」

心理学者が長々と考えている間、女性警官はじっと待っていた。

「私が職業上の倫理規定に反する要請を受け入れなければ、そのツケがピーアとイーヴァに行く。そういうことですか？」

「ええ、残念ながらそのとおりです」

「事実はありました。間違いありません。なので、もうお引き取りください」

警官は言うとおりにした。自分が得たばかりの回答より、この場を離れられることのほうがうれしかった。

コペンハーゲンでは、パレ・フルゴーの写真にチェックマークがついた。

昼も終わりに近づいたころには、事件のイメージが固まりつつあった。

ポウルは再び報告を始めた。

「被害者各人については、それぞれつながりのない二人から、場合によっては三人の証言者から確証を得たケースもあるんですよ。堆肥の中で発生するメタンガスのように矢継ぎ早に。詳細を知りたいですか?」

「いや、まったく知りたくない。それで、トーア・グランは?」

トーア・グラン、別名北西氏が最後までチェックをされないまま残っていた。

「すっかり有名になったあのマイクロバスの動画がなければ、我々も彼は該当しないと思いこんでいたかもしれません。彼の自宅にはアルバムがありました。その中には、子どものヌードを描いた絵がたくさんありまして……。ですが、性的前提を抜きにした芸術表現だともいえますし、実際ポルノというより芸術的な資料でした。法的に見ても自分の道徳に照らし合わせてみても、シロだったんです」

「わかった。それは証拠として使えないな。ほかには何かあったか?」

「彼は、年に五、六回短い休暇を取っていました。旅行はだいたい一週間で、行き先はいつも数多くのアトラクションがあり、子どもたちがやって来るような場所でした。彼は自分の性的傾向を日常生活では抑えていたかもしれませんし、気を許すのは外国にいるときだけだったかもしれません。ですが、これも推論でしかなくて、あらゆる方向からこの男の人生を分析してみましたが、実のところ何も見つけることができませんでした」

パウリーネと女伯爵がミゼルファァートで食事をしている最中に、コンラズから携帯電話に連絡があった。女伯爵は電話で話をするためレストランを出た。パウリーネは着席したまま、フォークで自分の食事をひっかきまわしていた。おいしいとは思えなかったし、無理して食べるよりは、あとで空腹になるほうがましだった。女伯爵は慌てて戻ってきた。後輩の前にチケットをぽんと置いてから、もう一度席に着く。

「ハンドボールの試合を見にいってちょうだい。私は残念ながらオーフスに行かなければいけないの。被害者の一人に問題があるらしいのよ。小児性愛者だという前提が成り立たないかもしれないんですって。コンラズはこの件を執拗《しつよう》に気にしている。なんとしても今日中に回答が欲しいそうよ」

「あなたが接触する予定だった人を私が引き受けるってことですか？　その約束は延期できないんですか？」

「どうして延期しなきゃいけないの？　あなたがやればいいでしょう。あなたならきちんとできます。この顔合わせがセッティングされた経緯を説明しておくわね。ちょっと特別なケースだってことが、きっとわかってもらえると思うから」

「了解しました。でも、まずあの映画を見てもいいですか？」

女伯爵は数秒空《くう》を見つめていたが、やがてゆっくりと言った。

「あえてその質問に答えるなら、こういう映画を見ておくことはあなたにとっても重要なことだと思う、と言うでしょうね。最後に私がこの手のものを見たのは、数年前だったけど、そうね……見ておいてよかったと思ったの。この問題の全体像が見えたから。ディトリウスンの山荘に取りに立ち寄って、ノートパソコンで見てもいいわよ。でもね、あらかじめ言っておくけど、これはものすごくつらい。想像する以上にひどいものだから」

パウリーネは深刻な表情でうなずき、話題を変えた。

「それで、ハンドボールは試合も見なければだめですか？　このチケットを使って入って、あとは中のカフェテリアにいてはいけないでしょうか。ハンドボールというスポーツにはあまり興味が持てなくて」

女伯爵は笑い出した。

「職業的見聞を広げるために児童ポルノを見ることができるなら、ハンドボールの試合ぐらい難なく耐えられるわよ」

三時間後、女伯爵はパウリーネと受け持ちを逆にすればよかったと苦々しく後悔していた。自分が行くはずだったハンドボールの試合に後輩が耐えている間、女伯爵はオーフスで地元の同業者と一緒に、目の前にいる生きた化石のような女性政治活動家の相手をしながら、心の中でうんざりだと叫びつづけていたのだ。活動家は九十歳を超えているだろう。ホームヘルパーの証言によれば、老女は若いころ、トーア・グランのそれはもう醜悪な話を知っているとのことだった。それはもっともらしかった。実際、老女はどちらかと言えば頭もしっかりとしているほうなのだが、いかんせん、関係ないことを話したがるのだ。

老女は共産主義者だった。七十五年間、信奉しつづけてきたという。かつてはスターリン・サリ、あるいはロシア人のサリと呼ばれており、そうしたあだ名を誇らしく思っていた。そして、ベリヤが実際に話しているのを一度だけ聞いたことがあるという思い出に、さらに大きな誇りを抱いていた。老女の声は弱々しかったが、滑舌《かつぜつ》はよかった。

「ラヴレンチー・パーヴロヴィチ・ベリヤその人よ。一九三七年トビリシで、共産党のそれはもう大々的な集会があったの。私は二列目にいたわ。トランスコーカサス地方全域からアルメニアの中央委員会までを席巻していた、悪名高き裏切り者の蛇の巣窟《そうくつ》についての演説を聴いたのよ。あの人は聴衆の心をつかむすべを熟知していた。大勢が街に繰り出し、喜びにわき、犯罪人のファシストと逸脱したトロツキストに正義の審判を求めた。裁判は円滑に進んだわ……。私が言いたいこと、おわかりになるかしら」

　彼女はしわだらけの手を首に置いて、言わんとしていることを示した。女伯爵は首を横に振り、この日すでに五回目になる質問を繰り返した。

「それで、トーア・グランについてはいかがですか？　あなたがトーア・グランについて話すとおっしゃったんですよ。そのために私たちはここに来たんです」

「すぐ話すわよ。まあいいからお聞きなさい。この二つの話にはつながりがあるの。トーア・グランについては素晴らしい情報があります。あなた方の役に立つものもあるわ。本当よ」

　そして、老女は再び同じ調子で事件とは関係ないことを話し出した。ベリヤを賞賛し終えると、今度はコロンタイについて話し始めた。アレクサンドラ・コロンタイにも戦時中スウェーデンで実際に会ったことがあるという。それからリカート・イェンスンだ。誰よりも先に共産党委員長の裏切り行為を告発したセーリングの選手である。

　共産主義者の殿堂をひととおりおさらいして一時間が経ったころ、女伯爵を連れてきた警官はさじを投げた。彼は立ち上がると、「俺だってヴィヴィ・バックと同じ共済組合に入っていたんだ」とつぶやいた。そう、あの女優のヴィヴィ・バックだ。それから、ヨアキム王子と同じトイレで小便をしたという。そう、同じトイレで。警官は席を立った。

女伯爵はその場に残った。老女を丸め込むことができたと思っていたからだ。老女はもったいぶっているのだろう。女伯爵はひたすらご機嫌をとってやった。共産主義のよき伝統にのっとって、少しならば事実を曲げることもいとわなかった。凛《りん》とした声で口を挟んだのである。

「祖父はディミトロフと知り合いでした」

老女は独白をぴたっとやめて、疑わしげに彼女を見た。

「あのディミトロフ？　コミンテルン書記長の？」

「そのとおりです。ゲオルギー・ミハイロフ・ディミトロフ本人です」

女伯爵はその名前を何百回と聞いていた。子どものころ、同じ階に住んでいた隣人がブルガリア人亡命者だったからだ。やさしい年配の夫婦で、小さな女の子たちにはいつも飴やシロップをくれ、ちょっとおおざっぱでおかしなデンマーク語で上流社交界の話を聞かせてくれた。そのほかの時間はひたすらゲオルギー・ミハイロフ・ディミトロフをののしっていたので、その名前は彼女の脳裏に深く刻まれていた。老女は興味を示した。

「詳しく話してごらんなさい」

「いいえ、今度は私があなたの話を聞く番です。まずあなたが話してください。トーア・グランについてですよ。トーア・グラン以外のことは話さないでください。本当に彼のことで何か知っているなら、ですが。あなたが話してくれたら、私も党書記長の話をしましょう」

老女はしばらくいぶかしそうな顔をしながら考えていた。

「コミンテルンよ。彼はコミンテルン書記長だったのよ」

「ええ、もちろんです。誰もが知っていることですよね」

やっと老女は話し始めた。

「私は縫製工だった。一九六〇年代初期に、トーア・グランの父親のところで働いていたの。彼は靴製造業を営んでいて、気が向くと小口で株取引をやっていた。私は組合側の代表で、当時百人以上工員がいたから、それなりの立場にいたってわけ。彼の家は工場のすぐ隣にあって、御曹司が成長する様子を工員たちはずっと見てきた。大きくなると、あれこれ口を出してくる傲慢で汚い野郎になったわよ。でも、それは別にたいしたことじゃなかった。あの野郎をみんなでたしなめることはできていたから。でも、庭師の小さな女の子二人のときは違った。あなたが聞きたいのはそういう話なんじゃない？　そうでしょう？」

女伯爵はうなずいた。

「私たちは、あいつがズボンをくるぶしまで下ろしているときにその場を押さえたわ。まったく最悪だったわよ。でも、奴はそれまでずいぶん長い間、あの子たちに手を出していたのよね。庭師は二人の娘をそれはもう大事にしていたから、警察を呼ぶと脅したの。でも、老いた父親が示談にしようと言って、なんとか庭師を説きふせた。結局、示談は成立して、女の子たちは相当な金額を積まれた。本当ならあの野郎は檻の中にぶち込まれなければならなかったんだろうけど、みんな黙っていることにした。庭師に頼まれて示談の交渉をしたのは私だったのよ。ここまではわかった？」

「ええ、ちゃんと聞いています。どうぞ話を続けてください」

「トーア・グランの父親は言うまでもなく、汚い資本主義者だったけれど、その一方で、誠実な人間でもあった。彼は相当な大枚をはたいたのよ。それは保証するわ。娘一人あたり八万クローネを出したうえに、一家がボーンホルムに引っ越せるように二万クローネを払った。当時にしてみたら大金よ。でも、二人のお嬢さんは決して元どおりには立ち直れなかったわよね。

だからそのお金が彼女たちにとって、本当に助けになったとは言い切れないわ。バカ息子は、父親にしっかり殴られたあと、イギリスの寄宿舎へ送り込まれた。体罰を与えるというのも示談の条件に入っていたけど、その条件を父親から引き出すのにはまったく苦労しなかったわね」

女伯爵はさほど感心はしなかった。なにしろその話は四十年も前にさかのぼり、シベリアに椰子《やし》の木があるという話と同じ程度しか信憑性はない。それに、第三者の裏づけを取るのも難しいだろう。だが、女伯爵にはこの鬼婆がまだ何かを握っているような感じがしていた。彼女はその可能性に賭けてみることにした。

「まだすべてをお話しいただいていませんよね。トーア・グランがイギリスから帰ってきたとき……」

女伯爵はあえて最後まで言わないで言葉を途切らせた。老女は苦々しい口調で答える。

「そうよ。折に触れ、私たちに便宜を図ってくれた。それは事実ね」

「共産党が解散したのちも、あなた方に便宜を図りつづけたんですか？」

老女は声を荒げた。

「共産党はまだ死んでないわ。党はいつまでも生きつづけるのよ。ともかく、トーア・グランはかなりお金を持っていて、設計事務所も所有していたから」

「いくらもらっていたんですか？」

老女が答えるまでにしばらく時間がかかった。

「そのときによって違ったわ。奴がここに来たときは数百クローネくれたし」

女伯爵は驚きを隠しながら尋ねた。

「あなたに会いに来ていたんですか？」

老女は、自分の後ろにあるチークの飾り棚上の花瓶を指さした。

「あれを取って」

女伯爵は花瓶を取りにいった。三人の踊り子をかたどったギリシャ風のモチーフがついている平凡な花瓶だ。それを振ると、金属が当たる音が聞こえた。

「この三美神は何を持っているんですか？」

老女は鼻息荒くこう言った。

「三美神ですって！　三美神なんかじゃないわよ。復讐の三女神よ。ひっくり返してちょうだい」

言葉どおりにさかさまにすると、鍵が落ちてきた。

「それから？」

「ベッドの下。飾りのついた木箱があるわ。私には引き出せないの」

女伯爵は難なく大箱を引っ張り出し、じれったそうに開けた。一番上にはタイのチェンマイでの三週間の旅行を提案する手作りパンフレットがあった。その中の二ページにはアジア人の子どもたちの写真が掲載されていた。

子どもたちには番号が振られていた。

女伯爵はページの一番右上にある男の子の写真をしばらく見つめた。特にほかの子どもたちと違うわけではないのに、なかなか目が離せなかった。ごく普通の男の子がにこにことして白い歯を見せている。その表情はあまりにも幼かった。

老女は木箱に背を向けた。

「あの野郎がこんなものを大事に取っておいたのは私の責任じゃないからね。さあ、ディミトロフについて話してちょうだいよ。あなたのおじいさんはどうやって知り合いになったの？」

「まず、ブルガリアの刑務所で一九四六年に起こったことから話し始めようかと思いますが、ものすごく長い話になりますよ。全部話すのはまた今度にしませんか？　私は電話をかけないといけないんです」

老女は面白くなさそうに舌打ちをした。女伯爵は電話をかけた。コンラズは自分のボードに最後の赤いチェックマークを書き込んだ。

46

パウリーネ・ベアウは、生まれて初めてハンドボールの試合を見にいった。早めに到着し、地元チームのサポーターで次第に埋め尽くされていく館内を興味津々で観察する。彼女の周りでは、このスポーツが話題の中心を占めていたが、今朝の動画もかなり注目度は高かった。憎しみに満ちた会話の端々がパウリーネの耳に入ってきた。下劣な野郎どもを哀れむ者は誰一人としていなかった。……彼らは当然の報いを受けたまでだ……ようやく化け物を厄介払いできた……ケダモノがひもの先でゆらゆら揺れているのが見られて気分がよかった……次にやるときは、奴らの金玉をやればいいのに……。

パウリーネは身の置きどころのない気分だった。こんな過激な人々の中に自分がいるのは、何かの間違いだ。バレエを観に来る人たちとはあまりにも違う。観衆が着ている服もおぞましかった。彼女のすぐ後ろの列に座った三人の女性は、バイキング風のTシャツとマフラーを身につけており、チームカラーのフェイスペイントをしている。サポーターというよりも復讐の女神といった風情である。パウリーネの左側にいる腹の出た男は、職人が着るような漂白されたズボンをはいていた。時折、不愉快そうに試合のプログラムで腿を叩いてバシンと音を立てる。とにかく音を立てたいらしい。右隣の席はぎりぎりまで空いたままだった。やがて、やせた背の高い男が列に滑り込むように入ってきて、その席に座った。低い声で挨拶されたので、パウリーネは小さく会釈をし、とりあえず微笑んでおいた。

審判が試合開始を告げた。パウリーネは試合の展開を追おうとしたが、動きが速くて難しかった。一瞬のプレーで観客がどっとわき、そろって大声をあげる。パウリーネはたじろぎ、座席に深く身を沈めた。職人風の男がどさくさ紛れに彼女の肩をなでようとする。同じ列の観客はみな、応援団長のチャントに合わせて声を出していた。隣にいるひょろりとした男は応援に参加する様子がないので、きっと対戦チームのサポーターに違いない。意外なことに、パウリーネも少しずつその雰囲気になじんでいった。いつの間にか競技のルールや、コートで起きている動きに反応して観客が上げる歓声の意味を理解し、激しい高揚感や集団の動きの美しさを楽しむようになっていた。まるで風にたわんで揺れる木の葉のような気分だった。パウリーネもほかの人々と一緒になって、歓声をあげながら応援したり、ゴールを見ようと立ち上がったり、折を見て大きなかけ声をかけたりした。

休憩時間中は、観客も静かにしていた。声を温存し、体力を回復させる。館内にオールディーズが流れる中、ポップコーン、チョコレート、りんご、バナナなどが売られていた。パウリーネは同志のように肩を叩いてきた職人風の男に笑顔を向けた。

後半戦が始まり、初めて反則の笛が鳴ると、会場全体が沸き立った。そのころになると、パウリーネにもほかの人のように叫ぶ心づもりができていた。ホームチームがついに同点に追いつくと、緊張感は頂点に達した。パウリーネも勢いよく席を立ち、大声をあげた。すると、歓喜の中、りんごが彼女のほうへ美しい曲線を描いて飛んできた。隣の男は、めざましい反射神経を発揮し、りんごを空中でキャッチした。舌なめずりしながら自分がつかんだものを眺めている。何か場違いで腹黒い蛇のようなしぐさだった。パウリーネは男を容赦なく突き飛ばして、けんか腰に叫んだ。

「今日勝つのは私たちよ」

よく聞こえなかったのか、彼にはパウリーネの怒りが理解できないようだった。そして、さっき手に入れた果物をやさしく彼女に差し出した。彼女は貢ぎ物を手に取ると、バッグの中に入れた。

両チームとも一歩も譲らず、観衆はひどくはらはらさせられた。電光掲示板を確認してみる。このぶんだとまもなく同点のまま試合終了を迎えることになるらしい。試合の勝敗を決する攻撃が始まった。目の覚めるような五回のパスが続いたあと、ボールは敵のゴールネットを揺らした。そのゴールで、体のバネが解き放たれたかのように、パウリーネは歓声をあげながらとんでもなく高く飛び跳ねた。着地するときに、職人風の男の腕の中に落ち、そのぷくぷくしたほっぺたをつねると、お返しとばかりに首のあたりによだれ一杯のキスをもらった。それから彼女は自分の席によじ登り、今度は腕を大きく広げたまま後ろに倒れ込んだ。期待どおり、仲間たちが彼女の体を受け止めてくれた。

試合が終わるとパウリーネはカフェテリアに向かった。仕事モードに気分を切り替えるのは難しく、落ち着きを取り戻さなければと、意識を集中させた。部屋の隅に一人で座っている男の姿を認めると、やっと彼女は冷静になった。五十代に手が届きそうな年齢で、いかにもバカにされ、からかわれそうなタイプの男性だが、小ぎれいにしており、手入れが行き届いたきちんとした服装をしていた。パウリーネはあえて手は差し出さず、男の向かいに座る前に、仕事上の礼儀として会釈をするだけにとどめた。

彼女は手始めに、男が真剣に話をしてくれそうかどうかを見極めようとした。

「おいでくださってありがとうございます。アラン・ディトリウスンは自分のホットドッグ店で、裏ビデオを売っていたのですか？」

答えが返ってくるまでにはしばらくかかった。彼は彼女の首をじっと見つめた。彼女は必死で嫌悪感と闘

「勘違いしないでください。私がここに来たのはひとえに、ゲシュタポのようなやり方で呼び出されたからです。あなたはキリスト教徒でいらっしゃるようですね。『この印のもと、汝は勝利する』（のちにキリスト教を公認したコンスタンティヌス一世が見た夢に由来する。この台詞が聞こえたのと同時に、XとPを組み合わせたモノグラムが現れ、それがローマ正規軍の紋章となった）」

男はパウリーネがスポーツ観戦で我を忘れていた間にブラウスから飛び出したペンダントを指さした。XとPの文字が美しくからみあったデザインだ。数年前にギリシャ人の彼氏からもらった金のアクセサリーで、二人の名前の頭文字があしらわれていた。

「それなのに、あなたは別の形の愛に寛容になることさえできない」

吐き気をこらえながらパウリーネはアクセサリーをしまった。

「下らない御託《ごたく》を並べるのはやめてください。気がおかしくなりそうだわ」

「どうやら薄っぺらな教養しかお持ちでないようだ」

「ええ、そのとおりよ。私に教養があるかどうかをあなたがどうしても知りたいというのならね。子どもを襲い、痛めつけていたと思ったら、今度は教養やら公平やらを持ち出して保護を求める。そんな人に対しては、私はとても穏やかではいられません。実際、社会が教養とか公平さの原則にもう少し無頓着だったらよかったのにとよく思いますし」

「あなたのその願いは、かないつつあるんじゃないでしょうか」

二人の会話は本筋からそれつつあった。パウリーネはそれに気づいて元の軌道に戻した。

「私の質問に答えてください。そうしたらこの話し合いもすぐに終わります」

「ええ、アランは映像を売っていましたよ」

それ以上は何も言おうとしない。パウリーネは男をせかした。

「斜に構えるのはやめてください。私だって、かまをかけて聞き出したりしたくはないんです。あなたがちゃんと話をするか、私がさっさと帰るか、二つに一つです」

男は辛辣な口調を取り戻した。

「アランは自分の店で映像を売っていました。たくさん顧客がいたんです。特にユトランド半島の客がね。とても慎重だったので、自分の知り合いにしか売らなかったし、現金決済しか受けつけなかった。それも、受け取るのは紙幣だけです。高い料金を取っていましたが、まさに高品質だった。顧客は最低でも年に三回は何かしら買わなければなりませんでした。そうでないと、二度と売ってもらえなくなるんです。でも、客のほとんどが毎月買っていました。この商売を彼は長い間やっていたんですよ。昔はビデオテープでしたが、今ほど質はよくなかった。一、二年前に仕入れ先を変えたのだと思います。素材はドイツから持ってきていたのでしょう。それをあの兄弟が自分たちでコピーしていました」

「フランク・ディトリウスンも関わっていたんですか？」

「そうです。アランはフランクなしでは何一つできませんでしたよ。そもそもフランクを怖がっていました。フランクがブレーンです。アランはあんな商売を自分一人で切り盛りするには頭が悪すぎましたから」

パウリーネはダウブラデット紙を一部取り出すと、話し相手の前に置いた。彼の引きつった顔を見て、彼女はふっと笑った。

「この中で知っている人はいますか？」

「全員知っています」

「彼らはあなたと同じようなことを子どもたちにしていたということですか？」

「そうです」

「彼らは旅行に行くはずだった？」

「タイに三週間滞在する予定でした。フランクが手配していました。信じられないほど安かったんです。一万クローネもかからない。高級ホテルの宿泊費に食事代、近郊の日帰り旅行がすべて込みでした」

「どうやって客を募集していたんですか？」

「知りません。おそらくホットドッグ店で勧誘していたのではないでしょうか？　でも、人目につかないようにやっていました。あの兄弟はいつもそうしていました」

「あなたは誘われなかったんですか？」

「休みが取れなかったんです」

「アラン・ディトリウスンは？　彼も休めなかったんですか？」

「彼は胆石で入院していました。フランクは代わりの人を見つけたのでしょう。誰だかわかりませんが、それほど難しくなかったでしょうね」

「フランク・ディトリウスンが一人ですべてを手配したのでしょうか？」

「そうは思えません。確信はありませんが」

「もっと詳しく話してください」

「ええと……どうもフランクの古い友達の一人が、ドイツに映像を仕入れにいってくれていたようなんです。ですから、その人も旅行の企画に関わっていたと思うのですが、一度も会ったことがありません。フランクがみんな秘密にしていたんです。アランは何も口出しできなかったのでしょう。私のように、そういう人がいたことを知っている人間自体、珍しいんですよ」

「古い友達ですか。なぜ古い友達だとわかるのですか？」

「兄弟は以前住んでいたところでその人と知り合ったそうですよ。シェラン島です。正確な場所は覚えていませんが」

パウリーネの心の奥底からは、誇らしさと喜びが混ざったような感情がわき上がっていた。今、得られたばかりの情報は、これまでの捜査でつかんだ手がかりの中でも、解決に向けた最大の突破口になるかもしれない。彼女はさらにいくつか質問したが、男にはそれ以上何も話せることがなかった。

「わかりました。ここまでにしておきましょう。最後にもう一つ。それに答えてくださったらもう帰っていいです。これは私が個人的に知りたいだけなのですが……。どうしてあなたたちは誰一人として私たち警察に進んで協力しようとしないのですか？　六人の……仲間が殺されたというのに。警察はあなたたちの仲間を狙う殺人犯を探し出そうとしているんですよ」

男は失笑した。うれしさのかけらもうかがえない笑みだった。

「私たちを狙う殺人犯が見つけ出せるというのですか？　なんておめでたいんだ」

彼は立ち上がり、足早に去った。

ホテルに戻ってきたパウリーネは熱いシャワーを長々と浴びた。信じられないような夜を過ごした。試合もしかり、面談もしかりだ。早くすべてを女伯爵に話したくて、うずうずしていた。古い友達――捜査が間違いなく前進することを意味するこの言葉を言いたくてたまらなかった。

シャワーを終えると、彼女は裸のままベッドに腰かけ、時間をかけて体にクリームを塗っていった。視線がノートパソコンに止まった。十分間の不快な映像に立ち向かうときが来た、とパウリーネは感じた。何も考えずに映画を再生し、やがて後悔した。ひどい映像だった。とてもつらかった。おののきながらも、その映像から目を離せなかった。

男の子はまだ幼かった。あまりにも幼すぎた。こんなにも残酷な人間が世の中にいるなんて。そんな言葉を叫びながら、動画を止めてしまいたいと思っても、体を動かすことすらできなかった。パウリーネが見たのは地獄だった。彼女は泣き出した。最初はさめざめと、そのうちに大粒の涙を流した。ノートパソコンの画面を足で蹴り、目を手で覆った。それでも映像が頭から離れない。呆けたように体を前後に揺らした。ペンダントが濡れた髪の毛にからまった。ひたすら映画以外のことに気を集中させようと、必死になってペンダントを外そうとした。だがその両方とも上手くいかなかった。そのときカフェテリアで会った男のことが記憶によみがえり、むさぼり食われるような怒りに襲われた。高品質――あのブタ野郎はこの邪悪さの発露をそんなふうに描写したのだ。高品質だ、と。彼女は涙を拭いた。最初はむき出しになった自分の腕で。それから、ハンカチをバッグから取り出して拭いた。試合のときのりんごはまだバッグの中にあった。パウリーネはそれを全部食べた。芯もなにもかも。食べている間に、怒りは抑え込まれた激しい憎しみへと少しずつ凝縮されていった。携帯電話が鳴った。液晶画面には女伯爵の名前が表示されている。パウリーネは立ち上がった。ペンダントの留金はまだ外していない。彼女は鎖を一気に引きちぎると、床に投げつけた。髪の毛も一房、あとを追うように落ちていく。果物は彼女の脳に糖分を供給してくれた。頭の中でぼんやり考えていたことが今一度はっきりしたのだ。あまりにも鮮明で驚くほどだった。パウリーネは自分に問いかけられた問題をじっくり考えた。先週の金曜日、彼女は、女伯爵から自分の意見に従うように脅しをかけられ、それに屈した。女伯爵の知性をうらやんでいたからかもしれないし、素敵な夏の別荘を所有しているような人にはかなわないと思っていたからかもしれない。おそらく税金対策の一環なのだろう。そうやって、金持ちはさらに金持ちになっていくのだろうが、それはまた別の話だ。さまざまな思いが次々に頭をよぎる中、パウリーネは少し時間稼ぎをすることにした。

「ちょっと待ってください。バッテリーがなくなりそうなんです。充電器を見つけないと」

夫婦間で起こるようなことは仕事での関係でも起こることが多い。あまりにも意見の不一致が大きいのなら、その人とは別れ、ほかの相手を見つけなければならない。結局、パウリーネは女伯爵と違って、あの殺人行為を是認していたのだ。近親相姦の被害にあった子どもたちは、自分の両親を憎んでおり、人々は小児性愛者たちを執拗に追跡する。それは当然のなりゆきだ。今日一日、彼女は正義のため、日曜日だというのに働きに働いた。そして善良なる神は、虐待された子どもをその報酬として彼女の前によこしたのだ。神の利他主義、神の慈悲など、五歳の迷える子どもの幻影によって遠いかなたへと消え去ってしまった。そしてもう一つの真実、もっと単純な真実が扉を叩いている。平凡な人間の考える正義、底辺に生きる人々の良識だ。古きよき復讐である。パウリーネは準備を整えた。そしてまず話を聞いた。女伯爵はあと一時間で戻るらしい。予想より時間がかかってしまったという。それを聞いた彼女の返事には、一寸の躊躇もなかった。

「それならもう私は寝ることにします。明日会いましょう。ハンドボールの試合会場で会った男は、見込み違いでした。何も知りませんでした」

パウリーネは電話を切った。そして顔をしかめた。突然、体全体が羞恥心に襲われた気がした。ずっと裸のままだったからかもしれない。

47

二人の男が畑の中をふらふらと歩いていた。秋の気候は、散歩にはとても適しているとはいえなかった。泥がスティー・オーウ・トアスンの長靴にこびりついていた。イーレク・マアクの靴はだめになってしまい、ズボンも膝のあたりまで濡れてしまった。イーレクは自分を責めるよりほかなかった。悪天候と霧にもかかわらず、都会者の彼は外に散歩にいくと言って譲らなかったからだ。農夫のスティー・オーウが折れ、どこを歩くかを都会者の決断に任せたのである。

「ギリシャはどうだった？　いい旅行ができたかい？」

スティー・オーウは口ごもった。

「忘れちまいたいよ。女と出会ったけど……まったく上手くいかなかったんだ。そんなことより、キャンペーンの進み具合でも話してくれないか？　正直、その話をするほうがずっといいね」

イーレクはうなずいた。女の話を聞かされずにすんでほっとしていた。

「いろいろやらなきゃいけないことが山積みだよ。支持の声が国中の至るところから届いているんだ。電話、ファックス、電子メール、SMS……。中には僕たちに直接会いに来る人もいる。いろんなことが起きたよ。とにかく最高なのは、小児性愛者のデータベースが出来上がったことさ。犯罪記録と戸籍、それからミゼルファートでキノボリが盗んだ顧客リストから作ったんだ。ピア・クラウスンは、ずいぶん前から作業に取りかかっていたらしい。あの人は資料の整理に長けていたんだなあ。『累犯の脅威と強迫症的な性的逸脱』……これが、彼が自分のレポートにつけたタイトルだ。

まだベストセラーじゃないけど、素晴らしい仕事をしている。それに加えて、僕たちは非常に有効な情報網を記録的な速さで創り上げた。報道の世界や国会でさえ、五分おきに入ってくるような緊急の案件以外はわずかな動きしかできないというのに。そして今夜、僕はテレビのプロデューサーと会う約束をしている。ドキュメンタリー報道界では伝説と呼ばれる人物だけど、それが誰かはまだ口外しない約束なんだ。ピアがある娘さんを彼に紹介してね。その娘は見るからに逸材だそうだ。彼女は僕たちのキャンペーンを支持している。彼女へのインタビューを準備中なんだよ」

「すごいね、とてもすごいよ。でも普通の人たちはどう思っているんだろう？ おれが知りたいのはそこなんだ」

「そうだなあ。今朝ダウブラデットが発表した動画は寝耳に水だったと言っていいだろう。こんな展開は前代未聞だ。最もインパクトがあったのは、あのトーア・グランの卑猥な言い草だったと思う。なんの話をしているかわかるかい？」

「ああ、わかるよ。動画は見てるから大丈夫だよ」

「それなら、誰にとっても強烈だったんだな。僕は、初めてあれを見たとき、すごくうれしかった。〝三番の小さないたずらっ子〟……この言葉が多くの人々の心の中に焼きごてで刻印された。暴力に反対していた穏健派の人々が、突然……なんといったらいいだろう、反対だとは言い切れなくなったんだ。もちろん、殺人はとがめられるべきだ。でも一方で……わかるだろう？ 実際にはテロや拷問と同じような効果があるのさ」

「その辺のことはあまりぴんとこないけど、まあいいや。そのサイトにはどれくらいの人が登録してるのかい？」

「今のところ約八千人だな。今日中に一万二千人には到達するだろう。献身的にこの活動に参加している人たちにはほっとさせられることが多い。仕事を失いかねないことになってもかまわないという覚悟のできている人が大半だし、お金を寄付したいと思っている人もいる。アメリカの三大宗教団体を代表する二人の魅力的な男性に会う機会があってね。政治的には非常に右寄りな人たちだけど、たくさん資金を持っているんだ。彼らは匿名で資金援助をしたいと申し出てくれた。今後、新聞各紙に一面広告を集中して打つときは資金提供してもらうことになっている」

「じゃあ、サイトに登録だけしている人たちは?」

「登録者は三つのグループに分けられている。まず、ほとんどの人が地元で組織を作り、キャンペーンを始めている。これが一つ目のグループだ。そして二つ目のグループは僕たちに協力するよう依頼された人々。たとえば、デンマークと諸外国での小児性愛犯罪に対する刑罰の違いについて研究している二人の法律家がそうだ。彼らの研究成果は明日、インターネットサイトにアップされる。彼らのレポートはありとあらゆる職種の幹部クラスの人々に送られることになっているんだよ。とはいえ、僕たちが活動を行うにあたって、あまり物理的に大規模な団体になるのは好ましくない。そして最後のグループは、そうだな、言ってみれば……気性の荒い人たちだね。こういう人たちもたくさんいるけど、ある程度、距離を保つようにしている。それからキャンペーン内部の人々もそうだ。たとえば、僕の会社の労働組合の代表は、自分たちが分類されているとは知らないからね。わかるかい?」

全体的にしっくりこない話だったが、スティー・オーウはうなずいた。そしてしばらく考えた末に口を開いた。

「一種の戦いをやっているんだよね。そういう認識でいいのかな?」

「大きな支持を受けていることは間違いないね。だから と言って、マスコミをコントロールしているとうぬぼれてはいけない……。すでに余波も起きているし、まったくのバラ色というわけでもないから。ちょっとこれを見てくれる？」

イーレクはポケットからワッペンを出した。横長で、黄色地に黒い文字で「5、6、…7、10、20！」と書かれている。

「高校生が作ったんだよ。はじめは五人の小児性愛者が殺され、それが六人になり、やがて、七人、十人、二十人になるだろう……なんて、これはいくらなんでも行きすぎだ。大半の人は、こんなものを見せられたら嫌気が差すだろう。この言葉が、あちこちにスプレーで落書きされているものだから、一般の人はいい気持ちがしないだろうしね。残念ながら、僕たちもたいした対策が打てないんだ。ある人物が印刷されているTシャツを着ている人たちもいるんだよ……誰だと思う？」

「ピア・クラウスンだろ？」

「ああ。見たことあるのかい？」

「うん。おれの逮捕についての記事を君がインターネットに載せてから、まるで巡礼地みたいに人々が訪ねてくるようになった。みんな燃料を持ってきてさあ、マイクロバスがあった穴に投げ入れるんだ。今じゃほとんど儀式みたいになってるよ。ガソリンやほかにもたくさん、いろんなものを持ってくるんだ。昨日の夜はマグネシウムだった。まるで花火のように何時間もピカピカ光っていてね。今朝そこを通ってみたら、人がいっぱい来てた。そのうちの一人がピア・クラウスンのTシャツを着ていたんだ。みんなに見せびらかすようにジャンパーの上に着ていてね。警察は火の対処に悪戦苦闘していたようだ。最初はただ穴の周りにプラスチックのひもで囲いをしただけだったけど、すぐに誰かが引きちぎっちゃうし。そこで今度は可動式の塀を設置したんだ。それを取りつけるのに午後中かかったっていうのに、その塀もまた次の日の夜には持ち去られてしまった。まるでいたちごっこだよね。監視塔でも置くよりほかないんじゃないかな」

二人は畑の外れに着いた。上に伸びたハシバミやスローなどの低木のおかげで大きく感じられる低い石垣が、湖へと下る平原と彼らのいる畑とを隔てている。

二人の男は石垣の上の垣根をくぐり抜けた。このまま下っていけばその先には、秋の森が、雨で暗くなった静かな湖の前にただ厳《おごそ》かに広がっている。イーレクは石垣の上に乗り、その風景を愛《め》でた。

「ここで暮らすのはきっと快適に違いないね」

彼は石垣の低くなったところから飛び降りると平原の草むらの中をかき分け、張り切って歩き出した。だが、連れがそれを制止した。土がぬかるんでいて歩きづらい状態になっていたからだ。

「確かに留置場よりは快適さ。でも、お願いだからそこは通らないでくれ。さもないとトラクターをとりに帰って、君をこのザウアークラウトから引っ張り出さなきゃいけなくなる」

スティー・オーウは、石垣沿いの細い獣道にイーレクを連れてきた。

「ところで、取り調べはどんな感じだったんだ?」イーレクが尋ねた。

「二十四時間態勢で監視下に置かれたけど、何も起こらなかったね。ときどき、手短に尋問された。毎回違う人が担当だったけど、誰もおれを罪に問えなかった」

「どうして君を罪に問うことができるというんだ? 自分の畑の中で火を焚いていたからか?」

「警察もそういう結論に達したんだろうね。でも、本当はおれを休みなく責め立てたかったのかもしれない。判事の承認なしで拘束できるぎりぎりの瞬間まで、おれはあそこにいたわけだから。最後に殺人捜査課の刑事がやってきたんだ。アーネ・ピーダスンとかいう名前だった。すごく感じのいい人だったけど、ほかの人に比べてはるかに危険な人のように感じた。おれがもらったお金で何をしたのか、彼は興味津々だった。知らない人からもらったと言い張ったお金の使い道を気にしていたんだ」

「なんて答えたんだ？」

「慈善団体にあげたって答えたさ。ある意味それって本当だし。それ以上あの人はしつこく聞いてこなかった。だけど、明日コペンハーゲンでもう一度事情聴取したいからって、呼び出されてる」

「わかった。その場に記者が集まるように手配するよ。たいして難しいことはないさ。記者の前でもいつもと同じで、君は何も言わなければいいんだ。僕のところで木曜日にやる君のインタビューを宣伝する以外はね」

「詳しくは、木曜日にViHader-Dem.dk《やつらがにくい》で」

　スティー・オーウはそう言って笑った。だがイーレク・マアクは笑わなかった。広告とは真剣勝負なのだ。

「そうだな。そんな感じだ。もうど派手に宣伝したからね。手厳しい内容だ。ほかには何かあった？」

「ないよ。いや、強いて言えばあるけどね。ヘレから手紙をもらったんだ。手紙らしい手紙だったよ。例のおじさんのことや、これまでのことすべてのせい調子がよくないって訴えてた。だから昨日、おれはヒレレズまで行って、電話ボックスから公衆電話をかけたんだ。そしたら、なんていうか、すごく酔っ払っている感じで、本当に不幸せそうだった。でも、君によろしく伝えてくれって頼まれたよ。それからキノボリにも会うことがあったら同じように伝えてって。おれはキノボリに会うなんてそんなことが起こらなければいいなと、ひたすら願ってるんだけどね」

　イーレクは即座に言葉を返した。

「心配するな。あいつはもうすぐドイツに出発する。今日から数日間、長くて今週末までは向こうにいる予定だ」

「なんであの人はすぐに出発しなかったんだろう？ホットドッグ屋の事件以来、もう全然信用できなくなったよ。そもそも、あれが終わったらすぐに身を引くはずだったのにさあ」

「そうだったな。まあ、今から身を引くんだからいいじゃないか。世間が僕たちを支持するようになってから、残念なことにあいつは自分が無敵だと思うようになった。とはいえ、奴を手の内に置いておくことは便利でもある。やりようによっては、マスコミに対して使える僕の最高のジョーカーなんだ。ある意味では君よりも使えるカードだな」

二人はしばらくの間、何も言葉をかわすことなく歩いた。風は絶えず、頭上の木々のてっぺんを大きく揺らし、そのたびに水滴が少しだけ落ちてきた。イーレクは自分の腕を何回か軽く叩いて体を温めようとした。

「それで、今はどういう状況なの？」スティー・オーウは聞いた。

「向こう数日間は、木曜日にやる君のオンライン・インタビューに備えて、人々の期待を高めていく。今日の午後から手を打っていくつもりだよ。そして、金曜日にデモの呼びかけを始める予定だ」

「もし、おれが警察に疑われて、留置場に入ることになったら？」

「そんなことにはならないよ。警察には君を留め置けるだけのわずかな証拠すらないのだから」

「それから？　おれたちの要求は？」

「それはインタビューのすぐあとで発表する予定だ」

「まだサイトには掲載されてないの？」

「いや、今のところ、デンマークの小児性愛者を社会的にもっと厳しい境遇に置くといった、いくつかの漠然とした方針しか表明していないんだ。でもこの考え方には誰もが賛成している。結局、この問題は政治に関わるものだから、政治家に対してがつんと圧力をかけるには、強力な手段を持ち出さなければならないんだよ。世論は口ばっかりで何もしない法務大臣を激しく攻撃しているけど、ほかの閣僚だって座したまま、向こう数週間で物事が体よく収まり、僕たちが逮捕されることを当然願いながら、嵐が過ぎるのを待っている。いいかい、動かさなきゃいけないのは政治家なんだ。高校生が数日デモをしたところで、彼らが眠れなくなるなんてことはない。先方が取引を迫られるようなものは現状ではまだ何も起きてないんだ」

「それなら、きっと政治家はデモやおれのインタビューもバカにするだろうな」

「もちろんそうだ。だが状況は僕たちに味方している。あともう一押しすればいいだけなんだ。残念なことに、このちょっとした一押しは、よくない形で世論に影響を与えてしまうだろう。でもそれは避けられないことで仕方がない。だから、あらゆる手段を用いて、状況が変わっていないかのように見せるのが大事になる。それはある程度までは可能だと思うよ。とにかく数日あれば……それでじゅうぶんだろう。むしろ視点の置き方とタイミングの問題なんだ」

スティー・オーウは立ち止まり戦友の肩の上に手を置いた。

「君とピアがあらゆることを細かく話し合ってきたのはよくわかったよ。だけど、君たちは二人とも、おれたちにちゃんと説明するのを忘れちゃってたんじゃないかな。君はあたかも、おれが次の段階を知っているかのようにしゃべってるけど、次の段階なんて知らないよ。ほとんどの場合、おれには君の話していることがよくわからないんだ」

イーレクは降参したかのように両腕を広げた。

「すまないね。事前に話しておくべきだったよ。だけど次の段階は、今朝やっと動き始めたばかりなんだ。ついに小児性愛者のデータベースが第三グループに送付された」

スティー・オーウの表情は、相変わらずイーレクの言葉が理解できていないことを物語っていた。イーレクはもってまわった言い方をやめた。
「暴力が始まるんだよ」

48

イーレク・マアクが手配し、インターネット配信された小児性愛者データベースは、デンマークの人々に衝撃を与えた。特にユトランド半島は該当者が抜きん出て多かった。ディトリウスン兄弟の顧客リストを使用したせいで、地域ごとの人数のバランスが大きく崩れていたのである。

エスビェア市クヴァグロンでは、ある建物の前に人々がたくさん集まっていた。全員が首を後ろに傾けて、六階に住んでいる男を悪意に満ちたまなざしで観察していた。男は人々のずっと上の方で、窓枠にまたがり、片方の手で窓枠をつかみながら泣いていた。時折、ぎょっとしたような表情で下の方を見つめる。中年女性が興奮した口調で怒鳴っていた。身につけている青色のキツネの毛皮のコートは、彼女がここの住民でないことを示していた。

「さあ、飛び降りなさい、このウジ虫が。さあ、飛ぶのよ！　人生なんてどうせ短いんだから」

ほかの人々から少し離れたところで、バイクにまたがった若い男がさらにそれをあおっていた。

「そうだ、やれよ！　さっさとしろ、クソ野郎が。おまえとおさらばしたいんだよ、このカマ男め」

一階の台所の窓が開き、チェックのエプロンをつけた赤毛の太った女性が顔を出し、階上を見上げた。先の毛皮の女性が言った。

「子どもを買春してたのよ。こいつはナクスコウで二人の子どもをレイプしたかどで一年半食らっているの。私たちの子どもたちが、こんな野郎が野放しになっているところで育つなんて恐ろしいわ」

「私たちの子どもですって？　あなたがここで子どもを育ててるなんて驚きだわ」

毛皮のコートの女はそれには答えなかったが、隣にいた男性が代わりに、下手なデンマーク語で答えた。

「私、彼のドアの外に、子どもが四人いる」

一階の女性は集まった人々に中指を立ててみせてから、ぴしゃりと窓を閉めた。叫び声は続いていた。ほどなくして警察の車が現れ、男女二人の警官が降りてきた。二人ともまだふくれあがっていく人混みをかき分けて進み、建物の中へと消えていった。六階の玄関のドアは、〝汚いブタ野郎〟、〝児童レイプ魔〟、〝くそったれの汚らしい変態〟といった憎々しげな落書きで覆われていた。いくつかアラビア文字も書いてあったが、デンマーク語以上に感じのよい内容ではなさそうだった。男性警官が取りつけの悪いドアノブを一発蹴ってドアを開け、女性警官が先に入った。彼女は自殺志願者から数歩離れたところで立ち止まると、同僚が足を引きずりながらついてきた。窓際にいる男は絶望していた。

「もしこれ以上近づいたら、手を離すぞ！」

女性警官は見つけてきた椅子に、静かに腰を下ろした。通りから伝わってくる怒号は拍子を合わせたコーラスのように一つにまとまって聞こえた。飛び降りろという音頭は住居の中にも響き渡っていた。家から家へと時間差で反響し、低い不協和音のように聞こえた。

「ではここにいます。あなたと話をしたいだけですので」

男は反応しなかった。

「飛び降りる必要なんてありませんよ。そのうちおさまりますから」

女性警官はゆっくりと、説きふせるような口調で話した。だが、その言葉も通りからわき上がってくる審判の声にところどころかき消されてしまう。彼女は怒号を止めさせようと同僚を階下に送った。男は、まるで女性警官が救命用の浮き袋であるかのように、すがるような目つきで見つめた。だが、彼はひどい考え違いをしていたのだ。二人きりになると、女性警官は突然態度を変えた。子どものころ、彼女はパパの小さなお人形さんだった。パパがアルコールで身を滅ぼすまで。小さないたずらっ子、小さなお人形さん……ここ数日の出来事は彼女の傷を再びえぐり出したのだ。女性警官は立ち上がり、男に近づいた。

「飛び降りるか戻るか、どちらかにしなさい。本当のところ、どっちにしたって、私に言わせればクソ食らえだわ」

男は信じられないといった様子でしばらく女性警官を見つめていた。そして手を離した。彼が飛び降りると歓声があとに続いた。

一方、ヘアニング市南部のアーンボーでは、食料品店主がひどい目に遭っていた。理由さえ理解できなかった。三人の顔なじみが挨拶もしないで店に入ってきたのだ。何も言わず、ものものしい様子で、買い物かごも手に取らず、そこに立っていた。そのうちの一人がジャムやマーマレードが並んでいる棚のほうへ行き、もう一人はワイン棚のそばに、最後の一人がレジの前に立った。突然、ジャムの瓶が床のタイルに落ちて割れた音が店中に響き渡った。

「おっと、本当についてないね」

「いいよ、カーステン。よくあることだ」

「そうだね。えーっ、またおっこっちゃったよ。おっと、おっと、おっと」

彼が声をあげるたびにガラスの割れる音が規則正しく響いた。

「いったい、何をしてるんだ。みんな店から出ていってくれ！」

ワイン棚のそばにいた男は、ボトルを二本、手に取ったところだった。

「このワインは二本ともよさそうだね。是非今夜飲んでみたいな。おや、なんて俺って、ぶきっちょなんだろう。本当にもったいないことしちゃったなあ」

レジの前で黙りこくっていた客は少し身を乗り出して、店主の肩に手を置いた。店主は大柄だったが、客はそれを上回る背の高さだった。

「あのやせっぽちのサーヴァズは、ここの店員だったよな。違うか？」

「違う。もううちの店員じゃない。そのせいであんたたちはうちの商品をだめにしたのか？　今朝、あいつをクビにしたんだ。知らなかったんだよ、奴がその……わかるだろう？」

それを聞くと三人の男たちは笑い、一人が財布を取り出した。

「ああ、そういうことなら話は違うな。おまえさんは奴のむかつく行いにもかかわらず、奴を守ろうとしているって聞いてたからさ。じゃあ、ジャム五個と赤ワイン二本だな。それからキングスを一箱もらおう。おまえさんにもビールを一杯ごちそうするわ」

金ももらい、ビールをおごってもらうことになった店主は胸をなでおろした。

「わかった。それでいい」

そして店の奥に向かって怒鳴りつけた。

「マウダ、雑巾とバケツを持ってきて、ちょっと片づけを手伝ってくれないか？」

それから客のほうに向いて言った。

「まったく、なんで先に聞いてくれなかったんだよ。だいたいみんな俺のこと前から知ってるだろうに！」

三人は少し恥じ入った様子でうなずいた。実際そのとおりだった。彼らは店主と知り合いだった。

49

「赤い服の女の存在は、ピア・クラウスンの人生において、何らかの意味を持つに違いないんです。年齢や社会的地位の差を考えると、二人の関係は特別なものだったと思われます。もちろん、どこから捜査を始めればいいのかもわからないという問題はありますよ。一台の車、赤い服、あの店での二回の出会い……どれも二年以上前のことですから。捜査のよりどころにするには、あまりにも貧弱ですよね」

話を聞かされているコンラズ・シモンスンは、じれったそうにぶつぶつ独り言を言っていたが、ポウル・トローウルスンは動じなかった。話の導入部をいいものにするためには、時間をかけなければならないのだ。

「カスパ・プランクは、売店の店主のファルシャッド・バフティシューと息子たちがあることを覚えていたと言っています。赤い服の女性は軽く足を引きずっていたそうです」

「それは確かに変だな。それで？」

「なんでもないことかもしれませんが、もう一つ新たに着目した点があります。女性が名前と住所を書いて売店に残していったメモについては、店主の息子の一人が、ある特徴を覚えていました。女性が記載した住所にvejで終わる単語があったというのです。〝通り〟という意味の言葉なので、もちろんそれ自体はさして役に立たない情報ですが、重要なのは、jの文字の上の点がハート型をしていたということです」

「どういうことだ？」

「私はゲントフテ近郊で育ったのですが、この町の標識には特徴があります。たとえば、その標識に記載されている単語がvejで終わる場合、jの文字には小さな赤いハート型の点がついているのです。ところが、ほかの単語の場合は、jの文字、iの文字には、単に黒い点をつけるだけです。このハートのマークのことを知っているのは、基本的にゲントフテの住民だという以上の示唆はありませんがね。もちろん、この書き方をとてもかわいいと思って、自分の住所を書くときに真似する人もいますよ。たとえば母は、はがきを書くときいつもそうしていました。赤い服の女性はかなり書き慣れていたようですので、この町の住民の特徴に合致しているのではないかと思うんです」

「わかった。その理屈はもっともだな。謎の女性はゲントフテに住んでいるかもしれない。続けてくれ」

「ピア・クラウスンは、生涯で二度、ゲントフテとの接点を持っています。最初は、子どものころ。二回目は、娘の就学のときです。赤い服の女性の年齢を推測すると、彼女とクラウスンの関係は、亡くなった娘に由来していると思われます」

「それもそのとおりだな。でも、それじゃ仮説の上に仮説を組み立てていることになるぞ」

ポウルは反論を無視した。

「一九九三年一月にスウェーデンから戻ったヒリーネ・クラウスンは、ゲントフテにある小中学校の九年生に編入しました。翌年、彼女は、その隣にあるアウラゴー高校に入学します。グラズサクセに住んでいたのに、ゲントフテの学校に行っていたという事実を知った時点で、我々はすぐにおかしいと気づくべきだったんですよ。普通ならありえないことなので」

コンラズは口を挟んだ。

「その話なら私も知っている」

ポウルはいぶかしげに上司を見た。この事件に関連する報告書はいまや数百件にものぼり、彼自身は昨日になってやっと今挙げた点に気づいたのだ。部下から不審がられていると感じたコンラズは、憤然とした口調でつけ加えた。

「確かに当初、我々はその点には着目していなかった。だが数日後に、アーネがスウェーデンに行き、理由がわかった。ヒリーネ・クラウスンがデンマークに戻ったとき、彼女は心理療法を拒否した。そこで父親はほかの方法を見つけてきた。彼の同僚の妻が、コペンハーゲンで心に傷を負った子どもたちに関わる仕事をしていたのだ。その女性は、ゲントフテの小中学校でカウンセラーもしていた。ピア・クラウスンはその女性を訪ね、彼女は援助を約束した。ヒリーネの学校を決める際に、柔軟に対応してくれるよう、ゲントフテ市長と結婚した友人に話を通しておいてくれたのだ。残念ながら、ヒリーネは自身が必要としていた援助を受けることはなかった。ヒリーネへの対応がじゅうぶんでなかったことが、結局は八人の死を招いたのかもしれない。私がその話を知っていると言ったとき、素直に信じてくれて、心から礼を言うよ」

「すみません、ただ私は……」

「いいから話を続けてくれ。どこから取りかかろうと考えているんだ？　ゲントフテ市の小中学校にも、高校にもそれぞれ別のチームをすでに派遣した。彼らの捜査によって相当な成果がもたらされている。それ以上何を持ち帰れると言うんだ？」

「何もないかもしれません。ですが、そもそも、彼らの捜査はヒリーネ・クラウスンがスウェーデンにいたときにどの程度の性的暴行を受けていたのかを知り、彼女の死の状況を明らかにすることを前提にして行われていました。ですが、ピア・クラウスンと娘の同級生との関係には触れていません」

　コンラズはうなずいた。

「うむ、いいところをついてきたな」

「はい。これまでの捜査の成果のおかげで、どこから取りかかればいいのかを見極めることができました。報告書によると、一九九三年にアウラゴー高校の一年A組にいた女子生徒のグループには、リーダー的な存在の少女がいたということがわかっています。現在、その女性はヘレロプで小さな人材派遣会社を経営しています。早速、彼女と面会の約束を取りつけました」

　コンラズは腕組みをしたまま天井を眺め、決断を下した。

「もしかしたらおまえは亡霊を追いかけているのかもしれない。調査範囲をゲントフテに限定できたのだから、まずはメタリックグレーのポルシェを見つけることから始めるんだ。それから携帯電話の電源をいつも入れておくように。気をつけて行ってこい」

50

この捜査のためにじゅうぶん長い報道特番を組んでもらえることになったのは、前向きな出来事である。だが、月曜日に殺人捜査課とテレビ局の間で行われた準備会合は内容がないまま進み、前向きとはとてもいえない代物だった。コンラズ・シモンスン、アーネ・ピーダスン、女伯爵、パウリーネ・ベアウが警察を代表して参加した。テレビ局はプロデューサーとADを送り込んでいた。会合はコペンハーゲン警察本部で行われた。参加者全員が疲れていて、怒りっぽくなっていた。

プロデューサーは最初から一歩引いていた。まず、刑事たちに表現の自由の重要性を簡単な言葉で説明するという触れ込みで、無意味である以前に、まとまりのないことが問われそうな長いスピーチをぶった。そして、それを終えると、まったく何も発言しなくなってしまった。週末の暴飲の後遺症に耐えているらしく、吐く息はビールがすえたようなにおいを発していた。そのせいで、彼の両隣の席は空いたままだった。ADはノートパソコンにひたすら文字を入力している。彼女がすべてを記録することになんの見返りがあるのか、周囲は測りかねていた。ほかの参加者は一様に当惑していたが、誰も何も言わなかった。

番組では動画の三つの場面がそれぞれ一分程度の長さに編集されていた。最初の場面は被害者の輸送に関わるもの、二つ目は被害者の殺害を映したもの、そして最後に編集された最も短い三つ目は、学校とアーアスー近郊のクライメの畑の間を走ったマイクロバスの道程をカバーしていた。いずれもまだコメントの録音が入っていなかった。それぞれの動画はCG処理されている。つまり、実際の俳優を使うのではなく、動く人物像が描かれた3Gイラストを用いているため、リアルな生々しさには欠けていたが、そのほうが迅速に修正できる利点があった。それぞれの動画のあとに、警察はコメントを発表し、まだいるかもしれない目撃者に向かって呼びかけができるという。果たして、どのようなコメントをすべきなのだろうか。どんなタイプの証人を見つける必要があるのだろう？

コンラズ・シモンスンは手にしたリモコンをテレビ画面に向けた。最初の場面はまだ終わっていなかった。

「もっと見るか？」

残りの三人が珍しくそろって異議を唱えた。プロデューサーはほっとした様子だった。ADはキーボードを打っていた。いったい彼女は何をそんなにメモする必要があるのだろうと全員がいぶかっている。アーネ・ピーダスンは自分の意見を繰り返し訴えた。

「僕はこの女性に力を入れたいんです。動画には彼女が注射を担当し、体重に応じてステロイドの量を計算したことには触れていません。医学の教育を受けたという推理も強調されていないんです。彼女が医師、看護師、看護助手、助産師、獣医、医学生かもしれないと、すべて言及すべきです」

目新しい話は何もなかった。まったく何回同じことを繰り返せば気がすむのだろう。そう女伯爵は考えていた。そこですぐさま、話を引き取った。

「私はあくまで、捜査の取りかかりとしてはマイクロバスがよいのではないかと考えています。たった六人しか大人の目撃者がいないんです。ほかにもきっといるはずですし、マイクロバスのメーカーや製造年、ナンバープレートの情報を入手できるかもしれません。このマイクロバスが、どこからかやって来た以上、誰かが買い、誰かが売り、それを登録したわけで、所有者がいるはずなのです。我々のほうで調べないということであれば、クライメの専門家からの調査結果を待つことになりますが、やっと司法共助の通達が認められたばかりですので、もしかしたらなんらかの妨害工作があったのかもしれません」

パウリーネは女伯爵の意見を、単に二倍の数の単語を使って繰り返した。まるで身を守るすべもない男性たちに頭痛を起こさせるために、わざとやっているかのようだった。アーネは反論の準備をしながらそんなことを考えていた。

「マイクロバスの件は、いったいどうなってるんだ？いつになったら仕様に関する報告書が届くんだ？」コンラズはアーネに尋ねた。

「問題があったんです」アーネは沈んだ面持ちで答えた。「あの場所に人を近づけないようにすることにまず失敗してしまいまして。炎を絶やすまいと、人々が畑の穴の中にさんざん下らないものを投げ入れたんです。しかし、早いうちに結論が出ると思います。専門家が言うには、火が自然に消えるのを待つほうがいいそうです。そのほうが、あるかもしれない証拠を台無しにするリスクが低くなるとか。早ければ三日後には、我々に回せるような情報をいつ入手できるか、知らせてくると言っています。その情報から何かしら役立つ結果が得られるまで、何週間、いや、何カ月もかかるかもしれません。そもそも結果が得られるかさえ確実でない状況なので。それに、ここ数日、あの穴の中の温度が一〇〇〇℃以上になっていたということを考慮に入れなければならないでしょう」

コンラズはいらだっていた。まるで悪いニュースを追い払わんとしているかのように首を振る。汗はかくわ足は痛むわで、集中できず、女伯爵とアーネの見解の間で迷いつづけていた。そこで妥協を試みることにした。

「マイクロバスについてコメントし、目撃情報をつのる。だが、今回は例の女性をメインに取り上げてもらうようにする」

この決断を全員が受け入れた。ただし、ADは別だった。第一線での輝かしいキャリアが約束されているような実力の持ち主らしい。そんな彼女が、ほんの少しの間だけ、キーボードを打つのをやめ、話し合いに参加した。発言するのは初めてだった。か細い声は全員の注意を集めた。

「メッセージはシンプルにお願いします」

振り出しに戻ることになった。

パウリーネはADの細い首をしげしげと見つめながら、絞めてやろうかと真剣に考えていた。コンラズは額の汗をハンカチで拭き、プロデューサーはまったく悪びれることもなくあくびをし、アーネは再び自分の主張を新しいバージョンで言い直そうとした。

作業は道なき道を行くような様相を呈していた。しばらくののち、ついに最初の動画につけるべきメッセージについて合意に達した。メッセージはシンプルなものになった。コンラズは結局、アーネの意見を採用し、今回は薬を持っていた女性に焦点を当てることにした。この女性は、マイクロバスに乗り込んだところを、通りがかりのドライバーに見られている。スレーイルセ＝レングステズ間の高速道路のサービスエリアの奥で乗車したというのだ。その後、目撃者は通報自体を取り下げたが、そのときは誰も目撃者が態度を豹変させたことを重要視してはいなかった。

二番目の動画は四回繰り返して再生された。細かい修正をいくつか入れたあと、どんなメッセージをつけるかが問題になった。ここで、プロデューサーはいったん席を外した。警察側はみな、建物のカーブした構造のせいで彼が迷子になるのではないかと心配したが、プロデューサーは顔をほてらせて戻ってきた。彼はどこかから見つけてきた強いビールを、静かにちびちび飲み始めた。アルコールのおかげで打ち合わせに参加する意欲がわいたようだ。実際、彼の貢献が会議を大きく前進させたのだ。酒くささと模範的な要素の一切ない振る舞いに目をつぶれば、彼は会議の進行係としては完璧だった。

全員が「カメラの男」というタイトルに同意した。それから、予想どおり意見が再び割れた。コンラズはこう主張した。

「フランク・ディトリウスンの隠れた友達？　アラスリウのきこりで殺人者？　スティー・オーウ・トアスンの見知らぬ人？　マイクロバス運転手でバウスヴェーアの死刑執行人？　すべて同一人物なのか？」

まさに根本的な疑問だった。

「そうですね」女伯爵は平然と答えた。

アーネはまたも反論した。

「そうかもしれません。ですが、それを期待してはあまりにもリスクが大きすぎます。捜査全体が横道にそれるかもしれません。当てずっぽうと予測に基づいて事を進めてはいけないと思うんです」

コンラズはアーネがさらに発言を続ける間、うつむいて考えていた。

「特にスティー・オーウ・トアスンが会ったと言い張る〝見知らぬ人〟については、実在しているかどうかさえ確証がないわけです。したがいまして、我々が知っていることを照らし合わせてみた場合、一人の男性、いや五人の男性、あるいは十人の女性の可能性もあります。この農夫は信頼できる証人ではありません。彼がメディア受けする大きなインパクトを与える可能性があるにしても、彼の動機は、はっきり特定できないのです。そして、あのどうしようもない畑の穴に、実際マイクロバスの残骸が残っているのかどうかさえも、わからないんですよ」

「専門家が最後の動画のシーンと彼の家から見た景色に継続性があると言っているわ」女伯爵が口を挟んだ。

「その継続性云々の指摘は暫定的なものです。そもそも、マイクロバスがそこに停車したということを意味しているとも限らないわけですし」

「最初から話を始めよう」とうとう、コンラズが割って入った。「フランク・ディトリウスンの謎の友人に関する話から始めるんだ。パウリーネ、かいつまんで説明してくれ」

女伯爵に頼めばいいのに、とパウリーネは思った。自分がフランク・ディトリウスンのいわゆる古い友達の話を秘密にしているということが、良心に重くのしかかっていた。昨夜の一連の出来事の流れが変えられるというなら、高い代償を払ってもいいとさえ思っていた。彼女は居住まいを正した。プロデューサーは彼女の胸の大きさを丹念に分析している。ADは相変わらずキーボードを叩いていた。

「現在、私たちが入手している情報は、隣人たちによる二つの証言と、インターネットからのものが一つだけです。去年、向かいに住む家の人たちが、三十代男性が数回にわたり兄弟を訪問するところを目撃しています。彼らは、その男が自分専用の鍵を持っていたと言っていますが、男についての彼らの描写は穴だらけなのです。明るい色の髪の毛、平均よりも身長が高め、やせていて、ひきしまった体格をしている。いつも徒歩か、フランク・ディトリウスンと一緒に彼の車で来ていたとのことです」

そこで急にコンラズが話をさえぎった。

「アラン・ディトリウスンの殺害についても要約しろ。木の切り方を中心に」

その声音は、驚くほどきつい印象を与えた。パウリーネは動揺してコンラズを見た。誰も何も言わなかったが、彼らも自分と同じように戸惑っていることが表情から読み取れた。彼女は与えられた命令に従った。上司の物言いについて考えてみても始まらない。結局ああいう言い方しかできないのだ。それにしても、このところの上司の機嫌の変わりやすさには驚かされる。心配と言ってもいいほどだった。幸い、パウリーネは木が切り倒された件についての事実関係は、ほとんどそらで言えるほどしっかり記憶していた。

「殺人犯は先週の木曜日の明け方四時から四時五十分の間に、木に八つの切り込みを入れて待機していました。木が最終的に倒れた時間は五時三十八分です。アラン・ディトリウスンはその直前に、ブナの棒で一撃されて殺されました。ホットドッグスタンドは破壊され、殺人犯は自分の荷物をかき集めて、ヴィズ広場一八番地にある住居の階段室に消えていきました。そして地下に降り、ガーヴァゲーゼ通り側の出口から出ていったのです。木があったところから彼の通った道なりにおがくずが落ちていましたが、そのうちに途絶えました。捜査の突破口になるのは、一八番地の階段室に残されていた四つの足跡です。もともとその建物は空き家になっていて、近いうちに取り壊される予定になっています」

女伯爵はやっと状況を理解した。パウリーネが報告を続けている間に立ち上がって席を外した。パウリーネがメモも見ずに、専門家の報告まですべて総括した直後に、女伯爵がマーデ・ボールプを引っ張って入ってきた。マーデは途方に暮れた様子だった。コンラズは、パウリーネにすぐさま話を中断させた。先程、話すように命じたときと同じくらい唐突だった。そしてプロデューサーに声をかけた。

「あなたのアシスタントは非常に真面目ですね。いったい彼女は何を書いているんですか？」

プロデューサーのむくんだ顔に浮かんだ驚きの表情を見た瞬間、少なくとも彼が何かの陰謀を企てているという一切の疑いは晴れた。

「僕も不思議に思ってたんですよ。いったい、なんでさっきから逐一メモを取ってるんだ、マリーイ？」

キーボードを叩く音が止まった。マリーイはマウスのほうに手を伸ばした。あともう数センチでマウスに手が届くというところで、女伯爵が彼女の手首をつかんだ。マーデ・ボールプがキーボードを打ち始めた。

最初にその状況についてコメントしたのはアーネだった。

「この野郎」

打ち合わせは中止になり、明朝に延期になった。プロデューサーは新しいADを見つけてくると約束した。彼が非の打ちどころのない演技派俳優だというのなら話は別だが、プロデューサーは見るからに動揺しており、なすすべもなかった。ADがインターネット上で誰に向かってレポートをしていたのかを知ることはもう不可能なのだ。チーム内の士気はこれ以上ないほど下がっていた。その理由は、あのADがもたらすであろう損害がどれほど大きいかということでも、警察内部の話し合いが今やサイバースペースのあちこちに散らばってしまったということでもなかった。もちろん考えるだけで不愉快ではあるが、それ以上でも以下でもない。最も厄介なのは、この出来事によって、一部の国民がおおっぴらに警察に歯向かう活動をしていることが、反論の余地のない証拠として提示されてしまったことなのだ。その場にいた何人かは、これまでそうした現状をあえて直視しようとしてこなかったのだが、もはやそうも言っていられなくなったのである。

コンラズ・シモンスンはチームに少しでも熱意を取り戻させようと試みた。

「別にたいしたことではない。状況は刻々と変化している。新聞各紙が捜査に関する情報を握っていたとしても、そのことが状況を変えるわけではない。こんな出来事は忘れて、仕事に取り組むことだ」

意外なことに、それに応酬したのはマーデ・ボールプだった。

「あれ、全然、新聞は関係ないよ。むしろネットで祭りになってるアンチおまわりサイトの一つが関係しているんだ。ああいうサイト、結構たくさんあるし」

そこにいた全員が驚いてマーデを見た。パウリーネがみなを代表して質問した。

「アンチおまわりサイトですって？　いったいどういうことなの？」

「え、まさか何もフォローしてないの？　たとえばGabestokken.dk《さらし台》とかSeksSyvSytten.com《六人・七人・十七人》とか、もちろん新聞に自分の体験を載せた人のサイトとか。ほら、自分がその……小さいときにレイプされたって言ってる人。それが一番大きなサイトで、ViHader-Dem.dk《やつらがにくい》っていうんだけど」

マーデはそこで黙り込んだ。口頭で報告するのは今でも苦手だった。パウリーネが助け船を出した。

「マーデ、その人たちは何をしているの？　私たちに説明してくれないかしら？」

「彼らを支持してるって言うために、そのサイトに参加することができるんだ。で、彼らはその……なんというか……子どもたちにひどいことをしたら重罪になるようにしたくて……」

マーデは顔を真っ赤にしている。言葉が出てこない。パウリーネは手を取って励ましてやりたいと思った。少し間を置いてから、マーデは再び話し始めた。

「つまり、僕が言いたいのは、本当に禁止するってことさ。アメリカみたいに。あの国ではああいったことは絶対にしてはいけないことになってるから」

「それ以外にどんな活動をしているの、マーデ？」女伯爵が質問した。

「それ以上のことはわからないよ。すみません」

アーネが戸口に立っていた。書類の束を手に、大きく息を吐いた。

「警察の保護を受けていない人たちが殴られたり、死ぬように仕向けたりしているんですよ。デンマーク国内で二十三件の事件が起きました」

彼はそう言いながらテーブルの上に書類の束を置いた。みながそれを読もうと身をかがめた。マーデ・ボールプが沈黙を破るまで、誰も口をきかなかった。

「僕、ネットにあるあの人たちのサイトにちょっと手を加えてもいいよ、もしよければ……」

パウリーネはマーデの口を手でふさいだ。マーデは今まで見たことがないほど真っ赤になった。そのとき、コンラズの電話に着信が入った。

彼はすばやい動作で応答すると、しばらくの間、相手の話を聞いていた。電話を切ったとき、そこにいた誰もが悪い知らせではないようにと願っていた。そして今回だけは、その願いは期待外れにならなかった。

「ポウルが赤い服の女性を見つけた。二人でこちらに向かっている」

51

人材派遣会社の経営者は魅力的な女性だった。ポウル・トローウルスンの調べによれば、この女性はまだ三十歳にもなっていない。一方で、彼女に対してポウルが抱いていた先入観は完全に間違っていた。自分の見てくれや会社の内装を気にしてお金を無駄遣いするようにはまったく見えない陽気で飾り気のない女性を前にして、やり手で傲慢な女実業家というイメージはがらがらと崩れた。彼女は会議室というよりホームレスを受け入れる施設に雰囲気が似ている部屋にポウルを招き入れ、ぬるいコーヒーが入ったプラスチックの使い捨てコップをごく自然に差し出した。ポウルはお礼を言うと、失礼にならないようにそのコーヒーを飲んだ。とてつもなくひどい味だった。

「お電話でお願いしたように、ヒリーネ・クラウスンが高校に行っていたころのお話を伺いたいんです。当方の理解に間違いがなければ、あなたはクラスで何が起きているかすべて知っているタイプの生徒さんだったということですが？」

「そう言えるかもしれませんね。ひいき目に言っても、私はまさにいじわる魔女だったのよ。同窓会に行くと、いまだに私のことをひどく嫌っている人たちに会いますけど、その気持ちもわかります。私はあまり感じのいい生徒ではなかったですから。でも、確かにいろんなことを知っていました」

「あなたは一年間、ヒリーネと同じクラスにいましたね。それは間違いありませんか？」

「ええ、彼女が溺死してしまうまで同じクラスだった、という意味ならそうですね。けれども、あまり彼女のことは覚えていないんです。なかなか思い出せなくて、その……たとえば顔すら思い浮かべることができないんです。初めて彼女と面と向かって話そうとしたとき、待ち伏せしたことは覚えていますよ。彼女は美人で、頭もよかったので、自分のライバルになるかもしれないと恐れていました」

　彼女は自分に言い聞かせるようにうなずき、話を続けた。

「ええ、そうなんです。残念ながら、私はそんな人間だったわ。でも一言でいえば、そんな心配はまったくする必要がなかった。ヒリーネはクラスに溶け込んでなかったし。それ以来、あまり気にしていなかったんです。もちろん、彼女が死んだときのことはよく覚えてます。私たちは全員、泣きに泣いて、それから彼女のことを忘れました」

「ヒリーネの写真を持ってきました。もしそれが記憶を引き出す助けになるのであれば」

「いえ、結構です。無駄よ。結局のところ、できれば見たくないの。私たちはそれほど親しくなかった。ヒリーネはクラスの誰とも親しくなかったんです」

この指摘は、ポウルが読んだどの報告書にも必ずと言っていいほど記載されていた。

「そうおっしゃるのは、あなたが初めてではありません」

「彼女は一人でいるほうが好きでした。だから、よっぽど刑事さんに電話して、何一つ話すことはないと言おうかと思ったくらいで」

「でも、そうしなかったですよね」

「ええ、しませんでした。もしかしたら、役に立てるかもしれないと思ったからです。ほんのわずかであっても。当時、私は日記をつけていました。それで、電話をいただいたあとに、自分が書いたものに目を通してみました。ヒリーネについてはたいしたことは書いてなかったわね……何もないと言ってもいいほどです。でも、その日記こそが私の記憶を呼び覚ましたの。忘れていたことを思い出しました。ある日のこと、ヒリーネと私は同じ車に乗っていました。行き先も覚えていませんし、私たちのほかにクラスの子がいたのかどうかも覚えていません。でもとにかく、彼女はかなり強い口調で、二人ともシートベルトをしようと主張したんです。『なんでそこまで言うの？』と、私がたぶん聞いたのでしょうね。すると、小中学校九年生のときの友達の話をしてくれました。その友達は交通事故に遭ったそうなんです。ひどい事故でした。一番印象深いのは、彼女が『女子の友達』と言ったことね。お話しできるのはこれだけです。申し訳ないですけど」

ポウルの見解は違った。

「申し訳ないなんて思わないでください。これは重要な情報かもしれませんよ」

「例のランゲベク小中学校のリンチの件ですか？」

「そうです」

「捜査が上手くいくように願えるのか、自信がありません」

「そう思うのはあなただけではないですよ。少なくともあなたはそれを自覚されるだけ、まっすぐな方です」

ポウルは立ち上がった。女性は座ったままだった。

「すごく複雑だと思います。一方で犯罪が起きたのは事実。でも一方で本当にそれは……難しい問題だわ」

「そうは思いませんが、ご協力とお時間をいただきましてありがとうございます」

彼女はポウルを見送りに出た。

ポウルは浮かれたように口笛を吹きながら、ヒリーネ・クラウスンの母校へ行った。九年生のときの女子の友達についてはこれまでの報告書で触れられていなかったから、何か発見があるかもしれない。

学校は古風な建築様式で建てられていた。五階建ての、三つの棟がある方形の施設で、アスファルトの中庭がある。チャイム用に使っている鐘と、子どもたちののどを潤すために造られた古い水飲み場の上向きの蛇口が目を引いた。表示が出ていたので、学校総務部の場所はすぐにわかった。事務室には、五十代少し手前の女性がいた。机に座り、イヤホンを耳につけて、パソコンのキーボードを叩いている。ポウルは彼女の注意を引くのに二、三回咳払いをしなければならなかった。

「ごめんなさい。気がつかなくて。ずっと前からいらしていたんですか?」

「いえ、今来たばかりです」

「ご用件はなんでしょう?」

「学校の事務の方でいらっしゃいますか?」

「ええ、そうです」

ポウルは警察バッジを出した。

「殺人捜査課刑事のポウル・トローウルスンです」

彼女はイヤホンを外すと机の上に置いた。イヤホンからは音が漏れていた。

「あらまあ、よほどの大ごとかしら」

「そうでもありません。ここに通っていた生徒の情報が欲しいだけです」

「名前は？」

「実は、我々が知りたい情報は、その名前なんです。いつごろからこちらで働いてらっしゃいますか？」

「最初に望んでいたよりもずっと長く働いています。来年で二十五年になるの」

「それはありがたい。一九九二／九三年度に九年生だった女子生徒を探しています」

「でも、女子生徒といっても、かなりたくさんいるわね。もっと情報があるといいんですけど」

事務員はポウルに向かって明るく笑った。ポウルは同じように笑みを返した。

「ありますよ。交通事故に遭ったことがあるんです。おそらく、かなりひどい事故だったはずです」

ポウルはその女子生徒とヒリーネ・クラウスンとの関係も話そうとしたが、事務員は目をつぶって一本の指を空中で動かしている。ポウルは自制して待つことにした。

ほどなくして、彼女の顔がぱっと明るくなった。

「イミーリェよ。イミーリェという名前だった。そう、ひどい災難だったわ。女の子は二人とも重傷だった。ヘルスィングウーアの近くで事故が起きてね。イミーリェが悪かったのだけど。飲酒したうえ、スピードを出しすぎてしまって。でも二人とも死なずにすんだのよ」

ポウルは額にしわを寄せた。それではつじつまが合わない。九年生の生徒はまだ運転免許を取ることなどできないからだ。だがそのことについて尋ねる前に、事務員のほうが説明を始めた。

「ああ、でもそれはお姉さんのほうよね。四歳、もしかしたら五歳年上だったわ。私が覚えているのは上の子のほうなのよ。彼女は創立七十五周年を迎えたときにいた生徒で、少し話したことがあるんです。でも妹のほうは思い出せないわ。事故に巻き込まれたということは覚えているけど。確か下校してすぐだったのよね」

「名字はわかりますか？」

事務員は首を振った。

「いいえ、ですが、彼女は医者になったんです。もしこの情報があなたの助けになれば、の話ですが。それにしても不思議ね。お姉さんのほうはとてもよく覚えているのに、妹さんの顔が思い出せないの。地下室へ行ってみましょう」

「地下室ですか？」

「そうですよ。ついて来てください。名字と、彼女に関して学校が持っている記録を探しましょう。地下に卒業アルバムがすべて保管されてますから。国立古文書館ではありませんけど、ここの生徒だった人を探しに来る人のお手伝いをすることは、よくあるんですよ。ほら、たとえば同窓会とかそういうことでね」

二人は、有無を言わさない大きな声に阻まれた。

「何をしているのか教えてもらえませんかね？」

校長が事務室の出入り口に立っている。ポウルは彼を観察した。その威圧的な太鼓腹は、赤いサスペンダーを極限まで伸ばしていた。肉付きのよい顔はものものしい表情を浮かべており、大きな眼鏡は彼のはげ頭の頂点に王冠のように君臨していた。

「殺人捜査課の者です。ある情報を探しておりまして……」

校長は口を挟んだ。

「ああ、それは聞きました。その情報を何に使うんですかな？」

「何に使うかですって？　それは、ある事件の背景を解き明かすのに必要なんです」

「どの事件かね？」

「そんなことはあなたに関係ないでしょう？」ポウル

はうっとうしそうに答えた。

「どの事件か私にはわかっているつもりだ。あなたの顔をインターネットで見たからな」

「それで？」

「令状は？」

「令状ですって？　いったいなんのために？」

「この学校の過去の記録は自由に閲覧できるものではないのでね」

校長は椅子から立ち上がっていた事務員の肩を強く手で押して、もう一度座らせた。

「過去に在籍した生徒の情報を、正当な理由なくして提供できるわけがない」

事務員の目には怒りの炎がともっていた。彼女は校長の手を払いのけると、ポウルに泣きつくような視線を投げかけた。だが、ポウルにできることはたいしてなかった。

「つまり、あなたは我々の仕事への協力を拒否していると理解してよろしいんですね？」

「あなた方の仕事なんて私には関係ありませんな。本校の個人データにアクセスすることをお断りしてるだけですよ。家宅捜索令状をお持ちか、あるいは行政上の私の上司からの通達書をお持ちなら話は別ですよ。もうこれ以上あなたに言うことはありません」

「個人データっていっても、そんな言い分はまったくおかしいですよ。たった一人の名前を確認したいだけなのに！」

「繰り返しますが、もうこれ以上あなたに言うことはありません」

「ならば、あなたの上司と相談するために市役所に行くしかありませんね」

ポウルは校長が怖じ気づくことを期待していた。

「それは素晴らしい考えだ。学区視学官、地域児童保護局長、助役、市長、よりどりみどりですよ」

校長は実に自信たっぷりだった。

「ありがとうございます。近いうちにまた話し合える機会があることを願っています」

「そんなことは起こらないと思いますが、どうなるかなんて誰にもわかりませんからねえ」

ポウルは名刺を出し、何も言わずに事務員に差し出した。これは無駄になるだろう。彼女が上司の目の前でそれを受け取ったからだ。ポウルも事務員も、校長が手を伸ばしたくてうずうずしている様子を冷ややかに眺めた。

「取り上げたかったらどうぞ。すぐさま捜査妨害であなたを逮捕しますので」

脅しは効果があった。校長は身じろぎもしなかった。だが、結局はポウルの完敗だった。

「学区視学官、地域児童保護局長、助役、あるいは市長をお願いします」

ポウル・トローウルスンは校長に言われたとおりの順番に当たることにした。ゲントフテ市役所の受付の女性は、選択肢がこんなにたくさんあることに慣れていないように見えた。パソコンのキーボードの上でしばらく指を踊らせてから、画面を見つめる。

「あるいは、児童文化局長ならばいかがでしょう？　ご用件をおっしゃってください」

受付係は「あるいは」という言葉を強調した。ポウルは警察バッジを見せた。彼女は疑わしげに長々とそれを見つめてから、これは本物だろうと結論づけた。それから局長の部屋への行き方を書いた小さなカードを渡し、藤色に塗られた極端に長い爪でポウルに道順を指し示した。彼は礼も言わずにすぐに局長室に向かった。

局長は非常に身だしなみのよい小柄な男性だったが、無気力そのものに見えた。握手をした柔らかい手が、まるでパン種のように絡みつく感じがした。部屋へ招き入れられたポウルは椅子を指さされ、局長が細心の注意を払って書類を整理し終えるのを辛抱強く待った。局長はテーブルの上に肘をつき、手を重ね合わせ、その指先にあごを置き、話を聞く準備を整えた。ポウルは手短に、だが正確に要望を伝えた。局長は軽くうなずきながら神経を集中して説明を聞いているように見えた。まるで話の内容がややこしく、しかも彼が理解を示せるのは数人の選ばれし者のみに限定されているかのようだった。ポウルが説明を終えると、局長はしばらく頭を軽く揺らしてから、たどたどしく見解を述べ始めたが、何を言っているのかよくわからなかった。

　その長台詞の最中に、ポウルの携帯電話に着信があった。ポウルは、相手を挑発したいがためにあえて電話に出ることにした。先程の事務員からだった。校長の目をごまかして、そっと書庫の中に潜入したという。そして一時間後にゲントフテのキオスク前で待ち合わせようとポウルに提案してきた。これ以上ないほどすべてが上手く進んでいた。ポウルは彼女の名前と連絡先を書き留めてから電話を切った。

　彼が電話に出ていた時間は一分にも満たなかったが、もちろんこの電話によって持ち札は変わり、局長に対する要請はもはや不必要になった。したがって、もう辞してしまってもかまわなかったのだが、ポウルは席を立たなかった。

　一方、局長はポウルの電話中、文句も言わずに話を中断して待っていた。ポウルが再び自分に注目すると、態度を変えることなく、中断していたところから話を再開した。

「先程申し上げたとおり、私は法律家ではありませんが、この事件のいくつかの側面が……」

　ポウルは次の一文まで話を飛ばしてやることにした。

「つまり、あなたは私に協力したくないという結論ですね」

　声の調子は鋭く、ぶしつけであった。

「いけませんよ、トローウルスン刑事。あなたは先回りしています。この件についてはさらに詳しく公正な審査が行われることになります」

「ではいつ、その手配に合意していただけるのでしょう?」

「きっと早いうちに手配できるでしょう。ゲントフテ市の教育行政システムにとって、あらゆる公共機関と連携できるという信頼性を証明することは極めて重要ですから。警察も例外ではありません」

「それで、早いうち、というのは具体的にいつですか?」

「期限を切るのはできれば避けたいのです」

局長の口元がほんの数ミリ上がった。笑みを浮かべたらしい。この男は会話を堪能しているのだ、とポウルは感じた。そこで立ち上がった。

「あなたは小さなころ、とっくみあいのけんかが起きると、校庭の隅に走って逃げて隠れるような子どもだったでしょう? 賭けてもいいですよ」

「なんですって?」

「つまり、乱闘に巻き込まれたらどうしようと思うだけで、お漏らししてたんだろうな、と言ってるんですよ。これまで警察の狼藉について耳にしたことがありますか?」

それを考えただけで、局長は空気が抜けた浮き輪のように勢いをなくし、怖じ気づいた。彼は腕を組み、ぎょっとした表情をしていた。声が数オクターブ高くなっている。

「私を脅迫しているのですか?」

「そうですよ。それこそ私がまさに今、やっていることです。もし今のご自分の鼻を気に入っているなら、おとなしくしていることですね」

局長はその言葉に屈した。小さな汗の粒が額と鼻の下全体に光っていた。ポウルの視線は机の上にあったハサミに注がれていた。ほんの一瞬ではあるが、ポウルは、相手の髪の毛を一房切って口の中に突っ込んでやるところを想像して楽しんだ。だが平常心が勝ち、小太りの局長の頭の後ろをぽんと叩くだけにとどめることにした。

「おいとまする前に、警察を告訴する手続きについて説明いたしましょうか。告訴状を最寄りの警察署に提出するだけでじゅうぶんです。数年経ったら、不受理の通知がお手元に届くでしょう」

そう話しながら、ポウルはゆっくりとドアのほうへ向かった。笑みを浮かべて軽く別れの会釈をした。自分の気性をコントロールできたことに満足していた。

52

ゲントフテ市役所での一件がポウル・トローウルスンの機嫌を損ねることはなかった。彼はその日一日の展開に非常に満足していた。唯一の気がかりは、赤い服の女性が協力的ではなさそうなことだった。電話で少し話をしたときそう感じたのだ。だが、彼女はおそらく捜査を前進させる情報を持っている。前に大きく踏み出すための何か。それこそが彼が今必要としているものだった。

イミーリェ・モスベア・フロイズは、中背で魅力的な三十代の女性だった。やせ形で均整のとれた体つきをしており、美しくはつらつとした表情をしていた。高そうな服を着ているとはいえ、センスはよくなかった。オレンジ色のサテンのスカート、同系色の綿のブラウス、それにざっくりと編まれたウールの小さめのカーディガンを着ている。そのカーディガンをよく見ると、薄紫色からオレンジ色にグラデーションがかかった色調で、チューリップを図案化した模様が入っている。頑丈そうな黒い靴はハイキング用に見えた。

イミーリェは煉瓦造りの美しい家の玄関でポウルを出迎え、コーヒーを出すためキッチンに招き入れた。礼儀作法は瞬く間にないがしろにされた。きっぱりと本題に切り込んだのは彼女のほうだった。

「ヒリーネとピア・クラウスンについて話したいとのことですよね。不躾《ぶしつけ》で申し訳ないんですけど、三十分しか時間がありません。それから仕事に行かなければならないので」

イミーリェは感じのいい微笑みを浮かべた。歯並びが整い、緑色の瞳はいきいきしていた。言葉の選び方にかすかな遊び心がうかがえる。

「わかりました。二人ともあなたの知り合いだったのですか？」

「はい、ですが、私がよく知っていたのはピアのほうです。ヒリーネとの関係ははるか昔にさかのぼりますので。彼女は妹の友達でしたが、私の友達ではありません。二人は同じクラスにいました。あとはご存じのとおりかと」

その返事にポウルは驚いた。期待させる内容ではないか。娘のことよりもむしろ父親のほうに関心があるので、はやる心を抑えることができなかった。それでも、なんとかして、最低限の手順を踏もうとする。

「あなたの生い立ちをかいつまんで話していただくことから始めたほうがいいかもしれませんね。いかがでしょう？」

「いいですよ。そうですね、私は生まれも育ちもゲントフテです。一九九二年に医学部で勉強を始めました。翌年、私は妹を乗せた父の車で事故を起こしました。

少し飲みすぎて、居眠りしてしまったのです。夏のことでした。二人とも重傷を負ったので、リハビリにはほぼ一年かかりました。精神的なダメージのほうが大きかったですね。学業に戻ったとき、私は完治しておらず、集中力低下と情動失禁で涙が止まらなくなる症状に苦しめられていました。ある日、私は心理療法士から連絡を受けました。中央病院の性科学クリニック部長のジェレミー・フロイズです。私の問題は専門外でしたが、私のために十五分、時間を割き、自発的に専門医の助けを得るよううながすという約束を、私の担当教授とかわしたそうです。四カ月後、私たちは結婚しました。人生を変える出来事でした。男の子を二人産み、育てながら、学業も続けたんです。ここ数年、睡眠時間を除けば、四六時中働きづめです。二〇〇一年、医学部を卒業した私は、中央病院に雇われることになりました。専門分野を心臓外科に決め、これからまた精進しようというところです。そして昨年、夫のジェレミーが事故で亡くなりました。家族と仕事以外に、彼が情熱を傾けたのはロッククライミングでした。そのせいで死んだのです。アコンカグアが私から夫を奪ったんです」

うつむき加減だったイミーリェはポウルに問いかけるような視線を投げかけた。彼はうなずいた。アコンカグアとは山の名前なのだろうかと思ったが、それを確認することによって話の流れをさえぎりたくなかった。

「それで、ここ一年、私は子どもたちと三人で暮らしています。今日は二人とも森へハイキングに行きましたけど」

話は子どもの現在地で締めくくられたようだった。彼女は腕時計を見ると、大げさに困惑したそぶりを見せた。ポウルはそれを無視し、再び質問を投げかけた。

「ヒリーネとピア・クラウスンについてはいかがでしょう?」

彼女は自分のコーヒーカップを空にすると、すぐにもう一杯入れた。それから、少しテンポを上げて話を続けた。

「ですので、ヒリーネ・クラウスンは妹の友人でした。妹はカチャと言います。カチャ・モスベアという名前です。オーストリアに住んでいます。ボーイフレンドが外務省から派遣されたノルウェー人外交官なのです。もちろんノルウェー政府の外務省という意味ですよ。一九九三年、ヒリーネはカチャと同じクラスに入りました。ヒリーネは、お母さんと義理のお父さんと一時暮らしていたスウェーデンから帰国してきたばかりでした。ヒリーネは内気で殻に閉じこもるタイプの子でしたが、彼女とカチャはその意味でとても気が合ったようで、二人でよく一緒に過ごしていました。たとえば宿題を一緒にやったり。お互い苦手なものを補い合っていたんです。ヒリーネは数学、物理、科学など自然科学の科目全般が得意でした。その一方で、スウェーデンで長年過ごしたせいなのか、国語の授業についていくのに苦労していました。カチャはまったく正反対です。国語は完璧にこなしていましたが、数学がだめでした。数学が苦手なのはきっと家系だと思います。でも、そのために、私はピアと知り合ったといえるかもしれません。ヒリーネとカチャが九年生だったころ、私は医学部の一年生でした。一番苦手にしていた科目は、上級統計学です。ほかの学生たちが解剖学や別の主要科目で汗をかいている間、私にとっては統計学こそが、まだ始まってもいないキャリアに終止符を打ちかねない難関だったのです。いっこうにコツをつかむことができなくて。今でも、回帰分析や有効数という言葉を聞くだけで、吐き気に襲われます」

統計学に対する恨みつらみを言ったことを謝るかのようにイミーリェはふっと笑った。ポウルは、自分の心臓に問題が起きたときには、外科医の言う成功率を気にするのはやめようと心に決めた。彼女は再び時計を見たが、今度は急いでいるそぶりは見せなかった。彼女の事情に合わせなければならないのは自分のほうだということぐらい、ポウルにもわかっていた。

「カチャは私のことをピアに話しました。あの子はいつもとても献身的だったんです。ひっきりなしに他人の心配事を解決しようとしていましたし、あのときはそれが上手くいきました。ピアは、ヒリーネとカチャの友達づきあいにとても喜んでいました。ともかく、すごく感じがよく、できる限り、困っている人を助けてくれる人でしたね。私は彼の家で週に一日か二日、夜に無料指導を受けるようになりました。授業料について彼は一切聞く耳を持たなかったのですが、父はお金を払うつもりでいました。娘たちの教育のためならなおさらです。ですが、当時、ピアはすでにかなりの収入を得て、裕福な暮らしをしていました」

だが、彼女は頭を振ると、訂正した。

「いいえ、そういうことを言いたかったわけじゃありません。たとえ一文無しでも彼はお金をもらいたがらなかったでしょう。そういう人なんです。いつもあれこれ親切に世話を焼いてくれて」

ポウルはかつての家庭教師に対する彼女の愛情を感じていた。そうした反応を目にするのは今回が初めてではなかった。ピア・クラウスンは周りの人たちに大きな影響力を持つ人物だった。

「要するに一言でいえば、私が試験で及第点をもらえたのは、すべてピアのおかげでした。そして夏に交通事故が起こり、さらにその後ご存じのとおりヒリーネは海で亡くなりました。その背景を知っていたのはカチャと私だけだったのかもしれません。彼女はおそらく入水自殺したのでしょう。ピアももちろんそのことをわかっていましたが、彼がわかっていたと私が知ったのは、それから数年後のことでした」

イミーリェはポウルの目をまっすぐ見て言った。

「ヒリーネが義理のお父さんにレイプされていたこと

はご存じですか?」

ポウルがうなずくのを確認してから、彼女は話を続けた。

「それから何年かの間は、ピアに会うことはありませんでした。もちろん、彼のことはときどき思い出し、会いにいこうと思ったこともありましたが、実行に移すことはまったくありませんでした。言い訳になりますが、当時、私には小さな子どもが二人いて、学業も終わらせなければならず、やらなければならないことがたくさんあったのです。ですが、その後、ピアと再会することになった事情を説明する前に、少し夫のことを話すべきだと思います」

彼女は話を止め、ポウルの反応を待った。彼はうなずいた。どのみち、話してくれるというならどんな内容だって受け入れていただろう。イミーリェは素晴らしい話し手だった。そして誰もが聞きたいと思う証言をしてくれていた。

「すでに申し上げたように、夫の名前はジェレミー・フロイズといいました。彼の父親はカナダ人で母親がデンマーク人です。夫自身は、生まれてから十一年間、ケベックで過ごしています。その後家族でデンマークに移住することになったのです。夫はオーフス大学の医学部を卒業し、中央病院で精神医学を専門としました。得意分野は人々の性道徳観念に関連する症例で、彼は性犯罪心理に関する博士号を取得すると、中央病院の性科学クリニックの部長職につかないかというオファーを受けました。その仕事と並行して、ここ、つまり自宅で個人的に診療を始めたのです。当初は近親相姦の被害者のサポートをしていましたが、のちに子どものころに経験させられた性暴力に苦しむ人たちも受け入れるようになりました。開業した当初、個人的に診ている患者は、彼にとって職業的好奇心を満たす手段という側面が大きかったようです。あるときは性犯罪者、あるときはレイプ被害者と関わることによって、問題の全容を見ることが可能になるとのことでした。ですが少しずつ個人クリニックは繁盛していき、予約待ちのリストが長くなっていきました。断ることができなかったんです。そして……ええ、私が言えることは、結局……彼はお金が好きだったんです」

イミーリェはコーヒーの入っていた魔法瓶を手に取り、揺らしてみた。中は空だった。そこで立ち上がって、冷蔵庫からコカコーラの缶を二つ取り出し、テーブルの上に置いた。不思議なことに、彼女は缶を開けなかった。いずれにしても、ポウルはコーラが嫌いだったので、かえってそのほうがよかった。

「二〇〇三年の秋、妹が九年生のときのクラスの同窓会が催されました。カチャは偶然、ヒリーネが亡くなったあと、父親のピアがどうしたのかという話を耳にしたそうです。彼は失業し、アルコール依存症になって、すっかりうらぶれてしまったと噂になっていました。妹がその話をしてくれたとき、ついに彼に会いにいく決心がつきました。いわゆる恩返しをしようとしたと言えるかもしれません。彼は私が助けを必要としていたときに助けてくれました。そして私が彼に同じようにするときが来たんです。優に十回は会いにいったと思います。たいていの場合、彼は酔っ払っているか、それに近い状態でしたが、いつでも私に会うのを喜んでくれました。二人で何を一番多く話したかといえば、ヒリーネのことです。すぐに話すことが尽きてしまっても、そうだったのです。ですから、私たちの会話は、同じ悲しいテーマを延々と繰り返していました。会おうと言っていたのは私のほうだったのに、正直なところ、この訪問には嫌気が差し始めていました。そこで、あることを思いついたのです。ピアを患者として受け入れるようジェレミーを説得しました。簡単ではありませんでしたが、上手くいきました。ある意味では、間接的であってもピアもレイプの被害者です。こんこんと訴えねばなりませんでしたが、ジェレミーも最後には了承してくれました。それよりも難しかったのは、ピアに自分は患者だと自覚させることでした。当初は、だめかもしれないと思ったほどです。でも、ジェレミーは優秀でしたし、引き受ける以上は成功をおさめないと名誉に関わると考えていました。それにピアも最終的には、自分には助けが必要だと認識したように思います。どのようなケースでも、しばらく経つと、経過を見るために定期検診が行われます。私がピアを探しにいかなければならなかったのは、彼がその約束の時間に来なかった二、三回だけでした。どちらも、断酒療法をしなければならなかったときのことです。嫌酒薬のジスルフィラムの服用に関しては、聞く耳を持とうとしなかったのです。きっと助けになったと思うのですが」

ポウルは一つ質問してみることにした。

「あなたは一度バウスヴェーアの売店に彼を探しにいったことがありませんでしたか？」

「ええ、確かに迎えにいったことがあります」

「そのときあなたは、メタリックグレーのポルシェを運転していませんでしたか？」

「ええ、そうですね。あの車は父のですけど。私の車はアウディですから」

ポウルはうなずいた。これでつじつまが合う。

「我々警察は、アルコール依存症に関わるものも含めて細部にわたって病院の記録を調べ上げました。ピア・クラウスンは我々が知る限り、一度も入院していませんでしたよ」

イミーリェは笑みを浮かべた。少し困惑した表情だった。

「なんと言いますか、ジェレミーと私は二人とも中央病院で働いていました。空きベッドを好きに使わせてもらう権利が私たちにはときどき発生する、と申し上げればいいでしょうか？　管理の目の届かないところで」

ポウルは内心悪態をついていた。捜査を二倍ややこしくするのは、まさにこの手のことなのだ。

「いずれにせよ、ジェレミーと話すようになってから、ピアは少しずつ自分の生活をコントロールできる状態に戻っていきました。心理療法が役に立ったのは事実です。ですが、そのカウンセリングが具体的にどのように進んでいたのかは、あまりよく知りません。ジェレミーは決して患者のことは話さなかったからです。患者は匿名である権利があります。医療における守秘義務をジェレミーは厳密に守っていたのです。患者専用の入り口も設けていて、患者が出入りするときには庭に出ることすら禁じられていました。ですから私が治療について知ったいくつかのささいな情報は、変な話、ほとんどピアから聞いたものだったんです。一年間みっちりカウンセリングを受けたあと、彼はグループカウンセリングを受け始めました」

イミーリェはそこで黙り込んだ。その言葉の余韻が部屋中に響いていた。それを発するときに声が少し震えていたこともわかった。彼女はバカではない。おそらくずっと前から、自分の知っていることの重要性も理解していただろう。ポウルは彼女に対する嫌悪感が心の底で急に大きくなっていくのを感じた。

「なぜ、あなたは警察に行かなかったのですか?」

彼女ならば簡単にその質問をはぐらかすことができただろう。だが、彼女はそうしなかった。

「本当のところは自分でもわからないのです。できれば事件に関わりたくないと思っていたからでしょう。いずれにしても、そのグループの名前は知らないんです。何人のグループだったのかも知りません」

話を続ける前に、彼女はしばらく宙をぼんやりと見つめた。

「あの人たちを殺すのは悪いことだと思います。その点に疑問の余地はありません。本当にいけないことです。ジェレミーもきっと同じように考えたはずです。

でも、確信が持てなかったんです。事件に関係しているのが……」

イミーリエは言い終えることができなかった。彼女自身も信じたくなかったのかもしれない。ポウルは厳しく言った。

「あなたを仕事には行かせませんよ。これから行かなければならないのは、コペンハーゲン警察本部ですから」

イミーリエ・モスベア・フロイズは自分には選択の余地がないことをすぐに察した。

「ええ。それが必要なことなのでしょうね」

そう言ってうなずき、繰り返した。

「必要なことなのよ」

ポウルもそう考えていた。

53

アニタ・デールグレーンはダウブラデット社の食堂にいた。一人でテーブルを独占できたので、今日はいつもよりましだった。この新聞社の数多くの不文律の一つが、食堂の中では携帯電話で通話をしない、というものであり、まさに彼女はそれを破ろうとしていた。その一方で、新聞社のさらに重要な掟とは、面白いニュースをたくさん仕入れることである。その基準に照らせば、今、カスパ・プランクから夕食の誘いを受けているということは、ルール違反を埋め合わせてあまりあるとアニタは考えていた。彼女は周囲にいる社員たちからの嫌みな視線を完全に無視した。誘いを受けるなんて驚きだった。うれしくて、気分もよかった。

だが、一抹の不安があった。

「つまり私が買い出しにいって、食事を作らなきゃいけないってことですか？」

話の続きを聞く。あの老人の厚かましさには際限がない。

「まったく、なんで私ったら、そんな話を聞かされてるのに、まだ電話を切っていないのかしら。自分でもわからないわ」

隣のテーブルにいた男性が「いいことを思いついた！」と大声をあげた。それと同時にアニ・ストールが彼女の正面に座った。まるで何もなかったところから形作られたかのように出現したのだ。彼女のボリューム感を考えると、啞然とする登場劇だった。アニは巧みな手つきでビールを二本持っていた。グラスがそれぞれ瓶の細い首に被さっている。アニは、無言のまま、そのうちの一本をテーブル越しによこしてきた。アニタは通話を終わらせにかかった。

「ええ、あなたが年老いた繊細な男性だということはわかります。ですが……いいですよ……そうしましょう。では明日、五時に」

上司が半径一メートル以内にいる状況であれば、電話で会話を続けることなどできない。だから彼女はカスパ・プランクの言うとおりにした。いずれにしても、遅かれ早かれ根負けしていただろうから。うって変わって、アニタは攻撃的な態度で、正面に座っている女性を注視した。

「こんな時間にビールなんか飲みません。何かご用ですか？　私は休憩中ですけど」

アニは自嘲気味に笑った。

「そうね、私も普通なら飲まないわ」

「じゃあなんでそんなものを買ったんです？」

「なぜって、今から話さなきゃいけないことは個人的なことだし、しかも私たちはデンマーク人だからよ。だって、ビールを飲まずに個人的なことなんてしゃべれないでしょう？」

アニタはその理屈を理解した。人間というのは、自国の文化的遺産を、自分には無関係だと拒否するものではない。だから彼女はグラスにビールをつぎ、乾杯もせずに一気に飲んだ。とはいえ、あまりやりすぎてもいけない。今度はアニが飲んだ。そして、手の甲で口の周りの泡をぬぐう前にこう言った。

「まさかあなた、私のこと嫌いなの？」

バカげた質問だ。二人とも答えを知っているからだ。

「ええ、好きではありません。あなたには才能があって、学ぶところはたくさんありますけど、嫌いです」

「嫌ってるのはあなただけじゃないわ。でも、時が経つにつれて、気にしなくなったけどね」

「その傲慢さならば、驚きませんね」

「あなたがそう言うなら、そうなんでしょう。それに口げんかするためにここに来たわけじゃないわ」

「では、どうしてですか？」

「あなたは殺人捜査課の素晴らしい情報源だからよ。違う？」

「本当に私がその質問に答えるとでも思ってるんですか？」

「『誰からの電話だった？』って、どうして聞かれないのか、そろそろ気づいてもいいんじゃないの？　いずれにしても、誰だったのか当てるのは簡単だから、別に言わなくても結構よ。私の見込みが正しければの話だけどね」

「あなただって独自の情報源をお持ちじゃないですか」

「それは別の話よ。小児性愛者殺人について、あなたの意見を聞かせて」

「そんなことよくご存じじゃないですか」

「まあ、そんなにつむじを曲げなさんな。大まかでいいから話してちょうだい」

「そこまでおっしゃるならお話ししましょう。我が社は、人々に自己正義と迅速な懲罰を呼びかけることによって、悲劇的な記録を打ち立てました。小児性愛者に対する魔女狩りには嫌悪を催します。そして、火に油を注ぐのはいつも、新聞の紙面なんです。政治家は、我先にあのメッセージを了承したと言って、愚かな有権者をなだめすかそうとしています。五人、六人……七人、十人、二十人、二百人、千人！　奴らはケダモノだ。人間じゃない。絶滅させろ。獣が死ねば毒も消える（「死せる敵は敵にあらず」の意）。でも、私がすでにそうしたフレーズを知っていたのは、いったいどこで見かけたからなのでしょう？」

　図らずもこの言葉にアニは怒りを感じ、少し傷つきもした。これは普段、自分には縁のない感情だった。だが、このお嬢さまのうがった見方は、アニの心の鎧《よろい》をも突き破るものだった。アニはひどく堪《こた》えているようには見せまいと気を張った。

「暴力には反対よ。でも児童レイプにも反対なの。子どもが商品のように扱われている現状にはもっと反対だわ。動画のあのシーンを無視するなんて、できるとでも言うの？」

　アニタは両腕を広げて降参のしぐさをした。こんな話し合いは不毛だ。アニは畳みかけた。

「じゃああなたは、私たちが何で儲けていると思っているの？　ここ数日のうちの新聞の販売部数を見たでしょう？」

「見てません。でも、国中で起きている無抵抗な人たちに対する暴力行為や〝正義の味方〟を気取ったグループについての数々のエピソードは読みました。おそらく朝刊ではそうした側面を和らげるような方向性を選ぶんでしょうね。どれだけ紙面を割けるかによるでしょうけど」

「ねえ、どうしてほかの仕事を探さないの？」

「探していないなんて誰があなたに言ったんですか？」

「あなた、私たちがやった世論調査の結果を見た？ 昨日、ウェブサイトにアップしたんだけど」

「見てません。幸いなことに」

「質問はね、『正直なところ、あなたは小児性愛者殺人事件の解決を望みますか』というものだったの。結果を当ててみたくない？」

「当てたくありません」

「六四パーセントがいいえ、二八パーセントが回答なし、八パーセントがはい、という結果だった。これが一面になる予定なのよ」

「そんなの怪しいものですね。自分のクソ食らいの犬しかまともに受け止めませんよ」

「それどういう意味よ？」

アニタはすぐには答えず、先にビールを飲み終えた。ビールが心配になるほど速くなくなった。「時期尚早な職業病ね」と彼女は心の中でつぶやき、楽しそうな気配のみじんもない笑みを浮かべた。

「深い意味はありません。それよりも、私にどうしてほしいのかおっしゃっていただけますか？」

「手伝ってほしいのよ。今のところ、警察が抱えている最大の問題は、世論だと思うの。殺人捜査課は捜査に対する懸念だけではなく、マスコミの出方も心配しなければならない。別の言い方をすれば、警察がその論調をひっくり返すことができなかったら、捜査はますます泥沼にはまるわ。だから彼らだって遅かれ早かれ、必然的に同じ結論に達するはず」

「それと私とどんな関係があるんですか？」

「コンラズ・シモンスンに単独インタビューがしたいの」

「あなたが？」

「そうよ、私よ。　あなたがやるんですか？」

「そうよ、私よ。そして相手はシモンスンじゃなきゃいけない。記者会見のたびに彼がその陰に隠れてしまう人たちの誰かじゃ意味がないのよ。とりあえず、個人的な嫌悪をそれぞれ脇に置きさえすれば、この会見は双方にとって大きな利益になるかもしれないしね」

アニは、論理を強調するように、テーブルを指で叩いた。だが、そのアイディアが読者メールで寄せられたものだとは言わなかった。アニタはしばらく考えた末、上司の言うことが正しいと結論を出した。

「で、私にそれを伝えてほしいというんですか？　なんでそんなややこしいことをするんです？　ただ彼に電話して、直接頼めばいいだけじゃないですか」

「少しこのアイディアを熟成させておきたいし、間接的にこのオファーが届くほうが望ましいからよ。それにどのみち、私じゃあの人に直接話なんてさせてもらえないだろうから」

「考えさせてください」

「おあいにくさま。今すぐ考えて、はいかいいえで答えなさい」

冷たく高飛車な答えが返ってきた。

「はいかもしれないし、いいえかもしれません。いつかわかるときが来ると思いますよ」

アニタは立ち上がった。

「ビールごちそうさまでした」

アニは目で見送った。

「どういたしまして、このクソアマ」

54

「わがままなちくしょうめが」

ポウル・トローウルスンは声を荒らげた。イミーリエ・モスベア・フロイズに対する怒りは頂点に達していた。アーネとパウリーネは互いに目配せした。ポウルのこんな態度は珍しい。普段は物静かで落ち着いているからだ。少なくとも自分の周りに同僚がいるときはそうだった。だが、この女性は明らかに彼をうんざりさせたようだ。


三人はコペンハーゲン警察本部の第四取調室の裏にある小部屋に座っていた。事情聴取が行われている部屋に面した窓が壁のほぼ全面を覆っている。その裏は鏡になっており、世界中の警察署で見ることのできる定番の間取りだろう。こうして、取調室の会話を、姿を見られたり、話しているところを聞かれたりせずに追うことができるのだ。ともかく、間取りそのものはそのように考えられているのに、肝心の尋問の様子を転送するスピーカーシステムがひどく老朽化しており、音質は嘆かわしいとしかいいようがなかった。声が反響し、金属的で耳障りな音を立てている。まったく声が聞こえなくなってしまうこともあった。女伯爵の声は特にデフォルメされて、アニメの登場人物のようにしか聞こえない。コンラズの太い声はまだましなほうだった。


ポウルは前を向いたまま、こう尋ねた。

「君たち二人とも、ここから出ちゃいけないはずじゃなかったかな？」

パウリーネはまるで命令を受けたかのように立ち上がった。

「どうしてまた、そんなにあの人のことを恨んでいるんです？」アーネが聞く。

「なぜだかはっきりとはわからない。こうして見つけ出さなければ、彼女のほうから警察に出向くことはなかったかもしれないと思っているからかもな。もしかしたら、一般人を無理矢理、捜査に協力させなきゃいけないことにうんざりしているからかもしれない。自分の仕事がこんなに不愉快だと感じたのは、一九六七年の反ベトナム戦争のデモのときに米国大使館前の警備につかされて以来だよ。それに、数時間前にはゲントフテ市役所で下らない公務員の小男の前でかっとなった。そんな態度をしてしまったこと自体に心底むかついているし、警察は間違いなく告訴されるだろう。そんなことされたって、こっちとしては屁でもないけどね」

アーネは落ち込んでいる同僚の機嫌の悪さに毒された。

「言いたいことはよくわかりますよ。金曜日に息子の一人が僕の仕事のせいでクラスメートに嫌がらせをされました。学校から呼び出しを食らいましたよ。息子がそのうちの一人に一発お見舞いしたからなんです。もちろん普段、子どもたちには暴力抜きで問題を切り抜けるすべを教えようとしていますよ。でも今回は例外にして、息子におまえのことを誇りに思うと言ったんです。本当は息子も少しは僕の仕事を誇りに思ってくれればうれしいんですが、残念ながら、今はそんなふうではないですね。息子は面と向かっては何も言いませんが」

さらに、一日おきにダウブラデット社に厳選したニュースを提供しなければならないことに心底嫌気がさしていると、つけ加えることもできただろう。それもこれも、博物館からそのまま出てきたような老いぼれの警察ＯＢの、これまた漠然とした勘のせいで、そんな目に遭っているのだ。だが、その話は自分の心の中に留めておくことにした。

「どうしてあなたたちは申請しようとしないんですか。一時的に……」

パウリーネはよかれと思って提案したのだが、二人の信じられないといった表情を見てそれ以上は言わなかった。

「あの人をこの泥沼に一人で放置しろというのか？」

ポウルはうやうやしいといっていいほどのしぐさでコンラズのほうを手で指し示した。アーネは立ち上がり、パウリーネをポウルの前に突き出した。ポウルはパウリーネを許してやることにした。彼女とは世代が違うのだ。この娘は苦行という概念にはあまりなじみがないのだろう。あるいは単に愚かなだけなのかもしれない。ガラスの向こう側ではイミーリェ・モスベア・フロイズの事情聴取が順調に進んでいる。イミーリェは協力的だった。すでにポウルに説明したことを抵抗することなく繰り返した。自分の気持ちや意見や感情を述べることも快諾した。時折、自分にとってデリケートな質問を受けると、話し出す前にしばらく考え込んだ。

コンラズと女伯爵は辛抱強く待っていたが、その間の沈黙はまったく苦痛ではなかった。たとえばつい先程のように、沈黙がそれまでよりはるかに長くてもそれは変わらなかった。待たせたことを埋め合わせるかのように、返ってくる答えは、詳細にわたっていた。

「正直申しまして、彼が断酒したというのは本当に正確な事実なのかどうかわからないんです。私がピアに会いにいっていたころ、彼はアルコール依存症でした。それは疑いの余地がありません。仕事をするのがやっとで、すべてのことを他人事のように思っていました。ヒリーネを失ったときに、彼の人生は粉々に砕けてしまったのです。きっと彼は自分の健康と精神状態を破壊することで自分を罰していたのだと思います。ですが、ジェレミーとの面談は最終的には成果に結びつきました。すでに申し上げたとおり、ときどき、私はバウスヴェーアに彼を迎えにいったり、家まで送っていったりしました。治療を始めたばかりのころを除けば、私がいつ訪ねていっても彼が酔っ払っていることはありませんでした。まったくそんなことはなかったのです。それ以外の日々をどう切り抜けていたのかはわかりません。二週間会わなくても、ちゃんと持ちこたえていました。だから、彼が本当に断酒したのかどうか、私には断言することができないんです。ですが、彼が変わったということは確信を持って言えます。なんでもかんでもバカにするのをやめましたし、いろいろなことをやってみるようになりました」

そこで彼女は言葉につまった。

「そして……なんというか……ピアはとても頭脳明晰でした。彼はその……人の心をほとんど支配してしまうのです。いえ、ほとんどではありません。完全に支配してしまいます。知性にあふれていて、落ち着いた人となりなのですが、その雰囲気が独特なんです。謙虚でいるのと同時に傲慢でいられる能力を持っているかのような。とても珍しいタイプの人でした。よきにつけ悪しきにつけ、当初ジェレミーはピアに魅了されていました。自分の体験談をほかの患者とシェアするよう、ピアを説き伏せようとするほどでした」

「あなたは、ピア・クラウスンに魅了されていたのはジェレミーのほうだと、本当にそう思うのですか？」

「おっしゃる意味がわかりません」

女伯爵はさらに突っ込んだ質問ができなかった。コンラズに先を越されたからだ。

「あなたはピア・クラウスンと性的関係にありましたか？」

自分が唖然としていることを女伯爵が隠すことができたのは、ひとえに平静を装う習慣の持ち主だったからだ。この女性と校務員が恋愛関係にあるなんて、女伯爵なら絶対に思いつきもしない発想だった。年齢差だけ考えてみても、その質問は突飛だと感じられた。

そこに二人のライフスタイルの違いが加わるのだから なおさらだ。驚いたことに、イミーリェ自身はその質問に対してまったくショックを受けたふうはなかった。

「いいえ、性的な関係はありませんでした。これまで一度も寝たことはありません。ピアは決して同意しなかったでしょう」

「ですが、あなた方は交際していたのでは？」

「そうも言えるかもしれませんね。ええ。間違いなくそう言えるでしょう」

取り調べが始まってから初めて、イミーリェは慎重な態度になった。女伯爵はすごい上司だと感心した。コンラズが冴えているときは、本当に冴えているのだ。後手に回っているのは明らかに心理療法士の妻のほうだった。これがだんだんものを言い始めた。女伯爵は質問を滑り込ませた。

「あなたはピアを送っていくと、彼の家にあがっていたのですか？」

「当初は車の中で話していました。そのうちに、彼の家にあがって話し込むようになりました。ときには一晩中話すことも。彼のそばで私が眠ってしまうこともありました。私たち夫婦の関係は、まったく上手くいっていなくて。夫はいつも仕事で忙しく、私が家事すべてを引き受けることを求めていました。彼はほかの女性たちと交際するようになり、私たちは別々に休暇を過ごすようになりました。ピアは私を支えてくれていたんです。こういうときにはどんな戦略を立てなければならないか、一時的に何を手放すべきなのか、助言をくれました。ピアはジェレミーのカウンセリングを受け、私はピアのカウンセリングを受け、最終的には全員がそろって恩恵に浴したわけです。少なくともあの……犯罪の前までは。そしてピアは死んでしまいました。新聞は彼についてそれはもうたくさんのことを書き立てました。つらかった。ストレスがたまり、怒りを覚え、悲しくもあり、そう、彼がいなくなってそれはもう寂しかったのです。ジェレミーが亡くなったときよりもずっと寂しさを覚えました。葬儀に行く気力すらありませんでした。翌日お墓に花束を置きにいくだけで精一杯で」

「それはきっとあなたが、ピアと事件にはなんらかの関係があると思い、それには関わりたくないと感じたせいではないですか？」女伯爵が指摘した。

イミーリェは録音機がある隅のほうに目をやった。そしてただ、うなずいた。コンラズも女伯爵もそれ以上は追及しなかった。

コンラズは再び口を開いた。

「それでも、治療について決して話すことがなかったというのは信じがたい。ピアとであっても、あなたのご主人とであっても」

「めったなことでは話しませんでした。ピアはすべてを一緒くたにしたくなかったのです。ジェレミーもそうです。夫は私がピアと話すことも気にくわなかったのですが、結局それは受け入れてくれました。夫が快く思っていないと指摘したとき、夫は怒って、ピアのカウンセリングを中止すると脅しました。ですが、初めて私は彼に歯向かったのです。そんなことをしたら、子どもを連れて出ていくと言いました。彼は行かないでくれと懇願しました。私は初めて夫に勝ったのです。それから何度も、この作戦で成功をおさめました」

「それでも、クラウスンの治療を話題にしたことはあったはずです」

「はい、ときにはそういうこともありました。患者との一対一のカウンセリングがひととおり終わると、夫はそういう人たちを積極的にグループセラピーの一員に加えました。患者がグループに適応するのに必要な時間は、大きな個人差があります。数カ月の場合もあれば、二年以上かかることもありました。ジェレミーがグループを作るときには、それはもう、細心の注意を払っていました。地理的な要素も可能な限り考慮に入れて。患者の中には遠くから来ている人もいました。ユトランド半島から来ている人もいたのです。一つのグループは四人から六人で構成されます。最初のうちはジェレミーのもとで集会を開き、彼の監督のもとで活動します。しばらくすると、グループはジェレミー抜きでやっていかなければなりません。これは一種の解放の時期で、グループによりますが、優に数カ月は続きます」

「ピア・クラウスンもこうしたグループカウンセリングの一員になったのですか？」

「そこが問題だったのです。一、二回ジェレミーと話をしたこともあります。こういう形でピアのフォローをやめることに彼は躊躇していました。ピアは熱心にグループに入りたいと望んでいました。私に何度もそう言っていたのです。それで、彼の希望どおりにしてあげるよう、私はジェレミーに圧力をかけました」

イミーリェは悲しそうな目つきをした。

「ええ、私がそうするように彼にプレッシャーをかけたのです。ジェレミーはピアから離れたいと思っていました。いわば、彼を私たちの生活から追い出したいと願っていたのです。ピアのケースでは、私生活と仕事を分けることが難しかったからです」

「なぜご主人は躊躇したのですか？　ピア・クラウスン自身にはレイプされた経験がなかったからですか？」

「いいえ、そういうことではありません。まず、ジェレミーはピアがグループを支配してしまうことを恐れていました。現実に考慮すべきリスクとしてそれは確かにありました。すでに申し上げたとおり、ピアには普通では考えられないほど人を操る能力があるんです。ですが、私たちが最も恐れていたこと……それ以上に気がかりだったことは、ピアが小児性愛者を嫌悪していたことです。心底憎んでいました。ある日、私とピアは、重い病気にかかったヒリーネの義父の話をしていました。ピアがその話を持ち出したのです。彼は喜んでいました。どうやって病気のことを知ったのかはわかりません。また、あるとき恐ろしい事件が起きました。小さな子どもが殺されたんです。そのときのピアの反応は病的でした。動揺していたのではありません。むしろその逆で……彼にはぞっとさせられました。何を言ったわけでもありません。どのように説明すればいいのでしょう。彼は……なんと申し上げればいいのかわかりません。彼は……陰険でした。それは私が好きではなかった彼の一面です。それが彼の真実の顔だったのかもしれません。ジェレミーはある日こう言ったことがあります。ピアの心の闇を描けるぐらい濃くて黒い絵の具はこの世に存在しない、と。とはいえ、それは口論になったときに言われたことなので、誇張していたのだと思いますが」

二人の刑事はいずれも、この最後の説明に完全には納得していなかったが、二人とも黙っていた。マジックミラーの向こう側ではポウルが怒りもあらわに頭を振っていた。彼女は自分に話したのとはまったく違う内容を供述している。コンラズは尋ねた。

「クラウスンは結局グループに入ったわけですか？」

「ええ。ジェレミーがピアと対等になれるだけの力があると思った人たちと一緒にしました。つまり、ほかの強い個性の持ち主を集めたのです。でもそれはそれで、ジェレミーにとって頭痛の種となりました」

「彼らの名前を聞いたことはありますか？　ご主人からでもピア・クラウスンからでもいいですが」

「いいえ、一度もありません」

彼女はためらいがちに言った。きっと何かあるのだ。女伯爵は発言をうながした。

「ですが……その……こういうことがありました。いつだったかピアは、自分には小児性愛者たちについて言いたいことがたくさんあると言って、話を始めたことがあります。被害者はあらゆる社会階級にいるとかそんなふうな話です。そのとき、『看護師、農夫、広告業界の若者、校務員、キノボリがいる』と言いました。彼のグループが結成された直後のことです」

「キノボリですか？　いったいそれはどういうことなんでしょう？」

「わかりません。今、それを思い出して、自分でも驚いています。当時は、ジェレミーのことを指しているのだと思っていました。彼はロッククライミングが好きでしたから。でも、ピアは別の人のことを言っていたのです。ピアは山登りの好きなジェレミーのことをキノボリとは形容しなかっただろうと思います。皮肉なことに、この不思議な言葉のおかげで彼がなんと言っていたのか思い出すことができたのでしょう。ええ、言葉の順番も覚えています。とはいえ、ピアが全員を挙げたのかどうかはわかりません」

「あなたは彼らに一度も会ったことがないのですか？」

「一度もありません。誰とも会ったことはありません。もちろん、ピアは除いてですが。彼はいつも早めに来て、キッチンで私とコーヒーを飲みました。少なくとも私が迎えにいかなかったときはいつもそうでした。それから、ジェレミーのところへ行ったのです。ほかの患者は地下室側のドアを使っていました」

女伯爵は腕を広げて、その腕を力なく落とした。困惑した様子だった。イミーリェはその意味を間違って解釈した。患者が匿名でいる権利を女伯爵が軽視していると思ったのだ。いきなりきつく、威圧的な口調になった。

「こうした種類の関わり合いにおいて、悪いタイミングで匿名性を犯してしまうと、その治療が成功裏に終わるか大失敗に終わるかが大きく左右されかねません。子どものころに性的暴行を受けた体験が何を引き起こす可能性があるのか、そして心にどれだけ深く傷を残すか、あなた方はおわかりになっていないようですね。

小児性愛の犠牲になった人々の中には、特別な治療を受けるために歯科医に一生通わなければならない人もいることをご存じですか？　誰かの前で口を開けることでさえも、乗り越えることができない行為なんですよ」

これはまだ警察の誰もが見たことのなかった彼女の人格の一面だった。准看護師に指示を出す、有能な外科医のそれだった。女伯爵は言い訳をしようとはせず、ただ謝るだけにとどめた。そのほうがこじれないで済むと思ったのだ。コンラズは話を本筋に戻した。

「ほかにクラウスンのグループについて我々に話せることはありませんか？　なんでもいいです。あなたにとって重要だとは思えないことでも。先程おっしゃった五名に我々がどれだけ関心を寄せているかおわかりになりますよね」

「ええ、一つあります。ピアのグループのメンバーの一人はヘレという名前でした」

「看護師ですか？」

「おそらく。彼女は地下室にセーターを忘れていったのです。私はちょうどピアを家に送ろうとしていました。彼女が正面玄関のドアのベルを鳴らしたとき、私たちはキッチンにいました。長男がドアを開けてあげました。まだ三歳になったばかりのころです。息子がキッチンに誇らしげに入ってきて、『セーターが忘れたのはヘレです』と説明したことを覚えています。ピアと私はその文章に思わず笑ってしまいました。言いたいことはわかりましたし。ジェレミーも聞いていたと思います。彼がセーターを渡しましたから。彼女の顔は結局、見ませんでした」

それからまたも長い間、口をつぐんだ。コンラズと女伯爵はじっと待ったが、今回は無駄だった。

「それ以外は何も知りません。何も思い出せません」

コンラズはもっと具体的なアプローチを試みた。

「ご主人のお持ちだった過去の書類一式は？」

「亡くなったあと、すべて破棄しました。どれ一つとしてファイルを開かないまま、家の暖炉ですべての書類を燃やしました。数百件ありましたから、幾晩もかかりました。処分する前に、彼の同僚だった医師たち数人に相談しましたが、全員が賛成してくれました。いいことをしたと思っています」

「では支払いは？　ご主人は患者から治療代をどうやってもらっていたのですか？」

「いつも現金でした。毎回カウンセリングの前にもらっていたのです。彼はもっともらしい理屈を言っていました。紙幣を渡すという物理的なやりとりを介することによって、患者がカウンセリングから何かを得ようと思うようになると」

「まるであなたは賛成しなかったような言い方ですね」

「あれは彼の専門分野です。彼のやり方であって、私のやり方ではありません。個人的には、そうした理由の一つは税金対策だったと思っています。ともかく家にはいつも、手の届くところにたくさんの現金がありました。ときどき、ジェレミーは私にとても高価な宝石を買ってくれました。私はアクセサリーが大嫌いだというのに。彼が亡くなったあと、遺品を整理していたら、六十万クローネほど出てきました。その一部は我が家の金庫にあり、残りは少しずつ束にして家の至るところに分散させてあったのです。つい最近もまた私は封筒を見つけました。それが夫のしたことでも、こうした行動は異常だと躊躇なく言えます。詮索される前に申し上げますが、税務署にはすでに自ら出頭しました。そして長い検討期間のあと、そのお金を私が持つことが認められました」

　彼女を脱税で起訴するつもりなど最初からなかったコンラズと女伯爵は、うなずき、賛成の意を表明した。さらに質問を重ねたが、なんの進展もなかった。スティー・オーウ・トアスンという名前を聞かせてもぴんとこないようであったし、写真を見せても何も反応がなかった。確認できたのは、ジェレミー・フロイズの個人カウンセリングの予約は、彼が中央病院にいる日中にとってもらうしくみになっており、デリケートな問題をフォローしなければならない事態が生じた場合は、ジェレミーが病院で電話相談を受けることもあった、ということぐらいである。それで全部だった。今回はそれ以上の情報は得ることができなかった。事情聴取はすでに二時間以上に及んでおり、誰もがいい加減に終わらせたいと願っていた。最終的にその決断を下したのはコンラズだった。コンラズは、彼女と妹の関係から根掘り葉掘り聞いてみたが成果を出すことができず、女伯爵の懇願するような視線を二、三回無視した末にようやく、終了を決めた。彼は腕時計を見て、終了時刻をレコーダーに吹き込み、正式に聴取を終わりにした。二人は立ち上がったが、イミーリュは座ったままだった。

「カセットレコーダーを止めたのですか？」

コンラズは自分に向けられた質問に対して、そのとおりだと認めた。

「お話ししたいことがあります。ですが、録音はしてもらいたくありません」

二人は再び腰を下ろした。

「まず、何よりも先に、はっきりさせておきたいことがあります。私はいかなる場合でも、小児性愛者を殺しても当然だと考える人たちの一員にはならないということです。法的な視点であれ、倫理的な視点であれ、どんな視点から考えてもそれは変わりません。私はピアに裏切られたと感じていますが、まだ彼のことは愛しています。おかしいですよね。私自身戸惑いを感じますし、なぜだか理解はできないのですが、そうなのです。去年の三月に我が家に空き巣が入りました。今となっては、その背後にいたのはピアなのだろうと思いますが、彼に対する気持ちは変わりません。アコンカグアに登るという考えをジェレミーに吹き込んだのも、ピアだったのかもしれません。ジェレミーには、あの山を登るだけの力はありませんでした。これも今だからこそわかることです」

彼女はしばらくの間、必死に感情を静めてから口を開いた。

「夫は脳浮腫でした」

しばらくの沈黙ののち、彼女は説明を加えた。

「だから高い山に登っておきたくてたまらなかったのでしょう」

コンラズ・シモンスンは静かに言った。

「空き巣については？」

「ええ、それも話します。家族でジェレミーの弟が住むカナダに行ったときに、誰かが我が家に侵入して、カルテを見たようです。地下室の窓と関係書類が入っていたキャビネットが壊されていました。でも、何一つ持ち去られたものはありませんでした。それもあって、ジェレミーは相当悩んではいましたが、通報はしなかったんです。自分の職場にカルテを移動させると は言っていましたが、そうする時間がないまま亡くなってしまいました。ピアは私たちがカナダに行くことを知っていましたので、今から考えると、彼がこの不法侵入の背後にいたのだと思います」

「クラウスンはその情報で何をしようとしていたと思いますか？」

「あなたは、あなたはどう思われますか？　ピアが支持者をつのろうとしたのなら、非常によい糸口になったと言えるのではないでしょうか。それにご存じのとおり、ジェレミーはすでに彼に性暴力体験者を何人か紹介していたわけですから。ピアが性暴力体験者に会いにいこうとしていたなら、なんの下準備もなく行くことはないでしょうね」

イミーリェが腰を上げた。ミラーの向こう側では、ポウルが立ち上がっていた。彼はひどく尿意を催していた。部屋を出るとき、ポウルは握り拳でドアの枠を激しく叩いた。怒りの対象はもはやあの女性ではなく、彼女の亡夫だった。これ以上ないほど重要な意味があったはずの極秘情報のずさんな管理に対する怒りだった。

55

老人ホームに勤める看護師の例に漏れず、ヘレ・スミト・ヤアアンスンは錠剤を数えるエキスパートだった。まず十種類の錠剤を目の前に一列に並べていく。最初の七種類は、プラスチックの蓋がついたごく普通の瓶の容器に入っている。残りの三種類は包装シートに入れられたものだ。彼女は包装シートを指でつまんで、看護学生に言った。

「この種類の薬はきっとあなたも嫌いになるわ。右手の親指を延々と傷つけることになるから」

学生はまるで別れを告げるかのように自分の親指を見つめた。ヘレ・スミト・ヤアアンスンは疲れた声で続けた。

「これって時間がかかるのよ。最初にそれぞれの瓶の蓋を開ける。一つの瓶には十五日分の薬が入っているわ。規則的にやっていくのがコツ。まず、朝の分の錠剤、次は昼の分、夜の分、そして夜中に寝てもらうための睡眠薬。シーネ・ピーダスンには全部で一日二十二錠用意します。まだ病気でなかったとしても、この錠剤のせいで病気になるわね」

ヘレは話しているうちに、気分が悪くなっていた。薬の仕様について批判的な意見を言ったときから具合がおかしかった。目がかすみ始め、話すことは支離滅裂になっていった。

「……睡眠薬と向精神薬は、量が多くて心配になるほどなの。何年も前からそういう状態。同時に飲むのは危険よ。でもそうしないと私は一日ももたないの。以前は夜だけしか飲まなかったのに。廊下から声が聞こえてくるわ。警察かもしれない」

ヘレは学生を見た。学生は困惑していて、何も理解できていないようだった。彼らが何かを理解するなんてことはないのだ。それで、辛抱強く説明することにした。

「脈は急に上昇し、手が震える。一日中、何かに追われていると、ストレスホルモンに関わるアドレナリンが交感神経系に作用するの。つまり四六時中そういう状態なのよね。昼も夜も。夜は叔父で、昼は警察。だからあなたにわかってほしいの。ほんの少しのお酒を一杯。それにステロイド錠剤を一つ飲めば、すべて解決してくれる」

何かが上手くいっていない気がしたが、それがなんなのかはつかめなかった。彼女は自分のデスクを離れると、おぼつかない足取りで廊下を渡り、通用口の前の石段に座った。ここなら息を深く吸って、気を持ち直すことができる。ひんやりとした風が額に吹きつけてくるのが心地よく、一筋の日差しが灰色の雲を突き破って彼女を照らした。二、三回大きく息を吸うと、にわかに世界が縮んでいくような感じがした。まるで彼女が座っている場所以外は、何一つ意味を持たないような感じだ。慣れない感情に胸が締めつけられるような気がした。はるかかなたに感じ、今は再び身近に感じる気持ち。ヘレは子どもだった。ボールで遊んでいる。一生懸命やっていた。カーアン、マーアン、メデ、ポン！　アニ、アネ、アネデ、ポン！　キュレ、ピュレ、リュレ、ポン！　ベンデ、ポン！　数え歌は簡単だった。新しい歌でもそうだ。アーレークトー、メガイラ、ティーシポネー、ポン！（三者ともギリシャ神話の復讐の女神）ネメシス、ポン！（ギリシャ神話で人間の不徳、思い上がりを罰する女神）だがボールをコントロールするのは難しい。特に、頭の上を越えるようにバウンドさせるのが難しいのだ。時折、ボールがどこかに行ってしまい、そうするとまた最初からやらなければならない。それがルールだった。年上の女の子たちのように上手くなるんだと固く決心して、最初からやり直す。ボールを見失ってしまったら、なんとか探し出さなければならない。だから、ヘレは目を大きく見開いて探した。自分の周りに人が集まる。自分のことを好いてくれる人たちだ。

ヘレは「心配しないで」と説明する。すべてそのうち元に戻るから、と言う。彼らはわかってくれる。もちろんわかってくれる。簡単にわかることだからだ。泳ぐことも一度覚えてしまえば簡単だ。浮き輪なしで、ヘレはお母さんの隣で誇らしげに泳いでいる。ウスタブローのプールで、お母さんと二人きりで、それにもちろん、知らない人たちと泳ぐのも好きだった。思い切ってもっと遠くまで泳いでみようとしたが、その度胸も、十歳ぐらいの大きな男の子が自分に向かってクロールで泳いでくるのを見たら、しぼんでしまった。コースの途中で引き返してくるのは難しいが、ヘレはそれをやってのけた。屋内プールに声が響き渡った。黄色いバンドをしている者は全員プールから出ること。自分のことだ。黄色いバンドをつけている。更衣室のロッカーの鍵がついた黄色いゴムバンドをくるぶしにはめているのだ。ヘレはお母さんに向かって怒ったようなゼスチャーをした。そして母子は楽しそうに笑いながらキスをした。そうするには同じタイミングで水の上に頭を出さなければならない。そして二人は、プールの縁までゆっくりと泳いでいった。

56

コペンハーゲン警察本部の殺人捜査課には、張りつめた空気が漂っていた。

法務大臣がラジオで話している。激しい誹謗中傷と空約束しか口にしない大臣は、それでなくても悪評が高かった。だが今朝は、その不人気記録をさらに更新したようである。皮肉にもその原因の一つは、マスコミがこれまで大臣にインタビューする場を設けてこなかったことだった。マーデ・ボールプは紙とペンを手に、謎めいた設計図と暗号式であふれた彼だけの世界に閉じこもってしまった。ほどなくして、インタビューは終了し、アナウンサーが次の話題に言及した。アーネ・ピーダスンはラジオを消し、ポウル・トローウルスンはその場を支配していた意見を見事に要約してみせた。

「ケツの穴の小さな庶民派気取りめ」

コンラズの携帯電話が鳴った。ヘルマ・ハマからだった。コンラズは部屋の向こうの隅に行って電話を受けた。その間、アーネは大臣を思う存分けなしていた。

「大臣の話はどの一文をとってもすかすかですよ。でも根本的な部分でそのメッセージははっきりしている。『政治体系を大衆の嗜好に合わせる』、『市井の人々が抱く正当な怒りを防ぐために、法律のねじをきつく締め直す』、『一般の人々にとって警察が身近な存在になるように、本来の指揮系統に基づいた指令システムに戻す』。要するにミソクソ一緒くたに豚箱へって意味なんですよ」

ポウルが顔をしかめながら、つけ加えた。

「『ピザのように注文される子どもたち。我々はみな、それを目撃し、誰もが吐き気を催した』だとさ。あの大臣は、人間一人ひとりが心の中に飼っている醜い獣に訴えかけるのが本当に上手い。そして、それに続く五人の殺害については一言も触れないときている。あの野郎は絶対に外に出しちゃいかんよ」

アーネと女伯爵はあきらめたように首を振った。パウリーネは床を見つめている。コンラズが戻ってきて、官房長の言葉を伝えた。

「法務大臣の話は内容がない。本来の指揮系統に基づいた指令システムに戻すという彼の発言は、まったく根拠がないものだ。仮にそうなったとしても、大きな影響はないだろう。私は今までどおり、警察上層部に対して報告を行っているからだ。そもそも、特別チームを作るという考えは、我々警察から出たものではない。この事件の重大性に鑑《かんが》み、異例の対策がとられ、多くの財源が投じられているというところを、人々に見せつけるための政治的な切り札に過ぎない。大量殺人は日常的な出来事ではない、ありがたいことにな」

アーネが半信半疑といった様子で尋ねた。

「ヘルマ・ハマが本当にそう言ったんですか?」

「いや、違う。これは私の解釈だ。ヘルマ・ハマは、議員たちが真剣になって小児性愛者犯罪に対する刑罰について論議をしていると言っていた。おそらく刑法が見直されて、罰則は今より厳しくなるだろうということだ。法務大臣とおめでたい彼の仲良しさんたちは、議員の動向を探っている。厳罰化は、一部の野党からも好意的に受け止められている。だが議員の多くは、少なくとも現時点では、性急な対処をすることに慎重だ。いずれにせよ、我々には関係ない。こちらは政界からの横槍をかわしながら、とにかく自分たちの仕事を続けていかなければ。最後に言われたのは、基本的に私個人に関わることだ。私は公に自分の意見を述べることを禁じられた。今回で二度目になるな」

女伯爵は首を振った。

「あんな狡猾なじゅうたん売りの下でなんて働きたくないわ」

彼女にしてはきつい言い方だった。普段、女伯爵がほかの人についてコメントする場合は、どちらかといえばいいことしか言わないからだ。恰幅がよく威圧的な印象も与えるコンラズがメンバーの真ん中に立った。

「それは違うな。君は私の下で、民主主義のために働いている。政権を構成する組織に納得がいかないのなら、どこかの党員になればいい」

コンラズは何かもっと気の利いたことを言いたかった。チーム全体をいっそう団結させるような言葉を。だが、そんな言葉は思いつかなかった。ちくしょう、こいつらは何を求めているんだ。俺は政治家でもなければ、司祭でもない。どんなに高尚さを求められようとも、地を這うような地道な作業にこだわるしかない。

コンラズは、ぎこちなく部下たちに向かって腕を広げて言った。

「今日が非常に有益な一日だったということを忘れる

な。検討に値する、しっかりとした新たな糸口をいくつか見つけることができたじゃないか。それに明日は、スティー・オーウ・トアスンの事情聴取だ。誰が担当するかはまだ決めていないが、おそらく女伯爵と私で受け持つことになると思う。とはいえ、全員に完璧に準備を整えておいてほしい。テレビ局とのすり合わせは、アーネと私だけで終わらせるつもりだ。前回、あまりにも時間がかかったからな。明日、私はここに来るのが少し遅くなるだろう。個人的に人と会う約束があるからだ。もしかしたら、ここの通信状況を改善するために、信頼性の高いプロバイダーを別途手配できるかもしれない。現在、警察の公式な情報処理システムがいかに遅く、あてにならないかは、みなが感じているとおりだ。だとすれば、新しいプロバイダーは役に立つだろう。最後にもう一つだけ言いたいことがある」

コンラズはここで一呼吸おいた。

「現在の捜査環境が維持できない可能性が出てきた。費用面でという意味だ。したがってその前に国の予算を使って、今ここにいる全員を豪勢で値の張るディナーに招待しようと考えている。今ならそれができるからだ。そして、あのダウブラデット紙の鉄の女に請求書のコピーを送りつけてやろう。出席したい者は？」

女伯爵は行くと言ったが、ポウルは断った。ひどい風邪をこじらせていたのに長いこと放っておいたので、今夜こそは家に帰って休養したいという。アーネも同様に辞退だった。明日の夜、コンラズとカスパ・プランクとともに夕食をとる予定が入っていたからだ。だが、それはここでは内緒だった。どうしても抜けられない仕事があるわけでもないのに、二晩続けて自宅を空けるなんて不可能だった。ましてや、今日のコンラズの誘いは、家族に説明するのがかなり難しい。残るはパウリーネとマーデだったが、珍しくパウリーネは空気を読んだ。これはもしやコンラズと女伯爵を二人きりにさせるためのはからいかもしれない。

「私たちもだめなんです。マーデに自宅のパソコンを見てもらう約束をしているので。私のパソコン、完全におかしくなってしまって、なんとかしないといけないんです」

マーデ・ボールプは自分の名前を耳にすると、目の前の数式から顔を上げた。いつものとおり、言われていることがまったく理解できなかった。赤面もできないほどに。

57

スタジオのちょうど真ん中に腰掛けた少女は、天使のような雰囲気の持ち主だった。リネンの明るい色のブラウスを控えめに着こなし、白い首元に輝く琥珀《こはく》のシンプルなネックレス以外はアクセサリーをつけていない。その服装は夏みたいな雰囲気を醸し出していた。金髪の長い巻き毛は美しい顔の周りで軽くうねっている。瞳は生命力に満ちて明るく輝いており、視線を投げかけられるだけで引き込まれてしまう。少しすり切れた青いタイトなジーンズを流行に合わせて短く切り、黒い革の挑発的なブーツをはきさえすれば、夢のように美しく、純粋で、完璧だ。そして実際、彼女は撮影のためにそのような格好に着替えていた。

イーレク・マアクは少女から目をそらすことができなかった。まるで七月の太陽に照らされたみずみずしい露のように、彼の注意を引きつける。

監督は言われたとおりにイーレクの描いた世界を演出した。直接少女を見ることはせず、奥の壁に掛けられた巨大なモニター画面を見ていた。そこには彼女の上半身が映し出されている。時折、監督はカメラマンやインタビュアーに指示を出していた。

「レイプのくだりをもう一回やろう」

少女は文句を言った。

「げえっ、もう十回はやったんじゃないの？」

「まだ六回目だ。君はよくやってる。とてもいいよ。でももっと上手くできるはずだ。最初の部分だけやり直そう。残りは完璧だから。準備はいいかい？」

「わかった、わかったわよ。でもこれが最後よ」

彼女の顔は一瞬にしてとげとげしい表情から甘い表情へと変わった。監督が声をかける。

『あなたは子どものころ、ずっと暴行されていたのですか』から。よーい、はじめ！」

「あなたは子どものころ、ずっと暴行されていたのですか？」インタビュアーはごく自然な口調で台詞を言う。

少女は目をつぶり答えない。両頬を涙が伝うが、押し黙ったままだ。何一つ音がしない沈黙。それから彼女は顔を上げ、涙をぬぐう。初めて発する言葉はためらいがちだ。慎重で自信なさげである。

「はい。私は暴行されていました。まだ小さなころです」

それから彼女の声は少し聞き取りやすくなり、毅然とした口調になった。と同時に、ほんの少し驚いた様子を漂わせている。

「暴行される、とおっしゃいましたね。その言い方だと、お金を払ってもらえないのに新聞配達をさせられたという程度にしか聞こえません。大人が用いる遠回しの表現です」

　今や彼女は大きな声ではっきりと話していた。非難を込めているとはいえ、ヒステリックなふうではなく、攻撃的な口調でもなかった。

「私はレイプされていました。九歳から十四歳までの間、レイプされていました。それはもう頻繁に。もし週に三回レイプされなかったら、いい一週間だと感じました。それが毎月、毎年、続いていくんです。そのせいで、学校にも行かなくなりました。だからこそ、犯罪者の運命よりも、被害者の運命のほうに関心があるのです」

「あなたがこうして語ることが、何かの役に立つと思いますか？」

　彼女はその質問を無視した。イーレク・マアクがこのくだりを見るのは三度目だった。そのたびに一回目のテイクと同じくらい強烈な印象を受けた。絶望と無力感が少女の美しい顔を際立たせていた。

「私の弟に会ってください。彼はレイプに耐えられず、ひどく心を病んでいます。それなのに、病院には弟のためのベッドすらないんです」

　彼女を抱きしめたいという欲求にかられて、イーレクの注意力は散漫になった。ただ彼女を腕の中でやさしく抱き、慰め、守ってやりたいという欲求。イーレクはこのばかげた考えを頭の外に追いやったが、いつの間にか無意識に足が動いて何歩か前に出ていた。

　インタビュアーは少女が黙りこむと、何も質問をせずにそっとしておいた。再び話し出したときには、彼女はもっと落ち着いた様子になっていた。声も低くなっていた。

「私が助けを必要としていたとき、大人たちはどこにいたのでしょう？　母は？　家族は？　先生は？　ソーシャルワーカーは？　私のことを心配しなければならなかったはずの人たちはみんなどこにいたんですか？」

彼女ははっとした様子で、顔を上げ、直接カメラに向かって話しかけた。監督はそこで介入した。

「よし、カット！ この動きはもう一回か二回やり直さなければいけないね。自然な感じになるように。今のはちょっと早すぎた」

　少女は腹立たしそうにうめいた。

「この前は遅すぎって言われたわ」

「そうだよ。そして今言ったとおり、今度は早すぎた。それから責めるような口調を心持ち和らげたほうがいい。ちょっぴり自信なさそうにするんだ。少し時間をおこう。同じ演技を繰り返している感じが出ないように。今言ったことを全部、一度に表現できるかな？」

　イーレクには監督の言わんとしていることがぴんとこなかった。これまであの娘を見てきて、自分が理解してきた範囲では、何が悪いのか想像できなかった。少女は先程のくだりを見事にこなして、撮り直しなしのお墨付きをもらった。

「あなた方はどこにいるんですか？ 今どこにいるんですか？ なぜ小児性愛者のネットワークに対して何もしないのですか？ なぜ、子どもが強姦された場合は通常の強姦罪よりも刑が軽いのですか？ どうして……」

「いいぞ、よくできた」監督が割り込んだ。

　少女は姿勢を正すと、素《す》の表情に戻った。

「途中で割り込んできて、いったいどうしろっていうの？」

「もうやらないから。だけど、ちょっと細かいところが……」

「まったく、監督ってば、そればっかりなんだから」

「弟さんのことを話すときはもっと悲しそうにできないかな？」

「弟のことを話すときに笑えというならできるけど」

　休憩を取ることになった。インタビュアーはスタジオの外に出ていった。少女とカメラマンと監督がイーレクのほうへ歩いてきた。

「この娘は今まで私が仕事をしてきた俳優の中で一番才能に恵まれていますよ。貞淑さの化身のように赤面することもできれば、闇金業者を泣かせることだってできる。微笑んで見せれば、冬の闇夜でもぱっと日の光が差すんです。節回しといい、声の調子といい、容姿といい、すべてを兼ね備えているし、しかも呑み込みが早い」

監督はまるで当の少女がその場にいないかのように話していた。イーレク・マアクもその点に関してはまったくの同意見だった。この子のメディアにおける将来性は抜きん出ている。だが、イーレクは一抹の不安も感じていた。

「でも、彼女が話したことは全部……彼女の身に起こったことなんですか？」

「身に起こった、ですか？　何がおっしゃりたいのかわからないのですが」

「つまり、本当に起きたことなのでしょうか？」

監督は何も言わずに踵《きびす》を返し、出ていった。イーレクは驚きつつ、彼の後ろ姿を見送った。そのあと、カメラマンに聞いてみる。

「なぜ出ていったんだろう？　気を悪くさせたのだろうか？」

「気にすることないですよ。あの人ちょっとエキセントリックだから。何か我慢ならない言葉があったんでしょう。でも、あんな大物が引き受けてくれるなんて、僕たちは運がいいですよ。素晴らしい監督だから」

イーレクはさもわかったかのようにうなずいた。カメラマンはつけ加えた。

「彼の本を読むべきです。『グローバル村ではカメラが神だ』か『誰もがコガネムシを踏みつけるが、テントウムシを踏みつける者はいない』のどちらかをね。両方とも監督の有名語録なんですよ」

「うん」

「まさか、監督のよさがわからないんじゃないでしょうね」

「うん、たぶんわからないと思う」

カメラマンはタバコの箱を出した。少女に一本勧めたが、彼女は無言で首を横に振った。彼は一本取り出すと、耳の上に引っかけ、ポケットの中をごそごそやってライターを探している。

「昨日の母親の映像見ましたか？　廃墟になった公団住宅にいた母親のですよ。ＣＮＮで流れたんですけどね」

イーレクはうなずいた。その映像を見ていたからだ。

「あれはキャスティングの失敗例ですよ。演出もひどいものです。黒い長い上着に、手入れがされていない肌、ポニーのたてがみみたいにぼさぼさのまゆ毛。彼女がどんなふうに叫んだか覚えていますか？　文句ばかりで、字幕を読むのも大変でしたよ。仰向けにひっくり返って、指をうっかり切ってしまったかのように手足をばたばた動かし、目を回して。彼女は自分の手でたった一つのチャンスをぶちこわしにしたんです。百万人単位の視聴者がなんとも言えない気持ちにさせられた。そして彼女の死んだ子どもたちは今やどこにいると思いますか？　忘れられし人々の書の最終ページに追いやられたも同然です」

彼はタバコに火をつけて、こう言い添えた。

「あなたは何が起こったのかと聞きましたけど、何が起きたかというのは、これから何が起こるかに左右されるのであって、過去そのものではないんです。だから何度も練習するんですよ」

イーレク・マアクはその理屈を理解した。相手の言うことが明らかに正しかった。

「わかってるよ。ただ、あの雰囲気は……なんと言ったらいいのだろう……何か汚れた感じがしたのかもしれない」

「あなた広告業界にいるんじゃないんですか？」

「そうだよ」

「じゃあ、何が問題なんです？　彼女は素質も素晴らしいし、少し手をかければ天才的な女優になりますよ。もちろん、わからないようにメークをしなければなりませんが、それは明後日チェックします。それからあなたのウェブサイト用の写真をお持ちしますよ。白黒のね。思うに、あの娘は白黒写真のほうが写りがいい。番組を見るのを楽しみにしていてください。きっと感動しますよ」

　少女はその間もずっと隣にいた。ひどく退屈している様子だったが、いきなり口を開いてこう言った。

「家に脳みそ忘れてきちゃったんですか？　ピア・クラウスンは、あなたのこと利口だと言っていたのに。もちろん、私だって練習しなきゃいけないわよ。じゃあ、あなたは死んだ妹さんの話のとき、練習しなかったんですか？」

「どうしてそのことを知っているんだい？」

「どうして知ったと思います？　あなたが妹さんのことを話したとき、あの場にいたんだから。それで、練習したんですか、しなかったんですか？」

「したよ……でも……それとこれとは違う」

　少女は肩をすくめて、待ちかねたように言った。

「そろそろ撮影始めない？　ふ抜け病がうつっちゃいそうなんだけど」

58

コンラズ・シモンスンはウスタブロー駅のコンコースでコーヒーを買い、カフェテリアから一番離れているテーブルについた。気持ちよく始まった朝は、おぞましい終わり方をすることになる。女伯爵との夕食は素晴らしかった。二人は、できるだけ近いうちにまた一緒に出かけようと約束した。そしてコンラズは今朝、晴れ晴れとした気分で目覚め、心地よさを体で感じていた。風呂の中で歌ってしまうほど気分がよかった。そんなことは久しくないことだった。だが、玄関の敷居をまたいで外に出ようとした瞬間、彼のささやかな幸せを破壊する郵便が届いたのである。

その郵便物は、ピア・クラウスンからだった。黄色いA4サイズの封筒で、フレザレチャ郵便局の昨日付の消印がついていた。中にはアナ・ミーアのぶれた写真が六枚入っていた。彼女が家から出るときに撮られたものが一枚、自転車の鍵を外しているところを写した写真が二枚、撮影者のほうに向かって自転車をこぐ写真が三枚だった。そして、コンラズがあまりにもよく知っている詩編の一節が書いてあった。

〝闇が死を、夜明けが愛を、私にもたらしてくれますよう〟

何百とおりもの考えが頭蓋骨の内側で錯綜し、不安に横隔膜が押しつぶされた。こめかみから汗が噴き出した。思わず写真をとり落としてしまい、へなへなと地べたに座り込んだ。写真に囲まれながら、少しずつ彼は不安と闘い、なんとか自分の思考を現実に立ち返らせた。昨晩、アナ・ミーアはボーンホルムへ出産したばかりの女友達に会いにいった。だから彼女には差し迫った危険はない。常識的に考えれば、この手紙の脅しは、明らかにコンラズを動揺させることが目的であり、娘を処刑することを意味してはいない。こうした冷静でおそらく正しいであろう考え方を、当初コンラズは生理的に受け入れられずにいた。だが少しずつ、疑問が頭の中で整理されるにつれて、彼は自制心を取り戻していった。ピア・クラウスンはどうやってアナ・ミーアが自分の娘だと知ったのだろう？　そしてどのようにして彼女が一緒に住んでいることを突き止めたのか。家の前で張り込んでいたのか？　新聞は、先週の火曜日に二人が休暇を切り上げて帰ってきたことを報じていただろうか？　ほかにこの写真を説明できるものはないのだろうか？　すべての疑問に対する答えをすぐに見つけることは到底かなわなかった。それが彼の無力感をひたすら強めていた。コンラズは延々と頭の中で自問しつづけていたが、少しずつほかの感情が心を占めるようになり、彼を立ち直らせた。心の中で激しく葛藤したあげく、ついにこの出来事を気持ちの外に追いやり、目の前から隠すことに成功した。家を離れたときには、すべてがいつもどおりに見えた。だが、これまでになかったほど冷たい憎しみにさいなまれるようになっていた。

考え事に没頭していたため、コンラズは自分の待ち人がすぐそばに来るまで気づかなかった。彼は鬱々とした気分をしっかり自分の中に閉じ込め、礼儀正しく挨拶した。

「おはようございます」

その男性は少し保守的なスタイルではあったが、きちんとした身なりをしていた。彼が会社員であることはネクタイを見ればわかった。まだ中年だが、頭はほとんどはげ上がっており、猫背のせいで、実際の年齢よりも歳をとっているような印象を与えていた。

「おはようございます、警部補さん。その肩書きが正しいかはともかくとして」張りのない声で男は言った。「来てくださってありがとうございます」

男は皮肉に満ちた笑みを浮かべた。

「来なくてもいい選択肢なんてあったんですか？」

「これは取り調べではありません。その反対です。お願いしたいことがあるのは私のほうですので」

「警察が何か頼み事をするときはだいたい、背中に〝脅し〟といらきれいな花束を隠しているものです」

「今回は違いますよ。私が伺いたい話は法律的には少し制約がある内容なのです。ですから、私への協力には気が進まなくても、友達のままでいられますよ」

「じゃあ、私たちが友達同士だから頼み事があるとおっしゃるんですか？」

そこで疑問がわいた。二人の間柄を友人関係として描くとするならば、友達という概念をかなり広く解釈しないといけないではないか。コンラズはこの男性を偶然、チェスのトーナメントで見かけたことはあったが、ここ十二年間実質的に会うことはなかった。最後に顔を合わせたのは彼に尋問し、裁判で彼に不利な証言をしたときだ。コンラズは考えこみながら、こう訂正した。

「そうおっしゃりたくなるのはもっともです。言葉の選び方を間違えました。申し訳ない。私たちは友達ではありませんね」

コンラズはコーヒーを少しすすった。すっかり冷めてしまっていた。コンラズは、社会的に排斥されるという追加制裁について、自分としては非常にためらいを覚えるという話をしようかと思いついた。こうした世の中の傾向はさらに犯罪を生み出すものであり、ともかく不公正である。コンラズに言わせれば、刑期をきちんと勤め上げた人の犯罪記録は消去されるべきなのだ。だが、そうした考えは自分の中だけに留めておくことにして、こう話しかけた。

「あなたの近況をお話しいただけますか？」

「もう長いこと、淡々と毎日を過ごしていますよ」男性はためらいがちに答えた。「治療に従い、薬を飲んで、子どもたちからも距離をおいています。写真も映画も見ませんし、雑誌も読みません」

「わかってます。私は出来る限りあなたのフォローをしてきたつもりですから。でも、そういうことを聞きたかったわけではないんです。あなたのことをもうそんなふうには考えていないので」

男性はコンラズを驚いて見つめて言った。

「そうですね、知りたいというのなら申し上げますが、たいした毎日ではないですよ。ほとんどの時間を一人で過ごしています。テレビをたくさん見て、時折、舞台を見にいき、時間つぶしに本を読んでいます。週末はとても長く感じられます。休暇や祝日もそうですね。でも普段の日は比較的早く過ぎます。仕事をしなければならないので」

男性はうつむいた。

「息子たちに会いたくてたまりません。毎日そう思っています。ええ、もう彼らは大人になりましたよ。そして私は二度と会うことはないんです。おそらく当然の報いなのでしょうが」

コンラズはなんと言えばいいのかわからなかった。

「おそらく、ですか……」

「いえ。もちろん、当然の報いなのです」

男性は顔を上げた。苦悩が表情ににじみ出ていた。

「話を聞いてくださってありがとうございます。ではご用件を伺ってもよろしいですか？　何ができるでしょう？」

「まず、今わき起こっている小児性愛者に関する論争について、どう思うか聞かせてください」

「論争ですか……。まあ、あれが論争といえるのならば」

「それ以上にぴったりくる言葉が見つからなくて」

「正直言えば、怖いです。でも、だからと言ってたいしたことができるわけでもありません。頭を低くして、ただ過ぎていくのを待っているだけです」

コンラズは困った顔でうなずき、それから頼み事の説明を始めた。

「私は、電話の通話記録をすぐに入手できるような情報源を持っていないのです。つまり、誰が誰と、いつ、どれくらいの時間、通話したかという情報です。令状を持っていませんし、持っていたとしても、誰かの〝残念なミス〟によって、探しているデータが消されてしまう恐れがあります。警察の公式の情報源は危なっかしくて、とても信用する気になれませんし、かといって非公式の情報は枯渇している状態でして」

最後の言葉は、女伯爵が使っていたものをそのまま拝借した。とはいえ、普段ならば、彼女は瞬く間に通話に関する情報を見つけていただろう。

「なるほど。決して意外ではありませんね」

「これはかなり重大な仕事になるかもしれません。それでも私を助けてもらえますか？　あなたならできそうですか？」

「できるかもしれません。職場の同僚に、電話交換器の担当責任者がいます。保管されている過去の録音も含めて、データベースすべてに自由にアクセスできる立場にいます。まず彼に話してみないといけませんが、九割方、了承してくれると思います。たとえ、私の過去が……人目にさらされることがあっても」

「それを心配されているのですか？」

「今、何が起こっているか、ご存じないのですか？」

いい加減この質問をされることには慣れてきた、とコンラズは独りごちた。その質問には答えずに、ポケットの中から封筒を、財布からは名刺を出した。その名刺に何やら書き込む。

「どうぞ、持っていてください。私のプライベートな電話番号が裏に書いてあります。封筒の中には、こちらがはっきりさせたい一連の事柄についての資料が入っています。これは至急の要請ですが、あなたが魔法使いでないこともわかっています。お友達に話したら電話をください。何か問題があった場合も、同じように電話をくださるようお願いします」

男性は書類一式を手に取った。名刺はポケットの中に、封筒はアタッシェケースに入れた。

「あの人たちをぶつ切りにした犯人を見つけ出すんですか？」

「ええ、そうです。全員ですよ。今日じゃないかもしれませんが、明日でも、あるいは来週でも、たとえ一年が経っても、必ず見つけ出します。もしほんのわずかでも運に恵まれれば、早いうちに実現できると思います」

「そうだといいですね。そうすれば、世論にはびこる憎悪も少しずつ静まっていくでしょうし」

その言葉はほとんど悪魔払いの呪文のように聞こえた。

二人はしばらく同じ方向へ向かって歩き、やがて握手して別れた。

59

熱心に持論を展開するパウリーネを、コンラズは好きにしゃべらせていた。だが、彼女が同じ話を繰り返し始めると、そこで話をやめさせた。それについてどう思ったかははっきり言わずに、ただ彼女の見解を要約してみせる。

「君はスティー・オーウ・トアスンが女性恐怖症で、同年代の女性と親密な関わりを持つことに恐怖感を抱いていると主張している。そして、彼を事情聴取する際に、推測の域を出ない女性嫌悪を利用することを提案しているわけだな。そうなると、客観的に見てチームの中で最も能力不足であるにもかかわらず、君が聴取を担当しなければならなくなる。それを取り調べまで二時間を切ったこのタイミングで提案してきた。しかもその根拠は、彼がギリシャのクルーズ旅行で出会ったと考えられる人物と君が、十分間電話で話したからだという。そういうことだな？」

「はい、そのとおりです」パウリーネは悪びれることなく答えた。

「クルーズに行った女性が直々《じきじき》に電話をかけてきた。だが彼女の言い分が正しいかどうかはまったく確証がない、ということで間違いないか？」

「はい」

「話を続けなさい」

「女伯爵と私で尋問を担当すべきです。それから取調室の備品の配置も換えるべきです。もっと親密な感じにして、距離感を縮めるといいと思います」

アーネは天井を眺めていた。コンラズはうなずいた。まだ決断しかねている提案に対してではなく、彼女の自信に満ちた態度に感心していた。そこでこう尋ねた。

「私も立ち会わないほうがいいということだな？」

パウリーネはその質問には答えなかった。

「クルーズに行った女性はある細かい特徴を指摘していました。私自身も、その特徴は、つらい子ども時代を送った男性特有のものだとこれまで思ってきたんです。私はそういう体験をした男性たちを動揺させ、ときには本当に怖がらせてしまうようです。こういう男性に特有の反応だと何かで読んだことがあります。スティー・オーウ・トアスンがジェレミー・フロイズ医師に助けを求めた事実とも一致すると思います」

アーネは驚いた表情でパウリーネを見た。自分が知らなかった彼女の一面を見た思いだった。彼女はアーネには目もくれず、全神経をコンラズに向けていた。一方のコンラズは、自室の窓ガラスについた雨粒が不規則に流れていくさまを一心に眺めている。パウリーネの自信は頂点に達していた。

昨日の夜、パウリーネはカスパ・プランクの自宅をなんの前触れもなく訪ねた。目に涙をため、許しを請うために。女伯爵についた嘘が、良心に重くのしかかっていたのだ。それに耐えきれなくなり、殺人捜査課のかつてのトップに相談にのってもらいたいと思ったのである。この人だけは自分のしたことを理解してくれるだろうと確信していた。

老人は彼女にティッシュを渡してやり、静かに話を聞いてやった。それからしわが刻まれた手を若い娘の頭の上に置いて言った。

「世間は君を許してくれると思うよ。これだけほかの人々が狂気にとらわれているというのに、君だけが冷静でいなければならない理由はない。マスコミの言うことを信じるならば、国内に住む人々の大多数が、殺人犯が見つからなければいいと願っているらしいし」

「でも、フランク・ディトリウスンの友人については どうしたらいいのでしょう？　彼の古い友達の一人だろうという証言が取れたのに。あれは重要な情報です。ずっと前に伝えなければならなかったはず……」

「コンラズが自分で探し出すだろうから放っておきなさい。もともと、彼がもっと前に見つけていなければいけなかったんだ」

「でもどうやって？　そんなこと、彼は知るよしもないじゃないですか」

「もちろん見つけられるさ。あの兄弟の殺人は個人的な怨恨によるものだ。フランク・ディトリウスンは中央でしかも最後に吊るされていたし、アラン・ディトリウスンは〝おまけ君〟だ。このあだ名は言い得て妙だな。殺人が個人的な理由で行われた場合は、必ず解決するものなんだよ」

パウリーネはぽかんとした。

「いつからそれをご存じなんですか？」

「ご存じ、というのはちょっと仰々しいね。ただ、そういうふうに私が思っているだけなんだから。だが、過去に少しばかり光を当てられそうな人と今週中に会う約束をしていてね。まあ、そのときが来たら喜べばいいんだよ。いいからこちらに来なさい。君にいいものをあげよう」

老人は、マホガニーのライティングデスクの隠し引き出しから箱を取り出した。その箱の中から、アクセサリーを一つ取って掲げてみせた。とてもきれいな金の魚のペンダントに、シンプルで軽い鎖が通されている。

「これは妻が持っていたものなんだ。今日からは君のものだよ……」

「でも……」

彼は自分の唇の前に指を一本立てた。彼女はそれ以上何か言おうとはせず、そのアクセサリーをつけてみた。ペンダントは優雅に彼女の首から垂れ下がり、まったく重さを感じなかった。毎日首にかけていたかのように、しっくりとおさまっている。

「とてもきれいですけど……」

老人は、再び指を唇の前に立てた。パウリーネは心が軽くなり、解き放たれた心持ちだった。今度はうれし涙が流れた。もう一枚ティッシュを手に取って涙をぬぐう。彼女は自分がつくづく恥ずかしくなった。

「あなたにはいつもしてもらってばかりだわ。私があなたのためにできることは何もないのでしょうか？」

カスパ・プランクの顔が明るくなった。

「私の花に水をやってくれないか。からからに乾いて死にそうになっているから」

老人の指示に従って、じょうろで水をやったことを思い出して、パウリーネはかすかな笑みを浮かべた。この笑みが彼女に有利に働いた。ついにコンラズは、ここにいる〝男性の情緒不安定に関するエキスパート〟が言うことには一理あると結論を出した。

「女伯爵が事情聴取をリードする。君はあくまで立ち会うだけだ。ただし、女伯爵がクルーズに参加した女性と実際に話し、君の提案に賛同しなければ、この作戦は中止にする。パウリーネ、最後にもう一つだけ言っておきたいことがある」

コンラズは彼女の目をまっすぐ見つめた。

「もし少しでも君が自分の立場を逸脱したり、女伯爵がほかの人間の助けを必要としたりした場合は、すぐに君は交代だ。そういう事態が起きても、抗議は一切聞きたくない。わかったか？」

「すべて了解しました。信じてくださってありがとうございます。いい決断をしてくださったと思います」

「いい決断なのかどうかはまだわからないんだぞ。あと二時間、女伯爵と打ち合わせをする時間がある。有効に使え」

パウリーネはその言葉どおりにした。アーネが立ち上がるころには、すでに部屋の外に出ていた。

スティー・オーウ・トアスンと弁護士は時間どおりにやってきた。スティー・オーウは、パウリーネが予想したとおりの態度を見せた。この証人は、二人の女性からアプローチされることに抵抗を覚えているようだった。特に若いパウリーネとの距離感のとり方に神経質になっているように見えた。パウリーネが彼の手をやさしく取って挨拶したとき、スティー・オーウはかなりの勢いで後ずさりした。鏡の向こう側でコンラズはアーネに言った。

「彼女の見立ては正しかったな。今のを見たか？　そう思って観察すると、本当によくわかる。ほら、あの男が身を縮めている様子を見てごらん。弁護士はまったく気づいていないようだが」

部屋の中では女伯爵が親しげに腕を広げて、弁護士に話しかけていた。

「どうぞおかけになってください。この部屋に必要な設備をそろえようとしたのですが、ご覧のとおり結局この家具を使うしかなくて。でも、特に問題ないですよね？」

チームは急遽、小さな正方形のテーブルを設置し、その周りに椅子を四脚置いていた。こうしておけば、弁護士がどの席に座ったとしても、パウリーネはスティー・オーウ・トアスンのすぐそばに座れることになる。

コンラズは興奮していた。

「これは名案だったな」

アーネはむしろ戸惑っていた。

「例のテレビ番組の件はどうなったんですか？　テレビ局の人たちが今日もう一度来るはずでは？」

「約束は無期限で延期された。どうも何かほかのネタに目移りしたようだ。とにかく今は静かにしていてくれ。聴取の様子をじっくり見ておきたい」

それからの一時間半はスティー・オーウ・トアスンにとってまさに試練だった。時間をかけて周到な準備を整えたにもかかわらず、彼のディフェンスはわずかな間しか効果を発揮しなかった。女伯爵が、彼をリング上に引っ張り出し、ありとあらゆる角度から襲いかかってきたのだ。

「二〇〇三年十一月十八日、あなたの車はゲントフテのリレ＝ストランヴァイ通りに駐車した際に傷をつけられましたね。あなたはそこで何をしていたんですか？」

ゲントフテになど一度も行ったことはない……。それは何かの間違いだろう……。スティー・オーウは、忌まわしい証明書のコピーを払いのける。

「ギリシャでのクルーズのお金を払ったのは誰ですか？　また例の見知らぬ人なんですか？」

覚えていない、答えたくない、と最初は気取って答えていたが、最終的には、自分で払った、何年もかけてお金を貯めたのだ、と主張することになってしまった。

「四月にあなたはフレズリクスヴェアクの金属加工工場に出向き、工場が何年も放置していた石炭の山を買いました。どうして石炭が必要だったんですか?」

石炭があれば何かと便利だと思ったからだ。もちろん、マイクロバスを焼却するのにも使ったが、もともとの予定には入っていなかった……。

「あなたの子ども時代の話をしましょう。あなたがクライメで通っていた学校の先生方は、あなたがつらい子ども時代を送ったと話してくれました。それは本当ですか?」

全然そんなことはない。普通の子ども時代を送った。まったく普通の。百パーセント普通の。先生たちは年老いて、完全にもうろくしてしまっているに違いない……。

「あなたはテサロニケの海岸で女性を襲いましたね。いったい何があったのですか?」

ここで弁護士が口を差し挟んだ。だがその弁護のしかたにスティー・オーウは傷ついた。痛めつけられた犬のような顔つきになった。

女伯爵は続けた。これでもかこれでもかと。ある話題を取り上げたと思ったら、別の話題へ。刺すように辛辣な質問かと思えば、かみつくような痛烈な質問。ひどく非難されれば、その話題を脇に置いて、十分後にこっぴどくやり返した。しばらくすると、スティー・オーウに精神的な疲労の兆候が見られるようになった。ある一文で彼はつまずき、目をこすり、こめかみをぴくぴくさせた。怒りと、いらだちと、それゆえの軽率な態度。致命的な瞬間は間近に迫っていた。

「ジェレミー・フロイズをご存じですか?」

「聞いたこともないよ」

「彼があなたのことを知っているかどうか、今ここに入ってきてもらって、証言してもらうこともできるんですよ。それをお望みですか?」

パウリーネがここで介入しようとした。ここまで彼女は一言も発言していなかった。慎重に女伯爵の提案に異議を述べようと試みる。

「でも、その人は……」

女伯爵はいらだちもあらわに彼女の言葉をはねつけた。

「彼が心理療法士だということはもちろん知っています。ですが、医療行為における守秘義務は殺人事件には適用されないんです。トアスンさん、私はお二人に対決してもらう段取りをつけなければならないんでしょうか?」

パウリーネは引き下がらなかった。

「いえ、ですから……」

「黙りなさい」

女伯爵が怒鳴りつけた。弁護士はなんのことかまったくわからないようだった。スティー・オーウはここでミスを犯した。


「あの人は死んだんだから、手配なんかできるわけないよ」

「あら、それならもっとこの件についてちゃんと話してください。どうも納得がいかないんです……」

コンラズは大きな鋭い笑みを浮かべた。

「あの男は、自分がヘマしたことにすら気がついてない」

「弁護士も気づいていませんね。頭の回転が止まってますよ。スフィンクスのようにただ座っているだけで役立たずだ」アーネが答える。

「見かけにだまされるな。私はあの弁護士をよく知っているが、非常に優秀な男だ。だが、おまえの言うことにも一理ある。あれじゃまるで、支払われた金以上のサービスはしないと言っているみたいだ」

十五分ほど経ったころ、女伯爵は切り込むなら今だと判断した。彼女は身を乗り出し、両肘をついた。

「例の見知らぬ人からあなたがもらった二万クローネ

を、あなたはサンラープというインド支援のNGOにインターネットで寄付しました。なぜこの団体にしたんですか?」

スティー・オーウ・トアスンはこの質問に対する答えを準備してきたようだ。

「テレビでこの団体のことを聞いたんじゃないかなあ。でも、はっきりとはわからない。偶然知ったのかもしれないし、よく覚えていません」

そう言って腕組みをした。この話題については、それで決着がついたと思っていた。だが、パウリーネは違った。彼女もスティー・オーウのほうに身を乗り出した。

「サンラープはムンバイで、もっと正確に言えば、世界最大の売春街カマチプラで活動しています。二十万人の女性と子どもがそこで売り物になっている。一番小さな子どもは七歳にもなっていません。子どもたちは今にも崩れそうな家に監禁され、性奴隷として酷使されます。一人あたり一日十五人から二十人の客をとらされているんです。こうした子どもたちの多くが、ネパールのカトマンズ出身で、奴隷商人に誘拐され、国境の向こう側のインドに売り渡されてしまうのです。最初の数週間、心理的に屈服し、新しい仕事を受け入れるようになるまで、子どもたちは殴られ……拷問される。性的暴行を受けていないときは、警察に見つからないよう、売春宿の女将の手で、床下や屋根裏といった狭くて暗い場所に隠されています。警官に子どもたちが見つかってしまったら、分け前を要求されるから。ほとんどすべての女の子がHIVに感染していて、治療を受けられないままエイズを発症します。多くの子どもが妊娠し、言葉にいい表せないほどひどい環境で赤ちゃんを育てるのです」

パウリーネはゆっくりと、はっきりとした声で、直接スティー・オーウ・トアスンに話しかけた。彼は椅子の背もたれが許す限り、パウリーネから離れようとしたが、彼女の視線までは避けることができなかった。

彼女が話し終わると、スティー・オーウはなんの質問もされなかったことにも気づかずに口を開いていた。

「ああ、本当にひどいよ。でも、みんなどうでもいいと思っているんだ」

そこに女伯爵がカミソリのように鋭く非難するような口調で割り込んできた。

「あなたがあの金額をサンラープに送金したのは、やましさから逃れるためだったんでしょう？　ジェレミー・フロイズのクリニックに通っていたのは、子どもに手を出さずにはいられなかったからじゃないですか？　違うとでも言うんですか？」

弁護士が怒りもあらわに抗議した。

「いったい、何を言ってるんですか？」

スティー・オーウの見せた反応はそれを上回る激しさだった。ほとんど悲鳴に近い声で叫ぶ。

「違う、違う。その逆だ！　おれはやられていたほうなんだよ！」

パウリーネが怒り心頭といった様子で、女伯爵に声を荒げた。

「いったい何言ってるんですか？　この人は子どもに手なんか出していませんよ。なんにもわかっちゃいないんですね」

そしてスティー・オーウを守ろうとするかのように彼の前腕に手を置いた。

女伯爵は、同僚と意見の相違があることを隠そうともしなかった。

「よく言うわよ。この人はあのグループの一員だったのよ。校務員のピア・クラウスンと看護師のヘレ……ヘレ……ええと、なんて言ったっけ、ヘレ……？」

女伯爵は、考え込んでいるような様子をした。指を二、三回鳴らし、助け船を出してほしいといわんばかりにスティー・オーウのほうを見つめる。すると、奇跡が起こった。

「ヤアアンスンですよ。ヘレ・スミト・ヤアアンスン。でもおれたちが……」

それ以上、彼は話を続けることができなかった。弁護士がようやく、何が起こっているのかを理解したからだ。彼は自分の依頼人の口を手でふさいだ。

「もう、うんざりです。うんざり以上にひどい。まったく正気の沙汰じゃない」

弁護士は怒っていた。誰に向かって言うわけでもなく大きな声で宣言する。

「たとえこれがきちんと録音されていたとしても、もう私は依頼人の口から手を離しません。依頼人には二度と、事情聴取には応じないよう強く勧めます」

弁護士は立ち上がると、スティー・オーウ・トアスンと二人の女刑事の間に体を割り込ませて、彼を外に引きずり出した。そして鏡のほうを向いた。

「心理的な恐怖をわざと私の依頼人に与えたな。出てこい、コンラズ」

コンラズ・シモンスンは重い腰を上げた。

「できれば、穏便におさめたほうがよさそうだな。アーネ、名前は覚えたか？」

「看護師ヘレ・スミト・ヤアアンスン」

「彼女を探せ。昨日の件で彼女に話を聞きたい」

60

スティー・オーウ・トアスンの取り調べの直後、女伯爵は上司を捕まえた。彼を取り逃がさないように廊下で十五分も辛抱強く待っていたのだ。コンラズが弁護士から解放されるやいなや、早足で近づいてくる。

「コンラズ、話があるの」

コンラズは驚いて振り返った。女伯爵の物言いは、命令調であるという表現を避けるとするならば、譲歩の余地がないという印象を与えた。コンラズはできるだけ感じよく、その願いを退けようとした。

「女伯爵、申し訳ない。でもあとにしてくれないかな。上層部と打ち合わせがあって、それから……」

女伯爵に手をつかまれたコンラズは、自分の個室に無理やり引っ張っていかれた。当の女伯爵も驚いたことに、彼は抵抗することなく、しかも命令口調で「座って」と言われても従った。

コンラズは自分のそばで立ったままの女伯爵を見上げて言った。

「何か問題でもあるのか？」

「私の問題じゃないわ。あなたの問題よ」

「どういう意味だ？」

「十秒でも息をつける時間があると、すぐにあなたはうわの空になるでしょう。遠回しな言い方はやめて、どうしたのか私に言ってちょうだい」

女伯爵はコンラズの肩に手をかけた。彼女の言葉よりもそのしぐさにコンラズはやられてしまった。デスクの引き出しを開け、例の封筒を手渡す。それから立ち上がり、背を向けて窓際に立った。先程自分が座っていた椅子に女伯爵が腰を下ろす音が聞こえる。その後は水を打ったように静かになった。不意に、コンラズは後ろから彼女に抱きしめられたのを感じた。彼女は静かに、だがはっきりとした声で言った。

「何か手を打ったの？」

コンラズは答えなかった。口の中に強烈な甘酸っぱい味が広がるのを感じ、言葉が出てこなくなったのだ。予告なく訪れたこの感覚は、子どものころ、目抜き通りで五オーレ（百オーレは一クローネ）、いや二オーレで母の日に買った酸っぱい飴を思い出させた。正確にいくらだったかはもはや覚えていないが、レモンと砂糖の強い味しかしない飴。それ自体はなめて消えてしまっても、味だけが口蓋にこびりついて残っていたことを覚えている。まさにこの感覚にそっくりだ。

口の中に広がる感覚には確かにぞっとさせられたが、その後に浮かんだイメージほどではなかった。いきなり、アナ・ミーアがひもの端にぶら下がっている映像がフラッシュバックのように現れたのだ。娘の腕や脚がけいれんして揺れ、命乞いをする瞳がむなしく父親を呼んでいる。そのイメージは一秒しか続かなかったが、それから憎悪の念が広がっていった。悪魔のような考えが頭の中で順番に並び、次々に消化されていくのを自覚しながら、コンラズはうなずく。そいつの足の腱を切り、親指をつぶしてやる。さもなければ、うなじに激しい蹴りを一発入れて地面に叩きつけてやる。この俺がいる限り、娘を脅かすことができる者など、この世の中に誰もいない。コンラズは、握り拳でそっともう一方の手のひらを叩いた。一回、二回……。女伯爵の腕を払いのけないようにしながら。女伯爵が繰り返す質問が耳に入り、コンラズは現実に引き戻された。

「コンラズ、あなた、何か手を打ったの？」

「アナ・ミーアはボーンホルム島の母親の家にいる。ところで、ラクリス菓子を少し持ってないかい？　よく君はガヨールの飴を持ち歩いているじゃないか。少しもらえないかな？　それか水か」

「どれぐらいの予定？」

「なんだって？」

「アナ・ミーアがボーンホルム島にいるのは何日間の予定なの？」

「確か金曜日までだったと思うが」

「その写真のことで、彼女に警告したの？」

「いや」

「私以外の誰かに話した？」

「君しか知らないよ」

二人はコンラズの電話が鳴るまでしばらく体を寄せ合ったままでいた。コンラズが名残惜しそうに女伯爵から離れると、彼女は彼の正面に座った。彼が言い訳もしなければ謝りもせずに会議をすっぽかしたことに気づいて、一種の満足感を覚える。コンラズは女伯爵が持っていた封筒を手に取った。

「それで君はどうするつもりだ？」

女伯爵はまるで、その質問がまったく重要ではなく、どうでもいいことであるかのような口調で答えた。

「通常の手順を踏むわ、コンラズ」

「そんなことは自分でやれる」

「いいえ、私がやるわ。でもね、神経質になる理由なんて全然ないのよ。あなたに揺さぶりをかけようとしてこれを送ってきたのははっきりしてる」

「それはそうだな。脅迫状ならもう山ほど受け取っているしな」

「こういう状況だもの、そんなの当たり前よ。だから、こんな下劣な手口にかかずらっていてはいけないわ」

「ピア・クラウスンの事情聴取にパウリーネを連れていったからだと思う。自分の娘のことを思い起こすように仕向けたんだ。きっとその仕返しをしたつもりなんだ。わかるだろう？」

「ええ、もちろん。さあ、会議に行って。もうこのことで悶々とするのはやめてちょうだい」

コンラズはうなずいた。女伯爵は封筒を持って出ていった。彼女の後ろでドアがバタンと閉まると、コンラズはどっと疲れを覚えた。

61

アニタ・デールグレーンは料理のプロではない。そこで、献立は自分の得意料理に絞ることにした。前菜にはガーリックパンに小エビのカクテルサラダ。それから牛肉のフィレに、パセリとバターをかけてオーブンで焼いたシンプルなジャガイモのつけあわせだ。全体に缶入りのベアルネーズソースをかけ、それにフェタチーズとオリーブのサラダを添える。デザートはバニラアイスクリーム。いくら彼女でもこのメニューならしくじることはないだろう。

コンラズ・シモンスンは少なくとも今日五回目の褒め言葉を口にした。

「本当においしかったですよ」

アーネ・ピーダスンは失笑しながらそれに輪をかけた。

「確かに、素晴らしい腕前です、プランクさん」

カスパ・プランクはお世辞をやり過ごして、真剣な表情で言った。

「今日、君たちを夕食に招待したのは、ただ楽しく過ごすためだけじゃない。話し合わなければいけないことがあったからなんだ。私はもう警本には行かないことにした。ここのところ、体調が思わしくなくてね。君たちに会いにいく元気もなくなってしまった」

その場の空気が沈んだ。老人は出席者一人ひとりの顔をさっと見回した。

「しけた顔はやめてくれ。私だって百歳まで生きられるわけじゃないんだから。アニタ、涙を拭きなさい。何も明日死ぬわけじゃない」

「ごめんなさい。ただ、あなたのことが大好きなんです」

「私も君のことが気に入っているよ、お嬢さん。さあ、こちらに並ぶ紳士連がちょっとしたなぞなぞについて考えている間、このテーブルを片づけるのを手伝ってくれないかな。チェーンソーを持った我々の友は……ええと、なんていう名前だったっけなあ、コンラズ？」

コンラズはすぐには答えなかった。カスパ・プランクは彼がアニタを見つめていることに気づいた。

「今夜は、アニタも私たちと一緒にゲームに参加する」

「あなたがそうおっしゃるなら。さっきの答えですが、その男はキノボリと呼ばれています」

「キノボリか。うむ、いい名前だな。さて、そのキノボリ君の大きな弱点は何かな？」

長老と乙女が席を立ち、台所へ行った。カスパ・プランクが手渡す皿をアニタがすすぎ始めた。しばらくするとカスパ・プランクは言った。

「君も謎解きをしたいかい?」

「いいえ、でも答えは是非聞きたいです」

「答えというのはな、キノボリ君の対外的なイメージなんだよ。結局のところ、答えとしては相当ありきたりになるが、この点は重要なんだ」

アニタはしばらく考えた。

「ええ、確かにそうですね。対外的なイメージが問題だということには納得できます。あの二人に答えがわかると思いますか?」

「コンラズは答えを見つけるだろうな。アーネには無理だ。彼は物事をシンプルには考えられない。それに彼の集中力は、自分の力で変えようのないことばかりに注がれている。今晩だって、彼はたった一つのことしか話していなかっただろう? 我々の手からすり抜け、もはや当てにできなくなった看護師の話ばかり。だから、アーネには答えはわからないだろうね」

「いつだって自信たっぷりですね」

「まあ見ていなさい」

カスパ・プランクの予測は正しかった。二人は応接間にコーヒーとカップを運んだ。アニタが全員分のコーヒーを注ぎ終わる前に、アーネはさじを投げてしまった。

「降参ですよ。強いて言えば、彼の幼少期を指していると思いますが、その推測が正しいのかも僕にはわかりません。もしそうだとしても、彼の行動からそうした弱点の痕跡を見てとることができるとは思えませんしね。ディトリウスン兄弟がシェラン島に住んでいたころの知り合いだったのかもしれないとも考えましたが、それも弱点とはいえないし。あなたがおっしゃっているのは、この男と兄弟との関係ですか?」

アーネの指摘は丁重に却下された。そして全員がコンラズに注目した。彼はにやにやしながら謎解きに時間をかけている。今日はいつものように食事のあとに汗をかくこともなければ、日中足にずっと感じていた、むずがゆさも気にならなくなっていた。カスパ・プランクの質問に対する答えもすでに見つけてあった。体重オーバー気味でちょっぴり繊細な警部補コンラズ・シモンスンに、これ以上の出来を望めるだろうか。コンラズは楽しそうに口を開いた。

「まさか、メディア向けの顔についておっしゃりたいんですか？」

「コンラズ、大当たりだ。まさにそのことを言いたかったんだよ。彼の表向きの顔を思い切り傷つけて、脅したら何が起こるかな？　どんなふうにすればいいのか、なんて聞かないでくれよ。さて、今言ったような状態に持ち込んだとしたら、いったい何が起こるだろう？」

名誉を挽回しようと意気込むアーネがすぐさま答えた。

「可能ならば応酬しようとするでしょうね。面と向かって我々とやり合おうとするはずです」

コンラズは賛成のしるしに深くうなずいた。

「とにかく、誰かが人々の頭の中に不愉快なイメージや言葉を繰り返し植えつけようと必死になっている。そして不幸なことに、それは成功している」

アニタが口を開いた。

「ところで、国会委員会の例の気が触れた女性のインタビューを見ましたか？　偶然であるかのように、彼女の背後にはトーア・グランのポスターが貼ってあったんですよ」

彼女は、出席者を見回して反応を確かめた。全員が首を横に振ったので、状況の説明から始める。

「問題のポスターは、マイクロバスの中で撮影されたトーア・グランの動画から抽出した画像を拡大したものでした。通し番号がふられた子どもたちのことを口にした動画から抜き出した画像です。しかも、その写真の下にはこんなキャッチフレーズまで入れてあったのです。〝いいえ、どうせあなたは見て見ぬふりでしょう！〟まさに期待通りの答えですよ。私だって、もし、マスコミが振りかざしているプロパガンダの中から一つだけ、デンマーク人の良心に真に訴えたものは何かと聞かれたら、このトーア・グランの動画を選んだと思うんです。彼が……ええ、子どもを選んでいる最中のあのシーンです。ポスターはたったの一分程度、長くて一分半ほどしか映りませんでした。でも、あのインタビューは間違いなくそれを見せるための口実でしかなかった。一九五〇年代、コカコーラ社は映画にコーラの瓶の映像を忍び込ませて、休憩時間の売り上げを増やそうとしたといいますが、それを思わせる手法でした。何者かに潜在意識をかき回されているのに、誰も逆らおうとしないんです」

コンラズは言った。

「それはサブリミナル効果といわれているものだが、その話はただの伝説だよ。今まで一度も証明されたことはないし、誰も映画をそのようなやり方で操作したことはない。話としては面白いがね」

アーネが皮肉っぽくつけ加えた。

「トーア・グランのポスターとは正反対でいい話ですね。ポスターの話はまったくひどいけど」

不意にコンラズが表情をこわばらせた。二、三回、目をつぶる。そしてポケットからラクリス菓子の入った小さな袋を出し、一つ口に入れてから周りに勧めた。誰も欲しいとは言わなかった。

「その菓子、嫌いだったんじゃないんですか？」アーネが驚いて言う。「どういう風の吹き回しですか？」

「別になんでもないよ」

コンラズは今もラクリスは嫌いだった。しかし口の中の不快な酸っぱさに対しては、この「ハリボー・ピラトス」のサルミアッキ味の黒い飴が絶大な力を発揮していた。アーネの質問に、なんと答えればいいというのだろう。自分に届けられたアナ・ミーアの写真が、ひっきりなしに自分の口の中を襲っているとでも言えばいいのか？　そもそも自分でも何が原因なのかわからないのに、誰が理解できるというのだろう？　それにラクリスを食べる食べないはほかの者には関係ないじゃないか。たいしたことではない。コンラズは状況をコントロールしていた。そうだ。彼は状況をコントロールしていた。娘を危険にさらそうとした間抜け野郎を捕まえたら、この俺がその脅しにいっこうに動じなかったことを見せつけてやる。イカレ頭のクソ野郎め。

カスパ・プランクは巧妙に話を元の軌道に戻した。

「下らないことに時間を割くのはやめよう。どうやってもう一つの真実を紡ぎ出していけばいいのかだが、実は名案が浮かんだんだ。でも、そのためには君たち三人の手助けが必要だ。全員が協力してくれなければ成り立たない。興味はあるかな？」

芝居がかった質問のしかただった。アニタが全員の思いを代弁した。

「話を聞いてもらいたいのでしょう？　当然、興味はありますよ」

カスパ・プランクは皮肉には取り合わず、一人ひとりに話しかけた。

「アニタ、まず君には、職業倫理というものをすべて無視してもらいたい。君の雇い主に対する忠誠も同様だ。それと、とりあえず、君に彼氏を見つけたからそのつもりで。アーネ、君にはダウブラデットのふくよかな彼女にネタを上手く吹き込んでほしいんだ。そのための準備をしておいてもらいたい。ここまで要求するからには、熟年男性としてのアドバイスもしておこう。取り返しがつかなくなる前に、専門家の助けを借り、賭け事に関する問題を解決するべきだ。それと並行して、私生活も少し整理したほうがいいな」

アーネは真っ赤になった。何も言わずにネクタイで額の汗をぬぐった。こんな振る舞いをアーネがするのは前代未聞だった。最後にカスパ・プランクはコンラズのほうを向いた。

「コンラズ、おまえにはご褒美に一番デリケートな部分を担当してもらおう。第一に、これから数日はあまり規則に縛られすぎてはならない。これから提案することの中には、違法行為もあるからだ。第二に、アニ・ストールに独占インタビューの機会を与えてやるんだ。第三に、おまえとアーネ以外は、警本の誰一人として、この件に関わらせないこと。官房長のヘルマ・ハマもしかりだ」

コンラズはためらいがちにうなずいた。最後にカスパ・プランクは全員に向かって言った。

「続きを話す前に数分の猶予をあげよう。よく考えてもらったほうがいいかもしれない。本当に私の提案に耳を傾ける気が自分にあるのかどうかをね」

アニタには熟慮の必要はなかった。

「雇い主には心底うんざりしているんです。職業倫理なんてくそ食らえです。わくわくしますね。それで、私の彼氏はかわいい人なのかしら?」

一方、男性二人は数分間考えた末に同意を示した。

62

コンラズ・シモンスンにとっての夕べは、その後急展開を迎えた。マスコミ向けに攻撃的な戦略を展開することを決意した瞬間、携帯電話が鳴った。ヘアレゥ病院の整形外科看護師がコンラズの名刺を見つけて連絡してきたのだ。

三十分後、コンラズは病室にいた。例の〝友達ではない〟男性がうとうとと眠っていた。薄暗い部屋に目が慣れてくるにつれて、男性が頭をこっくりこっくりさせているのが浮き上がるようにして見えてきた。体には水色の毛布がかけられている。リクライニングベッドの頭のほうがほんの少し持ち上がっており、鼻腔にはめられた管は、壁にかかっている酸素吸入器につながっていた。ぶんぶんという音が酸素吸入器から聞こえてくる。装置はきちんと作動しているらしかった。男の頭にはガーゼの包帯が巻いてあり、折れた鼻の上には大きな絆創膏《ばんそうこう》が貼ってあった。見ているだけでぞっとするような怪我だった。

「何が起きたのかお知りになりたいですか？」

驚いてコンラズが振り返ると、ベッドから少し離れたところで、別の男が椅子に腰かけていた。コンラズの返事を待つことなく、男は話し始めた。

「階段のところで七、八人が待ち伏せしていたんですよ。野球のバットを持っている者もいましてね。そして全員が頑丈な安全靴を履いているんです。私は取り押さえられて、彼は顔を殴られました。まったく勝ち目はありませんでしたよ。立て続けに殴られ、一分も経たないうちに、血みどろのまま気を失い床に倒れました」

男性と同じようにコンラズも小声で答えた。

「ひどい話ですね。しかもこんな目に遭っているのは彼だけではありません。この国の至るところで暴力行為が起きています」

「まだ一番ひどいところをお話ししていませんよ。奴らの一人がカッターナイフで彼の額に切り込みを入れたんです。『おまえが殺した子ども時代の名のもとに、おまえが与えた痛みの名のもとに』って言っていました。そして、最初の数字が刻まれました。倒錯した儀式のようでした。ほかの奴らでさえ、やりすぎだと思っていたようですけど、誰も反論する度胸がなくて」

「犯人が唱えていた言葉は何を指しているんでしょう？　私にはよくわからないのですが」

「どれだったかはわかりませんが、反小児性愛ウェブサイトの一つに掲載されている憎悪むき出しの詩の一節です。でも、標語はよく覚えています。五つの数字と点線を組み合わせたものを六回唱えていました。『五人、六人…七人、十人、二十人！』とね。額全体に切り込みを入れられたんです」

男の声はかすれていった。

「考えてみますと……あ、ちょっと待ってください」

コンラズは背後から聞こえてくる声に背を向けた。しばらくすると闇の中の男性が再び口を開いた。

「もういいですよ」

「カッターを持っていた人が誰だかわかりますか？」

「女性でした。非常に若い女性です。これほどまでにおぞましい光景は今まで見たことがありませんでした。テレビでさえも。彼女が引き連れてきた男性たちなんて、かわいいものでしたよ。彼らですら、彼女は度を越していると思っていましたし、おそらく彼女のことが怖かったのでしょう」

薄暗がりの中では、男性がどこを見ているのかはわからなかった。彼の憂鬱な顔が、ランプのわずかな明かりで一瞬照らしだされたように見えた。少し驚いたような口調で彼は言い足した。

「今日は一日中女性が活躍しています。解雇、カッターナイフ……そして、今ここでも」

「なんてこった。彼は解雇されたんですか？」

「今日の午後、解雇されたんです。だから私も彼と一緒に帰りました。一人にさせたくなかったんです。これはリストラだと言われましたけど、社員はみんなそれは戯言だとわかっています。人事課の魔女のような若い女性が担当しているのですが、本人はその仕事を好きでやっているんです。まったく忌まわしい女ですよ。ビジネススクールを出たばかりで、傲慢さの塊なんです。彼女は花束まで持ってきて、なんと言ったと思いますか？」

コンラズは首を横に振った。

「『あなたがうらやましいわ』」

「『あなたがうらやましいわ』ですか？」

「長くてもったいぶった独白を聞かされたんです。彼が使えるようになる自由な時間、ほかの人生を選ぶことができる可能性、ゆっくり眠っていられる朝、相当な額の解雇手当……それ以外にも少なくとも十項目以上の事柄について、自分の獲物を侮辱しながらうらやましいと言ってくるんです。彼は自分のホルモン治療のことや、給料のほとんどを連絡もよこしたことのない子どもに毎月送金していることを話しましたよ。どれだけ自分の行いを悔いているかってね。そうです、彼は泣いて懇願しました。もちろんそんなことをしたってなんにもならなかった。あの女はこう言ったんです。そんなことを言う勇気と繊細な心をお持ちだとは喜ばしいことだし、うらやましくてしかたがないと。彼女がそんな軽蔑した態度をとるのを、周りにいた人々は笑って見ていました。何人かはもう十五年以上も一緒に働いてきて、よく知っている人たちです。なんと言ったらいいのかわかりませんが、少なくともあの人たちは……」

言葉が続かなくなり、男は押し黙った。コンラズも何も言わなかった。酸素吸入器の音だけがしていた。

しばらくして、男はまた話を続けようとした。

「あの人たちは……こんなことを始めた人たちは……間違っていますよ。邪悪で残酷です。私が言えるのはそれだけです」

ベッドの中の怪我人がそれに賛同するかのようになった。だが男はそれには応えなかった。コンラズは疲れが体全体をじわじわと覆っていくのを感じていた。もしこのままここにいたら、自分も眠りに落ちてしまいそうだ。

「『そして、今ここでも』というのはどういうことでしょう？　ほかにも何かあったのですか？」

「もう少ししたらわかりますよ」

コンラズがその言葉の意味を理解するのに、さほど時間はかからなかった。突然、きしむような音が部屋全体に響き渡り、スピーカーから女性が憎悪の言葉を叫ぶ声が聞こえてきたのだ。死者の世界から届いたような、臓腑をえぐるような叫び声だった。患者は目を覚まし、しばらく涙を浮かべたが、薬の作用のおかげですぐに寝入ってしまった。コンラズはバネが跳ね返ったように飛び上がった。静寂が再び訪れるのには時間がかかった。彼は吐き気を催していた。

「いったい今のはなんなんですか？」

「この男は体を休める資格すらないと決めた悪魔の仕業ですよ。あくまで私の意見ですが」

「あの女は何を怒鳴ってるんですか？」

「正確にはわかりません。私は闇の娘、決して眠らない、そして永遠に怒りつづけるとかなんとか。それ以上はわかりません」

「とてもまともだとは思えない。なぜ病院の職員はあれを止めないのでしょう？」

「夜勤の看護師のところに四回も行きましたよ。あの声がどこから来るのか誰にもわからないので、知ったこっちゃないという態度でした。わざと知らんぷりしているのかもしれませんが、わかりません。ただ、これは本当に耐えがたい」

コンラズは誰かを殴ってやりたい気がしていた。彼らしくないことだ。夜勤の看護師にびんたを食らわせてやるのだ。まず一方の頬に、そしてもう片方にも。手始めに、黄ばんで冴えないサンダルを履いた看護師が、恐れおののき廊下を走り去るのを見たいと思った。だが、コンラズは怖いのは自分だとわかっていた。迷信に走るたわけ者どもの正体をつかむことができないことに恐れを抱いているのだ。顔の見えない陰謀、憎悪に振り回されるあまり自己流の恐ろしい掟に従おうとする世論……無関心であるがゆえにそれらを見過ごす人々のほうが、もっと悪いかもしれない。やるせなくなったコンラズは壁に蹴りを入れたが、暖房のパイプにぶつかってしまい、その音が部屋中に響き渡った。ベッドの中の男はぶるっと震えた。

「こんちくしょうめが」

コンラズ自身、悪態をついた理由が、この状況に対してだったのか、自分が立てた音に対してだったのかわからなかった。何か建設的なことに気持ちを集中させて感情を抑え込もうとした。

「通話記録に関する情報で私を助けてくださるかもしれないというのは、あなたのことなのでしょうか？」

「ええ、私です。あなたからの伝言は聞いています。今朝の時点では、その案には乗り気ではなかったのですが、事情が変わりました。ご希望通り、全面的に協力いたします」

「では、ほかの企業、つまりあなたのところの競合他社ですが、そこの情報に関しても協力していただけるんですか？」

「この分野に関するデータベースで私がアクセスできないものはありません。私たちシステムセキュリティ屋は、会社が違っても一緒に働いているようなものなんですよ。持ちつ持たれつの関係なんです。ですが、戸籍謄本とかそう言った類の情報にアクセスできるように、あなたの側から手配してもらう必要があります。細かいことは明日決めましょう」

「了解しました。実はもう一つ考えていることがありまして……それが実現可能かどうかもわからないのですが」

「まず、何を考えていらっしゃるのか教えてくださらないと」

コンラズの説明を聞いた男性は、特段驚いた様子も見せなかった。

「その電話番号は何番ですか？」

彼は番号を聞くと、内ポケットから携帯電話を出した。携帯電話の画面が青く反射し、彼の顔を照らした。そこで初めてコンラズは顔をはっきり見ることができた。そういえば自分はこの男性の名前すら知らない。男の親指はとてつもない速さで動いていた。作業が終わると、彼は二、三回うなずいた。

「警察が我が国の報道の自由を監視するということなんですね。とんでもない時代ですな！」

ほんの少しであったが、男の声が急に場違いなユーモアを帯びた。コンラズはそれを、邪悪さを追い払う彼なりのやり方として解釈した。憂鬱な心持ちを乗り越え、暗い地獄にいる三人の女悪魔たちが浮かべていた薄笑いを追い払うためには、そうするのが一番なのだ。薄暗がりの中で、コンラズは腕を広げて男の言うことを認めた。芝居がかっていたが、開放的な気分になれた。

「世知辛い世の中ですからね」

63

アニ・ストールはコンラズ・シモンスンを待っていた。

少し前に、例の手配は上手くいったとアニタ・デールグレーンから電話があったのだ。

「市役所広場のそばにあるキロメートル標石のあたりで十四時に。シモンスンは五分間なら割くと言っていました」

アニタはアニに一言たりとも発する猶予を与えずに電話を切った。したがって、アニは待ち合わせの場所に行くよりほかなかった。もしかしたらメッセージを聞き間違えてしまったのかもしれないと思い始めた瞬間、自分のほうに向かって殺人捜査課警部補が歩いてくるのが見えた。ひどく急いでいる様子で、無意味な礼儀作法に時間をつぶそうとはしなかった。

「こんな場所ですまない。だが、この辺で買うものがあったんだ。ほかに時間を空けられる目処《めど》が立たなくてね。早速、本題に入ろうと思うが、君はインタビューをしたいそうだね。しかも長いインタビューを」

アニは満足げに顔をほころばせた。幸先のいい話の入り方に思えたからだ。

「ええ。あなたも希望されているのならいいんですけどね。私たちはお互いを必要としているんですよ」

「確かにそうかもしれない。だが、警察とマスコミというこの不釣り合いな組み合わせから引き出せる利益を理解するのには、時間がかかったということだな。はっきりさせておきたいんだが、私は君の書く記事は基本的に我慢ならないと感じているし、私の事件に関する君のアプローチは正直、軽蔑している」

反撃をアニは笑ってかわした。

「やっと警察のイメージが悪いのは問題だとおわかりになったわけではないんですか？」

「その責任の大半は君にあると思うがね」

「それなら、今度はあなたの見解を拝聴したいと思いますが」

「そうだろうな。だが、条件がいくつかある。いいか、オール・オア・ナッシングだ。値引きには応じない」

「ともかく条件をおっしゃってください」

「まず、君と、君のところの編集長と、誰か上層部の署名が入った法的に有効な公式文書が欲しい。それには次のことが明記されていなくてはならない。第一に、私が事前に読み、書面で同意の意思を表明しない限り、インタビューは一行も発表しないこと。第二に、私が提供する情報については、一切出版物を出さず、出版に直接的にも間接的にも関わらないこと。この条項を破った場合は、赤十字社に五百万クローネ（約七千二百万円）を寄付すること」

アニが考えていた時間は短かった。

「私どもを信用してくださらないんですね」

「一つだけ自信を持って言えることがある。君の新聞社は金しか尊重しない。特に、ふいにしかねない金には敏感だ」

「その書類は今晩、うちの配達係に届けさせます」

「いいだろう。だが、郵便受けに入れておいてくれ。留守だろうから。では明日十時にダウブラデットで」

「あなたの家で秘《ひそ》かにやるのはいかがでしょう」

「脳みそでもやられてるのか？」

「まだ全部はやられてないと思いますよ。もし相手にダメージを与えたいのならば、自分のホームグラウンドに呼ぶべきでしょう？　もっと人間的な側面もきちんと見せるにはいい機会じゃないですか。頭でっかちなだけではないと見せてやるんです。私は自分が言っていることをよくわかっているつもりですよ」

アニは指を交差させた。当然コンラズはそのアイディアには反対だったが、その理屈は無視できなかった。コンラズが再び口を開くまで長い時間がかかった。彼はついに言った。

「私の家に十時。写真はなしだ」

「申し分ありません。あなたのご自宅で十時ですね。では、カメラマンは二人で話しているところを一枚だけ撮影します。そして、退散するとしましょう」

コンラズは腹立たしそうに腕を広げた。それをアニは同意のしるしとみなした。二人はそれ以上の礼儀はつくさず別れた。

アニ・ストールが自分の栄光にあぐらをかいていたとしても、誰にも非難することはできなかった。コンラズ・シモンスンとの単独インタビューにこぎ着けるなんて、とてつもないお手柄だからだ。だが、仕事場に戻ったアニは、勝利感にひたるのはあとにして、明日の朝刊記事の執筆に集中した。まずは教え子が提出していた原稿を却下し、そのタイミングを利用して仕返しをすることにした。

「ゴミ箱行きよ」

自分のデスクの上に、ばさっと置かれた原稿を見たアニタ・デールグレーンは、かちんと来たらしく、目を上げた。拒絶反応もアニは織り込みずみだった。

「せめて一度は読んでくれたんですよね？　その人を気絶させたうえに、額に切り込みを入れたんですよ」

それに応じたアニの声音は冷ややかだった。望んでいたインタビューのチャンスを手に入れた以上、もはやこの娘を腫れ物に触るように扱う理由などなかったとはいえ、口をついて出た言葉は、当の本人でさえしまったと思うほど辛辣で挑発的だった。

「その人のしっぽを切ろうと何を切ろうと、私の知ったこっちゃないわ。あなたが書いた原稿は編集部の路線からは外れているの。そのことはよくわかっている でしょう？　読者が読みたがるものじゃないのよ。ねえ、私のかわいこちゃん……この原稿を載せるわけにはいかないわ」

アニタが立ち上がり、甲高い声で抗議した。

「私はあなたのかわいこちゃんじゃありません。それに、もっと気をつけたほうがよろしいですよ。物事は必ずしも見かけ通りじゃないんですから。もし、この殺戮《さつりく》が、言われているほど高尚な動機によるものじゃなかったとしたら……そうしたら、こうした一連の忌々しい出来事によって、今度はあなたの面目が丸つぶれになるかもしれませんね。すっかりだまされた善良な人々がスケープゴートを求めているなら喜んで引き受ける女を、私も一人知っていますけれど」

アニの表情がこわばった。彼女の危険センサーが赤く点滅していた。何人かの同僚たちは彼女のほうを見た。ここでは人と話すとき、直接的で手厳しくなる傾向があるとはいえ、この実習生の長台詞は常軌を逸していた。だが、スター記者が不意を突かれたのは教えてもらわなかった。


子の侮辱的な物言いではなかった。

「いったいどういうことなの？　もう少しわかりやすく言いなさい」

アニタのほうには詳しく話す気などない。自分のバッグをつかむと、捨て台詞を吐いてその場を去った。

「私の情報提供者を守らなければなりませんので」

アニはデスクに戻ったものの、アニタの指摘が頭から離れなかった。結局その日一日、気になって仕事が手につかなかった。警察のナンバーワン情報源に電話しようかとさえ思った。もちろん、相手が怒り狂うことは重々承知のうえだ。その考えを彼女が実行に移すことはなかったが、夜になると、情報源のほうから電話がかかってきた。どこかで聞いたことのあるような話しぶりだった。

「三十分後にナンセンスゲーゼ・コミュニティーセンターそばの駐車場。現金を用意しておくように」

今度もすぐに電話を切られてしまい、確認しようにも何もできなかった。待ち合わせ場所に行ってみると、アーネ・ピーダスンが車の中で居眠りしていた。アニは助手席に座った。

「こんばんは、私の歌の上手な小鳥さん。こんな時間に外に出てくるなんて、経済事情が逼迫《ひっぱく》してきたの？」

アーネの自尊心はかなり傷つけられた。この女に対して必要以上の嫌悪を覚えた。

「こんばんは、アニ。そんなふうに僕のことを呼ばないでほしいですね。胸くそが悪くなりますから」

アニは謝った。少し調子に乗りすぎたと自覚していたからだ。

「気を悪くさせるつもりじゃなかったのよ。ごめんなさいね。さて……今日は私に何を話してくれるのかしら」

「五千クローネかかりますよ。それから記事にする前にコンラズ・シモンスンにこの情報を必ず確認したほうがよろしいかと。上司は手持ちの札を隠すようになりましたしね。カスパ・プランク以外はもはや誰のことも信用しなくなりましたよ。僕のことも信用していません。もはや妄想の域に達しています。この事件のせいで彼は壊れ始めているし、警本での士気もこれ以上ないほど低くなっている」

実際この描写は、当たらずとも遠からずだな、とアーネは自嘲気味に考えた。

「五千クローネなんて、相当な額よ」

「かもしれませんね。もっと高額を提示したほうがよかったかな？　では、よく聞いてください。タイへの旅行五人分ですが、一人当たり二万四千クローネ、および一人当たり二万クローネの小遣いを持っていたとなると、それだけで、二十五万クローネ近くになりますよね。それにクレジットカード三枚が加わります。そのかつての持ち主は、あのチェーンソー男のせいで、自発的に暗証番号を提供したいと思ってしまうほどの状況に置かれたわけでして。この分が十一万クローネ。さらに、フランク・ディトリウスンのチューリヒの口座から約二百万クローネ引き出されています。これまでの合計で二百三十万クローネ以上になります。しかもこれはまだ暫定的な数字で、ここに新たな金額が続々と加わっていくんですよ。ほら、僕は被害者二人の銀行口座の過去三週間分の取引明細の写しを持っているんです。ご自分の目で確かめてみてください。被害者が二週間前に死んでいることをお忘れなきように。その上で、最新の取引状況を見ていただければ。あ、その書類は返してくださいね。もしそれをおたくで記事にするなら、僕はうっと声をあげる間もなくあの世行きですけど」

　アニ・ストールは注意深く取引明細を目で追った。

「これはどういうことなの？」彼女の声はうわずっている。

「殺人の動機は盗みだということですよ」

「いったい何を言ってるの？」

「熱狂的な復讐物語なんて話半分で聞いておいたほうがいいですよ。それに対する賞賛もね。でないと目くらまし食らって、袋小路に追い詰められますよ。犯行動機は純粋に金なんですから」

「でも、なんてことなの……あなたは、その線で間違いないと思っているの？」

「いや、八割方しか確信が持てません。だから、さっきからシモンスンに確認したほうがいいと言ってるんです。でも、無料で一つ情報を差し上げましょう。シモンスンはあなたのインタビューに応じる。これはさっき彼が僕に教えてくれましたから」

「もう知ってるわ。明日の午前中に会いにいく予定なの」

「そうなんですか。じゃあ、彼が今週末にリガに行く予定だっていうことも知ってます？　殺人犯たちはバルト海マフィアの一員で、あのホットドッグ売りと共謀していたんですけど、ホットドッグ売りが奴らを裏切ろうとしたんですよ。ラトビア警察が昨日、マフィアの一人を偶然捕まえたので、そいつを吐かせるのにそれほど時間はかからないはずですけどね。向こうの警察は、取り調べにここよりも少し厳しい手法を使いますし」

アニ・ストールは眉をひそめた。彼女だってバカではない。むしろその逆だ。

「なんで、このことを全部秘密にしておかなきゃいけないの？」

「シモンスンはみんながその……性に関する政治問題だと思っているうちに、黙ってこつこつと証拠を集めているんです。内務大臣官房長のヘルマ・ハマでさえ知らないと僕は断言できますよ。シモンスンはデンマークの全国民に教訓を与えたいんじゃないのかなあ。〝ブタを焼くなら奴らの脂で焼いてやれ〟……これは引用なんですけど、いつだったか彼がカスパ・プランクに言った言葉でしてね。そのときは意味がわかりませんでしたが、今ならわかるような気がします。彼は実行に移す前に、百パーセントの確証が欲しいんですよ。警察への信用は地に墜ちているから。国民の半分は、被害者に小児性愛の性的嗜好があることを警察が隠していると思っているわけですし」

「でも、でも……それはもういろんなことが……じゃあ校務員のピア・クラウスンはなぜこんなとんでもないことに巻き込まれたの？」

それこそアーネが待っていた質問だった。彼は静かに答えた。

「彼は非常に役に立つ間抜けだったんですよ。でも真実を知ってしまった。ただそれは遅すぎたんですよね。証人になりそうな被害者たちは解剖台の上にいたし、とがめられるべき犯人たちはすでに姿をくらましていた。そもそも、なんで彼が自殺したと思ってるんです？」

アニは不本意ながら納得した。

「じゃあ、ホットドッグ売りは？　実の兄を見殺しにしたというの？」

「二人は人目をはばからず対立していましたし、二人とも鈍かったんですよ」

「でも……ホットドッグ売り自身だって死んじゃったでしょ？　つまり私が言いたいのは……あんな大木で見世物を演出したのは何のためだったの？　わざわざみんなを驚かせるようなことをしているじゃない」

アーネは時間稼ぎのために笑みを浮かべる。そして必死に知恵を絞り、つじつまが合うような答えを見つけ出した。

「どうやらラトビアのことわざには詳しくないようですね。知っている者にとっては簡単に何を意味しているかわかるんですよ。〝花は忠実な者に報い、木の枝は裏切り者を打ちのめす〟この格言はロシア正教会の教えでしてね。さあ、教えてくれませんか？　この情報って五千クローネの価値があると思います？」

アニはすぐには答えられなかった。とにかく気持ちを立て直して、おさまりをつけられるような糸口を見つけようとする。そしてついにアーネの話を受け入れた。

「そうねえ、これじゃあ、何人かは失脚しちゃうわよね。確かに五千クローネの価値はあるわ」

アーネ・ピーダスンはにやりとした。

64

女伯爵はボードを眺めながら考え事に没頭していた。ボードは彼女のデスクのちょうど隣にある。自分が書いた四つの名前がよく見えるように彼女は少し椅子を後ろにひいた。ピア・クラウスン、スティー・オーウ・トアスン、ヘレ・スミト・ヤアアンスン、イーレク・マアク。最近よく目にするようになった、若い女の子たちが使う字体に少し似ていた。

「それで間違いないのか、女伯爵?」

彼女は目を丸くしながら振り返った。コンラズがいたことに、まったく気づかなかったのだ。彼は心配になるほど疲れ切った様子をしていた。同じことが自分にも言えるということは、女伯爵の頭をよぎりもしなかった。

「ええ、このとおりだと思う。この情報はヘレ・スミト・ヤアアンスンの手帳に書かれていたものだから。彼女は二十年以上分の手帳を保管していたの。メイランド社の手帳だった。毎年同じタイプの色違いを使ってたわ。ポウルが手帳をすべて綿密に調べてくれた」

「彼女が死んでしまったのは、我々にとっても痛かった。だが、自然死だったというのは確実なのか?」

「間違いないわ。心臓発作だったのよ。おそらく、ストレスと薬物乱用とアルコールのせいね。私たちは二日遅かった。でも、彼女が殺人犯の一味であることは疑いの余地がない。ポウルも同じ意見だわ」

「彼は家に帰ったと聞いたが」

「どちらかというと、這って帰ったというべきね。死人のような顔つきだった。昨日のうちにベッドで寝ておくべきだったのよ。それで、あなたは? あなたも疲れた顔してるわね。ちゃんと食事はとってるの?」

コンラズは肩をすくめた。最後の晩餐は確か冷凍ピザだったはずだ。しかもオーブンに入れたままずっと忘れていたので、まるで焦げたチーズビスケットのような味わいだった。彼は四つの名前を指さした。

「それより君の結論を聞かせてくれないか。あと二十分ほどしたら、町で人と会う約束があるんだよ。夜には戻ってくるから、そのとき君の報告書にも目を通すから」

「コンラズ、申し訳ないんだけど、この事件の捜査よりも大事なことがあるなんて理解できないわ。私たちの共同ミーティングはどうなっているの。あなたしか全容を見ていなくて、部下の私たちはみなパズルの断片しか見ていない。それがあなたの新しい陣頭指揮のとり方なの？　もしそうなら、私は感心しないわ」

寂しそうな声の調子よりも、言葉そのもののほうがずっと手厳しかった。コンラズは即答できなかった。彼が椅子をつかんで大儀そうに腰を下ろすのを見て、女伯爵はそこまで言わなければよかったと思った。

「ある意味ではわざとそうしているんだよ。つまり……わざと断片化させている。だが、君の言うことはもっともだ。確かに君には言っていないことがある。なぜ言わなかったのかと聞かれれば、それは君がその考えに賛成しないだろうと、はなからわかっていたからだよ。それに遅かれ早かれ、君も知ることになるだろうし。だが、聞かれた以上は……きっといいタイミングなんだろう。今夜、警本に、かなり遅めに来てもらえるかな。たとえば夜の十二時ぐらいに。パウリーネを連れてきたければ連れてきてもいい」

女伯爵もそれ以上深追いはしなかった。どのようなことであろうと、自分は待つことができる。したがって、今晩はこれまでの何時間分にも及ぶ睡眠不足を取り戻すことに専念したほうがいいように思われた。

「いいわよ。でも、明日のほうがもっといいんじゃないかしら。そうすれば今夜、あなたは戻ってこなくてもいいわけでしょう？」

　コンラズは、半分責めているようで、半分保護者ぶっているような言われ方に、どのように応じたらいいのかわからず眉をひそめた。

「どのみち、ここに来なきゃいけないんだ」

「それは、マーデをかり出したあの正体不明の情報システムエキスパートのためかしら？　あなたから特別な許可をもらったとかで、好き勝手し放題だという」

　やっかいな質問だった。

「そういうわけではない。彼とマーデでどうにかやってもらっているんだ。私は二人から上がってきた報告書を読ませてもらっている」

「それについても、私にはまだ謎のままにしておかなきゃいけないのね」

　コンラズはボードを指さし、話題を変えた。

「だから、私がここを出る前に、この件についてかいつまんで説明してくれないか。君はイーレク・マアクもこの〝自己正当化セクト〟に入れたようだけど」

　女伯爵は、コンラズの選んだ言葉を聞いて吹き出してしまった。言い得て妙だ。彼女はヘレ・スミト・ヤアアンスンの手帳のうち一冊を手に取り、ポウルが付箋を貼っておいたページを開けた。

「二〇〇五年五月六日、二十時、ピア宅。二〇〇五年十月十一日、十九時三十分、ピア宅。二〇〇五年十一月二日、二十時、イーレク宅。こんな調子で書きこみは続いていくの。こういった感じのメモが六十三件あったわ。だいたい一週間に一件のペース。長期休暇の時期は別だけど。最初に記載されていたのが二〇〇五年二月三日で、同じ年の九月二十六日が最後。この年の夏から、この種の会合がとても多くなっている。彼女はメモするとき、ファーストネームしか書かなかった。そして毎回交代している。ピア宅、イーレク宅、そしてスティー・オーウ宅。彼女の家で会合を開くときは単に×印をつけていたようね。これが全部で九回。

もちろん、ほかの名前で入っている約束もあったけど、今挙げた以外の予定はこれほど頻繁じゃないわ。そしてジェレミー・フロイズという記載もある。これは全部で二十二回あった。二〇〇三年の春から二〇〇四年の中ごろまで。つまり、ほかの人たちとの会合が始まる一年半前のこと。フロイズ医師に会うときは、PFと書いた。つじつまは完璧に合うわね。私はリストを作ってみたの」

「名字、住所、電話番号、電子メールアドレスは書いてあったのか？」

「残念ながら答えはノー。ポウルは全部の手帳を四回、私は二回見直したけどなかったわ。ただ、あちらこちらでちぎられたページがあった。彼女も証拠を残すまいと少し情報を整理しようとしていたのかもしれない」

「それからキノボリと呼ばれている男については？　彼の家では会合はなかったのか？　それを示唆する記述はあったのか？」

「まったくない。彼の家には会合を開けるだけのじゅうぶんなスペースがなかったのかもしれないし、彼だけ遠くに住んでいたのかもしれない。スティー・オーウ・トアスンも、クライメの自宅にたった三回しかほかのメンバーを招いていないし。おそらく、彼の家が遠かったせいでしょう。でも二つ、非常に注目すべき記載があった。今年の九月八日から十日までの週末の欄には、『スティー・オーウの家で掘る。食事の支度』とあり、二〇〇五年十二月十日の欄には『クリスマスの食事（イーレクのおごり）。十九時、ナアアブロー通り二三番地、オーベルジュ・デュ・コワンにて、五人分の席を予約』と記してあった。私は五人目に相当するのが例の医者に違いないと思ったから、イミーリェ・モスベア・フロイズに電話して確認したわ。かなり話しにくかったけど。彼女の答えはこうだった。第一に、フロイズ医師は患者からの個人的な誘いには一切応じなかっただろう。これは私にも想像がついたし、そうであることを願ってもいた。第二に、この時点で彼が亡くなってからすでに数ヵ月が経っている」

コンラズはまるで指でもやけどしたかのように手を振った。それから腕時計に目をやる。女伯爵は口調を早めた。

「イーレク・マアクが、自分が子どものころレイプされていたというあの広告を打った張本人よ。ViHader-《やつらが》Dem《にくぃ》.dkを運営しているのは彼の会社。このホームページのアクセス数はこれまでで二十五万件。論調はむしろ攻撃的なのに、訪問者を増やし続けている。『恥じなければならないのは君ではない。彼らが恥じなければならないのだ。君が消えてしまうべきなのではない。彼らが消えるべきなのだ。君は恐れるべきではない。彼らが恐れるべきなのだ……』こんな調子で続いていくの。サイト運営者たちは、被害者が所持していた、タイのチェンマイでの買春ツアーのパンフレットを手に入れている。トーア・グランの秘密の小箱に入っていたのと同じものよ。どうやって彼らがそれを入手したのか、考えてみる価値はあるわよね。私は、イーレク・マアクはあれを事前に持っていたんじゃないかと思う。デザインしたのも彼自身なんじゃないかとにらんでいるの」

「なるほど。ほかには？」

「つまりイーレク・マアクは自分の会社全体を、憎悪をあおる意見を発信する集団に変えてしまった。小児性愛者を糾弾する世論を盛り上げるためにね」

「それはすでにわかっていることじゃないか」

「ええ。でも、以前と違う点は、ポウルと私がそうした世論と例の殺人事件との関連を見つけたこと。その根拠の一つなんだけど……これをよく見てちょうだい。こちらはフランク・ディトリウスンのハードディスクに入っていたリスト。彼の児童ポルノ映画の顧客一覧ね。こちらにある三つのリストはイーレク・マアクの事務所から、彼の大義に賛同する小規模団体に送付されたリスト。名前と住所を受け取ったこうしたグループが、地元の小児性愛者たちに対してどんな行動を起こすかは火を見るより明らかよね。それが暴力沙汰の最大の原因だったのよ。でも見てちょうだい。リストには間違いがあるの」

　コンラズは女伯爵の説明を聞きながら、注意深くリストに目を通した。

「ビャーネ・アントン・アナスンのアナスンの綴りで最初のnの文字が抜けてるでしょう？　それに、ハンス・アーネ・ニルスンのアーネの綴りがAから始まるのではなくてOから始まっている。そして、パレ・ヘンリクスンのパレの綴りから1の文字が一つ抜けている。コンラズ、これはやっぱり同じリストなのよ。これなら裁判になったときに否認するのが難しいわよね」

「それはそうだな。説得力があるように思えるよ」

「それから、ViHader-Dem.dk《やつらがにくい》では明日の夜にスティー・オーウ・トアスンのオンライン・インタビューを行うと派手に宣伝していることも忘れないでね。これが発端となって全国規模の大騒動に発展したとしても、私はもう驚かないわ」

「それは偶然かもしれないぞ。トアスンだって……例の活動に参加してもいいわけだから」

「そうね。でもそれだけじゃない。私たちの手元には、過去四年間にランゲベク小中学校が受けた電話の発信元番号の記録があるの。これは先週、そう、一般人もまだ警察に協力しようと思っていたころにもらったものだから、間違いないはずよ。ピア・クラウスンの勤務先にイーレク・マアクが二回、スティー・オーウ・トアスンが一回かけている。一人は農夫でもう一人は広告業。イミーリェ・モスベア・フロイズがピア・クラウスンから聞いたという情報と完全に一致するわ」

「わかった。ポウルも君も素晴らしい仕事をしてくれた。よくやった。今の話をアーネに伝えてくれ。彼に報告書を手伝ってもらってもいいぞ」

「もうアーネには話してある。でもカスパ・プランクはつかまらなかった。だから、留守番電話にこの話の内容をかいつまんで吹き込んでおいたけど、いったい彼は今どこにいるの？」

「すまない、話すのを忘れていた。彼も病気なんだ。いやむしろ、疲れはててしまったんだな。もうここにくる元気がないそうだ。彼を責めることはできないだろう」

「そりゃ、そうよね。それで、あなたはどう思う？ イーレク・マアクをここに呼びつける？」

コンラズはすぐには答えられなかった。もう少しここにいて、彼女ととりとめのないことを話し合いたかった。こんなに予定がつまっているのは、自分にも責任があるのだろう。一種の傲慢さから来るものなのかもしれない。無意識に自分が重要な人間であることを強調しようとしているのかもしれなかった。コンラズはもう一度腕時計に目をやり、ここにいたいという気持ちを手放した。女伯爵だって、自分とずっと話していたいなどとは思っていないかもしれなかった。彼女も自分の予定をこなさなければならないのだから。

「すまない、なんの話をしていたかわからなくなった」

「イーレク・マアクをここに呼びつけるの？」

自分の娘の写真を撮った奴らの一人をここにしょっ引いてくるという考えが頭の中で広がっていく。コンラズの口がラクリスを求めていた。そこで彼はまた例のハリボー・ピラトスを出した。袋の中はほとんど空だったが、女伯爵には自分がそれを心底嫌っているそぶりを見せまいとしながら、最後の三つを口に入れた。そしてこう答えた。

「いや、容疑が完全に固まらない限りは、来させなくていいだろう。奴らがここに来るときは、すぐに帰宅できる可能性を残すようであってはいけない。だが、奴らが食事をしたというレストランにパウリーネを派遣して、イーレク・マアクが支払いをクレジットカードでしていますようにと祈るのはいいかもしれないぞ」

「ええ、ちょうどそうしようと思っていたところなの」

女伯爵はコンラズが出ていくのをずっと目で追っていた。とてつもない大事件をかかえているせいかもしれないし、アナ・ミーアの写真の件を必要以上に心配しているせいかもしれないが、彼は気を張りつめたままだった。

65

コペンハーゲン市役所広場では、若い娘が、夜に通りをうろつく人々や広告の看板や車の陰に自分の姿を隠しながら歩いていた。そして驚かせようと思っている相手の近くに止まっていたポルシェの脇まで、誰にも見られないまま近づくことに成功した。

相手が通りを見渡そうと頭をそちらに向けたとき、彼女は残りの数メートルをつま先立ちで歩ききった。そして自分の人差し指をその人のうなじに当てたのである。

「バーン。これであなたは一巻の終わりね」

マーデ・ボールプは振り返った。

「やあ、アニタ。どこから来たの？」

「空からよ。でも、あなたってへたくそなスパイよね。これじゃ、目をつぶっていたってあなたの後ろに滑り込むことができるわ」

「僕はスパイじゃないよ」

「同じことよ。あなたは長生きできないわ。さあ、いらっしゃい。私たちカップルを演じなきゃいけないこと忘れないで」

アニタはマーデの腰に腕を回し、彼をリードした。

二人はたった八時間前に引き合わされたばかりだったが、アニタは何年も前からマーデのことを知っているような気がしていた。一目見た瞬間に、そんなふうに感じたのだ。初対面の場所はコペンハーゲンのストロイエズ通りのマクドナルドだった。アーネ・ピーダスンとマーデがドアから入ってきたとき、彼女はすでに席に着いており、二人の姿を認めるとすぐに立ち上がった。殺人捜査課の刑事は、アニタから親しみのこもった抱擁を受けて、ひどく驚いていた。それからアニタはこれから組む予定のパートナーのほうを向いた。やさしそうな若者だった。そこで手を差し出して、礼儀正しく挨拶した。

「見習い記者のアニタ・デールグレーンです。あなたが噂のハッキングの天才ね?」

マーデ・ボールプは賛辞をそのまま受け入れることにして、彼女の挨拶に答えた。

「はい、そうです。僕です。マーデといいます」

彼らは着席した。そして、アーネとマーデが持ってきたコーラを飲むことにした。アーネはまず警告することから始めた。

「二人とも、これからやることは法的に問題があるということを自覚しておいてほしいんだ。もし捕まるようなへまをした場合、えらく厄介な目に遭うことになる。我々警察もあらゆる関与を否定するしかない。フェアじゃないけど、そういうことなんだ」

二人の若者はうなずいた。アニタは両手をあごにのせながら、マーデの目をまっすぐ見た。

「インストールするのにどれくらいかかるの?」

「ターゲットのPCには一分、君のPCに二分、どうやってプログラムが動くか君に説明するのに一分から五分」

「説明は三十秒でじゅうぶんよ。私だってそれなりにお利口さんなのよ。もうろくなんてしていないわ」

アーネはアニタをつついて、自分のほうに向かせた。

「どうやって中に入るつもりなのかな?」

「通用口から入るつもり。そのために私たちカップルになるんだから。カスパ・プランクが言っていたこと忘れちゃったんですか?」

マーデは不安そうな視線をアーネに送った。アニタは鋭い口調でアーネに尋ねた。

「もしかして、彼に話してなかったとか?」

「実はそうなんだ。きちんと話してなかった。君が話したほうがいいと思ってたものでね。いずれにしても、君たちだけでなんとか切り抜けられそうだから、任せるよ。僕は君たちを紹介するために来ただけだし。二人でこのコーラ飲んでくれていいからね。まだ口をつけてないから」

そう言うとアーネは立ち上がり、あっという間にその場を立ち去った。アニタにはジャンパーを着た彼の後ろ姿すら見る間もなかった。

マーデは、空から降ってきた幸運を確かめようとした。

「僕たちカップルなの?」

「ええ、そうよ。お手々つないで、ラブラブで見つめ合うあれよ。彼女いるの?」

「彼女? ああ、いないよ」

「それはいいわ。私も彼氏なんていないから。さあ、今から私たちカップルだから」

「あ、そう。いいよ。いや、その、ありがとう……」

アニタはマーデに向かって微笑んだ。

守衛は二人を丁寧に迎えた。

「やあ、アニタ。こんな遅い時間に。何か忘れものでもしたのかい?」

「そうなんですよ。いくつかファイルをプリントアウトしなきゃいけなかったんです。私の友達を中に入れてあげたいんですけど、来客用のバッジって余ってますか? こんな寒いところに、一人で待たせるようなことになったら、私ふられちゃうかもしれない。でも、別れたくないのよ」

「バッジなんていいよ。何も見てないからさ。さあ行っておいで」

二人はゆっくりとした足取りでエレベーターのほうへ向かった。上階へと昇っていく途中、マーデが聞いた。

「上司のこと嫌いなの?」

「大嫌い。彼女は本当に……核ミサイルみたいに反吐《へど》が出そう」

「核ミサイルみたいに反吐が出そう?」

「ええ」

しばらく間をおいて、アニタはつけ加えた。

「私は新しい言葉をなんでも仕入れちゃう出来の悪い野蛮人なのよ。ジャーナリストとしてはどうしようもないの」

それは大変だとばかりに、マーデは首を横に振った。アニタは彼の肩を叩くと言った。

「冗談よ。おバカさんなんだから。意味わからなかったの?」

「うん。僕はトロいんだよ。IT以外のことには」

それからの数分間、マーデは宣言したことを証明することに専念した。瞬く間に、プログラムをアニ・ストールとアニタのパソコンにインストールしたのである。

「これでできあがり。見て、ブラウザを立ち上げて、

URLのところにGarfieldって入力するんだ。いいかい、wwwとかhttpとか、そういうものは何も入れないんだよ。ただ、Garfieldって入力する。そうすると、ブラウザがもう一つのパソコンの画面を映し出すんだ。ほら、こんなふうに。こうすれば、上司がやっていることを君のPCで見ることができる。誰かが君のそばに来たりして、すぐにこの画面を閉じたいときは、ただ、スペースキーを押せばいい。わかった？」

「わかったわ。Garfieldとスペースキーね」

「そのとおり。Garfield/code って入力すると、彼女のユーザー名とパスワードも見ることができる。でも、それは彼女が次にネットにつないだときからだ。いいかい、スラッシュだからね、バックスラッシュじゃないよ。そうしたら、君は彼女になりすまして、アクセスすることができるようになる。君のPCからでも大丈夫だ。彼女がアクセスしているのと同時でも構わない。そうすれば、君は彼女のメールも読むことができる。それどころか彼女のメールアカウントからメールだって送ることもできるんだ」

「Garfieldと打ってからスラッシュを打つ。バックスラッシュじゃない。それからcodeと入れると、彼女のIDを盗むことができるのね」

「そういうこと。ただし、彼女のふりをしてアクセスしたい場合、まず自分のPCをシャットダウンして、このフロッピーディスクをドライブに入れて読み込ませながら起動するんだ。君の目には、見かけ上は変わらないように映るかもしれないけど、そうすることによって、君がどのパソコンを使っているか、誰もわからなくなる」

「彼女の名前でアクセスするときにはフロッピーディスクから起動する」

「そう。それから最後にもう一つだけ。コントロール、オルト、デリートキーを同時に押したら、僕が入れたアプリは削除されて、誰も君が何をしたか知ることはできない。でも、もちろん、二度とそのアプリは使えなくなる。つまりやり直しが利かないんだ」

「コントロール、オルト、デリートで私は雪のように潔白」

「ああ、それで全部だな」

「あっという間じゃない？」

アニタは座っていたデスクからストンと降りて、マーデにキスした。そのせいで余計な時間がかかった。

「なんでそんなことするの？　この部屋には誰もいないよ」

「転ばぬ先の杖、って言うでしょ？」

彼女はマーデに愛情たっぷりに笑いかけた。それに対してマーデは恥ずかしそうな微笑みを返した。

市役所の大時計が真夜中の十二時を打った。この町での新しい一日の始まりだった。

66

コンラズ・シモンスンは掃除機をかけていた。アニ・ストールとのインタビューは、我が家の現状ほどひどいものにはならないだろう。二週間に一度ならば、ここには家政婦が来てくれる。それはすなわち、およそ二週間分のゴミと埃の処理が今、自分の腕一本にかかっているということを意味していた。今回のいきさつを考えると、コンラズとしても、ダウブラデット紙の何千もの読者の目に、片づけられない男として映るのはなんとしても避けたかったので、頼りになるのは掃除機だけだった。だが、その掃除も、片方の靴下が吸い込まれて掃除機のヘッドをふさいだせいで、いきなり中断することになった。コンラズはこれを「ほどほどにしておけ」と諭す天からの啓示だと解釈し、掃除機のスイッチを切ることにした。自分を掃除マニアに見せようとして、極端から極端へと走る理由などないのだ。

ほどなくして、玄関の呼び鈴が鳴った。病院で会ったあの男が玄関先に立っていた。

「シモンスンさん、おはようございます。ええ、予想していたよりも時間がかからずにすみました。あなたの部下の青年には才能がありますよ。きちんと勉強すれば、本当にいい人材になります。ですので、是非、勉学を修了させてあげてください」

コンラズは道を空けた。男性は中に入ったが、上着を脱ぐ気配も見せずに廊下で立ったまま、封筒を出した。

「二〇〇二年から二〇〇五年の間に中央病院の代表電話に電話をかけ、一九六五年から一九八〇年の間にトロンホルム市に暮らしていた人、計四十一名を割り出しました。二十五歳から四十歳の独身者で、病院に行ったことのない人をそこから抽出しますと、たった四名しかいません。そのうちの一名は二〇〇五年に他国へ移住しましたので、彼も除外してもよかったのですが、やはり残しておきました。というのも、例の死んだ兄弟と同じ村に住んでいたからです。彼の名前はリストの一番上に入れておきました」

コンラズは封筒を受け取ると、礼を言った。男は再び話し始めた。

「そうそう、忘れるところでしたよ。ダウブラデット紙のあなたのお客様たちは、遅くなるようです。カメラマンに問題がありましてね、目覚まし時計が鳴らなかったそうですよ。ですので、彼女もまだ出発していません」

そう言うと男は持っていた携帯電話を見せた。

「私の理解に間違いなければ、それはつまり、あなたのアイディア商品が上手く作動しているということですよね」コンラズが言った。

「もちろん、ちゃんと作動していますよ。やり方を覚えて、必要なアクセスの設定をしたら、みなさんが考えているよりずっと簡単です。それに、使う分にはシンプルなんですよ。彼女が電話を使うたびにこの電話も鳴ります。彼女がかける側であっても受ける側であっても関係ありません。ですので、ただその電話に出て、会話を聞けばいいわけです。彼女にも通話相手にもあなたの側の音声は聞こえません。通話が終わるか、あるいは途中で聞くのをやめたければ、電話を切ればいいだけです。ですが、この電話を普通の電話として使おうとはしないでください。通話できませんので」

「これを使うことで、あなたの存在がばれてしまうリスクはあるんですか?」

「私の側にはありません。もしあるとしたら、それは私の不注意のせいです。リスクという面で言えば、あなたのほうが危ない状態に置かれますので、用事がすんだら、その電話は私のほうで回収します」

コンラズは小さな笑みを漏らした。

「まったく、こんなガジェットが普段から使えるのなら、仕事が楽になりますよ」

「そんなつつましいことを言っていないで、もっと大胆に考えたらいかがですか? 国がもっと簡単に私たちを監視できるように、国民全員に電子チップを入れるのもいい考えでしょう?」

男は冗談めかして言ってはいたが、自分たちが危うい方向へと押し流されていることは明らかだった。そして二人とも、それ以上この話題には触れなかった。

次の瞬間、偽物の電話が鳴った。電話機を差し出されたコンラズは、張り切ってそれを受け取った。しかし実際にアニ・ストールの会話に耳を傾けていると、普段感じたことのないような羞恥心を覚えて、思わず男に背を向けていた。カメラマンは〝もっとフレッシュな〟人材に交代になったようだ。アニ・ストール自身もこちらに向かっている。

　コンラズ・シモンスンと日刊ダウブラデット紙を代表するアニ・ストールとの対談の滑り出しには、ある種の緊張感が伴った。カメラマンは必要な仕事をさっさと終えて退出していった。そこには二羽の誇り高い闘鶏だけが残されたわけだが、いささか気まずい雰囲気だった。とはいえそれは最初のうちだけで、出発点こそ違えど、二人が多くの部分で似ていることがすぐに明らかになった。そんなわけで、最初の十五分は、とりとめもないことを話し合うことで過ぎていった。張り詰めた空気は消え去り、和気藹々《わきあいあい》とした雰囲気さえ漂うようになった。もちろん、猜疑心がわずかに空気の中に残っていたが、それもときには微笑みに席を譲るほどになっていた。

　二人はその後いよいよ、本題に入った。アニ・ストールは対談を二部に分けようと提案した。

「まず、あなたの人柄を描写するための情報を集めることから始めます。私が一つひとつ質問をしますので、それに答えていってください。それを全部、あとで私が編集して記事にします。次に、いわゆる定番の形式にのっとったインタビューをします。これはあなたが担当している殺人事件についての話になりますので、私はあなたの言葉をそのまま引用し、原則的に編集はしません」

　コンラズは同意した。あとに続いた一時間は、コンラズの半生と仕事についての脈絡のないやりとりに費やされた。アニ・ストールが用意した質問からは、コンラズのこれまでの業績を念入りに調べあげていることがうかがえた。凡庸なエピソードや噂話を執拗に追求するときでも、コンラズは彼女のプロ意識に脱帽せざるをえなかった。また、彼女が事件をどれだけ詳細に把握しているかについても感心させられた。だが、コンラズは完全には気を許していなかった。このインタビューには、なんとしても成功させなければならない秘密の目的があったからだ。それにずっと試験を受けているような感じがしていて、落ち着かなかった。普段の業務として行っている〝インタビュー〟、つまり取り調べや事情聴取の場合、主導権を握るのは基本的に自分自身であるのに対して、今回は勝手が違うからかもしれない。仕事のときは、質問をするのも、ゆっくりと相手を追い詰めていくのもコンラズ自身だ。とはいえ、今回コンラズが本当に不愉快だと思った質問はたった二つしかなかった。

「あなたは時折、超心理学者の助けを求めることがあるようですが、悪魔祓いやポルターガイスト現象を信じているのですか?」

その話題には地雷がしかけられていそうなにおいがしたが、コンラズはなんとか話をそらすことに成功した。超心理に関する印象を和らげるような話をし、またこれまで得ることができた協力の例をいくつか挙げた。

もう一つの話題はかなりデリケートな性質のものだった。

「マスコミからは、あなたは傲慢で非協力的な人間とみられています。いつも冷たく、ぶしつけなことも多いと。なぜだと思われますか?」

自分とマスコミの関係についての話だったので、彼は椅子を前に出して姿勢を正した。殺人捜査課について、娯楽について、新聞の売り上げについて、そして視聴者についての持論を延々とぶちまけることはせずに、コンラズは真摯に答えた。

「それは私の弱点の一つです。私は、情報提供者としての役目より、捜査官としての役目のほうを上手くこなしているのだろうと自負しています」

アニ・ストールが切り込むことができたのはここまでだった。

だがインタビュー中に、一歩間違えば致命的な結果を招いていたかもしれない事態が起きた。アニ・ストールの携帯電話が鳴ったのだ。彼女はコンラズに謝ったうえで、電話に出た。それと同時に、コンラズが持っていたクローン携帯の着信音も鳴った。彼は慌ててそれを切った。アニは何も気づいておらず、話を終えて電話を切ったところで、コンラズがキッチンから戻ってきた。動揺していた彼はキッチンで気分を落ち着けていたのだ。コンラズは中断した話を締めくくった。

「先程から申し上げているとおり、捜査をやっつけ仕事で進めると、熟慮を重ねた丁寧な捜査をしていればそんな結果にならなかったはずの逮捕劇や冤罪《えんざい》に至ることがあります。つまり我々警察は、自分たちがやっている仕事が、ときに正しくない結果に終わる可能性もあるということを学ぶのです。しかし、一方で、その事実をつい忘れてしまうこともあります。さあ、あと数分で温かいコーヒーが入りますよ」

アニ・ストールは感謝のしるしにうなずいた。

「おいしそうな香りですね。でも実は私、控え気味なんです。一日コーヒーを二十杯は飲んでいますから。インタビューのつかみはこれでばっちりです。あなたのお人柄について伺いたかった話は、すべて伺ったように思います。何かつけ加えたいことはありますか？　忘れていることなどありましたら」

「娘の名前を記事に載せてほしくありません。娘に関しては、今回の取材では一切触れてもらいたくないのです」

アニは、レコーダーを止めようと手を伸ばしながら、うなずいた。

「こんなご時世ですから、そのお気持ちはわかります。了解しました。お嬢さんのことには一切触れません」

コンラズはボウルの中に入れておいた例のハリボー・ピラトスの黒い飴を一つ取り、口の中でせわしなく転がした。そして、警告めいた言葉を口にした。

「どういう下劣な変態が外をうろついているか、わかったものじゃないですしね」

「なんですって?」

軽率な発言だった。コンラズは咳払いをした。

「いいえ、何でもありません。たいしたことではありませんから忘れてください。娘の存在に触れないことに同意してくださって感謝しています」

「どういたしまして。あなたにお礼をいわれる道理はないんですよ。当然のことです。とはいえ、あなたは恵まれていますけどね」

コンラズは笑った。本心よりもずっと安心している様子にみえる。

「確かにそうかもしれません」

「さあ、第二部に行きましょうか。つまりあなたが今捜査している事件のことです。すでに申し上げましたが、こちらは定番のインタビュー形式で行います。私の質問に対してあなたが答えていく形で。それを編集なしにそのままの形で掲載します」

「もちろん、異存はありません」

「わかりました。ではこの点について今後私たちがもめることもありませんね。ではカセットテープを入れ替えます」

アニはバッグから新しいテープを取り出し、周りのプラスチック包装をはがした。普段、彼女は自分がインタビューをするときはICレコーダーを使うが、こうしてカセットテープを変えるという動作を入れることによって、自然な形で一呼吸置ける。今はそのつかのまの休憩が必要な気がしていた。そこで、レコーダーにテープを入れる前に、少し時間をかけてカセットレーベルに書き込みをした。その間、アニはこう説明した。

「ええ、今日は、懐かしのカセットレコーダーを持ってこなければならなかったんです。私の素晴らしきICレコーダーは、まるで古いレコード盤のようにぱちぱちと音が入ってしまうんですよ。修理に持っていってもどうすることもできないと言われてしまって」

「わかりますよ。同僚のほとんどがＩＣレコーダーよりも古いカセットレコーダーを好んで使っています。ＩＣレコーダーはあまりに不安定なんですよね」

コンラズは質問者と同様にいわゆる会話調で話そうとしたが、緊張が自分の中で高まるのを感じていた。そこでソファーのほうに行き、リラックスしているように見せようとした。彼はこれまでアニが事態をどのように把握しているのかをあれこれ推測していた。特に彼女に事前に吹き込んでおいた、犯行動機が金銭目的だというストーリーについては言うまでもない。もし、彼女がそのことについて何も触れなかったとしたら？　悶々とした思いを断ち切ろうとしたが、簡単なことではなかった。仮に思惑通りに上手くいって、何も問題がなかったとしても、である。

それでも、一つひとつの質問がどのようなものになるのかを推測し、数え切れないほどシミュレーションを繰り返してきたからこそ、自然な態度を演出しながら最初の質問をこなすことができたのだろう。最初の質問は、録音ボタンすらまだ押していない段階で、藪から棒にふられた。だが、その内容をよく考えてみると、質問は意図的なもののように思えた。それに対してどのように答えるかも重要だった。

「実際のところ、このインタビューを受けることに決めたのはあなた自身の考えによるものだったのですか？」

なんとアニ・ストールはカスパ・プランクの計画の中で最も脆弱《ぜいじゃく》な部分を最初に突いてきたのだ。もし、本当にコンラズがこの殺人の動機は金であると示唆する情報を握っているのなら、そして、彼が心底嫌っていると内外ともに認めるタブロイド紙も含めたほかの人々がみな間違っているというのなら、なにもわざわざアニ・ストールを通じて、自分のイメージを少しでもよくしようと一般市民に働きかける理由はないのである。それどころか、ダウブラデット紙にはそのまま我が道を行かせて、その間に検察にこの卑劣な殺人に対する容疑を固めてもらったほうが得策だ。コンラズは苦虫をかみつぶしたような表情で歯を食いしばり、言葉少なに答えた。

「はい、私だけの意見ではありませんでした」

「ヘルマ・ハマの意見でしたか？」

コンラズは肩をすくめた。「上層部が指示したとおりにやる以外、私に何ができるでしょう？」まずそう答えてからさらにつけ加えた。

「今の質問を録音している状態で聞かれたとしたら、『それは私の考えです』と答えるでしょうね。とはいえ、今回のインタビューにあたって、あなた方と取り決めた約束は百パーセント私の考えによるものですよ。たとえその決めごとが、あとで私の上司の決済を経て初めて有効になるにしてもです」

アニはなるほどと言わんばかりの笑みを浮かべた。自分にも立場を立ててやらなければならない上司がいるからだ。コンラズはそこで席を立ち、コーヒーを取りにいった。二人分のコーヒーを運んでくると、再び腰を下ろす。アニはお礼を言ってから、録音を始めた。

「さあ、始めましょう。質問の内容がわからなければ、すぐにおっしゃってください。あなたが答える前にまず意図をはっきりさせるようにしますので」

「了解しました」

コンラズはうなずいた。

「では単刀直入にお伺いします。小児性愛者殺人事件の動機は営利目的であり、単純に金銭の問題であったというのは間違いありませんか？」

コンラズはその瞬間、コーヒーカップをひっくり返し、コーヒーが半分ほど足にかかってしまった。非常に説得力ある演技ではあったが、後始末にはひどく手間がかかった。

67

アーネ・ピーダスンは厄介な状況に陥っていた。彼が事情を説明している二人の女性がいっこうに理解を示そうとしないからだ。女性たちは、嫌みなそぶりをしたり、言葉の端々に疑念を挟んだりして、アーネの説明が気にくわないことを暗に態度で示していた。ちくりちくりと辛辣な言葉を漏らすので、まったく会話が進まない。アーネはできるだけ根気よく話したし、上司が与えたやりがいのない仕事に熱心に取り組んでいないと言って彼のことを非難できる人などこの世の中にはいないだろう。アーネはなぜ二十四時間以上も――いくつかの案件についてはもっと長い間、この二人の女性に何も知らせずにいなければならなかったのか、その理由を長々と説明して話を締めくくった。

女伯爵の目は怒りに燃えていたので、アーネはパウリーネのほうを見るようにしていた。だが、それもパウリーネが彼に向かって舌を出すまでのことだった。仕方ないのでアーネは天井を見つめて話すことにした。彼がやっと話を終えても、何一つとして反応がなかった。ほんの一瞬だけ彼は、この試練が終わり、すぐに自室に戻れますようにと祈ってみたが、それは現実を無視した楽観的な希望に過ぎなかった。女伯爵の声はひどく疲れているように響き、その物言いはまるで子どもに話しているかのようだった。

「説明させにあなたをよこしたのはコンラズなの？　まったくあの人は、自分のズボンをはくのも面倒くさくなったとでもいうのかしら？　いつになったら彼は来るのよ？　インタビューがあるといったって、いくらなんでも一日中かかるわけじゃないでしょう？」

「彼は来ませんよ。今日はずっと自宅にいる予定なんです。おい、パウリーネ、それだけはやめてくれ」

　クリップを一掴み取ったパウリーネは、それを一つずつ、規則正しく間隔を空けながら、アーネの顔めがけて投げていた。この距離なら、的を外すことのほうが難しい。そして最後の一発は、アーネの額に命中した。女伯爵はクリップ攻撃が続こうがなんだろうが、まったく意に介さないふうだった。

「自宅にいるですって？　病気にでもなったの？」

「いや、ただ自宅にいるんですよ。もしかしたら一人で邪魔されずに考え事をしたいのかもしれませんし。被害者めいた口調はやめてください。コンラズも自分が何をしているのか、じゅうぶん自覚しているはずです」

「問題はそこじゃないの。私たちには彼が何をしているのか知らされていないということなのよ。そもそもあなたはどうなの？　彼が何を考えているか知ってるの？」

　アーネは自分もこの状況には驚いているということを認めざるをえなかった。

「いえ、僕だって知りませんよ」

　パウリーネが口を挟んだ。

「どうして今まで私たちに何も言ってくれなかったのか教えてください。でも、下らない心配事をだらだら言うのはやめてほしいわ。私たちが信用できないというのなら、そういえばいいだけでしょう。なぜ、私たちはその火曜日の夜の会合に招かれなかったんですか？」

「あれは会合というよりも夕食会だったんだ。それに僕たちの計画が上手くいくかどうかもまったくわからなかったし……。ちくしょう、パウリーネ、やめろってば……。多くのことを整理して実行に移さないといけなかった。もちろん、お二人のことは信用してますよ。誰よりも素晴らしい仕事をしていると思ってますし」

「バカみたい」

女伯爵が言い直した。

「いいえ、間抜けよ」

「気分が悪くなってきたので、ちょっと吐いてきます」

「トイレに行くならちゃんと並びなさいよ」

アーネは女伯爵のほうを向いた。これまでも彼女とは緊張した関係になることはあったが、なんとも気分が落ち着かなかった。パウリーネを説得するのは、二人きりになってしまえば、きっと難しくないだろう。

「いいですか、聞いてください。あなたたちを仲間はずれにしたのは僕じゃないんです」

「情けないわね、アーネ。じゃあいいわ。それならば、思いついたのは誰なのか言ってちょうだい。コンラズ自身なの？　それに、その見習い記者を見つけてきたのは誰？」

「カスパ・プランクですよ。二番目の質問についても、答えはカスパ・プランクです」

「なるほど、それは早く気づくべきだったわね。それからもう一つ。なぜ、アニ・ストールはあなたのことを信用しているの？」

「あ……それは……ちょっとややこしいのですが、その……ちょっとつきあいがあって」

パウリーネは怒りを爆発させた。

「あなた、あのデブ女とつきあってるの？」

「いや、待って、違う、そういう意味でのつきあいじゃない。ああ……どういう関係なのか今から説明します。そうすればわかってもらえるから」

アーネはギャンブル好きのせいでアニ・ストールに情報源として目をつけられたいきさつを話した。そしてその場の空気を和らげるために、後悔しているふりさえした。これはどうやら納得してもらえたようだ。

パウリーネはクリップを箱に戻し、女伯爵は首を横に振ると本題に戻った。

「じゃあね、私がちゃんと理解しているか確かめてちょうだい。あなたたちは事前に殺人の動機が……いわば卑劣なものであったとアニ・ストールの頭の中に植えつけておいた。そして、その卑劣な動機とやらをコンラズは今日のインタビューで打ち明けさせられた。でも、アニ・ストールは編集部に帰って、記事を書き終えたら、それを一面記事にする前に、書面での同意を警察から得なければならない。したがって、その記事のコピーを彼女はコンラズに送ることになる。そのコピーを女見習い記者がイーレク・マアクのところに持っていく。その結果、あなたたちはキノボリを捕まえられるのではないかと希望を持っている。正確にどうやるのかは、私もいちいち覚えられなかったけどね。そして、一連の動きをフォローするのに、我が国最大の日刊紙の編集部に監視システムを設置した。さらに、女記者の電話も、正体不明ではあるけれど警察に協力的な男性が彼女の回線に細工をしてくれたおかげで、違法だと知りつつ盗聴している最中だ、と。今の状況のまとめはだいたいこれで合ってるかしら？」

アーネは、女伯爵がずいぶん冷静なものの見方をするものだと感心していた。しかもすべてを正確に理解している。

「はい、合っていると思います。電話の件に関しては、例の夕食会のあとに決まったことですけどね。コンラズは、あなたが間違いなく反対するだろうと言っていました」

女伯爵はその指摘を無視して、窓の外をしばらく眺めた。そして、こんな言葉をつぶやいてその場にいた二人を啞然とさせた。

「ダメージ・コントロールね……。ええ、そういう意味では完全にばかげてるとは言えないわ。自己正義を掲げたこのグループが今回の報道に反論するためには、殺人者本人のインタビューを提供する以外、打つ手がなくなるでしょうね。情報提供者の保護という意味でも、先方はかなり大きなリスクを抱えることになる」

「殺人が行われたときほどではないかもしれませんよ。あのとき彼らは秋休みで学校は無人になるはずだと踏んでいましたけどね。でも多くのことが、もくろみ通りに行かなかったはずです。それから金銭目的だという例の話ですが、これは奴らにかなりひどいダメージを与えるはずです。奴らの対外イメージをぶち壊しかねないものですから。そうすると、あらゆる支援を失いかねず、何かしら行動を起こさざるをえなくなる。コンラズはこの計画の成功率は五分五分だと踏んでいましたが、僕はそれよりはもっと見込みがあると思っているんです」

「それで、私たちは？　いつになったら私たちは舞台に上がれるの？」

パウリーネはこれ以上ないほど芝居がかった口調で尋ねた。アーネが説明を始めた。

「見習い記者が……名前はアニタ・デールグレーンというんだけどね……彼女がイーレク・マアクの事務所に記事のコピーを持っていったあと、コンラズは、彼女とマーデを保護したいと考えているんだ。週末はホテルにいてもらうことになるだろう。君は彼らを警護するためにホテルに同行することになる。もちろん、数名の警官も一緒だ」

アーネは、パウリーネの苦々しげな表情を無視しつつ、計画の詳細を明らかにした。それから、女伯爵のほうを向いて、彼女にも説明しようとしたが、すぐに話をさえぎられた。

「それには及ばないわ。もしコンラズがこの作戦に私も入れたいと思っているなら、自らやってきて差しで話してくれるだろうから。でも、本音を言わせてもらえば、私は最終的には拒否すると思う。とはいえ、停職になる可能性を考慮した場合、給料がなくても困らないのは私だけなのでしょうけど」

アーネにはぐさりと来る一言だった。最後の頼みの綱とばかりに削ったスクラッチくじが外れだった直後のように青ざめていた。女伯爵がパウリーネに目配せして自室を去ってから、旗色はさらに悪くなった。パウリーネは目の前に立ちはだかった。圧迫感を覚えるほど近いところに立っている。

「アーネ、わかってほしいことがあるんだけど。ずいぶん前からあなたに言っておきたかったことなの」

アーネは首を横に振ることしかできなかった。

「私たち二人、いいえ、それはちょっと違うわね。あなたにとっては、ただ楽しけりゃいいわけだもの」

「違うよ、全然違う。そんなふうに思わないでくれ」

アーネは真剣に否定し、彼女のほうへ手を差しのべた。

「やめて！　いいこと。あなたには子どもがいて、奥さんがいて、家があって、決まった時間には食事が出てくる」

もう一度アーネは首を振った。なんと言えばいいのかわからなかった。パウリーネは彼の頭を両手で挟み込んで、まっすぐ目を見た。

「今から、私がすべてを決めるわ。私がやりたいとき、私がやってもいいと思うときだけよ。わかったわね？」

アーネが首を振るのは三度目だった。パウリーネはアーネを突き放す前に、唇にキスした。そして、急に態度を変えて、へそを曲げた小学生みたいな口調で言った。

「マーデと、あの子の頭をぼうっとさせてる記者もどきのお守りなんてしたくないの。週末ホテルに缶詰めなんて勘弁して。なんで私もみんなと一緒に行かせてくれないの？　コンラズに話してみてくれない？」

68

オスズヘアアズ地方ヴィーイから北東に四キロのところにあるウレルーセまでの道のりは、一時間以上かかる。コンラズは遠出を楽しんでいた。東へ進むにつれ、空は広がりをみせ、しばらくすると太陽に照らされたデンマークの田園風景が輝き出した。それを見たコンラズは気分の高揚を感じた。

アニ・ストールによるインタビューは期待以上の効果を発揮していた。コンラズは、編集部に戻ったアニはきっとセンセーショナルな記事を書きあげるに違いないと確信した。国内に激震を走らせるようなスクープを手にしたと思い、自社の新聞の売り上げを一気に伸ばして最高記録を更新しようと狙うだろう。コンラズは殺人の下劣な動機について、条件つきで肯定したうえで、嘘で塗り固めた詳細を長々と説明した。しかもその嘘は、熟考を重ねたものであり、真偽を確かめることが不可能なものばかりだった。また、コンラズはアニに録音するのをやめるように頼んだ。そのせいでアニは、ずいぶん長い間ご無沙汰していたと思われるメモをとる作業を、自分でこなさなければならない羽目に陥った。この先、アニは事件について彼の意にそぐわない記事は書けないだろう。その記事が自己正義を謳《うた》うグループを動揺させ、イーレク・マアクがキノボリを日の当たる場所に出さざるをえない状況に追い込めるかどうかは、今後の動向を見守るしかない。だが見込みはじゅうぶんにあった。

コンラズは難なく、目的地の村を見つけた。実際には、小さなスーパーマーケットと教会の周りにいくつか家が建っているだけの小さな集落である。コンラズは、地理を頭に入れておこうと、車の速度を落とし、集落をゆっくり横切っていった。何一つ商工業活動を連想させる看板は出ていない。自転車に乗った老女以外には、人っ子一人見かけないのだ。コンラズはすぐに、畑以外に何もない村の反対側に出てしまった。そこで引き返すことにして、小さなスーパーの駐車場に車を止めた。村人たちはきっとここに集まるのだろうと考えたのだ。店に入ると体重がかなり超過気味の気さくな女店主に迎えられた。こちらも思わずにっこりしてしまうような笑みを浮かべている。

「ここウレルーセの昔話について聞きたいなら、スィヴェリーンスンじいさんに声をかけてみるといいわよ。それからこんなふうなものをいくつか持っていくことね。じいさんの記憶もきっと刺激されるから」

店主は手にしていた二本のビール瓶を笑いながら差し出した。それから店の外までわざわざ出てきて、笑顔でその老人の家を指さしてみせる。

しばらくのち、コンラズはスィヴェリーンスンじいさんの庭を歩いていた。木を切っている音が聞こえてきたからだ。日焼けした、ひきしまった体つきの老人だった。着古して汚くなった緑色っぽい作業用のつなぎを着ており、しわだらけの精悍《せいかん》な顔に細い白髪がかかっている。訪問者を認めると、老人は斧を置いた。雑種の犬は、ふっと頭を上げてコンラズをにらみつけたものの、すぐに昼寝の続きに戻った。老人はコンラズと心のこもった握手を交わし、家の壁を背にしたくたびれたベンチに誘った。コンラズは最悪の結末を危《き》惧《ぐ》しながら腰かけたが、ベンチはきちんと彼を支えてくれた。ビールの栓を抜くと、コンラズは話を切り出した。

「あなたが長い間ここにお住まいだと伺いまして」

「生まれたときからだよ」

「コペンハーゲンから来ました。ディトリウスン兄弟についての情報を求めています。フランクとアランのことを覚えていますか？」

老人がビールを一口飲んだので、コンラズもそれにならった。老人は飲んだビールをずうずうしく吐き捨てた。コンラズも急いで同じことをした。だがそれは真似ではなく、別の理由からだ。ビールはとてつもなくまずかったのだ。

「彼らのことはお好きではないのですか?」

「好かなかったな。汚いガキどもだったよ。まっとうな仕事をせず、いつもその辺をふらふらして、暇さえあれば、悪さしていた」

老いた顔には人目をはばかるような表情が浮かんでいた。

「奴らは死んだよ。誰かがコペンハーゲンで奴らを吊るしたんだ。あの二人は自分の首を折ったひもほどの価値もなかったよ」

死んだ場所は必ずしも正確ではなかったが、コンラズはあえて訂正しなかった。

「若いころ、わしはあいつらの父親をしこたま殴ったことがある。奴ももちろん死んじまったがね。ずいぶん前だ。だからあいつらがいなくなってもここで残念がる者などおらんよ。もし、わしがあいつらのことをどう思っているか聞きたいというなら、あいつらは害虫だったと答えるだろうな」

「私の手元にいくつか名前があります。読み上げますので、もし何かぴんとくるものがあれば教えていただきたいのですが」

「ああ、かまわんよ」

コンラズは短いリストの中の最初の名前を読み上げた。

「アンドレアス・リンケ?」

「アンドレアス……そうだな、たぶん……わしは年代と顔は割とちゃんと覚えているほうなんだがな……名前は忘れちまったようだ」

そう言うと老人はしばらく考え込んだ。

「アンドレアスってたぶん、あいつの息子、いや孫じゃないか。そうだよ、もちろんあのリンケのことなら知ってる。〝ドイツ人〟だよ。そうそう、わしらはあいつのことを〝ドイツ人〟以外の呼び名で呼んだことはなかったが……そうだ、あいつの本当の名前は確かリンケだった。ずいぶん前にここに移り住んでな。しかもあの兄弟の家の隣に」

コンラズは、勝利の光が天から差し込み、広がっていくのを感じた。最初体がぐっと浮き上がるような感覚がし、続いて誇らしい思いがそれに取って代わり、最終的には、体の内側から強い叫び声がわき上がり、心にあるほかのものすべてを覆い尽くしてしまったかのようだった。とうとうキノボリの正体をつかんだぞ！

ふいに目の前の庭を一周してこの瞬間を思う存分味わいたいという欲求にかられたが、もちろんほかにすべきことがあった。コンラズは質問を続けた。

「彼らはお隣同士だったのですか？」

「そうだ、住所は違っていたけどな。〝ドイツ人〟は教会のそばの小道沿いに住んでいた。大きなカーブの先にその小道があるんだ。森に入るすぐ手前に建つ二軒の家が〝ドイツ人〟の住まいだった。大通り沿いにあるあの兄弟の家のちょうど裏手にあった。今、兄弟の家は町の住民のものになっているが、持ち主は今まで一度も住んだことはない」

「少し〝ドイツ人〟について話してくれませんか？」

老人はうなずいた。しばらく過去の思い出にひたってから、話し始めた。

「〝ドイツ人〟について話すとなると、そう、ずいぶん長くなるな。戦後、一九四五年の夏のことだ。あの男はかみさんと一緒にここに移り住んだ。二人は誰ともつきあいたがらなかった。かみさんもいろいろな過去を持っていたからな。その……丸坊主にさせられた女だった。わかるかな？　当時は誰も、そういう人間とは関わり合いたくないと思ってたんだ。実際、その後〝ドイツ人〟は捕まったんだよ。そう、あいつはいわゆる本物のドイツ人ではなく、トゥナ出身、つまり、この国の南部に住むドイツ系の少数民族だった。親ナチスだったんだな。それで、あの男は数年間おつとめをしていたわけだが、その間、嫁さんは子どもを産んだりして、いろいろあった。感じのいい母親って印象ではなかったよ。戦時中〝ドイツ人〟がやったことに関しては悪い噂ばかりが流れていた。まあ、噂でしかなかったからこそ、三年やそこらで出てこられたんだろうな」

「奥さんは子どもを一人産んだわけですね」

「そうだ、女の子だった。そして亭主が牢屋に入っている間にもう一人女の子を産んだんだが、その子は里子に出したのだろう……そうだ、みっともない。だが……あのかみさんは口では言えないような苦労をしたのだろう。一日一日を生き抜くのがそれはもう大変だったに違いない。二人は〝ドイツ人〟が一九四九年に釈放されてから、元の鞘《さや》に収まり、再び家庭を築き上げた。男はこの界隈の畑で、当時の表現を借りるなら〝日雇い〟として働いていた。力持ちだったよ。時が経つにつれて、人々はもうあまり戦争のことにもこだわらなくなった。だから、彼にはよくお声がかかったんだ。そうこうするうちに娘も大きくなった。やさしい娘だったよ。確か一九六〇年か六一年に、進学のためにニュクービングに行ったんだが、勉強はあまり長く続けられなかった。すぐに戻ってきてしまったんだ。しかも帰ってきたときは身一つじゃなかった。どういうことかわかるだろう？　そう、そうだ。娘も母親に似ちまったんだな。二人の老夫婦にとってはまたしても、という感じの出来事だった」

「その娘さんは妊娠したのですか？」

「そのとおりだ。まだ十六歳にもなってなかったと思う。老夫婦は別に、子どもができちまったことには文句を言わなかった。なんというか、もう慣れてしまっていたんだろう。〝ドイツ人〟もヴィーイの車修理工場で定職につき、かみさんと娘は菜園を作ったり鶏を飼ったりしていたが、それだけではたいした稼ぎにはならなかった。そのうえ、一家は赤ん坊の面倒もみることになったんだ。だが、そのあと火事が起きた。一九六四年の十月のことだ。よく覚えているよ。悲しい話だ」

「彼らの家が火事になってしまったんですか？」

「そうなんだ。漏電が原因だった。古くてバカになっていたんだな。火は一晩中燃え続けたよ。〝ドイツ人〟は孫息子だけどうにか助け出した。しかし、残りの二人は家の中から出られずじまいだった」

「彼は小さな子どもと二人、残されてしまったんですね」

「そうだ。そして壊れ果てた家が残った。保険もわずかしか支払われなかった。だから、村人の手も多少は借りたとはいえ、あの男は家の大部分をたった一人で造り直さなければならなかった。そのうち、気が変になっちまったんだ。自分の目の前で何が起きているのかも、わからなくなったようだった。東部戦線には耐えることができたのに、火事には耐えられなかったんだな」

「その男の子は祖父と二人きりで暮らすことになったんですね？」

「そうだ。一九七五年か七六年まで一緒に暮らしていた。そしてあいつは死んだんだ。そう、死んだのは〝ドイツ人〟のほうさ。坊主の面倒は村のみんなでみることになった。だが、あの子ももう大人のようなもんだったからな。いや、違う。ちょっと待ってくれ。確かあの坊主は一時、ドイツの親戚の家に預けられていたような気がする」

コンラズはビールを一口飲もうとした。老人は彼があまり飲みたそうにしていないのを見てとったらしい。

「もし好きじゃないなら、そのまま残しておきなさい。

あとで〝間抜けのハンス〟にやるから。こいつは舌が肥えてるんだ」

老人は犬を指さした。犬は動く様子も見せずに、面倒くさそうに目を上げた。コンラズは瓶をベンチの上に置くと、また質問をした。

「アンドレアス・リンケの情報が教区の記録簿に残っているか確認したいんですが、誰に問い合わせればいいでしょう？」

「またスーパー・カトリーネに会いに戻りなさい。そのビールを買ったときに彼女と話したんだろう？　彼女は代理伝道師、聖具納室係、保母、聖歌隊員、その他いろいろ、片っ端から肩書きをつけているからね。喜んで手助けをしてくれるに違いない。だが、戻ってくるのを待たなければいかんな。引退した警官を森に案内しているところだから」

「引退した警官ですか？」

「そうだ。昨日も来ていたよ。ともかく感じのいい奴だな。今し方、うちの前を通っていったぞ。殺人捜査課の刑事にしては、おまえさんはちょっと気が緩みすぎなんじゃないか？　あの二人を見なかったのかい？　あの警官はずいぶん袖の下を渡したんだろうな。彼女の場合、普通はお茶一杯じゃすまないからな」

老人は笑った。その口調はからかうような感じであったが、意地悪いものではなかった。そして、こうつけ加えた。

「こんな人里離れた田舎に暮らしていても、みんな新聞は読みますんでね、シモンスンさん」

コンラズは腰を上げた。老人は森へ行く道を指し示した。教会の記録簿は後回しでいい。

犬も起き上がった。そしてビールを飲ませてもらった。

ウレルーセのブナの森の中をコンラズはさまよっていた。険しい上り坂で、地面は湿っており、水分を吸って重くなった枯れ葉で覆われていたため、歩くのが難しかった。数歩進むと、すっかり息が上がってしまう。歩みを緩めると、左手のすぐ前のほうに誰かの背中が見えた。そこで方向を変えて、その人影のほうにまっすぐ向かった。数メートル歩くと、その人が警戒しないように声をかけ、自分のほうに注意を向けさせた。カスパ・プランクは振り返りもせずにすっくと立ち上がった。

「怒鳴るのはやめてくれ。耳なら遠くないぞ」

「確かに遠くはないですね。それに体調もずいぶんよくなったようじゃないですか。疲れや痛みはいったいどこに消えてしまったんですか？」

「自然のやさしさは年寄りをいやしてくれる」

カスパ・プランクはある切り株を蹴り、その付近にあった二つの切り株を指し示した。

「ほぼすべてがここから始まったんだ。フランクが最初で、小屋でやっていた。アランはもう少しあとから始めた。奴は外でやるのが好きだった。でも、もうおまえも知っているんだろう。じいさんと話しているのを見かけたぞ」

「どうも、じゅうぶん話を聞き出していなかったようです」

「そうだな。それが昔からのおまえの課題だ。おまえは時間をかけなさすぎなんだよ。そんな調子じゃ情報なんて手に入らないぞ」

コンラズは少しいらだたしさを感じた。

「それでも、私はここに来たじゃないですか。違いますか？」

カスパ・プランクはその質問には答えず、話を続けた。

「これらの木々は一九八四年の冬に切り倒された。そして、丁寧に挽き割りにされたそうだ。四本のブナの木は大きく、樹齢もだいぶいっていた。村中がその音を聞いていたのだが、誰一人として警察や森林監視員に知らせる必要は感じなかったそうだ。小屋にも火がつけられた。だが、それも通報されることはなかった」

「彼は過酷な経験をしていたに違いないと思います。どれくらいの期間、被害を受けていたと思いますか？」

「四年から六年というところだろうな。彼の祖父はきちんと面倒をみられる状態ではなかったようだ。祖父はおかしくなっていた、とみんな言っていたな」

「村の人たちは知っていたんですか？　にもかかわらず、誰もが見て見ぬふりをしたと？」

これは当然の疑問だった。カスパ・プランクは村で起きていたことも、村に隠された秘密も、コンラズよりはるかによく知っているようだ。

「知っているというのは大げさな表現だな。だが、このように小さな村社会では、隣近所に気づかれずに何をすることもできない。当然、見抜いていたさ。あのかわいそうな坊主はまともに歩けなくなることがときどきあったそうだ。その話をじいさんにしてもらうのには、何本もビールが必要だったな。ところであのビール、ひどい味だと思わないか？」

「ええ、間違いなくまずいです。では、そのかわいそうな坊主、つまりキノボリは、過去に決別するためにここに戻ってきたのですか？　いわば物理的に決着をつけようとした、と」

コンラズは、二人を囲む切り株をそれぞれ指さした。

「そうだ。だが、不思議なことに、キノボリ自身は手を下さなかったんだよ。もし、じいさんの話を信用するならだが。奴は自分でやる代わりに、金で二人の男を雇ったんだ。その二人は木の位置を説明した地図を持っていたそうだ。キノボリ自身は、ここに戻ってくることすらきっと耐えられなかったのだろう」

コンラズは空を眺めながら、じっと考え込んでいる。

「なぜ、あなたはここに来たのですか？」

「兄弟に対する殺人は個人的な怨恨によるものだという視点に立って、私は捜査に取りかかった。いろいろ考えてしまうと、時には回り道になることもあるが、だいたいはひょんなことから真実がはっきり見えてくるものだ。翼の折れた天使がある晩、玄関先にやってきて、自分の目を覚まさせてくれるような感じだな。パズルのピースが全部はまると、多くのことが意味を持ち始める」

コンラズに言わせると、その説明は理解できなくはないが、少しもったいぶって聞こえた。

「もっと具体的に説明をしてもらえませんか?」

「だからこそ、あのホットドッグ売りは、死んだあと、重さにして五トンのブナの木を、頭にお見舞いされたんだ。我々の親愛なるアンドレアス君は、ホットドッグ売りが倒れた場所の近くにあった木を使って、トラウマを克服しなければならなかった。そしてホットドッグ売りの兄は、ほかの四人に囲まれる形で真ん中に配置された。お仲間さんたちが旅立つのをすべて見送ってから殺されなければならなかったんだ」

「アンドレアス・リンケという名前まで知ってたんですね。教会の記録簿を見たのですか?」

カスパ・プランクはジャンパーの内ポケットのあたりを軽く叩いた。

「スーパー・カトリーネがコピーをくれたんだよ。だが、おまえの電子設備一式だって、その名前を吐きだしたんだろう? さあ、奴は今どこに住んでいるんだ? これから取り調べにいくのか?」

コンラズは話すべきかためらった。カスパ・プランクと山道を歩きながら、自分の悩みを打ち明けた。

「事はそれほど簡単じゃないんです。戸籍の記録によると彼は一年半前に他国へ移住したことになっています。指名手配すれば、一般市民は捜査を妨害するような行動をとるかもしれません。ですので、数日の間、彼の処遇については保留にしておこうと思います。その間に、あなたが提案した例のダウブラデットの件が上手く実を結ぶかを見極めたいのです。もし上手くいくようなら、その実を静かに摘んでやりさえすればいいのですから」

カスパ・プランクはその場で足を止め、かつての部下を不審そうに見つめた。

「気をつけろ、コンラズ。我々は二人とも、以前同じような経験をしたじゃないか。おまえが歩いている氷は割れやすいぞ。奴をまだ手中に収めてもいないんだ。おまえの論理はずいぶん強引に思える」

「あと二、三日のことですので」

カスパ・プランクは首を振った。

「いつだって、二、三日のことだと言うじゃないか」

「奴を捕まえたいんです。六人も殺しておきながら逃げ切れると思っているなら大間違いです。残りの二人ももちろんですが」

「奴は必ず捕まるさ」

「もし、キノボリ本人と我々だけが知っている情報に基づいて、自白が得られなかったら、何も収穫がないまま終わってしまいます。検察官は、私がスティー・オーウ・トアスンを容疑者として取り調べたいと話したときに、鼻で笑いました。イーレク・マアクにいたっては、そのリスクを負うにはあまりにも証拠がなさすぎるんですよ」

「確かに今の状態で裁判に持ち込むのは難しいが、いずれあの二人は落ちる。時間の問題だ。おまえだってそれはよくわかってるだろう？」

「キノボリもムショに放り込まなければなりません。絶対に逃がしてはならない」

「もちろん、奴を逃がすようなことがあってはならないさ。だが、私が言いたいのはそんなことじゃないんだ。キノボリは関係ない。おまえの問題だ」

コンラズはピラトスの黒い飴をほおばった。しばらくの間、二人は黙って歩き続けた。やがて老刑事は言った。

「もし、私がおまえの上司だったら、この事件から外して家に帰らせただろう」

コンラズは何も答えず、ただ首を振った。

「おまえは奴らとは違う」

「もちろん違う。当たり前ですよ、なぜそんなことを言うんですか？」

「無茶をするのはやめろ。ポパイのようにマッチョを気取って自分自身で奴の息の根を止めれば、アナ・ミーアをほったらかしにしていた十四年間が消えるとでも本当に思っているのか？」

「どうして私がやろうとしてることがわかるんですか？」

「おまえの考えることぐらい、いつもお見通しだからさ。おまえはそうは思っていないのかもしれないがね。だがそんなことはどうでもいい。何より重要なのは、奴らと自分は違うと理解することだ。簡単なことだろう。よく考えてみろ」

コンラズは足を止めて、落ち葉の中に半分かみ砕いたラクリスを吐きだした。そしてかつての上司のほうを向くと、もう一度首を横に振った。なぜこの人は、父親とはどんな存在であるかを知っているのだろう。彼には子どもがいないというのに。

カスパ・プランクは話題を変えた。

「インタビューはどうだった？」

「期待していた以上でした。アニ・ストールはすべてを真に受けてくれましたよ。アニタがすでに私の家に記事のコピーを取りに来ましたからね。アニタは今夜中にイーレク・マアクの会社を訪ねる予定です。スティー・オーウ・トアスンのオンライン・インタビューの真っ最中に。その結果がどうなるのか、今は待っているところです。彼らにとっては青天《せいてん》の霹靂《へきれき》になるでしょう」

「アニタから目を離すな。奴らは殺人犯だということいつだったか、オーゼンセでキノボリに会ったことがあるらしい」

「私は精神分析医じゃありませんので」

「何を抜かしているんだ。犯罪学や心理学の授業を受けさせてやったはずだぞ。その金はどぶに捨てたことになるのか？」

カスパ・プランクは自分の冗談に大げさに笑い、村へ行く道と森のちょうど境界線にある大きな溝を越えるのに、一切の手助けを拒否した。

コンラズは笑う気になれなかった。


を忘れるなよ」

「アニタには徹底的にガードをつけています。ダウブラデットに彼女が戻るまで蚊一匹だって手出しさせませんよ。そしてダウブラデットでの作業が終わったらすぐに、マーデ・ボールプと一緒に連れ出し、週末中国費で隔離します。三人の警官を護衛につけます。パウリーネもそこに合流させる予定です。ですが、それはむしろ、彼女も隔離しておくためです。彼女まで今後のキャリアをリスクにさらす理由などありませんから」

カスパ・プランクは満足げにうなずいた。

「アンドレアス・〝キノボリ〟・リンケが——あるいは、ほかの名前があるのかもしれないが——木を切るのを生涯の仕事に選んだのは偶然だと思うかい？」

「本当に木を切るのを生業《なりわい》にしているんですか？」

「ああ、そうだよ。彼は、ドイツの林業専門学校で勉強していた。スーパー・カトリーネが教えてくれた。

ーレクはサンドイッチが六つ載った皿を手にして入ってきた。急いでいるように見えた。

「ごめんよ。待たせてすまなかった。でも、ちょっと厄介なことが起きてしまって」

スティーー・オーウは、よく聞き取れない声でぶつぶつ言いつつも、なんとかお行儀のよい笑みを返した。イーレクは腰を下ろすと、無造作にサンドイッチを一つつまんだ。その様子からしても、自分が置かれている状況を掌握できているようには見えなかった。

「君は少し落ち着いたほうがいいかもしれないね、イーレク」

イーレク・マアクはネクタイを締め直し、そのアドバイスに従うことにした。

「そのとおりだね。いろいろなことで本当に手一杯で。こんなにたくさん働いたことなんて今までなかったよ。それはそうと君は、昨日からずっとマスコミで取り上げられているニュースをチェックしていないのか

69

コペンハーゲン近郊のレズオウアにあるイーレク・マアクの会社では、スティーー・オーウ・トアスンが次第に不機嫌になっていた。打ち合わせ通り、インタビュー開始の三時間前に到着したのだが、社内をくまなく案内されたあとは、知らない人々の群れとともに会議室に押し込められてしまったからだ。記憶に一切残らない無駄な情報をたくさん浴びせられる代わりに、今度はただ、長い間ひたすら待たされることになった。殺気立った空気が部屋の中に充満しており、スティーー・オーウは気分が悪くなった。いらだちはつのる一方だった。

それからしばらくして、友人がようやく現れた。イ

い？」

「あの女子高校生のことを話しているのなら、すごく説得力があると思ったね。あれを見ておれも泣きそうになったから」

「彼女はすごく役に立つ子だよ。それは間違いない。でも僕が今、主にやっている仕事は君に関係することなんだ。誰もが君のインタビューを首を長くして待っている。地元の五つのテレビ局が生中継する予定だ。といっても、パソコンの画面を中継するんだけどね。それが〝生中継〟と言えるものなのかはともかくとして。画面を見ながら、スタジオにいる人たちがいろいろコメントするんだ。どういうことかわかるかな？ ここ数日、僕はその準備をするのに、一番たくさん時間を割いてきたんだ」

「インタビューが終わったら、何が起こるんだい？」

イーレクは驚いた様子で答えた。

「インタビューのあとだって？ そうだな、明日は国会議事堂の前や国中のいろいろな場所でデモが起きるだろう。君のインタビューの最中に、僕たちの要求や、スローガン、デモの集合場所と日時を画面に映し出して、視聴者の頭に叩き込む。それが一番大事なんだよ。君に対する人々の関心を、メディアを通じて利用することによって、人々を動員し、僕たちの考えを広く浸透させる。君のインタビューに続いて、明日は大手各紙に一ページぶち抜きで広告を打つ。しかも広告にはあの女子高生が登場するんだ。そうすればきっと注目を集めるからね。あとでレイアウトを見せてあげるよ。僕の意見を言わせてもらえば、成功は間違いなしだね」

「ええと……ちょっと待ってよ。おれたちの要求だって？」

だが、イーレクの話を止めるのは難しかった。あまりにも睡眠不足で、過剰に分泌されたアドレナリンに振り回されているように見えた。

「国会議員約百人に対して、大々的なロビー活動を展開している。政党レベルでもようやく火がついた。僕が最近発表したレポートでも、小児性愛問題をやっと政治の場でもオープンに話せるようになったことを取り上げたんだ。選挙区広報、トーア・グランの淫《みだ》らな欲望、暴動、それからあの高校生……そのすべてが活動の土台になっている。ところで、君は『アメリカの半分でも』という表現の意味を知ってるかい？」

「全然知らない。でもおれはわかってるよ、君が危ない橋を……」

「せめてアメリカの半分ぐらいの重さの刑罰を、という意味さ。これだけでもデンマークではものすごい進歩なんだ。インターネットを通じて僕たちが得ている支援は、ただただ素晴らしいの一言だ。たとえばもし、いくつかメールを書いて、ティステズで市民の集いをやりたいからオレンジ色の蛍光色で彩られた五百個の菓子が欲しいと言えば、すぐに……」

スティー・オーウは手のひらでテーブルをバンと叩いた。

「もうやめてくれ、イーレク。いいからおれの話を聞いてくれよ」

イーレクは口をつぐみ、やっと話を聞く態勢になった。

「だいたい、さっきからおれたちの要求って言ってるけど、どういう意味だよ？　もう何カ月も前に、おれたちの要求についてはメンバー全員で決めたじゃないか。君がそれを変えた、なんて言わないでくれ」

「いや、ちょっと合理化しただけさ」

「それなら、きちんと説明してくれよ」

「大きく三つに分類したんだ。第一に、法的な問題に関すること。ここでは、小児性愛犯罪の厳罰化と時効の撤廃を要求する。第二に、子どもへの性暴力防止対策に関すること。これについては、自治体による支援と、学校教師向けの研修に対する助成金を要求する。

第三に、性暴力などの犯罪によって苦痛を与えられた人たちが、心理療法を無料で受けられるよう助成金を要求すること」

スティー・オーウはうなずいた。これならばメンバーで決めた大筋の方針とも合致している。

「さっきスローガンについて話していたけど、どんなスローガンなんだ？」

「『暴力を減らし、法の力を強める』。明日流そうと思っているスローガンはこれだけだよ。演説もしなければ、アクションも起こさない。つまり、政治が何か対応を発表するまで、みんなでじっと待つってこと。威厳をもって静かに待つんだ」

「それならいいんだ。どうやら君はやっと普通の状態に戻ったみたいだね。よかったよ。あとはゆっくり、これからやるインタビューについて説明してくれればいいから」

「メディアコンサルタントに来てもらっているんだ。彼女が君への質問を読み上げる。君は口頭でそれに答え、彼女はオンラインでインタビューのなりゆきを見守っている人々のために、その答えを入力する。そのほうが、君自身が入力するよりも早く進んでいくからね。質問者として選ばれた人々は、もう少し突っ込んだ質問をしてもいいことになっている。たとえば、もっと具体的に言ってほしいとか、そういったことだ。質問自体はチャット形式で寄せられるけど、主導権はコンサルタントと君にある。聴取者がラジオに電話して質問する形式に少し似ているかな。ただし、質問の数や内容はもう少し厳選されるけどね」

「とても簡単そうに聞こえるけど」

「もちろん、簡単なことさ。君自身が何を答えたいか決めればいいんだ。コンサルタントが可能な限り君のフォローをする。たとえば、コンサルタントの目には、君の頭の中が真っ白になってしまって、もう何も思い浮かばない状態であるように映ったとする。そういうことも、コンサルタントは君に指摘してくれるんだ」

「すごいな」

「君たち二人のほか立ち会うのは僕だけだ。だけど僕はインタビューの内容には関与しない。サポート役に徹するよ。ほかにもっと詳しく知りたいことはあるかい？」

「いや、とても……〝教育的〟だったよ」

イーレクは笑みを浮かべた。

「明日の広告のレイアウトを持ってこようか？」

「うん、是非見せてほしい」

イーレクは席を立ち、部屋を出ていった。スティー・オーウは再び一人になった。

数時間後、オンライン・インタビューが始まった。スティー・オーウは出だしの質問こそ少し緊張した様子で対応していたが、しばらくするとコンサルタントとうまく連携して、バランスのよい答えができるようになった。インタビューの視聴者数を時折、二人に知らせてくるイーレクの声は勝ち誇っていた。なんと二十八万人以上の視聴者がいるという。コンサルタントが目の前の画面の質問を読み上げる。

「次の質問です。『犯人が五人を殺害した事実に賛同しますか？』こう言い換えましょうか？『五人の小児性愛者を排除した事実に賛同しますか？』」

スティー・オーウはうなずいた。

「はい、賛同します」

「こう答えるのはいかがでしょう？『小児性愛者に対する彼の戦いに賛同します』」

「はい、それでかまいません」

コンサルタントはものすごい速さでキーボードを打った。突然、部屋のドアが乱暴に引き開けられた。三人とも振り返った。協力者たちがどやどやと入ってくる。広報担当の女性がイーレク・マアクを指さした。事態は明らかに深刻そうで、それを隠そうともしていない。

「イーレク、来てちょうだい。大問題が発生したの」

イーレクは彼女のあとについて行った。警察が来たに違いない。なかば確信しながら、一緒に自分の個室に戻ると、若い女性が待っていた。広報担当がその女性を彼に紹介した。

「アニタ・デールグレーンさんです。ダウブラデット紙の見習い記者です。まずこれを読んでください」

イーレクは何やらコピーされた紙の束を渡された。どのページも上部に新聞社のロゴが入っている。彼は読み始めた。最初の二つの段落を読み終えた時点で、汗が大量に噴き出してきて、椅子に腰を下ろす。読み終えたあとも、そのまま紙を見つめ続け、なんとか考えをまとめようとした。顔を上げると、その場にいる人々の責めるような視線とぶつかった。まだそれでも望みはありそうだった。イーレクは事態を把握すると若い女性のほうを向いた。

「どうやってこのコピーを手に入れたの？　なぜ僕のところに持ってきたんだ？」

アニタは自分もイーレクが掲げる大義に共感しているのだと言った。それから、アニ・ストールが殺人捜査課警部補のコンラズ・シモンスンとの予想だにしなかったインタビューをとりつけた経緯を説明した。

「それを僕たちに教えてくれるということは、その内容を信じていないから、なのかな？」

「私は怒鳴り込みに来たんです。当初、インタビューの話を耳にしたとき、そのテーマがなんであるかはもちろん、何も知りませんでした。アニ・ストールが一人で全部抱え込んでいたんです。もし私が……その内容を事前にお見せすることができれば、あなたの助けになるだろうと思っていたんです。今日、隙を見て私はコピーをとりました。それを読んだら……もう、本当に頭にきました。まだ頭にきています。ここに来る途中も、悪態が山ほど頭をよぎりましたが、なんとか大声で叫び出したい衝動はこらえました。でも、あなたの事務所に来たら……どうしてかわかりませんが、ここでは怒鳴りにくいんです。怒鳴れるものなら怒鳴りたかったのですが」

広報担当がアニタの後押しをした。

「いらしてくださって本当にありがとうございます。あなたが怒るのももっともだと思います。私も怒ってますから」

イーレクはこの若い女性の信用をおとしめようとはしなかった。この娘は凡庸でおめでたいが、残念なことに非常に信用できた。

「この記事はいつ掲載されるのかな？」

「まったくわかりません。明日か、あるいは週末特集号かもしれません。とにかく、このことについて納得のいく説明をしてもらいたいんです。そうでなければ、あなたの支援は一切しない。そう断言します」

広報担当はイーレクに鋭い視線を浴びせた。

「私も同じことを要求します。あなたがどんな人たちと組んでいるのか知りませんが、もしここに書かれていることが本当だったら、すぐにこの件から降ろさせてもらいます」

イーレクは広報担当の詰問をやり過ごし、見習い記者のほうに神経を集中させた。

「アニ・ストールの私用の電話番号を知っているかい？」

アニタは答えをためらうそぶりを見せたが、内心では大喜びしていた。

「私はあまり……ええ、もちろん知っています。その、ただですね……もしあなたが彼女に、私が……」

「もちろん君のことは何も言わないよ。どのような状況であっても。警察は彼女にとんでもないほらを吹き込んだんだ。だから、それを訂正することは僕にとっても彼女にとっても理にかなっている」

そこに集まっていた協力者たちの疑わしげな表情はほんのわずかしか和らがなかった。イーレクはできるだけ説得力のある説明をしようと試みる。

「この記事に書かれていることは間違っている。それ以上でも以下でもない」

「どうして警察が嘘なんてつくんですか。筋がとおりません」広報担当が応酬する。

「そんなことはない。警察だって嘘はつく。警察は人々に協力をしてもらいたいんだ。だから、まったくの作り話であるこの記事が発表されたらすぐに指名手配をかけるだろう」

そして広報担当のほうを手で指し示す。

「どのような結論を出そうが、それは自由だ。君はこれまで非常に貴重な支援をしてくれた。だが、もし僕を百パーセント支持しないのなら、やめてうちへ帰ったほうがいい。今までにないほど、僕は君の力を必要としているが、気が進まないなら遠慮しておくよ」

広報担当の女性がその提案を真剣に考えているのが手に取るようにわかった。イーレクは彼女の決断を待つ間、こめかみのあたりが痛み出すのを感じていた。この女性がやめようとしているせいではない。彼女の代わりができる人材はほかにもいる。だが、彼女が一石を投じることによって、崩壊が引き起こされてしまう可能性を恐れていたのだ。

永遠のように思える時間が過ぎたあと、広報担当はついに決断を下した。

「この記事が発表されたら、私はやめます。あまりいいとは思えないことがいくつかありますので。たとえば、一方的に殴られている人たちがいるということもそうですし、ほかにもあります。ですが、これは……」

広報担当はコピーを指さした。

「私には耐えられません」

ほかにも何人かが、彼女に賛同する意思を表明した。イーレクに使えそうな切り札はもうほとんど残っていなかったが、誠心誠意それを約束するとばかりに力を込めてこう言った。

「この記事はお蔵入りだ」

この約束を守るのは決してたやすいことではない。数時間後イーレクは現実を受け入れざるをえなくなった。

アニ・ストールは、コペンハーゲン中心街のアンドレゲン・レストランのカウンターバーにいた。明らかに疑心暗鬼になっている。

「あなたがチェルシーという名前を知っていようがいまいが、私にはたいした違いはないんです。同じ情報を、いろいろな方法で手に入れることはできたでしょう。ですからそれだけでは、あなたが例の動画を送ってきた証明にはなりません。あなたがおっしゃる『カットした映像』というのも、私を説得するには不十分ですね」

アニは男からもらったUSBメモリをノートパソコンに差した。

「だって、あなたの支持者の一人が動画を送ってくれたのかもしれないでしょう？　ですが念のため、これはのちほどしっかり見させてもらいます。正直に申し上げますと、これが警察の陰謀だというあなたの愚論は、私にとってはサンタクロースを信じろと言われているようなものです。つまりイーレクさん、私は本心ではあなたのことを信用できないんです。あなた自身もだまされているのかもしれませんし、ご自分の意思で嘘をついているのかもしれない。神のみぞ知る、です。この混沌とした状況の中で、あなたがどんな役割を果たしているのか、私はまだ完全には理解できていません。この記事を発表させないようにするためには、あなたはどうにかして私を説得しなければならないんですよ」

アニ・ストールは自分が絶対的優位にある今の状況を楽しんでいた。すべての切り札を握っているのは、明らかに自分のほうであり、この男はコンラズ・シモンスンがつけている条件のことは何も知らない。ただし、自分に提供できるような別のネタを本当にこの男が持っているなら、さらにうまみのある話にできるかもしれない。

「たくさんやらなきゃいけない仕事があって忙しいんです。入稿の時間も迫っていますし。いずれにしても、ここにいて、お互い時間を無駄にしても意味ありませんよね。とにかく行動しないと。ではまず、どうしてあなたが私のインタビュー記事のコピーを手に入れたのか話してください。是非知りたいので」

イーレク・マアクの物腰は、今置かれている状態を体現しているように見えた。極度の重圧の下で、彼はなんとかしようと必死になっている印象を与えていた。アニタ・デールグレーンのことを密告しなかったのは、単に名前を記憶していなかっただけにすぎない。その一方で、イーレクは、あの直後に同じことを報告しに電話してきたダウブラデット紙の秘書の名前は完璧に覚えていた。ただ、インタビューの原稿を持っていたのは秘書ではない。それでもアニは秘書の名前を書きとめた。

「そうなんですね……。さて、これが最後に確認したい点なんですが、結局のところ、あなたは私に何を提供してくれるのでしょう。私がだまされているとおっしゃいますけど、その証拠はないじゃないですか？私はいくつかの異なる情報源から、この件について確認をとっています。私の立場になってみてくださいよ。何か情報をお持ちなんですか？それとも何も持っていないのでしょうか？簡単でしょう、イーレクさん。洗いざらい話すなり、取り消すなりしてくだされば いいだけなんですから」

イーレクも、心の中では初めから、この話の決着をどうつけるべきか、わかっていた。

「リンチを行った男性とのインタビューを提供したら、あなたは殺人捜査課課長のインタビューの公表を延期しますか？　少なくともその男が話したい内容を、あなた自身の耳で聞くまでは。彼ももちろん、あのお金がどこに消えたのかは知っています。彼が求めているのはただ一つのこと、そう、きちんと証明することなんです」

「殺人犯本人とのインタビューなら、それは大層なことですよね」

イーレクは答えなかった。アニが怖がるかもしれないなんてことは、考えてもいなかったのだ。

「一日……そう、一日差し上げましょう。今夜のうちに手配をして、明日の朝インタビューができるようにしてください。もし無理なら、入稿時間も過ぎてしまうので、この殺人が卑劣な理由によるものだと論じたこの記事は、このままインターネットサイトに発表します。それから、もう一つ条件があります。その〝処刑人〟から直接連絡がほしいのです。本当に本人なのか確認したいので。よろしいですか？」

イーレクは了承した。バーテンダーが、注文してもいないドリンクを二人分持ってきた。女性記者の正体に気づいた客のおごりだった。アニ・ストールは一口飲むと、バーカウンターの反対側の端にいた禿げ頭の老人のほうに向かって杯を上げた。老人は笑みを返した。イーレク・マアクもさっと杯を上げた。

「〝処刑人〟が直接あなたに連絡をとってお話ししたとしても、おそらく警察を呼ぶなとしか言わないと思いますが」

「何が言いたいんですか？　当然ですよ。殺人犯ならたいていそう言うものでしょう？　では彼からの連絡を待っていますよ、イーレクさん。そうですね、私の携帯電話に十一時に連絡するということでいかがですか？」

アニはおごってもらったドリンクをぐっと飲み干すと、タバコをバッグの中にしまい、驚くほど優雅にバーカウンターの椅子から滑り降りた。そして、禿げ頭の篤志家の額にお礼のキスをしてから出ていった。その額には口紅の跡が残っている。それを見たイーレク・マアクはグロテスクだと思ったが、禿げ頭の男は大声で笑った。まるで、ブタを見ているかのようだった。

70

コペンハーゲンに戻る途中、コンラズ・シモンスンは、今夜自分のアパートメントに集合するようチーム全員に招集をかけた。ポウル・トローウルスンだけは免除された。本人は、今までにないほど体調が悪いので、いっそこのまま死なせてほしいと言っていたらしい。しかしトローウルスン夫人は、夫は少し疲れているが、きっとすぐに回復するだろうと思っていた。コンラズは、真実はその二つの間のどこかにあるという原則を信じることにした。実際はどうであれ、ポウル抜きでなんとか対応しなければならないことに変わりはない。それ以外の全員は、十時に来ると約束した。パウリーネだけがごねたので、コンラズはしかりつけた。

「話し合いの余地はないぞ、パウリーネ。その後、十一時にダウブラデットにアニタ・デールグレーンを迎えにいき、スレレズのホテルに連れていくんだ。その途中、警本に立ち寄ってマーデを拾い、君たち三人は私が連絡するまでホテルにいろ。二人の警護にあたれ。これは命令だ」

信じられないことに、パウリーネはそれでも引き下がらなかった。そこで、コンラズはさらに厳しく言った。

「打ち合わせに参加してもいいが、最初だけだ。君には移動中、打ち合わせの内容を知らせると約束しよう。もう決まったことなのだから、受け入れなさい」

車に同乗していたカスパ・プランクは、コンラズから電話を奪いとり、穏やかに語りかけた。

「やあ、パウリーネ。コンラズが頼んだとおりにしないといけないよ。重要なことだからね」

しばらくすると、カスパは電話を切った。コンラズは尋ねた。

「どうやって納得させたんですか？　あの娘は完全にヒステリックになっていたというのに」

「女性にはゆっくりと話し、明確に用件を伝えればいいんだ。そうしたら黙るものだ。これはどんな女性にも当てはまるよ」

コンラズは帰る道すがらずっと、元上司の言葉を考えていた。

帰宅してから、コンラズはチェスセットを出した。しかしカスパ・プランクはくたびれ果てていた。今度の疲れはお芝居ではなかった。カスパ・プランクは簡単なはずの一手に理解しがたいほど時間をかけた。コンラズはしびれを切らして二、三回咳払いをしてみたが効き目がなかった。白い駒の主がいくら咳をしても、黒い駒の主が寝てしまっていては対局も進みようがない。コンラズは老人を自分のベッドまで引きずっていって、靴を脱がせてやった。今回は自分のほうが有利なポジションにいたので、思惑通りに対局を終えられずに、少しがっかりしていた。だが、結果的にそこで中断してよかったのだろう。ほどなくして、女伯爵が玄関の呼び鈴を鳴らしたからだ。彼女は予定の一時間半も前に来た。そして、憮然とした表情を浮かべていた。

女伯爵は脱いだコートも掛けないうちから、まくしたてた。

「コンラズ、私は裏切られた気分よ。そしてぞんざいに扱われた気分。月曜日の夜のことを思い出すと余計に悲しくなるわ。あれはすごく心地よいひとときだった。あなたは自分が知っていることはなんでも私に知らせてくれると言ってたけど、こんなことがあった日には、あれはただの口説き文句だったとしか思えない。仕事と私生活をごっちゃにするのはいかがなものかとか、好きなだけ言ってればいいわ。でも、ごっちゃにしているのはほかの誰でもない、あなたなのよ。にもかかわらずあなたは私をのけ者に……」

女伯爵はしばらくの間、その調子でずけずけと言いたいことをぶちまけ続けた。コンラズは何度もカスパ・プランクのアドバイスを応用しようとしたが、不治の病に煎《せん》じ薬を与える程度の効果しかなかった。結局、コンラズは女伯爵の言い分が正しいということにして、彼女が根負けしてやめるのをひたすら待った。やがてその瞬間は訪れたが、不愉快な形でやってきた。

「自分が本当にこの捜査に参加したいのかどうか、ずっと考えてきました。そもそも法律違反だし、個人的な理由で働き口もキャリアもリスクにさらしたいのかってね。一つ疑問に思っていることがあるの。コンラズ、あなたは自分で努力しようとしないのに、なぜ私があなたの手助けをしなきゃいけないのか」

コンラズは何を言われているのかすぐには呑み込めなかった。女伯爵はコンラズが幾度、反論を試みようとしてもすべて無視した。

「何度かアナ・ミーアと電話で話したのよ。例のことについては彼女にはまったく心当たりがないと言っていた。ただ心底、あなたのことを心配していたわ。その気持ちは私にもわかる。彼女はあなたのことを愛しているのよ。そして、きっと私もそうなんでしょうね。だから、今回の作戦に関しては、結果がどうなろうとあなたとアーネについていきます。でも、条件があるの。これから私が言うことをきちんとやるって、大きな声ではっきりと約束して。一つ、糖尿病の治療をちゃんと受けること。二つ、食餌療法を専門にする栄養士に会いにいき、その人の指示通りにすること。三つ、タバコをやめること。もちろん、どうするかはあなた次第よ。でも、あなたの私生活は私に関係ないとは言わせないわ。ほら、また袋を開けて、飴をほおばっているじゃない！」

相手がコンラズのようなタフな人間だとはいえ、これでは一度にいろいろ要求しすぎだった。恋する者は目が見えなくなるかもしれないが、口がきけなくなるわけではない。これは間違いなく真実だ、とコンラズは思った。少なくとも女伯爵には当てはまる。箇条書きにされた三つの要求から、わずかばかりでもロマンティックな要素を見つけ出せるとすればだが。コンラズは目をしばたたかせ、逃げることを選んだ。少なくとも逃げようと試みた。

「カスパ・プランクと私は今日、キノボリの正体をつきとめた。アンドレアス・リンケという人物だ。だが、所在はわからないので、なんらかの形でおびきよせることができないものか、様子を見ざるをえない。彼の名前を探り当てたときと同じ状況だ」

女伯爵は心底驚いたようだった。

「彼の正体を探り出したの？　なぜそのことを言わなかったのよ。そもそも、あなたたち二人とも今日はどこに行ってたの？」

元殺人捜査課課長が到底、無視できない大きな声で寝室から答えた。

「そいつは逃げるために小石を落としていったのさ。親指太郎みたいにな。しかも、奴は小石の代わりに宝石を落としていったんだ」

コンラズはあきれ顔で声のする方向を見た。てっきり老人は寝ていると思っていた。彼は自分のこめかみのあたりを指先でぐりぐり回し、女伯爵に自分の前任者は精神的に不安定になっていると合図した。だがその努力は徒労に終わった。カスパ・プランクの次の指摘は、ただの妄想として片づけるような代物ではなかったからだ。

「そして今、奴は逃げようとしている。お嬢さん、ちゃんとそいつをつかまえておかなきゃいかんぞ！」

コンラズはむっとした表情で腕を広げ、怒鳴り返した。

「言葉には気をつけてください！　あなたが好き勝手を言える時代は終わったんですよ！」

コンラズは申し訳なさそうに女伯爵を見た。だが、いくらごまかそうとしても三度目ともなると効き目はなかった。

「コンラズ、私は質問をしたはずよね。答えてくれない？」

数時間後、カスパ・プランク、アーネ・ピーダスン、パウリーネ・ベアウ、そして女伯爵が応接間に集まっていた。ホスト役はといえばバルコニーに面したガラスドアのそばでタバコを吸っている。アーネはダウブラデット紙の編集部にいるアニタ・デールグレーンと電話をつないだままにしていた。そして彼女の様子をほかの人たちに伝えていく。

「アニタは頭にヘッドセットをつけているんですよ。だから自由に話すことができます。彼女のパソコンにはアニ・ストールのパソコンの画面を映すことができるプログラムが仕込まれているんです。ただ、今のところ、成果はあまり芳《かんば》しくありません。アニ・ストールが編集部にいないので。アニタは心配しています。編集部に人がいなくなっているそうですよ。ほとんどの社員が帰宅してしまったと言っています」

コンラズは吸い殻を捨てると、ガラスドアを閉め、こう宣言した。

「アニ・ストールはダウブラデットに向かっている。イーレク・マアクが彼女に電話をしてきたところだ。彼女のところに三十分以内に連絡がいくと伝えてきた。さあ、幸運を祈ろう」

しばらくの間、誰も何も言わなかった。全員が今か今かと待ちわびていた。その静けさを女伯爵が破った。

「いい知らせがあるわ。コンラズは月曜日から禁煙します」

小さく素《す》っ頓狂《とんきょう》な声をあげたカスパ・プランク以外の全員が、素晴らしいといわんばかりにうなずいた。

しばらくすると、事態が動き出した。アーネは実況を始めた。

「アニ・ストールが到着しました」

再び彼が実況するまでにしばらく間が空いた。みなじりじりとしている。

「アニ・ストールがパソコンの電源を入れました。USBメモリを差し込んで……いや、動画を見ているのかな。アニタには断言できないそうです。間違いありません。例の首吊りの動画です。アニタの画面では音が出ませんが、動画の男は泣いているそうです。アニタが思うに、トーア・グランではないかとのこと。間違いない。グランだそうです。胸がむかつくような動画だとのこと。まったくもってひどいらしいです。アニ・ストールは動画の再生を止めました。自分の固定電話から電話をかけています」

アーネはしばし口をつぐんだ。

「どうも彼女のかけている先は電話中のようですね」

と言うやいなや、アーネは叫んだ。「ちくしょう、アニタ、電話を切ってくれ。またかけ直す!」

そう言って彼は電話を切ると、割り込んできたほうの電話に出た。キャッチホンの受信音がしていることに気づいたのだ。その場にいた全員がアーネの態度に驚いていた。アーネはまた怒鳴り始めた。

「どういうことなんですか、アニ! そっちから電話をかけないでほしいという話をどうしてその脳みそに叩き込まないんですか! もうそんなことはしないと約束したでしょうよ。今度の言い訳はなんだと言うつもりなんですか?」

アーネはしばらく相手の話を聞いたあと、こう答えた。

「もう、そう思うって段階じゃありませんよ。今は確信してます。もし信じられないというならほかに情報源を探せばいい」

再び彼は相手の話に耳を傾けたあとに、答える。

「違うんです。だからそれは間違ってません。動画の順番のほうが違うんです。イェンス・アラン・カールスンが最初に死にました。そう、左の一番手前にいた人です。最後が真ん中にいたフランク・ディトリウスン。ところで、なぜそんな順番を知りたいんです?」

しばらくアーネは黙って聞いていたが、やがてこう締めくくった。

「そう、そうしてください。それから僕への報酬に千クローネ追加して、二度と連絡しないでください!」

アーネは電話を切ると、すぐさまアニタに電話をかけ直した。通話が再開した。その後二十分間は何事も起きなかった。その間に、パウリーネが文句も言わずに出かけていっただけだった。ダウブラデットでは、アニ・ストールが、コンラズ・シモンスンのインタビュー記事が外部に漏れたという文面の電子メールを書いていた。ある秘書のことを疑っているようだった。

そしてついに進展があった。アーネが実況する。

「アニの電話が鳴りました」

同時に盗聴用の電話が鳴った。コンラズは電話をとり、盗聴を開始した。時折、紙にメモをとる。そして電話を切ったとき、全員が彼のことを見つめていた。

「男が被害者の順番に関するテストにパスしたので、二人は明日会うことになった」

それを聞いて歓喜の声があがった。カスパ・プランクでさえ、組んでいた腕を上げてガッツポーズをした。

「ミゼルファートから八キロ地点のヒンストロプ大通りにある、ロイヤル・ブリオッシュという菓子屋で十二時ちょうどに待ち合わせだ」

女伯爵はコンラズの腕に手をかけ、軽く引っ張り、尋ねた。

「男は名乗ったの？」

コンラズは飢えた猫のようにのどを鳴らして言った。

「名乗ったよ。ああ、奴は名乗った。『キノボリと呼んでもいいよ』と言った」

71

スティーンホルム城の歴史は十六世紀半ばにさかのぼる。この地の領主だった女男爵リュディゲ・ラントサウがルネサンス様式で造らせたのだ。男爵領で暴虐の限りをつくしたクリーメント隊長率いる貧者武装集団の存在が当時はまだ記憶に新しく、女男爵の新しい住まいは、好戦的な庶民に対抗できるように設計された。城は言ってみればコンパクトな構造になっており、数多くの銃眼や石落としを備えた分厚い二重の城壁がめぐらしてある。さらにその周りを堀が囲んでいた。しかも、跳ね橋は一つしか設置されなかったので、外からも侵入しにくくなっていた。城内で最も美しい場所といえば、なんと言っても五月に花を咲かせるシャクナゲやツツジの庭園だ。英国式のこの庭園には、緻密な計算のうえに設けられた小道が縦横に走り、小さな人工池に渡された実用性に欠ける橋がいくつか見られる。この庭園は、ガンボーにあるフィヨルドまで広がり、さらにはヒンの杉林のほうへと続いていく。

城下町のヒンストロプの小さな町にはヨットが停泊できる港や、いくつか小さな工場がある。広場からは歩行者専用の小路が伸びており、わずかな数の店舗がなんとか生き延びようと頑張っている。躍動感に満ちた町であるとは言えないかもしれないが、住民はどうにかこうにか暮らしており、生計を立てるためにミゼルファートやオーゼンセで働く者がほとんどとはいえ、この集落はまだ活気があるようにみえる。それはここの不動産が意外と手ごろで、夏になれば観光客が集まってくるからだろう。

ヒンストロプで、コンラズ・シモンスンはここ数日に積み重ねてきた数多くの犯罪行為に加えて「私有地への不法侵入」にも手を染めた。その山荘は売りに出ている空き家で、薪の陰に少しお邪魔させてもらっているだけではあるが、法的にはここにいてよい道理はなかった。それでもこの場所は身を潜めるにはおあつらえ向きと言えた。

コンラズは夜のうちに現場に到着していた。まず大通りからチェックに取りかかった。秋の月明かりが、周りの様子をはっきりと照らし出していた。ロイヤル・ブリオッシュ菓子店の向かい側には、図書館があり、看板には、明朝は八時に開館と表示されている。コンラズは女伯爵に連絡をとり、状況を説明した。彼女は眠そうな声で了解した。ほどなくして、コンラズは隣接する通りにも隠れ場所を見つけた。その建物は、立ち入り禁止にはなっておらず、暖炉用の薪がたくさん積まれている。さまざまな形状の枝から切られた薪が通気性のあるナイロンの袋の中に入れられて、何面かの壁をなしていた。そのうちの二つの壁の薪は、屋根に使われていた横長の野地板ばかりで、風にさらして乾燥させている最中だった。コンラズは袋をあちこち移動させ、かき分けながら通り道を作った。壁と壁の隙間が少し空くと、これこそまさに自分が必要としていた場所になった。右手には菓子店がよく見え、さらに遠くの丘の上には城がぼんやりと浮かんでいた。庭園の端にある森は左手のほうに広がっており、裸眼でもその境目の大部分が月の光でよく見えた。これ以上の場所はないだろう。彼は車に毛布と旅行鞄を取りに戻った。薪の上にできるだけ快適な床を作って横になると、持ってきた目覚まし時計をセットした。目をつぶる前に森のほうを見渡し、こうつぶやいた。

「おやすみ、キノボリ。明日おまえを捕まえるぞ」

そして眠りに落ちた。

五時間後、目覚まし時計が鳴った。コンラズは昨夜一日を終えたときと同じ爽快な心もちで、新しい一日を始めた。板の隙間から森や城のほうを眺める。夜の闇の中では、自分がいる場所の高さの違いが、戦略上とても重要に思えた。だが、目の前に朝の風景が広がっているのを見ると、自宅で想定していた様子とさほど違いが見受けられなかった。昨晩、女伯爵がヒンストロプとその近隣の素晴らしい地図をハサミとスコッチテープとインターネットサイトからプリントアウトした紙で手作りしてくれた。二人はそれをテーブルの上に置き、突撃作戦を立てるかのように真剣に検討した。しばらくすると、アーネがやってきて、それぞれの区画を手で叩きながら、状況を整理した。

「町、城、森に続く庭園、フィヨルド、植林地……森と城は高台にあり、町はその下にあります。キノボリの立場で、これら一帯を見渡すのに最適な場所はどこだろうと考えれば、火を見るより明らかですよ」

アーネは森と庭園の境界線を指でなぞった。

「ここから中央通りがさえぎられることなく見渡せま

す。いや、少なくともその通りの片側はよく見える。ロイヤル・ブリオッシュ菓子店はこの見える側にあると、シュークリーム五個賭けてもいい」

　女伯爵も同意した。

「『賭けてもいい』という言葉をあなたは使わなくなったはずだったけど、その点をのぞけば、私の考えもまったく同じよ。この建物は老人ホームに間違いなさそうだけど、番地が奇数になっている。菓子屋は向かい側にあるはず。とはいえ、彼は市街に住んでいるのかもしれないし、城の中に入る手段を持っているのかもしれないわね。高台にある城からの眺めはもっといいはずだわ。ところで、あの建物はなんのために使われているのかしら？」

「学習障害児のための学校です。でも、今あなたが挙げた可能性のどれ一つとしてあり得ないと思います。だって逃げにくいじゃないですか。もし奴がここに住んでいるとしたら……」

　コンラズは長い間地図をひたすら眺めていたが、ついに口を挟んだ。

「奴がいるとしたら森の中だろう。森にいれば奴は心が落ち着く。人通りがなくなるのを確認するまでは森に留まるだろう。そう感じるんだ。夜明け前に絶対にやって来る。覚えているだろう？　奴は夜を徹してホットドッグスタンドのそばで待っていたんだ」

　カスパ・プランクは首を横に振った。女伯爵は心配そうな目つきをしていた。そしてアーネが口を開いた。

「私服警官を八人から十人、町中に置くんです。できれば、特殊部隊がいい。そして、少なくとも約三十名を森の中に、それから同じ数だけ植林地のほうにも配置。そうすれば、包囲網から逃がれられる可能性は一切なくなりますよ」

　そしてコンラズのほうを向き、提案した。

「できればコマンド部隊か潜水部隊を要請してください。精鋭揃いでものすごく優秀ですから。そうしたら、作戦を組織して準備するのにも時間がじゅうぶんとれます」

コンラズは首を振った。

「どれだけの人々が、犯人が逃げおおせるのを望んでいるか？　人口の半分か？　二〇パーセント？　一〇パーセント？　みんなどう思う？」

女伯爵はためらいがちに答えた。その話がどういう方向に行くのかわかっていたからだ。

「断言するのは難しいわね。世論の動向は変わりつつあるから。でも、今、この国で展開されているのはメディア戦争なのよ。意図的に情報が操作されているし、ひどく偏った報道がなされている」

「女伯爵、数字を言うんだ。さあ言ってみろ。一〇パーセントか？」

「いいえ、残念ながら、あなたは低く見積もりすぎね」

コンラズはアーネのほうを向いた。

「アーネ、苦手かもしれないがおまえも確率計算をやってみろ。仮にたった五パーセントとしてもだぞ、七十人を集めた場合、そのうちのただの一人も……よく聞け、私は『ただの一人も』と言ったぞ……まだ始まってもいない段階のこの作戦をつぶそうとしない可能性はどれだけあると思ってるんだ？」

これでは反論のしようがない。アーネも女伯爵も、上司の結論を覆《くつがえ》すすべを持たなかった。

「明日の突入部隊は我々三名だ。私はすぐに出発する。女伯爵、君は現場に八時に来い。それまでに私は君と私の潜伏場所を探しておく。アーネ、おまえはアニ・ストールを尾行しろ。だが、自分の車は使うな。ほかの車に乗るんだ」

誰も代案を出すことができなかった。カスパ・プランクでさえも。それでもアーネは反対意見を言ってみた。

「もし奴が待ち合わせ場所を変更してきたら？　僕だって

ったらそうしますよ」

「それなら、この盗聴用電話を持っていけ。もし場所が変わるようなら、適宜対応しろ。だが、待ち合わせの時間まで奴はきっと森の中に隠れている。私にはわかる。そういう奴だ。森があの男の親友であり……最悪の敵なのだから」

この言葉を聞いて、アーネもさすがに心配そうな顔をコンラズに向けた。

薪の陰に隠れている間、コンラズは不安を感じてはいなかった。特に急ぐことなく、パテを挟んだサンドイッチを食べ、水筒に入れてきた水で一気に胃の中に流し込んだ。タバコもコーヒーも手に入らないことを心配するより、いっそコーヒーが飲みたい、タバコを吸いたいと思う気持ちは幻覚に過ぎないと認識するようにしてみた。風のそよぐ心地よい音が体をくすぐった。それは気分を落ち着かせる一方で、心にさざ波を立てるものでもあった。コンラズは支給されているピストルを鞄から取り出した。最後にこの武器を持った日から何年も経っている。コンラズはホルスターの位置を自分の新しい体形に合わせるのに少々手間取った。その直後に携帯電話に着信があった。

朝の八時半だった。アーネにこの時間に電話会議をするよう言われていたのだった。彼の声ははっきりと聞こえた。

「こちらはコスーア郊外のサービスエリア。アニ・ストールの電話には特に注目すべき通信はありません。そもそも、まだ出発していませんし。二人がヴァルビューなど、別のところに待ち合わせ場所を変えていなければいいのですが。じゃないと、だまされていることになりますからね。アウディをレンタカー店で借りました。かっこいい車です。ところで、あなた方には僕の声が聞こえているんでしょうか。確認したいんですけど」

小声で話し始めたのは女伯爵だ。だがその声はきちんと聞き分けることができる。

「こちら図書館。アウディ君、完璧に聞こえているわ。私はここで新聞を読んでいます。例の店はここからよく見える。でも、それ以外はたいして報告することはありません。こちらのただ一つの問題は、図書館員よ。彼女が閲覧室へ行くときしか通話できない」

次はコンラズの番だった。彼は薪の入った袋と袋の間に携帯電話を挟み込み、両手をフリーにして話した。そのため、彼の用件は短かった。

「君たちの声は聞こえる。みな集中しよう」

アーネは答えた。

「こちら、アウディ。集中する対象など何もありません。ほぼがら空き状態の高速道路しか目の前に広がっていませんし。コンラズ、何しているんですか？ コードネームはないんですか？」

アーネは笑った。女伯爵は相変わらずひそひそ声で答えた。

「彼のことはニムロドと呼ぶべきかもしれないわね（旧約聖書に登場するバベルの塔の建設を企てた王。「人類が同じ言葉を話すので不遜な企てをする」と神が怒り、世界で数千種もの言語が誕生した。転じてダンテの『神曲』でニムロドは、理解できない他人の無駄話を聞き続けなければならない罰を受ける）」

女伯爵は笑ってはいなかった。コンラズもしかりだ。

「私は仕事中なんだ。下らない話はやめてくれ」

二人は黙った。

コンラズは獲物を追った。ゆっくりと、手順を踏んで集中し、獲物がかかりそうかどうか、森の外れをくまなく見張った。秋に木の葉がさまざまに色づくおかげで、木の種類を見分けるのは簡単だった。青白い太陽の光に照らされた一帯は、赤色、黄色、オレンジ色、緑色のさまざまなニュアンスを醸し出し目を楽しませている。だが、すでに葉が落ちてしまっている木もあり、むき出しになった枝のせいで色のパレットが壊れてしまった箇所もあった。裸の枝はまるで魔女の指のように見える。時折、つかの間雲が日差しをさえぎると、森は違う表情をのぞかせた。単調で、凝縮された、正体がうかがい知れない色調を見せるのだ。だが、一分以上そのような状態が続くことはあまりなく、すぐにまた太陽の光が差し込んでくる。

　コンラズはこの待ち時間を利用して、双眼鏡で大通りや庭園の孤立した木々のほうを眺めた。城そのものにはそれほど関心を引かれなかった。

　その後もたいしたことは起こらなかった。庭園の数ある小さな白い橋のそばで庭師が立ち止まった。彼はそのまま根が生えてしまったかのように動かずに、十分ほど空を眺めていた。男性は五十歳代でとりわけ注目すべき点はなかった。コンラズは、その男が再び人生を歩み始める決断をして、ゆっくりと町のほうへ歩いて姿を消したのを見て、安堵のため息を漏らした。しばらくすると、二人の男が風景画の一部のように視界に入ってきたが、彼らもほどなく姿を消した。それ以外に、誰かが何かをしているような様子は見られなかった。ましてや、こそこそとしている怪しい人などいない。

「コンラズ、あなたが安全な場所にいることを願うわ」

　女伯爵の声だ。自然な口調なので、図書館員がどこかに行っているのだろう。

「どういう意味だ？」

「もちろん、天気の話よ。にわか雨が降りそうよ。そう思わない？　あなたのほうがここ一帯を見渡すことができる位置にいるんじゃないの。私の思い違いなのかしら」

　女伯爵は思い違いなどしていない。だがコンラズのいるところからは空が半分しか見えなかった。彼は双眼鏡を置くと、自分がいたやぐらから降りて、雨宿りできる場所へ向かった。フィヨルドの上の空はまるで鉛のようにどんよりとしており、地平線を雷の閃光が突き刺すのが見える。コンラズはその悪天候に魅入られているかのように空を見ていた。空気の流れは乱れており、雲から綿のような塊を引きちぎっては、海の方向へくるくるとこまのように回しながら運び去った。あたりは暗くなってきた。突然、雨雲が一つ現れた。続いてもう一つ現れると、少し離れたところに三つ目が現れた。上部が厚く、海面に近づくにつれ薄くなっていく。三つの大きな雲は、海の上を心もとないペースで動いていった。その現象はさほど長くは続かなかった。海岸に雲がたどり着くと、その歯のような形をした雲は地面に吸い込まれ、吸収され、飲み込まれる。と同時に、げっぷをこらえたような雷のとどろきが町中に響き渡る。そして雨が降り始めた。

十五分後、前線は通り過ぎ、再び太陽の光が差し込んできた。コンラズも再び見張りを始めた。何も変わっていない。町の形が変わるわけでもなし、周辺の雰囲気が変わるわけでもない。枯れていく木の葉の印象も変わらず、なんであれ人々が活動している様子がないのも変わらなかった。いや、まったく変わらないというわけではない。にわか雨が地面を洗い流し、たくさんできた水たまりに太陽の光が反射していた。木の葉の一枚一枚がきらきら光り、枝の一本一本が輝き、小さな虫などが、潜んでいた森からゆっくりと出てきて、水分をたっぷり含んで今にも誕生しそうな新たな世界に飛び出そうとしているのだろう。わずかな違いを感じたコンラズは、集中力をとぎらせることなくこうつぶやいた。

「そこにいるんだろう、キノボリめ。私の手で捕まえてみせる。いつかおまえはミスをするだろう。ほんのささいなミスだ。その瞬間をとらえて、おまえを捕まえにいく。私は食物連鎖の最上位にいる人間だ。そしてひどく腹を空かせている」

そのとき、アーネからの連絡が入った。

「アニ・ストールが通りかかりました。彼女の後方約一〇〇メートルにつけています」

しばらくして、言い添える。

「アニのほうは特に目新しいことはありません。今、僕は橋を渡ったところです。そう、文字通り彼女の尻を追いかけていますよ。このままだと時間より早く着いてしまいそうです。さっきラジオのニュース番組を聞いたのですが、内容を知りたいですか？」

女伯爵がすぐに答えた。

「是非知りたいわ」

「一番大きく扱われていたのは、国会前広場からのルポで、デモをするために人々が集まり始めたというニュースです。でも、演説もなければスローガンもなくシュプレヒコールもないそうです。ただ一つ、大きな横断幕があって、厳罰化によって暴力を減らそうと呼びかける文言が並んでいます。参加者たちは、国会議員からのなんらかの反応を待っているのでしょう。リポーターはその手法を威厳があり、無視もできないが、実際にその行動を通じて何が言いたいのかはまだわからないと評しています。それから国会内からの中継もありました。活発な動きがあるそうです。一連の法律が成立過程にあるとのこと。政府からの動きとしては、今日の新聞各紙に掲載された一面広告にある三つの主な要求への対応策が取り上げられることになりますが、ほかの事柄も話し合いの俎上に載せられています。児童レイプに対する厳罰化と時効の撤廃、必要な期間の精神分析あるいは心理療法などをはじめとする被害者支援の国費負担、小児性愛者同士の組織化の禁止とインターネット児童ポルノの実態を調査する手段の強化。つまり、警察をこれまで以上に信頼し、小児性愛に関する送金の流れが見られる組織を取り調べる権限を与えること。これは児童買春を行う顧客がいる旅行代理店にも適用されます」

コンラズが話に割り込んできた。

「おまえは重要なことだけ話すことができないのか？　今、私は奴の居場所をかぎつけたと感じたんだが」

アーネはすっかりしどろもどろになった。

「重要なことですか。はい。そのあとに何をおっしゃったのか聞き取れなかったんですが」

「私はわかったわ」女伯爵が言う。「コンラズ、驚かせないでよ」

少し間が空いた。もはや誰が話す番なのかわからなくなり、三人とも押し黙ってしまった。しばらくすると、アーネが素っ気なく言った。

「憲法が問題のようです。結社の自由は国民全体に関わる問題であり、銀行や旅行会社の責任がどれだけ問われるのかについても異論が多いです。それに産業界の利権の問題がからんできますので……一触即発ですよ」

女伯爵が続けて言った。

「その意図自体には反対しないけど、発端となった人たちがもっとましな方法でメッセージを伝えてくれればよかったのに」

男性陣は返事をしなかった。沈黙を続けるコンラズになんとか口を開かせようとして女伯爵が発言しているのが見え見えだったからだ。そこで彼女は今度はもっと率直な感想を口にしてみる。

「感心しないってことよ。コンラズ、あなた銃を持っているの？」

「いや」

「なんにせよ、あなたが口を開いてよかったわ」

聞き慣れない声がその会話に割り込んできた。

「ここは閲覧室です。競売会場ではないんですよ」

女伯爵は黙り込んだ。コンラズは再び、辛抱強く犯人を探し始めた。今や自分の視界の中にあるどの木の形も見分けることができる。数秒後に双眼鏡には何が映るかを予測できるまでになっていた。同じような単調なリズムで、森との境界線の数百メートルを何度も何度もじっと観察した。時間の感覚はなくなっていた。アーネが断続的に自分の位置を知らせてきたが、いずれも同じような内容で、現実感がない。コンラズはもはやキノボリの逮捕しか頭になかった。彼は視野を狭く保つようにして、森のほうを見つめる。端から端へ、何度も繰り返し、できるだけ変化をつけずに観察する。辛抱強さと集中力の闘いの中、コンラズは一瞬たりとも自分の優位を疑わなかった。あの立ち枯れた木々のどこかの陰に、キノボリが隠れているという揺るぎない確信に対して、一切の躊躇を感じることはなかった。

突然、黒い鳥の一団が握り拳のような形をした木立から飛び立っていった。しばらく、鳥は森の上を旋回してから再び降りてきた。おそらくカラスなのだろう。カラスが何に驚いて飛び立ったのかは見ることができなかったが、何かがそこにあることは間違いない。その一帯を彼は長い間じっと凝視していたが、それ以上のものは何も見えなかった。とうとうあきらめると、再び見慣れた景色に目を走らせた。そのとき、とんでもないトラブルが起きた。

女伯爵が最初に反応した。今回は図書館の空気など気にしている場合ではなかった。

「ああ、なんてこと。嘘だと言ってちょうだい」

コンラズは通りのほうに双眼鏡を向けた。彼の反応は女伯爵よりは落ち着いていた。菓子店の前にライトバンタイプのパトロールカーが止まり、制服を着た三人の警官が店内に入っていったのだ。ほどなくして、騒然とした声が電話から、まるで下らないラジオドラマでも放送されているかのように聞こえてきた。

「ご近所、銀行、仕入れ先に借金があっても、ムショに入れられることはない。だが、財務局への借金はしないようにしておけ。もしするなら、財務局の連中に連絡しろ。彼らからの請求を無視しちゃいけない。ばっくれようとするなら、ひどい目に遭うぞ。ボレデ、おまえさんは一度痛い目に遭ったほうがいいかもしれないなあ」

息を切らせた女伯爵が大声をあげた。

「全員外に出なさい。今すぐに！」

誰も彼女のことを気に留めなかった。ざわめきの中、女性の声が聞こえてくる。

「まったく、どうしてわからないの！ 私はテレビを持っていないのよ。アナスが死んだ日に捨てたんだから。四年になるわ。この四年間、何度も手紙を書いたり、電話をしたりしたというのに、あいつらは公共放送視聴料を払えと催促する。でも、テレビを持ってないのに視聴料を払わなきゃいけないなんてありえないでしょう？ コペンハーゲンのおつむの弱いゲス野郎どもは、私の言うことを信じたくないのよ。考えてもみてよ。もし私が、お客さんに買ってもいない菓子パンの代金を払えって言ったらおかしいじゃないの」

「あなたたちは、最重要作戦を台無しにしようとしているのよ。すぐに出ていきなさい。あなたたちの用事は明日でも間に合います」

店主は言い返した。

「また一人やってきた。三人の警官じゃ足りないとでも言うのかしら。警察ってほかにやることないんですか？」

何人かの客は店主に加勢した。だが、若い女性警官が金切り声で応酬した。

「この人は月曜日の審問に行くチャンスがあったんですよ。そのときは、私一人で迎えにきました！」

女伯爵はありったけの力を込めて怒鳴り散らした。

「全員ここから直ちに出ていきなさい。こちらは殺人捜査課です！」

「殺人捜査課だって？ この人が視聴料を払っていないからって、それはいくらなんでもやりすぎなんじゃ？」

「私はテレビを持ってないの。持ってないの。何度も言うけど持ってないの。わかる？」

「あのう、すみません……。あなた方が彼女を連行する前に、ミルクパンを四つ買わせてもらえますかね?」

突然、アーネがしゃれにもならないメッセージを伝えてきた。

「アニ・ストールがSMSを受信しました。『クソ女が』と書いてある」

コンラズは電話を切り、最後にもう一度森のほうに双眼鏡を向けた。三時間以上、何も成果を得ることなくあの一帯を見つめてきたというのに、荷造りして無事に家に帰りたければ、五分以内に決着をつけなければならない。楽観的に考えようとしても限界があり、もはや自分の強運への確信も揺らぎ始めていた。だが、最後に双眼鏡でカラスが飛び立ったあたりの木立を見やると、ちょうど木からひもが落ちてくる光景が視界に飛び込んできた。そして続けざまに靴が落ちてきたのだ。

コンラズ・シモンスンには、すぐに考えをまとめなければならない状況下で的確に行動できるという定評があった。そして、実行に移した行動は、大筋において間違いがないことで知られていた。まず、十秒間、彼は眉一つ動かさずに真剣に考えた。そして鞄から地図を取り出し、城の背後にあたるフィヨルドや植林地のあたり一帯の位置関係を今一度頭に叩き込んだ。庭園のほうに走っていっても、成功の見込みはない。時間がかかりすぎるだろうし、そうしたところで、向こうで奴を捕らえられるチャンスはあまりないからだ。足で勝負するならば、きっとキノボリのほうがコンラズより早く移動できるに決まっている。森はキノボリの縄張りのようなものだ。それなら、車で庭園の周辺の道を突っ走り、植林地の道に入って彼を探すほうが、追いつける可能性は高いだろう。コンラズは持ち物を鞄の中に投げ込み、車を止めたところへ急いで戻った。

車で田舎道に入り、目の前の視界が開けてくると、彼はアクセルを一番奥まで踏んだ。数分後には、巨大なヒン植林地を西地区と東地区に分割する長い林道に入っていた。ほぼ中間の地点まで来ると、小さな脇道にそのまま車で入り、数十メートル先に車を隠して、そこからは歩くことにした。あまり早足になりすぎると人目を引く。コンラズは極力目立たないようにしながら、次の交差点まで歩みを進めた。地図によれば、ここから右側に上っていくと城の裏側に出る。彼は頭の中で即座に計算し、キノボリが走っていなければ、この一帯で彼が見つかる可能性は大きいとはじき出した。キノボリには走らなければならない理由はない。道沿いに植えられたスギの木は数メートルの高さに及び、もしこの中に隠れたいと思えば、その木立の中へと何歩か進み、じっとしているだけでいい。だからこそ、コンラズは自分の姿を見られないように、そしてひたすら物音を立てないようにしていたのである。一定の間隔をおいて足を止め、耳をすませてみても、鳥のさえずり以外は何も聞こえない。コンラズの気配に驚いた数羽のキジが大きな音を立てて飛び立っていく。彼はスギの木のそばで膝をつき、静けさが戻るまで一分ほど待った。それから再び静かに足を踏み出した。二〇メートル先には交差点がある。コンラズはできるだけ木々の右側に貼りつくように歩いていたため、カーブにさしかかったとき、自分のほうに近づいてくる男の姿を、相手が気づく数秒前に認めることができた。もうずいぶん前から銃は抜いて準備していた。相手との距離は理想的だ。コンラズに向かってかかってくるには離れすぎており、コンラズから逃げおおせるには近すぎる。二人の目が合った。互いに相手が何者なのかを察知した。

「伏せろ」

男はその言葉には従わず、視線をピストルから森へと向けた。コンラズは安全装置を外した。金属的で不吉な音がカチッと小さく鳴った。

「甘く見るなよ。もしおまえが走り出したら、脚を撃つ。すぐに伏せなくても同じだ。つまりおまえは意味もなくすねを撃たれることになる。さもなければ、腹に数発お見舞いしてやる。死んでいくのを喜んで見守ってやろう。結局、おまえが地面に突っ伏すことには変わりない。どれがいいか選べ。こっちが選んでやる前に」

　男は鞄を置き、うつぶせになった。怒りやあきらめの表情をおくびにも出さない。コンラズは男の後ろに回り、いつものとおり、手首に手錠をかけた。安全装置を元に戻し、銃をホルスターにゆっくりおさめた。そしてタバコに火をつけた。むさぼるように煙を吸い込みながら、自分が捕らえたばかりの獲物をしげしげと見た。男はがっしりとして均整の取れた体つきをしており、肉体労働に慣れているように見えた。明るい色のもつれた髪の毛、日焼けした顔、敵意に満ちた抜け目なさそうな青い目、そして右眉の上には、醜く残った赤い傷跡がある。それからコンラズは男を立たせ、武器を持っていないかどうか所持品検査をした。予想したとおり、問題になるものは何も発見されなかった。丈夫なジャンパーのポケットの中に携帯電話があったが、SIMカードはない。鞄の中には、サバイバルグッズ一式が入っており、ロープ、安全ベルト、安全靴などがあった。アルミ製の魔法瓶も入っていた。コンラズは木のそばに鞄を置くと、落ちていた枝を被せた。そして腕時計を見た。

「十一時三十七分。アンドレアス・リンケ、おまえを逮捕する。それから父親として、私はおまえを心底憎んでいると伝えておく。娘の写真を送ってきたことを後悔させてやるからそのつもりで。心からおまえを歓迎してやるぞ」

　予想していたとおり、何も返事はなかった。二人は並んで車のほうへ歩いた。コンラズはトランクから鎖を取り出した。男を助手席に押し込み、細心の注意を払って、手錠の右手側に鎖を通し、それから車の後部に事前につけておいた留め輪にも通して固定した。それからドアを閉め、車の後ろに回ってから、ルーフの上にコートを置き、ホルスターを外した。ホルスターを後部座席に投げ入れ、再びコートを着ると、運転席に座った。出発する前に、左手側の手錠を外してやり、体の一部を自由にした。拳でコンラズに殴りかかれる程度には体の自由が利くようにしてやったのだ。

「私やハンドルに指一本触れてみろ、腰に一発お見舞いしてやる。わかったな？」

キノボリは何も反応しなかった。コンラズは彼の胴のあたりに指を突きつけてもう一度言った。

「わかったな？」

キノボリは怒ったようなそぶりで頭を素早く縦に振り、わかっていることを示した。コンラズは満足げに笑みを浮かべた。コミュニケーションが成立したのだ。

植生林を出てから数キロ走ると、オーゼンセの車道に出た。コンラズは右に曲がり、一〇キロほど進んで、コペンハーゲン方面に行く高速道路E二〇号に入る。右側車線を維持したまま、時速一〇〇キロを少し上回る程度の法定速度を守ることに専念した。車の流れは順調で、さほど注意を払わなくとも走れるようだ。正午になると、コンラズはニュースを聞こうとラジオをつけた。同乗者が注意深く耳を傾けているのに気づいたが、何も言わなかった。リポーターの言葉を信じるなら、国会では群衆が大挙して集まっているらしい。だが、このリポーターが信頼に足るのかどうかは、確信が持てなかった。政府首脳の決断を静かに、そして毅然と待っている人々の様子をメロドラマのように大げさな口調でまくしたてるやり方は、明らかに客観性に欠けていたからだ。国会からも何も新たな決定は出てこないようだ。コンラズはラジオを消すと、これからどこにどんな電話をかけようか、頭の中でシミュレーションをしながら、さらに一〇キロほど進んだ。そしてアーネ・ピーダスンに電話をした。

「やあ、アーネ。バッテリーが切れそうなので、何も言わずに聞いてくれ。奴を逮捕した。警本に向かっている。おまえと女伯爵で警察犬を何頭かと鑑識を手配してくれ」

それから手短に木と鞄とSIMカードについて話してからこうつけ加えた。

「証拠についてはまったく問題ない。こいつがおびえた子どものように一切合切白状するだろうからな」

そう言って電話を切った。

キノボリは自分が置かれている状況に動揺しているようには見えなかった。おびえた子どものようにと形容されたときに、一瞬だけ驚いたような表情をした以外は、フロントガラスをただうつろな目で見つめていた。だが、コンラズは相手からある種の緊張感を感じて満足していた。キノボリは、なかなか楽な体勢をとることができず、ひっきりなしに体の向きを変えている。たいしたことではないかもしれないが、居心地悪いと感じていることがじゅうぶんに見てとれた。オーゼンセの南側を通ると、コンラズは沈黙を破った。

「おまえは、一万一千人の処女が殺された日に人殺しをしたってことを知っていたか？　その出来事は『中世の十月十八日事件』と呼ばれているが、聖ウルスラの日と呼ぶ人もいる。この二つの名称は同じ伝説に由来してるんだ」

コンラズは助手席を横目で見た。キノボリは返事をしなかったが、軽く頭を動かし、腹立たしげな視線を返してきた。コンラズは楽しそうに話し続けた。

「これは歴史物語としてはどちらかといえばひどい部類に入る。悲劇だし、残念なことに非常に血なまぐさい。ウルスラは紀元三百年代に生きたブリタニアの王女で、類まれな美女だと言われていた。それは王女としてはよくある逸話なのだろうが、それに加えて彼女は非常に信心深かったという。対照的に、イングランド王はそうではなかった。異教徒だった。だが、それでも王はウルスラに求婚し、条件つきで受け入れてもらった。その条件というのが、ウルスラがキリストと精神的に結びつきたいという深遠なる欲求を満たすためにローマに巡礼に行くということだった」

コンラズは話を中断した。前方で事故が起こったらしく、車の流れがゆっくりになってきたからだ。彼は速度を落とし、救急車や壊れた車をあまり見ないようにしながら通り過ぎた。そして車の流れが回復すると、コンラズは話に戻った。この話を聞かされている同乗者が、気分を害し、困惑していることを確信していた。

「さて、どこまで話したかな？　そうだ、ウルスラはついにローマまで行ったんだ。だが一人では行かなかった。なんと一万一千人の処女をお供にしたんだ。まったく、とてつもない規模の処女集団と言えるだろうな。どう思う？」

キノボリは何も考えていなかった。ただ顔をそむけた。

「いいだろう。意見はあとで言ってくれればいい。なんにせよ、これはものすごい数だと思う。ともあれ、その王女の一団がローマまでやってきた。当時のローマ教皇が――しかも名前がキュリアクスというのだが――言ってみれば、その一団の虜《とりこ》になってしまったんだな。本当のところ、いささかびっくりするよな。普通に考えれば、教皇はいらだっていたはずだ。だって、いくら歓迎してやるっていっても、ちょっと向こうさんはずうずうしすぎやしないか？　一万一千人もの招待した記憶もない客がやってきたんだぞ。宴《うたげ》の食事だってものすごい数だったろうよ。でも、この教皇はもてなしの心をちゃんと持ち合わせていたんだな。ようやく一団はローマから帰途に就いた。ウルスラの結婚式が待っていたからだ。だが、帰路は往路と違い、簡単ではなかった。旅の途中、彼女たちはフン族の王、アッティラの手に落ちてしまった。そしておそらく彼女たちと同じくらいの規模の大群の術中にはまったんだ。乙女たちは全員殺された。一人残らず。どうしてそこまでされたのかは誰にもわからない。その日、アッティラにとっては悪いこと続きだったのかもしれないし、乙女たちがきんたまを悩ますだけ悩ましておいて、お高くとまっていたからかもしれない。そんなの知ったこっちゃないだろう？　ただなあ、アンドレアス坊やよ、とにかく何が言いたいかと言えば、おまえはアッティラにはかなわないということなんだ。六人しか殺していないんだからな。だが、最初の五人は不思議なことに、この乙女たちが全員死んだ日と同じ日に殺された。たったの十七世紀遅れでしかなかったわけだ」

大ベルト橋がコンラズの目の前にくっきりと見えてきた。そこで、結論を言うのをしばらく待つことにした。いずれにしても、彼の話の聞き手は一言も発しなかったので、話が中断しても文句も言わなかった。スレーイルセ近郊に入ってからやっと話を再開した。

「さっきの話だけどなあ……まだ全部終わっちゃいないんだ。ほとんど話したけれど、全部じゃない。おまえ、あの乙女たちが全員、どこで殺されたか知ってるだろう？」

当然、返事はなかった。だが、コンラズは隣にいる男が右の拳をぎゅっと握り、目線を下に落としたのを見逃さなかった。

「知っていると思うぞ。乙女たちはケルンのど真ん中で殉教したんだから。しかも少々真偽が怪しい話なのにもかかわらず、この血みどろの惨事を記念して立派な聖堂が造られた。聖ウルスラ教会といってな、正確な場所はウルスラ広場二四番地だ。おまえは嫌でも知っているはずだ。そこから通りを二つしか挟んでいないところに住んでいたんだからな。ヴァイデンガッセ通り八番地の四階建てのアパートのワンルームだ。最上階の部屋だから、教会を知らないわけがない。そして私がこの話をこじつけるために少し日付を変えたことも気づいていたと思う。こういう人間なんだ。必ずしも信用しちゃいけない。乙女たちが死んだ日は、十月十八日じゃなくて二十一日だ。間違いなくおまえも知っているはずだ。『ウルスラの日《ウルズラ・ターク》』はケルンでは有名だからな」

キノボリの顔の傷跡が赤くなった。明らかにこの話のオチが気に入らなかったようにみえた。相変わらず何も言わなかったが、この男ははったりが利くタイプではなかった。

ソールーに着くと、コンラズは高速道路を出て、そのままホルベク方面へ行く田舎道を進んでいった。キノボリは驚いた様子をしている。普通に考えれば、高速道路を降りないでそのままレングステズ、クーイ方面に走り続け、南側からコペンハーゲンに入るのが定石だ。それでも、コンラズが選んだ道は、まったく間違っているというわけでもない。そのまま行けばホルベク高速道路にぶつかり、そこを走ればロスキレやグローストロプを経由してコペンハーゲンに着く。ちょうど十三時だった。コンラズはラジオをつけた。タイミングは完璧だ。女性アナウンサーの勝ち誇った声が車中に響き渡った。

「今後、デンマークで小児性愛者として暮らすことは難しくなるでしょう。今、ここに、与党と野党は妥協点を見いだし、小児性愛者に対する法律案全体について協調姿勢をとることになりました。法律案の第一読会による審議は今日の午後行われます。子どもに対する強姦罪の刑期は倍以上長くなり、時効が撤廃されます。なお、強姦罪全般も同様に刑が厳しくなります。加えて、約八千万クローネが毎年、反小児性愛犯罪に対する一連の施策に使われることになりました。この予算は、被害者支援、警察の捜査権限の拡大、インターネットでの不正取引監視、性科学研究に使われることになります。クリスチャンスボー城内の国会前では大勢の人々が喜びにわいています。続いて法務省から中継です。法務大臣が間もなく会見を行います」

コンラズはラジオを切った。キノボリは歯を食いしばりながらひきつった笑みを浮かべていた。

「さあ、おまえたちは欲しいものを手に入れた。だから今度はそれに対する代償を払ってもらおうじゃないか。とりわけおまえからはたくさん取り立てなければならない。膨大なツケがたまっているからな。隣にいるのがおまえではなく、ピア・クラウスンだったらとつくづく思うが、それでもツケは払ってもらう。何よりも私が恐れているのは、おまえの化けの皮をはがしていくにつれて、おまえがオリジナルの粗悪なコピー品でしかないことが明らかになることだよ。そうだとしたらこっちはやりきれないだろうしな」

これらの言葉は相手の耳にしっかり届いたようだ。キノボリの浮かべていた笑みが消えた。コンラズは容赦なく続けた。

「それから私自身、おまえとは個人的にけりをつけなきゃいけないんだ。娘の写真を送ってきただろう？そんなことやるべきじゃなかったな。いいか、おまえは泣き喚くだろう。だがそれはすでに予告しておいたはずだ」

沈黙が流れるまま、車は走り続けた。コンラズの腰が痛み始めた。一度休憩して脚を伸ばそう。彼は体重を片方の脚からもう片方へ移すようにしながら、その痛みをまぎらわそうとした。コンラズはウガルーセ村へ向かうホルベク高速道路を降り、マアクウ＝スヴィニンゲ方面へ曲がった。こうして二人はコペンハーゲンとは反対の西へ向かうことになった。キノボリの動揺はすぐにわかった。明らかに驚いた様子で景色を眺めている。不安をつのらせている。

コンラズはじっくり考えていた。自分の良識が、その計画はやめて引き返せと訴える。今やろうとしていることは間違いだと。彼は引き返すことに決めた。だが、最後にもう一つ何かを得るまではだめだと考えていた。

そのとき、コンラズは何気なく二つの座席の間にあるコンソールボックスを開けた。ピラトスの黒い飴の袋が入っていた。コンラズはいくつかつかむとダッシュボードの上に投げた。そして敵意をむき出しにしてわめいた。

「おまえが、俺にこんなクソを食わせていたんだ！」

それまでコンラズは冷静に思考していたが、このときたがが外れてしまった。彼は怒鳴り散らした。怒りに身を任せるのは気持ちがよかった。

「今すぐに全部吐かせてやる」

同乗者にぎょっとした目で見られて、コンラズは快感すら覚えた。車のウインドーを下げると、飴の袋を外に投げ捨てた。もうこんなものはいらない。良識もいらない。そもそもこんなものはいらなかったんだ。良識なんてものは地獄に落ちればいい。マアクウを過ぎると、キノボリは耐えられなくなって尋ねた。

「どこに行こうとしてるんだよ？」

キノボリが話す声を聞いたのはこれが初めてだった。暗いがきれいな声をしていた。だが、その声色からはパニックになっていることが感じ取れた。

「まだわからないのか？　おまえはやっぱりたいして鋭くないな。まあ、もう少し頭が切れる奴だったら、とっくに土下座を始めようとしてるだろうしな」

コンラズはスピードを落とした。同乗者がハンドルをつかもうとするかどうかはわからなかった。秋の景色の中をゆっくりと進んでいった。二人があとにしている東のほうはどんどん雲が増えてきた。だが、まだ今のところはその雲の陰から差し込む日差しが、起伏に富んだ地面を明るく照らしている。コンラズはあちこち見回しなら、楽しそうに笑った。眺めてもことさら面白いものなどどこにもないのに、まるで観光客のようなそぶりだった。「おや、あそこに農場があるぞ」、「反対側に車が一台止まっている」といった調子だ。畑の多くが収穫を終えており、巨人がさいころを振ったかのように藁の束が不規則に散らばっている。

コンラズは隣を見向きもせずに言った。

「人間の心は不思議なものだよなあ。おまえは何カ月も計画を温めている間、最悪の思い出の中にいるフランクとアランに、直接会うことだってできた。奴らを殺すために餌を撒いておくためなら、それぐらいできたのだろう。もう大人になったのだし、もはや奴らを恐れることはない。それでもおまえは、奴らにおもちゃにされたあの場所には耐えられない。あの小屋、森……あそこに行くとおまえは子どもに逆戻りだ。自制心ってやつも何も役に立たない。自分の手では、あの木を切ることも火をつけることもできず、誰かに代わりにやってもらわなければならなかった。だがな、それもずいぶん昔の話だから、もしかしたら事態は変わっているかもしれないぞ。まあこれからわかるさ。それで、おまえは実際にはなんと呼ばれたいんだ？　キノボリ、それともアンドレアスのほうがいいのか？」

なんの脈絡もない質問だった。

「ちくしょう、どこに行くのか言えよ」

その声はうわずっていた。

「質問をしたのは俺のほうだぞ」

「ここデンマークでは、みんなにキノボリと呼ばれてる。だからキノボリと呼ばれるほうがいい。どこに連れていこうとしてるんだよ？」

「よかろう。じゃあ、アンドレアスと呼ぶ。おまえのことが嫌いだからだ、アンドレアス。それどころか、本音を言えば憎んでるよ。娘には関わるべきじゃなかったんだ、このゲス野郎」

キノボリは両手をくねらせ、体を落ち着かせようとしてねじった。

コンラズはその様子もまったく気にすることなく、そのまま道を進んでいった。スヴィニンゲとハアヴェを通過した。キノボリは汗をかき始めた。汗の粒が額から鼻筋をつたって流れていく。時折キノボリは、袖で額を強くこすっていた。

「あそこに俺を連れていく権利なんてないじゃないですか」

攻撃的な態度は影をひそめ、むしろ懇願する口調になっていた。コンラズはうれしそうに答えた。

「こっちにも権利、あっちにも権利。自分に権利があるのかないのか、そんなことを四六時中気にしていたらどこにも行けないだろうよ」

「勘弁してくださいよ。だめだ……耐えられそうにない」

「いいや、絶対に勘弁してやらない。すべてが始まったところを、是非とも一緒に見にいきたいんだ。フランクがおまえをもてあそんだ小屋のあたり、そしてアランがおまえをなぶった木立のあたり。木は全部切り倒されたのか？　それともその……よく訪れてた木だけが切り倒されたのか？」

キノボリは話を聞くまいと両手を持ちあげ、両耳を必死でふさいでいた。前後に体をゆらし、ヘッドレストに頭をがんがんぶつけていた。顔は青ざめていた。傷跡の部分だけが真っ赤になっている。キノボリが両手を離した瞬間に、コンラズは情け容赦なく畳みかけた。

「村のじいさんから聞いたぞ。あの兄弟にまわされたあとは、ろくに歩けなかったそうじゃないか。まるでズボンに漏らしたかのように腰をくねらせて歩いていたんだってな」

キノボリは投げつけられた言葉を振り払うように、首を横に振った。

「わかった。情けない野郎めが。ドイツとデンマークの住所を教えたら、引き返してやる」

だが事は簡単ではなかった。最初、キノボリは必死で不快な感情を抑え込もうとしていたからだ。だが、あの場所に近づくにつれ、それもますます難しくなった。ついにキノボリは降参した。

「ドイツではあなたが言っていた場所に住んでました。ケルンのヴァイデンガッセ通り八番地。デンマークではフレゼレチャに。イヴァーツゲーゼ通り四二番地の地下室をもぐりで貸してもらってました。大家は、俺が家賃を払いさえすればどんな人間かなんて気にしない。さあ、コペンハーゲンに連れてってください。あと弁護士を呼んでくれ」

キノボリの声には話すにつれて徐々に怒りの色が現れていった。憎々しげな目になり、落ち着きのなさは消えていた。

「ああしろ、こうしろとばかり。顔に二発お見舞いされたいのか？　俺によこした写真について話せ」

キノボリはほんの少し躊躇したのち、答えた。

「クラウスンの仕業です。封筒を俺のところに送りつけてきたから。一週間待ってから投函しろという指示が同封されてました。だから今の今まで中に何が入っているかも知らなかったんですよ」

「どうして奴は俺に娘がいるってわかったんだ？」

「そんなの知るわけない。たぶんあなたと話したときにでもわかったんじゃないんですか？　さあ引き返してください。コペンハーゲンに行きたい。約束じゃないですか！　ご家族に対してこっちはなんの恨みもないんだ！」

「だったら、娘をこういう汚い計画に巻き込まずにおくべきだったな。あれは俺を怒らせた。おまえが想像している以上にな。さあ聞け。面白いことを話してやる。俺はおまえに嘘をついた。だが、一応、おまえには、俺は信用できない人間だと言っておいたはずだ。次はもっと気をつけるんだな」

キノボリは信じられないといった視線をコンラズに投げかけると、直後にひどいパニックに襲われた。悪寒のようにぶるぶる震え出した。自分でも抑えが利かないのだ。数メートル車が進むごとにうめき声をあげ、コンラズに泣きつき始めた。その様子は惨めだった。

だが相手にしてもらえない。

コンラズはフォーオヴァイレ方面へと右に曲がった。しばらくすると、サイアウー湾が左手に見えてきて、もう、あの場所はそれほど遠くないということが二人にもわかった。キノボリは泣きながら情けを乞うた。そのたびに、まだばれていなかった悪事を思いつくままに大小構わず片っ端から白状し始めた。つまらないものばかりだと言えば嘘になるが、法的にはまったく罪に問えるようなものではなかった。

突然、コンラズは車を止めた。グローブボックスの中にあった地図を取り出し、外に出て、タバコに火をつけた。キノボリと二人で話せるようにドアは開け放した。だが、肝心のキノボリは、まともな会話が成立するような状態にはなかった。

「おまえはわかっちゃいないよ、アンドレアス。自白が欲しいんじゃない。そんなものはあとからついてくる。復讐をしたいんだよ。おまえが命を奪った人々の復讐だ。彼らだって間違いなくおまえに泣きついて勘弁してもらおうとしただろうよ。だが、おまえは慈悲のかけらも見せずに彼らを殺した。おまえは終身刑になる。それだけのことをしたのだから当然だろ。だがな、まず、おまえにとっての最悪の悪夢を現実のものにしてやる。心理療法による援助を受け、あれだけ大それた復讐をやってのけたというのに、まだあの場所は夢に出てくるのか？　まあ、出てくるんだろうな。そう俺は踏んでいる。さあ、もうすぐおまえはあの場所に戻る。うめき声をあげようが歌おうが叫ぼうが好きにすればいい」

叫ぼうが好きにすればいい……まさにキノボリはその真っ最中だった。だが、特段大きな声というわけでもない。むしろ金切り声という感じだった。ドアに挟まれて動けなくなった子猫のような声だ。それからキノボリは鎖を引っ張ろうとした。何度も何度も引っ張ったが無駄だった。右手首に青あざがついただけだ。

コンラズはまったく心配するそぶりも見せずにのんびりとタバコを吸っていた。キノボリは後部座席に無造作に置いてある、ホルスターの中のピストルに気づいた。ホルスターに夢中で飛びつき、ピストルをむしり取り、自分の膝の上に落とした。すぐにピストルを拾い上げると、安全装置を外し、自分をいたぶる相手に向けた。その手は震えて不安定だった。

コンラズは静かに吸い殻を指ではじいて捨てると、運転席に座り、面倒をかけやがってといったようなしぐさでピストルと男を揺さぶった。危険ではないがうっとうしい虫でもあしらっているかのようだった。キノボリは座席をめいっぱい後ろに下げ、できるだけ離れようとした。

「アンドレアス。おまえが俺に向かって撃つかもしれないなんて、一瞬だって思えない。そんなに震えてるんじゃ指に力を入れることもできないだろう。そんなことをしてもなんの得にもならないぞ。何がなんでも、おまえと二人でウレルーセに行く」

コンラズはキーを回してエンジンをかけた。キノボリは長いこと呆然とコンラズを見つめていたが、ピストルを口にくわえると、引き金を引いた。ピストルがカチッと鳴った。もう一度引いたが、同じことだった。キノボリはうつろな目をしながら、そのまま座席の足元に力なく滑り落ちた。失禁しているにおいにコンラズは気づいた。コンラズはエンジンを止めると、車の外に出た。長いこと車のルーフに両肘で頬杖をついていたが、姿勢を正すと、ありったけの声で怒鳴った。

「こんな情けない負け犬じゃなくて、ピア、おまえがここにいるべきだったんだ！　ちくしょう、闇にとんずらしやがった悪魔め！」

コンラズは来た道を振り返りながら、こう続けた。

「でもな、ピア、俺とおまえは同類じゃない。自分の立てた作戦が大成功したうえに、小さなおまけがつけば、おまえはきっと喜んだだろうがな。だが、おまえの思うつぼになど、はまるもんか。「冗談じゃない」

コンラズは車の後ろを回って助手席側に行くと、キノボリから鎖を外してやり、座席に体をおさめてやった。そしてロール式のペーパータオルを出して、濡れた部分を拭き取った。

さあ、帰る時間だ。

＊

コペンハーゲン警察本部に二人が戻ると、興奮が最高潮に達した状態のパウリーネ・ベアウに迎えられた。コンラズが電話をかけて、ホテル滞在を切り上げ、警本に戻って取調室を確保しろと命令しておいたからだ。パウリーネにはほかにもやらなければならないことがあった。もちろんコンラズに命令されたことはすべて実行していたが、自分の判断で何度もアーネや女伯爵と連絡をとっていた。

「二人ともあなたからすぐに連絡が欲しいと強く言っています。二人とも……どのように状況が進んでいるのかが見えなくて、心配しているんです。なぜ、あなたが一人で出発してしまったのかもわからないんです。たった一人でこの……」

パウリーネはむなしくキノボリを指さして返事を待った。キノボリはコンラズの陰に隠れていた。叱られた子どものように、身の置きどころのない様子をしている。

「アンドレアス・リンケだ。名前はアンドレアス・リンケという。私がこの男性と二人で出発したこと自体には何もおかしな点はない。彼はまったく無害だったからだ。それだけでなく感じもよい、協力的な人物だ」

キノボリは今の指摘が正しいことを保証するかのように、おとなしく首を縦に振った。パウリーネは眉をひそめながら、コンラズが説明を続ける間、キノボリを観察した。

「さあ、これから、アンドレアスとおしゃべりするぞ。ほかのことはあとでいい。準備はいいか？」

準備はできていなかった。しかし指示に従う以外どうすることもできないことはわかっていたので、パウリーネはトイレに行かせてもらった。そこで女同士、仕事仲間として、女伯爵にこっそり電話をかけた。取調室に行くと、上司はすでに取り調べの導入部分にとりかかっていた。ちょうど彼が録音について説明するくだりが耳に飛び込んできた。アンドレアス・リンケは椅子には座っていたが、その上に膝を抱えて座っている。殴られた犬のように従順に、コンラズが放つ言葉としぐさをそのつど追っている。顔は驚くほど真っ青で、何か答えるたびに、厳しい父親を満足させるためにだったらなんでも言ってしまう子どものような様子をしていた。コンラズはシンプルで直接的な質問の仕方をした。

「首を横に振ってもなんにもならないぞ。録音しているのだから、はっきりと弁護士はいらないと言わないとだめだ」

「いりません。弁護士はまったくいりません」

それから、キノボリのこれまでの人生と、犯行グループのメンバーについて細かく順を追って取り調べが行われた。そのうえでコンラズは殺人そのものについて聞いた。

「バウスヴェーアのランゲベク小中学校の体育館で五人を殺したのはおまえなのか？」

「はい、俺が殺しました」

「どのようにして殺したのか話してくれ」

「吊るしたんです。俺が吊るしました」

謝っているつもりであるかのように、キノボリが笑った。

「おまえは誰と協力してその殺人をやったんだ？」

「ほかの人です。グループのほかの人たちが殺人に加わってます」

「ほかの人たちはなんて呼ばれている？」

「彼らの名前ということですか？」

「そうだ、アンドレアス。彼らの名前を言ってくれ。フルネームだ。もしその人たちが殺人に加わっているのなら、おまえの声で名前を聞きたい」

キノボリは指を折り始めた。

「ピア・クラウスン、スティー・オーウ・トアスン、それからイーレク。ああ、イーレク・マアク。そして俺です」

「ほかに誰もいないのか？」

「いません、ほかには誰も」

コンラズは眉をひそめた。

「すみません、ああ、そうです。そうだった、それからヘレ・ヤアアンスン。スミト・ヤアアンスンもいました。忘れてた。すみません。でも、彼女は死んでしまったんです。あとクラウスン。ピア・クラウスンも死にました」


そしてこうつけ加えた。

「ヘレは死にたくて死んだんじゃないんです。自然に死んでしまったんです」

パウリーネは意を決した。自白がとれたのだからもうじゅうぶんだ。彼女は音を立てながら椅子を後ろに引いて立ち上がった。

「もうこの取り調べには立ち会いたくありません」

今度はコンラズが立ち上がった。その声は厳しく命令的であった。

「お嬢さん、座るんだ。自分の仕事をしろ」

顔を真っ赤にして、パウリーネはすぐさま腰を下ろした。その間、コンラズはカセットテープを停止して巻き戻していた。レコーダーの調子が相変わらず悪く、尋問を再開するまでに少し時間がかかった。

「私にとって一つ重要なことがあるんだ、アンドレアス。おまえと私だけしか知らないことだ。それについて話してほしい」

キノボリは愛想よくうなずいた。

「どうやって五人をマイクロバスから体育館へ運んだ?」

「あいつらのうち何人かは自分で歩いていきました。でも、寝ていた奴は二輪の手押し車で運びました。俺がそいつらを車に縛りつけたんです。重かったけど、俺は強いから。これでいいですか?」

「いや、それで全部じゃないだろう。マイクロバスからそのうちの一人を押し出したとき、何か起こっただろう? 覚えているか? それがどの人だったか覚えてるか?」

今度はキノボリはしばらく考えていた。答えを出すのには時間がかかった。ふいにうれしそうに顔を輝かせる。

「トーア・グランだ。そう、トーア・グランです。転んで歯を折ったんですよ。それから道路の濡れた舗装に耳がぶつかって、汚い傷になった。でもあれはわざとじゃない。だから、俺は彼の耳に折れた歯を入れてやったんです」

「私が考えていたとおりだな。じゃあ、今度は、この人たちを殺そうと最初に思いついたのは誰か教えてくれ。そしてなぜ彼らが死ななければならなかったのか」

この質問にはキノボリは迷うことがなかった。

「ピア・クラウスンです。すごく頭がよくて。奴らが死んだら、たくさんの人たちが耳を傾けてくれるようになる、と言いました。そして俺たちは注目される、と。そう言っていたんです。で、そうすれば少しあれが難しくなると……そのあれというのは……」

そう言うと困ったように下を向き、おそるおそる言葉を探した。だが、キノボリが適切な言葉を見つける前に、アナ・ミーアがポウル・トローウルスンに伴われて入ってきた。ポウルは被疑者をしばらく見つめたあと、パウリーネに厳しい声で命令した。

「救急車を呼べ、今すぐだ」

パウリーネはドアへ急いだ。その間、アナ・ミーア
は父親の背後からそっと抱きついた。

「パパ、疲れているんでしょ？　もう行こうよ」

娘に手を取られたコンラズは自分で立ち上がった。

「アナ・ミーア。奴らを自分の手で捕まえたんだ。わかるか？　パパが捕まえたんだ」

「そうね、パパが捕まえたのね。でももう終わったのよ。さあ、休暇に出かけましょ」

何事もなかったかのように、二人は一緒に取調室をあとにした。

72

コンラズ・シモンスンの家では、アナ・ミーアが料理をしたり、父親が荷物をまとめるのを手伝っていた。女伯爵もやって来たが、事件については話さなかった。捜査は終わったのだ。コンラズは肘掛け椅子に体を沈め、なんとはなしにチェスの本を読み始めた。話しかければ、感じよく返事はするが、たいていの場合、返ってくる言葉は「ああ」という一言だけだ。まるで、自分の周りで何が起きているのかはっきりとわかっていないふうであった。二人の女性はコンラズを肘掛け椅子に座らせておいた。二、三回、女伯爵がキッチンで電話に出た。彼女が少し大きな声を出すのはそのときだけだった。車で出発したときには、朝の八時をま

わろうとしていた。

三人は女伯爵の車に乗っていた。コンラズは言われたとおりに後部座席に座り、そのままますぐに寝入ってしまった。女二人はおしゃべりしながら数時間ごとに交代でハンドルを握った。約十四時間のドライブののち、目的地に着くと、女たちは眠っているコンラズをそのままにしておくことにした。車の中の荷物を運び入れ、最低限のものだけを取り出した。そして、寝る前に白ワインを一杯飲んでその日を締めくくった。女伯爵は自分の部屋で眠り、アナ・ミーアは父親のいる車の中で寝た。

自分でも驚いたことに、アナ・ミーアは三時間ぶっ続けで眠ってしまった。ワインの助けもあったのだろう。ともかく、目を開けたときには、もう夜が明けるところだった。彼女は一瞬、自分がどこにいるのかわからなくなったが、すぐに思い出した。父親も同じように目を覚まし、窓の外を見た。彼女は父親の様子を見ると微笑んで、やさしく言った。

「おはよう。北海へようこそ。さあ、浜辺を散歩しよう」

二人は車の外に出て、手を取りながら砂浜を海まで歩いた。その大きな海が視界に入ってくると、二人は足を止めた。泡立つとさかのような形をした力強い波は、夜明けの太陽に照らされて銀色に輝き、二人のほうへ近づいてくる。心地よい風が顔に当たる。

アナ・ミーアは父親の肩の上に頭を載せた。

「きれいね。パパ、そう思わない?」

「そうだな、アナ・ミーア。きれいだな」

訳者あとがき

月曜日の早朝、学校の体育館で二人の姉弟が見つけた凄惨な光景――コペンハーゲン警察本部殺人捜査課課長コンラズ・シモンスン警部補は、愛娘との休暇を切り上げ、猟奇殺人事件の捜査指揮にあたることになった。人間の原形を留めていないほど損壊された五つの遺体の身元はもとより、事件に関わるすべてが謎に包まれている。いかにして学校まで被害者を連れてきて、公開処刑を彷彿とさせる殺害を実行できたのか？ 劇的な演出をした理由は？ そもそもこの殺人の動機は？ 決め手になる手がかりをほとんど見つけることのできないコンラズは、かつての上司にこの難事件の捜査協力を求めることになった。

だが、警察が身元を特定し、被害者が小児性愛者だという噂の真偽を確定するより一足先に、殺害状況を録画した映像の一場面が大手新聞の花形記者にすっぱ抜かれてしまう。その証拠映像は匿名で送られてきたものとはいえ、明らかに犯人が撮影したものであり、被害者が小児性愛者で子どもたちに性的虐待を加えていたことは疑いようがなかった。世論の同情は完全に、無残な殺され方をした被害者ではなく、小児性愛犯罪に寛大な国内法に代わって正義の鉄槌を下した犯人たちに向けられる。犯行グループが時間をかけて周到に準備してきた反小児性愛者撲滅キャンペーンは、さまざまな媒体で盛り上がりを見せる。厳罰化に向けて政治家が異例の早さで改正法案を通そうとする中、コンラズは元上司の奇想天外な提案を受けて、殺人実行犯をおびき出すべく大芝居を打ち、法にも抵触するような作戦を決行する……。

本書の醍醐味は、数多くの登場人物が交錯する中で、その登場人物一人一人の背景とその時々の心理状態が浮き上がってくるところだ。それぞれの人物の過去を表現するのに著者がとったさまざまな手法は、いずれも巧妙だ。また、世論の逆風が吹く中、刑事たちが徐々に情緒不安定になっていく過程も緻密に描かれている。主人公コンラズ・シモンスンも例外ではない。どんな人間であっても理不尽で不当な扱いを受けた場合、理性を保てなくなるものだという命題こそが、事件の首謀者が残していった最後の挑戦状なのだろうか。

いみじくも見習い記者が「獣が死ねば毒も消える」という慣用句を引き合いに出すが、小児性愛による犯罪を撲滅したければ小児性愛者を片っ端から抹殺していけば解決するのか、いわれなき仕打ちを受けたならば復讐すればそれですむのか、この作品が読者に突きつける問いは重い。だが、そうしたテーマを扱っているにもかかわらず、全篇を通じて感じられる語り口の軽妙さが、人口約五五〇〇万人のデンマークで出版後一年も経たないうちに六万部を売り上げるほどの人気作品になった要因の一つなのだろう。

本国デンマークでは〈コンラズ・シモンスン〉シリーズはすでに三作上梓されている。その第一作にあたる本作が二〇一〇年四月に書店に並ぶ前に、すでに海外十六カ国が自国での出版権を獲得したというニュースが取り上げられるようになり、著者ロデ&セーアン・ハマ――教師の兄セーアンと看護師の妹ロデのハマ兄妹は一躍話題の人になった。その六年前に、セーアンがロデ一家の住む家の二階に移り住み、ロデに小説を一緒に書こうと誘ったことがきっかけでコンビが誕生したという。当初は趣味として本業の傍ら小説を書いていた二人は、本作と第二作の成功の後、執筆活動に専念できるようになったそうだ。

フランス語版からの重訳である本書を訳すにあたり、下倉亮一さんにはデンマーク語固有名詞の読み方など監修していただき、さまざまなアドバイスを頂いた。リベルの山本知子さん、和泉裕子さん、そして早川書房編集本部長の山口晶さんには大変お世話になった。この場を借りて心から感謝の意を表したい。

三月にはシリーズ二作目のフランス語版も出版された。グリーンランドの氷床から若い女性の凍った遺体が発見されるというシーンから始まるそうだが、私も一読者としてシリーズの今後の展開を楽しみにしている。

二〇一二年四月

HAYAKAWA POCKET MYSTERY BOOKS No. 1859

松《まつ》 永《なが》 り え

上智大学外国語学部フランス語学科卒，
仏語・英語翻訳家
訳書
『隣りのマフィア』トニーノ・ブナキスタ
『虐待記　愛されなくても母を愛しつづけた子』
クリスチャン・フェゾン
他多数

この本の型は，縦18.4センチ，横10.6センチのポケット・ブック判です.

〔死《し》せる獣《けだもの》　―殺人捜査課《さつじんそうさか》シモンスン―〕

2012年5月10日印刷　　2012年5月15日発行

著　者　ロデ＆セーアン・ハマ
訳　者　松　永　り　え
発行者　早　川　浩
印刷所　星野精版印刷株式会社
表紙印刷　大平舎美術印刷
製本所　株式会社川島製本所

発行所　株式会社　早川書房
東京都千代田区神田多町2－2
電話　03-3252-3111（大代表）
振替　00160-3-47799
http://www.hayakawa-online.co.jp

（乱丁・落丁本は小社制作部宛お送り下さい
送料小社負担にてお取りかえいたします）

ISBN978-4-15-001859-7 C0297
Printed and bound in Japan

ハヤカワ・ミステリ〈話題作〉

1853
特捜部Q ―キジ殺し―
ユッシ・エーズラ・オールスン
吉田　薫・福原美穂子訳
カール・マーク警部補と奇人アサドの珍コンビは、二十年前に無残に殺害された十代の兄妹の事件に挑む！　大人気シリーズの第二弾

1854
解　錠　師
スティーヴ・ハミルトン
越前敏弥訳
少年は17歳でプロ犯罪者になった。アメリカ探偵作家クラブ賞最優秀長篇賞と英国推理作家協会賞スティール・ダガー賞を制した傑作

1855
アイアン・ハウス
ジョン・ハート
東野さやか訳
凄腕の殺し屋マイケルは、ガールフレンドの妊娠を機に、組織を抜けようと誓うが……。ミステリ界の新帝王が放つ、緊迫のスリラー

1856
冬の灯台が語るとき
ヨハン・テオリン
三角和代訳
島に移り住んだ一家を待ちうける悲劇とは。英国推理作家協会賞、「ガラスの鍵」賞、スウェーデン推理作家アカデミー賞受賞の傑作

1857
ミステリアス・ショーケース
早川書房編集部・編
『二流小説家』のデイヴィッド・ゴードン他ベニオフ、フランクリン、ハミルトンなど、人気作家が勢ぞろい！　オールスター短篇集